suhrkamp taschenbuch 1328

Karl Kraus, geboren am 28. April 1874 im böhmischen Gitschin, ist am 12. Juni 1936 in Wien gestorben.

Die *Fackel* der Jahre um 1933 nimmt mit beinahe allen Artikeln, die der vorliegende Band zusammenstellt, Bezug auf Hitlers ›Machtergreifung‹ – indem sie zunächst die Voraussetzungen und dann die Folgen dieser Katastrophe dokumentiert und diskutiert.

Ein zentrales Thema bildet hier wie dort die Politik der Sozialdemokratie beider Republiken. Ebenso unnachsichtig faßt Karl Kraus den Zustand einer Kultur ins Auge, die, von der Presse beherrscht und zur Kulturindustrie heruntergekommen, dem Einbruch der Barbarei nichts entgegenzusetzen hat.

Zu den Schriften dieser Jahre gehören allerlei Meisterwerke der Polemik wie der Satire und einige von Kraus' vollkommensten Werken überhaupt – wie der *Briefwechsel mit der »Literarischen Welt«* und die *Rede am Grab* von Adolf Loos. Das Hauptstück des Bandes, ein Buch im Buch, bildet der Anfang 1934 abgefaßte Brief *Warum die Fackel nicht erscheint,* in dem auf mehr als 150 Seiten der Entschluß begründet wird, die *Dritte Walpurgisnacht* von 1933, Kraus' Auseinandersetzung mit dem Nationalsozialismus, unveröffentlicht zu lassen.

Karl Kraus
Schriften

Herausgegeben von
Christian Wagenknecht

Band 18

Karl Kraus

Hüben und Drüben

Aufsätze 1929-1936

Suhrkamp

Der Text folgt den im Anhang dieses Bandes
einzeln aufgeführten Heften der »Fackel«
(F 800-805 bis F 917-922).

suhrkamp taschenbuch 1328
Erste Auflage 1993

Satz: IBV, Berlin
Druck: Nomos Verlagsgesellschaft, Baden-Baden
Printed in Germany
Umschlag nach Entwürfen
von Willy Fleckhaus und Rolf Staudt
unter Verwendung einer Fotografie
aus dem Jahre 1929
Foto: Charlotte Joël
Vorlage: Tilbert Eckertz, Berlin

1 2 3 4 5 6 – 98 97 96 95 94 93

Aufsätze 1929-1936

Im dreissigsten Kriegsjahr

Gesprochen in der 300. Wiener Vorlesung am 30. November

In der Zeit, deren technisch und journalistisch aufgemachten Hohlraum mein ungeblendeter Blick, mein unbeirrbarer Schritt durchmessen hat, war mir das Wunder jeden neuen Tags die Umsetzung des Vorgestellten in diese Wirklichkeit; das Erlebnis, wie die satirische Phantasie, die die Übertreibung als ein Sühneopfer für das wirkende Übel einsetzt, von ihm selbst übertroffen ward bis zur Unvorstellbarkeit; wie das Heute nachschuf, was das Gestern erdichtet hatte. Zuerst war die Schöpfung, dann war gestaltlose Masse; und in der Wirrnis der nachproduzierenden Wirklichkeit, in dem Zweifel, was daran von ihr und was vom Autor war, zwischen dem schon Wirklichen und dem noch Erfundenen, bot sich kein Ausdruck mehr, keine Möglichkeit, noch diesen Nachwuchs der Hydra, das Chaos nach der Schöpfung, in sie einzubeziehen. Juvenal hielt bei dem difficile est satiram non scribere. Da war noch Spielraum zwischen Stoff und Gestalt. Er konnte eine Satire schreiben, ja es wurde ihm schwer, keine zu schreiben. Ich war strafweise in eine Zeit versetzt, die es in sich hatte, so lächerlich zu sein, daß sie keine Ahnung mehr hatte von ihrer Lächerlichkeit und das Lachen nicht mehr hörte. Zuerst ließ sie sich mir so an, als ob ihr mit der Abbildung dieses Zustands gedient wäre; als ob zur Darstellung ihrer Wirklichkeit die Reproduktion ausreichte und diese die Satire ergäbe. Sie zu schreiben, war schwerer geworden, da die Wirklichkeit mit ihr bis an den Rand kongruent schien und nur von dem, der sie zu sehen und zu hören verstand, zitiert zu werden brauchte. Das aber war nur scheinbar leichter, denn mit der Möglichkeit, die Zeit abzuschreiben, stand der Satiriker doch vor der Schwierigkeit, die Satire zu schreiben. So wurde ich der Schöpfer des Zitats, im Wesentlichen nicht mehr als das, wenngleich ich den Anteil der Sprachgestaltung auch an der Abschrift der Zeit nicht verkleinert sehen möchte. Die Sprachkunst besteht da in der Weglassung der Anführungszeichen, in dem Plagiat an der tauglichen Tatsache, in dem Griff, der ihren Ausschnitt zum Kunstwerk verwandelt. Dies etwa war der geistige Stand vor jenem grundstürzenden Ereignis, als eine erstarrte Menschheit im Bann des mechanisierten Denkens und im Widerstand eines Rests von Natur dahin gelangte, sich ihr Blut durch dessen Verlust zu beweisen. Noch von dieser Blutprobe: wie das Leben sich nicht anders gegen die Maschine wehren konnte, als indem es, sie gegen sich kehrend, in sie hineinlief, und wie die führende Phantasiearmut solchem Verhängnis den Lauf ließ, habe ich ein großes Zitat überliefert. Wenn ich mir damit einen der beiden Preise verdient habe, deren mich dafür das sozialdemokratische Organ würdig fand, bevor es sich entschied, mich als Zeitkämpfer nicht genannt werden zu lassen, so wäre es gewiß eher der Friedenspreis, welchen ich durch die Photographie der Menschheitsfratze mit ihren Feld- und Winkelzügen vielleicht ehrlicher verdient habe als ein Biedermann von Locarno: durch ein Schriftwerk, das so unmittelbar einem sittlichen Zweck unterstellt scheint, daß diesem durch die Hervorhebung literarischer Qualitäten fast Eintrag geschähe. In dem Bewußtsein der Problematik aller Kunstübung, an der ich mit Leidenschaft nur bis zum Resultat beteiligt bin, erscheint mir auch jede Ehrung oder Qualifizierung durch eine irdische Instanz, ob sie nun Kritik oder Jury heißt, unwesentlich, und wenn ich dem Schritte derer nicht entgegengetreten bin, die mich im erschütternden Kontrast zu der Unehre, die ich in der bürgerlichen Sprachgemeinschaft genieße, der sichtbarsten Auszeichnung für würdig halten, so geschah es, weil im Erlebnis dieses Kontrastes der Schritt bedeutender schien als das Ziel. Wohl wissend, daß es als ein Hauptknotenpunkt der Weltverbindungen mir stets unerreichbar bleiben wird, darf man doch nicht den Umstand unterschätzen, daß schon die bloße Vorstellung für die mich umgebende Sphäre des Hasses das Dynamit bedeutet, dessen Erfindung der Nobelpreis entstammt. Ist nun der Kontrast solcher Einschätzung meines Werks, der geradezu außenpolitische Formen angenommen hat, eine Tatsache, an der das

Totschweigen zum Selbstmord wird und die Infamie zur Grabschrift – so stehe ich selbst, entgegen dem Usus, meine Eitelkeit für die Triebfeder meines Weltverzichts zu halten, dem Werke, das so verschiedenartige Beurteilung beim Neuen Wiener Journal und bei der alten Pariser Sorbonne gefunden hat, ziemlich objektiv gegenüber. Jedenfalls so als Außenstehender, daß ich in mir die völlige Gleichgültigkeit gegenüber seiner Gesamtwertung, ja die eigene Erkenntnis seiner Fragwürdigkeit mit dem kunstrichterlichen Bewußtsein vereinige, es enthalte Formulierungen, die einem künftigen Büchmann nicht zur Unehre gereichen würden und die schon heute die Lebensleistung beliebterer literarischer Zeitgenossen aufwiegen. Die Neue Freie Presse tut recht, mich nicht einmal in der »Liste der Gefallenen« zu nennen; ich möchte neben Herrn Rudolf Hans Bartsch weder gefallen sein noch haben. Freilich bilde ich mir am meisten ein – Einbildung im künstlerischen und nicht im Geltungssinne genommen, denn ich bin auf der Stelle bereit, um den Preis der Anerkennung des Werts jedem Dieb den Besitz abzutreten –, am meisten also bilde ich mir auf einige verborgene Sätze ein, die mir die Sprache eingebildet hat und durch die der gespürte menschliche Zustand unmittelbar und sozusagen mit einem Satz der Anschauung und damit einem sittlichen Bewußtsein zugeführt wird – wofern über die Ausnahmswelt hinaus, die mich zu lesen gelernt hat, der menschliche Zustand noch etwas wie Anschauung und sittliches Bewußtsein gewährt. So glaube ich zum Beispiel, daß in der Stelle der tragischen Satire »Der Traum ein Wiener Leben«, wo zu einem dem Traumwort entspringenden Feuer sich der Trost gesellt: »Aber schließlich wollten sie ja alle verbrennen, um in die Zeitung zu kommen« – daß in diesem Satz das Traumbild mit aller Wirrnis des hiesigen und heutigen Lebens auch die Disposition aufscheinen läßt, die den Weltbrand ermöglicht hat. Das größere Werk blieb gleichwohl immer jene Erfindung, die Wirklichkeit so hinzustellen, als wäre sie von mir erfunden, als wäre sie ausgedacht, um von ihr abzuschrecken: das Zitat; gleich aller Kunsttat den sittlichen Erfolg durch die Vergeblichkeit hindurch dem Keim vertrauend, der im Bewußtsein einer Inselwelt geborgen ist. Doch gegen die umgebende Zeitgenossenschaft war es keine Waffe mehr. Seit sie mit Giftgasen ihren Mann gestellt hat, geriet die Vorstellung, die solches Beginnen als ein Ende und diese Epoche als ihre letzten Tage sah, ins Hintertreffen vor dem Objekt. Die Zeit, wo es der Satire nicht mehr bedurfte, weil die Wirklichkeit »durch sich selbst sprach« – wenngleich niemals für das Ohr ihrer Akteure –, die Zeit war vorbei. Selbst ihre satirische Abschrift herzustellen war unmöglich geworden und nichts blieb übrig als der künstlerische Ausdruck dieser Unmöglichkeit, der, immer neu vom Wort her gebildet, immer nur das Ausweglose wies.

Mochte der Stoff dessen, was da noch registriert werden konnte, dem Oberflächenblick hier und dort ein politisches Tendieren zu erkennen geben, das Grundmotiv blieb die Erkenntnis, daß das Blutopfer der Menschheit bloß den Entschluß gereift hat: lieber zu sterben, als nicht mehr Sklave zu sein! Opfer des ewigen Betrugs der vorgesteckten Ideale, hinter denen die täglich zunehmende Verödung und Verblödung als die sichere Kapitalsanlage erkannt wird, die den Parasiten der öffentlichen Meinung und Führung Zinsen trägt. Des Volksbetrugs, der mit der Verflachung des Umsturzes begonnen hat, um die Brosamen vom Tische der bürgerlichen Welt als revolutionäre Errungenschaften auszugeben. Wenn ich noch zum achten Jahr dieser Republik als die beste ihrer Gaben den Umstand gelten ließ, daß wir keine Monarchie mehr haben, so lege ich, gewohnt, aus meinem Herzen keine Mördergrube zu machen, und frei von dem Verdacht, es könnte die der Monarchie einschließen, das Bekenntnis ab, daß mir dieses Problem am zehnten Jahrestag, wo die freien Bürger auf dem diesbezüglichen Steig der Kärntnerstraße vor Polizisten defilieren mußten, und in dem Jahr, wo die freieren zum Gedenken an eine blutigere Erhebung auf Wachstuben geprügelt wurden – so bekenne ich also: daß mir die Frage, in welcher Verfassung der Österreicher unfreier ist, völlig unwesentlich erscheint gegenüber der Erfahrung, daß Shakespeares Wort »Dem Hund im Amt gehorcht man« das untilgbare Kennzeichen des Österreichertums bleibt! Frei sage ich heute, daß ich die Freiheit in

Österreich für eine der größten Errungenschaften halte, die sich die politische Lüge in Österreich zugelegt hat und gerade vermöge der errungenen Preßfreiheit, der einzig der Vorteil zu danken ist, daß ich dies sagen darf – gegenüber dem Ungeist und der Machtsprecherei, die durch sie jeder Hemmung ledig wurden. Wohl weiß ich, daß mir in einer Monarchie der Kerker offenstünde: für das, was ich ihr nachgerufen habe; denn für das, was ich ihr zurief, hat sie mich bloß konfisziert. Aber ich kann den Verdacht nicht loswerden, daß das Leben auf freiem Fuß in ihr unmöglich beengter, erniedrigter, häßlicher sein könnte! Im Gegenteil muß, wenn der Wahrheit die letzte Ehre zu geben ist, ihren Vollgehalt an Schande zu erschöpfen, einmal ausgesprochen werden, daß ein Verein von Knechten, der seinen Vorsitzenden verloren hat, in dem Maße auch an Freiheit verliert, als nun jeder Knecht aus Pietät den Ersatz durch Knechtung des andern herzustellen sucht, und daß die Entkaiserung des Ganzen nur eine Verkaiserung der Teile nach sich zog. Nichts sei ferner von mir als zu leugnen, daß es notwendig war, auch für ein totgebornes Kind der Freiheit den Kaiserschnitt vorzunehmen, und ich bin der letzte, zu bestreiten, daß es nicht anders möglich war, weil eine Kollision zwischen heraldischer und technischer Lebensauffassung die Monarchie selbst ohne die Katastrophe verbraucht hätte. Aber ich muß auch den Schauder bekennen, in einer Zeit zu leben, in der sich der »Übergang« vollziehen soll und der tiefwurzelnde Plunderglaube schon in der unaufhörlichen Orgie dieser republikanischen Feste eine Schadloshaltung findet, die die Kluft zwischen dem geistigen und dem technischen Fortschritt abgründiger erscheinen läßt als in irgendeinem Stadium des monarchischen Lebens. Der Nachruf, den ich der Republik hielte, wäre nur um den Schmerz vermehrt, daß er sich so wenig von dem für die Monarchie unterscheidet; denn nichts – so hätte ich für dieses wie für jenes Österreich zu bekennen – nichts trat hier in seine Rechte als der Tanz! Und darin sind sogar wir der Entwicklung unterworfen, sonst bloß den Normen einer Landesväterlichkeit, von deren Vorstellung wir die Fähigkeit beziehen, nicht untergehen zu können, selbst wenn wir wollten. Aber ist denn nicht, seit jenem Polizeikrieg, der Ersatz des Zweikaisergesichtes voll und ganz bewirkt in der Gestalt dieses halb väterlichen, halb in schimmernder Wehr erglänzenden Schober, hinter dem teils die Getreuen stehen, teils die Mannen geschart sind? Kein Wunder, daß dergleichen in Amerika Zuspruch findet, wo man doch außer elektrischen Stühlen auch Antiquitäten liebt. Aber wenn einem in dieser bunten Welt, wo es auf Erden noch die Fibel und am Himmel schon die Reklame gibt, dieser unveränderte, nur noch geräuschvollere und jazzhaft verbogene Rhythmus des österreichischen Lebens aus den Zeitungsspalten entgegentobt, dann fragt man sich, warum sich denn die Leute, deren Ohr nur diesem Ton erschlossen bleibt, den Kopf zerbrechen, wen sie zum Präsidenten wählen sollen, und warum sie nicht resolut aus dem Fundus des Theaters an der Wien die Pantherfelle zurückkaufen, um den Kaiser zu kriegen, den sie sich mit jedem ihrer Gedanken verdient haben. Daß hier der Wille der Arbeiterschaft das entscheidende Hindernis sei, ist freilich unbestreitbar. Aber das macht ja doch eben ganz und gar die Halbheit dieses Umsturzes aus, daß er eine Schaufensterfigur entfernt und den ganzen kulturellen Kramladen unversehrt gelassen hat! Und wenn Aufrichtigkeit bis zu dem Punkte gehen darf, wo es keiner freiheitlichen Phrase gewährt ist, einen Rückstand zu verhüllen, so muß doch leider gesagt sein, daß die ganze Macht des Proletariats, so geführt und so programmatisch einer Revolution auf Raten anvertraut, beiweitem schwächer ist, die täglich wachsende Schamlosigkeit dieser eingesessenen und eingefressenen bürgerlichen Gesittung zu dämmen, als das Dasein eines Monarchen, und wäre er eine Puppe, ein Popanz, ganz und gar aus Stroh und nicht bloß oben! Denn besser ein Symbol der Herrschaft als diese Wirklichkeit von Machthuberei; besser die Vogelscheuche, die das Raubgezücht abhält, der Menschheit den Acker streitig zu machen. Dies sei grundsätzlich gesagt und nicht für jene Zeit, wo sie im Dienste des Raubgezüchts zur Menschheitsscheuche entartet war. Ich bleibe dabei, daß die Kaiser als die verantwortlichen Geschäftsträger des Unheils davonzujagen waren, und ich habe mich meiner Nachkriegsbegeisterung nicht zu schämen, wie fast sämtliche Schreiber ihrer Mitgängerschaft mit der größten Schandtat, die diesen Planeten jemals befleckt hat. Aber ein Freund, der noch post festum nüchtern blieb und schwerer als andere die Unwandelbarkeit dieser österreichischen Dinge erfahren hat, einer, dessen Sachdenklichkeit oft vom Standort der Schrulle her Zusammenhänge durchblitzt, hat mit aller Erkenntnis des monarchischen Unwesens, die Beschaffenheit einer österreichischen Republik als wahrer Volksfreund vom Tage ihrer Gründung an erkannt. »Der Kaiser schaut zu!« – in diese Zauberformel gefaßt, so hat er das Um und Auf einer Abschreckungsmöglichkeit auf dem hiesigen moralischen Niveau bezeichnet, als die einzige Hemmung, die für die äußersten Exzesse dieser Bürgerwelt im Gebiete der staatlichen und publizistischen Korruption noch denkbar ist. Und gerade ich, den die Vorstellung, daß der Kaiser zuschaut, nie als Schuldgefühl beklemmt hat, wohl aber als Gehirndruck, muß heute zugeben, daß die Frage Republik oder Monarchie vor der Betrachtung eines Zustands zurücktritt, wo dieses Bürgerwesen nicht nur aufsichtsfrei schaltet, sondern wo es noch die Embleme der abgedankten Herrschaft, Sinn und Ton der unveränderten Gewalthaberei, gegen jene verwendet, die einst mit reineren Händen die Zügel ergreifen könnten. Muß es denn nicht jedes Herz, das für die Freiheit schlägt, mit Scham erfüllen, wie pünktlich diese als die Freiheit verstanden wurde zu allem, was früher verboten war, insbesondere zu dem, was mit Recht verboten war und immer verboten sein müßte? Und wie sich nach jedem dieser Regierungs-, Preß- und Parteiskandale, durch die das verkleinerte Land mit Lärm und Gestank die Dimensionen hereinkriegen wollte – wie sich da pünktlich das Argument einstellte, dergleichen wäre in der Monarchie denn doch nicht möglich gewesen!

Wenn deren tieftrauernde Hinterbliebene nicht mit Recht in Herrn Schober ihren festesten Hort erblickten, müßten sie diejenigen sein, die zwar zu glauben hätten, daß ich für das, was ich über ihn gesagt habe, in der Monarchie eingesperrt worden wäre, aber doch auch: daß er, wenn ihm in der Monarchie das gesagt worden wäre, was ich ihm in der Republik gesagt habe, sein unwiderruflich letztes Demissionsgesuch eingereicht hätte, ja daß es gar nicht erst dazu gekommen wäre, weil er schon nach dem ersten Toten des 15. Juli gegangen wäre! Nun lese ich mit einem Gefühl, in dem sich Überraschung mit Neid mischt, daß einem unscheinbaren Parteisekretär gelungen ist, was mir nicht gelingen wollte, nämlich Herrn Schober zu beleidigen. Man hat es also mit einem Pionier zu tun, der etwa mit dem ersten Durchschwimmer des Ärmelkanals verglichen werden könnte, ein Unternehmen, das zugleich schwierig ist und ohne jeden praktischen Wert. Dieses Moment hat das Gericht jedenfalls als strafmildernd berücksichtigt. Der Wahrheitsbeweis für die inkriminierte Behauptung, Herr Schober sei ein Meuchelmörder, wäre, selbst wenn es ihn zugelassen hätte, niemals zu erbringen gewesen, weil er keiner Fliege das diesbezügliche Haar krümmen kann. Aber die Untersuchung, wie solche Gemütslage doch mit dem Umstand zu vereinbaren ist, daß neunzig Menschen auf der Ringstraße ums Leben kamen und darunter nicht nur Ruhestörer, sondern auch Spaziergänger, wäre längst Sache einer unbeeinflußbaren Justiz gegen einen unabsetzbaren Polizeipräsidenten gewesen! Die vielen Gelegenheiten, die ihr dazu geboten wurden, hat sie ungenützt verstreichen lassen. Aber die Ablenkung dieses unerledigten Falles auf das Gebiet der Ehrenbeleidigung, wohin doch weit mehr die Vorwürfe gehören, die ich außerhalb des 15. Juli gegen den Polizeipräsidenten erhoben habe, wird den Martertod Hans Erwin Kieslers nicht aus dem Gedächtnis löschen, und was Schobers Ehre anbelangt, so dürfte die Mitgliedschaft beim Gewerbeverein noch immer eine bessere Satisfaktion bilden als ein Gerichtsurteil, das dem Angeklagten, dem Kläger, die Gelegenheit versperrt hat, in die Materie der Beleidigung einzugehen. Etwas weit Solideres, gleichsam etwas, was man bei einmaliger Anschaffung fürs Leben hat, wäre es gewesen, wenn Herr Schober gegen meine konkreten Anwürfe ein Urteil erwirkt hätte, anstatt darüber nach dem Radetzkymarsch zur Tagesordnung zu schreiten. Nein, ich würde nie von ihm behaupten, daß er persönlich ein Meuchelmörder ist; denn er ist bloß der Vorgesetzte eines großen blonden Polizisten, der aus einer Entfernung von zirka zehn Schritt auf einen am Boden liegenden verwundeten Knaben geschossen hat. Wohl aber behaupte ich von ihm, daß er auch der Vorgesetzte eines mittelgroßen schwarzen Hofrats ist und daß er an mir Treu und Redlichkeit verübt hat. Aber was nützt mir der Beweis? Wo ich jeweils in eine Interessensphäre mit rauher Hand eingreife, schließt sich im Nu alles, was zwischen Hakenkreuzlern und Mossejuden einen Selbsterhaltungstrieb hat, zu einer Phalanx zusammen. Und es soll der Mit- und Nachwelt unverloren bleiben, daß zwar nicht vor einem Wiener Strafgericht, vor dem mich Herr Schober höchstens nicht gemeint hat, sondern vor einem Berliner Handelsgericht seine Beschwerde endlich forensischen Ausdruck fand. Nämlich – und so vereinigen sich mir die Sphären – als der Schmerz zweier Männer, gegen die ich die einstweilige Verfügung des Plakats erließ. Der Verlag des Schuftes Kerr hat – in einem von diesem inspirierten Schriftsatz – unter III. dem Berliner Handelsgericht nicht nur von mir erzählt, daß ich seinerzeit ein Erdbeben in der Neuen Freien Presse angerichtet habe, sondern auch wörtlich das Folgende:

Er unternimmt seine beschimpfenden Angriffe vornehmlich gegen solche Persönlichkeiten, deren Name allgemein bekannt ist

(und ich hatte geglaubt, daß ich nur kleine Themen behandle)

und wählt, um das Aufsehen zu steigern, monströse, auffallende Plakatierungen an verkehrsreichen Punkten der Stadt. So hat er in Wien kürzlich den österreichischen Bundeskanzler Schober, jetzigen Polizeipräsidenten Wiens, durch schreiende Plakate an den Anschlagsäulen herabzusetzen versucht.

(Bloß abzusetzen.)

Der ehemalige Bundeskanzler hat diese krampfhaften Bemühungen, einen Sensationsprozeß zwischen Schober und Kraus herbeizuführen, mit Nichtachtung gestraft – und alle wesentlichen österreichischen Zeitungen haben seinen Grundsatz, Herrn Kraus eine Gelegenheit zur Reklame nicht zu bieten, heiter gebilligt.

Es ist leider eine unbestreitbare Tatsache, daß mich der Herr Schober unter Heranziehung eines Rückert-Paragraphen mit Nichtachtung gestraft hat und diese Strafe fällt bekanntlich nicht einmal unter die Amnestie. Es ist sogar richtig, daß ich auf diese Art vielfach, in Wien und in Berlin, vorbestraft bin. Wenn man aber dazu bedenkt, daß der von mir plakatierte Schuft Kerr, der sich so in den Leidensgenossen einhängt, ehemals den Berliner Polizeipräsidenten herabzusetzen versucht hat und daß das Berliner Tageblatt spaltenlange Beweise der Unfähigkeit des jetzigen Wiener Polizeipräsidenten erbracht, ja über meinen krampfhaftesten Versuch, ihn in den Gerichtssaal zu bringen, telegraphisch berichtet hat – so muß man schon zugeben, daß gegen dieses Schulter an Schulter der von mir ramponierten Würdenträger die Nibelungentreue ein Pappenstiel war und daß sich der Anschluß beiderseits klaglos zu vollziehen scheint.

Während mir aber die Wahl zwischen dem hiesigen und dem dortigen moralischen Klima schwer wird, wenden sich bereits die Dinge, die hier so unbeweglich schienen, zum Bessern. Unser Bundespräsident hat gesagt, er schöpfe die Hoffnung,

daß unser kleines und verarmtes Volk einst eines der ersten Kulturvölker der Welt werden wird, wozu es alle Fähigkeiten besitzt.

Nicht ohne hinzuzufügen:

Während meiner Amtstätigkeit habe ich, soweit dies in meinen schwachen Kräften lag, versucht, zur Erreichung dieses hehren Zieles beizutragen.

Diese Aussicht müßte mich bestimmen, hier noch die kurze Zeit, die es dauern kann, bis wir eines der ersten Kulturvölker geworden sind, auszuharren. Die Grazer Partie hat beim Freispruch eines Mörders, der in Zivil bloß Schlächter war, zum höchsten Zeichen der Huldigung ausgerufen: »Wir essen nur noch Wagner-Würstel!«, ein schüchterner Anfang wäre also gemacht. Mehr als das. Auf dem gleichen Zeitungsblatt, worin von dem Ereignis Kunde gegeben wurde, daß Schober wegen Beleidigung geklagt und obsiegt hat, waren Spuren des Wiener Kunstsinnes verzeichnet, die etwas Lockendes haben. Ich las da von der wahren künstlerischen Pracht, die sich auf der Kochkunstschau entfaltet hat, welche die Neue Freie Presse als »das Schlaraffenland im Kursalon« betitelte. Es war eine Kunstkritik, in der festgestellt wurde, daß »sich die Gastronomie alle Künste dienstbar gemacht zu haben schien«, sicherlich insofern eine Bereicherung, als man in Wien bisher nur gewußt hatte, daß ein Apfelstrudel ein Gedicht sein könne und eines, das noch weit mehr Aufsehen macht als die sogenannten Irrenhausgedichte. Im Wettstreit der Musen wurde besonders der Anteil der bildenden Künste hervorgehoben, und damit auch irgendwie die Musik in den Dienst des Gastwirts gestellt sei, war ein Schubert aus Zucker zu schauen, ja ein ganzes Schubert-Monument, das ein Fanatiker der Ideale »aus den schmackhaften Ingredienzien, aus denen er sonst duftende Torten zu formen pflegt, nachgebildet hat«. Wohl als Ersatz für den Schubert aus Schweineschmalz, der im heißen Juli 1928 geschmolzen ist und bald nicht mehr als Schubert zu erkennen war, sondern nur noch als Schweinerei. »Aus der Fülle lockender Köstlichkeiten«, schrieb der Kritiker der Neuen Freien Presse, »seien vorläufig auf gut Glück ein paar herausgegriffen«. Ob mit der Hand und ob er dabei gut Glück hatte, verschwieg er. Eher scheint er aber durch künstlerische Andacht gehemmt gewesen zu sein, denn wir lesen, daß ein aus Hühnerschaumbrot mit Trüffeldekoration gruppiertes »Motiv« und ein »Meeresidyll aus mannigfaltigen Fischen« von einem derartigen Zauber seien, »daß wohl auch der vorwitzigste Appetit dadurch eingeschüchtert werden und sich scheuen würde, solche Pracht zu zerstören«. Es bedurfte also für den Vertreter der Neuen Freien Presse gewiß nicht der Warnung, die in Wien auch in einer Kochkunstausstellung affichiert sein dürfte: Es wird ersucht, die ausgestellten Gegenstände nicht zu berühren; oder: die Kritiker nicht zu füttern. Dagegen scheint der vom

Neuen Wiener Journal einen tragischen Konflikt durchgemacht zu haben. »Es ist nicht leicht, Besucher einer Kochkunstausstellung zu sein«, bekennt er.

Es gehört schon eine gewisse Beherrschung dazu, um angesichts dieser Herrlichkeiten nur kühl beobachtender K r i t i k e r zu bleiben. Die stumme Bewunderung vor den ausgestellten Objekten steigert sich bald zu einem mörderischen Appetit.

Offenbar hätte er gern ein Rezensionsexemplar erhalten, um sich mit der Materie vertrauter zu machen, so aber muß er bedauern, »nur eine kleine Auslese der Besprechung unterziehen zu können«. Während jedoch die Neue Freie Presse den Kunstkritiker entsandt hatte, schien im Neuen Wiener Journal der Musikkritiker das Referat übernommen zu haben, denn: »Wahre Hors d'œuvres-Symphonien«, sagte er, »sind auf den Tischen ausgebreitet«. Da man aber bei Beethoven nicht mitpfeift, so läßt sich vermuten, daß er sich der Weihe der Darbietung schließlich so würdig erwiesen hat wie der Kollege vom Kunstressort. Dieser rühmt besonders noch einen von I. Slanina erschaffenen Brunnen aus Fett und Forellen, offenbar Rodin-Schule. Man erfährt aber auch von Wundern der Architektonik, indem es einen Stefansturm aus Würsteln auf der Grundlage von Jungschweinernem gab sowie ein aus Fett täuschend nachgeahmtes Modell der Raxbergstation. Der Ätna speit. Und er bleibt unversöhnlich, wiewohl nebst einer Languste, die einen Aeroplan darstellt – mit einer Glasur aus Hünefeld und Koehl – sogar eine große Hainisch-Torte geboten wird, die »mit dem wohlgelungenen Bild unseres Staatsoberhauptes auch nicht vergessen werden darf«. Wo werde ich! Das alles wäre aber noch gar nichts – denn schließlich wird ja auch in andern Ländern gekocht und gegessen, wiewohl dort der Gast nicht das Zubehör zum Gastwirt bildet. Aber es gibt etwas ganz Neues, nur dem Wiener Gusto Erlangbares, es gibt eine Spezialität. Die Neue Freie Presse – auf dem Punkt angelangt, wo sie nicht weiß, ob sie hineinbeißen oder schwärmen soll, aber von der Kulturmission durchdrungen, daß man heute nicht nur für den Lehar, sondern auch für einen Heurigenwirt mehr Adjektiva bereit halten muß als ehedem für Offenbach – sie nennt es: »lockendes Illustrationsmaterial zu raffiniert zusammengestellten Speisekarten«. Und was ist es?

Ein Spannagl-Beinfleisch und ein Spannagl-Wiener Schnitzel, bei dessen Herstellung Küchenchef Rudolf Rolly und Fräulein Leopoldine Spannagl ihre Kunst bewährt haben.

Während Rudolf Rolly jedenfalls selbstlos und ohne Anspruch auf Verewigung geschaffen hat, erscheint es nicht aufgeklärt, ob das Spannagl-Beinfleisch, beziehungsweise das Spannagl-Wiener Schnitzel nach Fräulein Leopoldine Spannagl benannt ist, oder vielleicht nach einem Verwandten, welchen ich mir als einen Mann vorstelle, der, dieweil ich zum Beispiel das Spannagl-Beinfleisch esse, sein Auge auf mir ruhen läßt, mich nötigt, seinen Gruß zu erwidern und den Dank der Kreatur dem Schöpfer abzustatten, worauf er zur Tagesordnung schreitet. Ich werde darum kein Spannagl-Beinfleisch essen, sondern lieber in einer andern Stadt eine größere und billigere Portion, die freilich der Zuwag der Persönlichkeit entbehrt. Anderseits hat aber das so beschaffene Wiener Leben, dem man es kaum ansehen würde, daß es einen Weltkrieg und eine Revolution hinter sich hat, doch wieder seinen Reiz, wenn man liest, daß Herr Schober ausersehen sei, als Gesandter nach Washington zu gehen, was allerdings sehr unwahrscheinlich ist, da man sich nicht vorstellen kann, daß er die Polizeidirektion im Stich lassen könnte. Und er wird umso sicherer bleiben, wenn er hört, daß ich für den Fall seines Abgangs nach Washington entschlossen bin, nicht nach Berlin zu gehen, wo ich als österreichischer Gesandter bereits akkreditiert bin. Ich glaube, er dürfte wie Nestroys Strick zu uns sprechen: »Ich habe die Not mit Ihnen geteilt, es ist jetzt meine Pflicht, auch in die guten Tag' Sie nicht zu verlassen!« Und wir gehen doch guten Tagen entgegen. Unser Bundespräsident, der schon gelegentlich des Sängerfestes auf die musikalische Begabung des deutschen Stammes hingewiesen hat, in dessen Wäldern sogar die Vögel singen und selbst der Specht auf die dürren Bäume klopft, hat aufs neue die Gelegenheit ergriffen – denn Schubert wird fortgefeiert und wenn die Welt voll Teufel wär –, in Anknüpfung an die »schweren wirtschaftlichen Schädigungen infolge der Kriegs- und der Nachkriegszeit« auf die tief musikalische Veranlagung unseres Volkes hinzuweisen und zu versichern, musikalische Begabung sei ein Zeichen eines reichen Innenlebens. Dieses wäre also gleichsam das Letzte, was uns aus dem Weltkrieg geblieben ist und was uns nachher selbst der Castiglioni gelassen hat, dem die Staatslenker deshalb bei Konzerten die Hand drücken. Unser Präsident hat aber einen andern Namen genannt, der eine gewisse Gewähr auch für die kulturelle Zukunft gibt, nämlich Walther von der Vogelweide, »der von sich sagte, er habe in Österreich singen und sagen gelernt«. Wem singen und sagen Sie das! Mir längst bekannt! Ich weiß zwar nicht, ob es so wörtlich zu nehmen ist, aber ganz das gleiche kann ich von mir sagen, zum Beispiel hinsichtlich des Schoberliedes, dessen Kolportage jetzt freigegeben ist und das somit bald einen jener »Schlager« bilden wird, deren Siegeslauf das Neue Wiener Journal letzthin wie folgt beschrieben hat:

Er ist plötzlich da, überwältigt die Menschen, singt und klingt durch alle Gassen und Stuben und wird schließlich . . ein eiserner Bestandteil des Sprachschatzes und des Melodienmuseums! Nach Jahrzehnten verklärt ihn schließlich die Patina des Alters und er steigt . . in den Tempel der Ewigkeit, wo er neben seinen edleren Geschwistern, dem Volkslied und den Klängen des »Stille Nacht, heilige Nacht«, unsterblich wird.

Eben neben der steht er bereits, wie der Schlußakt meines Dramas »Die Unüberwindlichen« beweist. Wiewohl dort aber eigentlich das Volkslied »So ein Weiberl, zum Küssen, pickfein« triumphiert, lasse ich mich von der Hoffnungslosigkeit solchen Ausklangs doch nicht unterkriegen. Eine gewisse Chance bietet ja auch die Eröffnung des telephonischen Verkehrs zwischen Newyork und Wien. Herr Kellog, offenbar im Sinne eines besonderen Paktes, beeilte sich über den Ozean zu rufen:

Österreich war von jeher ein Zentrum für Kunst und Wissenschaft!

während der Chef der Firma Neumann hinüberrief, daß vierzig Mäntel lieferbar seien. Während also das Staatsgespräch nur eine summarische Anerkennung unserer Kulturansprüche war, welche wir in jeder Situation vom Ausland bestätigt wünschen, konnte das andere ausführlich beschrieben und ihm die »Klangreinheit« und die »volle Natürlichkeit lebendigster Klangfarbe« nachgerühmt werden,

jedenfalls konnte man es begreiflich finden, daß der Seniorchef der Firma Neumann, Herr Josef Neumann, sein Gegenüber fragte: »Bist du in New-York? Ich habe geglaubt, du bist in Baden.«

Ich auch! Denn ich habe hier mein Lebtag ein Nebengeräusch gehört, wo die anderen Klangreinheit empfanden, und unter diesen Umständen, die teils befriedigend, teils entmutigend sind, schwanke ich noch, von wo ich künftig Ferngespräche mit Wien führen werde. Ich würde freilich viel entbehren. In welcher Stadt der Welt zum Beispiel bekäme ich einen Artikel an leitender Stelle mit bildlicher Darstellung eines Gattenpaares zu Gesicht, unter dem Titel

LACHE, BAJAZZO! . . .
Tapfere Tat der Frau des Kammersängers Piccaver
Während ihr Mann in der Oper ahnungslos singt, läßt sie sich operieren

Das gibts doch nur in Wien! Und dabei hat er, während sie sich operieren ließ, den Turiddu gesungen und selbst als er nachher den Bajazzo sang, noch keine Ahnung gehabt. Die tapfere Tat der Frau Piccaver trotz dem Gedenken Amundsens in Ehren – so muß ich doch immer wieder bekennen, daß mir ein Umsturz gestohlen werden kann, der nach zwölf Millionen Toten diese Orgien des Bürgergeistes ermöglicht hat. Bekessy, kehre zurück, alles verziehen! Und wenn man sieht, wie heute die Neue Freie Presse, eine in Ehren ergraute Prostituierte, mit allen Schikanen, die jener sie gelehrt hat, die Bettsensationen betreibt, wie sie sich an verbotenen Reizen betut und das

Schlafwagenabenteuer der »Frau Melanie« auskichert – dann möchte man dem Manne alles abbitten, der doch mit der Inspizierung der bourgeoisen Fehltritte, mit der Birsch auf balzende Bankdirektoren wenigstens einen praktischen Zweck verbunden hat; während die Neue Freie Presse auch in der Indezenz die mischpochalen Belange hütet und bloß darauf ausgeht, die Bankdirektoren zu erquicken. Freilich, wenngleich sie die mondänen Methoden zugelernt hat, ihre alte Eigenart, das Familienleben mehr von der idyllischen Seite zu betrachten, ihren goldigen Humor, ihren Sinn für fröhliche Schmonzes hat sie selbst durch die wilden Orgien der Inflationszeit hindurchgerettet. Aus den Tagen des Sängerfestes, wo sie in der Ausschöpfung des nationalen Gedankens das Äußerste geleistet hat und wo sie das Bild einer Geistigkeit herstellte, vor dem man gar nicht glauben konnte, daß Deutsche so treu und Juden so blöd sein können – aus diesen Tagen bewahre ich ein Dokument, von dem ich vermute, daß es als eine besondere Aufmerksamkeit der Neuen Freien Presse zum dreißigsten Jahr der Fackel zustandegekommen ist. Wenigstens kann ich sagen, daß in dem ganzen Extrakt journalistischer Möglichkeiten, den ich bereitet habe, nichts auch nur annähernd Ähnliches vertreten war. Ein Unikum selbst in den fünfhundert Spalten, in denen sich damals die jüdische Treue zum deutschen Hochgedanken ausgetobt und ausgeschmust hat und wo zwischen den tausend Marksteinen, die sämtliche Chordirigenten aufrichten mußten, die Verdauungsangelegenheiten jedes einzelnen Sangesbruders mit einer Plastik versorgt wurden, vor der die Erinnerung an die Amerikareise des Männergesangsvereins verblaßt. Die Neue Freie Presse hat seit jeher eine Schwäche für den Männergesang, und wo sich nur eine Gelegenheit findet, hält sie es mit Chorsängern, in deren Mannesbrust sie sich wirft, um alle nur möglichen Töne, die da hervorkommen, zu belauschen und zu registrieren. Die Seite, die sie solcher Gelegenheit abgewinnt, ist, ob klein, ob groß, immer heiter. Doch da gibt es im festlichen Gebrause auch Details, kleine Züge aus dem Familienleben, Drolerien, die andere Lebewesen gar nicht wahrnehmen würden, die aber die Neue Freie Presse beobachtet hat und als

»heitere Episoden vom Festzug« weitergibt. Das könnte man unmöglich erraten, was ihr da aufgefallen ist. Man höre:

. . . Begeisterung, Jauchzen, brausende Rufe. In eine kleine Pause des Jubelsturmes aber dringt markerschütternd ein gellendes Gequietsch. Eine Frau hat ihr Kindchen mitgenommen, der blonde Knirps empfindet es offenbar als ungehörig, daß sich alles um den Festzug und niemand um ihn kümmert, und sucht durch energisches Geschrei die allgemeine Aufmerksamkeit auf sich zu lenken, was ihm auch vortrefflich gelingt.

Aus. Das wäre also ein Fall für sich. Aber jetzt:

Ein Ehepaar, das seinen etwa zehnjährigen Buben mitgenommen hat, ist ununterbrochen damit beschäftigt, dem Kleinen einen verdorbenen Magen zu ersparen. Der Bub möchte nämlich von allem haben, was auf der Tribüne an Lebensmitteln feilgeboten wird. Ein reizendes Mädel in Alt-Wiener Tracht geht zwischen den Bankreihen umher und bietet saure Zuckerln zum Kaufe an.

Was wird jetzt geschehen?

Sehnsüchtig blickt der kleine Rudi ihr nach, wobei seine Sehnsucht nicht so sehr dem bildhübschen Mädchengesicht, als den sauren Zuckerln gilt. »Du würdest dir ja mit den Zuckerln nur den Magen verkleben«, belehrt ihn die Mutter.

Absatz. Die Spannung wächst. Der Fall ist noch nicht abgeschlossen, die Pointe kommt erst.

Da hält ihm ein Verkäufer Gefrornes verlockend unter die Nase: »Eskimo gefällig?« »Bitte ein Vanilleeis!«, bestellt der Bub. »Das ist nichts für deinen Magen!«, stellt der Vater fest.

Nun und? Schließlich?

Schließlich bekommt der Rudi eine Schinkensemmel und eine Gurke und ist für zehn Minuten saturiert.

So sind Kinder. Aus. Gewiß, die Neue Freie Presse mußte auf ihre alten Tage Animierdame in einer Schieberbar werden, aber im Herzen ist sie doch Kindergärtnerin geblieben. Im nächsten Absatz zeigt sie allerdings wieder Sinn für die höhere Altersstufe, indem sie keck versetzt:

Soviel hübsche Mädchen wie diesmal hat man schon lange nicht zu sehen bekommen.

Selbstredend haben sie sich zu Ehren deutscher Sänger nicht etwa ein Rendezvous dort gegeben, sondern ein »Stelldichein«. Und wie glaubt man vermittelt die Neue Freie Presse Bekanntschaften? Der Dialog, der sich da anspinnt, lautet:

»Schauen Sie, wie schön dieser Wagen ist!« sagt man, und »Ja, er ist herrlich!« kommt die Antwort, und die Bekanntschaft ist angeknüpft.

Fertig. Jetzt aber bricht die Scherzhaftigkeit aus, das heißt der Humor tritt in seine Rechte. Die Neue Freie Presse, tolerant wie sie ist, sieht christlichen Mädchen durch die Finger und blickt dabei in die Zukunft. Denn nun gehts ans Abschiednehmen.

Aber es wird ein Abschied sein, bei dem man ganz besonders nachdrücklich »Auf Wiedersehen!« sagt. Man wird wieder nach Wien kommen, hoffentlich schon beim nächsten Urlaub, und vielleicht hätte das Fräulein Poldi oder das Fräulein Mizzerl auch einmal Lust, für ein paar Tage nach Deutschland zu fahren? Eine Rheinreise oder eine Schwarzwaldwanderung in lieber Gesellschaft sind ja bekanntlich auch nicht zu verachten und die Eltern werden's schon erlauben, nicht wahr? Bis zum Wiedersehen wird man einander fleißig Ansichtskarten schreiben.

Hat man schon so etwas von schlichtem Behagen bei einer alten Chonte erlebt? Das geht aber so weiter. Sie scherzt, wie schwer es für einen Herrn aus Danzig sei, sich auf Hernalserisch zu verständigen, »mit der Zeit wird es schon gehen«, die Wienerinnen lernen ihrerseits alle deutschen Dialekte, so daß »man einander schon sehr gut versteht« – und jetzt der Purzelbaum vom politischen Ideal ins Bett:

Die Anschlußidee marschiert – wie im allgemeinen, so auch im besonderen.

Das wurde von Erwachsenen geschrieben, gedruckt, gelesen, geschmeckt. Privatim vorgebracht, verhülfe es dem schäkernden Trottel glatt zum Hinauswurf. Als öffentliche Meinung ist's eine Industrie, die ihre Leute materiell und geistig nährt. Ist das bürgerliche Leben hinter den politischen Vorwänden mehr Räuberhöhle oder Bordell? Unter der stupidisierenden Einwirkung dieser Presse zu allem eine Kleinkinderbewahranstalt. Man messe am technischen Fortschritt den kulturellen, wenn eine Gesellschaft dieses tägliche Brot des Geistes nicht verschmäht, ja wenn sich die Presse allmählich zu einer Vorrichtung entwickeln darf, jeden Rülps unmittelbar aufzufangen und dem Empfänger die Freude der Agnoszierung und die Genugtuung beizubringen, daß er das auch getroffen hätte!

Mit allem Glauben an die Heilsamkeit des Tyrannensturzes verknüpft sich leider die Einsicht, daß in einem gewissen Stadium der Entwicklung ein Zuchtmeister wieder unentbehrlich ist und daß das tonangebende Gezücht, im Kontrast der Lebensnot nur üppiger geworden, halt entweder einen Kaiser braucht oder einen Bekessy, welchem selbst es ja die Monarchie niemals, und in ihrer letzten Verlotterung nicht, erlaubt hätte, seinen Fuß auf ihren Nacken zu setzen. Aber die ökonomische Korruption der Presse bedeutet an und für sich das geringste ihrer Übel, und die Kriminalisierung des Falles war, jedenfalls mir, bloß ein Mittel, den Kulturgestank einzudämmen, der von dem neujournalistischen Typus ausging. Gegen die Pest, die sich nunmehr als seine Hinterlassenschaft ausbreitet und gerade in jener Preßregion, aus der ihm die äußersten Flüche nachgedonnert haben, gibt es keine legale Hilfe und will die Gesellschaft keinen kulturpolizeilichen Schutz. *Monarchie oder Republik? In den dreißig Jahren, die mein Widerwille zurückdenkt, hat in Österreich nie eine andere Macht regiert als die Presse*, die einer ihr dienstbaren Bürokratie den Untertan des gedruckten Wortes als Sklaven der Vorschrift gebrauchsfertig geliefert hat! Das Leben des österreichischen Staatsbürgers, nie war es etwas anderes als ein Gedränge zwischen Obrigkeit und Niedrigkeit, erleichtert durch Zufall oder Protektion. Und in keinem Kulturbereich der Erde konnte die furchtbarste Gewalt, die die Menschheit über sich aufgerichtet hat, so am corpus vile experimentieren wie an dieser Gemeinschaft von Gaffern und Geschichtenträgern, im geistigen Milieu einer Staatlichkeit, die als weltpolitischer Todeskandidat ihr Testament in Form eines Ultimatums gemacht hat. Mein Gedanke war es, den Weltkrieg als den Aufbruch der klischierten Phrase zu erkennen, als die Prüfung auf die Tragweite jenes Rotationsmaschinengewehrs, in dessen unaufhaltsamer Fortwirkung todsicher der Untergang der Kulturwelt beschlossen ist. Mit dessen Vision habe ich bloß die Reihe der Erkenner wie Kierkegaard fortgesetzt, deren Kampf aus dem Grunde nicht bagatellisiert wird, weil die Angegriffenen sich in den Objekten der Vorzeit nicht mehr erkennen wollen. Aber erschrecken sie nicht vor der Identität der Erkenntnis?

Wie China zum Stillstand kam auf einer Entwicklungsstufe, so wird Europa an der Presse zum Stillstand kommen, stehen bleiben als ein Memento, daß hier eine Entdeckung gemacht worden ist, von der es zuletzt überwältigt wurde!

Aber gegen den Zeitgenossen haben die ewigen Machthaber, vor denen Regenten und sonstige Komödianten zittern, den Einwand, daß es doch wichtigere Themen gebe als sie selbst. Ich kenne kein wichtigeres als das Unheil, das in der Unverantwortlichkeit beschlossen ist, mit der die Vervielfältigung der privaten Einfalt, die Multiplikation des Minushaften, die Verbreitung eines Ungeistes und einer Unmoral, die am Biertisch verpönt wären, täglich frisch praktiziert wird. Und vollends kein wichtigeres als die Schurkerei des Ablenkungsmanövers: die Geringfügigkeit der Übeltäter vorzuschützen, um den Angriff zu verkleinern und zu schwächen; die Nichtigkeit der wirkenden Kräfte einzuwenden, die ich doch ohneweiters anerkennte, wenn sie sich in den Privatwinkel zurückzögen, in den sie als Persönlichkeiten gehören. Als wäre nicht gerade die Herabsetzung dieser angemaßten Majestät einer öffentlichen Meinung auf die Nullität ihrer Erzeuger mein eigentlichstes und eigenstes Thema! Nein, seitdem die Menschheit diese praktische Einrichtung über sich etabliert hat, Druckerschwärze als

Gehirnkleister zu verwenden, wurde nie eine Zeit erlebt, in der sich der publizistische Beruf so, mit einer schon am Außenbild haftenden Schamlosigkeit, der bewußten Zerstörung des Geisteslebens hingegeben hätte, nachdem ihm die systematische Verkehrung aller Moralbegriffe längst zu dem geworden war, was im Rotwelsch der Zunft »Usance« heißt. Aber die Korruption des bezahlten oder reiner Lumperei dienstbaren Textes reicht beiweitem nicht an den Schaden hinan, den die tägliche Abtötung der Phantasie bewirkt, diese hypertrophische Darbietung des Lebensstoffes in seiner unmittelbaren Scheußlichkeit, diese Auspoverung eines Sprachguts, von dem nichts übrig bleibt als ein Misthaufen von Adjektiven. Meine Arbeit war es, die Presse als die ereignisschaffende, todbringende Organisation der moralischen und geistigen Unverantwortlichkeit erkennen zu lassen, als jenes größte Übel der menschlichen Gesellschaft, welches durch die Faszination, die vom gedruckten Wort ausgeht, von der Gefahr abzulenken weiß, die es bedeutet; als die selbstmörderische Waffe, von welcher sämtliche Kulturgüter dahingerafft werden, die sie zu hüten vorgibt. Auf die Flachheit des klassenkämpferischen Einwands, daß ich nur eine der Folgeerscheinungen oder Ausdrucksformen der kapitalistischen Welt bekämpft habe, lasse ich mich nicht ein, weil ich tief überzeugt bin, daß die journalistische Form auch die sozialistische Welt zu korrumpieren imstande ist! Weil ich meinen Preßkampf, der an der kleinsten Notiz das Gesicht der herrschenden Klasse zeigt, für revolutionärer halte als alles Entwicklungsgerede auf bürgerlicher Geistesbahn, das die Revolution zu einem prolongierten Wechsel mit gegenseitiger Bewilligung macht. Jawohl, ich halte die Folgeerscheinung für die Ursache; der Spiegel macht das Gesicht. Wenn der Zahltag einmal gekommen ist und die Sozialdemokratie die Journalfestungen der Feindesmacht unversehrt läßt – weil die bürgerliche Presse doch von Setzern hergestellt wird, wie die andere Rüstung von Munitionsarbeitern –, dann wollen wir sehen, ob die Welt ein anderes Gesicht haben wird! Wahrlich, der Untergang durch schwarze Magie wäre ihr auch verhängt, wenn es nur eine sozialdemokratische Presse gäbe, mindestens die der heutigen Gestalt, welche den Stoff antibürgerlicher Meinung mit bürgerlichen Geistesmitteln zubereitet, aber auch, vorn wie hinten, unmittelbar Anteil nimmt an den Gebräuchen der Bürgerpresse, von deren Kulturstoff sie mit grundsätzlicher Verabscheuung die Konterbande bezieht. Das Übel der Tagespresse, und möge sie obenauf in den Dienst der nützlichsten sozialen Tendenz gestellt sein, besteht in der Einrichtung, zwar einen vor dem Preßgesetz verantwortlichen Redakteur zu haben, aber ein Dutzend unverantwortliche vor der Leserschaft; in dem förmlichen Zwang zur Unverantwortlichkeit, der sich aus dem Zwang zur täglichen Literierung des Lebensstoffes ergibt. Da aber Presse die Organisation der Unverantwortlichkeit ist und darum auch jener völligen Unverbindlichkeit, die von heute auf morgen die widersprechendsten Ansichten mit der gleichen Suggestion von sich gibt, so kann ich selbst es nicht nur erleben, daß ich morgen auf demselben Papier emporgehoben werde, dessen Druckerschwärze mich gestern beschmiert hat, sondern sogar, daß meine eigene gegen das Weltübel konzentrierte Ansicht genehmigt wird und in Gestalt einer Feuilletonwendung durchrutscht. Wenn ich Bücher schreibe, um der Zeiten Schande mit dem Walten der großen Hure in Kongruenz zu bringen, so können die augenfälligsten Beweise von Verbrechen wider Sprachgeist und Moral, an Kultur und allem sonstigen Besitz der Menschheit mich des Verdachtes nicht entheben, ich sei ein Kleinigkeitskrämer, über welchen die Presse totschweigend oder wutschreiend in jener erhabenen Mission triumphieren wird, die sie sich auch dann bestätigen möchte, wenn die Zeitungen schon in den Zuchthäusern hergestellt würden. Aber wenn ein Kabarettliterat, der von den Abfällen meiner Motive lebt, eine »Arie der großen Hure Presse« dichtet, so rühmt das Berliner Tageblatt – eine cloaca maxima unter den Kotschleußen der öffentlichen Meinung – den »revolutionären Elan«, mit dem da »an eine erlauchte literarische Tradition wieder angeknüpft« wird. Daß ich selbst mit der Deutung der großen Hure von Babylon an die Apokalypse angeknüpft habe, war in ihren Augen ein Plagiat. Doch den Tiefpunkt der Prostitution, daß die große Hure sich als selbstverständlich voraussetzt und die Titulatur darbietet, als wäre der Leser nicht zur Anbetung einer Heiligen erzogen – dergleichen zu bemerken und festzuhalten, ist doch wohl mein originales Verdienst! Wie auch in jeder andern Kleinigkeit das Wesen der großen Hure zu erkennen, und überall dort, wo sie um keinen Preis zugeben würde, daß sie eine sei.

Wie prophezeit doch ein Kleinigkeitskrämer namens Balzac von den Zeitungen?

Sie werden die Ideen, die Systeme, die Menschen töten und werden gerade dadurch blühen und gedeihen. Sie werden die Wohltat genießen, die allen imaginären Wesen zugute kommt: das Übel wird geschehen, ohne daß jemand daran schuldig ist .... Die Zeitung kann sich das abscheulichste Benehmen gestatten, niemand glaubt, sich damit persönlich schmutzig zu machen ....

Die Zeitung, sagt er, »spricht von ihrem Verbrechen wie von einer Kleinigkeit, die nicht der Rede wert sei«. Den, der ihr nahetritt, »denunziert sie als einen Feind der Freiheit, des Landes und der Aufklärung«:

So sind ihre Verbrechen Kleinigkeiten! ihre Angreifer Scheusale! und nach einiger Zeit glauben die Leute, die sie alle Tage lesen, alles, was sie will. Von nun an ist nichts mehr, was ihr mißfällt, patriotisch, und sie wird nie unrecht haben .... Um Abonnenten zu ergattern, erfindet sie die rührendsten Märchen, führt sie Possenspiele auf wie Hanswurst. Die Zeitung würde eher dem Publikum ihren eigenen Vater zum Frühstück servieren, als darauf verzichten, es unaufhörlich zu interessieren und zu amüsieren.

Sagt Balzac; und ich ergänze: daß sie ihren Vater, wenn er krebskrank wäre, lieber am Narrenseil der sensationellen Hoffnung hielte, er könne geheilt werden, lieber an der Enttäuschung verzweifeln ließe, ehe sie auf die falsche Nachricht verzichten wollte, das endgültige Krebsheilmittel sei gefunden.

Denn wichtiger als die Heilung ist ihr die Nachricht. Die Gelehrten können noch immer nicht dem unwiderstehlichen Zwang widerstehen, sich mit den Journalisten in Gespräche einzulassen, und wiewohl längst die Prügelstrafe als das Korrelat der geistigen Gewalttätigkeit genehmigt sein müßte, wird immer noch der Empfang des Interviewers gepflogen statt des Hinauswurfs. Eine Folge ist das Bekenntnis, das in einem Dokument niedergelegt ist, dem Kopenhagener Schreiben an einen Wiener Arzt, der im Neuen Wiener Journal von der endgültigen Heilung des Krebses gelesen hatte:

Kopenhagen, 21. November 1928.

In Beantwortung Ihres werten Briefes vom 15. cr. hat Dr. Anders Friis uns beauftragt, Sie zu benachrichtigen, daß die in der Tagespresse erschienenen Mitteilungen über seine Behandlung von Krebs und die damit erzielten günstigen Erfolge *leider auf einem Mißverständnis* seiner Äußerungen von Seiten des *Interviewers* beruhen. *Sofort nach dem Erscheinen der sensationellen Nachricht* wurde sie von Dr. Friis *dementiert*, aber während mehrere ausländische Zeitungen das unkorrekte Interview aufgenommen, *scheint keine von ihnen das Dementi veröffentlicht zu haben.*

Es ist Dr. Friis außerordentlich peinlich, daß diese falsche Mitteilung publiziert worden ist und somit in vielen Patienten *eine Hoffnung erweckt hat, welche die Wissenschaft nicht im Stande ist, zu erfüllen.*

Wird jemals das Mittel gefunden werden, den Krebs des Geistes zu heilen? Balzac meint:

Die Wunde ist unheilbar. Sie wird immer bösartiger, immer fressender; und das Übel wird immer größer, je mehr es geduldet wird, bis zu dem Tag, wo über die Zeitungen durch ihre Üppigkeit und Massenhaftigkeit die Verwirrung kommt, wie in Babylon.

»Sie kommen an die Krämer, die das Geld haben, sich die Federn zu kaufen«, sagt er, den Typus Lippowitz voraussehend.

Wir wissen alle, wie wir hier sind, daß die Zeitungen in der Undankbarkeit weiter gehen werden als die Könige, daß sie in Spekulationen und Berechnungen weiter gehen als der schmutzigste Kaufmann, daß sie unsere Intelligenzen zugrunde richten werden, damit sie jeden Morgen ihren Hirnfusel verkaufen.

Wenn wir uns nun fragen, worin eigentlich die Suggestionskraft der Presse beruht, so wäre die Antwort damit gegeben, daß sie wie keine andere Maschine es in sich hat, den Esel, der sie bedient, als Gott hervorgehen zu lassen, und in einem Maße, daß er selbst der Täuschung erliegt. Eine gedruckte Dummheit imponiert dem Leser mehr, als was ihm die sieben Weisen Griechenlands ins Ohr flüstern könnten. Dem faulen Zauber, durch den die fragwürdigste Substanz in den überzeugendsten Schein verwandelt wird, könnte sicherlich durch ein Verbot der Anonymität einiger Abbruch geschehen: wenn also vorerst Schluß gemacht würde mit der Möglichkeit, jedes dürftige Ich, das doch nur die zweite Silbe von einem Nebbich ist, im Plural der Majestät zum Volke sprechen zu lassen. Aber es ließe sich selbst der technische Fortschritt zum Heil der Menschheit wenden, wenn das Radio nicht die Bühne, sondern die Redaktion ersetzen wollte und derart eine akustische Entlarvung der Preßstimmen erfolgte, welcher dann durch den Ausbau der Teleskopie die Errungenschaft anzugliedern wäre, die Individuen auch betrachten zu können, die die öffentliche Meinung vorstellen. So würde sich endlich unfehlbar erkennen lassen, daß die Dümmsten und Unwissendsten in einem Theaterparkett ausersehen sind, die Kritik abzugeben, was ja bisher nur das Premierenpublikum weiß, aber weil es zumeist aus diesen Leuten besteht, nicht weiter auffällig findet. Es ist die letzte Zuversicht, die mir das zeitgebundene Leben gelassen hat: die Technik könne doch nicht so ganz ein Werk des Teufels sein, um nicht durch eine ihrer Möglichkeiten die Schäden, die sie bewirkt hat, zu paralysieren und dem Zauber durch eine noch exaktere Entzauberung ein Ende zu bereiten.

Vielleicht aber ist man schon heute der Vorstellung fähig, mit welchen Gefühlen derjenige einer Instanz gegenüberstehen mußte, der durch ein Menschenalter um ihre Unzuständigkeit gewußt, die schmutzigen Quellen ihrer Urteilsbildung gekannt hat und genötigt war, an seinem eigenen extremsten Fall die pure Rache als das publizistische Motiv zu enthüllen. Vielleicht kann man sich vorstellen, was es für mich bedeutet, wenn mir im dreißigsten Jahr dieses Kriegs das Erlebnis zuteil wird, die Sphäre geistigster Befassung, den Bezirk sprachlicher Wissenschaft und sprachlicher Andacht, umtobt zu sehen von einer losgelassenen Meute, deren Gebell professionsmäßig die letzte Spur eines Menschenlautes verludert und verleugnet hat. Man stelle sich vor, daß es ein Fall sei, in dem alle Probleme meiner Betrachtung des menschlichen Zustands vom ethischen bis zum sprachkritischen zusammenstoßen, und versuche zu leugnen, daß mir da ein Festgeschenk zuteil wurde, als hätte ich das Schicksal selbst gezwungen, mir Fluch und Segen mit einer Hand zu spenden. Nein, es geht sogar über meine Vorstellungskraft, daß ich gezwungen sein soll, etwas von der letzten Wertbejahung, mit der ich aus dieser schmählichen Welt der Konjunkturen flüchten konnte, mit ihr abzuhandeln. Aber es soll geschehen, daß kein geistiger Rest bleibt, höchstens der letzte Entschluß der Gewalt, die Wahrheit dort nicht mehr aufkommen zu lassen, wo einmal die Lüge entfesselt wurde. Gezwungen, mit Analphabeten über die Sprache zu sprechen, werde ich sie ihnen vergehen machen. Sie werden zwar nicht verstehen, aber vielleicht spüren, daß es wesentliche Dinge gibt, die ihre Hand wohl berühren, aber nicht beschmutzen konnte. Troglodyten und Konfektionsreisende werden es als peinliche Lage empfinden, mit mir in Sachen der Lyrik angebunden zu haben, und sie werden sich vor den Entscheidungen, was ein Wort im Vers bedeutet, in den Dreckwinkel zurückziehen, wo sie es in prostituierter Gestalt für ihren Tagesbedarf an Lumperei gebrauchen können. Eine Riesenblamage des Karl Kraus? Durch den Aufsatz »Aus Redaktion und Irrenhaus«? Es wird sich günstigsten Falles ergeben, daß eine reinliche Scheidung der Sphären unmöglich war, indem sie ja schließlich doch zusammenfließen. Aber es wird sich auch ergeben, wie ungleich hier und dort die Verantwortlichkeit zugemessen ist; wie unverrückbar erhaben die Nacht des Irrsinns bleibt, der wir die Rettung der edelsten Gedichte verdanken, und welchen Unfugs die Internierten der Redaktion fähig sind, wenn sie wähnen, sich in eine legitime Beziehung zu diesen Produkten setzen zu können. Was Schein ist, wird als Schein erkannt, dem Anspruch die Substanz bestimmt werden. Das Erlebnis des Selbstwegwurfs um die Ehre, mich mit Schmach bedecken zu dürfen, wird mit Lettern verzeichnet sein, dauerhafter als die schönste lyrische Zeile, deren schwankende Schöpfer ich mir aussuchen werde, wenn meine Untersuchung sie endgültig festgestellt hat, eine Untersuchung, die zugleich – denn das treffe ich – eine sprachkritische und eine kriminalistische, beziehungsweise psychiatrische sein wird. Aus einem Gebiet, wo jeder der darin vereinten Materien – Studium an Werten der Sprache, Denkleistung des Irrsinns, geistiger Trost von Gefangenen der Fremdenlegion – die Ehrfurcht der Menschheit gebührte, wird der Ulk der Wortkommis so sicher ausgemerzt sein, daß es da nichts geben wird als Reue oder Gewalt. Und wie nicht mein Nobelpreis, sondern dessen Verweisung ins Absurde der »Grubenhund« war, so wird auch hier die Riesenblamage des Journalismus an mir resultieren. Er wird wieder nur das Opfer seines Berufs geworden sein, dem es nun einmal verhängt ist, durch Dummheit und Fahrlässigkeit zu verderben, was der böse Wille erreichen könnte. Wie planvoll scheint die Fabel in die Welt gesetzt, ich sei in eben jene Schlinge getreten, die ich selbst, als der Urvater der Grubenhunde, zur ewigen Unsicherheit der Journalmenschheit konstruiert habe. Und nichts als völlige Verantwortungslosigkeit, die leichtfertig mißverstehende Verwendung einer Inhaltsangabe meiner Arbeit – ohne daß einer der Spitzbuben sich die Mühe genommen hätte, das Original anzusehen –, nichts als der automatische Drang zu weiterer Entstellung, nichts als die schnöde Lust des Handwerks hat die Parole ausgegeben, die eine Schmutzlawine ins Rollen brachte: ich hätte einen Irren als Autor der Gedichte bezeichnet und ein Mann namens Borger sei aufgetreten, der schon durch seinen komischen Namen berufen war, meinen Hereinfall zu beweisen! Und das alles, weil keiner der Satiriker es für erforderlich gehalten hat, nachzulesen, daß die Angabe des Namens Borger durch den Irren selbst erfolgt war. Aber der Name wird, ich verspreche es, zum Omen für die Persönlichkeiten werden, die sich berufen glauben, zwischen Lyrik und Journalistik zu meinen Ungunsten zu vermitteln, sich dem Irrwahn hingebend, man könne mit demselben Herzen in beiden Sphären zuhause sein. Seitdem die deutsche und die österreichische Presse erfahren hat, daß der Mann, der zu lyrischen Werten in engerer Beziehung steht als sie, Borger heiße, findet sie sie beachtenswert. Welch ein Zentralbündnis der Niedertracht, für die eine Sache des Geistes zum Bierulk wird, weil ich an ihr teilhabe! Während in Frankreich Essais erschienen und das französische Ministerium die Untersuchung in der Fremdenlegion förderte, hat kein angeblich deutsch geschriebenes Blatt auch nur ein Wort über den Fund verloren, jedes ihn auf Grund einer leichtfertig gesetzten und mechanisch übernommenen Lüge verhöhnt. Aber ein Grubenhund kann auch darin bestehen, daß man glaubt, er sei einer. Denn zu einem Grubenhund gehört – so sollte auch der Dummkopf, der auf seine Fiktion hineinfällt, begreifen – doch wohl ein Urheber, der ihn arglistig ins Werk gesetzt hat? Die Dummheit wird erschüttert vernehmen, wie der Urheber mich weiter informiert, und wie entschlossen die Männer, die das Verdienst haben, die von einem Irren bewahrten Sprachschätze sogar der Welt der Redaktion zugänglich gemacht zu haben, mit der Durchforschung der Materie befaßt bleiben. Wie ernst man sie auch östlich dieses lachenden Speisewagens Mitropa nimmt, und wie die deutsche Kultur nicht nur von Paris, sondern auch von Czernowitz beschämt wird. Zu einem Grubenhund würde hier doch vor allem die Enthüllung gehören, daß die Gedichte wertlos seien, wenn sie nicht gar als ein Akrostichon erkannt werden sollten, dessen Anfangsbuchstaben einen Schimpf für mich oder wenigstens eine Ovation für den Lippowitz bilden. Es müßte sich doch mindestens nachweisen lassen, daß ich ein Opfer meiner Eitelkeit geworden sei, indem es ja der Sinn eines Grubenhundes ist, den Redakteur durch die Bedienung seiner wesentlichsten Eigenschaft zu Falle zu bringen. Aber wie und worauf denn wäre ich hineingetölpelt, wenn ich nichts getan habe, als die Kostbarkeiten – die die Gedichte in der von mir überlieferten Gestalt mir nach wie vor bedeuten – den Lesern mitzuteilen; zu verzeichnen, man habe den Sprecher ursprünglich für den Autor gehalten; und einer Welt, die andere Sorgen hat, begreiflich zu machen, daß die Auffindung eines großen Lyrikers wichtiger sei als die Belästigung des Nordpols. Daß dann einer, der sich vorläufig für jenen halten mag, ausruft »Etsch! ich bin der Dichter!«; daß er – Gesell nennt er sich, was ja auch kein übler Name ist – sein Produkt wegwirft, um mich damit zu beschmeißen, und mich mit der Ehre schmäht, die ich ihm erwiesen habe; daß er den irrsinnigen Schlosser und eine tanzende Glocke in die Ideenverbindung von »Metallbranche« bringt; kurzum, daß dem Chor der Hanswurste, die vor meiner Nase tanzen, sich der Schöpfer gesellt, den ich so ahnungslos einer höheren Region zugeteilt hatte – das mag mich traurig stimmen, das kann mich als der Menschheit ganzer Jammer anfassen, das darf mir sogar zu der Meinung verhelfen: der so handelt, anstatt erschüttert zu schweigen und den journalistischen Beruf an den Nagel zu hängen; der sich selbst so zweifelhaft macht – der könne nicht identisch mit dem Autor dieses Gedichtes, des von mir und so gedruckten Gedichtes sein. Aber meine Blamage ist es doch nicht? Doch m e i n e nicht? Und wenn in einer der Botschaften, die mir nun auch aus der Welt der Redaktion vorliegen, zitiert wird, was einer dem so gearteten Autor geschrieben habe: »So habe ich lange nicht gelacht, es ist zu himmlisch und ich kann mich noch gar nicht beruhigen«; und wenn es dazu heißt: »so schreibt dankbar das stärkste schriftstellerische Talent Deutschlands« – dann versichere ich, daß ich, wer immer es sei, ihn beruhigen werde, fordere aber den Schweinehund schon jetzt auf, hervorzutreten und mir ins Gesicht zu lachen! Nein, man wird erkennen, daß die von mir obduzierte Wirklichkeit hier als das äußerste Beispiel, das mir zustoßen konnte, die Vorstellung überholt hat; und gemäß dem Relativitätsprinzip, wonach die Regie des Zufalls die geistigen und moralischen Werte verschiebt, hat nichts mehr Bestand als das laufende Band, das die Welt der Normen mit dem Irrenhaus verbindet. Sicherlich, alle Elemente des »Grubenhunds« sind vorhanden; aber er wird sich in einer so hohen geistigen Region abspielen, daß ich fürchte, die Journalisten werden gar nicht bis dorthin gelangen, wo sie hineinfallen, und sie werden wieder nichts sagen können als »Etsch!«.

Im Stadium der Untersuchung ist es auch in sprachkritischen Angelegenheiten nicht erlaubt, Beweisstücke zu erörtern, und ich darf nur, da Offenbach alles vorausgewußt hat, im Hinblick auf die »Briganten« sagen, die Affäre scheine auf Ehre sehr verwickelt zu werden schier und es wäre mehr zu verraten nicht ratsam, nicht ratsam mir. Ich möchte jedoch – weil ich's nicht zurückhalten kann – für Feinschmecker andeuten, daß in Brünn, wo sogar noch das Neue Wiener Journal ohne Quellenangabe benützt und gefälscht wird, unter dem Titel »Karl Kraus aufgesessen« ungefähr die Version verbreitet ist, ich sei »das Opfer eines Witzboldes geworden«, eben jenes Borger, der mir »zwar nicht bedeutende, aber immerhin formgerechte Gedichte« zubrachte, auf die ich ihm eben hineinfiel, oder so irgendwie. Der Lump kennt nur eines aus dem Neuen Wiener Journal und schreibt nun:

Damit aber unsere Leser s e l b s t beurteilen

– nämlich die Brünner, die doch was von Qualität verstehn –

was für ein jämmerliches Machwerk Karl Kraus, der sonst so scharfe Kritiker, bis in den Himmel hinauf gelobt hat, wollen wir dieses Gedicht . . hier folgen lassen.

Man sieht also, daß der Journalismus keine Grenzen der Wertbedreckung kennt, wenn es um mich geht. Ich kann aber nicht zugeben, daß dem Neuen Wiener Journal das Verdienst entwunden wird, meine Riesenblamage an den Tag gebracht und, nachdem es meine moralische Beschaffenheit längst erkannt hat, mich zum erstenmal auch als Dummkopf stigmatisiert zu haben. Hier hat es nun, und das muß ich zu meiner Verteidigung schon sagen, in ein Gebiet eingegriffen, wo seine sonst anerkannte Glaubwürdigkeit schweren Zweifeln ausgesetzt sein dürfte. Denn wenn man sich alles vorstellen kann – sagen wir zum Beispiel: daß Österreich hochmütig dem Fremdenverkehr entsagt; daß die Affären des Adalbert Sternberg mit dem Jockeyklub zur Neige gehen; daß sich die Masseusen weigern, in einem Blatt, an dem der Mataja mitarbeitet, zu inserieren; ja sogar, um das Phantastischeste zu setzen, also, daß der Schober abtritt – eines kann man sich doch nicht gut vorstellen: daß es gelingen könnte, an mir satirisch zu werden! Mich blöd zu machen! Mich arglistig zu täuschen, mit etwas »hineinzulegen«. Ich sage ja nicht, daß mir immer die Düpierung der Wiener Journalistik gelingt. Manchmal passen sie auf, da es ihnen geboten ist, wenigstens mir gegenüber die pflichtgemäße Obsorge nicht zu vernachlässigen. So wollte ich kürzlich, müde des Ansinnens, mich mit Lippowitz in Sprachprobleme einzulassen oder mich gar gegen seine Behauptung zu wehren, daß ich einen »Unnobelpreis« verdient habe – so wollte ich kürzlich bei ihm als Masseuse annoncieren. Glauben Sie, daß es mir gelungen wäre? Keine Spur! Lippowitz läßt sich nicht hineinlegen. Aber warum habe ich es versucht? Das will ich verraten. Ich habe, nicht zufrieden mit dem Ruhm, den Bekessy vertrieben zu haben, ja dies hin und wieder schon bereuend, mir höhere Ziele gesteckt. Ich möchte mit dem Lippowitz, der ja aus Deutschland zugereist ist, einmal deutsch reden, aber ohne jede Komplikation mit Dingen der Lyrik. Er hat einen Preis ausgesetzt, den ich mir so wenig jemals erwerben werde wie den Nobelpreis, einen Preis auf die beste Beantwortung der Frage:

Wie könnte Wien ein internationales Kulturzentrum werden?

Ich weiß es nicht. Die Fülle kultivierter und mondäner Damen, die bei ihm täglich annoncieren, sie können es offenbar nicht schaffen. Vielleicht gelänge es aber, wenn es gelänge, den Lippowitz aus Wien zu vertreiben? Freilich für diese Antwort gibt er mir den Preis bestimmt nicht; wiewohl doch ernste juristische Persönlichkeiten wie der Präsident des Rechnungshofes Freiherr von Beck und der Universitätsprofessor Kelsen an seinem Preisrichterkollegium teilnehmen. Nun dachte ich mir, wenn vielleicht – auch wieder etwas Unvorstellbares – der Staatsanwalt sich nicht scheute, ihn wegen Mitschuld an Kuppelei anzuklagen und so wenigstens zu verhindern, daß er künftig Burgtheaterringe verleihe: vielleicht wären wir dann dem Ziel, daß Wien ein Kulturzentrum wird, nähergekommen. Zu diesem Behufe versuchte ich als kräftige Masseuse einzugreifen, die einen Salon neueröffnet hat und individuell, mit Auslandspraxis behandelt. Ich hatte oft von einem »Clou der Massagen« gelesen und versuchte es nun mit einem »dernier cri«. Das war aber der Administration des Blattes, an dem Herr Mataja mitarbeitet, zu starker Tabak, sie sagte, was heißt cri, cri geht nicht, und redigierte mir die Annonce. Ich sagte, warum clou und warum nicht cri, was heißt das; schloß als freier Schriftsteller keinen Kompromiß und gab die Annonce einfach nicht auf. Ich wollte auch nicht ernstlich, denn ich bin mehr Schalk. Zu welchem Behufe jedoch? Etwas wollte ich ja ernstlich. Sie werden lachen: ich wollte feststellen lassen, was eine Masseusenannonce kostet zum Unterschiede von den wenigen anderen, die das Neue Wiener Journal aufweist. Sie kostet pro Zeile 1 Schilling am Sonntag, 80 Groschen am Wochentag. Der Unterschied zwischen einer Masseusenannone, die ich aufgeben wollte, ohne massieren zu können, und der Annonce einer Speisezimmereinrichtung – denn auch eine solche wollte ich schwindelhafter Weise aufgeben, ohne je ein Speisezimmer besessen zu haben – beträgt pro Zeile am Sonntag 30, am Wochentag 20 Groschen. Die Masseusenannonce kostet aber so viel wie eine Liebeskorrespondenz, die ich gleichfalls aufgeben wollte, ohne eine solche führen zu wollen. Geht in Ordnung. Warum ist aber das Resultat dieser Erhebungen, die ich pflegen ließ – genau wie Herr Schober einmal im Jahr schandenhalber gegen eine der armen Kundinnen des Herrn Lippowitz und nie gegen ihn selbst –, warum ist also dieses Resultat wichtig? Weil damit dargetan ist, daß der Herr Lippowitz, der drei Viertel seines Annoncenteiles den Masseusen, und zwar täglich 60 bis 80, offenhält, sich des individuellen Charakters dieser Annoncen, mindestens in ihrer Mehrzahl, bewußt ist. Die Masseusen zahlen ihm also – im Gegensatz zu anderen Gewerbetreibenden – einen Nobelpreis, und der wirft ihm täglich etwa 500 Schilling ab. Mit einem einzigen Tag ist zur Halbscheid der Lippowitzpreis und reichlich der Lippowitzring hereingebracht, den wirklich Schauspieler und Autoren als Ehrenpreis annehmen. Warum aber legte ich Wert darauf, ihm dieses Bewußtsein nachzuweisen? Hat er es denn in Abrede gestellt? Er hat. Meine Erhebungen haben am 22. September begonnen, also lange bevor er sich mit mir in eine Auseinandersetzung über Sprachprobleme und über meine Preiswürdigkeit einließ. An diesem Tag druckte er nämlich auf S. 10 die folgende Notiz:

(Sittenpolizeiliche Aushebung eines angeblichen Schönheitssalons.) Gestern wurde die sechsundzwanzigjährige Hildegard Chebat aus Pürstein-Okenau, die in der Burggasse 25 einen Salon unterhielt, von der Polizei unter dem Verdachte verhaftet, daß sie den Vorwand des Massagesalons nur zur Ausübung des Kuppeleigewerbes benötigt habe. Bei der Polizeidirektion liefen nämlich seit längerer Zeit schon Anzeigen ein, wonach es in diesem Salon nicht mit rechten Dingen zugehe, auch fiel es auf, daß in ganz kurzen Zeitabständen immer wieder neue Assistentinnen und »Anfängerinnen« durch Inserate angeworben wurden. Die Polizei beobachtete daraufhin diesen Salon und konnte feststellen, daß er ausschließlich von Männern besucht wurde. Nun wurde eine Nachschau in der Wohnung der Chebat vorgenommen und eindeutig festgestellt, daß dort nicht Massage betrieben wurde, sondern vielmehr eine Reihe von jungen Mädchen im Alter zwischen neunzehn und siebenundzwanzig Jahren an die Besucher verkuppelt wurden. Daraufhin wurde nun die Chebat dem Landesgericht eingeliefert, während die Assistentinnen zum Teil unter Fürsorge gestellt wurden.

Bis hieher ist es so ziemlich die Wiedergabe der polizeilichen Aussendung, vor deren Terminologie und Ironie, vor deren Verwunderung, daß einer der siebzig Schönheitssalons, die auf S. 16 annonciert werden, von Männern besucht wurde (und nicht etwa auch von Lesbierinnen), sich einem der Magen umdreht. Niemand dürfte von dem Verdacht ferner sein als der Autor von »Sittlichkeit und Kriminalität«, die Tätigkeit einer Masseuse, deren Salon von der Polizei »beobachtet« wurde und die an den Pranger des Textteiles zu stellen ihr gelungen ist, ja selbst die diesbezügliche Mittätigkeit des Herrn Lippowitz vom sexualmoralischen Standpunkt aus bedenklich zu finden. Im Gegenteil muß ich sagen, daß ich diese Rubrik des Neuen Wiener Journals für die einzige saubere halte. Freilich nicht in sprachlicher Hinsicht, indem leider gerade hier mit der Verwendung schwülstiger Adjektive Unfug getrieben wird. Gewiß, mir erscheint die Betätigung der Masseusen, auch dort wo sie nicht direkt auf Heilung ausgehen, nützlicher als die meiste Wirksamkeit, die ich in Ämtern und Redaktionen entfaltet sehe. Nur die Ekstase, mit der ihr auf der letzten Seite des Neuen Wiener Journals gehuldigt wird, scheint mir etwas übertrieben; was man da zu lesen bekommt, geht schon als graphisches Wunder über alle Berliner Vorbilder der Aufmachung hinaus, obgleich allerdings kürzlich eine Razzia des Herrn Schober auf die Ausrufzeichen erfolgt zu sein scheint, von denen auf jede Masseuse zehn bis neunzig entfallen waren. Was nun die Materie selbst betrifft, so kann ich zwar natürlich nicht behaupten, daß sämtliche Masseusen, die bei Herrn Lippowitz Unterschlupf finden, ein Gewerbe betreiben, das in den Augen der bürgerlichen Gesellschaft, so dringend sie es braucht, verpönt ist. Aber ich kann nicht eindringlich genug sagen, daß die, die es etwa betreiben, in meinen Augen weder eines Verbrechens noch einer Sünde schuldig sind, sondern – Vorwand hin, Vorwand her – etwas tun oder gewähren, was sittlicher ist als die dreckige Moral, die sich nach Gebrauch darob entrüstet und deren Schimpf die Rache für das Bedürfnis ist. Ja, was da geschieht, erscheint mir schon als unbedankte Wohltat respektwürdig gegenüber der klischierten Heuchelei jenes Bürgersinnes, den kein Umsturz antasten konnte. Man weiß ja, daß mein Lebtag neben meiner Ächtung der Prostituierten des Geistes der Begriff einer Prostitution des Frauenleibes keinen Platz hatte, und auf einem Höchstpunkt der Erkenntnis zeitlicher Dinge spreche ich den Verdacht aus, daß so ziemlich die einzige Betätigung, in der sich diese Welt nicht prostituiert, die sexuelle ist, und daß sie dieses Stigma den Frauen nur angeheftet hat, um von der Prostituierbarkeit aller männlichen Berufe abzulenken. Prostitution nenne ich den Zustand, der den Menschen innen und außen als ein Zubehör des Händlers erscheinen läßt, Kunst als das Mittel seiner Reklame, den Künstler als seinen Sandwichman. Prostitution ist eine Lebensauffassung, nach der zwar nicht mehr den Göttern der Kaufmann gehört, aber diesem die Menschheit, die sich als dienendes Glied seinem Ganzen anzuschließen hat, erschaffen, den Schneider zu kleiden und den Gastwirt zu nähren. Prostitution ist der merkantile Wegwurf des Ansehens für den merkantilen Zweck und die Vermietung des Ideals als Marktgelegenheit. Prostitution ist nebst jeder Zeile, die sie enthalten, die Bereitschaft der Blätter, heute schon den textlichen Vorwand für das Geschäft von der Fratze des Koofmichs durchbrechen zu lassen und diesem gar das Klassikerzitat gebrauchsfertig zu liefern. Prostitution ist die Möglichkeit, daß das sozialdemokratische Organ am zehnten Gedenktag der Republik den Herrn Krupnik nachdenklich und weihevoll werden läßt, daß er ein »Bekenntnis zum Tage« ablegen darf, welches eigens der Sprache des revolutionären Pathos angepaßt ist, während er die bürgerliche Presse mit schlichteren Mitteln abfindet. Prostitution ist Persil am Himmel und der Reflex dieses Wunders in der Arbeiter-Zeitung. Prostitution ist, daß ein »apartes Nachmittagskleid« den Namen Malmgreen führen kann, ohne daß die Kunden dem Händler den Fetzen ins Gesicht schlagen. Prostitution ist Goethe als Operettentenor des Herrn Lehar und das Antlitz dieses Meisters in den illustrierten Blättern mit der Devise:

Meine besten Einfälle habe ich beim Rasieren – –

Ich glaube, sie sind darnach. Prostitution ist, wenn ein österreichischer Gesandter zwischen anderen Komikern einem Herrenschneider erlaubt, sein Konterfei im neuen Anzug mit autographischer Widmung auszustellen. Prostitution ist so ziemlich alles, was die Repräsentanten dieser bürgerlichen Welt unternehmen, und insbesondere wenn ein Polizeipräsident dem Lippowitz das Vorwort für die Rubrik liefert, auf deren zahlende Beiträgerinnen er einmal im Jahr Jagd macht. Aber was diese tun oder täten, ist nicht Prostitution, Nein, eben da und nur da geht es – so meine ich im Gegensatz zur Polizei – mit rechten Dingen zu! Aber der Herr Lippowitz, der keinen Vorwand duldet und der nur dann erfährt, was da vorgegangen ist, wenn ihm sein Mitarbeiter eine Inserentin verhaftet, hat zum amtlichen Siegesbericht wörtlich den folgenden Zusatz gedruckt:

Schon im Interesse der vielen anständigen Massagesalons ist es zu begrüßen, wenn die Polizei energisch mit den Schädlingen aufräumt, die unter dem Vorwand der Körperkultur ihr schändliches Kuppeleigewerbe treiben.

Als ich das – am 22. September – las, wußte ich, daß er die Häupter seiner Lieben gezählt hatte und daß ihm ein teures fehlte. Ich ging die Wette ein: Am 21. September hat sie noch inseriert! Bis gestern hat sie mitten unter den vielen echten Schönheitssalons als Schädling ihr schändliches Kuppeleigewerbe getrieben! Es kann gar nicht anders sein; aber man muß Erhebungen pflegen. Ich ließ sie pflegen. Das Ergebnis: Am 21. September prangte sie, mit nicht weniger als 88 Ausrufzeichen, wie folgt im Reigen:

! ! ! ! ! ! ! ! ! ! ! !
! ! ! ! ! ! ! ! ! ! ! !
VII., Burggasse 25,
1. Stock, Tür 5
! ! ! ! ! ! ! ! ! ! ! !
Körperkultursalon
! ! ! ! ! ! ! ! ! ! ! !
! ! Einzig beste ! !
Massagen — Bäder
Auslandspraxis.
! ! ! ! ! ! ! ! ! ! ! !
täglich 10—7 Uhr
! ! ! ! ! ! ! ! ! ! ! !
Masseur 10—2 Uhr
! ! ! ! ! ! ! ! ! ! ! !

Sie war Ehrendame im Salon Lippowitz gewesen und zu allem, wie sie selbst konnte, war ihr noch ein Page gesellt. Sie hat es – mit den Ausrufzeichen, die, auf besondere Energie hindeutend, wie 88 Ruten menetekelhaft am Himmel der Verheißung erschienen – ja, sie hat es wohl zu toll getrieben. Item, die Frage, wie Wien ein internationales Körperkulturzentrum werden könnte, wäre gelöst. Aber um auch festzustellen, wie viel Lippowitz an dem Schädling verdient hat, an dem Auswurf, der da von ihm brüsker abgeschüttelt ward als Falstaff vom hinaufgelangten Heinrich, mußten weitere Erhebungen gepflogen werden. Man konnte sich leider nur der Mühe unterziehen, durch zwei Monate zu forschen. Lippowitz hat also an der Frau Chebat, die so schmählich sein Vertrauen getäuscht hat, durch gezählte 40 Annoncen in den Monaten August und September – wenn wir in der Tarifspanne der Massage-Zeile zwischen Sonntag und Wochentag einen Durchschnittspreis von 12 Schilling für ihre Annonce annehmen – 480 Schilling verdient. Was drüber ist, bleibt der Phantasie überlassen oder dem Eifer jüngerer Kräfte, die die älteren Monatsbände des Neuen Wiener Journals durchpirschen wollen. Auf die Frage, ob er die Provision vom sogenannten Schandlohn, seinen Schandlohn, zurückgegeben oder einem humanitären Zweck außerhalb der Preisstiftungen zugewendet hat, konnten sich die Erhebungen naturgemäß nicht erstrecken. Sie haben jedoch das Ergebnis: daß Jakob Lippowitz ein Zuhälter von Masseusen ist – welche Seite seiner publizistischen Tätigkeit ich am wenigsten tadeln würde –, aber ein solcher, der die Klientin nicht gegen die Polizei schützt, was doch Ehrensache jedes Zuhälters ist, sondern einer, der sie nach erfolgter Einkassierung und nach erfolgtem Zugriff der Polizei im Stich läßt und ihr noch einen Fußtritt dazu gibt. Er übt sein Gewerbe in dem vollen Bewußtsein von dem Gewerbe aus, das seine Klientinnen ausüben, von welchen er mindestens nicht wissen kann, ob sie es nicht gleich dem Schädling ausüben, da er sie in derselben Aufmachung annonciert, wie er den Schädling annonciert hat; und er kalkuliert zwar nicht sein eigenes Risiko, aber den administrativen Verlust durch Verhaftung der Klientin in den Tarif ein, der ein anderer ist als der für die Annoncierung jedes andern Gewerbes und derselbe wie der für die Liebeskorrespondenz. Gewiß, Lippowitz kann nicht wissen, ob es in allen Massagesalons mit rechten Dingen zugeht, und er erfährt es erst von Fall zu Fall, wenn sein Hauptmitarbeiter, der dem König von England in Marienbad attachiert war, ins administrative Ressort hineinpfuscht. Aber der Umstand, daß ihm die vielen anständigen Masseusen mehr zahlen müssen als die Möbelhändler und so viel wie die eleganten jungen Männer, die eine gutsit. Dame suchen, Alter egal – müßte sie ihm verdächtig machen. Was wieder Schober anbelangt, so brauchte er eigentlich nicht die Anzeigen, die einlaufen, sondern nur die, die zugleich mit seinen Artikeln erscheinen, um zu Beobachtungen in Rayons gestimmt zu werden, wo die Menschenwürde trotz strenger Behandlung besser aufgehoben ist als in Wachstuben. Man kann jedoch nicht annehmen, daß er gegen jene Watschenmaschinen, die zugleich Schönheitssalons sind, intoleranter sein wird als bezüglich solcher, wo schon das Entree zwangsweise erfolgt, daß er es also übers Herz bringen könnte, seinem Blatt radikal die stärkste Einnahmsquelle zu sperren, und ich würde es, als Beistand der armen Frauen, die kein ehrliches Gewerbe ausüben und die die zahlenden Originalmitarbeiter des Neuen Wiener Journals sind, auch nicht dulden. Aber Lippowitz hat bestimmt nicht, wenigstens am Tag der Verhaftung seiner Klientin, Erhebungen gepflogen, ob er nicht noch von anderen Schädlingen Geld nimmt. Er vertritt durchaus die bürgerliche Moral, die der Prostitution nach der sogenannten »Benützung« das Schandgewerbe verübelt. Aber er ist an ihm beteiligt! Was er tut, müßte in den Augen der bürgerlichen Gesellschaft, deren Vorkämpfer er ist und deren Gesittung er mit verbissener Wut gegen jeglichen Umsturz verteidigt, auch dann verächtlich sein, wenn er von der Prostitution nicht mit der grundsätzlichen Verachtung spräche, die dem bürgerlichen Journalisten ziemt. Sein Tun müßte in ihren Augen umso verächtlicher sein, wenn er eine verunglückte Geschäftsfreundin, von der er nur Vorteile gehabt hat, beschimpft. Er ruft ihr das »schändliche Kuppeleigewerbe« nach, von dem er lebt und das er unter dem Vorwand der Geisteskultur treibt. Ich empfehle ihn der bürgerlichen Gesellschaft zur weiteren Benützung.

Auf sprachkritische Untersuchungen werde ich mich mit Herrn Lippowitz nicht einlassen, aber der kriminalistischen, die ich etwa angeregt hätte, jede nur mögliche Unterstützung leihen. Ich glaube nicht, daß ich ihm ein Gefühl für den Unterschied der lyrischen Bedeutung beibringen könnte, der sich zwischen den Fassungen des Gedichtes an eine Tänzerin ergibt, der hier das Gleichnis einer »großen Glockenblume« und dort nur der Vergleich mit einer »zarten Glockenblume« zuteil wird. In dem Gebiete, auf dem er kulturelle Erfolge erzielt hat, dürfte ihm ja der Unterschied zwischen groß und zart geläufig sein, wenngleich mehr noch der zwischen kräftig und zart. Während ich wieder den erotischen Möglichkeiten und Bindungen der Sprache noch bis in die Gefahr der Interpunktionen nachgegangen bin und in dem Gedicht »Abenteuer der Arbeit« der verfänglichen Vorstellung Raum gab:

> Dort droht ein Ausrufzeichen
> wie von dem jüngsten Tage.
> Und vor ihm kniet die Frage:
> Läßt es sich nicht erweichen?

Doch meine Abenteuer der Arbeit waren immer zugleich Kämpfe, und dieser da ist so schön, weil er, stofflich ins Element des Sprachdenkens zurückführend, den eigentlichen Preis verteidigen muß. Es wird der Zeit nicht gelingen, eine Satire über mich zu schreiben! Aber ich als mühebeladener Abschreiber der Zeit soll nicht klagen, »daß mir dieses Los fiel«; sondern dankbar sein für das Unvorstellbare, das im dreißigsten Jahr meines Betrachtens in die Wirklichkeit eingetreten ist: über Geheimnisse der Sprache, die ich durch all die Nächte an den Tag gebracht habe, vor einer Zunft sprechen zu müssen, die noch nie einen deutschen Satz zustandegebracht hat. Vor ihr zu zeigen, daß ich das reinste Gut in dieser entehrten Welt zu betreuen habe; und dafür, für den Glauben an ein höheres Sprachwesen über all ihrer Scheinbarkeit – würdig des Unnobelpreises, den die Kuppler verleihen. Aber wie jenen Lassalle, der das Weltübel erkannt hat, ohne dessen gigantisches Wachstum erlebt zu haben, durchzuckt mich die Gewißheit: Der Augenblick wird kommen, wo wir den Blitz werfen, der diese Presse in ewige Nacht begräbt!

Mai 1929

Der grösste Feigling im ganzen Land

Am 28. September 1928 ist im Börsenblatt für den deutschen Buchhandel (Nr. 227) die folgende eine Viertelseite große Annonce erschienen:

KERR CONTRA KRAUS

ANTWORT UND ABFUHR

ALFRED KERR
LITERATENPARADIES
Die faden Fehden um den Weltkrieg

Erscheint in 8 Tagen

Alle Sortimenter, die das gegen Kerr gerichtete Heft der Fackel verkauften, werden diese scharfe Antwort- und Streitschrift leicht und in großer Anzahl absetzen.

Leicht kartoniert 2 Mk. (Z)

Sonderrabatt für Bestellungen vor Erscheinen:
Einzelexemplare 40 Prozent
ab 5 Exemplare 45 Prozent
ab 10 Exemplare 50 Prozent

J. M. SPAETH VERLAG-BERLIN

In der Neuen Bücherschau, die der Spaeth-Verlag herausgibt (oder herausgab), ist, später, die gleiche Annonce erschienen, mit dem Versprechen:

Erscheint Mitte Oktober

und mit der Nuance, daß die Antwort und Abfuhr nicht »leicht kartoniert«, sondern »steif geheftet« 2 Mk kosten werde. Der Annoncenteil dieses Heftes brachte noch das Lob des Herrn

Kerr für den linksradikalen Geschäftsfreund, der im Textteil seine Sache vertrat:

Durchleuchtend und haftend sind seine Kraft und seine Aufrichtigkeit . . .

Das betraf ein Buch, das den Titel führt »Und doch kein Friede«. Die Aufrichtigkeit spricht nicht nur aus der Betrachtung des Falles Kerr, sondern insbesondere aus der Fußnote, mit der der Angestellte des Verlags die ihm längst bekannte Neuigkeit vermerkt:

Wie wir bei Redaktionsschluß hören, bringt Alfred Kerr eine Entgegnung »Literatenparadies, Die faden Fehden um den Weltkrieg« als Broschüre im J. M. Spaeth Verlag, Berlin, heraus. Die Redaktion.

Die Broschüre, die also, spätestens, Mitte Oktober erscheinen sollte, ist bis heute nicht erschienen. Keine faden Fehden um den Weltkrieg, und doch kein Friede! Kein Literatenparadies, aber die Hölle, die ich dem verspäteten Autor heiß mache. Das gesamte Schrift- und Schlieferltum Berlins – insbesondere das zugereiste, das sich dort oberste Entscheidungen in literarischen Dingen anmaßt, aber am liebsten zwischen zwei kurulischen Stühlen zu sitzen kommt – hatte sein endgültiges Urteil darüber, ob der Kerr ein Schuft sei, von dem Erscheinen dieser Broschüre abhängig gemacht, wiewohl in jedem andern Berufskreis selbstverfaßte Dokumente wie die des Kerr, solange sie nicht als meine Fälschung dargetan sind, zur Ächtung des analogen Schuftes ausreichen würden. Jener hatte gedichtet, ein »Fötus« verbreite, »daß du Löffel stahlst«, und obschon ich weit Gravierenderes verbreitet habe, so beruhigt man sich in der Literatur bei der Feststellung, daß kein Diebstahl von Löffeln im Romanischen Café bewiesen ist, ohne freilich auch im gegenteiligen Falle aus dem Häuschen zu kommen, welches nun einmal den Abtritt der Geistigkeit vorstellt. Daß der Alfred Kerr hundertfach der Lüge und schuftigster Denunziation überführt ist, schafft in diesem Bereich keine Mißempfindung, ihn in der Position weiterwirken zu sehen, die ihm eine von meinem Angriff unerschütterbare Macht eingeräumt hat und in der ihn mein Angriff nur befestigen kann. Dessen Erfolg kann einzig in der psychischen Zermürbung des Würdenträgers bestehen, der tiefer als seine Speichellecker den bloßgelegten Widerspruch zwischen Autorität und Nullität empfindet. Daß er die Stigmatisierung klaglos und nun, trotz der Ansage, auch widerspruchslos hingenommen hat, kann ihm in der Schieberwelt, die seinem ästhetischen Diktat gehorcht, keinen sozialen Eintrag tun; aber sie wird es erleben, daß er, der den letzten publizistischen Selbstmord mit Recht gescheut hat, unter ihren anbetenden Augen dahinschwindet in Wehrlosigkeit und in Lächerlichkeit vor sich selbst. Man könnte allerdings fragen, wo und in welcher Balkangegend es möglich wäre, daß ein publizistischer Machthaber den Entschluß, sich seiner Haut zu wehren, auf dem Büchermarkt laut und bis zur steifen Heftung für 2 Mark ankündigt und ohne ein Wort der Motivierung stumm fallen läßt. Denn der Verzicht auf den Richterspruch wiegt nichts im Vergleich zu dem Verzicht auf eine literarische Abwehr, mit deren Versprechen die Gegner eingeschüchtert, die Zweifler beruhigt, die Anhänger ermutigt werden sollten. In Deutschland ist es möglich; in demselben Berlin, in dem ein Vortragssaal auf die Parole gefüllt werden konnte, ich hätte die angekündigten Akten zum Fall Kerr nicht erscheinen lassen, nicht ohne daß freilich noch Raum für die Kolporteure vorhanden war, die mit dem Ruf »Soeben erschienen!« dem Sittengericht der Lumperei ein Ende machten. Wo jedoch dürfte ein kritischer Zwingherr sich noch mit einem tadelnden Sätzchen an Schauspielerexistenzen vergreifen, ohne daß ihm, wenn schon das Podium untertan bleibt, aus dem Parterre die Frage entgegenschölle, wann er denn endlich gewillt sei, einem wehrhafteren Anwärter seiner Mißgunst die versprochene Abfuhr widerfahren zu lassen?

Aber es gibt anscheinend kein Abfuhrmittel, das den beklagenswerten Mann, der von mir für alle Zeiten an den Schreibstuhl gebannt bleibt, bewegen könnte, eben dann auszutreten, wenn er es am nötigsten hat. Daraus erklären sich die kleinen Unappetitlichkeiten, die er sich von Fall zu Fall, wenn die Not am höchsten ist, unter irgend einer Nummer des Theaterfeuilletons entgehen läßt, ohne jeden Zusammenhang mit dem Thema, bloß damit man halt nicht sagen könne, er habe mich schon ganz vergessen. Wie schwer er leidet, zeigt sich aber auch an der ausgesuchten Objektivität, mit der er Personen, die er in irgendeiner Verbindung mit mir weiß, behandelt; nur die sogenannten Prominenten des Theatergeschäfts spekulieren so töricht, daß sie mich, der ich ja allerdings ein Kontreminenter bin, verleugnen zu müssen glauben, während sie doch weiß Gott in dessen Hut geborgen wären, wenn sie Arm in Arm mit mir – vorausgesetzt, daß ich ihn liehe – an den Fenstern der zitternden Autorität vorbeispazierten. Aber sein Leidenszustand drückt sich vor allem in dem Bestreben aus, alle Spuren jenes Drecks zu verwischen, den er in ungehemmteren Tagen produzierte, in jener Zeit, da er weit mehr in den Tumult rief, als die ihm auferlegte Wehrpflicht erfordert hat. Er betont zwar immer wieder den Nonsens, er vertrete nicht alles, was er damals »rief«, aber, »d a ß er es damals rief«. Trotzdem ist es von Zeit zu Zeit geboten, an ihn die Frage zu stellen, ob er dieses oder jenes Kriegsgedicht geschrieben hat, da man doch, bevor man es ihm zuschreibt, sicher gehen muß, um nicht wie im Fall des Masurengedichts als Verleumder dazustehen. Schon wird ja in Kreisen seiner Verehrer die Version verbreitet, selbst das Rumänenliedchen, zu dessen Autorschaft er sich doch in seinem eigenen Schriftsatz bekannt hat, sei »bloß eine plumpe Täuschung seiner Feinde«. Da er also offenbar auf jede Anfrage der Verehrer eine beruhigende Auskunft erteilt, so müssen auch die Feinde sich das Gefühl der Sicherheit durch direkte Erkundigung verschaffen. Da schickt mir zum Beispiel ein Leser einen vergilbten Ausschnitt aus dem Neuen Wiener Journal, vom Jahre 1917, den er zwischen zwei Seiten seines Tagebuchs aus Frontdiensttagen gefunden hat. Unter dem Titel »Neue Ode von d'Annunzio« heißt es hier:

Alfred Kerr veröffentlicht im ›Tag‹ die folgende neue Ode.

Aus dieser gewissenhaften Quellenangabe des Neuen Wiener Journals geht zunächst nur mit Sicherheit hervor, daß damals die Identität Gottliebs mit dem Pseudonym Kerr in journalistischen Kreisen unzweifelhaft war bis zu dem Grade, daß der

Gottlieb gar nicht mehr genannt wurde. Ein Beweis wäre aber nicht einmal die Unterlassung seines Widerspruchs, und das Neue Wiener Journal hat vielleicht, und mit Recht, ihm auch das Masurengedicht zugeschrieben, ohne daß er sich damals verleumdet gefühlt hätte. Einen Zweifel an der Identität läßt ja der spezifische Humor nicht zu und auch die Druckanordnung garantiert den echten Kerr. Gleichwohl ist es notwendig, ihn von Fall zu Fall wegen der Autorschaft eines saftigen Gottlieb oder Peter, dessen man habhaft wurde, besonders zu befragen. Und so habe er Gelegenheit, zu leugnen, daß das tierische Gedicht gegen d'Annunzio von ihm stammt, welches mit den Versen beginnt:

Oiwè! l'offensiva è stilla.
Mi isso lilla!
La battaglia sta bene –
Mà erfolghi hama keene.

Da bekanntlich der Dichter gegen die Prolongierung seiner Schmach und zur Verewigung seiner Blamage eine einstweilige Verfügung erwirkt hat, so darf ich ihn nur »zitieren«, muß also eben die Methode anwenden, die er vor der vollständigen Veröffentlichung seiner Schriftsätze so verpönt hatte. Schade um jedes Wort! Es folgen sechs Zeilen von unausschöpfbarem Geblödel. Auf »Buona notte, buona sera« reimt sich, daß es »immer scwera« wird (oder vielmehr »virdia«); auf »un tragicomico scherzo«:

Ritiramo riccoverzo.

»Gewinnamo stufa per stufa«, höhnt der Kulturrepräsentant: vom Isonzo das »andra Ufa« – ohne vor der Vorstellung zu erstarren, daß an diesem und an jenem Ufer tausende von Leichen liegen.

La situazione è acuta,
Mà nehmo vollo la snuta.

Und nun hat dieser Auswurf von einem Blutskribenten die Schamlosigkeit, den eigenen Typus wie folgt zu verhöhnen:

Jo rufo: lieba morto che schiavo!
Brrravo! brrraaaavo!
So rufono molti scribenti –
(E non sono morti, mà viventi.)

Der Frontsoldat, der mir das Dokument einsendet, bemerkt:

Sollte das vielleicht eine Anspielung auf d'Annunzios Kriegsdienstleistung bedeuten, so ist sie daneben gegangen. Denn dieser war wirklich Fliegeroffizier. Von Kerr ist mir kein Flug nach einer damals feindlichen Hauptstadt bekannt, er dürfte eher Schulter an Schulter mit unserem Kriegspressequartier gekämpft haben!

Beiweitem nicht. Denn die in dies Quartier gepferchten Schlieferl und Sänger haben sich doch immerhin den Gefahren der Langweile ausgesetzt und haben wenigstens das Erlebnis gehabt, daß sie in panischem Schrecken auseinanderstoben, als der Feind, das heißt ich, eines Nachmittags im Lager erschien, nämlich wegen einer Anfrage in Zensursachen und nicht, wie sie vermuten mußten, um das Feld ihrer kriegsfreundlichen Betrachtung an die Front zu verlegen. Den Flug nach einer feindlichen Hauptstadt hat der Kerr erst im Frieden unternommen, nach Paris, wie man weiß, und sogar nach New York, wo die ›Staatszeitung‹ (5. Dezember 1928) von ihm ausgesagt hat:

... kam nach dem Kriege nach Amerika, suchte sich hier bei den schlimmsten Deutschenhetzern anzubiedern und schrieb im Berliner Tageblatt den größten Unsinn über Amerika, der je in einer deutschen Zeitung erschienen ist.

Alles natürlich im Dienste der Völkerverständigung, nach der er immer schon ausgelugt hatte. Den Schluß der Ode an d'Annunzio bildet der Reim, »un troosto« komme von »Londra« –

aba keen besondra.

Und auf:

Cadorna kriego una waace

ruft er noch »la pace!!!« Den hat er sich nach ungeheuren Opfern erkämpft; wie man sieht, sogar mit einem sacrifizio dell'intelletto, worauf man in der Gottliebweis nur das Gfretto reimen müßte, das er heute mit mir hat, der ihn fragt, ob er der Autor dieses Gedichtes sei.

Aber die arme Seele, die so schwer leidet, seitdem ich keinen Frieden geben will und immer wieder die Kriegsgespenster heraufbeschwöre, sie glaubte sich die pazifistische Ruhe, die sie braucht, um jeden Preis verschaffen zu müssen. Und so verfiel er denn auf das Tollste, was zu ersinnen war und womit dem Hexenkessel erst der Boden ausgeschlagen wurde. Der Gottlieb hat ein Antikriegsgedicht verfaßt! Ein richtiggehendes Antikriegsgedicht. Wer's nicht glaubt – und nichts ist mir ja zu glauben, was heute geschieht –, kann es im Berliner Tageblatt vom 26. Januar nachlesen; dem wird man's glauben. Ich darf gemäß der gegen mich erwirkten einstweiligen Verfügung und im Sinne des deutschen Urhebergesetzes weder ein Kriegsgedicht noch ein Friedensgedicht Gottliebs vervielfältigen und gewerbsmäßig vertreiben, das heißt in extenso abdrucken; ich darf nur das sogenannte Kleinzitat anwenden. So soll es denn wieder klein, aber fein sein. Er war vom deutschen Arbeiter-Sängerbund – denn die Sozialdemokraten wissen immer, an wen sie sich in Kulturdingen zu wenden haben – gebeten worden, zu einer alten Spottmelodie »für die deutschen Arbeiter heutige, will sagen heutgiltige Worte zu dichten«. Und die deutschen Arbeiter beschlossen nicht lieber, die deutsche Arbeit niederzulegen, als von dem der Kriegshetze und der vaterländischen Denunziation Überwiesenen »das folgende Spottlied, ›Krieg‹ betitelt« anzunehmen:

Ich armer Sohn einer Mutter,
  Es will mir nicht in den Sinn,
Daß ich Granatenfutter
  Im Schützengraben bin.

Da meint er aber nicht sich.

Ich trug ja kein Verlangen
  Nach Menschenmord und Graus;

Da kann er gleichfalls nicht sich meinen, denn er trug ja Verlangen.

Ihr habt es angefangen,
Der Kuli badet's aus.

Wie? Deutschland hat angefangen? Und wer hat denn mitgemacht und das Stahlbad gepriesen, das der Kuli ausbaden muß? Der die Stirn hat, jetzt zu reimen:

Es stob und wob uns allen
Ein Wort in Herz und Haupt:
»Das Reich ist überfallen«;
Wir haben dran geglaubt.

Wir? Die die sechshundert Gottlieb-Gedichte gelesen haben! Von denen heißt es jetzt, wer »bei Hagelschüssen den Blut-Tribut gezollt,« der habe »dran glauben müssen, auch wenn er nicht gewollt«. Er wurde eben vom Kuli der Scherlplantage hineingepeitscht, der nun die Frechheit hat, sich mit dem Opfer zu verwechseln:

Die uns zum Vormarsch trieben,
Die lachten der Gefahr,
Wo sind sie nur geblieben,
Als plutze Kehraus war?

Sie wurden Friedmenschen. Sie öffnen das Mündchen zu der Frage, wer habe »sich mäuschenstille nach Holland hin gedrückt« und wer sei »mit blauer Brille nach Schweden ausgerückt«. Sehr einfach zu beantworten: die, denen die Gottliebs die geistige Arbeit besorgt haben. Einfach, aber unvorstellbar wie alles:

Das lag meiner guten Mutter
Beileibe nicht im Sinn,
Daß ich Granatenfutter
Im Mordgemetzel bin.

Die gute Mutter war eben durch die gegenteilige lyrische Parole um den Sinn gebracht, der ihr verwehrt hätte, ihren Sohn so argem Tun und Leiden zu überlassen, ja, sie war durch die Lektüre in den Wahn versetzt, mit der Opferung ihres Sohnes ein Werk zu tun, das Gott lieb war. Als Scherls Hausdichter mit

Entsetzen Spott trieben, wurden Weiber zu Hyänen. Jetzt, da sich das Blatt gewendet hat, wird an das Muttergefühl appelliert. Denn:

> Der Mensch wird klug mit sachten.
> Wir wurden hart wie Stahl.
> Wir lassen uns nicht schlachten –
> Versucht es noch einmal!

Ja, klug waren die, die nach dem Mordgemetzel von Scherl zu Mosse übergingen. Aber alle andern werden bei nächster Gelegenheit sich wieder vom lyrischen Ruhmfusel berauschen lassen. Das Individuum, das sich, als plutze Kehraus war, entschlossen hat, mit plutze Kehrum auf jene allgemeine Amnesie zu spekulieren, die seine fünfhundert Anpeitschungen zum Mordgemetzel ungeschehen machen werde, hat die Stirn, unter Numero IV zu schreiben, es sei »ein politisches Anknüpfen an ehrwürdig deutschen Bestand«. Der Denunziant und anonyme Gesinnungsparasit des Tiroler Antisemitenbundes nennt es »Auffrischungen eines . . . nicht völkischen, doch volklichen Besitzes«. (Die drei Punkte sind von ihm.) Der Tischfreund der ungarischen Regierung, der Besudler des ermordeten Karl Liebknecht, der lyrische Bedienstete der völkischen Firma, der millionenfachen Arbeitertod in Haß- und Scherzreimen besungen hat, wagt die Wendung:

> Wobei für Arbeiterchöre die betagte heimatliche Spottmusik nicht nur einen Sinn, sondern eine Gesinnung bekommt.
> Wie damals. Wichtiger als damals.
>
> Alfred Kerr.

Er denkt an Stimmungen aus der Zeit des dreißigjährigen Krieges. Doch er möchte die vom vierjährigen vergessen machen. Und aus dem dreißigjährigen mit mir hat er »sich mäuschenstille gedrückt«. Aber weil ich kein Ausrücken, nicht mit blauer Brille und nicht mit blauem Auge, zulasse; weil ich weder den Weltkrieg noch die faden Fehden vergessen habe; weil ich fix, prompt und stramm, nach dem Programm, arbeite und mich jeder gegebenen Konjunktur lyrisch anpasse, so habe ich mich bereit gefunden, der Spottmusik, die ihrer selbst spottet und weiß nicht wie, die Gesinnung unterzulegen, die ihr zukommt, und dem größten Schuft und Feigling im ganzen Land, der so komplett die kriegerische wie die polemische Wehrpflicht verleugnet, die Antwort und Abfuhr zu gewähren, die er mir schuldig blieb:

Krieg

Ich armer Leser der Pressen
   Es will mir nicht in den Sinn,
Daß man so schnell vergessen
   Den Kerr vom Kriegsbeginn.
Ich trug ja kein Verlangen
   Nach Menschenmord und Graus;
Als Gottliebs ihn besangen,
   Wuchs mir's zum Hals heraus.

Es stob und wob uns allen
   Der Scherl'sche Dreck ins Haupt;
Daß ihm der Krieg gefallen,
   Wir haben es geglaubt.
Und wer bei Hagelschüssen
   Den Blut-Tribut gezollt,
Der hat dran glauben müssen;
   Der Scherl hat es gewollt.

Die uns zum Vormarsch trieben,
   Die lachen ihrer Schuld.
Der Kerr, zurückgeblieben,
   Rief stramm in den Tumult.
Ubi bene, patria ibi:
   Bei Scherl schiß er den Mist.
Bei Mosse zum Alibi
   Ist er prompt Pazifist.

Wie je nach den Interessen
Sich wendet fix der Sinn:
Dafür hat man die Pressen;
Das preist man in Berlin.
Dort spürt man nicht die Schande,
Wie anders heut es ruft.
Man lauscht im ganzen Lande
Dem allergrößten Schuft!

Vom Zörgiebel
Ein Kapitel vom guten Geschmack

Gesprochen am 14. Juni

Zörgiebel und Schober – zwei ragende Firne republikanischer Welten, und zwischen beiden, voll Aussicht, die Lage der Sozialdemokratie. Wir wollen uns in ihr zu orientieren versuchen.

Also sprach Zörgiebel:

Eine besondere Technik des Straßen- oder Barrikadenkampfes gibt es nicht und die Taktik, Barrikaden zu bekämpfen, ist die denkbar einfachste. Wir haben zuerst versucht, unter Anwendung ungefährlicher Mittel die Demonstranten zu zerstreuen und es gelang tatsächlich zum großen Teil. *Wasser* wirkt ja bekanntlich auf Tobende stets beruhigend, und unsre fahrbaren Spritzgeräte, die an jeden Hydranten anzuschließen sind, verfehlen ihre Wirkung nicht. Wenn wir zum *Gummiknüppel* und schließlich zur *Waffe* greifen mußten, so lag dies an der Hartnäckigkeit der Demonstranten.
Die Barrikaden dachten wir *in der Hauptsache mit Panzerwagen zu durchbrechen*, doch erwies sich dies als langwierig. Es gelang auch stets den Sturmangriffen unsrer Beamten, die in Schützenlinie ausschwärmten, die Barrikaden auseinander zu reißen und die Kommunistentrupps auseinander zu jagen. — — Natürlich hatten wir mit derartigen Kämpfen nicht gerechnet und uns lediglich auf Abwehrmaßnahmen *zur Vertreibung von Demonstrationszügen eingerichtet*. Aber unsere Schutzpolizei war auf dem Posten.
— — Ich gebe der Hoffnung Ausdruck, daß sich durch das *energische Durchgreifen der Polizei am 1. Mai* in Zukunft ernste Zusammenstöße vermeiden lassen. — — Besonderen Dank muß ich meinen opfermütigen Schutzpolizeibeamten aussprechen, von denen Offiziere und Mannschaften unter Einsatz ihres Lebens in gleicher Weise zu der *Unterdrückung der Maifeierdemonstration* ihr Teil beitrugen.

Man würde ja selbst im Weltfasching der neuen Freiheit nicht auf die Vermutung kommen, daß der Mann, der so aufschlußreich und fachmännisch klar über die Chancen des Totschlagens zu einem Korrespondenten des Neuen Wiener Tagblatts spricht, ein Sozialdemokrat sei. Als Doppelgänger eines pflichterfüllenden und gegen allen Hohn, Aufruhr, Anwürfe und dergleichen gepanzerten Schober schreitet er zur Tagesordnung, aber gefühlsmäßig noch unbeteiligter; denn unser Hort hatte für die analoge Gelegenheit, rückblickend der eigenen Verdienste zu gedenken, doch hin und wieder eine sentimentale Wendung, die von geringerer Beherrschtheit zeugte, ein Zitat, ein Redeblümchen für die Toten, mochten sie auch ein Vorleben gehabt haben. Schober geht aufs Voll und Ganze, Zörgiebel nur aufs Ganze, und das ist mehr – wiewohl der Endsieg des Berliner 1. Mai an den des Wiener 15. Juli nicht hinanreicht. Zörgiebel, der immerhin dem alten Vorurteil, daß die Preußen nicht so schnell schießen, entgegentrat, hat nicht nur seine Pflicht erfüllt, sondern erzählt auch den Vertretern der bürgerlichen Welt, wie man das macht; und ist ein Sozialdemokrat. Schon die schlichte Feststellung, mit der er beginnt: daß es eine besondere Technik des Straßen- oder Barrikadenkampfes nicht gibt, hat etwas Verblüffendes. Einen Augenblick schwankt man, aber gleich die Fortsetzung zeigt, daß der Pflichterfüller nicht so sehr den Kampf von der Barrikade, als den gegen die Barrikade meint. Der Pflicht- und Rechtssozialist, der zur Feier des 1. Mai sich auf die Vertreibung von Demonstrationszügen eingerichtet hat und auf das energische Durchgreifen der Polizei am Arbeiterfeiertag stolz ist, der Fachmann, der seinen Offizieren und Mannschaften für die Unterdrückung der Maifeierdemonstration dankt, er unterscheidet sich von unserem Schober alles in allem durch eine geringere Verlustliste und durch totalen Mangel an Rückert. Nun gibt es ja auf Erden unter allen Lebewesen, die sich nach rechts und links zugleich krümmen können, nebst dem Regenwurm nichts annähernd so Erbärmliches wie einen Rechtssozialisten. Aber die Sprache dieses Zörgiebel im Umgang mit einem Repräsentanten der Bürgerwelt übertrifft doch alle Erwartungen, die man in den Ordnungssinn der deutschen Sozialdemokratie zu setzen gewohnt war. Er hat es der österreichischen Bruderpartei, die die Überdauerung sämtlicher Regierungen durch den Schober erleben muß, außerordentlich erschwert, diesem noch Übles nachzureden. Zwischen den Schober und seine Feinde hatte sich immer schon eine großzügige Ordnergestalt vermittelnd eingemischt, ein Schatten, der von der Plusmacherwelt mit jener Zauberformel beschworen wird, die seit Bismarck vakant geworden ist: »Einen Noske braucheten wir halt!« Doch die Leistung des Genossen Zörgiebel, dessen Polizei immerhin ein Viertelhundert Passanten und Hausbewohner erlegt hat, bietet dem Schober eine so gute Gelegenheit, die Arme emporzuheben, mit denen er alle verfügbare Unschuld der Welt in die Winkelriedbrust auffängt, und schafft ihm ein so schönes Alibi, daß er wirklich einfältiger sein müßte als er ist, um nicht seinem Lippowitz satirische Weisungen gegen seine Widersacher zu geben.

Und er hat eine ergehen lassen, die ihn annähernd so zu meinem satirischen Bundesgenossen macht wie den Metteur en pages der Arbeiter-Zeitung, der den Einfall hatte, direkt unter die Verwahrung, ein Krupnik-Organ zu sein, die diesbezügliche Annonce zu setzen. Alles was sich in dieser von mir angeschauten Welt begibt, gehorcht ja dem Gesetz, die Einfälle, die ich dazu haben könnte, vorwegzunehmen. Wenn ich die Lage der österreichischen Sozialdemokratie vor dem Faktum Zörgiebel betrachte, so konnte, so mußte mir dazu einfallen: ja da wird doch nichts übrig bleiben, als daß der Berliner Genosse jetzt noch einen Vertreter des Lippowitz empfängt, mit offenen Armen, Bramarbasso im Handeln, Connivente im Reden, und daß sich eine Szene abspielt, als ob nunmehr alles, was Schober auf dem Herzen hat, aus der Mördergrube Zörgiebels zum Vorschein käme, tonfilmisch übertragen, ein gespenstisches Schattenspiel von der laterna magica, die das Bordell des Lippowitz beglaubigt. Das konnte mir einfallen, aber es stand schon im Neuen Wiener Journal. Schobers Tendenz, die freundnachbarlichen Beziehungen zwischen dem 15. Juli 1927 und dem 1. Mai 1929 auszubauen und zu vertiefen, getreu exequiert, voll und ganz, daß kein Rest bleibt. Lippowitzens Sendbote erscheint auf dem Alexanderplatz und kann sich sogleich wie daheim, am Schottenring, fühlen. Präsident Karl Zörgiebel

sitzt ruhig, behaglich, friedlich lächelnd bei seiner Arbeit und streckt mir sehr verbindlich eine weiche, aber wuchtige Hand entgegen.

Das tun sie immer, wenn sie die Ordnung hergestellt haben und die Begräbnisse vorüber sind, mögen sich auch noch vereinzelte Elemente in Spitals- und Wasserbetten winden.

Das ist kein Löwe in Uniform

konstatiert der Interviewer

kein ordensgeschmückter Krieger, vielmehr ein eleganter Herr und Weltmann . . . .

Schwankt man noch, welche Möglichkeit unappetitlicher sei: den Sozialdemokraten als Ordnungsstütze oder als eleganten Herrn und Weltmann zu bewundern, schwankt man, welche Führercharge geeigneter wäre, das Proletariat an der Nase zu führen, so erfolgen auch schon die Begrüßungsworte:

»Ich freue mich, daß die Öffentlichkeit in Wien sich für die Probleme der internationalen Polizei interessiert. Was wollen also die Leser des ›Neuen Wiener Journals‹ von mir hören?«

Die Leser des Neuen Wiener Journals, die zugleich den Auswurf einer weiteren Menschheit repräsentieren, wollen nebst den Adressen neuer Masseusen aus der Problematik der internationalen Polizei, die gelegentlich auch das Schieber- und Erpresserwesen umfaßt, selbstredend vor allem erfahren, wie man in Berlin die Ordnung hergestellt hat. Lippowitzens Sendbote fragt darum nach den »Grundsätzen«, von denen sich Zörgiebel leiten ließ. Und nun ergibt sich eine so vollkommene Übereinstimmung mit dem Mann, der maßvoll, aber energisch vorgegangen ist und dafür von Zörgiebels Genossen gekränkt wurde, daß man glaubt, es handle sich um ein Interview in der Wiener Polizeidirektion, bei dem sich unser Schober als Bauchredner produziert hat. Die Frage nach den Grundsätzen wird mit einem schlichten Wörtlein abgetan, das uns so recht anheimelt:

»Grundsätzlich bin ich gewohnt, mir meine Handlungen nicht vorschreiben zu lassen, sondern das zu tun, was im Interesse des Staates und der öffentlichen Ordnung liegt . . . .«

Gewiß, man dürfte schon die Wahrnehmung gemacht haben, daß der Unterschied zwischen Monarchie und Republik, abgesehen von dem Detail, daß kein Kaiser da ist, ausschließlich darin besteht, daß die Stelle, wo kein Gras wächst, heute statt vom Militär von der Polizei eingenommen wird. Der wesentliche Inhalt der errungenen Freiheit stellt sich als der Vorteil dar, daß man auf dem Trottoir nicht mehr vor Offizieren ausweichen muß, sondern durch ein Spalier von Wachmännern gehen kann. Die Orgie von Irrsinn und Stupidität, die sich im militärischen Formenwesen austobte, spielt sich im Territorium der besiegten Mittelmächte jetzt so ab, daß die Waffen, die gestreckt wurden, nur noch jenen Paradezwecken dienen, die die Gefahr des inneren Feindes anschaulich machen. Der morgige Tag, der 15. Juni 1929, wird ja das Schauspiel bieten, wie Lorbeerreiser, an denen alle Ekelvorstellungen eines vertierten Menschseins haften – aus Not und Tod dem Fibelbegriff unversehrt überliefert – die Stirn eines mediokren Konzeptsbeamten umwinden, der als Generalissimus die Front einer verblödeten Stadt abschreiten wird. Die Stirn des Würdenträgers, der nicht imstande war, den Begriff einer Zivilistenehre vor mir zu retten. Entziehung der Tribünen? Schwächliche Auskunft, wenn man zugleich Barrikaden bekämpft. Es dürfte schwerer gelingen, die Wiener um ein Spektakel zu betrügen, als um die Freiheit! Die einzige, die errungen wurde, ist ja doch die des Sandor Weiß! Das Phänomen, daß die leibhaftige Mittelmäßigkeit Spielraum hat für die Demonstration blutiger Zwecke und für ein Gepränge von Symbolen der Gewalt – das ist die untilgbare Schuld einer Partei, die im welthistorischen Augenblick des Jahres 1918, wo sich ihr die bürgerliche Welt kniefällig zum Genickfang darbot, es vorgezogen hat, sich mit ihr ins Inventar von Macht und Würde zu teilen. Nun sitzen die Generalstabschefs in den Polizeipräsidien, und in Berlin ist es vollends ein Sozialdemokrat, der zum Abgesandten des Bundesgenossen den denkwürdigen Satz spricht:

»Es ist ein altes Generalstabsprinzip, daß man sich die Taktik vom Gegner nicht darf vorschreiben lassen.«

Mit einem Wort, ein neues Preußenideal: der Marschall vom »Vorwärts«! Ein sozialdemokratischer Bumbum! Aber welcher Offenbach'sche Hohn wäre zureichend, dieses Avancement einer heruntergekommenen Revolution zu bewältigen? Freilich, in einem Punkte dürfte Schober von dem Interview, das seine endgültige Rechtfertigung besorgen sollte, enttäuscht gewesen sein. Zörgiebel zeigt der Revolverpresse, die heute überall die Interessen der Polizei vertritt, sein Arsenal:

»Die Ausrüstung der Polizeimannschaften bestand nur aus Revolvern und Gummiknütteln, Karabiner habe ich nicht mitnehmen lassen.«

Sonst aber weist er auf die vorbildlichen Maßnahmen vom 15. Juli 1927. Natürlich will der Schmock auch erfahren, ob sich »keine Überraschungsmomente« ergeben haben. »Der Mann, der über Berlin wachte, denkt einen Augenblick nach.« Das tat Schober nie! Der Interviewer hat inzwischen Gelegenheit zu Folgendem:

Ich betrachte die zurückgelehnte breite Gestalt. Empfinde die personifizierte Ruhe und Sicherheit. Dann schüttelt Zörgiebel das Haupt:

Derlei pflegt auch Schober zu tun.

»Überrascht konnten wir nicht werden . . .«

Hinsichtlich der Panzerwagen scheint er jedoch anderer Ansicht zu sein. Er spricht davon, daß »eine gewisse Relativität der Kraftanwendung« am Platze sei, während Schober solche Einstein'schen Bedenken bekanntlich nicht kennt, wiewohl er wieder Zörgiebel um das Sprichwort beneiden könnte, das diesem hiezu eingefallen ist.

». . . Man darf nicht«, *lächelt* Präsident Zörgiebel, »*mit Kanonen auf Spatzen schießen!*«

Fürwahr, eine lustigere Metapher dürfte einem, der mit Revolvern auf Menschen geschossen hat, noch nicht eingefallen sein! Zörgiebel will das Maß der Kraftanwendung jeweils der Psychologie des Schupo-Mannes überlassen, und da ist er in der Lage, dem Vertreter des Lippowitz die folgende sachliche Aufklärung zu geben. Das Verhalten des Polizisten sei »von subjektiven Empfindungen bestimmt«:

»Wohl muß er *Feuerdisziplin halten*, aber ob er glaubt, *fünfmal schießen zu müssen statt dreimal*, das bestimmt sich nach seiner *geistigen und körperlichen Disposition* und nach der subjektiven Einschätzung der Gefahr, in der er sich befindet oder *sich zu befinden glaubt*. Wie überall, so gibt es *auch hier Grenzen*, die *außerhalb jeder menschlichen Voraussicht liegen.*«

Ob da die Grenzen nach unten oder nach oben gemeint sind, so daß der Polizist auch öfter als fünfmal schießen kann – es ist ein Wort von seltener Erkenntnisfülle. Kein Wunder, daß der Schmock zum Schluß entzückt feststellt, man verstehe jetzt,

warum die *Jünger der Polizeiwissenschaft* aus drei Kontinenten zur Berliner *Alma mater des Polizeiwesens* pilgern.

Natürlich, auf den eigentlichen Almen matres wird bloß mit Stöcken geprügelt, aber in den Polizeidirektionen kann man noch was lernen. Schober, dessen Hochschule mehr eine Pflanzstätte der Bildung ist, dürfte bei diesem Interview trotz aller Übereinstimmung doch ein gewisses Gefühl des Neides nicht losgeworden sein, besonders bei der Stelle, wo auf einen Tasterdruck Zörgiebels Flämmchen aufleuchteten, die den Standort der Polizeireviere bezeichnen. »Sie ham halt a Urganisation«, sagt der österreichische General resignierend von den Preußen; Flämmchen haben wir noch nicht. Aber sonst dürfte er doch mit Befriedigung auf sein Ebenbild weisen, dessen Vollkommenheit sich noch in der Verabschiedung darbot. Mit offenen Armen empfängt Schober, aufgerichtet wie ein Unwahrzeichen von Wien. Und zum Abschied kann Zörgiebel dem Besucher diesbezüglich noch etwas Hübsches mitteilen. Eine konnivente Verletzung des Amtsgeheimnisses, eine Originalnachricht, die man einem Vertreter des Lippowitz schon schuldig ist. Tout comme chez nous, sagt Veilchen. Zörgiebel, voll Lobes über die seitens seiner Person entfaltete Tätigkeit, spricht davon, daß er pflichterfüllend auch aus seiner Wohnung telephonisch Befehle erteilen könne.

». . . Einen Befehl, der Sie *interessieren* dürfte«, *reicht mir der Präsident die Hand zum Abschied*, »habe ich kurz vor unserer Unterredung gegeben. *Ich will Ihnen etwas mitteilen*, was jetzt in der Öffentlichkeit noch nicht bekannt ist, *ja nicht einmal meinem lieben Pressechef*: ich habe soeben das Erscheinen der ›Roten Fahne‹ auf die Dauer von vier Wochen verboten.«

Schober mag bedauern, daß er niemandem eine so hübsche Mitteilung hinsichtlich der Fackel machen kann, und er mag sich höchstens der Illusion überlassen, daß sie, die sehr oft auf die Dauer von vier Wochen nicht erscheint, in dieser Zeit von ihm verboten sei. Aber rücksichtlich der Arbeiter-Zeitung hat er eine solche Maßnahme nicht nötig. Da reicht der Coup mit diesem Zörgiebel-Interview, der ihm in der Tat gelungen ist, vollkommen aus, und die mittlere Verschlagenheit, über die er verfügt, mochte noch in der Sicherheit triumphieren, daß die Arbeiter-Zeitung mit keinem Wort auf den äußersten Hohn reagieren konnte: wie der Berliner Genosse im lumpigsten Organ der Wiener Bourgeoisie die Rehabilitierung des Erzfeindes der Wiener Arbeiterschaft vollzieht. Aber dieser Schober weiß ja, daß ihm nichts widerfahren kann, ob er nun mit Tanks oder mit journalistischen Kanonen auffährt; denn er paradiert vor Spatzen, und die auf dem Dach von Lüge, Fälschung und Felonie pfeifen, hindern ihn nicht, zur Tagesordnung zu schreiten. Als der Eingeweihte sämtlicher Parteigeheimnisse, als der er seine Machtposition länger als der Bekessy behaupten kann, wußte er ja immer genau, wie die Taktik einen Kampf reguliert, der ihm in Wahrheit nie gefährlich werden konnte. Und wir andern wissen noch dazu, daß eine gemeinsame Antipathie, die Bundesgenossenschaft derer, die ihre Würde und meine Bürde tragen, schließlich doch stärker ist als das Gedenken an neunzig Tote!

Wenn mich nicht immer wieder ein Gefühl, das gleichermaßen aus Ekel und Erbarmen zusammengesetzt ist, lähmte, ich hätte längst die Halbschlächtigkeit, die dieses Gedenken verunehrt, an den Pranger gestellt, an dem sie wie nichts Bürgerliches im heutigen Österreich zu stehen verdiente, die Gesinnung, die die wirksamste Waffe im Schoberkampf, tausendmal wirksamer als alle Parteipolemik: das Schoberlied, zuerst behindert und dann vor den Augen des Feinds entwertet hat. Aber damit die sozialistische Jugend erkenne, welcher Grad des Selbstwegwurfs im politischen Leben erreichbar ist, wenn es gilt, eine gute Sache um der schlechten Sache willen preiszugeben, so erfahre sie, was sie noch nicht weiß. Im Zentralorgan wurde – das weiß sie – aus dem Artikel eines Mitarbeiters hinterrücks der integrierende Satz beseitigt, durch den dem Fall Stefan George das Beispiel eines Zeitkämpfers entgegengestellt werden sollte. Die Arbeiter-Zeitung hat, anstatt die gegen mich wühlenden Schlieferl und Tinterl unschädlich zu machen, deren Praktiken gedeckt, und nicht bloß aus Gründen jener Parteidisziplin, die als eine wahre vis major alle sittlichen Verpflichtungen auflöst, sondern um einer journalbürgerlichen Kameraderie willen, die den Zunft- und Bürogenossen wie ein Talisman gegen alle Anfechtungen der Moral wie der Logik schützt. Sie hat zur Rechtfertigung des Manövers den schäbigsten Standpunkt der kapitalistischen Zeitungswelt bezogen, die abgetakelte Usance des bürgerlichen Preßmetiers gegenüber dem kleinen geistigen Arbeiter, der sich im Gegensatz zum namhaften Autor jede Vergewaltigung gefallen lassen müsse, wenn er nur honoriert wird. Sie hat sich nicht gescheut, meine Darstellung der stilistischen Arbeit am fremden Vers als das Selbstbekenntnis einer analogen »Übung bei der ›Fackel‹« zu verwerten, und sie hatte den guten Einfall des schlechten

Gewissens, die stärkste Verdrehung einer Sachlage mit dem Aviso einzuleiten: »Wohlgemerkt und gegen jeden Versuch einer Verdrehung gesichert«. Sie hat eine Angelegenheit, durch die das Treiben der Schlieferl und Tinterl einmal festgestellt war, aus dem Fonds großbürgerlicher Argumente zu dem Nachweis umgedreht, daß meine Eitelkeit ein Sätzchen der Anerkennung reklamiert habe, welches mir der Autor in speichelleckerischer Absicht zuwenden wollte und daß ihm zu streichen geradezu Ehrenpflicht einer Redaktion war, die etwas auf sich hält und nichts mehr von dem, den sie einst als den Wertmesser aller moralischen Beschaffenheit gepriesen hatte. Aber Gott ist sein Zeuge, welches Übermaß von Zurückhaltung er aufgewandt hat, um angesichts einer ihm fühlbaren Bedrängnis, angesichts des tragischen Mißbrauchs, der hier im parteilichen und redaktionellen Dienst mit Menschlichem geschieht, die sittlichen und geistigen Abgänge nicht zu bemerken, aus denen diese polemische Fülle geschöpft wird. Die Arbeiter-Zeitung – und nur sie spreche ich an – hat mit allen Mitteln der Unwahrhaftigkeit, mit dem Appreturverfahren für Sachverhalte und Tonfälle, mit der Entstellung von Tatsachen und Texten, mit der lächerlichen und unwürdigen Bloßstellung des wehrlosen Mitarbeiters, der Verdächtigung seines Rechtsbeistands und der offenen Terrorisierung der Zivilgerichte, aus dem hysterischen Fanatismus des Bedürfnisses, daß die Stimme das Gewissen übertöne, Unrecht das Unrecht ersticke – sie hat den Fall, in dem sie vor der kapitalistischen Justiz recht behalten muß, durchgekämpft, wie jene andern Fälle, in denen sie vor einer uninformierten und uninteressierten Leserschaft die Oberhand behält. Und wenn mich nicht, wie gesagt, jenes sonderbar gemischte Gefühl lähmte, so würde ich unter Enthauptung eines Rattenkönigs von bürgerlichen Gesinnungsdefekten ihr so auf den Mund schlagen, daß ihr Hören, Sehen und Schreien vergehen sollte. Denn dabei wollen wir es nach »Auseinandersetzungen«, wo sich doch nur auseinandersetzt, was nicht Bestand hatte, keineswegs bewenden lassen, daß die Gaben nun so verteilt bleiben sollen, wie sie da ohne Wahl und ohne Billigkeit verteilt wurden: daß die Schlieferl und Tinterl weltanschauliche Ringer sind, die eben manchmal Jiu-Jitsu-Griffe anwenden müssen, wenn sie »mit dem Problem Kraus ringen«, während solche, die ihre Person für die Sache eingesetzt haben, als »Schlieferl und Gschaftlhuber« fortleben, vor denen man den einsamen Künstler bewahren muß. Denn, wie »uns längst aufgefallen ist«, sie drängen sich an ihn heran und er, eitel wie eben die einsamen Künstler sind und wie auch der nichtorganisierte Schopenhauer war, pflegt bekanntlich »aufzuhorchen«, sobald ihm nur jemand »versichert, er stehe zu ihm«, und er hat noch nie die halbe Arbeitsnacht damit verbracht, solche Verehrer abzuwehren. »Wir haben uns immer gewundert« (versetzt die Arbeiter-Zeitung als posthumes Klampfl) »mit welchem Eifer sich Schopenhauer, der doch auch ein Menschenverächter war, bei Frauendorfer erkundigte, ob er nicht über ihn etwas in der Zeitung gelesen habe«. Die Parallele ist verblüffend, wenn man bedenkt, daß ich Publikationen über mich, wenngleich nur im Annonceteil der Arbeiter-Zeitung, sogar herbeiführe. Freilich bringt es der Wandel der Zeiten mit sich, daß die Eigenschaft, die mich schon immer mit Schopenhauer verbunden hat, ehedem die der Welt war, von der es damals hieß, sie räche sich durch planmäßiges Totschweigen, weil ich eben »mit Schopenhauer sagen könne: Überhaupt, wo ist eine Eitelkeit, die ich nicht gekränkt hätte? Man dient nicht der Welt und der Wahrheit zugleich«. Das war ohne Zweifel richtig, und wie man sieht, empfiehlt sich die Eitelkeit zu jeglichem Gebrauch. Doch wie immer der einsame Künstler zu solchen stehen mag, die die Eigenschaft in ihm selbst nähren, indem sie zu ihm stehen – entschiedener als diesem Andrang widersetzt er sich einem Parteischutz, der ihm dagegen offeriert wird, und einer Parteihilfe, um zu erkennen, wer ihm sachlich im Kampfe dient und wer ihn darin behindern oder verraten könnte. Und schon gar nicht wird er es dabei bewenden lassen, daß ihm am Schlusse zur Entschädigung die »Künstlerschaft« bleibt und sozusagen die »funkelnde Sprache«, während die Wahrheit denen zugehört, die sie von berufswegen nicht haben und nur über den Mechanismus verfügen, durch den sie täglich von neuem erstickt werden kann. Nein, mit so dürftiger Zuweisung wird sich seine Eitelkeit nicht abspeisen lassen, die eben *anders* »gewählt« und *anders* »sich entschieden« hat als die Bescheidenheit eines Herwegh, der da gegen Freiligrath wünschen konnte: »Und meinen Lorbeer flechte die *Partei*!«

Sie ist im Gegenteil geneigt, feierlich zu verzichten, nachdem sich alle Begeisterung nach zehn Republikjahren als auswechselbares Literatenlob herausgestellt hat. Ließe meine Anschauung von der Welt die Absonderung des artistischen vom sittlichen Wert geschehen, so möchte ich die künstlerische Fähigkeit eher in dieser Zurechtmachung von psychischen und realen Sachverhalten erkennen und mir lediglich die Gabe vorbehalten, mich nicht blöd machen zu lassen! Denn was sich hier abgespielt hat, sind in Wahrheit Ereignisse der Menschennatur, die in ihrer unerschöpflichen Vielgestalt eben auch die Erfahrung zuläßt, welcher Unredlichkeit noch die leibhaftige Ehre fähig sein kann, sobald sie in Kollision mit meiner unerbittlichen Forderung gerät. Diesen Zustand einer Hinfälligkeit vor der letzten sittlichen Entscheidung mache ich seit den Tagen mit, da eine ganze große Partei in die schmachvolle Abhängigkeit von einem individuellen Erpresser geriet, welche sie schwer, aber doch leichter ertragen hat als den Zwang des individuellen Revolutionärs, der an sie keine andere Forderung hatte als daß sie ihren Idealen treu bleibe. Und diese Hinfälligkeit wird noch sinnfälliger seit der fragwürdigen Befreiung, welche, ein jähes Aufraffen in dem Moment persönlichster Bedrohung, doch erst die kulturelle Versäumnis anschaulich machte; seit den Tagen, wo im Nachhinein als Sodomsgreuel zusammengefaßt erschien, was bis dahin als »die Methoden des Herrn Bekessy« kaum berührt war. Wie kein anderer habe ich mitfühlend die Bedingtheit erlebt dieses aufreibenden Wirkens zwischen der erkannten Wahrheit und einer gesetzten Möglichkeit und nur zu oft der falschen Sprachmusik das Klirren der Parteifesseln abgehört. Gewiß, die Aufopferung für die Parteireligion hat auch dort noch etwas Respektables, wo die tägliche Verpflichtung, schmutzige Wäsche zu reinigen, den Unterschied zwischen dem geistigen Arbeiter und der Waschfrau problemfrei macht; und ich habe selbst noch Verständnis für die Toleranz, mit der eine persönliche Sauberkeit alles, was im Umkreis geschieht, gewähren läßt bis zur verkehrten Parole: Kinder stehlts, der Vater geht beten! Der Entschluß jedoch, jeglicher Erkenntnis der Wahrheit und allem Bekenntnis zu meinem Maß, kurz den Verpflichtungen zu entsagen, die immerhin eine wertvolle Wesenspartie auszufüllen schienen, und dies nicht um der großen Sache willen, gegen die ich mich vergangen hätte, sondern um der kleinen Personen willen, die sich gegen mich vergangen haben, da ich der Sache diente – diese Wendung scheint mir so sehr einer seelischen Katastrophe gleichzukommen, daß mich Mitleid mit einer polemisch resoluten Wehrlosigkeit, Ekel vor den kniffigen Bedrängern, die sie doch nicht zufrieden stellt, so lange als möglich bestimmt, die öffentliche Gefahr auf eine private Misere herabzusetzen. Was höre ich da? Mir sei mit der Polemik »zu viel Ehre erwiesen« worden? Wie werde ich der Ehre von Individuen habhaft, die den Schützer zu dem Opfer zwingen, sich seines bessern Wissens um mich zu entäußern; die das ruchlose Kriegsmittel verwenden, die leibhaftige Schutzwürdigkeit voranzuschicken; die beim Gegner Empfindungen in den Kalkül ziehen und selbst keinen Dank haben für die Strapaze, mit der die Ehre die Unehre zu decken unternimmt! Zu viel Ehre? Zu wenig an dem Effekt, zu wenig in der Gegend, aus der er bestellt ward! Ich wünschte, daß die verantwortlichen Verderber eines Menschenwerts, die getarnten Kommisgestalten, denen das künftige Heil der sozialistischen Jugend anvertraut ist und die den Verrat an der Sache mit dem Einsatz der fremden Person betreiben, endlich hervortreten, um mir die wahre Auseinandersetzung zu erleichtern, den eigentlichen Kampf für eine Sache, die sie mit jeder Faser ihres bürgerlichen Wesens, mit jedem Feder- und Atemzug verleugnen! Was sich heute im Vordergrund abspielt, ermöglicht mir höchstens die Entschädigung der deutschen Sprache, die unaufhörlich dort vor den Kopf gestoßen wird, wo man so rührend bemüht ist, durch Drucksperrungen Verstöße gegen sie festzustellen, die im Kreise meiner Mitkämpfer wahrgenommen werden. Aber die

Sprache des Kampfes steht in einem naturhaften Zusammenhang mit der Wahrheit, und ich spreche es mit der höchsten Achtung vor einer mißbrauchten Menschlichkeit aus, daß sie, wo sie einmal frei ausströmen darf, einer fehlerlosen Sprache fähig ist, während die Hemmung des Parteigebots und vollends die des Zunftinteresses sie zu einem Wüten zwingt, durch das mit allen Banden der Gesittung und Vernunft auch die der Syntax gelöst erscheinen. Wo eifernd etwa gleichmäßig abhängige Sätze ohne äußere Verbindung koordiniert werden, liest man in Surbordination hinein und das ganze Satzgefüge weist auf eine Abhängigkeit, die durch den Impetus einer verzweifelten Logik dem eigenen Wahrheitsdrang widerstreitet. Dieses ergreifende Naturspiel, wie sich – in einem Schrifttum, das seinen ethischen Bedarf eben doch nicht bloß mit den Griffen des Metiers bestreiten kann – die Sprache selbst rächt, wenn sittliche Wesenheit einem äußern Diktat gehorcht; wie sich die Sprache mit dem Sprecher auseinandersetzt, und wie sich der eigenste Wert eben an dem Unvermögen im Ausdruck des schlechten Gedankens beweist, das könnte ich in einem Dutzend Kapiteln zur Sprachlehre vorführen. Denn die Einsicht: ob einer echt und wahr, ob er oberflächlich und verlogen ist, das erkenne man daran, »wie er zu Karl Kraus steht« – sie ließe sich im Fassungsraum einer und derselben Persönlichkeit bestätigen, und Sprachkritik wäre der Behelf, um das Echte und Wahre noch an der Abirrung anschaulich zu machen. Mit der Analyse eines Stils, der so ganz und gar der Mensch selbst ist, indem jener verlegen stottert, weil dieser nicht lügen kann, wo er muß – wäre geradezu eine Ehrenrettung vollzogen, die mir ein Herzensbedürfnis bleibt, mag ich auch bis dahin allen Unbilden der psychischen Witterung ausgesetzt sein.

Und mit solchem Wissen um das Sprachgeheimnis würde ich der Arbeiter-Zeitung schon beweisen, wie recht sie mit dem Zugeständnis hat, daß die Nennung meines Namens in einem sprachkritischen Zusammenhang mit Stefan George immerhin am Platz wäre. Aber sie war auch dort keine absurde Zumutung, wo der Verfasser bloß den Wunsch hatte, ihm das Beispiel eines Zeitkämpfers entgegenzustellen. Was die Arbeiter-Zeitung in voluminösen Artikeln, Schriftsätzen und Eingaben zur Bagatellisierung einer Sache, die wirklich »nur die Kreise des Herrn Kraus« interessieren mag, herbeigewälzt hat – es würde, von mir reproduziert und aufgelöst, eine Geschichte des geistigen und moralischen Verfalls einer Partei ergeben, durch die die Verbürgerlichung des sozialdemokratischen Denkens zu erschreckender Anschauung käme. Die förmliche Gier, kein bourgeoises und journalistisches Argument zur Anfechtung eines geistigen Rechts ungenützt zu lassen, beruhigt sich nur zu dem breiten Hohn, der jedes Kommerzgemüt anspricht: »Gegenstand! Und wegen so was« – des Anspruchs auf den Gedanken, den einer ausdrücken wollte – »müssen sich fünf Gerichtsinstanzen herstellen!« Das Achselzucken einer Weltanschauung, die bloß die greifbaren Interessen als die berechtigten erkennt, derselbe Habitus, der, zur Abwehr der Kulturpest aufgefordert, die Auskunft hatte: »Wir haben andere Sorgen!« Aber die Lüge dieses Betriebsstandpunktes bestand darin, daß die Sozialdemokratie wahrlich die Sorge hatte, wie sie den Erpresser loswerden sollte, den mit der bürgerlichen Welt geteilt zu haben, ihr als unauslöschlicher Makel anhaften wird! Und das Ausmaß der Lüge wurde erkennbar an der Vehemenz, mit der sie sich eines Tages die Sorgenlast vom Herzen schob und dem Gewissensmahner folgte, der ihr zugeredet hatte, sich endlich zu der Sorge zu bekennen, die sie in Wahrheit hatte. Es gibt zwei Briefe des Bürgermeisters an mich, von deren Bekenntnisinhalt er sich heute als Ehrengast des Pen-Klubs zwischen den Herren Castiglioni und Salten erholt. Aber es gibt noch einen dritten Brief an mich, worin er mich nicht mehr zur Verjagung der alten Gespenster beglückwünscht, sondern hofrätliche Formeln findet, um sich an der Verjagung der neuen Gespenster nicht beteiligen zu müssen, und wo er es wagt, sich vor dem Mann, den er als den Sendboten der Wahrheit angesprochen hatte, auf eine Unwahrheit auszureden. Nun, den Schober zu verjagen, ist uns beiden nicht gelungen. Aber wenn wir schon dieses Mißlingen gemeinsam haben, so kann doch ich wenigstens sagen, daß ich alles getan habe, damit er auch der Literatur erhalten bleibt!

Und jetzt möge man das letzte Stadium einer politischen Anstrengung erkennen. Man erfahre, daß der Arbeiter-Zeitung im Kampf kein Opfer der Gesinnung groß genug ist, wenn es gilt, sich eines unbequemen Bundesgenossen zu entledigen. Ernsthaft hat sie sich in Artikeln und Schriftsätzen bemüht, das Walten eines pflichttreuen Feuilletonredakteurs als gemeinnützig hinzustellen, dem es gelungen ist, die Geburtstagsfeier für Stefan George von meiner Anwesenheit rein zu halten. Unter allem, was sie für diese Maßnahme an verzweifelten Argumenten geltend gemacht hat – so um den schönen Satz herum: »Und nun erwäge man dieses Bezirksgericht!« –, in diesem ganzen Fuchsbau einer Winkeladvokatik bildet die beste aller Ausflüchte der Gedankengang, daß man in einem Artikel zu Ehren eines Lyrikers Beispiele für den Zeitkampf wie die Namen Bekessy und Schober entbehren könne, ein Argument, das dem Vorbild des Erstgenannten als des Bahnbrechers journalistischer Wirbeltaktik doch weit mehr Ehre erweist als dem Stefan George. Denn wenn man schon jene Namen als Beispiele für den Zeitkampf entbehren konnte, so war doch darum das Beispiel des Zeitkämpfers nicht zu eskamotieren, das der Autor eben dem Fall George entgegenstellen wollte. Und zur Deckung dieses Handgriffs dient eben die »Methode«, auch ein Glied der begrifflichen Kette zu eskamotieren, indem man mit den sonstigen Gliedern vernehmlich klimpert und einer Gerichtsinstanz nach der andern plausibel macht, wie unpassend der Bekessy neben Stefan George gewirkt hätte. Solchen Mißeindruck zugunsten Schobers verhüten zu wollen, hat man sich für den Obersten Gerichtshof aufgehoben. Denn was liegt uns an dem Schein, vor dem höchsten Forum der Bürgerlichkeit den Kampf selbst preiszugeben, wenn es gilt, gegen den unbequemen Mitkämpfer jenes Recht zu behalten, dessen Anspruch für einen Sozialisten entehrend, dessen Zuerkennung für ihn beschämend ist! Und nun wird der sozialistischen Jugend wohl nichts übrig bleiben als zu vermuten, daß ich einen Sachverhalt erfinde, wenn ich die folgende märchenhafte Begebenheit erzähle.

Die Arbeiter-Zeitung hat eine Revisionsbeantwortung an

den Obersten Gerichtshof gelangen lassen, bei dem man gewiß eher Sympathien für die Bekämpfung der Prostitution als für die des Herrn Schober voraussetzen darf und dem man doch vorweg in besserem Licht erscheint, wenn man den diesbezüglichen Kampf tunlichst auf die politische Rubrik einschränkt. Sie hat sich also entschlossen, diesen Obersten Gerichtshof zu »erwägen«. Ihm mit einem Ruck der Gesinnung einleuchtend zu machen, welche Zumutungen die Gegenpartei, die konsequent und überall den Schober bekämpfen will – nämlich dieser Kraus, der hinter der Sache steht und der alles macht, ohne persönlich hervorzutreten – der Arbeiter-Zeitung, nein, dem Obersten Gerichtshof selbst stellen möchte: daß er ihr auftragen solle, einen Satz noch einmal zu drucken, wo der Name Schober vorkommt! Die Arbeiter-Zeitung hat sich entschlossen, eine Aufwartung vor der bürgerlichen Welt zu machen, die man selbst Sozialdemokraten nicht zugetraut hätte, auch wenn sie längst als Stützen der Gesellschaft beglaubigt, als Garanten der Ordnung eingebürgert sind. Denn nach zivilrechtlichen Ausführungen kommt wörtlich die Wendung:

> Schließlich sei noch auf folgende Momente verwiesen: die Fortsetzung des politischen Kampfes außerhalb der eigentlichen Politik wird politischen Zeitungen ständig zum Vorwurfe gemacht.
>
> Wäre es nicht wirklich schon unter dem Gesichtspunkte des guten Geschmackes zu vermeiden, die Polemik gegen den Präsidenten Schober in der Literatur-Rubrik gelegentlich der Geburtstagsfeier eines Lyrikers zwischendurch fortzusetzen?

Ist das nicht erschütternd? Der Dichter steht auf einer höhern Warte – sagt die Partei, den Schober von der Zinne betrachtend, vom Ziergiebel! Diese den Ordnungssinn ansprechende, versöhnliche Regung, diese geradezu Rückert herbeizitierende Geste könnte sogar einen Präsidenten zum Satiriker machen – wenn er es nicht schon nach dem Berliner 1. Mai geworden wäre, nach dem Erlebnis, daß er einen Genossen zum Genossen hat. Man versuche, es auszudenken. Das ästhetische Feingefühl der Arbeiter-Zeitung, ihr anerkannt guter Geschmack, den nicht nur Krupnik befriedigt, sondern auch Stefan George, verwehrt es ihr, die leidige Polemik, die, wenn sie schon hin und wieder sein muß, doch in ein ganz anderes Ressort gehört – in das der »eigentlichen« Politik –, »zwischendurch« in die allen Händeln entrückte Literaturrubrik zu tragen, wo nur Schäferspiele vorgeführt werden. Nicht jede Zeitung hält so rein! Zwischen Lassalle und Krupnik eingebettet, gewiegt in den Schlummer des Bewußtseins, daß doch schon zehn Jahre seit dem Umsturz und zwei seit dem 15. Juli verflossen sind, bildet die Literaturrubrik der Arbeiter-Zeitung die Stelle, die Kunststelle, wohin kein Mißton des Zeitkampfes dringt, und wenngleich ich dort einmal versehentlich für den doppelten Nobelpreis vorgeschlagen wurde, so hat doch die Geburtstagsfeier eines Lyrikers frei von jeder Beziehung zu mir zu bleiben. Wir halten Burgfrieden! Der Oberste Gerichtshof möge – falls sich ihm nicht der Magen umdreht, wie uns Revolutionären die Gesinnung – überzeugt sein, daß die Polemik gegen den Präsidenten Schober ihre Grenze am guten Geschmack des Literaturredakteurs hat, und er soll einem Gegner doch nicht Recht geben, der immer Händel sucht und selbst in der Literaturrubrik gegen den Präsidenten Schober polemisieren möchte! Zwischendurch! Der Oberste Gerichtshof möge erwägen (und die Arbeiter-Zeitung erwägt ihn in dieser Richtung), daß der Name schon wieder genannt werden müßte, wenn die Arbeiter-Zeitung nicht siegreich aus diesem Zivilprozeß hervorginge. Der Oberste Gerichtshof wird doch nicht einen weniger guten Geschmack haben wollen als die Arbeiter-Zeitung? – Es gibt Worte, die mit Flügeln auf die Welt kommen und für die man hinterher allen prozessualen Gewinn opfern möchte, um sie wieder einzufangen. Es gibt Worte, die einen verlorenen Prozeß in größerer Sache bedeuten. Es gibt Worte, die schon als Stigma dem auf der Stirn sitzen, dem sie eingefallen sind. »Verklungen und vertan« – man möchte es zurückrufen, wiederhaben. Das Wort vom »guten Geschmack« wird das von den »anderen Sorgen« überdauern und diese vermehren. Es grenzt an die Tat des Schuftes Kerr, der dem Berliner Zivilgericht erzählt hat, daß ich jenen durch Plakate herabzuwürdigen versucht habe. Nein, es übertrifft sie. Denn der Berliner Schuft hat doch bloß gegenüber den Millionen Toten des Weltkriegs eine moralische Verpflichtung, aber nicht gegenüber den neunzig Toten des Polizeikriegs. Die Arbeiter-Zeitung aber bekennt, daß sie durch ihren guten Geschmack verhindert ist, in der Literaturrubrik eben dieses Gedenken fortzusetzen. Ich, der bereit ist, mit dem Gedenken des einen Hans Erwin Kiesler sämtliche Literaturrubriken und vor allem die nichtswürdige der Arbeiter-Zeitung zu sprengen, spreche die Erwartung aus, daß der schlechte Geschmack, den die sozialistische Jugend von diesem Bekenntnis empfangen mag, sie zwingen wird, ihn durch ein tausendstimmiges Pfui! auszuspucken.

Die Hundspeitsche!

Einen bemerkenswerten Beleg der Erkenntnis, daß Presse nichts als das Publikmachen individueller Infamie bedeutet – eine Erkenntnis, die der Menschheit in dem Maße schwerer zugänglich gemacht werden kann, als die Presse zugleich auch die Verblödung des unbeteiligten Publikums durchführt, und die immer dann erst jeweils aufbricht, wenn der einzelne von der Infamie betroffen wird – einen Beleg dieser Erkenntnis liefert schon lange die Lokalberichterstattung der Neuen Freien Presse. Das imbezille Gehirn, das heute mit der vom Vater ererbten Leidenschaft den Leser des Leitartikels in Gedankengänge jagt, die jedes logischen und stilistischen Zusammenhanges spotten – dieser Kopf merkt wahrscheinlich nicht, welch wesentliche Veränderung innerhalb des publizistischen Abbildes der bürgerlichen Realität, deren Dehors doch die Neue Freie Presse ehedem gewahrt hat, rings um die labyrinthische Gegend des Leitartikels eingerissen ist. Daß dieser von Maßanzügen, Hotelreklame und allen Belangen der Gewinnsucht längst abgedrängt erscheint, wäre das geringste Malheur. Die eigentliche Veränderung im Weltbild der Neuen Freien Presse besteht nicht nur in der perfekten Jargonisierung der lokalen Dinge, in der völligen Privatisierung der Publizität, in der Vervielfältigung dessen, was die Einfalt beschließt, ja was einer beliebigen Gans über die Leber kroch. (Eine höher organisierte Leserin hat die Gattung »Schmonzette« genannt.) Der Umschwung besteht vor allem in der hemmungslosen Verluderung des Bereiches, worin die Neue Freie Presse ehedem durch Schweigen tonangebend war und über das sie das »Blattgefühl« der Heuchelei zu breiten wußte: des Sexualgeheges. Zwar wäre sie noch heute imstande, ihrer eigensten Berufsbezeichnung bloß mit dem Anfangsbuchstaben H . . . zu genügen und anzudeuten, daß man vom Abonnement mit ihr leicht die S . . . . bekommen könne. Aber wie es unvorstellbar wäre, daß unter der Herausgeberschaft des Dr. Bacher und selbst unter der Alleinherrschaft des Moriz Benedikt – als er noch nicht drauf und dran war, die Bibel des alten Biach »interessant« zu gestalten –, wie es unvorstellbar wäre, daß man ehedem Reporter auf Betten losgelassen hätte, so ist es heute selbstverständlich, in der Neuen Freien Presse eben das Genre zu finden, dessen zielsichere Behandlung den Bekessy zur Geißel einer Stadt gemacht hat. Der Unterschied zu seinen Gunsten besteht darin, daß er auch imstande war, auf das schlechte Mittel zu verzichten, wenn er den guten Zweck exequiert hatte, während man bei der Neuen Freien Presse jetzt sicher sein kann, daß sie sich die schmutzigste Gelegenheit: die reinste Angelegenheit des Privat- oder Familienlebens nicht entgehen lassen wird, um die alten Biachs zu kitzeln, die ihr treu geblieben sind und die sie nunmehr auch als ihr Unterleibblatt zu schätzen wissen; denn sie haben mit zunehmendem Alter das Bedürfnis, in ihrer Bibel etwas Einschuß von Josefine Mutzenbacher zu finden, die ja bekanntlich auch das stärkste Werk des Hauptmitarbeiters vorstellt. (Zu welchem Punkte die Frage an den allverehrten Präsidenten des Pen-Klubs gestattet sei, ob er nicht Skrupel hegt, daß unter seiner Ägide der Klubname Mißdeutungen ausgesetzt sein könnte. Und in einem auch die Frage, ob er nicht trotz allen Anzeichen, die einer Salten-Renaissance günstig sind, sich doch eines Teiles seiner Würden begeben möchte, da es vielleicht wirklich zu viel ist, unter den Großen des Reiches Kongresse für eröffnet zu erklären, wenn man eben noch dem Bekessy ein Brieferl zugesteckt hat. Immerhin ließe sich hier, wofern man dem internationalen Schrifttum auch eine gewisse Gemeinsamkeit moralischer Ansprüche zubilligt, ein Kompatibilitätsproblem erkennen. Doch schon im Wirkungskreis der Klub-Agenden dürfte sich für den Präsidenten insofern eine heikle Situation ergeben haben, als ja der Kongreß eine Resolution gegen die Zensur faßte, die da »Werke von klassischer Bedeutung als pornographisch betrachtet«, und doch zumindest nicht geleugnet werden kann, daß der »Josefine Mutzenbacher« klassische Bedeutung zukommt. Wesentlicher freilich, als daß ein Würdenträger auch Bedenken trägt, sich zu einer literarischen Leistung, die ihn geradezu rehabilitieren würde, zu bekennen, bleibt die gerichtsordnungsmäßige Offenkundigkeit der Beziehung, in der der Hauptmitarbeiter der Neuen Freien Presse zum Bekessy gestanden hat.) Nun, die Biachs haben die gellenden Schreie des Protestes im Ohr, die der jetzige Herausgeber einem Erledigten nachrief, in postumer, wenngleich berechtigter Aufwallung über die Infamie, die dieser seinem privatesten Leben angetan hatte. Aber die Untat war keineswegs in gewinnsüchtiger Absicht, bloß aus »Passletemps«, l'art pour l'art der Drecksensation erfolgt, und kein anderer Vollgriff ins Menschenleben ist es, den heute die Neue Freie Presse praktiziert, sobald ihr im Wege der Reiseplauderei oder der Gerichtssaalberichterstattung nur Kunde wird, daß irgendwo ein Geschlechtsakt vollzogen wurde oder auch nicht. Und hier ist sie mit einer Quickheit und Munterkeit am Werke, von der noch der Meister lernen könnte; hier scheinen ihr die Säfte erneuert, als hätte Steinach einen journalistischen Hochschulkurs eröffnet; und wenn man sie so betrachtet, wie sie sich in Schlafkupees und Hotelzimmern umtut und um die Sphäre »deklassierter Frauen«, zu denen sie ja gehört, schnippt und schnuppert, dann fühlt man, daß sie es heute ihrer Tradition schuldig wäre, sich zur Herausgeberschaft von Mutzenbacher und Benedikt zu bekennen. Daß die Gefahr journalistischer Befassung mit dem, was den Nachbarn angeht, weil es ihn nichts angeht, innerhalb der fragwürdigen Gesetzlichkeit eines durch und durch ehrlosen Staates keine andere Remedur als die der Hundspeitsche übrig läßt, das hat die Neue Freie Presse in ihren letzten Jahrgängen, wo ihr emeritiertes Chontentum nur mehr dem kupplerischen Drang Raum gewährt, mit Pikantem zu reizen – sie hat es so anschaulich dargetan, daß man sich hingerissen fühlt, mit der Hundspeitsche schon an ihre Lektüre zu gehen. Wenn Eheleute gezwungen sind, ihre Affären vor ein Bezirksgericht zu tragen, dann kann man sicher sein, daß außer dem Organ der Herren Lippowitz und Schober kaum ein anderes für die Ausbreitung der privaten Pein so tätig sein wird wie die Neue Freie Presse, die ganz und gar die Hinterlassenschaft »eines der übelsten Gesellen« übernommen hat, seitdem »Wien von ihm befreit« ist. (Das Organ der Sozialdemokratie hat darum »andere Sorgen«, als sich um den Schutz des bürgerlichen Privatlebens gegen diese ekelste Sorte von Preßkorruption zu kümmern, weil es in seiner Gerichtsrubrik das, was sich in der Sphäre der Bettgeher freier vollzieht, wahrzunehmen hat. Der Unterschied ist auch, daß hier nach dem Muster der ›Tag‹-Reportage nur Vornamen genannt werden: Franz liebte Marie, während die Neue Freie Presse, wenn so etwas in der »City« vorkommt, keine Rücksicht kennt.) Das Äußerste, was in dem Genre bisher geleistet wurde, stellt nun wohl der folgende Gerichtssaalbericht dar, der eine keinen Menschen außer den Prozeßparteien angehende, für jeden peinliche und völlig uninteressante, an sich trostlose Beleidigungsklage dazu benützt, die Ehre einer Frau –

in jenem bürgerlichsten Sinne, dem doch diese Bürgerpresse zu dienen beflissen ist – einfach aus dem Grunde zu besudeln, weil die Verwendung ihres Namens als des Namens einer bekannten Schauspielerin das Gesindel einer Leserschaft »interessiert«, deren weibliche Angehörige jede einzeln aufschreien würden, wenn ihnen von dem Schandblatt desgleichen widerführe. Aber bevor man das liest, muß man erst die Dezenz bewundern, mit der Lippowitz dem Fall gerecht wurde. Daß kein einziges der anderen Organe, die den Sexualinteressen der Bürgerschaft aller Konfessionen dienstbar sind, ihn aufgegriffen hat, mag ein Zufall sein, der die Sachlichkeit des Neuen Wiener Journals umso reiner hervortreten läßt:

(Tratsch zerstört eine Ehe.) Der Gattin des Konsuls J. und deren Familie war von dritter Seite mitgeteilt worden, daß dieser in Beziehungen zu einer Schauspielerin stehe, mit ihr Heurigenfahrten unternehme und ihr ein wertvolles Schmuckstück gekauft habe. Dieses Gerede führte zur vollständigen Zerrüttung der Ehe und im Mai dieses Jahres zur einverständlichen Scheidung. Konsul J. konnte vorerst nicht in Erfahrung bringen, von wem der Tratsch ausgegangen war, erst nach der Ehescheidung wurde ihm bekannt, daß ein Fräulein Lotte Hahn die Verbreiterin der falschen Mitteilungen sei. Da ihm an einer Klarstellung viel gelegen war, reichte er beim Strafbezirksgericht I gegen Fräulein Hahn die Ehrenbeleidigungsklage ein. Zu der Verhandlung waren zahlreiche Zeugen, darunter auch die Schauspielerin erschienen. Auf einverständlichen Antrag der Parteienvertreter wurde die Verhandlung für geheim erklärt und schließlich zur neuerlichen Ladung der nicht erschienenen Beschuldigten vertagt.

Also geradezu ein Traktätchen; wenngleich später in seiner moralischen Wirkung durch die Auskunft der Gattin abgeschwächt, daß die Ehe schon vor dem Tratsch zerstört gewesen sei, die Klage also nur noch geeignet, ihn zu verbreiten. Und nun – immer im Hinblick auf einen diskreten Lippowitz, der sich bloß die »Heurigenfahrten« ausgesucht hat und keinen Namen außer dem der Angeklagten nennt – betrachte man die Gier, mit der sich die Neue Freie Presse, die älteste Ladenhüterin einer Familienmoral, die keinen Abgang fand, die Großsiegelbewahrerin von Bettgeheimnissen der City, auf die Gelegenheit geradezu schmeißt. Daß dabei ihr Kuppeltrieb die Gelegenheit erst gemacht hat, um eine an ihr völlig unbeteiligte Zeugin zu kompromittieren, um sie an die Spitze der Sensation, also an den Pranger ihrer eigenen journalistischen Schande zu stellen, wird sich erst nachher erweisen. Das Grauen vor der Reproduktion im Sachlichen und vor allem im Namentlichen darf den Zwang der Darstellung eines Exempels nicht bezwingen; in Sperrdruck erscheint, was im Original gesperrt ist:

Wien, 19. Juni. (Eine Affäre aus der Gesellschaft.) Die Schauspielerin Rita Georg erschien gestern beim Strafbezirksgerichte I als Kronzeugin in einem bemerkenswerten Ehrenbeleidigungsprozeß, den der königlich norwegische Honorarkonsul Robert Igler gegen die Privatbeamtin Lotte Hahn angestrengt hatte. In der durch Dr. Eduard Sonnenthal vertretenen Klage hob der Kläger hervor, daß er schon vor mehreren Monaten die Beobachtung machte, daß die Verwandten seiner Gattin eine feindselige Haltung gegen ihn bekundeten, dies hauptsächlich aus dem Grunde, weil ihnen Mitteilungen zugekommen seien, daß er, Igler, ein inniges Verhältnis mit der Schauspielerin Rita Georg habe. Er habe damals keinen Anlaß gehabt, dieser Sache nachzugehen. Im März dieses Jahres sei seine Gattin plötzlich verreist, und er habe erfahren, daß die Abreise seiner Frau mit den Gerüchten über seine behaupteten, jedoch den Tatsachen in keiner Weise entsprechenden Beziehungen zur genannten Schauspielerin im Zusammenhange stehe. Es sei auch ganz wahrheitswidrig behauptet worden, daß er der Schauspielerin einen Schmuckgegenstand von hohem Werte geschenkt habe. Es wurde nach Behauptung der Klage infolge der ausgestreuten vollständig aus der Luft gegriffenen Gerüchte sein Eheleben untergraben, und wurde die Ehe zwischen ihm und seiner Gattin am 25. Mai d. J. einverständlich geschieden. Er habe sich, um Skandalszenen zu vermeiden, wenn auch schwersten Herzens, entschlossen, in die einverständliche Scheidung einzuwilligen und ein durch sieben Jahre glücklich geführtes Eheleben aufzugeben. In der Klage wird nun des weiteren ausgeführt, daß die Beschuldigte, Fräulein Lotte Hahn, es war, welche die Behauptungen über seine angeblichen Beziehungen zur Schauspielerin aufgestellt habe. So soll die Beschuldigte der Gattin des Klägers gegenüber erklärt haben, daß sie zwar ein ausgesprochen intimes Verhältnis zwischen Herrn Igler und der Schauspielerin nicht behaupten könne, doch wisse sie, daß beide aneinander Gefallen gefunden hätten, einander sehr gut seien, wobei sie (die Beschuldigte) noch die Bemerkung machte: »So etwas merkt man doch.« Er sei durch die inkriminierten

Behauptungen über seine in Wirklichkeit nicht bestehenden Beziehungen zur Schauspielerin Rita Georg in seiner Ehre auf das Tiefste verletzt, weshalb er die strengste Bestrafung der Angeklagten beantragt. In der vor dem Landesgerichtsrate Dr. Jellinek stattgefundenen Verhandlung erklärte Rechtsanwalt Dr. Aschkenasy als Verteidiger der nichterschienenen Angeklagten, daß seine Klientin niemals den Kläger schädigen wollte, und nie behauptet habe, daß zwischen ihm und der Schauspielerin ein Verhältnis oder gar unlautere Beziehungen bestanden haben. Tatsache sei, daß der Kläger mit der Schauspielerin einigemale in größerer Gesellschaft zusammen war, woraus jedoch keinerlei ungünstige Schlüsse für den Privatkläger oder für die Schauspielerin gezogen wurden oder gezogen werden können. Es wurde erzählt, daß der Kläger mit der Schauspielerin in größerer Gesellschaft sich getroffen habe, und daraus sei der Tratsch entstanden. Beim Eingehen in das Beweisverfahren wurde über Antrag beider Parteienvertreter die Oeffentlichkeit ausgeschlossen und wurde insbesondere auch die Schauspielerin in geheimer Verhandlung als Zeugin vernommen. Ihre Angaben gipfelten in der positiven Behauptung, daß sie in keinerlei Beziehungen, auch nicht gesellschaftlicher Art, zu dem Kläger jemals gestanden sei, daß sie letzteren nur zweimal, das erstemal vor vier Jahren, flüchtig gesehen habe. Der Richter beschloß die Verhandlung zur persönlichen Einvernahme der Beschuldigten zu vertagen.

Man schwankt, was hier grauslicher sei: die Welt der Nachbarn, deren Interesse sich durch die Vermutung des »Verhältnisses« mit einer Schauspielerin so befriedigt fühlt wie ihre Moral beleidigt – in deren Bannkreis ein Mann »in seiner Ehre auf das Tiefste verletzt« ist, dem es nachgesagt wurde –; oder das Walten einer Presse, die das eigentliche Opfer der »Affäre«, die Frau, die doch vor allem dem Sittengesetz dieser Bürgerlichkeit unterliegt, ganz im Sinne des klägerischen und des nachbarlichen Interesses als Corpus delicti, als corpus vile eines Gerichtsverfahrens dem Blick eines vertausendfachten Auditoriums preisgibt. Ob eine Gesellschaft unappetitlicher ist, die das begeifert und begrinst, was sie am liebsten tut, und dort, wo »nichts Unrechtes g'schehn« ist, auch nichts Unrechtes behauptet haben will; oder eine Presse, die so etwas apportiert, mit Behagen rapportiert und den Stoff »bemerkenswert« findet, statt der Gesinnung, die sie mit jener teilt. Man könnte sich ja, selbst wenn man dieses Gesamtbild bürgerlicher Gesittung als zeitgegeben ansieht, schließlich noch vorstellen, daß ein Mann, der eine Dame kennt, anstatt sie zu seinem Ehrenschutz als Zeugin zu führen, zu ihrem Ehrenschutz zur Hundspeitsche griffe, wenn die Presse den »Tratsch«, mag er nun Wahres oder Unwahres enthalten, weitergibt. Aber in derartiger Sache pariert noch die Staatshoheit den Instinkten der Niedertracht, die nun einmal ihre Befriedigung erheischen, sobald das Privatleben angerührt ist; denn mögen selbst die Beteiligten an ihm unbeteiligt sein, die Unbeteiligten sind an ihm beteiligt. Denn wie immer leistet eine Autorität, die da wähnt, daß nicht in der Welt sei, was nicht in den Akten ist, Vorschub einer Publizität, die dafür sorgt, daß alles, was in den Akten ist, auch in der Welt sei. Amtliche Lebensfremdheit, den Weltraum nach dem Verhandlungsraum bemessend, eingerichtet auf eine Publizität der mündlichen Überlieferung, verfügt da über ein Koerzitiv, das heute geradezu das Mittel der Entfesselung bedeutet. Der Richter also – ein Herr, der Sexualverhandlungen mit großer juristischer Gründlichkeit durchführt und fünfmal vertagt, bevor er etwa wegen Förderung außerehelichen Beischlafes mit hoher Arreststrafe vorgeht –, der Richter schließt die Öffentlichkeit aus: womit sie für die Neue Freie Presse und die von ihr bediente Phantasie ihres Leserpacks erst eröffnet ist. Die wehrlose Zeugin, die mit besserer Berechtigung die Anklägerin – gegen den Tratsch und dessen Verbreitung durch die Presse – abgeben könnte, muß sich in einem Land, wo die Lumperei keinen Geldverlust für üble Nachrede und als Strafe höchstens Prügel zu fürchten hat, allen Weiterungen einer so bedienten Phantasie aushändigen lassen, allen Torturen dieser ausgeschlossenen Öffentlichkeit und aller Sensation einer »geheimen Verhandlung«, vor deren Tür die ganze Erwartung einer »Gesellschaft« lauert, »aus der« die Affäre stammt und die einstweilen mit der positiven Behauptung vorlieb nimmt, daß keinerlei Beziehungen vorhanden seien. Aber da der Richter die Verhandlung vertagt hat, so besteht ja noch Aussicht, und der Spießrutenlauf vor einem Leserspalier kann sich so oft wiederholen, als die Angeklagte nicht erscheint oder der gründliche Jellinek Erhebungen für wichtig hält. Zunächst hat die Betroffene – die eine der wenigen künstlerisch bestrebten Repräsentantinnen jenes Operettenunwesens sein soll, das den Nervenkitzel dieser Gesellschaft nährt, soweit ihn ihre Presse unbefriedigt läßt – einen Hilferuf an die Bedränger ergehen lassen. Sie hat die Qual, deren

Gefühl jeder gesittete Leser mit ihr geteilt hat, in dem folgenden Schreiben zum Ausdruck gebracht, welches das Schandblatt ohne ein Wort der Reue, aber sichtlich mit dem Bewußtsein der Brandmarkung publiziert hat und mit den Drucksperrungen, die ihm offenbar vorgeschrieben waren:

Wien, 20. Juni. (Eine Affäre aus der Gesellschaft.) Unter Bezugnahme auf den unter dieser Spitzmarke erschienenen Bericht schreibt uns Frau Rita Georg: »Ich bitte Sie, doch vor aller Öffentlichkeit festzustellen, daß ich ganz grundlos in eine Affäre hineingezogen und in Beziehungen zu einem Manne gebracht wurde, mit dem ich auch nicht das mindeste zu schaffen habe. Leider besitze ich keine Mittel, um mich dagegen zu schützen, daß ich ganz grundlos auf diese Art bloßgestellt wurde. Ich bitte auch mitzuteilen, daß nicht etwa meinetwegen eine geheime Verhandlung angeordnet wurde, in der vielleicht geheime Dinge erörtert wurden, sondern daß die ganze Verhandlung nichtöffentlich durchgeführt wurde.«

Man erfährt also, daß die schon an sich bodenlose Lumperei der Wendung:

und wurde insbesondere auch die Schauspielerin in geheimer Verhandlung als Zeugin vernommen

eine Zutat des Reporters war, der um der Zeugin willen einen »bemerkenswerten« Ehrenbeleidigungsprozeß haben wollte, ein Zoll der Phantasie an die anregbare Öffentlichkeit einer Leserschaft, die doch niemals von einer geheimen Verhandlung ausgeschlossen sein könnte. Er hat die Szene auf das Stichwort des Namens aufgebaut, und er benützt den Namen als Prospekt.

Wie ist das aber? Die Frau, deren Bedrängnis aus der flehentlichen Form hervorgeht:

Ich bitte Sie, doch vor aller Öffentlichkeit festzustellen,

sie besäße »keine Mittel«, um sich gegen die Niedertracht zu schützen, die sie vor alle Öffentlichkeit hingestellt, ihr alle Öffentlichkeit, insbesondere die ausgeschlossene, zugeführt hat? Kein Mittel gegen die, die einen Privatfall, mag er nun vorhanden oder konstruiert sein, mit der gleichen Schamlosigkeit – mag er unwahr oder wahr sein, mit dem gleichen Unrecht – publik machen? Kein Mittel gegen die Spitzbuben, die mit Spitzmarken in alle Privatwohnungen einbrechen können? Sicherlich, als Objekt einer Gerichtsverhandlung muß jede Frau in einem Kulturstaat herhalten, wo sich zwar die Beziehung der Geschlechter, aber nicht die Infamie, die an ihr schmarotzt, im Gebiet der Ehrenbeleidigung abspielt. Und gegen eine lebensfremde Justiz, die geheime Verhandlungen anordnet und es zugleich unterläßt, Maßregeln gegen deren tausendfache Veröffentlichung zu treffen, gibt es kein Mittel des Schutzes, solange eine Gesetzgebung teils aus Dummheit das Idol der Preßfreiheit, teils aus Feigheit das Privileg einer staatsbedrückenden Kaste für wichtiger hält als die primitivsten Lebensrechte der übrigen Bevölkerung. Eine Geschwornenklage wäre selbst dann unmöglich, wenn sie nicht so aussichtslos wäre, wie sie ist. Denn eine Schauspielerin darf bei der Horde um Erbarmen flehen, aber Wehrhaftigkeit in irgendeiner Form stünde der Karriere im Wege, und der Kollege vom Kunstressort würde dem vom Gerichtsteil schon beispringen, wenn sie nicht zufällig identisch sind. Fiele der Fall nicht eben in das Gebiet, wo jegliches Menschenrecht wehrlos der sensationellen Benützung ausgeliefert ist und wo diese geradezu im Bewußtsein einer Übermacht erfolgt, die jeden Widerstand mit kritischer Mißgunst rächen kann; spielte sich die Affäre nicht just dort ab, wo professionsmäßige Frechheit den Glauben übt und nährt, daß die Beschmutzung einer Frau »Reklame« sei – so wäre dem Widerstand schon ein Mittel an die Hand gegeben, das einzige, das es in einer Gemeinschaft gibt, deren Ehrenjudikatur die Ehre nicht schützt, sondern schändet! Aber eine tiefere Prostitution der Menschenwürde durch Gewalthaber hat ja kein absolutistisches Zeitalter gekannt, als diese republikanische Freiheit, welche sämtliche Berufe, die es gibt, dem einen, dem der Sudler, unterworfen sieht, und in erster Linie den einer preßfürchtig geborenen Theatermenschheit. Wenn der Umsturz die Gewalttätigkeit gefördert hat, so hat er doch auch die Furcht gemehrt vor der wachsenden Gewalt, die da in Verbindung mit dem Zufall den grausigen Mechanismus der Presse betreibt. Die handgreifliche Reduzierung autoritärer Lumperei auf ein Mundwerk, der Entschluß, persönlich in die Kloake vorzudringen, wo ein Anonymus, dessen Photographie ihn entlarven würde, menschliche Angelegenheiten unter dem Plural der Majestät beschmutzt hat – wer, Rittersmann oder Knapp, hätte heute noch den Mut zu dem Wagnis! Wie eine Sage klingt es, daß Ludwig Gabillon für seine Zerline einem Sudler auf die Bude gerückt ist. Die Zunft, die ihrerseits eine Standesehre hat, würde heute in solchem Fall nicht nur dem Wehrhaften, sondern dem ganzen Ensemble, dem er angehört, mit kritischem Boykott antworten, bis sie Entlassung nebst Abbitte durchgesetzt hätte. Vorbei auch die Tage, da eine Gräfin Festetics (mit dem onomatopoetischen Klang eines Namens, der dafür wie geschaffen war) eigenhändig in der Redaktion des Neuen Wiener Journals auftrat. Man konnte es vor Jahren – es sind gerade 25 – in der Fackel (Nr. 159) beschrieben finden, wie Klatsch auf Klatsch als das Echo des Klatsches folgte und wie der gesuchte Lippowitz den Ausgang der Affäre in seinem Zimmer abwartete, während der unschuldige verantwortliche Redakteur die pflichtgemäße Obsorge für seine Wangen zu vernachlässigen hatte. Es ist beschrieben, anerkannt als der Entschluß einer Bahnbrecherin, den gordischen Knoten durchzuhauen, und versehen mit einem förmlichen Motivenbericht zu einer Gesetzlichkeit der Selbstjudikatur, die in Österreich gegenüber dem Freibeutertum aus dem Notstand einer stets versagenden Rechtshilfe erwächst. Denn zu den ew'gen Rechten, die der Gedrückte (der nirgends Recht kann finden, dem unerträglich wird die Last) getrosten Mutes vom Himmel herunterholt, wo sie unzerbrechlich hangen wie die Sterne selbst, gehört die Hundspeitsche! Und in einer Region, in der die Existenz eines journalistischen Diebs, Zuhälters und Erpressers den staatlichen Ehrenschutz genießt, ist die glimpfliche Gewalt, mit der der einzelne sein Privatleben schützt oder rächt, Wohltat an der Allgemeinheit, mag man das Übel einer täglich wirkenden und wachsenden Gewalttätigkeit in der Bedrohung des Einzelnen oder in der Korrumpierung der Gesellschaft erkennen. Der Schandprofession, die dem Neuen Wiener Journal dank einem vollkommenen Apparat des literarischen Diebstahls zum Aufschwung verholfen hat, ihr ist – nach dem starken Impuls, der von der ›Stunde‹ ausging – heute das eigentliche Organ der bürgerlichen Moral beigetreten, alle Vorbilder übertreffend, ja beschämend. Wenn die Neue Freie Presse noch Leserinnen haben sollte, die nicht so entartet sind, »Freundinnen unseres Blattes« zu sein, vielmehr in der Lage, einer Frau die ausgestandene Pein nachzuempfinden: als Objekt einer Gerichtsverhandlung und extra noch der Gerichtssaalberichterstattung herhalten zu müssen – so werden sie wenigstens dafür sorgen, daß das ehrwürdige Schandblatt nicht mehr als Exemplar über die Schwelle einer Häuslichkeit komme, die, jeden Tag von einem Tratsch erreichbar, preisgegeben ist seiner Ausbreitung durch eine von den lumpigsten Instinkten bediente und sie bedienende Presse!

Die Freundlich-Ernsten

Thersites, der seine Protagonisten weit besser kennt als der Herr Shaw, dessen feixende Quickheit zu den unverwüstlichsten Begleiterscheinungen der entwickelten Lichtbildtechnik gehört, übermittelt mir den folgenden Bericht der Vossischen Zeitung nebst Kommentar:

Politische Tischreden in Genf
MacDonald, Stresemann, Briand
Genf, 5. September / Ullstein-Nachrichtendienst

Das Frühstück des Journalistenverbandes beim Völkerbund, das alljährlich in der ersten Woche der Versammlung veranstaltet wird und zu dem die Mitglieder des Rats, der Präsident der Völkerbundversammlung und überhaupt alles, was zum Völkerbund in näheren Beziehungen steht, traditionell erscheint, gehört schon ebenso wie irgendeine Institution des Völkerbundes »dazu«. Die auch diesmal von den Völkerbundkarikaturisten Kélen und Derso beigesteuerte Menükarte ließ sich natürlich das Motiv der bevorstehenden Grundsteinlegung zum neuen Völkerbundpalast nicht entgehen.

Wie sich die verschiedenen Arbeiter am Bau des Völkerbundes vom Generalsekretär und den Ratsmitgliedern bis zu den sonstigen bekannten Genfer Gestalten beschäftigen, das ist sehr lustig gemacht. Aber natürlich ist auch da keiner mit seiner Rolle zufrieden. Das äußerten sie auch heute mittags bei dem Frühstück in heiterer Unzufriedenheit.

Das Journalistenfrühstück ist aber auch schon, besonders im Laufe der letzten Jahre seit Locarno, ein politisches Ereignis geworden, bei dem die Staatsmänner sich oft das vom Herzen sprechen, was sie in der Völkerbundversammlung nicht gut sagen können. Besonders der englische Premierminister hat heute davon in sehr humorvoller Einkleidung reichlich Gebrauch gemacht, als er von der französischen Diktatur der Kleidermode für die Damen sprach und hinzufügte, daß diese Diktatur aber nicht für politische, wirtschaftliche und finanzielle Fragen Geltung habe.

Im Rahmen einer Tischrede klingt das nicht so hart, aber es war sehr ernst gemeint und wurde auch so verstanden. Dr. Stresemann rief in Beantwortung der Rede des Präsidenten des Journalistenverbandes Gérard von der Belgischen Telegrafenagentur die Hilfe der Journalisten auf, damit die Völkerbundversammlung endlich in schöne würdige Räumlichkeiten käme, und er erinnerte an seinen erfolgreichen Vorstoß für die Vergrößerung des Ratssaales. *Die Journalisten werden den deutschen Außenminister nächstens darauf aufmerksam machen, daß es noch andere intimere Räumlichkeiten des Hauses gibt,* mit denen sich die Hygienekommission des Völkerbundes einmal befassen sollte. — —

Briand, der sich *sehr* witzig darüber beklagte, daß die Journalisten das ihm gegebene Versprechen, ihn heute nicht zu einer zweiten Rede zu nötigen, nicht gehalten hätten, bemerkte *melancholisch* dazu, daß er genug Politiker sei, um zu begreifen, daß Versprechungen nicht immer eingehalten werden, und er sei nicht einmal sicher, ob er die seinigen stets eingehalten hätte.

Auf MacDonalds *etwas* witzige Anspielungen wegen der Diktatur der französischen Mode erwiderte der immer ziemlich salopp gekleidete Briand dem weit eleganteren englischen Ministerpräsidenten *sehr* geistreich, daß er die Konkurrenz mit ihm in Modediskussionen leider nicht aufnehmen wolle; denn er fürchte, daß er da von vornherein unterlegen wäre. — —

So gab es in der Form einer *freundschaftlichen Unterhaltung beim Kaffee und Likör* eine *freundlich-ernste Aussprache,* die der politischen Bedeutung weniger entbehrt als so manche Diskussion auf der Tribüne der Vollversammlung.

Und für die Freßgelegenheit dieses Geschäkers, dieser Schmonzetten zwischen Toiletten und Kabinetten, zahlen noch die Völker Europas, anstatt daß sie die Lustikusse in Amt und Würde nebst dem Gewimmel von telephonierendem Ungeziefer, das ihnen bis in die intimeren Räumlichkeiten nachkriecht, eine Geldstrafe erlegen ließen. Von dem Treiben der Herrschaften im Haag haben wir ein Bildchen zu sehen bekommen, das darstellt, wie der Herr Richard Tauber (der für seinen singenden Goethe hunderttausende Mark scheffelt anstatt sie bezahlen zu müssen) Herrn Briand auf der Straße beim Rockkragen faßt, als ob er, trotz Saloppheit, die Brünner War' würdigen wollte. Doch über alle Schmonzes, die zehn Jahre nach dem Weltuntergang gewagt werden, erhebt sich die Frage, wer nicht nur bei dem rhetorischen Zeitvertreib der »Vollversammlung« die Zeche zahlt, sondern insbesondere bei der freundschaftlichen Unterhaltung zwischen Kaffee und Likör, da doch keineswegs vom Frühstück eines Journalistenverbandes anzunehmen ist, daß dieser dafür in die eigene Tasche greife. Wohl ist es ja mit Recht erst dieser Epoche vorbehalten geblieben, daß Bürgergesichter den illustrierten Horizont der Menschheit ausfüllen dürfen. Herr MacDonald freilich, der in Wien ganz inkognito weilt und bloß für den Karpath zu sprechen ist, um ihm sein Herz über die österreichischen Parteigenossen auszuschütten und Dinge anzuvertrauen, die dieser so diskret ist, den Lesern eines Hurenblattes nicht zu verraten – dieser Premier hat schon das »Format«, das ihm die Weltschmockerei nachrühmt. Nichts liegt einem natürlich ferner, als die »Prominenten« der Weltpolitik nicht im Nu ernst zu nehmen, wenn man an das Mittelschulkaliber der Leute denkt, die bei uns Staatsmänner heißen. Sobald einer unter den Waldviertlern, die da regieren, nachdem sie auf der heimischen Bierbank vermutlich durch das Bonmot »Jidelach!« Heiterkeit erregt haben, nur einen Plusmacherzug im Antlitz hat, so gilt er schon für hinlänglich beschlagen, um unsere Vertretung vor der Welt übernehmen zu können. Auch die gewiß erstaunliche Kenntnis einer fremden Sprache pflegt für die Berufung zur Außenpolitik maßgebend zu sein und in Genua über das dürftige Ausdrucksvermögen im Deutschen hinwegzutäuschen. In Perg, Göpfritz oder selbst einem jener Hauptknotenpunkte des österreichischen Eisenbahnnetzes, wo sich laut Kursbuch eine Waschgelegenheit befindet, ist man von den staatsmännischen Qualitäten des Betreffenden längst überzeugt. Doch in der Vorstellung, daß ein Mann wie Briand, der doch gewiß ein Redner ist, mit so einer Persönlichkeit etwas reden könnte, steckt mehr Humor als in allen Reden bei einem Journalistenfrühstück. (Wobei man gar nicht den Abstand der kulturellen Klimate in Betracht ziehen muß. Denn wenn man die »Spitzen« vergleicht, so hat man die Selbstverständlichkeit nicht zu berücksichtigen, daß der Menschheit Würde in der Hand eines Schuhputzers von Toulon besser bewahrt ist als in der sämtlicher deutschösterreichischen Künstler.) Aber es handelt sich ja um die national kaum mehr bestimmbare Mißform, die die Presse der Politik, wie allen Lebenserscheinungen, in jeder einzelnen Gestion verliehen hat, mit der mysteriösen Bildkraft, mit der der Ozean den Scherben zur Wohlgestalt zwingt. Wenn ich die Presse für das Weltübel halte, so »überschätze« ich sie; wenn ich sie analytisch auf die Wesenlosigkeit ihrer Macher zurückführe, so »unterschätze« ich sie. Doch ich denke, es wird schon die richtige Optik sein, die die Untrennbarkeit alles heutigen Dings von dem mißgebornen Wort ins Auge faßt und erkennt, daß diese heillose Lüge einer Gleichzeitigkeit von Munitionserzeugung und pazifistischem Geschmuse nicht möglich ist und nicht erträglich wäre, wenn es nicht eine Presse gäbe, die aus beiden Bezugsquellen gespeist wird. Aber wir wollen nicht mehr! Paneuropa kotzt, wenn in Genf gefrühstückt wird. Schluß mit den freundlich-ernsten Aussprachen! Wir wünschen auch nicht mehr davon zu hören daß Herr Benesch den Streeruwitz zu einem »zwanglosen« Mittagessen eingeladen hat. (Das war schon in der Monarchie ein strenger Brauch, bei dem jeder der Partner aufzupassen hatte, daß sich der andere nur recht leger benehme und so tue als ob er zuhause wäre, bis schließlich das Einverständnis erzielt war, allen Zwang den beiderseitigen Völkern aufzuerlegen. Nicht anders als bei dem gefürchteten »déjeuner dînatoire«, wo manchmal sogar der Kaiser aufpaßte, und selbst bei jenem kleinen »déjeuner à la fourchette«, Tafelfreuden, wo diejenigen überhalten wurden, die Champagner zu schlürfen haben zuschauen dürfen. Und daß sie auch in der Republik diese Freiheit haben, ist das Deprimierende.) Schluß mit dem sprachlichen Zeremoniell einer diplomatischen Geistigkeit, die anno 1914 zusammengekracht ist, und wenn selbst ein Hofrat wie unser Seitz die alten Gespenster davongejagt wünscht, so wollen wir nicht, daß leibhaftige Demokraten mit deren Pantomime großtun. Bei mir werden die Herren kein Glück haben; und wenn ihre Banalität in Telegrammen von Mammutumfang der Mitwelt eingeprägt würde. Regierende, die mit ihren Arschkriechern auf dem Fuß verkehren, daß sie ihnen zu sagen scheinen: »Vor Ihnen, mein Herr!«, können uns gleichfalls entgegenkommen. Nichts- und Wichtigtuer auf Völkerkosten, so hat ein erstaunter Besucher in der »maison des peuples« die Insassen genannt, und von dieser Beschäftigung lebt noch ein Heer von Parasiten, die harmloseren Reisenden die Hotelzimmer wegnehmen. In diesem Saustall Europa – dessen pestilenzialischeste Stelle selbstverständlich die zentrale ist – wird nicht eher Ordnung hergestellt sein, als bis die Herren Augiasse sich des Humors wie der Würde entledigt haben. Erst dann kann auf die Untersuchung eingegangen werden, ob sie ihr Geld wert sind. Mindestens bis dahin aber wird man, sowohl im Punkte der Gemeinnützigkeit wie des Vergnügens, dem Palais des nations in Genf die Maison des nations in Paris vorziehen.

Befriedung

Gesprochen in Berlin 13. März, Prag 1. April, Wien 5. Mai

Wir leben im Zeitalter der Befriedung und da geziemt es sich, Rechenschaft abzulegen, wie weit ich mich schon der vorherrschenden Tendenz angepaßt habe und welche Zugeständnisse ich ihr noch zu machen gewillt bin, ohne meine destruktive Weltansicht geradezu zu verleugnen; wie weit ich also dem Geschmack des Publikums entgegenkommen könnte, ohne den Anhang zu enttäuschen. In dem Weltkrieg, in den ich mich aus Motiven, die mir heute nicht mehr erinnerlich sind, eingelassen habe, empfiehlt sich nach und nach der strategische Rückzug, der unstreitig auch seine Reize hat und sie namentlich zwei markanten Fällen meines polemischen Wirkens abgewinnen läßt. Er gewährt die Möglichkeit der Retablierung, ja der Rückkehr zum heimischen Herd der Sprachlehre und sonstigen kleinen Themen. Indem mir nichts übrig bleibt als die Überlegenheit eines Gegners anzuerkennen, der wehrlos seine Position behauptet, hoffe ich noch manche Entschädigung an Sätzen zu haben, die mir Freude machen, wenn sie von mir, und noch mehr Freude, wenn sie von andern sind. Ich habe ja nie gewußt, ob der Zustand, in den ich da gerate, Sieg oder Niederlage ist. Zweifellos gelingt es mir doch, die bürgerliche Wirklichkeit, indem ich sie bloß bei ihrem Wort nehme, so zu vergeistigen, daß sie sich in das angestammte Nichts auflöst. Ich lasse sie in die Schlinge ihrer Redensart treten, ich lege ihr die eigenen Tonfallstricke; sie fällt herein, aber sie weiß es nicht und will es nicht wissen. Die üble Nachrede, die ich ihren Honoratioren halte, ist nichts als ein gutes Nachreden. Doch eine Welt, an deren Unwesenheit mir eben solches gelingt, ist so geartet, daß sie sich aus dem Nichts, in das ich ihren Schein zurückführe, standhaft materialisiert. Ich gebe mich gar keiner Täuschung über diesen Mißerfolg hin: wissend, daß ich zwar noch imstande wäre, in einem Auditorium, das so groß wäre wie die

Welt, sie zum Lachen über sich selbst, zum Schaudern vor sich selbst zu bringen, solange ich vor ihr stehe; daß ich aber darüber hinaus nicht Macht hätte gegen eine Wirklichkeit, die, um fortleben zu können, eben den geistigen Mechanismus braucht, den zu dekomponieren mir nur scheinbar gelingt. Kein Franz-Moorisches Mittel des schreckenden Hohns vermöchte diesem zähen Leben ein Ende zu machen, und die vollkommenste Gabe, es in den Zustand der Lächerlichkeit zu versetzen, versagt vor der ungeheuren Apparatur, die sich das Nichtswürdig-Würdige, das Mächtig-Niederträchtige zugelegt hat; vor der Presse, durch die das Unbeschreibliche getan ist; vor dem raffinierten Zauber der Vervielfältigung, mit dem das Einfältige zum vorleuchtenden Paradigma wird. Volleres und Ganzeres wäre nicht denkbar als der Triumph einer Technik, die diesem Betrieb von Macht und Würde die tägliche Deckung aller ethischen und geistigen Blößen besorgt. Wohl, es mag das Todeszeichen einer Kultur sein, daß Lächerlichkeit nicht mehr tötet, sondern als Lebenselixir wirkt. Aber so hält man eben durch, solange das Irdische währt und bis die Nachlebenden die Welt erkennen, auf die sie gekommen sind. Längst sonst und immer wieder müßte man doch sehen, daß diese Typen, aus allem Minus erschaffen, sich verbraucht haben; daß die Attrappen bersten, nicht tragfähig für die Fülle eingeredeten Inhalts; daß das Nichts als Persönlichkeit nicht weiter kann im Bewußtsein der satirischen Kontrolle; daß irgendetwas, ein Rest von Natur, ein Quentchen Scham oder Intelligenz, Gliederpuppen abhält, den oratorischen Plunder, der zum Kinderspott wurde, täglich wie neu zu tragen. Doch es geschieht, daß das Unvorstellbare sich an jedem Tag in ein Wirkliches verwandelt und in ein solches, das die Satire nur als seinen Entwurf erscheinen läßt. Habe ich auf Flügeln des Couplets mich zu der Vorstellung tragen lassen, daß ein Staatsmann am Ende noch zum Ehrenmitglied des Schubertbunds ausersehen sein könnte – schon melden die Blätter, er sei es geworden. Und es ist, als ob dieses ganze Bacchanal von Ehre, das da täglich über ein ahnungsloses Haupt zusammenschlägt und woran das Ausland mit der bekannten Sympathie für die österreichische Operette teilnimmt – als ob dies alles ein Justament der Entschädigung wäre für die unabwendbare Ironie, die im Hintergrund der Zeit lauert, wenn Staatsaktion und Hanswurstspiel ineinanderspielen; ja als wäre es der Vorsatz dieser Wirklichkeit, der Satire ihre eigensten Wirkungen zu entreißen. Zweifellos haben alle diese Würdenträger, die zur Schau gestellten und ihre Helfer, alle, die sich vor mir in Standhaftigkeit gebärden, das Gefühl, auf Glatteis zu jener Tagesordnung zu schreiten, die nichts als Volksbetrug ist; aber da sie sich an der Hand halten, kommen sie hinüber. Wehe, wenn einer fiele; doch alle zusammen vermögen zu tanzen. Und diese Würdewelt, deren Dasein das Fazit eines revolutionären Humbugs ohnegleichen ist, so liefert sie Proben eines Übermuts, der das Tollkühnste nicht verschmäht. Von überall, wo einer liegen müßte, hebt er Ehre auf; mit Blut und Schmutz wird Staat gemacht in jedem Sinne. Vor unseren Augen, die in aller Zeitermüdung nüchtern die leibhaftige Subalternität an Geist und Charakter ausnehmen, ersteht die europäische Figur oder doch ein Symbol der Landesväterlichkeit, entsprechend dem Bedürfnis einer republikanischen Gesellschaft, die durch den Wechsel der Staatsform glücklich die allgemeine Verkaiserung erlangt hat. Daß ich solchen Popanz auf eine Berliner Bühne bringen konnte, wenngleich nur einmal – weil sich ein Machthaber ja doch auf seine Sozialdemokraten verlassen kann –, das schien vorher gewiß unvorstellbar. Ist es aber vorstellbarer, daß Gedankengänge, vor denen die Fibel der Vorkriegswelt zum Labyrinth wird, im Staatsleben außerhalb des eigentlichen Theaters täglich weiter produziert werden? Daß sie die große Politik ausfüllen, nachdem sie im satirischen Abdruck zum Zitat der Feinschmecker geworden sind! Daß ein Handelsvertrag mit dem Anschluß des österreichischen Klassikers Grillparzer an Goethe und Schiller einbegleitet wird, mit der Wendung, es sei doch noch erinnerlich, wie die Minnesänger bei den Babenbergern beliebt waren, und mit der Perspektive, daß die beiderseitigen Händler als »die beiden deutschen Brüder Hand in Hand der Sonne entgegen gehen«? Der Hans Müller ist ein Höllenbreughel dagegen! Ward je ein Ehrendoktor geschaut, der die Ehrung mit nichts anderm zu quittieren wüßte als »mit einem ehrlichen deutschen: Ich danke schön«? Unvorstellbar mag dies alles sein, aber es ist wirklich, und die wahre Popularität erscheint heute in dem Umstand begründet, daß ein Wiener Hausmeister sich nicht mehr den Hals verrenken muß, wenn er zu der Geistigkeit emporblickt, die auf der Menschheit Höhen wohnt. Nein, nicht die moralische Unwirksamkeit sie beklagt, die es durch den zwingendsten Nachweis nicht vermocht hat, eine Konfrontierung mit dem bürgerlichen Ehrbegriff herbeizuführen. Wie wäre das möglich gewesen angesichts des großen moralischen Guthabens bei der Bürgerwelt, das durch das Blut von neunzig Proletariern erworben ward? Aber daß ein intellektuelles Kaliber, das auf zwei Gebärden und drei Phrasen eingerichtet ist, so siegreich aus der satirischen Fassung in die Wirklichkeit zurückkehren konnte, das ist das Phänomenale. So lastet der Rotationsdruck auf den Gehirnen, daß er sie zu jeglicher Duldung bezwungen hat, und diese Wirklichkeit ist nur der grausige Schein, der dem gedruckten Wort entstammt, und möge es nichts enthalten als das Nichts; und hinter dem der Sachverhalt des Nichts unkenntlich wird. Wer, der an dieser Wirklichkeit wirkt und leidet, hätte noch das Ohr für den Hohn, daß der eigentliche Urheber eines Zaubers, der solchen Glauben an den Retter und Erneuerer Österreichs bewirkt hat, ein Erpresser, Dieb und Kuppler ist? Jener Lippowitz, der die Leistung um den Preis vollbracht hat: der Toleranz eines Schandgewerbes, das sich im Gegensatz zu dem journalistischen Geschäft ja doch der Mißachtung durch eine bürgerliche Moral erfreut, als deren Hüter die Heimwehr auf dem Plan erschien. Verhüte Gott, daß dieser Lippowitz die einzige Autorschaft, die ihm zuzuschreiben ist, die an der Gestalt Schobers, enthülle, wie soeben Ludendorff sich der Erschaffung Hindenburgs gerühmt hat!

Wir leben im Zeitalter der Befriedung und man glaubt, ich wäre der einzige Mensch in Mitropa, der sich ihr bis heute zu versagen wußte. Mit nichten. Ich habe vor Schober, an dem sich die Erfolglosigkeit meines negativen Wirkens in geradezu vorbildlicher Weise bewährt hat, in kleinem Druck beigegeben, und ich bin im Begriffe, auch mit jenen faden Fehden, die auf Berliner Boden spielen, Schluß zu machen, weil ich mich zu der Einsicht durchgerungen habe, daß es herzlos wäre, vor einer Materie, die so von friedmenschlichen Empfindungen durchströmt ist, fernerhin unerbittlich zu bleiben. Ich will mich nicht nur der Auffassung anbequemen, die man in Deutschland von Polemik hat als einem Zwist, in den zwei ernste Männer coram publico aus unbegreiflichen Ursachen geraten sind, nein, ich will auch dem Rat des Kadi, zu dem ich gegangen bin, folgen, die Streitaxt begraben und statt so unproduktiver Beschäftigung lieber die Friedenspfeife, vollständig entnikotinisiert, ergreifen. Ich bin also entschlossen, die Pazifizierung des Alfred Kerr, die sowohl was den Krieg anlangt wie in puncto Reinhardt bereits gelungen ist, auch bezüglich meiner Person so durchzuführen, wie ich es versprochen habe. Aus dem Umstand, daß die am 28. September 1928 angekündigte scharfe Antwort und Abfuhr, leicht kartoniert 2 Mark, bis heute nicht erscheinen ist und insbesondere die Besteller von je 10 Exemplaren mit 50 Prozent Sonderrabatt das Nachsehen haben, entnehme ich, daß überall schon eine Stimmung der Duldsamkeit platzgegriffen hat und speziell er selbst mir nichts mehr nachträgt – höchstens gelegentlich etwas zwischen den Absätzen eines Theaterfeuilletons. Nach Haag, wo die letzten Mißverständnisse bereinigt wurden, die von den faden Fehden um den Weltkrieg übrig geblieben waren und wo die reinen Lamperln neben den Löwen gegrast haben, wäre es einfach unverzeihlich, sich der Befriedung zu widersetzen, der die Welt noch in diesem letzten Punkt entgegenharrt. Es handelt sich hier wie dort nur noch, wie man gleich sehen wird, um finanzielle Fragen, Lappalien von Kriegsschulden – ein Tineff, verglichen mit dem großen Gegenstand, um den es geht. Mit dieser Rechnung werden die Seelennöte, an denen der alte Gegner leidet, die Gewissensqualen, die seiner Widerstandskraft härter zusetzen als mein Angriff, restlos, wenngleich nicht schmerzlos beseitigt sein. Man täuscht sich in mir, wenn man wähnt, ich wäre unbarmherzig. Das ist ein ebensolches Vorurteil wie das mit der Eitelkeit. Nein, ich bin nicht so, sondern anders, und es leben Zeugen dafür, daß mir der Zustand, in dem sich ein armer Sünder befindet, der noch heute bei Premieren an den Krieg denken muß, ehrlich nahe geht. Wenn er immer wieder beteuert, er habe etwas bereits im, im, im Krieg gesagt, mitten im Krieg, doch, doch, doch, und weil, weil, weil er den Mord gekannt habe, sei er ein Friedmensch geworden, der immer schon gegen, gegen, gegen den Krieg eingestellt war, so halte ich das einfach nicht aus und ich würde es ihm glauben, auch wenn ers nicht nicht nicht dreimal sagte. Immer wieder flicht er bei den unpassendsten Gelegenheiten ein, daß er »den Krieg leidenschaftlicher als jemand (im Krieg!) bekämpft« habe, lebenslang für die Zivilisierung der Menschennatur gearbeitet, vorher, nachher »und währenddessen, währenddessen, währenddessen«. Das ist ja alles wahr, aber diese Angstschreie des armen Sünders vor dem jüngsten Gericht, diese Rufe in den Tumult des Friedens, diese traumwandlerischen Gebärden des Täters, der immer um den Tatort kreist, sind doch weit weniger Alibi als Indiz. Immer, immer, immer meldet er sich als Freiwilliger zum Nichtkriegsdienst, steht da wie einer, der sich selbst an die Wand gestellt hat, springt dem dramatischen Kriegsgegner bei, springt den an, der heute annähernd dasselbe versucht, was er im, im, im Krieg getan hat, ja schrickt nicht davor zurück, Friedensgedichte zu schreiben. Hellhörig hat er das verderbliche Kriegsgerassel einer Inszenierung wahrgenommen, den mörderischen Tonfall vom August 1914, mit dem der Piscator die »Rivalen« am laufenden Band aufzog; denn wie keiner weiß er, wie man die Masse rhythmisch besäuft und wie man, wenn das Vaterland ruft, durch ein Mitrufen in den so entstehenden Tumult zu sekundieren hat. Er sagt die Wahrheit, er leidet, und ich will mich ihm als Samariter nähern. Ich will ihm helfen, die moralische und logische Konsequenz aus seiner Reue und aus seiner Gewissensnot zu ziehen. Es ist wahr, daß er mitten im Krieg für die Menschheit besorgt war und in Zeitschriften, die dieser Sorge offen waren, seine Gefühle angedeutet hat, die sicherlich mehr die eines Europäers als eines Hakenkreuzlers waren. Aber was wird durch die unaufhörliche Reklamation bewiesen? Je glaubhafter er es machen kann, daß diese Partie seiner publizistischen Tätigkeit im Krieg seine echte, seine zuständige, seine wesentliche war, umso offenbarer, offenkundiger und skandalöser wird doch die Mechanik seines Coupletbetriebs im Dienst der nationalen Zeitungsfirma, der der ehrliche Pazifist im im im Krieg, von dessen erstem bis zum letzten Tag, seine Feder verdungen hat. Wenn er währenddessen, währenddessen, währenddessen für die Zivilisierung der Menschennatur gearbeitet hat und man ihm das gern glauben will, umso brüsker muß doch seine Leistung für Scherl hervortreten, dem er für 30 bis 50 Mark fast täglich Verse geliefert hat wie:

Peitscht sie, daß die Lappen fliegen!
Zarendreck, Barbarendreck!
Peitscht sie weg! Peitscht sie weg!

Wie den Wunsch nach

Bandwurm, Hühneraugen, Krätze,
zur Ernährung schimmelfeuchtes Stroh
und noch Rheumatismus im Popo.

Wie den schmählichen Spott für hungernde russische Kriegssklaven, Söhne von Müttern, von denen »dreitausend Stücker fest von uns gefangen« seien und für die er die Weisung gab:

Hütet nun die struppige Beute,
Wanzenpulver nicht vergessen!
Und »bewahrt das Licht«, ihr Leute,
Weil sie jeden Wachsstock fressen.

Ich mache den Sänger dieser Verse, nachsichtig wie ich bin, heute nur mehr auf den Widerspruch aufmerksam, in dem doch solche Kriegsproduktion zu den unleugbaren und gleichzeitigen Bekenntnissen seiner Friedmenschlichkeit steht, und darauf, daß je größeren Wert er auf diese legt, umso zwingender der Schluß auf den industriellen Ursprung jener erfolgen müßte. Ein Hingerissensein des holden dichterischen Schwachsinns wie bei den Hauptmann und Dehmel ist dem Individuum, das sich selbst der Besinnungsfähigkeit mitten im Krieg rühmt, keineswegs zugutezuhalten. Mit dieser Petite hat das linksradikale Literatentum, das den Herrn Kerr heraushauen wollte, bei mir kein Glück gehabt, und sie wird vollends zuschanden an seinen unaufhörlichen Nachweisen, wie er schon dies und jenes mitten im Krieg erkannt habe und seit jeher gegen, gegen, gegen usw. Er beklagt sich, wenn man ihm seine Missetaten vorhält, über »schwachgeistige Entstellungsversuche«; aber wenn er es mir nicht verboten hätte, 500 Gottlieb-Gedichte nachzudrucken, so wollte ich gerechter Weise auch seine sämtlichen pazifistischen Verkündungen, die in der gleichen Epoche erschienen, als Vorwort drucken, um die Wirkung jener Scheußlichkeit zu erhöhen! Sein Blatt hat sich kürzlich über ein Russengedicht von Rudolf Herzog erregt, das in einem deutschen Lesebuch gedruckt ist; das heißt wohl: im Hause des Gehenkten von einem Bindfaden sprechen, denn verglichen mit der Russenlyrik des Mitarbeiters atmen jene Verse eine Humanität, wie er sie mitten im Krieg betätigt hat. Kein Zweifel, unser Tänzerich wollte, anders als in der Anekdote, mit zwei Hintern auf einer Bluthochzeit tanzen. Aber die kriegerische Partie ist ja nur darum so widerwärtig, weil, weil, weil man ihm die andere mehr glaubt. Da er aber an diesem Zwiespalt, den er so schwachgeistig ist, immer wieder wahrheitsgetreu darzustellen, schwer leidet, so will ich ihm einen Vorschlag zur Güte machen. Dieses aus dem Schlafsprechen bei Premieren, diese Seufzer, die eine Kriegsschuld bezeugen und zugleich ausdrücken, wie schwer ich ihm das Leben gemacht habe – dies alles kann auf die Dauer weder seinem Herzen Erleichterung schaffen noch mir Genüge. Es gibt nur ein Mittel – jenes, das Peter Altenberg in allen Lagen des Lebens als Arznei erkannt und empfohlen hat: G e l d! Ich verlange Geld, dann kann er Ruhe von mir haben und vom Krieg! Man sieht, ich wende das Mittel vorbildlicher Erpresser an, die leider dahingegangen sind. Man erschrecke nicht, ich brauche das Geld des Kerr nicht etwa für das Theater ohne Presse, das ich ins Leben rufen möchte, sondern für einen andern wohltätigen Zweck, welcher mehr der Sphäre gemäß ist, in der die zu sühnende Tat spielt. Ich erkläre also: Alfred

Kerr kann sich die Ruhe, die er braucht, erkaufen. Ich werde ihm nie mehr seine Kriegslyrik vorhalten wie jetzt den Revolver, durch den ich ihn zu einer Guttat zwingen will. Ich werde es nie mehr sagen, daß er mich bei Gericht des Landesverrats im Weltkrieg beschuldigt hat. Nie mehr, daß er heimlich den Tiroler Antisemitenbund gegen mich ins Treffen geführt hat. Nie mehr, daß er der Tischfreund der ungarischen Regierung war. Nie mehr, daß er das Andenken Karl Liebknechts besudelt hat. Nie mehr selbst, daß er seine Antwort nicht erscheinen ließ. Ich werde ihn nie mehr den größten Schuft, den größten Feigling, ja nicht einmal den größten Schriftsteller im ganzen Land nennen. Wenn er – also wenn er mir das Plakatieren nicht einstweilig unmöglich gemacht hätte, so würde ich mit inbrünstiger Hoffnung auf besseren praktischen Erfolg, als ich ihn in einem andern Fall erzielt habe, öffentlich kundtun, daß ich ihn auffordere, abzutreten – nein, man erschrecke nicht, er möge weiter der unbeeinflußbare Kritiker Reinhardts bleiben, der er immer war – also: abzutreten 20.000 Mark an die Kriegsblinden und Invaliden, annähernd die Summe (genau könnten nur er und Scherl sie errechnen), die er zwischen 1914 und 1918 mit 500 bis 600 Stücker Gottliebs à 30 bis 50 Mark verdient hat! Mein Revolver kann sowohl als die Streitaxt, die ich begrabe, aufgefaßt werden, wie als die Friedenspfeife, die ich rauchen will. Ich bin überzeugt, daß Kerr sich nicht lumpen lassen wird, sondern dankbar einen Vorschlag annimmt, der mit der unmittelbar sittlichen Bestimmung ihm Gelegenheit gibt, vor der Zivilisation, für die er gearbeitet hat, eindeutig seine Haltung im Krieg zu bestimmen, mit einem Griff eine Seelenlast von sich zu tun und mit allem Hader dem Mißverständnis ein Ende zu machen, als hätte er sich mit jener kriegerischen Produktion, an der er im Herzen nicht beteiligt war, bereichern wollen. Wenn seine Hand bietet, was sie nach all dem Jammer der Menschheit und nach dem seinen noch schuldig ist – werde ich sie zur Befriedung von uns zwei und allen ergreifen!

Briefwechsel mit der »Literarischen Welt«

Den 15. II. 1930

An den

Verlag der Fackel

Wien

Sehr geehrte Herren!

Ich bitte Sie um folgende Nachweise, bezw. Lieferungen:

Erstens: In welcher Nummer der »Fackel« ist der Artikel Liebknechts über Dreyfus erschienen, und können Sie mir diese Nummer, die ich einmal in Händen hatte, aber wieder verloren habe, noch liefern?

Zweitens: In der Fackel ist einmal ein Zitat aus den Briefen oder Tagebüchern Schopenhauers veröffentlicht worden, in welchem Schopenhauer schildert, wie die Kroaten in Frankfurt a. M. im Jahre 1849 auf der Straße gegen die Bevölkerung schießen und dabei auch in das Haus Schopenhauers eindringen, um vom Fenster hinab zu feuern. Schopenhauer teilt in dieser Notiz mit, daß er den kroatischen Soldaten durch seine Magd einen Feldstecher leihen ließ.

Es wird Ihnen an der Hand Ihrer Generalregister zweifellos möglich sein, diese Nummer der »Fackel« nachzuweisen und vielleicht auch nachzuliefern.

Mit dem besten Dank für die gefällige Erledigung dieser Anfrage verbleibe ich

hochachtungsvoll

Willy Haas

18. Februar 1930

An die Literarische Welt
Herrn Willy Haas

Berlin

In Beantwortung Ihres Ersuchens vom 15.II. teilen wir Ihnen mit, daß bei der Fackel im Gegensatz zu den Zeitschriften, bei denen eine strenge Trennung zwischen dem redaktionellen und dem administrativen Teil besteht, so daß in der gleichen Nummer Rezensionen und Annoncen derselben Bücher erscheinen können, inhaltliche und Verlagsangelegenheiten miteinander verbunden sind. Aus diesem Grunde ist es dem Verlag der Fackel, der eben von dem Text der Fackel Kenntnis nimmt, leider nicht möglich, gerade jemandem, der den toten Wilhelm Liebknecht beschuldigt hat, daß er »in Wien« aus Furcht, als Jude erkannt zu werden, gegen Dreyfus »gehetzt« habe, und der deshalb in der Fackel getadelt wurde, die Nummer zu »liefern«, die Wilhelm Liebknechts Beiträge enthalten. Zur Vervollständigung Ihres Wissens von diesen Arbeiten wird Ihnen somit nur der Weg zum Antiquar oder in die Staatsbibliothek offen bleiben.

Auf den gleichen Weg möchten wir Sie wegen des Schopenhauer-Zitats verweisen, das mit einem ähnlichen wie dem von Ihnen angegebenen Inhalt tatsächlich einmal in der Fackel, jedenfalls vor dem Kriege, abgedruckt war. Ihre Meinung, daß es uns an der Hand unserer Generalregister »zweifellos möglich sein wird, diese Nummer der Fackel nachzuweisen«, ist irrig. Wir besitzen keinerlei Generalregister – ein solches wird eben erst von Freunden der Fackel ausgearbeitet – und hätten mit der Hervorsuchung des Heftes keine geringere Mühe als Sie selbst. Wir wären aber bereit, uns dieser Mühe für Sie zu unterziehen, wenn Sie uns den Zweck nachweisen wollten, für den Sie das Zitat brauchen. Für einen unterstützungswürdigen Zweck würden wir etwa die Absicht der Enthüllung halten, daß die Fackel, die heute das Andenken der Liebknechts gegen Verunglimpfung schützt, einst ein erzreaktionäres Zitat aus Schopenhauer veröffentlicht hat. Für keinen unterstützungswürdigen Zweck würden wir die Absicht halten, dieses Zitat heute etwa gegen die Bekämpfer der Zörgiebel und Schober zu verwenden. Es liegt uns fern, Ihnen diese Absicht zu imputieren. Sollten Sie aber die andere haben, also die, so etwas wie eine politische Wandlung darzustellen, die die Fackel seit der Vorkriegszeit durchgemacht habe, so wäre es nur ehrlich, diese Absicht uns vor der Ausführung zu bestätigen, da Sie doch wissen müssen, daß deren Maskierung zur administrativen Angelegenheit sie der Aufmerksamkeit der Redaktion der Fackel keineswegs zu entziehen vermöchte. In diesem Fall wären wir, wie gesagt, bereit, das Heft hervorzusuchen, ja Ihr Vorhaben mit weiteren Beispielen einer widerspruchsvollen Haltung aus der Zeit zwischen 1899 und 1929 zu unterstützen, wenngleich es vielleicht am Ende eher noch gelingen könnte, diesen das Bild einer geistigen Einheit abzugewinnen, als es etwa gelingen mag, aus einem gekauften

Exemplar von »Sittlichkeit und Kriminalität« und einer eingeklebten Photographie das Unikum einer Autorwidmung herzustellen.

Wir fassen also zusammen, daß wir die Auslieferung der Liebknecht-Hefte ablehnen, aber die Hervorsuchung des Heftes mit dem Schopenhauer-Zitat bedingt zusagen – das heißt: wenn Sie uns nach Mitteilung eines rein administrativen Wunsches auch noch mitteilen möchten, was Sie eigentlich von uns wünschen. Zu jeder nur möglichen Erfüllung bereit,

zeichnen wir

Der Verlag der Fackel

Den 26. II. 1930

An den

Verlag »Die Fackel«

Wien

Ich bekenne mich zu Ihrem Schreiben vom 18. II.

Ich beglückwünsche Sie zunächst zu der Entdeckung, daß bei uns zuweilen in derselben Nummer, wie die redaktionellen Anzeigen gewisser Bücher, auch bezahlte Annoncen derselben Werke erscheinen. Eine Erklärung dieses Umstandes, wenn Sie sich dafür interessieren sollten, wird Ihnen, wie jedermann, gerne gegeben werden.

Hingegen ist meine Bereitwilligkeit, Ihnen zu gewissen anderen Dingen, die Sie in Ihrem Brief berühren, eine Auskunft zu geben, weit geringer. Obgleich auch mir bekannt ist, daß in der ›Fackel‹ zwischen den administrativen und den redaktionellen Funktionen eine enge Verbindung besteht, so scheint sich mir gleichwohl Recht und Pflicht eines Zeitschriftenverlages in der Möglichkeit zu erschöpfen, einen erhaltenen Auftrag entweder auszuführen oder abzulehnen. Ich bin deshalb nicht in der Lage, Ihnen eine Auskunft darüber zu geben, was ich, über den administrativen Wunsch hinaus, gewisse Nummern der »Fackel« geliefert zu bekommen, mit diesen Nummern eigentlich anfangen will. Doch nehmen Sie mit Grund an, daß ich den Bekämpfern der Zörgiebels und Schobers nicht in die Arme fallen will – ich täte es auch dann nicht, wenn mein öffentlicher Einfluß dazu ausreichte. Vielleicht genügt Ihnen diese einfache Information, um sich der von Ihnen erbetenen Bemühungen zu unterziehen. Sollte übrigens Ihr Brief von der Befürchtung diktiert sein, ich könnte die Weigerung des Verlages, mir die betreffende Nummer der »Fackel« zu liefern, als den Wunsch des Herausgebers auslegen, eine Kontrolle seiner publizistischen Tätigkeit zu erschweren: so erkläre ich hiermit ausdrücklich, daß mir eine derartige Unterstellung immer ferne gelegen hat. Ich würde Ihnen also auch aus Ihrer sachlich begründeten Weigerung keinen Vorwurf machen können.

Bin ich also grundsätzlich nicht geneigt, gerade Ihnen, d.h. dem Verlag, eine Auskunft über meine Absichten mit dieser Nummer der »Fackel« zu geben, so bedeutet das keineswegs, daß ich nicht irgendeiner Privatperson, z. B. dem Herausgeber der »Fackel«, wenn er sich etwa dafür interessierte, diese Auskunft geben würde: denn meine Absichten sind keineswegs geheim, Jedermann kann sie erfahren.

Ebensowenig bin ich geneigt, in einem Brief an den Verlag auf die Angelegenheit des angeblichen »Widmungsexemplares« einzugehen. Ich bin in dieser Sache nur Karl Kraus persönlich Rechenschaft schuldig, sei es, daß er privat diese Rechenschaft fordert, sei es, daß er mir öffentlich eine Irreführung vorwirft. Ich werde ihm in beiden Fällen – im ersten Fall privat, im zweiten Fall öffentlich – mit einer Aufklärung dienen können. Doch gestehe ich, daß mir jede dieser beiden Möglichkeiten lieber wäre, als die unkontrollierten und unkontrollierbaren Gerüchte, die sich an einen Tatbestand geknüpft zu haben scheinen.

Da ich übrigens für den Text eines Briefes, der so tief in persönliche Umstände greift, eine bestimmte körperliche Person, nicht aber eine juristische Person, verantwortlich zu machen wünsche, so bin ich gezwungen, derartige Briefe von Ihnen, wenn sie nicht irgendeine persönliche Unterschrift tragen, in Hinkunft ungelesen zurückzusenden.

Willy Haas

1. März 1930

An die

Literarische Welt Verlags-Ges. m. b. H.
Herrn Willy Haas

Berlin

Da Sie für den Text eines Briefes, der so tief in persönliche Umstände greift, »eine bestimmte körperliche Person, nicht aber eine juristische Person verantwortlich zu machen wünschen«, so teilen wir Ihnen mit, daß für die Briefe, die vom Verlag der Fackel unterzeichnet sind – der Ihnen bloß als moralische Person gegenübertreten wollte –, der Herausgeber der Fackel, Herr Karl Kraus verantwortlich ist und die Verantwortung in keinem Falle ablehnen würde. Um aber der Gefahr zu begegnen, daß Sie »derartige Briefe, wenn sie nicht irgendeine persönliche Unterschrift tragen, in Hinkunft ungelesen zurücksenden«, ist der vorliegende Brief wie die meisten, die der Verlag der Fackel mit der unverkennbaren Autorisation durch den Herausgeber absendet, von der mit dessen Absichten wohlvertrauten Verlagsleiterin unterzeichnet, der natürlich niemals zugemutet werden könnte, formale Beleidigungen weiterzugeben. Wir wissen nicht, welche Art der Verantwortlichkeit Sie sonst anzusprechen wünschen, aber jede andere teilt die körperliche Person, die den Brief unterzeichnet, mit dem Herausgeber, der ihn veranlaßt, jedoch über dieses Maß einer persönlichen Verbindung mit dem Adressaten selten hinauszugehen pflegt. Wir erteilen diese Auskunft selbstverständlich nur in der Annahme, daß Sie mit der körperlichen Person nichts anderes als eine sichtbare und individuell juristisch erreichbare – im Gegensatz zu der »juristischen Person« im technischen Sinne – gemeint haben und nicht etwa den Gedanken fortspinnen wollten, den Sie in der Verteidigung des Falles Pöffel angeregt haben: daß nämlich der polemischen Feder der Revolver adäquat sei, und wäre es selbst der des Erpressers. Wir hoffen, daß Ihnen diese Auskunft bezüglich der Verantwortlichkeit genügen wird, um die Entgegennahme unseres meritorischen Bescheids zu ermöglichen.

Zunächst müssen wir Ihren freundlichen Glückwunsch zu unserer Entdeckung, daß dieselbe Nummer einer Zeitschrift redaktionelle Anzeigen und bezahlte Annoncen derselben Bücher enthält, als durchaus unverdient abweisen – beiweitem weniger verdient als die Annoncengelder, die durch diese Einrichtung erworben werden. Wir glaubten hier so wenig eine Entdeckung zu machen wie einer, der die Tatsache erwähnt, daß es Amerika gibt. Dagegen müssen wir Ihnen gestehen, daß uns Ihre Bereitwilligkeit, uns »wie jedermann« eine Erklärung der Tatsache oder des Umstandes zu geben, »wenn wir uns dafür interessieren sollten«, außerordentlich erfreut. Natürlich interessieren wir uns dafür und sind schon sehr gespannt, wie einmal von fachlich berufener Seite eine Erklärung des Umstandes erfolgen wird. Seit über dreißig Jahren suchen wir ja eben diesem Phänomen auf den Grund zu kommen und tappen im Dunkeln. Oft und oft waren wir versucht, das Trachten nach Rebbach als plausiblen Sinn der Einrichtung zu erkennen, wobei wir sogar von der Meinung ausgingen, daß der Literaturteil der meisten Zeitschriften nur als Chance der Annoncenrubrik gedacht sei, wie wir ja auch der Ansicht zuneigen, daß der Textteil der Tagespresse ein Vorspann des Inseratengeschäftes sei (wie es sich so klar im Fall Pöffel gezeigt hat). Dieses Vorurteil des Herausgebers der Fackel haben wir, der Verlag, auch nicht besiegen können, als wir für unsere eigenen Verlagswerke zur Annoncierung in Literaturblättern aufgefordert wurden mit dem Aviso, daß die Annonce zu erhöhter Wirkung gelangen werde, weil in der gleichen Nummer eine Kritik erscheine. Da wir die Verlage der Zeitschriften – deren Redaktionen im Gegensatz zu der Ihrigen ahnungslos schienen und vielleicht eine Entdeckung gemacht hätten –, da wir also die Verlage fragten, warum sie so handelten, und auf die mögliche Kompromittierung des redaktionellen Urteils aufmerksam machten, erwiderten sie uns, sie handelten bei selbstverständlich strenger Trennung des redaktionellen vom administrativen Teile so, weil die Buchverleger für die Eröffnung der Gelegenheit dankbar seien. Wir möchten uns der Erwartung hingeben, daß Sie – von dem wir nun endlich doch erfahren werden, was es damit für eine Bewandtnis habe, wie Hannele »was das Sterben ist« – daß Sie eine so hausbackene Erklärung, die doch unser Vorurteil eher bestärken als entkräften könnte, nicht gebrauchen, vielmehr um eine andere keineswegs verlegen sein werden. Wir werden die »Erklärung des Umstandes« so gern annehmen, wie Sie sie uns geben wollen, und danken Ihnen im Voraus bestens.

Was Ihren Wunsch nach dem Heft der Fackel mit dem Schopenhauer-Zitat anlangt, so scheinen Sie Unrecht zu tun, »Recht und Pflicht eines Zeitschriftenverlages in der Möglichkeit zu erschöpfen, einen erhaltenen Auftrag entweder auszuführen oder abzulehnen«. Zeitschriftenverlage pflegen doch, wie wir oben erwähnt haben, bei aller strengen Trennung vom redaktionellen Teil häufig über dessen Absichten mit den Interessenten zu korrespondieren und Aufträge nicht nur auszuführen, sondern sich auch um deren Erteilung zu bewerben. Warum soll unser Verlag, der in diesem Punkt freilich sein Ressort nicht überschreitet, nicht auch redaktionell interessiert sein und sich mit einem Auftraggeber, der nicht Nr. soundsoviel verlangt, sondern die Nummer mit dem Schopenhauer-Zitat, nicht über seine Wünsche unterhalten? Wenn Sie uns nun mitteilen, daß Sie nicht die Absicht haben, mit der Verwendung dieses Zitates den Bekämpfern der Zörgiebel und Schober in die Arme zu fallen, so gehen wir darauf ein, indem wir Ihnen sagen, daß es uns zwar freut, aber daß »diese einfache Information« uns dennoch nicht genügt, »um uns der von Ihnen erbetenen Bemühung zu unterziehen«. Da Sie nun zwar dem Verlag, jedoch nicht »irgendeiner Privatperson, z.B. dem Herausgeber der Fackel, wenn er sich dafür interessieren sollte«, die Auskunft über Ihre »Absichten mit dieser Nummer« verweigern – die »jedermann«, außer der Verlag der Fackel, erfahren könne –, so teilen wir Ihnen mit, daß unser Interesse eben das des Herausgebers der Fackel ist und daß eine unterstützungswürdige Absicht wie etwa die in unserm Antwortschreiben dargestellte ihn bewegen wird, die Hervorsuchung des Heftes anzuordnen.

Die gleiche Bereitwilligkeit der Erteilung einer Auskunft an Herrn Karl Kraus nehmen wir in seinem Namen für die Angelegenheit des »Widmungsexemplares« in Anspruch. »Rechenschaft« fordert er von Ihnen keinesfalls. Es ist das Recht des Bibliophilen, in ein Buch, das er erworben hat, eine handschriftlich signierte Photographie, die er besitzt, einzukleben; nur daß eben das Gerücht, es gebe ein Widmungsexemplar einer Ausgabe von »Sittlichkeit und Kriminalität«, die mit einem Bild erschienen sei, von Fall zu Fall auf den Ursprung einer Liebhaberhandlung zurückgeführt werden muß – weil es sich eben, wie Sie mit Recht hervorheben, »an einen Tatbestand geknüpft« hat (dessen Loslösung freilich am besten mechanisch erfolgen würde).

Ihrer freundlichen Auskunft in den berührten drei Punkten, besonders aber im ersten – des Annoncenproblems – mit Interesse entgegensehend,

zeichnen wir

Der Verlag der Fackel
(Unterschrift)

Den 15. März 1930

Verlag

»Die Fackel«

Wien

Ich bekenne mich zu Ihrem Schreiben vom 1. März. So leicht es mir ist, Ihre erste Frage zu beantworten, so bedürfen die Anfragen, die Sie mir von Karl Kraus übermitteln, einer ausführlichen Erwiderung. Ich bin aber gerade jetzt mit Arbeit überlastet und bitte daher, zu entschuldigen, wenn sich die Antwort verzögert.

Willy Haas

Den 25. April 1930

An den

Verlag »Die Fackel«

Wien

Mein Redaktionskollege hatte einen Unfall, ich selbst war wochenlang mit Arbeit überlastet; daher bitte ich die Verzögerung zu entschuldigen.

Daß ich Ihnen ein Rätsel lösen kann, nach dessen Lösung Sie seit dreißig Jahren suchen, glaube ich nicht. Ich kann Ihnen nur den Vorgang schildern, der zu dem von Ihnen berührten Umstand führt:

Daß manchmal in der »Literarischen Welt« zugleich mit den redaktionellen Besprechungen gewisser Bücher bezahlte Annoncen derselben Bücher erscheinen, das ist aus dem einfachen Grunde möglich, weil wir unserm Annoncenvertreter ein Verzeichnis jener Bücher geben, die voraussichtlich in der nächsten Nummer besprochen werden, und weil er dann diese Tatsache den einzelnen Verlagen mitteilt. Da beim Umbruch der Nummer mir oder meinen Redaktionskollegen noch nicht bekannt ist, welche Inserate in die betreffende Nummer kommen (unser Annoncen-Vertreter gibt uns nur bekannt, welcher Raum für Inserate frei bleiben soll und setzt dann diese selbständig ein) so kann von einem mehr als rein bürokratischen Zusammenhang zwischen dem redaktionellen und administrativen Teil dieses Vorgangs nicht die Rede sein. Ganz abgesehen davon, daß ja unser Annoncen-Mann nur die Buchtitel kennt, und selbst diese erst zu einer Zeit, in der die dazugehörigen Besprechungen bereits fertig eingerichtet in die Druckerei geschickt worden sind.

Ich fürchte keineswegs, wie Sie andeuten, daß durch diesen Umstand der redaktionelle Teil kompromittiert wird – und wenn ich es fürchtete, so würde mir diese Furcht nicht viel bedeuten. Ich würde mich nur dann fürchten, wenn ich irgend einem Mitarbeiter der »Literarischen Welt« jemals die leiseste Andeutung darüber gemacht hätte, daß ein Buch günstig oder ungünstig zu rezensieren sei. Da das aber nicht der Fall ist, so habe ich einen Stab von unverdächtigen – mir zum Teil persönlich ganz unbekannten – Zeugen, die jeden etwa ausgesprochenen Verdacht, jene Annoncen hingen mit diesen Kritiken anders als durch die bloße Tatsache eines formellen administrativen Aktes zusammen, durch die wahrheitsgemäße Angabe entkräften würden, daß jeder Mitarbeiter der »Literarischen Welt« jedes beliebige Buch sich zur Besprechung reservieren lassen kann. (Eine Ausnahme findet nur dann statt, wenn für ein Werk von ganz speziellem Charakter, etwa für ein wissenschaftliches Werk, ein Spezialist oder ein besonderer Kenner der Materie als Kritiker von der Redaktion vorgesehen und spontan aufgefordert wird.)

Wie sehr es unmöglich ist, im Widerstreit der Meinungen jeder einzelnen Beschwerde, Ermahnung, Befürchtung oder Verdächtigung in dieser Hinsicht stattzugeben, beweist mir u.a. der Umstand, daß sich ein Autor unlängst bei mir darüber brieflich beschwert hat, sein Buch sei in der »Literarischen Welt« nur deshalb ungünstig rezensiert worden, weil der Verleger in derselben Nummer das Buch annonciert habe: damit die Redaktion der »Literarischen Welt« nicht den Anschein eines Zusammenhanges zwischen der bezahlten Annonce und einer etwa günstigen Kritik erwecke. Wenn es zwei so diametral entgegengesetzte Gründe gibt, den erwähnten administrativen Umstand zu verdächtigen: dann scheint mir die ganze Besorgnis hinfällig zu sein. Denn entweder ist es beweisbar, daß den bezahlten Annoncen oft günstige Kritiken entsprechen: dann wäre freilich die Redaktion korrupt; oder es ist beweisbar, daß den bezahlten Annoncen oft ungünstige entsprechen; dann wäre sie albern. Da aber mit einigem bösen Willen Beides bewiesen werden kann, weil für Beides Tatsachen zu finden sind: so scheinen mir beide Beweise widerlegt und somit auch die Schlüsse, die daraus gezogen werden können.

Da »Die Literarische Welt« ohne bezahlte Anzeigen nicht existieren könnte, so muß ich mich mit dem Bewußtsein begnügen, daß ich mich um die Annoncen nicht kümmere. Ob die bezahlten Annoncen in derselben Nummer oder in einer anderen erscheinen, ob das Letztere am Ende wirklich hübscher aussähe, als das Erstere: darauf möchte ich schon deshalb keine Rücksicht nehmen, weil derselbe Verdacht, nur in etwas veränderter Form doch in jedem der beiden Fälle erhoben werden kann, und weil ihn zu hegen oder nicht zu hegen in jedem Fall nur von dem persönlichen Vertrauen oder Mißtrauen abhängt, das der Leser der »Literarischen Welt« dem Herausgeber entgegenbringt, – abgesehen von dem jedem nicht Böswilligen sichtbaren Gegenbeweis, daß ja in jeder Nummer mindestens die Mehrzahl der Besprechungen weder in der gleichen noch in einer späteren Nummer von Inseraten begleitet ist.

Ich möchte durch diese Ausführungen nicht den Anschein erwecken, als hätte ich in einer zweideutigen Sache zu verteidigen; ich möchte nur eine Angelegenheit mit jener Ausführlichkeit besprechen, die die Anfrage und ihr Urheber für sich fordern darf.

Daß die Annoncenwerbung um eines materiellen Vorteils willen geschieht, ist unleugbar; daß dieser Vorteil zwar dem Wortlaut, nicht aber dem Sinne nach richtig mit dem Worte »Rebbach« zu übersetzen ist, darf ich gleichwohl hinzufügen. Denn einen »Rebbach« hat die »Literarische Welt« leider noch niemals gemacht. Sie arbeitet heute, wie immer, ohne jeden Überschuß und verteilt das, was sie einnimmt, restlos und ziemlich gleichmäßig an alle ihre literarischen Mitarbeiter.

Ich möchte nun auf die übrigen Fragen Ihres Briefes eingehen:

Die betreffende Nummer der »Fackel« brauche ich, weil ich mir eine vollständige Übersicht über die politische Haltung der »Fackel« verschaffen will. Mein – sonst gutes – Gedächtnis und meine ziemlich genaue Kenntnis der »Fackel« seit ihrer Gründung überhebt mich nicht der Verpflichtung, dabei diesen und jenen Beitrag, der mir als besonders charakteristisch in Erinnerung ist, nochmals nachzulesen.

Einen äußeren Zweck verfolge ich nicht. Die erste Veranlassung war der Beginn der letzten Polemik Ihres Herausgebers gegen Kerr. Der Wunsch, hier vollständig klar zu sehen und genau abzuwägen, führte schließlich dazu, in meiner Erinnerung über die politischen Wandlungen Ihres Herausgebers sozusagen »Inventur zu machen«. Es gibt ja im Falle Ihres Herausgebers kaum ein Einzelproblem, das anders als im Zusammenhang mit seinem Gesamtschaffen zu lösen wäre.

Damit hatte ich aber den aktuellen Anlaß so weit aus den Augen verloren, daß ich ihn einstweilen nicht mehr einholen kann. An diesem leidigen Umstand können auch die Andeutungen in der »Fackel«, die mich an ein etwas voreilig den Lesern der »Literarischen Welt« gegebenes Versprechen erinnern, nichts ändern. So wahr ich das Verlangen habe, in einer ernsten, würdigen und sachlichen Form einige Etappen in der Geschichte der »Fackel« darzustellen, so wahr wird das in absehbarer Zeit aus inneren Gründen wohl nicht geschehen können. Ich kann also meinen Wunsch nach dem Besitz jener Nummer nur mit dem fast identischen Wunsch begründen, den darin enthaltenen Artikel wieder zu lesen; jedenfalls nicht mit der Absicht, irgendein bestimmtes Material zu einem bestimmten aktuellen Zweck zu sammeln; denn diese Begründung entspräche nicht der Wahrheit. Ich nehme keinen Anstand, mich auch dem Verlage der »Fackel« gegenüber in dieser Sache offen auszusprechen, darf aber ersuchen, d i e s e n Teil der Antwort als privat zu betrachten. Denn er deutet in gewissem Maße ein Dilemma an, das ich nicht weiter preiszugeben wünsche.

Was nun die dritte Angelegenheit betrifft, so bin ich leider heute nicht mehr in der Lage, das betreffende Exemplar von »Sittlichkeit und

Kriminalität«, das ich unter besonderen äußeren Umständen vor Jahren preisgegeben habe, wieder in meinen Besitz zu bringen, und kann nur den Herausgeber der »Fackel« bitten, diese Preisgabe nicht als einen Akt der Pietätlosigkeit gegenüber einer seinerzeitigen Äußerung persönlichen Wohlwollens aufzufassen. Sie hatte vielmehr einen anderen, für mich zwingenden, aber ganz privaten Grund. Ich kann und werde ferner den jetzigen Besitzer ersuchen, in jedem Falle, in welchem er dieses Buch vorzeigt oder verleiht, ausdrücklich hinzuzufügen, daß ich die Photographie in das Buch geklebt habe.

Ich bitte der Dame, die den letzten Brief unterschrieben hat, zu versichern, daß ich sie keinesfalls weder klagen noch erschießen werde. Ich bitte ferner die Dame darauf hinzuweisen, daß ich meine Stellungnahme im Falle Pöffel öffentlich in der »Literarischen Welt« aus freiem Willen widerrufen habe, als ich, etwa 14 Tage später, die näheren Umstände jenes Mords erfuhr. Die betreffende Nummer der »Literarischen Welt« steht dem Verlag – und zwar ohne jede nähere Begründung – zur Verfügung. Wenn ich behauptet habe – und noch jetzt behaupte – daß leichtfertige Polemik (um die es sich im Fall Pöffel nicht handelte) gegebenenfalls mit dem Revolver beantwortet werden sollte: so glaube ich mich nicht in Konflikt mit einem Verlage, in welchem die Satiren über den »Polemiker« Bekessy erschienen sind.

Ich bedaure ferner, daß dem Verlag meine geringe Schätzung des alten Liebknecht mißfallen hat; doch beruht diese mäßige Schätzung seines Geistes und seiner politischen Begabung nicht nur auf meiner schwachen Autorität, sondern auf der weit größeren seines engsten und bewunderten Freundes: Karl Marx.

Willy Haas

[Karte]

An den Verlag »Die Fackel«

Wien

Ich bitte ergebenst um Mitteilung, ob ich nun die Nummer, über die unsere Korrespondenz geführt wurde, bekommen soll.

Im Anschluß an diese Korrespondenz möchte ich noch folgendes hinzufügen: Wir sind uns wohl darüber einig, daß dieser Briefwechsel keine einfache Mitteilung von Tatsachen darstellt, sondern eine urheberrechtlich geschützte Leistung. Ich sage das nicht, um die Publizierung oder den öffentlichen Vortrag dieses Briefwechsels zu verbieten.

Ich kann aber nur dann einwilligen, wenn unsere Briefe geschlossen und vollständig veröffentlicht, bezw. vorgetragen werden.

Den 30. Juni 1930 Willy Haas

23. Juli 1930

An den
Verlag der »Fackel«,
Wien

Da mein letzter Brief und meine Postkarte ohne Antwort geblieben sind, darf ich annehmen, daß Sie mir die gewünschte Nummer der »Fackel« nicht heraussuchen werden. Ich gehe wohl nicht fehl, wenn ich diesen Entschluß nicht mehr bloß auf den mit dem Heraussuchen der Nummer verbundenen Zeitverlust zurückführe – Sie hätten diesen Zeitverlust gewiß als Äquivalent für den Zeitverlust, den mich der Briefwechsel mit Ihnen gekostet hat, aus ziviler Höflichkeit auf sich genommen – sondern auf den positiven W i l l e n , mir die Nummer n i c h t zugänglich zu machen.

Da Ihr Herausgeber, wenn ich recht informiert bin, bereits Teile dieses Briefwechsels öffentlich vorgetragen hat, wiederhole ich vorsorglich, zur Vermeidung rechtlicher Konflikte, nochmals die Bedingung, daß meine Zuschriften nur vollständig und geschlossen – d.h. ohne Zwischenbemerkungen – publiziert oder vorgetragen werden sollen.

Willy Haas

An die
Literarische Welt Verlags-Ges. m. b. H.
Berlin W 50, Passauer-Straße 34
Herrn Willy Haas

Der Unfall eines Redaktionskollegen und Arbeitsüberbürdung haben Ihr Antwortschreiben vom 25. April verzögert, das unsere, wie wir gestehen müssen, nur Saumseligkeit. Denn keiner der vielen satirischen Anlässe, die der Zeitabschnitt darbot, hat sich dermaßen der Behandlung empfohlen. Aber wie das oft geschieht: die private Erheiterung, die wir Ihrer ausführlichen Darstellung des Inseratenproblems der »Literarischen Welt« verdankten, überwog die Lust, Ihnen bündig zu sagen, daß der Versuch, uns blöd zu machen, zum Scheitern verurteilt ist. Etwas Besonderes hebt man sich immer gern auf (wobei wir das Vergnügen nicht in Abrede stellen wollen, Sie in der Zwickmühle, in die Sie sich gedrängt haben, ein wenig warten zu lassen), so vergeht die Zeit, der Sommer kommt ins Land, bis wirklich und wahrhaftig eine Mahnkarte von Ihnen eintrifft, mit der Sie – bewährter Verschieber von Entscheidungen, auf die man wartet – den Abschluß »unseres« Briefwechsels urgieren. Wegen der autorrechtlichen Bedenken möchten wir Sie beruhigen. »Wir« sind uns zwar nicht »darüber einig, daß dieser Briefwechsel eine urheberrechtlich geschützte Leistung vorstellt«, aber wir danken Ihnen jedenfalls für die Erlaubnis, ihn unter der Bedingung zu veröffentlichen oder vorzutragen, daß »unsere Briefe« geschlossen und vollständig veröffentlicht, bezw. vorgetragen werden. Wir vermuten zwar, daß Sie nichts dagegen hätten, wenn wir uns auf die Veröffentlichung I h r e r Briefe beschränken wollten – die sich ja schon im Vortragssaal als die ungleich wirkungsvollere Partie erwiesen haben –, aber wir versprechen Ihnen, daß wir im Fall der Drucklegung auch nicht einen Satz aus »unseren« Briefen entfernen oder verändern würden. Warum dies Mißtrauen gegen so alte Nachdrucker? Ganz wie bei den Schriftsätzen des Kerr, der sich auch unnötige Sorgen gemacht hat, soll kein Jota verloren gehen. Dies unser Vorhaben (von dem wir freilich nicht wissen, ob innnere Gründe uns die Ausführung in absehbarer Zeit gestatten werden) wird leider ein wenig erschwert durch den unleugbaren Widerspruch, in dem sich Ihre prinzipielle Genehmigung mit einer Stelle Ihrer Antwort vom 25. April befindet. Sie versuchen da nämlich, einen integrierend wichtigen Teil dieser Antwort, der Ihr »Dilemma« andeutet, »als privat zu betrachten«. Ganz abgesehen davon, daß es schwierig wäre, zugleich Ihre Bitte um Diskretion und Ihr Verlangen nach geschlossener und vollständiger Veröffentlichung zu erfüllen oder doch so zu erfüllen, daß wir weder dem Verdacht der Indiskretion noch dem der Unterschlagung ausgesetzt wären, möchten wir Sie auch in diesem Punkte vollauf beruhigen. Wir denken gar nicht daran, uns mit Ihnen in einen privaten Briefwechsel eingelassen zu haben und Ihre Geständnisse über Dilemmen entgegenzunehmen, wir sind vielmehr gewillt, alles was Sie uns über Ihre publizistischen Entschließungen oder Verzögerungen ans Herz legen, als eine öffentliche Angelegenheit zu betrachten und zu behandeln. Wir sagen Ihnen rund heraus, daß wir mit Ihrer »Literarischen Welt«, wenn wir schon mit ihr den Briefwechsel führen, in den Sie sich mit uns eingelassen haben, kein Redaktionsgeheimnis zu teilen wünschen, auf die Gefahr hin, von Ihnen der Illoyalität geziehen zu werden. Diesen Ausweg wollten Sie sich in der Wirrnis, in die Sie durch eine übermütige Zuschrift geraten sind und die Sie jetzt weit mehr bedrückt als Ihr Dilemma, ohne Zweifel offen halten, und wir möchten Ihnen lieber dabei behilflich sein, als Ihnen mit Diskretion in einer Sache beizustehen, die so wenig eine Privatangelegenheit ist wie die Gleichzeitigkeit Ihrer Annoncen und Ihrer Kritiken.

Zu Ihrer Aufklärung in diesem Punkte brauchten wir eigentlich nur zu bemerken, daß wohl selten die Komik eines Versuchs mit untauglichen Mitteln so beherzt in Erscheinung getreten sein dürfte. Daß Sie uns (und, wie Sie wissen, dem Herausgeber der Fackel) mit dem bewährten Trennungsstrich zwischen Redaktion und Administration aufwarten, ist ein starkes Stück, das keineswegs durch die Unbefangenheit abgeschwächt wird, mit der Sie den harmlosen »Vorgang« schildern, wie Sie Ihrem Annoncenvertreter ein Verzeichnis jener Bücher geben, »die voraussichtlich in der nächsten Nummer besprochen werden«, und wie er dann »diese Tatsache den einzelnen Verlagen mitteilt«. Natürlich ist es Ihnen – wiewohl Sie sich persönlich in Wien bei Verlagen umgetan haben – »beim Umbruch noch nicht bekannt, welche Inserate in die betreffende Nummer kommen«, und Ihr »Annoncen-Mann« (der sich eine diesbezügliche Neugier auch verbitten würde) kennt wieder nur die Buchtitel und selbst diese erst zu einer Zeit, wo »die dazugehörigen Besprechungen« bereits fertig in die Druckerei geschickt sind. Schmonzes beiseite, bitten wir Sie, sich sagen zu lassen, daß der Annoncen-Mann, dem Sie ein Verzeichnis der zu besprechenden Bücher und dem die Verleger lieber zu einer günstigen als zu einer ungünstigen Besprechung Geld für die Begleitannonce geben, zwar ein ganz reelles Geschäft hat – reeller als das der Redaktionen –, daß er aber die Geschäftspartner, die selbstverständlich in der Hoffnung zahlen, daß ihre Reklame gestärkt und nicht entwertet wird, anschmiert, wenn sie, denen er »mitgeteilt« hat, daß in der gleichen Nummer eine Kritik erscheinen werde, einen Tadel statt eines Lobes zu Gesicht bekommen, und daß die Ausübung redaktioneller Unabhängigkeit bei dem »rein bürokratischen Zusammenhang« zwischen dem redaktionellen und dem administrativen Teil »dieses Vorgangs« einfach ein Betrug ist an demjenigen, der für den administrativen Teil gezahlt hat. Wir wollen aber zu Gunsten Ihrer kommerziellen Ehre annehmen, daß Sie in der überwiegenden

Mehrzahl der Fälle auf die Ausübung der redaktionellen Unabhängigkeit verzichten und daß der reine Tor von einem Autor, der sich bei Ihnen »beschwert« hat, sein Buch sei nur deshalb ungünstig beurteilt worden, weil der Verleger in derselben Nummer annonciert habe, zu den Ausnahmen zählt. Sein Vorwurf ist sicherlich schon aus dem Grunde ungerecht, weil er sich doch durch Augenschein überzeugt haben müßte, daß Sie nicht grundsätzlich die Autoren ungünstig rezensieren, deren Bücher gleichzeitig annonciert werden und daß es von solcher Strafe für verlegerisches Unterfangen doch wohl Ausnahmen gibt. Wäre es anders, könnte sich ja die Institution nicht lange halten und der Annoncenmann würde einen generellen Hinauswurf zu gewärtigen haben – es wäre denn, daß die Verleger durch Furcht vor noch ungünstigeren Kritikern von dieser ultima ratio abgehalten wären. Es ist außerordentlich dankenswert, mit welcher Offenheit Sie uns in die ethischen wie ästhetischen Erwägungen, die Sie in dieser rein administrativen Angelegenheit leiten, Einblick gewähren. Sie »fürchten keineswegs«, daß der redaktionelle Teil kompromittiert wird, weniger als das: selbst w e n n Sie es fürchteten, so würde Ihnen »diese Furcht nicht viel bedeuten«. Denn stärker als diese Furcht ist doch das gute Gewissen, das Sie haben, weil Sie ja noch niemals einem Mitarbeiter »die leiseste Andeutung darüber gemacht haben, daß ein Buch günstig oder ungünstig zu rezensieren sei«, und jeder Mitarbeiter könne sich jedes beliebige Buch zur Besprechung »reservieren« lassen – mit Ausnahme der wissenschaftlichen Werke u. dgl. Sie haben ganz recht, so eine Ausnahme zu machen, und wir möchten Sie da gleich fragen, ob Ihr Blatt noch nie bei einem wissenschaftlichen Verlag mit dem Ersuchen um eine Annonce, für die schon der Platz reserviert sei, vorstellig geworden ist. Wir möchten Sie aber auch fragen, ob in Ihrem Umkreis noch nie etwa das Problem erörtert wurde, ob ein Werk nichtwissenschaftlichen Charakters, dessen Verleger voraussichtlich »nicht annoncieren wird«, überhaupt zu besprechen sei. Sie verfügen über einen »Stab von unverdächtigen Zeugen«, die den Verdacht, die Annoncen hingen mit den Kritiken anders als »durch die bloße Tatsache eines formellen administrativen Aktes« zusammen, entkräften würden. Gewichtiger als diese Entkräftung dürfte die Aussage eines Stabs von Verlegern sein, am gewichtigsten die Frage, zu welchem Zwecke der formelle administrative Akt der Gleichzeitigkeit denn dienen soll, wenn nicht zur Hebung des Annoncengeschäftes. Sie begnügen sich den moralischen Anfechtungen gegenüber »mit dem Bewußtsein«, daß Sie sich »um die Annoncen nicht kümmern« – ein Bewußtsein, das Sie auf Ihrem Rundgang bei Wiener Verlegern hoffentlich nicht im Stiche gelassen hat und das Ihnen die Gleichzeitigkeit von Annoncen und Kritiken wohl immer wieder zur peinlichen Überraschung machen dürfte. Doch rücksichtslos wie Sie bei so reinem Bewußtsein sind, möchten Sie darauf »keine Rücksicht nehmen«, ob die bezahlten Annoncen in derselben Nummer oder in einer anderen erscheinen und ob »das Letztere am Ende wirklich hübscher aussähe als das Erstere.« Es würde sicherlich hübscher aussehen als der Satz, mit dem Sie Ihre Unbekümmertheit bezüglich des Erscheinungstermins der Annoncen darlegen, um die Sie sich überhaupt nicht kümmern. Aber wir möchten Ihnen sagen, daß auch das zeitlich getrennte Erscheinen der Annoncen nicht hübsch aussähe, mindestens nicht solange sie auf Grund der Ankündigung des Annoncen-Mannes an die Verleger, daß Besprechungen erscheinen werden, erworben sind. Denn solches hat eine unabhängige Zeitschrift am wenigsten demjenigen mitzuteilen, der an der Besprechung am meisten interessiert ist. Ihre Art, sich logisch über allfällige Bedenken hinwegzusetzen, hat jedoch etwas weit Bestechenderes als die Art der Verleger, die dem Annoncenmann in der berechtigten Hoffnung, daß die Besprechung schon nicht ungünstig sein werde, Annoncengeld einhändigen. Anstatt aus dem Fall jenes einen Autors – den Sie im Stab Ihrer unverdächtigen Zeugen und zur Entkräftung des »etwa ausgesprochenen Verdachts« eines Zusammenhangs kaum brauchen könnten – den Schluß zu ziehen: daß selbst er den Zusammenhang herstellt und Sie beschuldigt, Sie seien durch Annoncengeld zum Tadeln beeinflußt worden, Sie hätten einmal ein Alibi erbringen wollen; anstatt den Schluß zu ziehen, daß andere wieder von einer günstigen Kritik den andern Eindruck empfangen könnten, so daß unter allen Umständen die Gleichzeitigkeit, ja die bloße Geschäftsverbindung mit dem Verleger, dessen Buch besprochen wird, das Problem des Zusammenhangs eröffnet – anstatt den Schluß zu ziehen, den publizistischer Anstand gebieten würde oder doch Furcht vor einer Mißdeutung, die so naheliegt wie die Annonce der Kritik, beruhigen Sie sich mit einer logischen Raison, die schon das Geld wert ist, das jene einträgt. »Denn entweder«, sagen Sie, »*ist es beweisbar*, daß den bezahlten Annoncen oft günstige Kritiken entsprechen, *dann wäre freilich* die Redaktion korrupt«. (Wieso denn? Sie könnte doch bei einem rein bureaukratischen Zusammenhang, bei dem »erwähnten administrativen Umstand«, nichts dafür. Oder sollten Sie sich, da jenes in der Tat beweisbar *ist*, mit diesem Argument etwas zu weit vorgewagt haben, in der Art, wie Sie schon mit Ihrer ersten Zuschrift in ein Unternehmen eingetreten sind, das Ihnen niemals gelingen konnte?) »Oder«, fahren sie fort, »es ist beweisbar, daß den bezahlten Annoncen oft ungünstige Kritiken entsprechen. Dann wäre sie (die Redaktion) albern.« Zunächst wohl untreu gegen den Vertragspartner, der, wenngleich die Bedingung einer günstigen Kritik nur in einem sogenannten »unsittlichen Vertrag« Platz finden könnte, doch einen moralischen Anspruch auf Erfüllung der Hoffnung hat, die den Annoncenvertrag – den wir an sich für unsittlich halten – begleitet, und der selbstverständlich nicht für die gleichzeitige Annullierung der Reklame zahlen wird. Albern jedoch erschiene sie, die Redaktion, darum mit Recht, weil sie sich durch häufige Untreue an den Verlegern, die in bestem Glauben gezahlt haben, ins eigene Fleisch schnitte und die Verleger eben die Inserate einstellen würden. (Sollten Sie sich nicht auch mit diesem Argument zu weit vorgewagt haben und ein reines Bewußtsein, das solchem Kalkül immerhin Raum gibt, kompromittieren?) »Da aber«, schließen Sie, »mit einigem bösen Willen beides bewiesen werden kann, weil für beides Tatsachen zu finden sind: so scheinen mir beide Beweise widerlegt und somit auch die Schlüsse, die daraus gezogen werden können.« Vor allem der Ihre. Sie mögen durch ein Gebiet, von dem Sie zu wissen zugeben, daß es mindestens dem »Widerstreit der Meinungen« ausgesetzt ist, mitten durch »Beschwerde, Ermahnung, Befürchtung und Verdächtigung« – die offenbar den Löwenanteil an Ihrer Redaktionskorrespondenz haben – Ihren schnurgeraden Weg gehen, der sowohl zu den Verlegerkassen wie zur öffentlichen Meinung führt. Aber wer Sie begleitet, könnte doch auch fragen, warum Sie gegenüber allen den Anfechtungen von außen, denen ein reines Gewissen standhalten muß, nicht einfach das Mittel publizistischer Klarstellung dieser Dinge anwenden, um endlich Ruhe zu haben, und ob Sie denn, wenn Sie schlicht erklären wollten, daß die Gleichzeitigkeit von Annoncen und Kritiken deren Unbeeinflußbarkeit nicht alterieren könne, vielleicht fürchten müßten, zwar den Lesern zu imponieren, aber die Verleger abzuschrecken. Bei allem Anteil an solchem Dilemma könnte man doch auch zu anderem Schluß als Sie selbst gelangen, nämlich daß »beide Beweise« zwar widerlegt »scheinen«, aber erbracht sind. Denn die »zwei Gründe«, den erwähnten administrativen Umstand zu verdächtigen, sind keineswegs so diametral entgegengesetzt, wie es Ihnen scheinen will, und die »ganze Besorgnis«, die Ihnen hinfällig zu sein scheint, ist es in Wahrheit darum noch lange nicht. Es kommt in dieser handgreiflichsten aller Materien nicht so sehr auf logisches Geflunker an wie etwa darauf, einfach einen Jahrgang durchzusehen und darnach festzustellen, ob mehr günstige oder ungünstige Kritiken den Annoncen »entsprechen«, um endgültig zu eruieren, ob die Redaktion mehr korrupt oder mehr albern sei. Nicht einmal auf das »persönliche Vertrauen«, das der Leser der »Literarischen Welt« dem Herausgeber entgegenbringt, wollen wir uns Gottbehüte verlassen, und schon gar nicht auf den »Gegenbeweis«, daß »mindestens die Mehrzahl der Besprechungen weder in der gleichen noch in einer späteren Nummer von Inseraten begleitet ist«. Dieser Gegenbeweis mag ja »jedem nicht Böswilligen sichtbar« sein, aber einleuchten wird er doch nur jedem, der in dieser Kategorie auch ein Esel ist, denn speziell die Deutung dieses administrativen Umstandes hängt beiweitem nicht so sehr von dem persönlichen Vertrauen zum Herausgeber der »Literarischen Welt« ab als vielleicht davon, daß sein Annoncenmann mindestens in der Mehrzahl der Fälle Pech gehabt hat. Wie sein Auftraggeber mit dem Versuch, ausgerechnet uns mit dem Witz blöd machen zu wollen, mit dem auch schon mancher, dem man Bestechlichkeit vorwarf, als Gegenbeweis die Geringfügigkeit der Beträge oder die Unerlangbarkeit in der Mehrzahl der Fälle angeführt hat. Und ausgerechnet uns mit der Trennung der Ressorts zu kommen und mit dem reinen Bewußtsein, das die kritische Autorität unbefleckt erhält, wenn es doch gleichzeitig von der *Hoffnung auf Korruption* Geld empfängt, die zu enttäuschen unsauberer ist als zu erfüllen – uns, die wir die Korruption einer Presse, die unverhüllt die redaktionelle Meinung als Ware feilbietet, für das weit geringere Übel halten als die Heuchelei einer »anständigen« radikalen Publizistik, bei der die linke Hand schreibt, ohne zu wissen, daß die rechte nimmt und selbst den weltanschaulichen Gegner nicht abweist. Sie dürften sich etwas davon versprochen haben, uns einmal ethisch zu kommen; aber den Versuch, uns zu diesem Behufe auch logisch zu kommen, könnte auch Mitleid nicht vor dem Mißlingen bewahren. Und das wichtigste Argument: daß »die ›Literarische Welt‹ ohne bezahlte Anzeigen nicht existieren könnte« – weshalb Sie sich mit dem Bewußtsein begnügen, daß Sie sich um die Annoncen, von denen sie existiert, nicht kümmern – ist zwar ohneweiters glaubhaft, verfehlt aber aus dem einfachen Grunde seinen Eindruck auf uns, weil wir keineswegs davon durchdrungen sind, daß die »Literarische Welt« existieren muß. Wie sie diese Existenz fristet, grenzt insofern ans Wunderbare, als der von uns vermutete Rebbach einerseits darauf reduziert erscheint, daß die »Literarische Welt« heute, wie immer, »ohne jeden Überschuß arbeitet« und anderseits »das, was sie einnimmt, restlos und ziemlich gleichmäßig an alle ihre literarischen Mitarbeiter verteilt«.

Freilich mögen Sie persönlich durch die strenge Trennung der Filmproduktion von der Filmkritik zu dem Bewußtsein diszipliniert sein, daß auch der redaktionelle und der administrative Teil einer literarischen Zeitschrift nur in einem so rein bureaukratischen Zusammenhang stehen, daß Sie sich um die Annoncen – über deren Erträgsfähigkeit hinaus – nicht zu kümmern haben. Stillvergnügt haben wir ja den Aufstieg eines Prager Anfängers durch die Sphäre jener Filminteressen zum Präzeptor Germaniae in geistigen Belangen verfolgt und wir haben zunächst keineswegs die Absicht, die Karriere anders als vielleicht durch den Abdruck Ihrer Briefe zu stören, da wir der deutschen Kunst ja alles, was sie sich bieten läßt, vom Herzen gönnen. Die Stellung, die Sie auf diese Art erlangt haben, berechtigt Sie nun ganz gewiß, den Plan auszuführen, in den Sie uns einweihen: gelegentlich über die politischen Wandlungen des Herausgebers der Fackel »sozusagen Inventur zu machen«, wiewohl es in absehbarer Zeit aus inneren Gründen wohl nicht werde geschehen können. Ohne in das Gewissensgebiet, dem eben dies Dilemma entspringt, eingreifen zu wollen, sind wir im Gegenteil bereit, mit der Diskretion, die Sie für diese Partie Ihres Schreibens erbitten, der Frage auszuweichen, ob Sie besser täten, sich da Zeit zu lassen oder sich zu beeilen. Zweifellos wartet ja die ganze literarische Welt Deutschlands auf die letzte Entscheidung, die Sie über Wert oder Unwert des Werkes der Fackel zu fällen haben, welches, wie Sie mit Recht hervorheben, kaum ein Einzelproblem enthält, das anders als im Zusammenhang zu lösen wäre, wenn schon nicht in dem rein bureaukratischen, der ja zwischen dem redaktionellen und dem administrativen Teil der Fackel nicht besteht, so doch mit dem Gesamtschaffen, dem beide Teile zugehören. Und wenn man schon so lange auf Ihre Entscheidung über das Einzelproblem des Kerr gewartet hat – so lange wie auf dessen Antwort und Abfuhr –, so sieht man Ihrem Urteil über das Gesamtschaffen der Fackel zwar mit noch größerer Ungeduld entgegen, aber auch mit dem Begreifen, daß gut Ding Weile braucht und daß Sie hier umsomehr zu tun haben, um »vollständig klar zu sehen und genau abzuwägen«, wie nur einer, der in den Weltkrieg zog. Darum wird es jedem verständlich sein, daß die Verzögerung bloß aus inneren Gründen erfolgt und nicht etwa darum, weil wir zwar zu den schlagenden Verbänden gehören, aber zu den nichtinserierenden Verlagen (weshalb Sie ja auch die Mitteilung an uns, daß eine Besprechung erscheinen werde, die in der nächsten Nummer voraussichtlich nicht erscheint, direkt und nicht durch den Annoncen-Mann vornehmen konnten). Unser eigener Eindruck von Ihrem Entschluß, gelegentlich, wenn Sie nichts Besseres zu tun haben, genau abzuwägen, sozusagen Inventur zu machen und in einer ernsten, würdigen und sachlichen Form einige Etappen in der Geschichte der Fackel darzustellen; und anderseits wieder von Ihrer Ankündigung, daß dies, so wahr Sie das Verlangen haben, in absehbarer Zeit nicht geschehen werde – unser eigener Eindruck war ja freilich zunächst der von etwas, was man dort, woher Sie nach Deutschland gekommen sind, sozusagen Chuzpe nennt und von einer, die im Wechsel mit geduckter Angst noch mehr hervortritt. Dieser Eindruck wich aber bald dem einer gewissen Bescheidenheit, die mit dem Ausdruck »Inventur machen« freiwillig an den Ausgangspunkt einer richtiger gehenden Karriere zurückzugehen scheint, deren Bestimmungsort als Ziel andeutend aufs innigste zu wünschen und als verfehlt zu beklagen. Über die politischen Wandlungen des Herausgebers der Fackel, die Sie interessieren, mit denen er jedoch seinem Ausgangspunkt weniger untreu wurde und die zwischen diesem und dem heutigen Standort einen geringeren Widerspruch bemerken lassen, als eine mehr aufs Kommerzielle gerichtete Kulturbetrachtung wahrhaben will, möchten wir Sie beruhigen. Wenn Sie sich aber »eine vollständige Übersicht über die politische Haltung der Fackel« (die wir selbst, befangen wie wir da sind, überhaupt nicht wahrzunehmen vermögen) durchaus »verschaffen wollen«, so müssen wir Ihnen raten, Ihre Studien lieber in der Staatsbibliothek vorzunehmen. Denn da wir der Meinung sind, daß alles, was Sie der literarischen Welt zu sagen haben, überflüssig ist, ob es nun unsere oder welche Sache immer betrifft, so sind wir nicht gewillt, Sie in Ihrer Wirksamkeit noch durch Materiallieferung zu unterstützen. Wohl haben wir das Vorhaben, der Fackel »Widersprüche« nachzuweisen, für unterstützungsbedürftig erklärt; da Sie uns aber mit Recht darauf aufmerksam machen, daß es da kein Einzelproblem gebe, und wir uns derzeit mit der Hervorsuchung sämtlicher Widersprüche nicht befassen können, so sind wir nicht in der Lage, Ihnen »die Nummer« – ob Sie nun die mit dem Schopenhauer-Zitat oder die mit dem Liebknecht-Aufsatz meinen mögen – zu liefern. Wir begnügen uns damit, Ihre Absicht erraten zu haben, und geben Ihnen zunächst diesen einen Widerspruch – zwischen unserer scheinbaren Bereitschaft und unserer tatsächlichen Weigerung – an die Hand. Das ist ein ganz schöner, handlicher Widerspruch, und zur Not könnten Sie sich ja etwa auch mit der nachweisbaren Tatsache behelfen, daß der Herausgeber der Fackel, der sich nicht genug tun kann, den technischen Fortschritt als einen fragwürdigen Ersatz für die Verluste, durch die er erkauft wurde und die er bewirkt hat, zu verrufen, für seine Person sogar nicht davor zurückschrickt, sich auf Reisen des Aeroplans zu bedienen. Das mit den politischen Wandlungen ist eine eigene Sache und Sie täten nicht gut, sich da einzulassen. Die könnten, wenn man schon so flach ist, sie für solche zu halten, ganz legitim und ohne den Verdacht unlauterer Motive, wie der Unterwerfung unter eine herrschende Macht oder einen herrschenden Geschmack, erworben sein. Da kann man leicht fehlgehen. Was hätten Sie schon davon, der Tatsache, daß in der Fackel das Andenken des alten Liebknecht gegen eine Nichtswürdigkeit geschützt wurde, das Faktum zu kontrastieren, daß in derselben Zeitschrift vor dem Weltkrieg ein Ausspruch Schopenhauers gegen Barrikadenkämpfer zitiert war? Der alte Liebknecht stand der Fackel schon damals nahe und seine Verteidigung erfolgte in einer Zeit, in der die Fackel frei von dem Verdacht war, den sozialistischen Mächten zu schmeicheln, nachdem das Schopenhauer-Zitat in einer Zeit erschienen war, wo die damals herrschende Macht keinen unbeugsameren Feind hatte als die Fackel. Machen Sie sich doch nicht unnütze Mühe, wo Sie ohnedies so mit Arbeit überlastet sind. Auch möchten wir glauben, daß Ihre Ankündigung den Zweck, den sie hatte, bereits erfüllt habe, indem sie ihn verfehlt hat. Denn wir werden Ihnen – nach all der Ausführlichkeit, die die Knappheit des stilistischen Ausdrucks häufig erfordert – auf den Kopf zu sagen, was Sie gewollt haben. Sie dachten natürlich nicht im Traum daran, in einer ernsten, würdigen und sachlichen Form einige Etappen in der Geschichte der Fackel darzustellen, nichts läge Ihnen stagelgrüner auf. So wahr Sie das Verlangen haben, so wahr wird es in absehbarer Zeit nicht geschehen können. Da ist wirklich alles wahr: wir glauben Ihnen, daß Sie das Verlangen haben, und noch mehr, daß es in absehbarer Zeit nicht geschehen wird. Aber Sie halten uns gewiß nicht für so dumm, daß wir Ihnen auch glauben sollten, Sie würden, bei aller Gewohnheit Verleger von bevorstehenden Besprechungen zu unterrichten, sich mit solcher Aufmerksamkeit an uns wenden und unsere Mitwirkung an dem Geschäft, selbst wenn es freundlich tendierte, in Anspruch nehmen. Was Sie vielmehr mit Ihrem tollkühnen, wenngleich rein administrativen Schritte wollten und was Ihnen mißlungen ist, ist das folgende: Die flüchtige Streifung Ihres Wirkensgebietes in der Fackel, provoziert durch die Verunehrung des alten Liebknecht, ist Ihnen sichtlich auf die Nerven gegangen. Da dachten Sie sich, daß eine unverfängliche Anfrage beim Verlag der Fackel nach der Liebknecht-Nummer und (im rein bureaukratischen Zusammenhang mit ihr) nach jener mit dem Schopenhauer-Zitat, das den Verteidiger des alten Liebknecht bei Schwachköpfen kompromittieren könnte und dessen Erinnerung ihm darum heute unangenehm wäre, daß also ein solches Antupfen an eine wunde Stelle in Form einer rein administrativen Bestellung vielleicht Wunder wirken und dann Ruhe sein würde, nach der allerorts in der literarischen Welt geltenden Maxime: Tu du mir nichts, tu ich dir auch nichts. Sie haben sich den Verlauf wohl so gedacht, daß wir als Administration die bestellten Nummern stillschweigend senden oder, was noch günstiger für Sie gewesen wäre, Ihnen mit der Erklärung, sie seien vergriffen, aufwarten und, so oder so, die Redaktion der Fackel sich danach hüten werde, noch einmal an die Sphäre des Herrn Willy Haas zu rühren. Ertappt und die in der administrativen Gewandung phantastische Anfrage zu einem Briefwechsel entwickelt sehend, müssen Sie nun mit einer Ausrede durchhalten, die zu erfinden schon schwer war.

Sie treiben also ein würdiges und sachliches Studium, für das Sie ausgerechnet unsere Mitwirkung haben wollten und, Schäker der Sie sind, präsentieren Sie sich uns als Herr mit ernsthaften Absichten, der über unsere politischen Wandlungen sozusagen Inventur machen will, was ja schon dringend nötig ist und wofür wir uns gar keinen Geeigneteren wünschen könnten. Da Sie im Druckwesen nicht wenig bewandert sind, so wird Ihnen die Erscheinung bekannt sein, daß sich eine Petite zu einer Garmonde auswachsen kann. Was wir Ihnen, Historiker der Sie sind, von Ihrem Plan glauben, ist die Prophetie, daß er in absehbarer Zeit aus inneren Gründen nicht zur Ausführung gelangen wird, weshalb eigentlich Ihre Urgenz wegen der Nummer nicht ganz verständlich ist. (Von der wir überzeugt sind, daß Sie sie besitzen.) Die inneren Gründe dürften darin bestehen, daß Sie zwar, in der falschen Vermutung, der Herausgeber der Fackel gehöre doch an irgend einem Punkte der literarischen Welt mit ihren Danachrichtungen an, hinreichend Wagemut hatten, um ein Brieflein an den Verlag zu richten, aber sehr wohl wissen, daß die Inventur, die in Ihrem geistigen Lagerbestand vorzunehmen wäre, wohl nicht terminmäßig an ihre polemischen Absichten gebunden ist, aber erfolgen würde, wenn Sie sich in so markantem Fall zu kritischen Repressalien erdreisteten – und nicht bloß »sozusagen« und als Metapher, sondern als handelsüblicher Vorgang: auf der Haben-Seite mit genauer Unterscheidung der Annoncensummen, die im Lauf eines Jahres neben günstigen und ungünstigen Kritiken verdient wurden, und gerechter Weise auch mit Anführung der nichterschienenen Annoncen auf der Soll-Seite. Sie mögen demnach als den Hauptgrund unserer Weigerung, Ihnen die Nummer zu liefern, Furcht vor der drohenden Inventur annehmen. Er liegt in Wahrheit darin, daß Sie uns durch Eröffnung Ihrer Absicht daran erinnert haben, daß die Angelegenheit eigentlich doch nicht ganz im Bereich der literarischen Welt spielt.

Sie haben also mit der Annahme – die Sie in dem Schreiben äußern, das uns ereilt hat, während wir mit dieser Antwort beschäftigt waren – vollkommen recht: daß wir Ihnen die gewünschte Nummer der Fackel n i c h t heraussuchen werden. Sie gehen auch nicht fehl, wenn Sie diesen Entschluß auf den positiven W i l l e n, Ihnen die Nummer n i c h t zugänglich zu machen, und nicht mehr bloß auf die Befürchtung des Zeitverlustes zurückführen, welchen wir, wie Sie gleichfalls mit Recht vermuten, aus ziviler Höflichkeit als Äquivalent für den Zeitverlust auf uns genommen hätten, den Ihnen der Briefwechsel mit uns gekostet hat. Wir müssen allerdings gestehen, daß wir unsere Zeit weit lieber an eben diesen gewendet haben als an das Heraussuchen der Nummer, da wir zwar ganz Ihrer Meinung sind, daß Ihre Antworten einen Zeitverlust bedeuten, jedoch unseren ungleich größeren Aufwand an Zeit keineswegs für verloren halten, sondern im Gegenteil für eine Kapitalsanlage. Ihre abermals geäußerte Sorge wegen Publikation und Vortrag der Arbeit, die Sie zu der so entstandenen Gesamtleistung beigetragen haben, können wir nicht eindringlich genug zerstreuen. Sie sind ganz richtig darüber informiert, daß der Herausgeber »bereits Teile dieses Briefwechsels öffentlich vorgetragen hat«, nämlich den ganzen, soweit er bis dahin vorhanden war. So könnten Sie auch erfahren haben, mit welcher Sorgfalt er hiebei Ihr Autorrecht gehütet hat. Wegen der Geschlossenheit einer etwaigen Publizierung oder eines ferneren und also umfassenderen Vortrags möchten wir Ihnen jede nur mögliche Garantie bieten, ohne freilich der Interpretation, daß ein Merkmal der Geschlossenheit im autorrechtlichen Sinne auch der Verzicht auf »Zwischenbemerkungen« wäre, beipflichten zu können. Wiewohl wir aber entgegen Ihrer vorsorglichen Warnung der Ansicht sind, daß wir vollauf berechtigt wären, jede nur beliebige Zwischenbemerkung zu Ihren Zuschriften zu machen, wollen wir Ihnen verraten, daß uns nichts ferner liegen wird, als Ihre Gedankengänge zu unterbrechen, deren Unversehrtheit uns sowohl im Interesse Ihrer Wirkung wie der unsrigen angebracht erscheint. Dagegen wollen wir, wie wir Ihnen bereits zugesagt haben, bezüglich der gewünschten Vollständigkeit noch über das Maß Ihrer autorrechtlichen Wünsche hinausgehen und auch die Stelle berücksichtigen, auf deren Abdruck Sie keinen Wert legen. (Jene von dem Dilemma, das Sie nicht weiter preiszugeben wünschen, und wo Sie zwar keinen Anstand nehmen, sich dem Verlag der Fackel gegenüber offen auszusprechen, aber die Aussprache als privat zu betrachten ersuchen.) Denn von dem wesentlichen Charakter dieser Stelle ganz abgesehen, wüßten wir mit dem besten Willen nicht, wie wir das Kunststück zustandebringen sollten, die Weglassung so vorzunehmen, daß sie weder dem Verdacht Raum gäbe, wir hätten etwas uns selbst Peinliches unterdrückt, noch auch der berechtigten Vermutung, sie entspreche Ihrem eigenen Bedürfnis nach Diskretion.

Wenn es Ihnen mit diesem ernst ist, so hätten Sie es sich überlegen sollen, bevor Sie sich in das Risiko des Briefwechsels mit uns einließen.

Daß Ihr Redaktionskollege einen Unfall erlitten hat, war schuld an der Verzögerung Ihrer Antwort. Aber diese selbst, und wenn nicht sie, so die unsere, wird Ihnen vielleicht zum Bewußtsein bringen, daß Sie selbst einen Unfall erlitten haben, der Sie auf noch längere Zeit hinaus mit Arbeit überlastet und Ihren Zeitverlust leider vermehrt hat. Schon die Schwierigkeit der Lösung des Annoncenproblems, der Sie sich unterziehen mußten, dazu die geringe Befriedigung, die diese bei uns hinterläßt, dürfte Sie den ungestümen Schritt bereuen lassen, sich über den eigenen Rayon hinaus für administrative Dinge zu interessieren und mit einem fremden Verlag anders als zum Zwecke der Annoncenwerbung in Fühlung zu treten. Sie haben sich – wenn Sie von der Ehre, die wir Ihnen durch einen Briefwechsel erweisen, absehen – doch nichts als Verdrießlichkeiten zugezogen, während hingegen wir sagen können, daß uns die Abwicklung der Angelegenheit besonders in einem Punkte befriedigt. Nämlich was Ihr Versprechen anlangt, dafür zu sorgen, daß jenes Exemplar von »Sittlichkeit und Kriminalität«, in das einst ein hoffnungsvoller Prager Gymnasiast die Photographie des Autors, für die er die Unterschrift erbat, nicht ungeschickt eingeklebt hat, auf seinen bibliophilen Ursprung zurückgeführt und als Widmungsexemplar dementiert werde. Der Mißbrauch dieser Photographie – der später in der literarischen Welt vielfach zu der Meinung geführt hat, es existiere eine Ausgabe von »Sittlichkeit und Kriminalität«, »die noch das Bild des Autors hat«, und der Beweis hiefür sei eine Widmung des Buches an den Herausgeber der ›Literarischen Welt‹ – war weit mehr zu fürchten als jegliche Inventur oder selbst als die Möglichkeit, daß die Verlagsleiterin der Fackel, die die Briefe zu unterschreiben pflegt, geklagt oder erschossen werde. (Für alle Fälle – denn auf die Zusage, daß Sie sie »keinesfalls weder klagen noch erschießen« werden, ist wenigstens grammatikalisch kein Verlaß – unterschreibt sie diesen nicht; aber der Herausgeber, der ihn verfaßt hat und verantwortet, hofft trotzdem, daß Sie ihn zu Ende lesen werden.) Was Ihre Revokation der Verklärung des Revolvermannes Pöffel betrifft, so ist sie ja weit verständlicher als die Bereitschaft, uns eine Nummer Ihrer Zeitschrift – die uns beiweitem nicht so sehr interessiert wie Sie eine der unseren – »ohne jede nähere Begründung« zur

Verfügung zu stellen. Sie meinten vielleicht: ohne jede weiteren Spesen, denn die Begründung liegt ja doch eben in dem ausgesprochenen Wunsch, uns von Ihrer Sinnesänderung über den Fall Pöffel zu unterrichten. Wenn Sie aber »noch jetzt behaupten«, daß leichtfertige Polemik statt mit gegründeter (oder mit dem Mittel, das in Berlin »zum Kadi« führt) gegebenenfalls mit dem Revolver beantwortet werden sollte, so beweisen Sie nur, daß das eigentlich Empörende und Anwidernde an Ihrer Stellungnahme im Falle Pöffel (in dem Satz, den wir aus dem Gedächtnis zitieren: »Aber da es einmal geknallt hat, so freue ich mich, daß es geknallt hat«) von Ihnen nicht widerrufen wurde. Wenn Sie sich nun mit dieser Auffassung »nicht in Konflikt mit einem Verlage glaubten, in welchem die Satiren über den ›Polemiker‹ Bekessy erschienen sind«, so gewährt der Hinweis auf die bekannte Tatsache, daß wir gegen den Revolver des Bekessy zwar das Landesgericht, aber niemals den Revolver, zwar die Justiz, aber nie die Todesstrafe empfohlen haben, wohl auch eine Exemplifizierung dessen, was unter einer korrupten Redaktion zu verstehen ist und was unter einer mehr albernen.

Bei der von Ihnen nicht widerrufenen Auffassung, daß leichtfertige Polemik den Tod verdiene, können Sie aber von Glück sagen, daß Sie so oft mit dem Leben davongekommen sind; wiewohl Sie freilich in dem krassesten Fall: der Hinstellung des alten Liebknecht als eines konjunkturbeflissenen Preßjuden, der, um als solcher unerkannt zu bleiben, feige gegen einen Unschuldigen gehetzt habe, nichts mehr zu riskieren hatten. Auch der Vergleich Ihres dreisten Urteils über den Toten mit einer Briefwendung von Karl Marx über den Kampfgenossen und wie Sie selbst sagen, engsten Freund (der er doch bei analoger Gesinnung nicht hätte sein können), mit einer gelegentlichen Bemerkung, die zu zitieren Sie wohlweislich unterlassen – auch das Unterfangen, solche »Stellungnahme« nicht zu widerrufen, sondern zu übertrumpfen, gehört der Sphäre an, der wir die Kennzeichnung Ihres Entschlusses, über das Werk der Fackel Inventur zu machen, entnommen haben. Diese Kennzeichnung – mit dem Ausdruck Chuzpe – wäre jedoch allzu knapp gegenüber den Problemen wie der Persönlichkeit, um die es sich handelt, und der wir eine noch größere Ausführlichkeit nicht vorenthalten durften, als Sie uns selbst zugewandt hatten. Damit hoffen wir aber auch die von Ihnen mit Recht beanspruchte Einheit, Geschlossenheit und Vollständigkeit für unseren Briefwechsel erst hergestellt zu haben, dessen Veröffentlichung, falls sie in absehbarer Zeit aus inneren Gründen erfolgen sollte, natürlich unverkümmert erfolgen müßte, weil er keine einfache Mitteilung von Tatsachen darstellt, sondern eine urheberrechtlich geschützte Leistung und als solche – namentlich was die Trennung des redaktionellen vom administrativen Teil anlangt – seinen Platz neben Goethes Briefwechsel mit einem Kinde in der literarischen Welt behaupten dürfte. Vor diesem Schicksal könnte ihn keine Rücksicht auf ein Dilemma bewahren, in dem Sie sich nun etwa befinden mögen und das man außerhalb der literarischen Welt Scheißgasse nennt.

Der Verlag der Fackel

Der Wiener

Im Berliner Tageblatt ist das Folgende zu lesen:

– – Wyndham Lewis ist eine der interessantesten und problematischsten Erscheinungen des heutigen Englands, was nicht verhindert, daß er der Menge ganz unbekannt ist. Er ist geistreich und überwältigend temperamentvoll wie d e r W i e n e r, und wie d i e s e r schießt er mit Kanonen nach Spatzen, verschwendet seine Emotionen und Gaben im Haß gegen Personen und Vorgänge, die nur sehr lokale Bedeutung haben. – – Und als Symbole dieser Gesellschaft werden eine Reihe Londoner Persönlichkeiten geschildert, denn dieses Buch ist ein Schlüsselroman, in dem der Verfasser seinen Haß und seine Verachtung gegenüber einer Anzahl Menschen austobt, deren Bedeutung er – gerade infolge dieses Hasses – ungeheuer überschätzt. Aber selten wohl sind so scharfe, grausame, giftige und trotz aller Verzerrung auf den ersten Blick erkennbare Porträts veröffentlicht worden. – –

Daß die Spatzen sich durch den Gebrauch der Kanonen überschätzt fühlen, ist eine alte Tatsache; die Bescheidenheit der Theodor Wolff und Kerr überrascht gleichwohl. Das Bestreben jenes, lieber dem Mussolini als mir Reklame zu machen, dürfte jedoch hier seinen übertriebensten Ausdruck erreicht haben. Es ist ein Fall, der die Beispiele von Ausmerzung eines Namens aus der Wirklichkeit – etwa der Offenbach-Aufführungen im Berliner Rundfunk –, von der Hinausfälschung aus Bericht und Zitat weit hinter sich läßt. Er übertrifft alle Praxis des Berliner Tageblatts, ja selbst jenen Eingriff in den George-Artikel, den die befreundete und in liberaler Gesinnung verbundene Arbeiter-Zeitung verübt hat, teils meinetwegen teils »schon unter dem Gesichtspunkte des guten Geschmackes«, nämlich um die Polemik gegen Herrn Schober nicht in der Literaturrubrik zwischendurch fortzusetzen. Die Leser des Berliner Tageblatts, denen Herr Wyndham Lewis vorgestellt wurde als einer, der einem andern ähnlich sieht, der ihnen nicht vorgestellt wurde, befanden sich, soweit sie nicht Bescheid wußten und die Parallele mit Heiterkeit zur Kenntnis nahmen, in einer schwierigen Lage. Denn wenn sie lesen, daß der Engländer, als dessen wesentliches Kennzeichen die Unbekanntheit angeführt wird, eine starke Ähnlichkeit mit »dem Wiener« habe, so möchten sie doch zunächst wissen, wer dieser Wiener eigentlich sei, dessen Eigenart ihnen so genau beschrieben wird. Der Fall ist doch so beschaffen, wie wenn ein Paß alle notwendigen Angaben einschließlich der besonderen Merkmale enthielte, mit Ausnahme des Namens. Vor diesem Vergleich des Engländers mit dem Wiener hatte der Berliner die Wahl zwischen der Möglichkeit, daß ein Autor dieses Namens gemeint sei, den man vielleicht in Berlin noch nicht genug kennt, oder am Ende jener Wiener, von dem man dort immerhin schon gehört hat, daß er nicht unterzugehen pflegt. Der ist aber den Berlinern doch weit eher durch die Eigenschaft der Gemütlichkeit bekannt als gerade durch Geist und ein überwältigendes Temperament, das seine Emotionen im Haß gegen Personen und Vorgänge verschwendet, die nur sehr lokale Bedeutung haben. Kein Zweifel auch, seinem Streben nach einem Fremdenverkehr würde ein gesellschaftsfeindlicher Hang schaden und insbesondere die Eigenheit, mit Kanonen auf Spatzen zu schießen, hinderlich im Wege stehen. Dieser Wiener katexochen kann also nicht gemeint sein. Einen der Menge unbekannten englischen Schriftsteller kann man aber auch nicht gut mit einem bestimmten Wiener vergleichen, der wieder so bekannt ist, daß man seinen Namen gar nicht nennen muß, um auszudrücken, daß man ihn meint und nur ihn meinen kann. Das wäre auch an und für sich unmöglich und selbst ein so exemplarischer Wiener wie Schubert könnte wohl nicht den Anspruch erheben, schlechthin »der Wiener« genannt zu werden, wie Goethe der Weimarer oder Kant der Königsberger. Solche Bezeichnungen sind eben nur der Begriffsverbindung der kleinen Stadt mit dem großen Mann angepaßt, während man schon etwa als den Frankfurter sich ebenso gut wie Goethe auch Schopenhauer oder Rothschild vorstellen könnte. Vollends würden »der Berliner« und »der Wiener« nur dann etwas von der Individualität aussagen, wenn sie bereits genannt oder anders begrifflich bestimmt wäre. Wer also ist »der Wiener«, der so berühmt ist, daß man ihn nicht nennen muß, wenn er nicht vielleicht gar den Ruhm eben dem Umstand verdankt, daß man ihn nicht nennt? Daß er, wenn er ein solcher ist, von den typischen Wesensmerkmalen des Wieners weniger an sich haben dürfte als Schubert, Lanner, Johann Strauß oder Girardi, wird man nicht leugnen. Darum aber auch nicht annehmen, daß der Autor des Artikels, und wäre er der größte Schmock des Jahrhunderts, sich solcher Abkürzung beflissen hat, vielmehr: daß sein Artikel das Opfer des redaktionellen Hasses gegen eine Person wurde, die, wiewohl sie ein Wiener ist, doch nicht bloß lokale Bedeutung hat und deren Porträt trotz der stilistischen Verzerrung, die dem Artikel angetan wurde, auf den ersten Blick erkennbar ist. Wäre freilich der Angestellte des Berliner Tageblatts annähernd so geistreich wie »der Wiener« und nicht vielmehr ein Chammer, so hätte er die Streichung des Namens aus dem Manuskript nicht vollzogen, ohne auch die Charakteristik zu beseitigen, oder wenn gegen diese als eine immerhin abträgliche Kritik nichts einzuwenden war, »jener Wiener« gesetzt. Daß da etwas passiert ist, zeigt schon der graphische Lokalaugenschein. Nicht nur der Text, auch das Druckbild (mit den auseinandergetriebenen Wörtern) verrät deutlich, daß zwischen dem Satz, in dem Lewis vorkommt, und dem folgenden der Vergleich mit dem Träger eines Namens Raum hatte, der im letzten Moment bemerkt und getilgt wurde, ohne daß die Ausführung des Vergleichs der Korrektur zum Opfer fiel. Möglich aber auch, daß der anstößige Name erst nach den Worten »der Wiener« gestanden war und der Korrektor geglaubt hatte, selbst mit so schlichtem Zugriff die einzige pflichtgemäße Obsorge zu erfüllen, die heute von Zeitungen verlangt wird. Daß die Kunst des Redigierens der zentraleuropäischen Presse hauptsächlich in dem Aufpassen besteht, daß mein Name nicht durchrutscht, weiß man. Aber so einfach wie der Beauftragte des Herrn Wolff hat sich's schon lange keiner gemacht, und es wäre kein Wunder, wenn die österreichische Gesandtschaft in Berlin, die seit der Unterdrückung der »Unüberwindlichen« ohnehin nicht viel zu tun hat, gegen die Unterdrückung des Namens ihres Autors, gegen die Verwandlung eines beiderseits unbeliebten Wieners in den Wiener, Protest erhöbe, schon um der Version vorzubeugen, daß in Wien mit Kanonen geschossen wird. Was das Problem der besonders bedrohten Spatzen anlangt, so kann ich diesen nur raten, sich damit das Hirn nicht zu ermüden. Es ist ja wahr, ich verzettle mich (in jedem Sinne des Wortes), indem ich über der Lust, gerade aus den unscheinbaren Zügen das Gesicht der Zeit zu komponieren, immer wieder den größeren Dienst versäume, ihre täuschendsten Attrappen zu zerlegen und zum Emil Ludwig der Reinhardt und Schober (und Emil Ludwig) zu werden. Das Pläsierchen jedoch, das ich an dem kleinsten Tierchen habe, möge dieses mir gönnen; es entbehrt schon nicht der tieferen Berechtigung. Finden nicht vielleicht die Eulen, daß ich sie nach Athen trage? Sie sollen mich nur lassen; ich weiß schon, warum ich das unverhältnismäßige Mittel anwende, und weit problematischer bleibt doch mein Verfahren, Perlen vor die Säue zu werfen. Es dürfte sich aber herausstellen, daß ich mit Kanonen auf eben diese zu schießen pflege. Die fortwährende Selbstunterschätzung der Herren von der Presse wie der Personen von lokaler Bedeutung, die allesamt nichts weniger vertragen als zu Symbolen gesteigert zu werden und mehr Ehre erwiesen zu kriegen, als ihnen zukommt und als sie haben, ist mir wohl lästig, aber keineswegs hinderlich. Ich kenne diese Finten. Die von der lokalen Bedeutung, die ihr eigenes Nest hinreichend verunreinigt haben, treffen den Vogel, der da findet, daß es ihn beschmutze, auf den Kopf, indem sie sagen, er habe es getan, und dann kommt die Berliner Journalistik, die den Nagel abschießt, tut mir die Schand an und nennt mich den Wiener.

Mein Vaterland

. . . Es entwickelt sich nun ein reger Streit zwischen der Kotik und Haunold. Haunold erklärt, die Kotik sei in einem öffentlichen Lokale nackt ausgezogen worden und da wurde sie von zwölf Tullner Bürgern angepißt. – Vors.: Wann war die Geschichte? – Zeuge: Das dürfte schon ein paar Jahre her sein. Daß sich die Kotik jedem Tullner hingibt und hingegeben hat, das pfeifen ja die Spatzen auf den Dächern! (Helles Gelächter im Zuschauerraum.)

*

Richter: Sie haben Ihrer Nachbarin »g'füllte Sau« zugerufen, was sagen Sie dazu? – Erste Angeklagte: Dös is a Dichtung. Sie hat mir zug'rufen, i hab neunundzwanzig Liebhaber. I hab dafür meine Zeugen. – Zweite: Jetzt werd' i aber 'was erzähl'n. Wissen S', Herr Richter, dö Frau tut den ganzen Tag singen, das Lied lautet: »Mich leckt dö ganze Welt in Arsch«, und wenn i vorbeigeh', singt s' dös Lied no lauter, damit i beleidigt bin. – Erste: I sing' immer nur dö Melodie. – Richter: Singen Sie. – Erste: Was? Singen soll i jetzt? Dös kann i do net. – Richter: Ich möchte eben wissen, wie Sie damals die Frau beleidigt haben. – Erste: No, i hab' g'sung'n: »Dö ganze Welt . . .« eh scho' wiss'n, Herr Richter, und dann weiter hab i nur so brummt. – – Dö Frau hat mir no zug'ruf'n, i soll sie zehnmal, no dös kann i gar net sag'n. – Zweite: Jessas, Jessas, i fall' um. – Richter: Haben Sie denn nicht eine gewisse Anzahl verlangt? – Zweite: Net amal gar net. G'sagt hab i nur, sie is a Sau und sie soll lieber auf ihre skrofulösen Bankerten schaun. – – Zeugin: Bitt schen, i schenier mi so. – Richter: Sie brauchen sich nicht genieren, ich werde nicht rot. (Heiterkeit.) Wir sind ja alle Menschen. – – Richter: Also, meine Damen, schön ist es nicht, so etwas zu sagen. – – Wegen dem schönen Lied werden Sie sich noch überdies wegen Übertretung der öffentlichen Sittlichkeit zu verantworten haben, denn wie kommt die ganze Welt dazu, von Ihnen götzisch eingeladen zu werden?

Einige Minuten nach der Verhandlung stürzt Frau Katharina atemlos wieder in den Saal: »Herr Richter, sie hat scho' wieder g'sung'n tralalala!« (Heiterkeit) – –

*

Wien, 17. April. Der Wehrmann des Infanterieregiments Nr. 4 Karl L. hatte sich gestern vor dem Landesgerichtsrat Dr. Karlik (Strafbezirksgericht I) gegen eine originelle, bisher wohl vereinzelt dastehende Anklage wegen Subordinationsverletzung nach § 559 des alten Militärstrafgesetzes zu verantworten. Die Grundlage der Anklage bildete eine Anzeige, die der Vizeleutnant des Infanterieregimentes Nr. 5, Johann Penz, am 8. Januar an das vorgesetzte Kommando des L. erstattet hatte. In der Anzeige hieß es, daß L. gelegentlich einer Arbeitseinteilung auf dem Heeressportplatze, in Reih und Glied stehend, plötzlich den Anzeiger, der Arbeitsleiter war, angesehen und dann eine »Flatuse« von sich gegeben habe. Es trat über diese Anzeige, die für Unteroffiziere und Wehrmänner des Infanterieregiments Nr. 4 bestimmte Disziplinarkommission zusammen, welche unter dem Vorsitze des Obersten Kolb den Beschluß faßte, gegen L. wegen schwerer Subordinationsverletzung die Anzeige an die Staatsanwaltschaft zu erstatten. In dieser Richtung erfolgte auch eine Anklage gegen den Wehrmann. In der gestern durchgeführten Verhandlung war der Angeklagte, verteidigt von Dr. Oskar L., ohne weiteres geständig, daß er bei der Arbeitseinteilung auf dem Heeressportplatze den inkriminierten »Ton« von sich gegeben habe. — — — Staatsanwaltschaftlicher Funktionär Dr. G.: Wie kann man sich denn so benehmen? — Angekl.: Ich habe ja nichts dafür können. — Richter: Haben Sie es absichtlich gemacht? — Angekl.: Keine Spur! Ich habe schon in der Früh' ein starkes Bauchzwicken verspürt, weil der Kaffee, der aus wenig Milch und sehr viel Wasser zusammengesetzt war, sehr wässerig war. Bei der Einteilung dann ist mir das Malheur passiert. — Der als Zeuge unter Diensteid vernommene Vizeleutnant Johann Penz erklärte, daß der Angeklagte, als er eingeteilt wurde, sich plötzlich mit dem Rücken gegen ihn umgedreht, dann mit dem Fuß gebeutelt, den »Ton« von sich gegeben und gelacht habe. — Richter: Sind Sie der Meinung, daß der Angeklagte dies absichtlich gemacht hat? — Zeuge: Ich bin fest überzeugt, daß er es absichtlich getan hat. — Der Richter brachte dann die Dienstbeschreibung des Beschuldigten zur Verlesung. Es heißt in der Beschreibung, daß der Charakter des Angeklagten lebhaft und noch nicht gefestigt ist, daß der Beschuldigte als Soldat sehr willig ist, aber noch der Anleitung bedarf und daß er für eine Beförderung nicht geeignet ist. Der über Antrag der Verteidigung als Zeuge vernommene Wehrmann Heinrich Hösel gab an: Wir sind auf dem Heeressportplatz bereits vergattert gewesen, L., der neben mir gestanden ist, ist plötzlich unruhig geworden und hat dann einen »Ton« von sich gegeben. – – Der Richter sprach den Angeklagten frei mit der Begründung, daß das Verhalten des Beschuldigten sicherlich sehr grob und ungehörig war, daß aber das zur Subordinationsverletzung erforderliche Moment der Absichtlichkeit in dem Vorgehen des Wehrmannes nicht mit Sicherheit festgestellt sei.

– – Er lief zum Haustor, hielt einen Gummischlauch in der Hand und schrie: »Ihr G'fraßter, wenn ihr anständige Madeln wär'ts, wär'ts ihr scho längst z' Haus, macht's kan Lärm und putzt's euch.« Tatsächlich war Fini folgsam und »putzte« sich. Das genügte dem Hausbesorger nicht, er ging dem Mädchen nach und das Pärchen, das beim Haustor zurückgeblieben war, hörte plötzlich Schmerzensschreie. Als die beiden jungen Leute in das dunkle Stiegenhaus nachgingen, fanden sie Fini bewußtlos auf der Stiege liegen. Angeblich soll sie Machatschek mit dem Gummiknüttel niedergeschlagen haben. – –

Angekl.: Sie hat si' selber hing'legt auf d'Erd'n in ihr'm Zimmer. Dort hab' i ihr dö Fotz'n vermacht. – – Zeugin: A Fotz'n? Zwa Fotz'n und a Watsch'n hat er mir geb'n. (Heiterkeit.) – – Angekl.: Der Hausherr hat g'sagt: »Machatschek, pass'n S' auf auf die Moral im Haus«. (Heiterkeit.) – –

Der Hausbesorger erhielt 20 Schilling Geldstrafe.

*

– – Das Urteil wurde öffentlich verkündet: Helene R. wurde freigesprochen. In der Begründung wurde ausgeführt: Das Gericht hat auf Grund des Geständnisses der Angeklagten als erwiesen angenommen, daß tatsächlich zwischen ihr und der Gerner lesbische Szenen stattgefunden haben. Trotz dieser Feststellung kam das Gericht zu einem Freispruch, weil die Verantwortung der Angeklagten, sie habe bei diesen Szenen nur auf Aufforderung der Frieda Gerner mitgewirkt, ohne sexuell daran interessiert zu sein, nicht widerlegt werden konnte.

Diese Begründung stützt sich auf ein Urteil des Obersten Gerichtshofes, der einmal aussprach, daß gleichgeschlechtliche Liebe nur dann ein Verbrechen ist, wenn sie wahre Liebe ist, nicht aber dann, wenn sie nur als Komödie aufgeführt wird, ohne daß die Partner sexuellen Anteil daran nehmen.

*

– – Anna (weinend): Was hätte ich denn machen sollen? Mein Mann ist vor sieben Jahren nach Amerika ausgewandert und hat mich mit drei Kindern zurückgelassen. Nicht einen Groschen hat er mir seither geschickt: ich weiß überhaupt nicht, ob er noch lebt. Im Sommer 1929 habe ich den M. kennengelernt, habe einmal mit ihm verkehrt und bin schwanger geworden. Zu dieser Zeit wurde ich arbeitslos, und aus Mitleid hat mich die Nachbarin zu der Hebamme gebracht. – Vors.: Sie haben es doch nicht notwendig gehabt, sich mit einem fremden Manne einzulassen, wo Sie ohnedies schon drei Kinder hatten. Aber wenn Sie schon schwanger wurden, so mußten Sie auch das vierte Kind zur Welt bringen! – Angekl.: Das kann ich doch nicht! Ich mußte doch den ganzen Winter mit meinen drei Kindern und meiner kranken Mutter von der Arbeitslosenunterstützung leben. – –

*

Die Generaldirektion der Bundesbahnen teilt mit: Die Bundesbahnen haben Ende Juni dieses Jahres das Einlegen von Handtüchern in den Fernzügen neu geregelt. Die Toiletten der vierachsigen Personenwagen wurden mit Handtuchkästchen für die reinen Handtücher und mit Drahtkörben für die benützten Handtücher ausgestattet. Durch einen Spalt im Boden des Kästchens, durch den eine Messingstange unmittelbar in den Drahtkorb führt, können die Handtücher einzeln aus dem Kästchen gezogen werden. Da die Handtücher mittels einer Öse an der Messingstange festgehalten werden, gleiten sie nach dem Loslassen an dieser Stange unmittelbar in den Drahtkorb. Diese Einrichtung, die ausschließlich der Bequemlichkeit der Reisenden dienen soll, wurde auf Grund betrüblicher Erfahrungen mit losen Handtüchern geschaffen. Die Ausrüstung mit den neuartigen Handtuchbehältern und die Beschaffung von vielen tausend Handtüchern haben hohe Kosten erfordert. Obwohl diese Einrichtung erst wenige Tage in Verwendung ist, mußten die Bundesbahnen zu ihrem Bedauern schon wieder groben Unfug mit den Handtüchern feststellen. Teils wurden Handtücher von der Führungsstange abgeschnitten und entwendet, teils wurden sie mit roher Gewalt oder durch rücksichtslose Behandlung von der Messingstange losgerissen. Im Falle des Überhandnehmens derart gröblicher Mißbräuche müßte der Dienst mit den Handtüchern in den Personenwagen der D- und Schnellzüge weitgehendst eingeschränkt werden.

– – Besonders tragisch ist der Unfall der Familie K. Die 60jährige Amalie K., Witwe nach einem Zeitungsbeamten, wohnt mit ihren Töchtern Adele und Josefine sowie ihrer Enkelin Auguste K. im 3. Bezirk, Erdbergstraße 103. Alle vier Frauen sind verletzt. Der 39jährigen Adele mußte bei einer Operation sofort der rechte Fuß abgenommen werden. Die Familie lebt in schwierigen Verhältnissen, die alte Frau K. hat keine Pension und der Mann der Adele ist arbeitslos. Auf der Unglücksstätte scheint den Frauen eine Tasche, in der sich 50 S. befanden, gestohlen worden zu sein.

*

(Notiz der »Dötz«, 28. Juni)

Ach, wenn das doch alle täten!

Eine »Zuagraste« verbrennt sich selbst.

Freitag früh hat sich die 34jährige Private Rosalia Rübenfeld in ihrer Wohnung, 16. Bez., Friedrich Kaisergasse 14, in einem Anfall von Geistesstörung mit Benzin übergossen und sich dann angezündet. Ehe Hilfe kam, hatte die Frau schwere Brandwunden aller drei Grade am ganzen Oberkörper erlitten. Die Rettungsgesellschaft leistete ihr Hilfe und brachte sie auf die Klinik Arzt, wo sie sofort ins Wasserbett gelegt werden mußte.

Zur Situation

(Gesprochen vor der Offenbach-Feier, 15. Oktober)

Ich habe nicht die Absicht, dem Schoberblock beizutreten. Im Gegenteil benütze ich den Anlaß, Offenbach zu feiern, zu der Erklärung, daß ich an den Wirrungen dieses miesesten Staatswesens vollständig desinteressiert bin und dem Ausfall der Wahlen wie dem weiteren letalen Verlauf der Angelegenheit, mit der mich nichts als der vertrackte Zufall der Zeitgenossenschaft verbindet, ohne die geringste Spannung entgegensehe. Die Mißhelligkeiten zwischen dem Schuster Knieriem und dem Schneider Zwirn, die hier Politik heißen (»wann ich einmal anfang, ich fang aber nicht an«), stoßen bei mir auf Lethargie, und selbst die überparteiliche Mission dieses biedern Leim hat für mich jeden satirischen Reiz verloren. An die Teilung der Heimatinteressen in die unterschiedlichen Ressorts von Heimatwehr, Heimatbund, -block, -schutz, -trutz und -schmutz dürfte wie an alle unvorstellbare Hiesigkeit die Satire verschwendet sein. Diese meine lebhafte Indolenz umfaßt natürlich, da ich keine Parteien, sondern nur noch Österreicher kenne, die äußersten politischen Kontraste. Denn Kontraste sind es doch nur an der Oberfläche des Denkens, an der alle gleichermaßen schmarotzen. Es ist mir völlig gleichgültig, welche Couleur von Knotentum hinaufgelangt in einem Staatswesen, dessen eigentlicher Beherrscher, Macher und Absetzer von Bundeskanzlern, ja doch ein zugereister Profiteur von Bordellannoncen wie dieser Lippowitz bleibt. Und da die Weltgeschichte nichts Phänomenaleres aufweist als den Betrug an der Freiheit, den eben deren Partei ab 1918 begangen hat, und da kein erbärmlicheres Schindluder vorgestellt werden könnte als dasjenige, das in Mitteleuropa mit dem Fazit eines Weltkrieges getrieben wurde, so habe ich nicht den Wunsch, Schulter an Schulter mit den Vertretern dieses entehrten Umsturzes gegen das Elementarereignis des erwachenden Troglodytentums anzukämpfen. Wenn sich das Zentralorgan der Partei, die am 15. Juli 1927 den Herrn Schober einen Arbeitermörder genannt und am 15. Juli 1930 ihm vor ihrem Parteihaus das Wagentürl aufgemacht hat, und von der unwidersprochen behauptet werden konnte, daß ihre Mitglieder nunmehr auch an einem »Fakkelzug« ihm zu Ehren teilgenommen haben – wenn also die Arbeiter-Zeitung Freiligrath zitiert wie jener Rückert, und meint, daß von jetzt an nur zwei Lager auf Erden existieren: die Freien mit dem kühnen Blick und die Sklaven um den Hals den Strick, so ist das mindestens insofern ein Irrtum, als es noch den Standpunkt gibt, daß einem auch die Freien mit dem kühnen Blick gestohlen werden können, weil man sie mit den Sklaven identifiziert und weil sie den Strick um den Hals schon für die Heuchelei verdient haben, die Feigheit für Freiheit auszugeben. Diese österreichischen Dinge berühren mich nur insoweit, als mir der Zufall, der sie dirigiert, ins Konzept pfuscht und mir eine europäische Figur kaltgestellt hat, deren Wirksamkeit ich noch gebraucht hätte. Unter Vaugoin freut mich das Leben nicht, er steht jenseits der Glosse und wenn ich vor ihm zu Offenbach flüchte, könnte man glauben, ich überließe mich ästhetischem Zeitvertreib. Zu Schober konnte ich mir noch manchen Reim machen, jetzt aber geht es ins Shakespearesche. Was Starhemberg mit dem Vaterland vorhat, ist ja nicht ganz klar. Alles in allem dürfte da meine Anschauung nicht zu weit von der des Timon abliegen, mit dessen Gastmahl ich seit langem liebäugle und dessen Botschaft an Athen mir aktuell klingt:

> Vernehmet denn: Schlägt Alcibiades
> das Vaterland, laßt ihn von Timon wissen:
> den Timon läßt es kalt. Schleift er Athen
> und zupft die Senatoren an den Bärten,
> so laßt ihn wissen – sagt ihm, Timon sagt es –:
> aus Mitleid mit den Greisen läßt's ihn kalt . . . .

Die Wahrheit ist, daß vor dem Weltuntergang, dem wir heillos überantwortet sind – welchen politischen Namen und Vorwand die Lumperei immer führen mag, die die Macht erringt –, daß da nichts übrig bleibt als die Flucht in die geistigen Dinge, solange Gewalt, Gestank und Geräusch sie nicht völlig versperren: aber nicht in den hoffnungslosen Geist der »Eigenen Schriften« (die mündlich noch einmal dargeboten seien), sondern in das Theater der Dichtung und in die Sprachlehre (die des leiblichen Vortrags nicht bedarf). Natürlich bleibt ein schlechter Konjunktiv in einem Satz, den der machthabende Analphabet von sich gibt, wesentlicher als die Überzeugung, die er darin vorschwindelt. Nehmen wir Abschied von der Politik mit den historischen Worten, die uns unter dem Titel »Servus ... Grüß' dich!« überliefert wurden, als Schober mit lächelnder Miene das Beratungszimmer verließ, während Vaugoin zu dem in der Mitte des Vorzimmers stehenden Tisch trat, um seinen dort liegenden Überzieher zu nehmen. Schober blieb nach einigen Schritten stehen, wandte sich zu Vaugoin, reichte ihm die Hand und sagte: »Servus ... grüß' dich ... auf Wiedersehen!« Vaugoin nahm die dargebotene Hand und erwiderte: »Grüß dich ... auf Wiedersehen!« Während nach einer andern Version Schober sagte: »Also grüß dich Gott, auf Wiedersehen!« und Vaugoin erwiderte: »Servus, grüß dich, auf Wiedersehen!«, und lächelnd trennten sich die beiden.

> Gehab dich wohl, mein Cassius, für und für!
> Seh'n wir uns wieder, nun so lächeln wir;
> wo nicht, so war dies Scheiden wohlgetan.

Es stimmt alles bis zu Philippi. Ich vermute jedoch, daß die Übersetzung, die uns vermittelt wurde, von Flatter stammt. Und da wir bei Shakespeare sind – den ich über dem zweiten großen Gebieter einer Bühnenwelt keineswegs vergessen habe und gegen ein vertiertes Wien bald zu feiern gedenke –, so möchte ich meinen Hörern, jenen, die noch hören können, sagen, daß die Schändung von »Maß für Maß«, die sich jetzt als die erste Tat des neues Burgtheaterdirektors begibt, doch eine weit beträchtlichere Angelegenheit vorstellt als die Frage, ob die Juden in den Schoberblock eingelassen werden. Der tägliche Vorbeter ihrer Interessen, jener sonderbare Schwärmer, der da wähnt, nicht nur die Abonnenten der

Neuen Freien Presse, die über die ganze Welt zerstreut und nicht mehr zu sammeln sind, sondern auch das uneinige Deutschtum durch Zujüdeln zu ralliieren – er hat mir, der ich nicht ins Theater gehe, Kenntnis vermittelt von dem Fall, der für mein Gefühl den Gipfel dessen vorstellt, was Zeit und Ort kulturell zu leisten imstande wären. Herr Flatter, der als Shakespeareübersetzer im Gegensatz zu mir mehr englisch als deutsch kann, hat in der Neuen Freien Presse versichert, »wer sich unterfängt, Shakespeare neu zu übersetzen«, habe es gar nicht leicht. Er hat sich aber nicht nur unterfangen, Shakespeare neu zu übersetzen, sondern auch die Vorzüge seiner Übersetzung vor der Schlegel-Tieckschen akkreditiert, mit dem Hinweis, daß sich in den letzten 120 Jahren die deutsche Sprache gewandelt habe, »und bestimmt nicht zu ihrem Nachteile«. Davon habe ich mich schon des öfteren überzeugt; nunmehr aber insbesondere durch Lektüre Flatters. Der Leitartikler der Neuen Freien Presse, der ja selbst mit Beweisen für die vorteilhafte Wandlung der deutschen Sprache nicht kargt und neulich erst von einer »Begriffsverwirrung innerhalb der Regierungsmitglieder« gesprochen hat und die Formel fand: »Für solche Worte gibt es nur einen Ausdruck: hoffnungslos!« – er hat meine Aufmerksamkeit auf den Shakespeareübersetzer Flatter wie folgt gelenkt. Man weiß, daß er selbst Goethe ins Jüdische übersetzt, und man erinnert sich noch, wie er den Euphorion »beiläufig« ausrufen ließ: Mutter, lasse mich im Totenreiche nicht allein!, und auch an Sonne, Mond und Sterne, verschwendet zu Gunsten der Geliebten. Er streute nun kürzlich in das Geseres über die Großjuden, die mit der Annäherung an die Großdeutschen kein Glück haben, oder in dergleichen die Erwähnung ein, daß im Burgtheater bei »Maß für Maß« demonstrativ applaudiert wurde, »als der Herzog die Worte sprach:

›J a , G e s e t z e h a b e n w i r w o h l , a b e r w o i s t d i e K r a f t ,
s i e a n z u w e n d e n ?‹«

Ich sann nach, wie das wohl bei Shakespeare, bei Schlegel-Tieck lauten möge. Es ist also die herrliche Stelle, die ich oft zitiert habe und die da lautet:

Meiner Sendung Amt
ließ manches mich erleben hier in Wien:
Ich sah, wie hier Verderbnis dampft und siedet,
und überschäumt; Gesetz für jede Sünde;
doch Sünden so beschützt, daß eure Satzung
wie Warnungstafeln in des Baders Stube
da steht, und was verpönt nur wird verhöhnt.

Wie mag das bei Flatter sein? Nun, er hat offenbar Wert darauf gelegt, daß sein Wortlaut aus der Beiläufigkeit wiederhergestellt werde, und so las man die folgende Zuschrift, die man schon Wort für Wort schlürfen muß:

(Shakespeare über Wien.) Dr. Richard Flatter schreibt uns: Im Leitartikel Ihrer Montagsnummer verwiesen Sie auf den demonstrativen Applaus, der im Burgtheater tatsächlich bei jeder Aufführung von »Maß für Maß« ausgelöst wird, wenn der Herzog (Herr Aslan), als Mönch verkleidet, Wien die Leviten liest. Die betreffende Stelle lautet:

»Doch was ich so zu seh'n bekam in Wien –
Da hab' ich erst erkannt, was eure Stadt ist:
Ein Sündenpfuhl, ein wahrer Hexenkessel!
Gesetze, oh, Gesetze gibt's genug,
Doch die Verbrecher, die geh'n frei herum,
Geachtet und geschätzt! Weil niemand da ist,
Um den Gesetzen Achtung zu verschaffen!‹

Und da soll einer noch sagen, daß Shakespeare nicht unser wirkliches Wien im Auge gehabt hat!

Und da soll einer noch sagen, daß hier nicht in Prosa und Vers die Korrespondenz sämtlicher Firmen des Franzjosefsquais konzentriert und die Sprachwelt Shakespeare-Schlegels auf die gemeinfaßlichste Formel reduziert erscheint! Und da soll einer noch sagen, daß es nicht eine Lust ist, in einer Stadt zu leben, die zwar ein wahrer Hexenkessel ist, aber doch mit einer Kultur, deren Hüter frei herumgehn, geachtet und geschätzt, im Burgtheater aufgeführt und von der Neuen Freien Presse gelobt! Und da soll einer noch sagen, daß einem der ganze politische Humbug, der den Einbruch der Barbarei in das Kunstleben ermöglicht, die Zerstörung höheren Lebensgutes bewirkt und jegliches Gefühl dafür abgestumpft hat, nicht gestohlen werden kann mit all dem, was uns schon gestohlen wurde! Aber es soll die wenigen, die noch hören können, nicht hindern, in das Reich des Genius einzutreten, den wir heute feiern und der es vermocht hat, die Dissonanz der Welt in heiteren Wohllaut aufzulösen.

Adolf Loos
zum 60. Geburtstag

Daß dieser Staat

Copyright Keystone View Co.

diesen Mann

Photo Emil Theis, Dessau

feiern werde, war nicht zu erwarten.

Timons Mahl

Gesprochen am 16. November

Wie das Programm der heutigen Vorlesung zeigt, habe ich die Erwartung der Eigenen Schriften betrogen: falsche Freunde sind zu Timons Mahl geladen. Alle Gegebenheiten, die der Welt und die meiner Gegenwelt, mußten zu diesem Entschlusse führen und verknüpfen sich darin sinnbildlich. Denn was ich zu der Wirklichkeit noch zu sagen habe, könnte ich mit keiner eigenen Schrift eindringlicher sagen als mit der Grabschrift des Timon: »Fluch', Wand'rer, mir, dann flieh, eh dich der Fluch erfaßt.« Nichts anderes habe ich zu Österreich, nichts mehr in Österreich zu sagen. Nicht darum allein steht die Satire ohnmächtig vor der Wirklichkeit, weil sie sie nicht verändern und nicht materiell bezwingen kann – solches war ihr in den Maßen der Zeitgenossenschaft niemals gegeben; sondern: weil sie sie nicht mehr geistig bezwingen kann. Sie wird von ihr erreicht und übertroffen, sie wird eingeholt und abgewürgt von der Spottgeburt, und Phantasie erstarrt vor dem letzten Wunder, das sich nebst denen der Technik begibt: Lächerlichkeit macht lebendig; der Stoff übertreibt die Satire, die ihn geformt hat, die Erfindung beschämend, spottend der Ohnmacht, noch dies Erlebnis einzubeziehen. »Drum kein Laut!« gebietet sich Timon, des Bösen Besserung der Pest vertrauend. Ich will mich den Nichtssagern anreihen, die hier Macht haben, und ich entschließe mich zu dem Ausdruck einer Ohnmacht, einzugreifen in den Tumult der Phrasen, mit denen Wichte und Tölpel, also Politiker, selbst den einzigen und letzten Sachverhalt dieser Gegenwart übertölpeln und betrügen: die Not. »Schief ist alles; nichts grad in dieser fluchbeladenen Schöpfung als offne Schurkerei.« Was sollte ich denn andres sagen? Vielleicht ein Wahlbekenntnis zugunsten jener Sorte, die von dem Zeitpunkt an, als man nach Menschenopfern unerhört zu ihr gestanden hatte, den Umsturz all unserer Hoffnungen verschuldet hat und all das Grausen herbeiführen half, dem sie so lendenlahmen Widerstand leistet? Ein Wahlbekenntnis, das mir kürzlich eine gutmeinende Anhängerschaft abgenommen hat, die da glaubt, ich würde den tragischen Konflikt, in den sie zwischen Wahrheit und Partei geraten ist, mitmachen? Ein Bekenntnis, das ich doch, selbst wenn der Teufel vor den Toren Wiens stünde, niemals ablegen und mir nicht abnehmen lassen könnte zu der Wahl schlechter Vertreter der guten Sache: die dem Pflichterfüller des 15. Juli 1927 am 15. Juli 1930 die Wagentür vor dem Arbeiterheim geöffnet haben! Die umfassende Erkenntnis des Bankrotts der Freiheit, die als Schindluder einer Polyarchie ausgedient hat, das Gefühl von der Unabwendbarkeit eines Troglodytenaufstandes, der das Opfer von zehn Millionen eines Weltkriegs zum Hohn machen wird, gebietet den Verzicht im Sinne jenes Fremden im Timon, eines Fremden, der in Wien keineswegs willkommen wäre: »Weit bleibt jetzt Mitleid hinter Leid zurück, denn Menschlichkeit dankt ab vor Politik«. Und von da weiter bis zu der Absage des Timon, den es aus Mitleid mit den Greisen kalt läßt, wenn Alcibiades Athen schleift und die Senatoren an den Bärten zupft. Und dieser Timon ist überparteilicher als selbst der einfältige Zauberer, der mir seit langem das Gehirn ermüdet, der nichts hat als das Vertrauen und gegen dessen Faszination kein satirisches Kraut gewachsen ist. Da ist Verzicht mein stärkster Reim auf Pflicht. Ich weiß, es ist in der Geschichte schon vorgekommen, daß ein Pferd zum Konsul gewählt ward, und gegen Symbole kann man halt nichts machen. Seit Jahren darauf aus, die Erwartung der Eigenen Schriften zu enttäuschen, habe ich mich diesmal geradezu entschlossen, ihr einen Streich zu spielen. Ich fühle, es ist überaus schmerzlich für einen großen Teil meiner Wiener Hörerschaft, statt des Genusses von Glossen über den Wahlausgang – »verdeckte Schüsseln!« verhieß das Plakat, »ein königliches Mahl, das will ich wetten!« »Ja, er ist noch der Alte!« – also statt dessen mit Shakespeare vorlieb nehmen zu müssen: »Einst warf er mit Juwelen, jetzt mit Steinen!« Und wiewohl ich ja diesen Schmerz nicht teilen kann, so habe ich doch ein gewisses Verständnis für die Situation, in die wir da geraten sind und zu der ich korrekter Weise den geeigneten Ausweg empfehlen werde, für die Situation, die dadurch entstanden ist, daß ich nun einmal mit dem redlichsten Willen den Wienern nur das Spektakel bieten kann, sie darum zu betrügen. Aber man möge mir glauben, daß mir die Zeit- und Ortsumstände die Lust genommen haben, mir eben über diese Gedanken zu machen, mindestens solche, die ich imstande wäre, physisch und mit sichtbarer Hohnfalte der Belustigung einer Raumgemeinschaft darzubieten. Was ich mir so am Schreibtisch zu den Dingen, die mich umgeben, weiterhin denken mag, ist sozusagen meine künstlerische Privatangelegenheit, deren publizistische Gestalt jeder annehmen oder verschmähen kann. Es bleibt, ohne Furcht vor Starhemberg, nur abhängig von Macht und Gunst der deutschen Sprache, zu der ich ja bessere Beziehungen zu unterhalten glaube als die überwiegende Mehrzahl der Heimwehrführer, der Sprache, die ganz gegen meinen Willen und meinen Wunsch mir jede Macht im Staate ausliefert, ja mich wehrlos macht gegen den Zwang, mir zu jedem Dummkopf etwas einfallen zu lassen. Aber ein ganz anderes und keineswegs unentrinnbar ist die äußere Nötigung, die einer bedenklichen Anhängerschaft, den Gestaltungen, denen sie nichts entnimmt als den Stoff, eine mir jetzt verhaßte Wirkung abzugewinnen, deren Fazit nichts sein könnte als entweder – und dies ist der edlere Fall – die Erkenntnis auswegloser Gräßlichkeit oder der Betrug einer Erheiterung an Hanswursten, die uns ja doch unüberwindlich regieren. Ich will nicht sagen, daß niemals wieder die Zeit kommen wird, wo es mich drängt, meine Grundansicht, daß im kleinsten Schmierfink der Weltuntergang sei und nur das ganze moralische und logische Greuel, von dem wir umklammert sind, verächtlich – wo es mich also drängt, solches nicht nur einer Leserschaft, sondern auch wieder einer Hörerschaft zu sagen. Heute möge sie mir glauben, daß ich, wenn nicht das Wunder meiner Begegnung mit Offenbach eingetreten wäre, dieser Verschmelzung zweier Gelächter, vor ihr überhaupt nicht mehr erscheinen könnte; denn nur noch versgebunden, klangverpflichtet, strophenfertig vermag ich ihr die Halunken und Idioten vorzuführen. Was sich zwischen diesen und mir in Prosa begeben könnte, verhindert mich Schamgefühl öffentlich zu sagen. Nicht Zufall der Gelegenheit ist es, was mich zu dem Entschluß geführt hat, die repräsentativsten Gestaltungen innerhalb des Gebiets, das die mir peinliche Bezeichnung der »Eigenen Schriften« hat, nach und nach der Schallplatte anzuvertrauen und so die Technik für die üble Nachrede, die ich ihr halte, zu rehabilitieren, – sicherlich zu meinem materiellen Schaden, ja auf Kosten meiner Eitelkeit, die mir gestern wieder ein Trottel vorgehalten hat, zwar anonym, aber, da er bestimmt heute hier sitzt, erkennbar daran, daß er rot wird. Er wirft mir vor, daß ich jene Coupletstrophen wiederhole, was ihn an Primadonnenallüren erinnert, aber da hat er natürlich recht, ohne zu verstehen, daß meinem Podium Bühnenluft so organisch und rechtmäßig zukommt, wie ich der Einbeziehung von Lehre und Predigt in die Beifallssphäre widerstrebe. (Nebenbei soll er zur Kenntnis nehmen, daß sein Tadel meiner Konstruktion »hinreichend Wagemut haben, um ein Brieflein an den Verlag zu richten« eine dem Wustmann entlehnte Dummheit ist. Das Wort »um« ist nicht zu streichen, wie der Trottel befiehlt, sondern er ist als Ganzer zu streichen; auch er hatte hinreichend Wagemut, um ein Brieflein an den Verlag zu richten, aber da jener nicht bis zur Angabe der Adresse hingereicht hat, muß er auf diesem Weg die Antwort bekommen, und etwas Sprachlehre schadet ja auch den andern nicht.) Meine eigenste Schrift entfalte ich dort, wo ich als Nachschöpfer verschollener oder mißhandelter Bühnenwelten die aufbauende Arbeit leiste, die die Zerstörer an mir vermissen, und vollends dort, wo sich meine Sprache mit der mir wahlverwandten Musik verbindet, welche nunmehr erst, aus der früheren Verbindung scheidend, die richtige eingegangen ist. Daß, mit der Ausnahme des Berliner Rundfunks, sämtliche Machthaber eines impotenten Zeittheaters meine praktischen Möglichkeiten fürchten, ist die weit gelindere Enttäuschung, als die an meiner eigenen Hörerschaft, welche, indem sie meiner Shakespeare-Bearbeitung und meiner Offenbach-Erneuerung, indem sie dem »Theater der Dichtung« die Gefolgschaft versagte, die heißbegehrten »Eigenen

Schriften« mir zur Pein gemacht hat durch die Vergewisserung, daß sie an ihnen ja doch nichts weiter als den Stoff schmeckt, mit der billigen Freude an der Agnoszierung der Objekte, bestenfalls die Gesinnung oder sozusagen den animus injuriandi, den der Hörer teilt und nur nicht in gleichem Maße ausdrükken kann. Meine »Worte in Versen« sind berühmt, aber nicht bekannt, und daß meine Verdeutschung der Madame l'Archiduc und gar die nun vollendete der göttlichen Perichole mehr sprachlichen Nährwert enthält als eine Generation deutscher Lyrik, mehr Anreiz bietet zu Nachweisen der Sprachlehre als selbst ein Jahrgang der Fackel diesem Thema widmen könnte, bis zu den vertiefteren Mysterien des musikgebundenen Worts – von all dem wissen und wollen nur die wenigsten wissen. Mir selbst erscheinen aber die Dinge, mit denen ich mir da eine antipathische Zeit vertreibe, ungleich wichtiger als alles, was sich in der österreichischen Politik begibt, ganz abgesehen davon, daß sie mehr zur Förderung der Lebensfreude beitragen. Und weil jenes so unbedankt bleibt, während dieses so häßlich ist, bin ich beim Timon des Shakespeare angelangt, dem ich ja doch auch eine große Genugtuung schuldig bin. Hätte ich zu diesem Vortrag, wie er stattfinden wird, eingeladen, so wären 150 dem Rufe gefolgt, wie damals zum erhabenen und lieblichen Wintermärchen; 150 unter den tausenden Wiener Lesern der Fackel, denen es als erste Aufführung angekündigt war und die mir zu glauben und zu folgen vorgeben. Muß ich auf solche Hörer verzichten, so verzichte ich auch auf solche Leser! Und so sollten denn, da heute 900 erschienen sind, folgerichtig 750 den Saal verlassen, wenn sie nun merken, daß es ein falsches Gastmahl gibt. Ich lasse diesen, weil ich zwar ihre Erwartung betrügen, aber sie selbst nicht materiell schädigen wollte, zwei Minuten Zeit sich zu entscheiden und nach Belieben den Betrag für die Karte an der zur Geldausgabe geöffneten Kasse (die der große Zudrang zu den Eigenen Schriften gesperrt hat) zurückzuverlangen. Ein rechtlicher Anspruch bestünde nicht, da ich »Timon von Athen« in meiner Bearbeitung und insbesondere sprachlichen Erneuerung – nebst der aktuellen und zitathaften Anwendung, mit der ich das Drama als vielfaches

Gleichnis in mein Lebensprogramm einstelle – sehr wohl in die Reihe meiner Eigenen Schriften aufnehmen könnte, deren Bezeichnung ihm gewiß im Rahmen einer Gesamtausgabe zukäme. Auch ist es immerhin als Gabe an meine Wiener Hörerschaft und nicht als Verkürzung aufzufassen, wenn ich sie an eben der sprachlichen und sprecherischen Leistung noch unmittelbarer teilnehmen lassen will, die ich soeben in Deutschland etlichen Millionen Hörern vermittelt habe. Ersatzansprüche würden kaum zurecht bestehen, doch bin ich bereit, sie sofort zu befriedigen; eine etwaige Mehrforderung für Fahrt und Garderobe glaube ich durch die Darbietung dieser Rede, die doch ganz gewiß zu den »Eigenen Schriften« zu zählen ist, getilgt zu haben. Und nun bitte ich, bevor ich den Ausklang der Gluck'schen Ouverture ertönen lasse und bevor die Jammerhaftigkeit dieser Gegenwart, von der ich aussagen sollte, in heroischeren Dimensionen kund wird, so schnell als möglich die Entscheidung sichtbar zu machen: wie viele Hörer mir die Unehre antun, für mich gegen Shakespeare zu entscheiden. »Nie werde euch ein bessres Mahl zu teil . . .!«, ruft ihnen Timon nach; »was, gehst du fort? Nimm deinen Trank erst mit – auch du, und du –«. Und der sucht seinen Rock, jener seine Kappe. »Timon ist toll!« »Ich spür's in den Gebeinen.« »Einst warf er mit Juwelen, jetzt mit Steinen.« Aber das nächste Mal wird er es, ganz ohne Vorwand der begehrteren Gabe, noch einmal in Wien mit Shakespeare versuchen!

Die nationale Ehre

ist das Feld, auf dem die deutschösterreichische Sozialdemokratie, wenn's gilt, zu leben entschlossen ist, denn seitdem sie ihre verdienstvolle Arbeit zur Überwindung des Krieges beendet hat, scheint sie das geistige Inventar, mit dem einst die Lüge der Notwehr verteidigt wurde, an sich gebracht zu haben. Den ranzigen Begriff eines Patriotismus also, dessen bloße Vorstellung – mit all seiner Nichtvorstellung des Kontrastes zwischen Fahnen und Flammenwerfern – schon den Hochverrat zugunsten der Menschheit diktiert, ja jedes Landes, dessen Menschenart in anderer Gefühlszone geboren ist –; dieses Relikt aus der Sündflut, das nur der Belebung durch Phantasiearmut harrt, um sich mit dem technischen Fortschritt zum Ruin sämtlicher Vaterländer zu verbünden. Daß es den Höhlenbewohnern, denen die kriegerische Niederlage nicht mit jenen Sinnbildern vor Augen geführt wurde, die sie für den Sinn des Kriegs gehalten haben und halten – daß es dieser nicht sinnfällig besiegten und darum wieder ermutigten Sorte geistig zugehört, ist seit 1918 ein natürliches Erlebnis, und erschütternd nur das Schauspiel des Gegenwahns: wie das freieste Volk der Erde vor einem im Stahlhelm starrenden Gespenst in den doch verabscheuten Militarismus flüchtet. Aber kein größeres Greuel vor dem Herrn, den sie leugnen und den die andern wenigstens als Segner der Waffen anerkennen, könnte es geben als Sozialisten, die am Spiel mit Fahnen und Flaggen Freude haben, zum Rot noch Schwarz und Gold brauchen, sich, weit über alle wirtschaftliche Berechnung hinaus, gefühlsmäßig an der nationalen Zusammengehörigkeit erlaben und am liebsten die trennenden Sudeten wegräumen möchten, die das nationale Bürgertum doch ganz legitim vor der Stirn hat und ohne die es geistig unbeschäftigt wäre. Grippe und Nationalismus: das ist nebst dem Bankrott der Bodensatz verwichener Giftschwaden; derzeit grassiert die nationale Ehre. Es ist diesem armseligen Wrack von einem Staat, das nun einmal die Nation beherbergt, die sich die Hauptkriegsverbrecher als Führer gefallen ließ, keineswegs zu verdenken, daß es, über die angestammte Sehnsucht nach den Fremden hinaus, das »Vertrauen des Auslands« wenigstens in dem Maße zu erringen trachtet, als es sich dieses durch politische Handlungen oder Duldungen gleichzeitig verscherzt. Aber in solchem Milieu, wo Selbstbestimmung nur die Wahl zwischen Korruption und Gewalttätigkeit bedeutet und wo jede Partei den Schmutz vor der eigenen Tür kehrt, den die andere abgelagert hat, wird lauter als irgendwo in der Welt die »nationale Ehre« reklamiert, sooft an einer der Interessentengruppen die Reihe ist, die andere des Hochverrats zu beschuldigen, und der vollste Brustton, der sich dann dem nationalen Pathos entringt, ist der Protest gegen die Zumutung, eine »Kolonie« zu werden. Nun muß einmal ganz kalt und klar gesagt werden, daß der Sinn des Menschenlebens eigentlich in ganz anderen Entscheidungen beruht als in der, von welcher Konsumgenossenschaft man sein Futter zugewiesen bekommt, welche Schließgesellschaft für die Sicherheit und welches Unternehmen für die Reinhaltung der Straßen zu sorgen hat. Pathos ist da weit weniger am Platz als bei Shakespeare. Uns interessieren diese Probleme nicht mehr, geistig gehn sie uns einfach nichts an. Trifft's England, soll's England machen, trifft's Frankreich, so Frankreich, und ich ließe mich zur Not auch von den Persern verwalten. Kein Zweifel, daß in rein organisatorischen Belangen Deutschland den Vorzug hätte, aber gerade da wäre vielleicht die Gefahr jener Verbindung des Nutzlebens mit dem Geistigen vorhanden, die den Krebs der zentraleuropäischen Kultur bildet. Menschendank verdient jeder, der dient; doch die Heiligung der Gesamtdienerschaft als Autorität, die Vorstellung einer Staatsbürgerlichkeit, die den Beamten als Vorgesetzten des Menschen annimmt, gehört jenem Bereich fossilen Denkens zu, dem die kriegerische Romantik entspringt wie jener Mangel an Phantasie, der die Antithese der Technik nicht gewahr wird. Vaterland ist die Summe von Landschaft und Menschentum, von der wir durch Geburt oder Gewöhnung umgeben sind; Staat ist Einmischung in dieses Verhältnis und sein Anspruch auf Beteiligung am Sentiment werde mit jener Kälte abgewiesen, die das Stigma unpatriotischer Gesinnung als geistige Ehre annimmt. Wenn wilde Völkerschaften eine nichtbodenständige Verwaltung ertragen müssen, so ist auch der Gedanke nicht abzuweisen, daß Völkerschaften, die wild geworden sind, die in dem Unvermögen, sich selbst zu verwalten, gegen den Zimmerschmuck ihrer Kultur wüten, einer Vormundschaft teilhaft werden. Die Befürwortung dieses Gedankens entspräche nicht nur jenem bestverstandenen Patriotismus, der dem mitgefühlten Jammer einer ursprünglich gutmütigen Landsmannschaft kein Ende durch die Führung unfähiger oder habgieriger Politiker absieht, sondern auch jenem wahren Nationalismus, der das heilige Erbgut einer von ihren Sprechern besudelten Sprache nur in der Befreiung aus dem Verkehrsgebrauch geborgen sähe und ihre Ehrenrettung dem Volapük vorbehält. Mit einem nur von solchem Interesse, aber von keinem Phrasenschwindel zu bewegenden Herzen, das sich durch kein Volkstum einer Amtlichkeit angemutet oder abgestoßen fühlt, der ich die Steuer zu entrichten habe, spreche ich diese Meinung aus, für deren Recht ich Verständnis und Duldung von einer Partei der Freiheit erwarte, nicht minder als für das Recht, eben sie über alle Maßen unerträglich zu finden, wenn sie sich nationalistisch gebärdet und den großdeutschen Interessen nun geradezu als Hinternationale Gefolgschaft leistet. Es ist noch ein Glück, daß was immer hier verlustbringend wirkt nicht die Macht hat, den Humor abhanden kommen zu lassen, der wie jedem Mißverhältnis zwischen Wollen und Gelingen auch diesem innewohnt, und daß der tägliche Wirrwarr der Gedanken und Taten unserer Politik sich ins Groteske auflöst. Die Christlichsozialen lassen sich von Bekessy aus Budapest die Wahrheit zutragen, daß Deutschland durch die Oktroyierung Schobers Einfluß auf unser Inneres genommen hat, und die Sozialdemokraten – die gegen Bekessys Lügen weniger einzuwenden hatten – erzeugen in Versammlungsreden »Bewegung« durch den Hinweis auf den Versuch, »uns in eine Lage zu bringen, ähnlich der afrikanischer Negerstämme, über die die französische Kolonialmacht herrscht«. Wenn Herr Otto Bauer warm wird, geht mich ein Frösteln an. Von dem Klischee »Ihr Herren« abgesehen, bleibt er sonst frei von Pathos, zu klug, um sich an die Weisung zu halten: »Schaff Augen dir von Glas, und wie Politiker des Pöbels tu, als sähst du Dinge, die du doch nicht siehst«. Ein so beherrschter Führer durch Wellenberge und Wellentäler einer unabänderlich vorgezeichneten Entwicklung, Tiktaktiker der Parteiuhr, darf sich durch nichts überrascht und nie bewegt, niemals bewegend zeigen. Der Intelligenz, die mit den Gegebenheiten operiert, steht die Benützung der von Herrschaften abgelegten Fetische am wenigsten an. Er schien längere Zeit der einzige sozialdemokratische Führer, der sich gegenüber Herrn Schober wenigstens die freie Hand vorbehalten hatte, sie ihm nicht zu reichen. Aber aus seiner Rede geht jener, der bei den Sozialisten schon als Vertreter der »einfachen bürgerlichen Ehrbarkeit« beglaubigt ist, als der wahre Träger nationaler Würde hervor. Darum sei dem Redner in Erinnerung gebracht, daß es nur eine Gelegenheit gab, ihm Gefühlstöne zu glauben: als er, Tatzeuge der Ringstraßentaten, im Parlament zur Anklage ausholte. Gewiß, er hat selbst kürzlich an dem Grabe der Juliopfer, vor dem die längste Zeit Pietät nur markiert wurde, sich erinnert; und fast so, daß man auf Verletzung der Disziplin oder auf den Plan schließen könnte, Felonie an Schober zu üben. Macht die freie Hand von ihrer Freiheit Gebrauch? Sind wir auf einem Wellenberg angelangt? Jedenfalls ist es die Betätigung einer andern, des sozialistischen Gewissens würdigern Sorge als der um die Nation. Was diese betrifft, so weiß man, daß man doch keineswegs die Macht anderer Entscheidung hätte, wenn Österreich die Wahl bliebe, französische Kolonie zu werden oder Domäne des Bekessy. Und auch, daß wir zunächst und mit aller nationalen Ehre nichts sind als Bekessys Verlassenschaft.

Zu der Tragödie Friedrich Austerlitz

die mit seinem Leben zu Ende ging – nachdem die ganze Verderbnis des Milieus ihre Glossengestalt hier erhalten hatte –, ist vorläufig nur der Hinweis angebracht auf den wahren Jammer dieser tieftrauernd Hinterbliebenen, der eindrucksvoll genug alle Schuld bezeugt. Der Schwall nekrologischer Redensart birgt und offenbart doch diesmal ein echtes Gefühl: das einer Generation, die mit rührendem Freimut »die Gefahren dieses Wechsels« bekennt, im Gedenken bebend vor der Zurechtweisung durch eine Stimme, als hätte sie jetzt mehr Macht als in letzter Lebzeit, und bewußt der Schuld so schmählicher Überwindung. Jeder schlägt sich mit den Klischees der Totenehrung, die nur vom eigenen Unwert überzeugen, an die Brust und will derjenige sein, der am meisten zu bereuen hat, alle darin einig, ihm das zum höchsten Ruhm anzurechnen, was er vergebens betätigt hatte und schließlich aufgeben mußte: »seinen Widerstand gegen alle Anpassung an äußere Sitten und Lebensgewohnheiten der bürgerlichen Umwelt, sein Ringen gegen jede Verbürgerlichung unseres Denkens«. Selbst die bürgerlichen Formen der Trauer, fürchten sie, würde er ihnen verwehren:

Es war uns allen unfaßbar, daß er nicht plötzlich an das finstere Fenster trat, nicht plötzlich die Treppe herabkam, uns nicht mit ungestümem Staunen zur Rede stellte: »Was treibt ihr hier? Habt ihr nichts zu tun? Was soll denn das wieder heißen?«

Die Strenge des Klassenlehrers ersehnen sich zurück, die sich die Ohren zu oder die Hand frei gehalten hatten, ihm eine Nase zu drehn. Zerknirschung scheut selbst antikisierendes Versmaß nicht, um einer Unsterblichkeit gerecht zu werden, wo die Prosa redaktionellen Lebens nicht zugereicht hat, dessen Abend zu verschönern. Denn nur aus der Entfernung vermöge der Mensch das Erhabene abzuschätzen:

> Solang die Unsterblichen
> Unter uns weilen,
> Erscheinen sie uns als unseresgleichen.
> Als Selbstverständliches gilt uns
> Ihres Umgangs

Unendliche Gnade,
A u s k i n d i s c h e m S t o l z
S i e z u v e r l e t z e n
Als unser Recht.

Und erst wenn sie von uns weichen, erkennen wir, zu spät, was wir besessen. Doch wir sollen anderseits nicht klagen, daß sie uns ihren Glanz und ihre Größe nicht früher offenbart haben. Eben dies sei göttliche Gnade:

Denn nicht hätte unser Auge
Ihren Glanz ertragen,
Und ihre Größe
Hätte uns zu Boden gedrückt.

Was keineswegs – und bis zur Verhinderung jeglichen Wachstums – geschadet hätte. Das Ganze heißt »Erkenntnis«, und man kann daraus ungefähr eine Vorstellung entnehmen, was sich in den letzten Jahren in der Redaktion abgespielt hat. In einer photographischen Darbietung von seltener Naivität wird »Der leere Platz« gezeigt. Er war im Vorstellungsleben der jüngeren Generation schon lange vorhanden und kommt auch in einer weggelassenen Stelle aus dem zitierten Nachruf des Berliner Tageblatts zum Ausdruck:

– – dessen Andenken zu ehren, die Journalisten aller Sprachen und aller Richtungen Anlaß haben. [Noch nicht siebzig Jahre alt, ist Friedrich Austerlitz, seit fast vierzig Jahren Chefredakteur der Wiener »Arbeiter-Zeitung«, mitten aus der Arbeit weggeholt worden. Das Schicksal hat ihm keinen Lebensabend geschenkt; es hat ihm die Bitterkeit erspart, beiseite stehen zu müssen, zuzusehen, daß ein anderer an dem Platz saß, an dem er mit allen Fasern hing.] Zu bedauern sind die, die ihn verloren – –

Die zu Bedauernden konnten die Stelle nicht drucken, da sie insofern der Tatsächlichkeit widerspricht, als dem Verstorbenen die Bitterkeit nicht erspart geblieben ist, neben dem Platz stehen zu müssen, an dem er noch sitzen konnte. Wenn nicht aus den Funeralien der Arbeiter-Zeitung die unverhüllteste Wahrheit zum Vorschein käme, müßte man rein sagen, daß in ihren Spalten noch nie so gelogen wurde, und da würde man angesichts des großen phraseologischen Schatzes, den sie der bürgerlichen Journalistik abgenommen hat, viel sagen. Die Wahrheit liegt in dem Naturvorgang, wie die Erschütterung den Vorsatz aufhebt, einen der tragischesten Konflikte zu bemänteln, der jemals, zwischen zwei Bindungen durchgekämpft und durchgelitten, mit dem Verzicht auf die Persönlichkeit geendet hat. Die Lüge ist die Ehrerbietung der Schuldtragenden für ein »mahnendes sozialistisches Gewissen«, das sie längst erstickt hatten. Das mahnende Gewissen, das gegen die Anpassung an Sitten und Lebensgewohnheiten der bürgerlichen Umwelt aufstand, wirkte außerhalb der Sphäre. Aber die Anpassung hatte Gewalt, ein Gefühl und eine Erkenntnis, die jenem zustrebten, sich selbst anzupassen und die Entscheidung zugunsten der schlechten Vertreter zu wenden, die der Glaube an die gute Sache in die Religion mitnahm und die einer, »wurde man von dritter Seite angegriffen, mit der ganzen Wucht seiner Persönlichkeit verteidigte«. Die es betraf, können nun ihm nachsagen, was er solange als Tat und Wert der »dritten Seite« erkannt hatte: »Unredlichkeit und Niedertracht des von Phrasen maskierten und in einem Nebensatz sich demaskierenden Inhalts« nachzuweisen, »am Wort das Wesen und am Satzbau den ganzen Menschen« zu erkennen. Aber damit, daß er ihnen mit dem Wustmann imponiert hat, weisen sie ihm, dem nur lügeloses Bekennen zu gutem Ausdruck verhalf, keinen allzu hohen Rang als »Spachgestalter« zu, und das üble Deutsch derer, die überhaupt kein echtes Gefühl außer der Reue auszudrücken haben, bezeugt keine gute Schulung. Es sind die Hinaufgelangten einer Partei, »die schon viel Macht übt, viel Ehren und Würden zu verleihen hat«, darum auch viel zu fürchten, und also besser täte, dem Verstorbenen nicht gerade, wenngleich schüchtern genug, den »Kampf für die Beseitigung der Korruption eines Bekessy« anzurechnen. Und welch ein Hohn, daß dem, dessen tragischer Konflikt eben in der Vergeblichkeit bestand, nachgesagt wird, er habe »mit der ganzen Reinheit und Festigkeit und Wucht seines Willens dafür gesorgt, unsere Zeitung rein zu erhalten von alle dem, was bürgerliches Zeitungswesen korrumpiert und zu bloßem Geschäft erniedrigt«. Wenn er, »alles Unsolide und Zweideutige der Zeitungsmacherei verdammend und verbannend«, Wirkungen erzielen wollte, »ohne Sensation zu suchen«, wenn er »gegen eine unwürdige Nachahmung bürgerlicher Preßunsitten toben konnte« – und wenn es gleichwohl möglich war, daß nach dem Sexualtratsch der

Gerichtssaalrubrik ein inserierender Ausbeuter die sozialistische Parole für sein Geschäft verwandte, so sind Tatzeugen, die ihm den sittlichen Widerstand gegen solches Greuel nachrühmen, ohne von dem Mißlingen ein Aufheben zu machen, abgefeimte Heuchler. Er hat alles das erduldet und schließlich geduldet, und noch viel mehr als das. Zwischen dem Drang, in Tagen tiefster Demütigung der Partei durch einen Erpresser loszubrechen – viel früher als es erlaubt wurde und die Heroisierer ahnen – oder auszubrechen, und dem Entschluß der Beigebung vor einer Generation, die seinem Respekt vor der Wahrheit mit Grinsen begegnete, liegt eine Tragödie. (Und ein Parteigeheimnis, das einer kennt, der so fragwürdiger Disziplin nicht gehorsamt, und vielleicht nur noch mit einem Bürgermeister teilt, der ihm schon lange nicht gefällt.) Es hat des größten Aufwands an Barmherzigkeit bedurft, diese Selbstentmachtung nicht in den Kreis der zu verdammenden Übel, dem das Opfer in dem Glauben an eine Sache verbunden blieb, einzubeziehen. Sie erbarmt sich noch der Bedränger, nicht ohne die Mahnung, das Schuldgefühl, eine Macht verletzt und schließlich gebrochen zu haben, als Hinterlassenschaft in reinerem Wirken zu pflegen. Die Trauer, die da fühlt, daß sie sich mit den Splittern eines Herzens nicht bereichern kann, fordert Respekt. So stark der Hohn ist, der ihn sprengen könnte, so stark ist auch das Mitleid mit den Hinterbliebenen, die einem Toten Dank wissen, daß er sie, selbst sie, in seinen Glauben aufgenommen hat.

»An der Schwelle des Goethe-Jahres«*

hat Beer-Hofmann gestanden und der Ravag Worte von so hieratischer Banalität anvertraut, daß die Neue Freie Presse, deren Interessen andauernd zwischen Goethe und Gelles geteilt sind, sich entschloß, sie als Leitartikel zu bringen. Selbst der Satire, die von Natur kein Erbarmen kennt, tut es natürlich leid, einem älteren und geistig bestrebten Autor weh tun zu müssen, der innerhalb dieser Kulturwelt, deren Repräsentanten für eine Teppichfirma Broschüren schreiben, ohne Zweifel eine privat reine und gesinnungsmäßig saubere Feder führt. Und nichts dürfte gewisser sein, als daß die, wie es heißt, »seherisch beschwingten Worte« Beer-Hofmanns, wiewohl sie im Grunde nichts anderes sind als gebändigter Ullmann, noch turmhoch über allem stehen werden, was uns für dieses Jahr der Weihe und des Greuels die ungebändigten vorbehalten. Ich habe die »Iphigenie«-Zurichtung Beer-Hofmanns nicht gesehen und nur Beispiele einer dramaturgischen Ahnungslosigkeit überliefert bekommen, die freilich erschreckend waren. Beer-Hofmann ist Zionist und soll mir das »Gebet an die Sonne von Gibeon«, das ich leider nicht mit dem Ausdruck des Bedauerns zurücknehmen kann, infolge seiner Gläubigkeit, die ihm das volle Verständnis erschwert, persönlich übelnehmen. Ich schätze ihn darum persönlich sehr hoch und nehme ihm nur seine dichterische Produktion in ihrer Gesamtheit übel, wiewohl sie durch ein jedesmaliges langjähriges Werben um die Muse Rachel versöhnlich wirkt, ein alttestamentarischer Zug, der sich von der neujüdischen Literaturmache respektabel abhebt, mag auch das Ringen dieses Jaakob mit dem deutschen Sprachgeist: »Ich lasse dich nicht, du segnest mich denn« resultatlos verlaufen. Ich könnte ihm Vers für Vers seines Schaffens, von seinem »Charolais« an, den Nachweis erbringen, wie stark er gewollt hat, und er wäre, anständig und sprachlich bestrebt wie er ist, für meine Aufschlüsse sicherlich dankbar. So wird er wohl auch einsehen, daß keine Himmelsleiter auf dem Gemeinplatz aufstellbar wäre, mit dem er das neue Jahr als Goethejahr eröffnet hat:

* Gesprochen in Berlin am 11. Januar und in Wien am 6. Februar.

In diesem neuen noch rätselhaft verhüllten Jahr, durch dessen Torbogen wir heute – bangend und hoffend – schreiten, jährt sich zum hundersten Mal usw.

Auch das jährt sich schon zum hundertsten Mal, es sagen's aller Orten die Telegraphisten zwischen Klagenfurt und Jericho, die einem alten Brauch zufolge wie alljährlich so auch heuer den sonstigen Sylvesterverkehr erschwert haben. Und von Goethe zu sagen, daß er vor hundert Jahren

irdischer Zeit, irdischen Maßen entwich, um schwerlos leuchtend sich emporzuheben in alles Künftige –

es klingt mehr, als es bedeutet, und im Vergleich damit ist selbst in der höfischen Definition von Goethes Tod als einem »Schwinden aus dem Hoheitskreise« mehr Metaphysisches enthalten. Beer-Hofmann hat aber ganz richtig beobachtet, daß es sich bei der Hundertjahrfeier dieses Ereignisses nicht um einen bloßen »Gedenktag« handle,

denn sonderbar gleichzeitig an allen Enden – wie geheime rasch zugeraunte Losung die Runde macht – ist ein anderes Wort aufgeflogen, sofort gebietend den Gemütern sich aufzwingend: Gedenkjahr – »Goethe-Jahr«.

Warum nicht? Gar nicht so geheim! Die Presse hat es genau so, leider Gottes, uns zugeraunt wie das Beethovenjahr und das Schubertjahr, und die Schlächtermeister werden eben diesmal Goethebüsten aus Schweineschmalz ausstellen.

An tausend Orten, in tausend Stunden wird in diesem Jahr Ungezählten immer wieder sein Name genannt, die Legende seines Lebens berichtet, sein Wort verkündet werden.

Von Journalisten: allen denen, die da grunzen, wenn »Über allen Gipfeln ist Ruh« zu einer ulkigen Koofmichreklame verwendet wird.

Mir ist heute aufgetragen, mit einem Heroldsruf ihn zu grüßen.

Die Einladung der »Ravag« dürfte etwas neuzeitlicher gefaßt gewesen sein.

A b e r

– Beer-Hofmann sieht ein –

v e r m e s s e n e s Unterfangen – sein Herold sein zu wollen, l e i c h t - h i n a l l e K r o n e n z u m e l d e n, die dies Haupt wechselnd tragen darf – o h n m ä c h t i g e s Unterfangen, feierlich ihn grüßen zu wollen, wo jedes Sich-Neigen zum In-die-Knie-Sinken, jedes grüßende Wort doch immer nur zu hilflos-stammelndem Bekennen tiefster Dankesschuld werden muß.

Das könnte gewiß alles von Glücksmann sein oder von einem gedämpfteren Csokor, aber die Devotion wäre vielleicht eher bei der Einrichtung der »Iphigenie«, und vermutlich auch bei der des ganzen »Faust« für einen Theaterabend, in Form der Resignation am Platze gewesen. Und was sich sonst noch alles an der Schwelle des Goethe-Jahres begibt! Da werden zum Beispiel »die Schatzkammern« ausgeleert,

die, h o c h k r e i s e n d, ein falkenäugiges E r k e n n e n – alles Irdische erfassend – m i t s e i n e r B e u t e f ü l l t e!

Ullmann, noch reicher equipiert, hätte da ein titanisch schlichtes Vollbringen mit einem dionysisch unwirschen Behagen hinzugefügt.

Ich stehe hier. Geschlossener Raum umgibt mich. Ich rede.

Damit wäre ganz schlicht der Zustand vor dem Mikrophon bezeichnet. Aber nun kommt die Schilderung dessen, was sich dann im Äthermeer tut. Ehe das Wort sich von Beer-Hofmanns Lippen ganz löst, wird es schon erfaßt:

Von Bergen nicht aufgehalten, von Stürmen kaum gehemmt, wogt es ins Grenzenlose, vermag den Erdball zu umkreisen, landet an allen Küsten, die ihm zum Empfang bereitstehen . . .

(Ganz so ist das nicht: es gibt Rückkoppler, Kommunisten, Wellen mit Jazz und sonstigen Geräuschen)

und streift, unerkannt, auf verschneiter Paßhöhe d i e W a n g e n d e s e i n s a m e n W a n d e r e r s, der nicht ahnt, daß es Menschenbotschaft ist, die er mit seinem Atem in sich trinkt.

Wenn es etwas von Offenbach ist, was da die Wangen des ahnungslosen Wanderers streift, so lobe ich mir die Erfindung – sonst bliebe die Luft auf verschneiter Paßhöhe besser ungeschoren.

Mag dies ein Gleichnis sein!

Mag es. Aber wenn es dann heißt:

Unhemmbar wogten die Worte

– diesmal Goethes –

ins Grenzenlose, und wo Herzen offen standen zum Empfang, tönten sie, alterslos, wundervoll a u f.

Und, der sie nicht hört, der von ihnen nicht weiß – selbst der noch, nimmt sie unbekannt in sich a u f

so klingt's auch nicht. Gleichwohl ist es etwas wie die Spur eines Gedankens. Freilich so: Niemals standen die Herzen zum Empfang für Goethe-Worte offen; nicht tausend Menschen unter einer Bevölkerung von elektrisch installierten Höhlenbewohnern haben die »Pandora« gelesen. Aber ebenso wahr, wie häufig von mir ausgesprochen, ist der Hinweis auf etwas wie die ätherischere Sendung des Wortes: die mittelbar sittliche Wirkung des Unfaßbaren, das, wie Beer-Hofmann ganz richtig sagt, »auch den letzten Kerker noch – den der Worte – schon durchbrochen« hat, so daß wir, was Goetheisch ist, »in uns atmen müssen«. Natürlich stimmt es wieder ganz und gar nicht für die heute lebende und lesende Menschheit, die auch ohne die Existenz Goethes nicht tierischer sein könnte. Und wenn der Journalist, der die »seherisch beschwingten Worte« preist, den Seher um des Vergleiches willen rühmt: wie der fromme Bauer die Initialen der heiligen drei Könige an die Tür seines Hauses schreibt, so schreibe jetzt ein großes Volk in der Zeit der Not den Namen Goethes »über die Tür seines Hauses«, so heißt das wirklich zum Schaden den Spott fügen. Keinem Angehörigen der Wertheimwelt wie der Krupnikwelt fällt es ein, den Namen Goethes über die Tür seines Hauses zu schreiben! Die Wiener Allgemeine Zeitung, der Schönheitspflege hingegeben, überschätzt den Zusammenhang ihrer Leser und weiterer Kreise mit Goethe erheblich, wenn sie den Nachbeter des Vorbeters behaupten läßt:

Sich zu Goethe bekennend, wiederum, feierlich und sich vor seinem Genius beugend, flüchtet sich ein großes und wertvolles Volk gleichzeitig in seinen Schutz und baut darauf, daß in Goethes hohem Zeichen das anhebende Jahr friedlicher, glücklicher und menschlicher werde.

Sie schreiben den Namen Goethes über die Tür ihres Hauses? Ihres Komptoirs! Ihres Pissoirs! Mosse hat den Anfang gemacht: mit einem seitenfüllenden Kopf Goethes als Annoncenakquisiteurs. Lug und Phrasentrug, der den Rebbach maskieren soll! Wortgesindel, das dem Tatgesindel den Vorspann macht! Was dieses Kontinent, das alte, das es längst schon so gut wie Amerika hat, mit Goethe verbindet, ist der Hohn der Verwandlung seines edelsten Gedichtes in eine Parole sämtlicher Branchen, ist vor allem der Humor, der tagaus tagein und ganz bestimmt auch im »Goethejahr« das einzige dieser Menschheit geläufige Zitat aus einem Prosadrama umspielt, das Zitat, das aus ihrem Vorstellungskreis wie aus ihren Gerichtssaalrubriken nicht mehr zu entfernen ist. Vor diesem Kulturzustand, der die Abortwand zum Schauplatz aller politischen, geistigen und erotischen Bestrebungen einer Bevölkerung macht, und gegenüber allem Greuel, den uns dieses Jahr vorbehält, dürfte es auch der einzige Bescheid sein, den Goethe selbst seiner Landsmannschaft zu erteilen hätte, wie er ihn ihr sein ganzes Leben hindurch erteilt hat. Von der Schwelle des Goethejahres würde er alle Annäherungsversuche einer Gesellschaft, die seinen Dekor braucht, um zu morden, zu rauben und mittels der von ihm verachteten Presse zu lügen, mit einem Fußtritt und dem ihr verständlichsten Goethewort abtun!

Hüben und Drüben

Gesprochen am 29. September

> . . . da fühlte sich das deutsche Volk hüben und drüben eins.
> . . . da obsiegte hüben und drüben das Gefühl, daß Österreich ein Teil Deutschlands ist.
> . . . Nie gelockerte Schicksalsgemeinschaft hat die deutsche Arbeiterklasse drüben und hüben vereint.
> . . . treu dem Gedanken der Schicksalsgemeinschaft der deutschen Arbeiterklasse drüben und hüben . . . .

Und wenn die Welt voll Hakenkreuzler wär' – an deren Erschaffung ja der Sozialdemokratie, hüben und drüben, das Hauptverdienst gebührt –: wir müssen uns endlich klar werden, daß es, seitdem sich Menschheit von Politik betrügen läßt, nie ein größeres Mißlingen gegeben hat als das Tun dieser Partei, und daß die Entehrung sämtlicher Ideale, die sie benützt haben, um mit der Bürgerwelt teilen zu können, vollendet ist. Ohne den geringsten Anspruch der Möglichkeit, solche Klarstellung an ein Forum heranzubringen, worin etwas von den beklagenswerten Massen Platz hätte (ohne es zu wünschen, weil ja an den Fristgedanken des Bonzendaseins leider auch der letzte sozialpolitische Bettel geknüpft ist, den das Bürgertum gewährt) – wird es doch nachgerade unabweislich, an eine kleine Schar wohlmeinender und gutgläubiger Jugend eine Frage zu stellen. Sie betrifft nicht solche, die der Zugehörigkeit zu dieser Partei lediglich den Sinn erteilen, einen Rest sozialer Errungenschaft außerhalb ihrer nicht verteidigen oder nicht beanspruchen zu können. Sie betrifft nur solche, die sich darüber hinaus noch immer mit einer seelischen Hoffnung gebunden fühlen. Diese Jugend ist es, der die Frage gilt: ob sie es noch immer für vorstellbar erachtet, die Zugehörigkeit zu dieser Partei und die Anhänglichkeit an den Namen eines bekannten »Einzelgängers« in veritabler Vereinigung zu umschließen. Ob sie nicht endlich merkt, daß sich zwischen ihm und dem, was er als getünchten und umso scheußlicheren Schmutz der Bürgerwelt erkennt, eine Unvereinbarkeit ergeben hat: anstoßend wider ein sittliches Fühlen und Denken, welches in der Sphäre geistiger Unerbittlichkeit etwas Widerstandskraft gegen Entmannung erworben haben muß und gegen Versuche, sich das logische Einmaleins hinwegdisziplinieren und hinwegpharisäern zu lassen. Erkennt sie nicht doch einmal, daß die politische Jammergestalt, der sie ihr Ideal anvertraut hat, ganz und gar, nein voll und ganz der abgetakelten Welt zugehört, der es widerstrebt? Wie es an jedem Tag zur Phrase entehrt wird von einem Macht- und Würdepopanz, der aus Urväterhausrat politischen Lugs und Trugs die Mittel schöpft, sich durch die Generation zu fristen; dem Disziplin als Schutzvorrichtung dient gegen die Erkenntnis seiner Hinfälligkeit; der den Glauben einem System der Zucht unterworfen hat, mit dem verglichen alle Satzung und Dienstvorschrift, aller Komment der Generalstäbe, Burschenschaften und Bürgerklubs eine Revolution der Geister bedeutet! Sieht sie es nicht, wie diese Obmänner eines Menschheitsvereins im Zwiespalt von Tat und Bekenntnis wohnen, lebend von dem, was sie verleugnen, Heuchler bis zum letzten Hauch! Wie ihre Taktik ganz die ist jener Selbstgerechtigkeit, die als oberste Instanz die deutsche Sache im Weltkrieg vertrat; ganz das beruhigte Gewissen: tue unrecht und scheue niemand; die Haltung der verfolgenden Unschuld; die Fähigkeit, Niederlagen zu erringen, die Wahrheit »umzugruppieren« für beide Berichte, beide Lügen: um hinter der Anklage, oft hinter der Fiktion feindlichen Tuns es selbst zu verüben! Hört sie nicht diesen Tonfall eines Zurechtlegertums für jede Halbschlächtigkeit und jede ganze Lumperei, von keinem andern Fonds bezogen als von der Phraseologie altliberaler Burschenherrlichkeit, ohne doch eine Faser von deren moralischem Inhalt zu bewähren? Spürt Jugend nicht die Vertröstung in dem Schwall von Sonnensängen, nicht den Verschub in der Parole »Wir sind jung, und das ist schön!«, die der leibhaftige Marasmus ungeduldigen Erben gewährt? Biedermanns Trug, ob derlei in der Region der Turniere leben möchte, wo man »mit offenem Visier« leitartikelt und »Ihr Herren!« sagt, oder ob's »Hooruck – nach links« geht und statt des Kampfs die Beziehung zu einem Handwerk vorgetäuscht wird, bei dem sich die Proleten anstrengen und die Komptoiristen schmunzeln. Doch welches Geschäft immer zur Abgabe dürftiger Metaphern hilft – das einzig Wirkliche und Wahre: die Lüge, quillt dieser Geistigkeit aus allen Poren. Und die vorrätigste aller Metaphern, die von altersher verderblichste: die Fahne – die Fahne, die alle Farben spielt, mit jeder die Gesamtheit blendend, deren Einzelne unbewegt blieben oder abgewendet dem tödlichen Ziel, dem sie winkt – welcher Verein von Kriegern, Bürgern, Turnern hätte jemals den Plunder toller entfaltet als der der Weltumstürzer, wenn er der Jugend Sehnsucht und Ungeduld abgewöhnen möchte, den Drang zur Idee oder den Wunsch nach Kontrolle, damit sie nur ja nicht erfahre, daß mancherlei nicht so schön ist, als jung zu sein! Ganz Hohenzollern hat nicht so viel Verbrauch von Hurrah und Feindschaft in der Welt gehabt, wie die österreichische Sozialdemokratie von einer »Freundschaft«: daß deren erklügelte Harmonie durch keinen Mißton getrübt sei.

Alles Talmi, alles Mumpitz wie eh und je, Urväter Unrat, circenses für panem und vor allem für das geistige Brot. Surrogat und ältestes, um der Neugier etwas zu bieten; eingestandener Neid auf andere politische Firmen, die mit so etwas wie einem Ideal arbeiten. Altösterreichische Generale, die ausnahmsweise nicht giftig sind auf solche, die »halt a Urganisation hab'n«, sondern die sie selber haben, aber halt a Romantik braucheten. Das Hakenkreuz hat die der Entmenschtheit, jegliche Art von Gesundbetern hat eine, selbst ein so niedriges Geschäft wie die Psychoanalyse beruht auf etwas Seelischem: dem hysterischen Defekt, der zwar nicht geheilt, aber behandelt werden kann, das Heilgewerbe ermöglicht, Beschäftigung und Unterhalt gewährt; denn jeder Patient kann Arzt sein, jeder

Betrogene Betrüger: jeder Geführte Führer; ist es auch Wahnsinn, hat es doch Methode, entspricht als Neuro-Mantik einem Trieb, beschäftigt eine schäbige Phantasie und nährt seinen Mann. Bei der Sozialdemokratie frommt's nur der herrschenden Klasse (der Bourgeoisie innerhalb und außerhalb der Partei); und den Geführten wird, im Leerlauf der Organisation, vor der ewigen Taktikerfrage: »Also was tan mr jetzt?« – bald die Antwort einfallen: »Jetzt tan uns die Füß' weh«. Denn viele, nicht alle können, ganz wie im Bürgerstaat, Beamte sein; die andern haben nur den Glauben, aber keine Hoffnung auf einen Fortschritt, der sich von der katholischen Springprozession, wo es drei Schritt vorwärts und zwei zurück geht, dadurch unterscheidet, daß es zwei vorwärts geht und drei zurück – eine Strapaz', die schier unbegreiflich wäre, wenn sie nicht doch die Chance böte, einmal am Ausgangspunkt angelangt zu sein. Und erfolgt abwechselnd der animierende Zuruf: Hoo–ruck!, oder jener taktische Zuspruch, der den Rückschritt als die Bedingung des Fortschritts klarmacht, so wird man noch müder. Aber die Visage dieser Anführung – welch unabsetzbare Posse eines Optimismus: »Morgen gehts uns gut«! Uns kann nix gschehn: denn wir würden es uns gefallen lassen. Dem wackern Horatio vergleichbar, dem nachgerühmt wird, er sei der Mann, der nichts erlitt, indem er alles litt; wiewohl man von der Sozialdemokratie doch wieder nicht sagen könnte, sie habe keine Rente als den muntern Geist, um sich zu nähren und zu kleiden. In einem Erpresserblatt – und diese Partei war, wie es Stützen der Gesellschaft ziemt, Erpressern ausgeliefert, publizistischen und bureaukratischen – erschien durch lange Zeit immer dasselbe Cliché, das ein frohgemutes Bonzenantlitz zeigte; so verdächtig der Pranger, so richtig die Ansicht und so witzig die Beharrlichkeit der Reproduktion: Ausdruck des steten Würdebewußtseins mit vergnügten Sinnen, das von den Zinnen der Partei wie von einem Lug- und Truginsland auf alles Untertänige hinabschaut. Schmunzelnd wie jene ständige Aufschrift **Arbeiterſang**, deren Frakturbuchstaben ausgewechselt werden mußten, weil man das ſ für ein f gehalten hatte. Charakterologisch taugt unsere Sozialdemokratie gewiß zur

Vertretung dessen, was sie so gern deutsch-österreichische Schicksalsgemeinschaft nennt, indem sie nicht nur Disziplin mit Schlamperei vereinigt, sondern auch jene materialistische Geschichtsauffassung, die in dem Trost beruht: »Da kann man nix machen«, mit der Technik der Herrichtung auf den Glanz. Ihr kann wirklich nicht mehr viel geschehn, selbst wenn die Begleithandlung zu jedem Hooruck sich umgekehrt vollzieht – macht nichts, wir Pharisäer sind Schriftgelehrte und können von rechts nach links lesen. Und entschädigt denn nicht jeder Rückschritt durch die Pünktlichkeit, mit der er eintrifft, wenn man ihn, die Uhr in der Hand, tiktaktisch auskalkuliert hat? Daß der Zeiger rückwärts geht, liegt an der Zeit, nicht an der Uhr, denn die ist ein Präzisionsapparat! So mag es wahr sein: diese Partei von Republikanern, welche auf den Trümmern einer Monarchie die Methode jenes Fortwurstelns erbeutet hat, das die Wartezeit bis zum Untergang ausfüllt – sie kann, vermöge programmatisch festgelegter Weitsichtigkeit (Rückschläge inbegriffen), länger bis zur Machtergreifung durchhalten als der Nationalsozialismus, der sich durch Kompromisse erledigt und der die Gewalt, die er nicht ergreift und nicht einmal anwendet, verliert. Gleichwohl: der Zeitvertreib, den die Sozialdemokratie ihren Anhängern, bis zum Ziel, bis zum Ende garantiert, ist der tödlichste ihrer Rückschläge; solches wieder nach deutschem Kriegsmuster: Taktik der Zermürbung unser selbst! Die geistige Welt des Kommunismus – in einem kürzeren Moratorium, vor dessen Ablauf das Machtmittel den Zweck verzehren könnte – sie organisiert sich doch aus dem Gedanken jener letzten Hoffnung, die die Verzweiflung bildet, und der Mut seiner Bekenner, der volle Einsatz auf einer Barrikade, die die Sozialdemokratie vor der Stirn hat, verbindet ihn wie mit dem Tod auch mit dem Leben. So widermenschlich alles Parteiische sein mag, an jeglichem hat die Natur, noch mit Blut oder Schlamm, ihren Anteil. In welcher Fabrik der Atem hergestellt wird, der die Sozialdemokratie am Leben erhält, ist ihr Parteigeheimnis. Sie ist die lebendig gewordene Langeweile, der organisierte Aufschub, unterbrochen von Inseraten der Bourgeoisie und den, meinem Sprachschatz entnommenen

Witzen über dieselbe. Ich verleugne mein Blut! Nicht fremder Spott, mit dem sie ihrer selbst spottet, nicht die Zutat der optimistischen Phrase, nicht Kampf noch Hoffnung ziemt Lemuren, die ihr eigenes Grab schaufeln. Sie ist in keinem Geist zu Hause – sie geht uns nichts mehr an! Sie wirkt fort als die staatlich konzessionierte Anstalt für Verbrauch revolutionärer Energien: seit sie aus dem Weltbrand hervorging als der Treuhänder bürgerlicher Zuversicht, daß »alles gerettet« ist bis auf zwölf Millionen und ein großer Aufwand schmählich vertan. Nichts wöge der verlorne Krieg, hätte die Sozialdemokratie nicht den Frieden verloren! Sie hat ihr Verdienst überlebt – ihre Schuld wird sie überleben. Denn sie ist schuldig, daß alles, was wert war, daß es zugrundegeht, fortbesteht und in Phönixfarben prangt. Schuld ist sie an einem Umsturz, der so beschaffen war, daß ihn die Schieber mit der Formel quittierten: »geht in Ordnung«, Schuld ist sie – und der die »Letzten Tage der Menschheit« schrieb, sagt es –, daß gegenüber einer Demokratie, die jeglichen Aussatz der Vorkriegswelt zu tropischem Gedeihen fördert, das Leben in der Staatsform, die den Fluch entfesselt hat, rehabilitiert erscheint; daß uns ein kulturelles Heimweh ergreift nach dem verjährten Übel, und daß die politische Freiheit, vergewaltigt und verhöhnt von ihren Lippenbekennern, aufgehört hat, ein geistiges Problem zu sein! Alles ist geblieben, wie es war, alles ist schlechter geworden, als es war, doch so identisch links und rechts, daß es der Sozialdemokratie gewährt ist, durch den geringern Grad an bürgerlicher Korruption aufzufallen!

Aber der höhere an bürgerlicher Heuchelei ist beträchtlicher. Ihre Taten oder Nichttaten mögen sie gesellschaftsfähig gemacht haben – ihre Sprache entlarvt sie und bekehrt den Freund ihres Wollens zum Feind ihres Seins. Das ist der Gestus, der nicht wahr haben will, was er tut, und den Beweis als Lüge ächtet. Das ist die Taktik jenes Generalstabs, der gewußt hat, daß man am besten lügt, wenn man den, der die Wahrheit sagt, verdächtigt, und was mit Augen zu sehen und mit Ohren zu hören ist, so bestreitet, daß einem Hören und Sehen vergeht. Das ist der Tonfall, der es zurechtbringt, das, was man schwarz auf weiß besitzt, als Phantom wirken zu lassen. Von einer Kriegsschuld, die sich zur Not durch Ultimaten nachweisen ließe, durchhaltend bis zur Entrüstung über eine »Kriegsschuldlüge«, scheint er zu sagen: ich habe es zwar getan, aber ihr dürft es nicht glauben, denn die andern haben es getan; wohl dem, der lügt und rein ist von Schuld und Fehle! Das ist der speiwürdige Biedermannston, der für alle politische Witterung vorgesorgt hat; zu jeder Niederlage die Attitude bereit hat und, wenn es neunzig tote Proletarier zu vergessen gilt, die Einteilung in »Gefühlssozialisten« und »geschulte Marxisten«. Das ist die unwiderrufbare Selbstgerechtigkeit, die anders denkt als handelt, anders politisiert als agitiert; Umzüge für den »Anschluß« veranstaltet, während sie bei anschlußfeindlichem Ausland um Schutz gegen die Heimwehr bittlich wird, und wieder mit dem Anschluß im Herzen, mit der Nation im Munde, Lausanne in Ordnung bringt. Das ist die Überzeugtheit, die doppelt besser hält, so daß die bürgerlichen Kostgänger einer Creditanstalt Lumpen sind und die Annoncen ihrer Generalversammlungen in einem Organ Lassalles die plausibelste Sache von der Welt; die vorne »den Kampf gegen die Krupniks« führt, wenn hinten »Krupnik voran« schreitet; die einem bußfertigen Lippowitz, seit er sich die Unzucht abkaufen ließ, das »Massageblatt« vorwirft, während der Redaktionsetat eines Schwesterorgans von eben den achtzig Wohltäterinnen bestritten wird, die jener dem Heimatgedanken zum Opfer brachte; die so schamfrei ist, einen »Kraus-Jargon« zu verwerfen, den sie durch ein Lustrum als die Sprache unantastbarer Wahrhaftigkeit verherrlicht hat und noch heute bestiehlt; die die »Sieghart-Husaren« höhnt, wiewohl ein General der Eigenen nach Siegharts Pfeife Shimmy tanzte; die den Mordbestien des Hakenkreuzes flucht, sie aber auch als »faszistische Söldner« brandmarkt, von deren Berliner Publizistik ein Redakteur der Arbeiter-Zeitung Sold bezog. (Und ihr Chef hatte, wie ich weiß, die Stirn, einem ehrlichen Sozialisten, der diese Schande unerträglich fand, die Ehre abzusprechen! Aber ob er es nun noch wagen wird, einen Ton in dieser Richtung von sich zu geben oder das Nichtmucksen, auf das er verwiesen würde, vorzieht – der stärkste Fall von sozialdemokratischem Doppelverdienertum an Bürgerehre wird nicht unerörtert bleiben. Meinetwegen auch vor der bürgerlichen Justiz, für welche die Hörer ihre Aufmerksamkeit schärfen mögen, damit ja nicht wieder einer bezeuge, ich hätte auch nur um ein Jota anders gesprochen als gedruckt! Es handelt sich, wie man erkannt haben dürfte, nomina sunt odiosa, um jenen Musikfachmann, der etwas von Mozart hat, nämlich einen Vornamen, und dessen Fähigkeit, aus revolutionärer Marschmusik für die Leserschaft Viktor Adlers den ehernen Tritt der Arbeiterbataillone herauszuhören, für die Leserschaft Hitlers aber nicht – dessen musikalisches Taktgefühl in so verschiedenen Lagen also von der bürgerlichen Justiz keineswegs als Beweis für »Schlieferlpraktiken«, von der Parteijustiz jedoch als honorig erkannt ward. Und es handelt sich um jene »Berliner Börsenzeitung«, deren nach jüdischem Kapital, also ganz unverdächtig klingender Name noch zu einer Zeit die Mitarbeit eines Sozialisten harmlos machen sollte, als ihr Chefredakteur schon als Wirtschaftsberater und Ressortminister des Hakenkreuzes ausersehen war. Der Tonfall hätte zu erwidern: Wie, ihr könnt glauben, daß sie ein Hakenkreuzlerblatt ist und daß ein Sozialdemokrat an so einem mitarbeitet? Erstens ist sie bloß ein Blatt des Finanzkapitals, zweitens arbeitet er nicht mit, denn drittens hat er soeben die Mitarbeit aufgegeben, weil es ein Hakenkreuzlerblatt ist und ein Sozialdemokrat so etwas nicht tut, ihr Herren, wenn man ihm draufkommt!)

Die Fähigkeit zu allem, was dem andern verübelt wird, und die unanfechtbare Selbstverständlichkeit einer doppelten moralischen Buchhaltung – solcher Wesenszug könnte vielleicht die sonderbarste Erscheinung erklären helfen, die das klinische Bild dieses Staatslebens aufweist: des deutschnationalen Hangs unserer Sozialdemokratie, ihrer Zuneigung zu jenem folkloristisch interessanten Typus, der weder im Weltkrieg noch später die Welt dahinbringen konnte, an seinem Wesen zu genesen. Rassenmäßig besteht keine Verbindung. Auffällig ist der Unterschied, daß es sich drüben um die neudeutsche Form einer Entartung handelt, die ursprünglicher Wert durch den zivilisatorischen Betrieb erleiden mußte, den er »letzten Endes« nicht verträgt; während hüben aus dem Fonds jener altfränkischen Vorstellungen geschöpft wird, die das einstige Deutschtum hinterlassen hat. Der Biedermannston unserer Sozialdemokratie, im Gaudeamus ältester Burschenherrlichkeit verankert, bedient sich für seinen Bedarf an Phrasen der Anregungen, die ein völkisches Leben bietet, das in dieser Fasson in Deutschland gar nicht mehr vorhanden ist. Aber weil es auch eine Lage der Deutschen in Österreich insofern nicht mehr gibt, als sie sich nur noch in dieser befinden, so hat unsere Sozialdemokratie, die die Überlieferungen der weiland Deutschen Fortschrittspartei hochhält sowie die Ideale, zu deren Vertretung die Großdeutschen zu schwach waren, einen Ersatz im »Anschluß« gefunden, der bekanntlich zugleich ein Gedanke und eine Herzenssache ist, wenn er nicht eine handelspolitische Maßnahme bedeutet, vor deren Zwang auch jeden, der kein Österreicher von Beruf ist, das Schicksal behüten möge. Es mag wahr sein, daß Österreich von den Siegermächten über die Schuld hinaus verkürzt wurde, die sein Rest an dem Verbrechen der Monarchie trägt; aber sie haben es doch einigermaßen durch das Verbot, sich an Deutschland anzuschließen, entschädigt. Unsere Sozialdemokratie, deren Gefühlsleben anders tendiert und deren Gedankenleere auf weite Sicht abgesteckt ist, muß dieses Verbot als Fessel einer Entwicklung empfinden, die sie andauernd im Auge hat. Und bei allem Geschick, mit dem sie sich im Bereich sozialer Tatsachen den »Gegebenheiten« anzupassen pflegt, die sie herbeigeführt hat, bedeutet eine außenpolitische Unmöglichkeit für sie kein Hindernis, von einer vorrätigen Phraseologie den Gebrauch zu machen, der eine romantische Ablenkung der enttäuschten Gefolgschaft ermöglicht. Darauf eben hat sie es abgesehen, weil man doch in einer Zeit, wo es mit dem Sozialen so schwer vorwärtsgeht und für ein primitiver gewordenes Geistesleben der Nation das Nationale seine Zugkraft hat, auch etwas von der Art bieten muß. Es gibt – und dies ist leider Gottes die stärkste aller Gegebenheiten, die wir herbeigeführt haben – es gibt Nationalsozialisten: da bleibt uns nichts übrig, als Sozialnationalisten zu werden, und uns zu gebärden, als wären wir die echten. Wäre in der Politik etwas wie eine Wirklichkeit vorhanden, so müßte man glauben, daß unser Sozialnationalismus, dessen Geistigkeit tief im Frankfurter Parlament wurzelt, einem nicht mehr zu bezähmenden Drang der proletarischen Seele gehorche. Aber es ist ein bis auf Widerruf freiwillig eröffneter Vulkan. Alles Sache der Zurechtlegung, die die Chancen der Konkurrenz abschätzt; und die Juden können nach Bedarf noch altfränkischer sein. Hat die Freiheit den Schillerkragen, so trägt die Brüderlichkeit den Kalabreser. Mehr als das: Marx nimmt Turnunterricht bei Vater Jahn, eine Spezialität, wie sie die Kulturgeschichte bisher kaum aufzuweisen hatte. Und nicht zu sagen, wieviel Elan unsere Taktiker entwickeln! So nüchtern sie im Sozialen Wellenberge als die Vorläufer von Wellentälern und vice versa abzuschätzen wissen, im Nationalen schwelgen sie, können nachempfinden, was in den Gemütern einer Trautenauer Stammtischrunde vor sich geht, und haben jedenfalls schon den Anschluß an die Sudeten vollzogen. Da kehren denn die Termini wieder und immer wieder, mit denen der Protest gegen die Zumutung, »Vasallen Frankreichs« zu werden, der Abscheu vor den »Französlingen« bekundet wird, und dergleichen treue Ladenhüter mehr, wahre Eckarts politischer Mythologie. Natürlich unbeschadet des Umstandes, daß wir die Nationalsozialisten wegen der gleichen, aber glaubhafteren Aversion gegen den »Erbfeind« verhöhnen (denn wir wollen lieber freie Pharisäer sein, als »eine Kolonie von Frankreich«!). Ich, der sich einbildet, zur deutschen Sprache annähernd so gute Beziehungen zu unterhalten wie ein Leitartikler der Arbeiter-Zeitung, ja sogar der schlechthin Deutschösterreichischen, habe nie ein Hehl daraus gemacht, daß ich eben im Hinblick auf das Sprachgut einem Anschluß an schießende Koofmichs die Aussicht vorzöge, von Frankreich kolonisiert zu werden (von den »französischen Kapitalisten«, die wenigstens das sind, was sie scheinen, und trotzdem oder eben deshalb vielleicht menschenähnlicher sind als deutsche Arbeiterführer; mögen sie auch als Kapitalisten einer Internationale angehören, die leider Gottes besser zusammenhält als die andere). Der richtige Anschluß, den ich den deutschen Brudervölkern mein Lebtag gewünscht habe, wäre der an die Sprache, die sie im Munde führen. Deutsches Fühlen, sich selbstberufend bis zum Nichts der Redensart – hätte es denn nicht in der Wiedereroberung des wahren »Bodens«, in dem es wurzelt, die einzige Politik zu suchen, die Kampf und Opfer aller Parteiung lohnt? Wenn es ein überirdisches Wesen gibt, das einer Nation das Geheimnis der tiefsten Sprache anvertraut hat, so muß es sich doch sterblich lachen über die tägliche Preisgabe durch sie und durch den üblen Haufen der Wortführer, die da sagen und vielleicht glauben, ihr Wollen wäre deutsch. Denn es ist ein Greuel und ein Spott vor dem Herrn, wie diese Sprache, deutlicher als jede andere, zu dem Nachteil wurde, den die Menschen vor den Tieren voraushaben!

Können aber die Kopfjäger, die seit dem Irrsinn des Weltkriegs auf die Reste von Menschheit losgelassen sind und es Politik nennen – können sie uns denn nicht umbringen, ohne uns vorher blöd zu machen? Soll es uns nicht mehr gewährt sein, die Unvereinbarkeit von Nationalismus und Menschenwürde zu erkennen? Und wenn ich es mir gewähre, weil ich mich weder von berufenen noch von unberufenen Agenten der dementia nationalis blöd machen lasse, so frage ich: Was hat ein Konsumverein mit Pathos zu schaffen? Und wäre es nicht der menschlichen Vegetation zuträglicher, daß wir ökonomisch von Frankreich versorgt werden, als dieses kulturell von Newyork, Budapest und Berlin? S. P. D., K. P. D. , D. N. P., N. S. D. A. P. – all diese Verschwörerformeln, die Gut und Blut kosten, all dies W. E. H. E. wollte ich freien Herzens, offenbachschen Sinnes, vom Hohn einer zeitlosen Musik herabgewürdigt hören auf jenes A. B. C. der Natürlichkeit! Vaterlandsfrei bekennen, daß mir, wiewohl auch dort die Zeit das ihre getan hat, das Lebensklima unter der Formel s. v. p. begehrenswerter erscheint: dem s'il vous plait, das es noch gibt und das selbst den Ämtern im Verkehr mit den Menschen vorgeschrieben ist, der Redensart, die im Gegensatz zu unseren Phrasen eine Lebensart bedeutet! Und diese Formel, deren

Äußerlichkeit doch auf den Inbegriff der Freiheit weist: vom Nebenmenschen zu verlangen, was ihm gefällt; dies Gebot, nach welchem sich jegliche Politik zu orientieren hätte – es hat durch allen zeitlichen Verfall die dortige Volksnatur widerstandsfähig erhalten: gegen die Freiheit nicht minder als gegen die Sklaverei. Solche Bewahrung vollzieht sich durch einen Nationalismus, den der deutsche Widerpart nicht nur falsch sieht, sondern auch zum falschen machen könnte, der sich aber immer noch in dem Bewußtsein sprachlichen Besitzes erfüllt und in der Verantwortung vor einer Sprache, zu der es freilich die Nation nicht so weit hat wie wir zu der unsern, mit der sie jedoch umso vertrauter ist, in der Schrift wie im täglichen Umgang, welchen sie gleichsam mit ihr selbst pflegt. Deshalb wird der, dem Politik nicht die letzte Beziehung zur Menschheit kompromittieren könnte, die Harmonie zwischen dieser und dem Begriff eines »Patriotismus« am ehesten dort gegeben finden. Mein Drüben – wenn's schon nicht mein Hüben sein kann – ist dort! Heimat ist, wo man sich heimisch fühlt; wo man zu Hause ist, ist man es nicht immer; und bestimmt nicht dort, wo der Tod drauf steht, solches zu bekennen! Es ist die erbärmlichste aller Verlogenheiten, die das parteijournalistische Lager vorrätig hat, wenn Intelligenzler, deren einziger Vorzug bisher darin bestand, vaterlandslose Gesellen zu sein, bei dem Klang des Namens »Deutschland« zu bibbern beginnen, Verengung des Wamses durch Herzerweiterung vortäuschen und Gefühlstöne, die bodenständigen Höhlenbewohnern ziemen, mit Auskennerschaft praktizieren. Gewiß wäre eine Geistesbildung, die zur politischen Praxis als solcher taugt, im Grunde keiner Enttäuschung wert; aber daß Leute, die immerhin ein paar nationalökonomische Bücher gelesen und vielleicht sogar Marx verstanden haben, sich auf ein Gedankenleben reduzieren können, das in der Inschrift eines Bierkrügels, eines Gablonzer Wandtellers, einer Schlummerrolle Platz hat; daß Sozialisten rot werden wie erhitzte Kegelbrüder ob der »Nichtswürdigkeit« einer Nation, die nicht ihr alles freudig setzt an ihre Ehre, während doch der einzige Sinn jeglichen Fortschritts, der einzige wahre Gewinn des Weltkriegs in der Ausrottung dieses unseligsten aller Ehrbegriffe gelegen sein müßte – das wäre tragisch, wenn es wahr wäre, es ist aber nur zum Speien, weil es gelogen ist! Denn man vergegenwärtige sich bloß die Schmach, die Vasallen Bauer und Pollack als die Vertreter der besiegten deutschen Nation, womöglich durch ein Spalier spottlustiger Französlinge (worunter ich), im Triumph aufgeführt und dem Genossen Blum vorgeführt zu sehen. (Während die Anbiederung ans Völkische nur das bekannte Erlebnis nach sich ziehen könnte, das jenem Großstädter widerfuhr, der sich in der Tiroler Tracht wohl fühlte, einem ihm begegnenden Landmann frohgemut »Grüaß Gott!« zurief und die loyale Antwort bekam: »Grüaß Gott, Herr Jud!«) Was die Wortführer der österreichischen Sozialdemokratie immer wieder antreibt, uns mit diesem Gejodel zu überraschen und mit ihrer Sehnsucht nach »deutscher Freiheit«, »deutscher Demokratie« und sonstigen Herzenssachen zu amüsieren, mag vielleicht einer Erkenntnis des Freiheitskämpfers Heine entsprechen, der freilich zu französischen Kapitalisten ganz gute Beziehungen unterhielt: »Denn man baut aus deutschen Eichen keine Galgen für die Reichen«. Sicher aber ist es Ersatz durch eine Ideologie, die den Anhängern die Wartezeit bis zur Verwirklichung des programmgemäßeren Ideals erträglich machen könnte: aus dem kümmerlichen Drang, es mit der Attraktion des echten Nationalsozialismus aufzunehmen. Manche sozialdemokratische Bestrebung hat ja ihr Motiv nicht an der Oberfläche, wo ihr Gedanke liegt; selbst die programmatische des Antiklerikalismus wurde mir einmal von Frank Wedekind auf eine ungeahnte Triebkraft zurückgeführt: die des moralbürgerlichen Anstoßes an der freiheitlichen Institution der Pfarrersköchin. Eine keinesfalls abzuweisende Erklärung, wenn man die Hypokrisie bedenkt, die die Partei durch Jahrzehnte vor Problemen des Menschendaseins bewährt hat, die noch vitaler sind als die Brotfrage, bis endlich jüngere Kräfte und talentierte Lehrlinge der Fackel für etwas sexuelle Aufklärung der sozialdemokratischen Väter sorgten. Aber noch nachdem ich selbst meine Schriften vor Arbeiterauditorien vertreten hatte (immer möchte ich solches Publikum, nie wieder solche Veranstalter!), konnte ich von dem

Ärgernis hören, das der Gebrauch des Wortes »Hure« bei den Familien von Parteifunktionären erregt hatte. Leichter haben sie sich mit der Einführung des bürgerlichen Sexualtratsches in die Gerichtssaalrubrik befreundet.

Eine weit populärere Tendenz jedoch als die Freiheit der Geschlechter dürfte bei ihnen noch heute die Vermittlung zwischen Stämmen sein, die Anschluß suchen. Die Christlichsozialen – und mögen sie hinter der Abneigung gegen ein Hitlerdeutschland ihr eigenes Österreich verteidigen, ihre eigene politische Ambition verfolgen – haben natürlich ganz recht, jetzt gegen solchen Anschluß rühriger zu werden und aus ihrem Herzen nicht die Mördergrube zu machen, in die wir längst hineingefallen wären, wenn eben Frankreich dem außenpolitischen Drang unserer Sudetensozialisten (wie zuletzt der Zollvereinsmeierei) nicht Kandare angelegt hätte. Anstatt nun das Wort »Anschluß«, das ja im Annoncenteil des Zentralorgans vorläufig noch keine Sehnsucht befriedigt, im redaktionellen Teil höchstens für Bahnfahrten innerhalb des Bundes zu verwenden, unternehmen es jene, mit dem gewissen »Nun erst recht!« – mit der Zuversicht aller Bankrotteure, die, vom Weltkrieg bis zur Zollunion, eine Dummheit zum zweiten Male machen würden –, die Herzenssache, die keine Gehirnsache ist, ausgerechnet jetzt aufs Tapet zu bringen. Nicht was die Christlichsozialen da in Versammlungen geäußert, sondern was ihnen die Sozialdemokraten zum deutschen Wahltag geantwortet haben – der ja in keinem Fall der Entscheidung eine für den »Anschluß« sein konnte –: es ist aufhebenswert, wie jeder dieser Leitartikel, die der ausgeliehenen und ausgeleierten Walze einer deutschen Gemeinbürgschaft Kopftöne des Gemütes entlocken. Da ist jedes Wort unerlebter als der Handgriff des Setzers, den doch ein Gefühl des Grausens angeht, wenn sein Parteischreiber sich in Gefilden gütlich tut, die so weit von der Welt proletarischer Sorgen liegen. Verarbeitet wird die endlich unabwendbare Erkenntnis, daß der »Anschluß« an ein faszistisches Deutschland unmöglich wäre. Aber freilich, dort wo der Hund begraben ist, dort hat der Taktiker noch lange nicht die Hoffnung begraben, die er eben an diesem Grabe aufpflanzt. Heute also fällt die Entscheidung: entweder nämlich siegen die faszistischen Söldner (in welchem Fall einer unserer Redaktionsgenossen deutscher Offiziosus werden könnte, wenn ihn jene nicht von dem Gesinnungskonflikt befreien – was aber soeben wir getan haben, lange nachdem die Berliner Börsenzeitung als eine der drei nominiert war, die im dritten Reich zensurfrei erscheinen dürfen); entweder siegen sie also – was ihnen nach langjähriger Vorarbeit der deutschen Sozialdemokratie ja gelingen könnte – oder, man hat es erraten: sie unterliegen. Dieses Entweder – Oder enthält nicht nur alle Prophetie des Zurechtlegers, sondern auch einen Trost:

Was immer aber dieser Tag bringe – es wird eine Entscheidung von geschichtlicher Größe sein.

Das ist wahr; eine Entscheidung nicht nur »für unser großes deutsches Volk«, sondern auch eine, die das Gesicht Europas usw. Und nun kommt, aus Wellenbergen und Wellentälern zusammengeballt, der ganze Gefühlsozean, der Hüben und Drüben verbindet. Aber nicht daß eine Barbarei einbrechen würde, die mit dem zu entbehrenden Pofel einer Prominentenkultur auch allen Wert, ja das werteschaffende Leben selbst begrübe; nicht daß dann der Untergang einer Freiheit, deren Begriff die Sozialdemokratie bloß zum Hohn gemacht hat, besiegelt wäre – nicht solches wird nun erörtert. Sondern was? Die dann noch bleibenden und die immer bleibenden Chancen des »Anschlusses«.

Als im Novembersturm von 1918 die republikanische Demokratie in Deutschland und in Österreich obsiegte,

um mit den von ihr besiegten Mächten zu packeln und deren Erholung vorzubereiten,

da fühlte sich das deutsche Volk hüben und drüben eins. Da erlebte am 12. November 1918 – – da obsiegte hüben und drüben das Gefühl – –

»Selbst die Klerikalsten der Klerikalen«, was taten sie da? Sie haben es seither nie gewagt, ihre innere Gegnerschaft gegen den Anschluß offen zu bekennen. Sie haben es nicht gewagt, bis – – Sie haben es nicht gewagt, bis – – Sie haben es nicht gewagt, bis – – Jetzt aber wittern unsere Schwarzgelben wieder –

na was läßt den Gegner in solchem Fall wittern?

Morgenluft.

Seitdem nämlich die Phraseure sämtlicher Parteien sich des Leitartikels bedienen, werden die Gespenster, die selbstverständlich immer nur im feindlichen Lager umgehen, am Morgen aktiv, während es doch zu den verbrieften Lebensgewohnheiten von Gespenstern gehört, sich zur Ruhe zu begeben, sobald sie Morgenluft wittern. Diese verkehrte Lebensweise haben sie mit mir gemeinsam, der aber noch rasch den Leitartikel durchfliegt und, sooft er das mißverstandene Zitat findet, mit einem beruhigten »Schon faul!« sich schlafen legt. Auf diese Art nehme ich Kenntnis davon, daß abwechselnd die »Marxisten« und die »Antimarxisten« Morgenluft wittern und einander wittern lassen. Aber die klerikalen Gespenster sind eben »jetzt« aktiv, und wenn sie es bisher viermal nicht gewagt haben, so müssen sie jetzt doch mindestens fünfmal etwas unternehmen. Da wären also zuerst die Unbilden jener Witterung (oder vielmehr die Unbildung jenes Witterns); und dann gehts los:

Jetzt fühlen sie: ein Deutschland, das seine Bürger wieder zu Untertanen der ostpreußischen Barone erniedrigt, verliert seine Anziehungskraft. Jetzt jubelt das christlichsoziale Hauptorgan – – Jetzt spielt Herr Kunschak – – Jetzt erklärt Herr Dr. Aigner – –

Aber ganz mit Recht, da eben jetzt die ostpreußischen Barone gefährlicher sind als die französischen Kapitalisten, geschieht das alles jetzt, während die Sozialdemokraten sich mit ihrer Anschlußdummheit schon immer hervorgewagt haben. Ist es nicht, als ob sie »jetzt« dem Gegner die eigene Einsicht ankreiden wollten? Nein, pharisäischer, ihm die eigene Blamage vorwürfen?

Oh, wir wissen sehr genau, welch erbärmliche Heuchelei darin steckt,

nämlich immer in dem, was der Gegner tut. Nun wird diesem noch ein fehlender »Trennungsstrich« entgegengehalten, und dann heißt es nur dreimal:

die Partei der Herren Vaugoin und Rintelen, die Partei, die – – die Partei, die – –

»Aber so erbärmlich die Heuchelei sein mag«, die solcher Tonfall überzeugend dartut – das Zentralorgan muß gestehen, und zwar bloß zweimal: daß diese »Wendung«, die der Sozialdemokratie offenbar unverhofft kommt, »doch eine eindringliche Lehre« ist. Immerhin hat nämlich »die Partei, die« recht, daß sie sich klerikal, wie sie ist, jetzt vor dem Anschluß zu bekreuzigen wagt. Die Begründung der Aversion mag den Sozialdemokraten verdächtig sein – daß diese endlich laut wird, ist ersprießlich. Die eindringliche Lehre, die selbst jene empfangen, besteht also in der Erkenntnis:

wie jeder Sieg der Reaktion in Deutschland die Anziehungskraft Deutschlands dermaßen schwächt, daß die, die ihre innere Feindschaft gegen die deutsche Einheit aus Furcht vor der öffentlichen Meinung ein Jahrzehnt lang zähneknirschend verbergen mußten, sie jetzt offen zu bekennen wagen können!

Das immerhin beträchtliche Fazit wäre, daß eine durch Leitartikel nicht nur blöd, sondern auch feig gemachte Öffentlichkeit aufgerüttelt wurde, nachdem sie des kompletten Ausbruchs eines allzeit drohenden nationalen Irrsinns bedurft hat, um dessen Anziehungskraft geschwächt zu finden. Die Nibelungentreue, mit der sie sich aushelfen, hat sich ja öfter in einem gegenseitigen Opfer des Intellekts bewährt, vorbildlich im Jahre des Unheils 1914, als der große Blutsbruder in schimmernder Wehr einem Kadaver sekundierte. Dieser mußte nur den entsprechenden Gehorsam leisten und durchhalten, solange jenem beliebte, auf verlorenem Posten auszuharren. Man erinnert sich noch der grausigen Metapher von dem »Irrsinnigen auf dem Einspännergaul«, den er als Schlachtroß antrieb. Nach solcher Tour, in solchem Zustand sollen wir uns nun »anschließen«, der ärmste aller Klepper sucht seinen Herrn, nachdem der imperialistische Wahnwitz dem weit tolleren Platz gemacht hat – diesem Produkt eines faulen Friedens nach einem verpfuschten Krieg, der mit Emblemen begonnen und mit Reparationen beendet wurde: statt mit einem Strafgericht an den Schuldigen mit einer Pfändung ihrer Opfer. Zwischen solchen Siegern und solchen Sozialdemokraten gewann die unbesiegliche Denkart, die sich nie für besiegt halten könnte, Nahrung. Während hüben ein gutartiges Volk das Übermaß der Buße trägt für die Ergebung, mit der es sich von den verbrecherischen Halbkretins einer Doppelmonarchie auf den Kriegspfad führen ließ, hat man drüben – wo man im Stechschritt durchs Leben geht und lieber tot ist als nicht Sklave! – nichts und alles vergessen, verlangt man die Legionen zurück, um sie noch einmal zu verlieren, schwoll der Drang, durch Schaden dümmer zu werden, empor zu der größten nationalen Bewegung, die diese blutige Erde erlebt hat. Vor einer Entscheidung, die der Ausgang der Wahlen bestenfalls verzögern konnte, muß selbst die österreichische Sozialdemokratie eine Chimäre aufs Eis legen.

Aber was drüben zum Blutrausch wird, bleibt hüben ein Hirngespinst; gläubiger als »die Klerikalsten der Klerikalen«, die sich schließlich mit dem, was Gott gegeben und Gott genommen hat, abfinden, faßt man die »Gegebenheiten«, die Genommenheiten, als Unterpfand des Schicksals auf und weiß noch hier einem fatalistischen »Obzwar« ein optimistisches »Und wenn schon« entgegenzusetzen. Gewiß, die Anziehungskraft Deutschlands ist ausnahmsweise derzeit geschwächt:

W i r a b e r d e n k e n a n d e r s.

Nicht sehr tief, aber anders. Denn was bedeutet drüben ein Jahrzehnt Bürgerkrieg gegenüber den Äonen der Entwicklung, in denen wir hüben denken? Die »deutschösterreichische«

Sozialdemokratie (welche sich so nennt) hat sich »immer als ein abgesondertes Korps der großen Armee des deutschen Sozialismus gefühlt«. Das ist aber nicht etwa eine Anspielung darauf, daß diese Armee 1914 den Fahnen Wilhelms, des Eroberers, sondern daß sie »Lassalles großen Worten« gefolgt ist, die »auch die österreichischen Arbeiter geweckt« haben. Zwar nicht so sehr, daß sie den Widerspruch zwischen Lassalles großen Worten über die Annoncenpresse und den großen Annoncen Krupniks bemerkt hätten. Doch als Krieg zwischen Preußen und Österreich war, »haben die Wiener Arbeiter Wilhelm Liebknecht zugejubelt«. Nicht mehr später, als er in der Fackel die Wahrheit über die falschen Freiheitskämpfer schrieb. Aber

nie gelockerte Schicksalsgemeinschaft hat die deutsche Arbeiterklasse drüben und hüben vereint.

Drüben und hüben ist eine Abwechslung; doch Schicksalsgemeinschaft ist eine nationale Phrase, denn als sozialer Gedanke müßte sie ganz ebenso die österreichische und die französische Arbeiterklasse vereinen. Und welche Wendung durch Gottes Fügung läßt uns Materialisten an ein Geschick glauben, das wir doch bisher nur von der Seite des Ungeschicks kennen gelernt haben? Nun kommt die abgetakelte Redensart, daß der Sozialismus nur »werden« kann »in größerer, durch Volkszahl und Wirtschaftskraft und räumliche Ausdehnung selbständigerer Gemeinschaft«. Das wäre ja sogar bis zu der Erfüllung des Wunsches richtig, daß sich die Proletarier aller Länder vereinigen mögen. Aber auf dem Weg zu diesem Ziel dürfte der nationale Vorspann eher hinderlich sein, indem er die Nationalisierung der anderen Proletarier, welche der Anschluß nicht umfaßt, fördern könnte. Doch da wir ja anders denken, bedarf es nur noch eines Wellenberges der Entwicklung, damit »unser Boden« ein Teil »des großen, freien Deutschland« sei, »des Deutschland der Arbeiter«, welches das »Deutschland von morgen oder übermorgen« sein wird. (Sagen wir vorsichtshalber von übermorgen.)

Denn wir kennen die deutsche Arbeiterklasse. Sie war noch jung und schwach, als Bismarck sie vor einem halben Jahrhundert mit dem Sozialistengesetz zerschmettern wollte –

und wie steht es heute? Bitte:

Bismarck ist tot, und die Deutsche Sozialdemokratie lebt!

Wir denken wirklich anders. Denn anderen könnte etwa einfallen: Lassalle ist tot und die Deutsche Reaktion lebt! Es könnte ihnen sogar einfallen, daß eben das, was Bismarck mit dem Sozialistengesetz mißlungen ist, einem preußischen Leutnant mit zwei Mann Reichswehr gelang, von denen die Machthaber der deutschen Arbeiterklasse sich widerstandslos jeder weitern amtlichen Strapaze entheben ließen. Aber uns Volksgenossen ficht dergleichen nicht an; und wir denken auch insofern anders, als wir gleich darauf den Hitler wegen des Arguments verhöhnen, daß er Hindenburg überleben werde. »Eine politische Konzeption von erstaunlicher Genialität«, spotten wir da. Denn wir meinen es doch metaphysisch. Und mag es offenbar sein, daß die Sozialdemokratie älter als Bismarck wurde, wir können sie auch anders messen:

Sie war noch ungleich schwächer als heute, als Wilhelm Hohenzollern sie vernichten wollte –

und wie steht es heute? Bitte:

Wilhelm ist in Verbannung und die Deutsche Sozialdemokratie lebt und kämpft!

Ob man das ein Leben und gar ein Kämpfen nennen kann, mag dahingestellt bleiben; es möchte kein Hund so länger leben und kämpfen. Aber der ›Vorwärts‹, der ja nicht immer lügt, meldet beharrlich, daß Wilhelm demnächst aus der Verbannung heimkehren werde. (Um Pate zu stehn, wenn der Sohn Reichspräsident wird.) Sei's drum, ihr Herren – »was immer der heutige Tag bringe und was immer die nächsten Jahre bringen mögen« (Morgen- oder Übermorgenluft wittern wir also nicht): die Deutsche Sozialdemokratie wird »schließlich doch sieghaft die Fesseln brechen!« Wie wird das geschehen? Sehr einfach, durch Unwiderstehlichkeit:

Man löse ihre Organisationen auf – morgen muß doch die Fabriksirene die Arbeiter wieder versammeln.

Das nennt man Fesseln brechen! Da lachen die Rebhühner der ostpreußischen Barone, und diese sagen, es sei zum Schießen. Welch ein Anders-Gedanke! Welche Vorstellung von der Gottgewolltheit einer politischen Macht, die sogar noch mit dem Verzicht auf den Generalstreik imponiert! Als ob es Hindenburg oder Hitler verdrießen würde, daß die Arbeiter in die Fabrik gehen und daß man keine Streikbrecher brauchen wird. Als ob es nicht ihr Triumph wäre, daß nur noch solche Sirene und nicht mehr die parteiamtliche die Arbeiter versammelt. Das ist ja noch größer als der Stolz auf die Abbruchsparole von 1927! Man erinnert sich vielleicht, wie exakt damals alles ging: Ein Ruck – schon war die Arbeit niedergelegt; wieder ein Ruck – und schon war sie wieder aufgenommen! Wohlan! Wie klaglos der Apparat der Niederlagen funktioniert – ein Griff ein Gfrett –; und wie wir, beneidet von Bruderparteien, im Rückschritt vorangehen, das rechtfertigt schon ein erhöhtes Selbstbewußtsein, vollends wenn es unmöglich erscheint, noch mehr abzuwirtschaften. Und nichts ist dieser Genügsamkeit unerschwinglich, die generalstäblerisch Pech in pures Gold verwandelt und aus dem unerschöpflichen Born der Selbstgerechtigkeit Beruhigung spendet; je größer die Verluste, umso klingender das Kleingeld, das ihr herauskommt; es fehlt nur noch, daß man bei erklärter Pleite »heißa« sagt. Wahrlich ein Seelenleben, das den Hang zum Anschluß beglaubigen könnte! Die Gewißheit, daß die Fabriksirene die Arbeiter wieder versammeln wird, nachdem man sie entrechtet hat, als Raumgewinn zu imaginieren: solche Verzückung taktischer Nüchternheit ist selten. Man denke, hier wird nicht etwa das Wellental als Gewähr des Wellenberges, sondern dieser selbst zum Greifen vorgestellt. Denn nun folgt Konkretes. Verheißung – heißa – des gelobten Landes, das, wenn erst die Arbeiter zu Paaren und in die Fabrik getrieben sind, endlich betreten sein wird. Nun reißt es den Seher der Entwicklung zu einer Vision hin, die wohl das Stärkste ist, was entsagende Größe einer dennoch ungebeugten Parteimacht bisher über sich gebracht hat. Wortwörtlich:

Man unterdrücke ihre Presse – im Fabriksaal raunt doch ein Arbeiter dem andern die Botschaft des Sozialismus zu.

Ja! Und sogar die Verachtung der Presse, die sie dann nicht mehr haben! Und ihrer pensionierten Anführer, denen es gelungen ist, den Sozialismus auf mündliche Überlieferung anzuweisen, nein auf Raunen, und die, wenn selbst dieses verboten wäre, allerletzten Endes stolz darauf sein werden, daß sie im Kampf gegen die Reaktion die Zollfreiheit der Gedanken erobert haben! Denn, wortwörtlich:

Das Erbe eines halben Jahrhunderts sozialistischer Erziehung ist nicht auszurotten. Das gebildetste Volk Europas wird nicht ein Volk von Untertanen sein.

Daß es ein solches ist, daran hat leider das Maß der Bildung (falls es eben so sicher nachweisbar wäre) nicht das geringste ändern können. Aber weil selbst wir Andersdenkenden den Zustand hinnehmen müssen, dem wir mit deutschen Redensarten nicht abzuhelfen vermögen, so werden wir beherzt, indem wir zwar weichen, aber nicht wanken:

Ja, wir wollen dieses unser Österreich abriegeln gegen die braune Pest, die in Deutschland so verhängnisvoll die Köpfe verseucht.

(Des gebildetsten Volkes Europas!)

Ja, wir wollen alles daran setzen – –

(Nur zweimal.)

Aber deshalb bleiben wir trotzdem, was wir immer gewesen sind – –:

nicht das, was man glaubt, sondern:

treu dem Gedanken der Schicksalsgemeinschaft der deutschen Arbeiterklasse drüben und hüben – – für das sozialistische Großdeutschland der Zukunft! Darum schlagen unsere Herzen so stürmisch mit an diesem Kampftag – –

Mit einem Wort, die Großdeutschen müßten vor Neid vergehen, wenn sie nicht eben darum schon vergangen wären, weil sie ihr Lebtag nicht über so viel deutsche Gesinnung mit so schlechtem Deutsch zu verfügen hatten.

Was nun soll man zu Sozialisten sagen, die diese Sprache sprechen können? Zu den Auffrischern einer Ideologie und Phraseologie, deren Verlust wir als die kulturelle Entschädigung in all dem Unheil zu erlangen hofften, das eben dieser Geistestypus über uns verhängt hat! Zu den Vertretern einer Internationale, die jenen Anschluß ans Vaterland propagieren, dessen Verbot wir als die einzige Wohltat einem schonungslosen Siegerwillen danken! Drüben, wo eine Menschenart haust, die die Freiheit nur als das Recht erfaßt hat, einander aufzufressen, und deren Wesen eher die Welt anstecken wird, bevor sich ihr Wahn, daß diese an ihm genesen werde, erfüllt – drüben ist die Hölle ausgespien; hüben, wo das Dasein auf das Problem herabgesetzt ist, wie es zu fristen sei, betrügt man das Volk mit der Erwartung des nationalen Paradieses. Aber eine Hemmung wird doch bemerkbar: aus der schwelgerischen Vorstellung von einer Schicksalsgemeinschaft, die für alle Zukunft zum Gedeih auch den Verderb garantiert, wird mit taktischer Klugheit, ja sogar mit Takt, die des Weltkriegs ausgeschaltet. Denn da hat Hüben denn doch etwas vor Drüben voraus: vor der Region, wo man noch heute mit Pathos dem Vorwurf begegnet, nicht treu pariert zu haben, als Wilhelm, der in Verbannung ist, das Schwert zog; wo dem leisesten Verdacht defaitistischen Denkens von anno dazumal der Veteranenstolz antwortet; und wo noch heute die Gesinnung vorrätig ist, der 1914 für alle Zeiten der Stempel aufgedrückt ward: jener Max Stempel, mit dem Bekenntnis einer Parteilyrik, die den Begriff »Vorwärts« als Parole für Gott und Vaterland ausgab. Und weil sich damals Bebel auf Säbel reimte, so ist es kein Wunder, daß heute Hindenburg den Severing nicht brauchen kann. Aber die Tragik der Zeitläufte ist es dafür, daß solche Gestalten wie dieser noch zu Märtyrern werden können, und daß man vor der Gefahr, die allem Bessern droht, den Angriff gegen sie so »relativ« halten muß, wie sie sich selbst zeitlebens hielten, die um des Verrats an der eigenen Sache vom Feind gefällt wurden. Doch in seinem Angesicht noch darf es nicht ungesagt bleiben, daß gemeinsame Feindschaft nicht gemeinsame Sache bedeutet; daß man, vor dem Übel neben dem Üblen stehend, nicht die Gesinnung teilt, die er nicht hat. Nie könnte Kampfnot Zorn und Hohn entwaffnen gegen die Erbärmlichkeit, die sie bewirkt hat. Es bleibe Raum für den Abstand vom Genossen! Braucht er ihn nicht, um auf die Knie zu fallen! Verrät er uns nicht im Augenblick der Entscheidung? Jener Severing, in privatisiertem Zustand, hat – wenn ich dem Hakenkreuzlerblatt glauben darf, das mit unserer Sozialdemokratie den Beiträger teilte – er hat als Wahlkandidat vor deutschen Rundfunkhörern Klage geführt, daß die Sozialdemokratie als Partei, als Gesamtheit, nicht die Rechtswohltat jedes einzelnen Staatsbürgers genieße – sonst hätte sie längst den Schutz der Justiz gegen den schimpflichsten aller Vorwürfe, der noch heute gegen sie von politischen Gegnern erhoben werde, gesucht und gefunden: 1914 nicht mit Begeisterung ihre Pflicht fürs Vaterland erfüllt zu haben! Heißt das nicht Leben und Kämpfen, seit Wilhelm in Verbannung ist? Aber dieser Severing, an den wir uns anschließen möchten, hatte recht: noch nie hat Verleumdung die Wahrheit schmählicher entstellt. Die Bruderpartei, mit der wir Schicksalsgemeinschaft pflegen, sie kann ihre vaterländische Ehre durch den Beweis der Gefühle rehabilitieren, die sie 1914 beseelt haben. Er ist gedruckt und lautet:

Und besonders unser Kaiser –
Ede, stier' mich nicht so an,
Deshalb sag' ich's doch nicht leiser –
Ist ein echter deutscher Mann!

Hörte täglich August Bebel
Jetzt den Jubel in Berlin:

Mensch, er zöge gleich den Säbel,
Und so forsch, wie ich, für ihn.
– – – – – – – – – – – – – – – –
Quatscht mir nicht vom Zukunftsstaate!
Republike her und hin!
Schöner ist's, daß ich Soldate,
Und ein kaiserlicher, bin.

Und genügt nicht drüben noch heute der Ruf nach Waffen, der einem einzigen Zivilisten einfiel: ein Volk zu begeistern und die Führer einer Arbeiterpartei in das Lager der ostpreußischen Barone zu treiben? Sie könnten wieder Landstürmer sein – und man wagt es, ihren Veteranenstolz zu kränken? Der Appell an deutsche Herzen, der Hinweis auf das Kriegsverdienst, der Anspruch einer Bürgerehre, die es sich nicht schmälern läßt, war das, was die deutsche Sozialdemokratie in die Wagschale zu werfen, hatte, war die ultima ratio der stärksten Abwirtschaftspartei am Kampftag – und unsere Herzen schlugen stürmisch mit.

Aber es ist nicht wahr! Ihr Schlag gehorcht nicht der Parole des papiernen Hirns, und der Ramsch nationalliberaler Geistigkeit wird dort nicht zu brauchen sein, wo Bestialität und Technik über Leben und Tod entscheiden. Hüben würde man das eigene Verdienst gegen den Weltkrieg entehren, wollte man stürmisch mitmachen, wie drüben heute der Schlachtruhm reklamiert wird. Hüben hat doch immerhin vor Drüben ein Stück der antibürgerlichen Ehre voraus, nach dem Kopfsturz in die Raserei der Welt die sozialistische Besinnung gewonnen zu haben und den Mut zum Abscheu, wie er in den Angriffen gegen die Helfer der Schlachtbank, gegen Militärrichter und Generalstäbler, sich bekundet hat: in der Tat eines Verstorbenen, dessen Gedenken dem schlechten Gewissen der Nachlebenden in den Ohren gellt, des Mannes, dessen Ausgang – und hier ist Schicksalsgemeinschaft – ähnlich, jedoch tragischer war als der jenes Wilhelm Liebknecht. (Denn hüben wurde Wahrheitsliebe von dem Augenblick an, wo sie in Konflikt zu kommen drohte mit der Liebe zur Partei, davor bewahrt: entmündigt im eigentlichen Sinn des Wortes, entmannt und von der Übermacht in jenen heillosen Wirbel getrieben einer Haßliebe gegen den, der mit um die Wahrheit wußte, und den er als Richtmaß der Wahrhaftigkeit eingesetzt hatte. Hüben wurde Festigkeit zerbrochen, Gradheit dazu gebracht, Krummes zu dulden, das sich nun für Existenz und Fortbestehn auf Pietät beruft. Dann und wann von der Stimme des Toten geweckt, an Gedenktagen, gibt das Schuldgefühl so stark sie wieder, als wäre sein Wirken bis zum Ende selbstherrlich gewesen. Doch dann und wann gedenkt auch Frechheit eines Erpressers, der nicht mehr da ist, als wäre es immer erlaubt gewesen, die Wahrheit über ihn auszusprechen, und nicht eben das Verbot die Ursache jenes seelischen Zusammenbruchs. Wenn die Wahrheit über eine Partei, der sich einer geopfert hat und der er sich opfern ließ, auch keinem letzten Willen zu entnehmen ist, wie er so tragischem Erlebnis gemäß wäre, so weiß ich doch um den letzten Willen, dessen er fähig war, als er im Begriffe stand, sich gegen die Partei und für die Wahrheit zu entscheiden: bevor ihn der Zwang ergriff und der Mut verließ, den er gegen Generalstäbler zu bewähren pflegte.)

Die Haltung im Krieg gegen den Krieg – seither, und insbesondere seit jenem Hingang, hundertmal wettgemacht durch Feigheit vor dem innern Feind, durch eine Haltung im Frieden, deren jeder Atemzug Kriegslüge ist –; das damals weithin sichtbare Verdienst war das Zeichen, in dem ich, in den Tagen trügerischer Hoffnung, hunderte junger Herzen einer Partei zugeführt habe, der ich nicht angehörte, die ich im Verhängnis politischer Übel für das kleinere nahm und die heute nichts ist als die zur Not und durch Not erhaltene Organisation einer Alterserscheinung. Solches hat damals mein Wort vermocht. Sollte es heute nicht mehr vermögen, jene der Sache, zu der sie als der Sache von damals stehen wollen, abzuwenden; sollte der Glaube an mich schwächer sein als der Glaube, den er geweckt hat, so würde es mir nicht über mich zu denken geben. Denn meiner Ohnmacht, auch vor dem wenigen, das ich vermocht habe, bin ich mir bewußt; ihr stolzes Gefühl ist in mein Wirken einbezogen, dem keine Wirkung zugehört. Diejenige, auf die ich stets am schnellsten verzichtet habe, ist die Verehrung solcher, deren Zwiespalt in ihr sich offenbart. Dagegen darf ich sagen, daß die Aussicht, von der Sozialdemokratie nicht mehr verehrt zu werden, etwas ist, was meinen Lebensabend verschönert, während der ihre vergällt wird durch den Zwang, noch hin und wieder von meinem Dasein Notiz zu nehmen, und durch den Krampf des Bestrebens, sich von der Bürgerwelt, die mich totschweigt, in meinen Augen vorteilhaft zu unterscheiden. Da ich den Unterschied gleichwohl nicht bemerke und zufrieden bin, in der sozialdemokratischen Presse ungenannt fortzuleben, so wäre vollends alles in Ordnung, wenn ich ihr auch noch diese Sorge abnehmen könnte. Nichts freilich, was immer die Sozialdemokratie mit mir vor hat, könnte sie, solange mir die Greuel des gesellschaftlichen Daseins noch Anreiz gewähren, davor schützen, von mir beachtet zu werden! Nichts mich verhindern, gegen sie wie gegen eine lästige Regierung, die kein Mißlingen vom Ruder bringt, zu Haß und Verachtung aufzureizen – ob sie nun als Partei, als Gesamtheit, mit Sack und Pack, den Schutz der bürgerlichen Justiz gegen Kränkung anrufen könnte oder stumm leiden müßte, wie sie stumm gelitten hat vor jenem, der die Macht hatte, von ihren Übeln zu schweigen. Was aber die betrifft, über die sie selbst Macht hat, diejenigen, denen ich zum Anschluß an sie verholfen habe, so gehöre ich keineswegs zu der Sorte, die, stolz auf eine Dummheit, sie zum zweiten Male machen würde, und halte für eine solche auch die Bejahung des Hoffens, gegen die Übel einer Partei, die aus nichts anderm mehr besteht als Übeln, innerhalb ihrer wirken zu können. Trage ich Schuld noch an solcher Betörung Gläubiger, so bin ich ihrer ledig, wenn ich ihnen gesagt habe, daß der Glaube nur durch die Abkehr von einer Kirche zu retten ist, die die Priester entweiht haben. Wie sich die Treue zu diesen fortan mit der zu mir verbinden könnte, wäre ein Problem, das mir so lange Unbehagen schafft, als nicht da oder dort die Lösung erfolgt. Nie würde es mir in den Sinn kommen, den reinlichen Austritt aus meiner schwachen Organisation, die nichts zu bieten hat als etwas geistige Nahrung und keine soziale oder gar nationale Hoffnung, mit dem Wunsch zu belohnen, die, die ihn vollziehen, möge der Teufel holen – einer von denen, deren die

Welt nun voll ist und an deren Erschaffung der Sozialdemokratie das Hauptverdienst gebührt. Drüben und hüben!

Sakrileg an George
oder
Sühne an Shakespeare?

Selbst der, der nicht staunend vor der Pathologie des Geisteslebens einer Gesamtheit steht, sondern Dekaden für grassierende Kulturseuchen als Einrichtung anerkennt; selbst der, der allerlei Erbschaft des neunzehnten Jahrhunderts zwischen Dionysischem und Psychologischem noch in der Reduktion auf Kunstgewerbe, Feuilleton und Regie als geistige Daseinsmöglichkeit begreift; selbst der, der alles bejaht, was die Giftmischerin der Menschheit, die Tagespresse, als ihren Zweck oder Vorwand betreibt – selbst der steht ratlos vor dem Begriff Stefan George. Das heißt, nicht so sehr vor der Erscheinung als solcher, die zu durchdringen ja nicht so schwer ist wie die Esoteriker vermuten, sondern vor dem Phänomen, wie dieser Kredit der Undurchdringlichkeit zustandekam, mehr noch: wie es jenseits der durchgehaltenen Ehrfurcht vor einer durchgehaltenen Gebärde – oder sagen wir, der berechtigten Schätzung einer Energie –, wie es jenseits der Begeisterung einer Zivilisation für den, der ihr in unkontrollierbare Schönheitsgegend entwich – wie es gelingen konnte, diesen Begriff Stefan George noch dort zu züchten und unversehrt zu erhalten, wo nur der geringste Versuch unternommen wurde, ihn in die allergefährlichste Verbindung zu bringen: in die mit dem Begriff der Sprache, als eines Elements, von dem wahrscheinlich in jedem andern Lebensgebiet mehr enthalten ist als in der Literatur, ihre sämtlichen Nobelpreisträger und Nobelpreiskandidaten inbegriffen. Denn daß einer journalisierten und auf jeglichen Humbug dressierten Öffentlichkeit die abweisende Aufschrift eines Werkes: »Unbefugten ist der Eintritt verboten« – zumal mit kleinen Anfangsbuchstaben – hinreicht zu dem Glauben, was dort getrieben wird, sei Fug; und daß ein profanum vulgus automatisch den heilig spricht, der odisse et arcere behauptet, das wäre ja zur Not aus einem, namentlich in Mitteleuropa vorrätigen

Drang der Masse nach Subalternität zu verstehen. Ein tieferes Mysterium jedoch als die vermuteten Geheimnisse ist die Möglichkeit einer Erkennung sprachlichen Wertbestandes innerhalb einer rein kunstgewerblichen Angelegenheit, die von einem außergeistigen Willen bestimmt und mit beträchtlicher Folgerichtigkeit geführt wird. Ich kann nicht finden, daß dieser Aufwand an Zucht auch nur im geringsten sprachlich wirksam wäre. Die versprengten lyrischen Zeilenwerte, dem Vorsatz zur Vereinfachung, zum Volksliedhaften entstammt, als dem immerhin vorstellbaren Erlebnis eines Verschnörkelten, eines sakral Ornamentierten – diese Stäubchen Goldes wiegen auf der Wage meines Sprachbewußtseins ja doch die massige Mühsal nicht auf, deren geistiger Inhalt und Sprachwert mich keineswegs als die Flucht aus der Zeit in die Ewigkeit überzeugt, aber durchaus als die Flucht eines Zeitgenossen ins Hieratische, als die Ausflucht dessen, der vor der ewigen Gefahr der Sprache im sichern Hort des Kommerz- und Journalstils geborgen ist und von diesem Zustand durch gewisse Zeremonien ablenken möchte. Solches, trotz und mit allem Feinschmeckertum für ausgediente deutsche Vergangenheitswörter, an tausend Beispielen von Sprachferne und Zeitnähe zu erweisen – zu solchem Sakrileg bin ich erbötig. Aber es genügen vorläufig Teile von jener besonderen Geistestat, deren Bewunderung, deren unbehinderte Möglichkeit ich zu den gravierendsten Fakten der deutschen Kulturgeschichte zähle. Es handelt sich um die Übersetzung, genannt Umdichtung, der Sonette Shakespeares. Daß ein verbreitetes Bedürfnis nach Denkmalschändung, wie es auf den Bühnen namentlich in der Zurichtung Shakespeares und Offenbachs sich geltend macht – unter dem Vorwand zeitlicher Anpassung: wiewohl an den Resultaten nichts der Zeit angepaßt ist als der Drang, der sie bewirkt hat, nichts aktuell als die Büberei um ihrer selbst willen –; daß ein solches Bedürfnis nicht nur Shakespeares Dramen, sondern auch die schöpferische Leistung der Schlegel und Tieck den Worttaten von Kommis oder libertinischen Oberlehrern ausgeliefert hat, ist trostlos. Aber es ist nichts im Vergleich zu dem, was mit den Sonetten, Shakespeares persönlichster, verwundbarster Partie, gewagt wurde, deren Nachdichtung schon die ganze Literatur hindurch eine widerliche Veräußerlichung des erotischen Problems, eine Verödung des Dämons, eine Versimplung des Genius vorstellt, kurzum eine Mischung von Dilettantismus und Spießbürgerei, in einer Art, daß es vielleicht noch zweifelhaft sein konnte, ob die Täter aus dem Englischen, aber klar sein mußte, daß sie höchstens gesinnungsmäßig ins Deutsche übersetzt haben. Durch alle Varianten der Banalität – welch ein Geklapper diese angehängte Sentenz; welch eine Übereinstimmung in dem Unvermögen, der shakespearisch zusammenfassenden Gewalt des Abschlußreimes habhaft zu werden! Doch unfaßbar die Ausdauer der Respektlosigkeit, beinah selbst Respekt gebietend (mindestens würdig dessen, was in der Sprache Georges »ein Gestaun« heißt); bewundernswert der immer neue Aufwand von Strapaze, da der Doppelfrevel an Shakespeare und der deutschen Sprache zumeist in der Benützung und Verschlechterung des Vorgängers betätigt erscheint. In keinem Gebiet gesellschaftlichen Schaffens wäre ja doch die Usurpation durch die leibhaftige Unberufenheit in dem Maße und mit der Selbstverständlichkeit möglich wie in dem der professionellen Sprachübung, deren Instrument eben Gemeingut ist und darum jeden, der eine Zunge hat, zum Fachmann macht. Die Übersetzungen der Shakespeare-Sonette zeigen, wie kaum ein deutsches Original, was die Sprecher der tiefsten und schwierigsten Sprache dieser für würdig, innerhalb ihrer für möglich halten, und was man in Deutschland unter einem Gedicht, unter einem Vers, unter einem Reim versteht. Sie beruhen auf der Vermessenheit lyrischer Nullen, Shakespeare-Empfindungen, die in der Glut zwischen Jüngling und Dame kreuzen – Sehnsucht nach Erhaltung des männlichen Schönheitsbildes, Eifersucht, die das weibliche umloht – kurz das lebendige Chaos in das eigene sprachliche Nichtdasein zu domestizieren. Oder sie bestehen mit der gleichen Nichtbeziehung zum Pathos in dem Unternehmen, eine scheinbare Wörtlichkeit mit Prokrustesmitteln ins Versbett zu bringen, den Leichnam der Wortgestalt auf die Versfüße: eine Idiotie, die das Eigenleben zweier Sprachen negiert, eine Gedanke, an dem sich das Unvermögen, in beiden zu denken, entschädigt. Wahres »Über-Setzen« könnte natürlich nie von dieser fixen Ideelosigkeit ausgehen, nur von dem Plan, der bisher den Bodenstedts überlassen war: schöpferisch zu ersetzen, in das eigene Erlebnis zu versetzen. Es wäre ein Nachdichten, das durch doppelte Bindung sich mit weit größerer Verantwortlichkeit zu beglaubigen hätte als das Dichten im eigenen Erlebnisraum; es wäre der Versuch, Gefühle und Gedanken so in jene des Nachfühlenden und in die der andern Sprache zu übertragen, so einzuschöpfen, daß der Eindruck zwingend werde, der Dichter hätte, in dieser Welt und Sprache lebend, nicht anders gedichtet. Es käme da auf die Kraft an, den Atem zu erhalten, die Lebensfülle zwischen den Worten und nicht deren Identität, die doch in der anderen Sprache eine andere Beziehung ergibt; und da die Schwierigkeit vor allem in der Bewältigung der einfachsten aller Sonettformen gelegen ist und mit ihr in der Einförmigkeit des gleichartigen Erlebnisinhaltes, so wäre weit und breit nur die Gefahr zu erkennen, daß das Nachgedicht besser würde, shakespearehafter – denn die größere und häufigere Gefahr, daß es schlechter würde, hat durch rechtzeitige Scham die Produktion zu verhindern, oder die Ächtung des Ungehemmten, der sich am Geist vergriffen hat, zur allgemeinen Kulturpflicht zu machen. Denn wenn schon jeder ein Dilettant auf eigene Faust sein darf, weil das Gemeingut der Sprache kein Rechtsgut ist, so dürfte doch selbst im Umkreis einer schäbigen Staatsaufsicht, die, wenn's ihr paßt, jeden Krempel bewacht und selbst nichts ist als boshafte Beschädigung fremden Eigentums – so dürfte doch keiner ungestraft Dilettant am fremden Geisteswerk sein, weil ein solcher strafbarer erscheint als der Pfuscher, Fälscher, Dieb am materiellen Gut. Stefan George ist ein Verwörtlicher, dem es von der Natur nicht gegeben ist, jenem Unikum der Geistesgeschichte nahezukommen, das der Fall Schlegel-Tieck vorstellt durch die Erschaffung gleichsam einer dritten Sprache als eines Amalgams. Man soll sehen und hören, wie dieser gebenedeite Schönheits-Sucher, der sie noch nicht gefunden hat, wie dieser Hohepriester des Unglaublichen, dieser Erdferne, der bei Lebzeiten die Äonen vorwegnimmt, in denen seine Spur untergehen wird – wie er es zustandegebracht hat, die »Anbetung vor der Schönheit« und den »glühenden Verewigungsdrang«, eben das, was er vorwörtlich als den Gehalt der Shakespeareschen Sonette erkannte, aus diesen zur Anschauung, zur Anhörung zu bringen. Dieses Werk, 1909 erschaffen, hat mit einer bescheidenen Auflage den Weltkrieg durchgehalten. Unmittelbar nach ihm, und wenn die Welt voll Teufel wär', neu erstanden, hervorgeholt in den Tagen, da alles Deutschtum Zuversicht in George suchte, macht es den Eindruck eines Planes kultureller Vergeltung, in dem Sinne, dem damals noch verbreiteten Wunsch, daß Gott England strafen möge, die Tat auf dem Fuße folgen zu lassen. War dies der Fall, so ward, Gott sei's geklagt, die Rute schwerer gezüchtigt; das Deutsche hat noch mehr gelitten. Ich, der in so vielen Lebensgebieten Schmach und Gram empfindet, die aus den Fugen geratene Zeit einrichten zu sollen – dies noch immer in Schlegelscher Übersetzung –, ich bin nach dieser Tat, und nach dem Vergleich mit früheren und späteren Taten deutscher Kriegführung gegen die eigene Sprache, zu dem Entschlusse gelangt, es mit Shakespeare zu versuchen und mit George aufzunehmen, wozu ich nicht so sehr der Kenntnis des Englischen als des Deutschen bedarf. Das Englische gibt mir George. Da ich nun an einigen Beispielen einer Gegenüberstellung Anhörungsunterricht erteilen will, Sprachlehre im wahren Sinn der Sprache, so besteht die Gefahr, daß eine karikierende Absicht der Hervorhebung vermutet werde. An dieser bin ich aber unschuldig, sie stammt, wie der nachprüfende Anschauungsunterricht jedem Hörer bestätigen kann, von einem Lyriker, der eine so eigenartige Beziehung zur Sprache unterhält, eine so eigenartige Auffassung von der Natur des Verses betätigt, daß er grundsätzlich das gedanklich Unbetonte in die Hebung und das Betonte in die Senkung bringt, so daß ich, um den Vers richtig zu sprechen, den Gedanken falsch skandieren muß. Es geschieht bei George nicht durch Wahl, sondern durch Zwang, er kann sich nicht anders helfen und ich infolgedessen auch nicht. Die reizvolle Schwierigkeit der kleinen Anfangsbuchstaben – der ich den ganzen Zauber zuschreibe — läßt sich dem Hörer leider nicht vermitteln. Das ist bedauerlich; der Leser kann sie für Konstruktionen wie »dein schlimm« oder »jed gut« ohneweiters nachholen. Es ist eine harte Schule, in die das Sprachgehör genommen werden soll, die es aber hoffentlich leichter durchmachen wird als der Glaube, der immer sitzen bleibt; denn es ist nicht nur eine Exekution mit Beweisen, deren Kraft dem Glauben an die Sprache entstammt, sondern einmal auch der Anspruch der Kritik, es besser machen zu können. Als ich ihn kürzlich in München erhob, soll die Meinung laut geworden sein, ein solches Beginnen sei nicht sittlich, wenn Stefan George nicht persönlich zugegen sei. Wiewohl er ohne Zweifel die Möglichkeit hat, der Drucklegung, bei der er gleichfalls nicht persönlich zugegen ist, sei es durch eine Antwort, sei es durch bessere Sonette zu entgegnen, so bedauert niemand mehr seine Abwesenheit als ich, der ich ja noch selten das Glück hatte, daß eines meiner Themen im Saal anwesend war. Wenn ich die geringste Aussicht gehabt hätte, daß jener vom Teppich des Lebens oder von den Pilgerfahrten, vom Stern des Bundes oder aus dem siebenten Ring den Weg in eine profanen Vortragssaal antreten würde, so hätte ich ihn gern eingeladen, sich einmal seine Sonette anzuhören, den Hochgesang von der »weltschaffenden Kraft der übergeschlechtlichen Liebe«, den er nachgedichtet hat für jene, die, wie er sagt, von ihr »nicht einmal etwas ahnen können«. Ich traue mir schon zu, daß ich auch ihm eine Ahnung beigebracht hätte. Und damit die Fähigkeit zu der Entscheidung, was mein Tun eher bedeute: Lästerung des Hohepriesters oder Reinigung des Heiligtums, das er entweiht hat; Sakrileg an George oder Sühne an Shakespeare!

Adolf Loos

Rede am Grab, 25. August 1933

Wir nehmen, Wenige, Dir Zugehörende, Abschied von Dir, Adolf Loos. Wir handeln damit nicht in Deinem Sinn, welcher dem Leben der Öffentlichkeit zugetan war, als einer Gegenwart, in die Dein erwartungsheißes Herz schon die Erfüllung ausgeströmt hat, die sie nicht begriff und nicht verdiente. So aber weihen wir Dich, von allen ihren Gesinnungen Verkannten, weil alle Überragenden, Dich ungeduldigen Bereiter edlerer Wohlfahrt, zur wahren öffentlichen Bestimmung, welcher Dein Denken zugedacht war mit jeder Tat Deiner Gedanken. Denn dem Zukünftigen warst Du unsterblich verbunden, ihm hast Du das Leben vorbereitet, gereinigt und wohnbar gemacht. Baumeister warst Du im Raum eines Daseins, dem außen und innen die Stube an den Schnörkel verloren war. Was Du bautest, war was Du dachtest; Dein Beruf Ausdruck und Siegel der Berufung, in der Wohnstatt die Welt einzurichten, mag auch zwischen diesen Räumen Wirrnis herrschen durch Politik. Vorteil und Anschauung menschlicher Kraftersparnis gewährend, hast Du Symbole des zweckhaft vereinfachten Lebens gestellt; handelnd gabst Du Regeln; und dein Genius, zierhaftes Hindernis der Schönheit entfernend, war Befreier des Lebens aus der Sklaverei der Mittel, Ablenker vom Umweg, dem tödlichen der Seele, die nicht zu sich kommt, doch von sich weg. Mit der Tat, die innen und außen Ordnung und Übereinstimmung schafft, warst Du dem überzeitlichen Sinn des Daseins gewachsen, nicht seinen sozialen Verwirrern. Für diese Tat hast Du, wie jeder, der die Kommenden beschenkt, vielen Undank allzu Gegenwärtiger geerntet, den Widerstand des dumpfen Gefühls, daß ein Überlebensgroßer, einer, der sie überleben wird, ein Störer der Unordnung in die Zeit getreten sei. Für diese Tat und für dieses Erleiden, für den Glauben an eine Welt, die nicht glaubt und für die er sich doch in den Himmel der Erfüllung glaubt, wird sie um Dich, Adolf Loos, wissen und Dein Andenken als ihren lebendigen Besitz, als Bestandteil ihres Seins, als ein Haus, von Deiner sichern und gütigen Hand errichtet, wohnlich finden.

Warum die Fackel nicht erscheint

Anfang Januar bis 12. Februar 1934

Sehr geehrter Herr!

Als Verlag der Fackel bitten wir Sie, die folgende Erklärung entgegenzunehmen, von der wir fürchten, daß Sie sie noch weniger verstehen werden als das, was erklärt werden soll. Aber dann könnte man halt nichts machen, und es kommt doch nur darauf an, daß man alles versucht hat. Wir haben Ihnen also im Namen eines Schriftstellers, der der deutschen Literatur als Außenseiter angehörte, durch polemische Schriften Anteil an den Vorgängen der Umwelt zu nehmen schien und sich nun von deren Dummheit angegriffen, ja bis zur Erkenntnis seines Unvermögens überwältigt fühlt, das Folgende zu sagen:

Da der Herausgeber der Fackel und alleinige Verfasser ihres Textes – wie ihrer Umschlagsnotizen – nun einmal, für das Sie hauptsächlich interessierende Thema, den Vorsatz ausgesprochen hat, stumm zu bleiben und auch nicht »warum« zu sagen; da aus diesem Grunde noch mehr gefragt wird und mithin vielleicht doch ein Hindernis im Weg stände, wenn er tun wollte, was ihm beliebt, nämlich zu den kleinen Themen im Gebiete des Geisteslebens übergehen; da es ihm schwer fällt, die unterbrochene Verbindung mit den Interessen der Sprache, der Kunst, der Menschheit höhern Ranges ohne ein vermittelndes Wort aufzunehmen, so schwer, wie ein solches zu sprechen, womit er eben keinem innern Gebot gehorchte gleich jenem, das die Vermeidung des eigentlichen Themas auf die Dauer seiner Aktualität erzwungen hat; da – aber der Satz würde so lang wie diese, während der Anfang einer begehrteren und gleich in medias res gehenden Abhandlung kurz gelautet hätte: »Mir fällt zu Hitler nichts ein.«

Wohl wäre die Erläuterung, die gerade dieser Notstand

erfordert, umfänglich gewesen und von vielerlei Einfällen begleitet, die inzwischen als Kleingeld unter die Leute gekommen sind – geschöpft aus dem Bereich jenes lähmenden Zaubers, der zum erstenmal der politischen Phrase die Tat, dem Schlagwort den Schlag entbunden hat und dem die Stirn zu bieten nicht mehr im Schutz der Metapher gewährt ist. Um diese wahrhaft geistesgeschichtliche Neuerung, um das Ereignis, daß die Faust aufs Auge paßt, hätte sich alle Betrachtung gruppiert. Doch wie könnte solcher Erlebnisinhalt einer Generation, die durch den Bericht um das Erlebnis gebracht ist, nahe gehen? Und er hätte ihr doch so nahe zu gehen, daß sie ihn überhaupt nicht mehr als Lesestoff begehrte! Verstände sie, daß Erschütterung vor dem Unsäglichen den Verzicht erzwingen kann, es zu sagen? Dort ist eine Welt durch die Redensart, die man beim Wort nahm, zur Tat aufgebrochen; hier ist eine zurückgeblieben, die, kaum von Fall zu Fall erlebend, immer noch den Rückweg für gangbar hält, die von ihr verluderte Freiheit mit Worten beschwörend, als lebte sie nicht in der Wirklichkeit, die sie beschreibt, immer noch wähnend, die Tat lasse mit sich reden. Was sich die Zivilisation, unwert ihrer Erfolge, da eingebrockt hat, nimmt sie, wo die Kraft ihrer Lenden protestieren gegangen ist, als »Reaktion« zur Kenntnis, als politischen Rückschlag, den sie »Faschismus« nennt, pochend auf Urväterhausrat einer politischen Opposition, die ein schönes Auskommen mit jener Tyrannei garantierte, deren Verkehrsformen von einem unwiederbringlichen kulturellen Inhalt bezogen waren. Glückliche Anlage einer Demokratie, die noch immer glaubt, sie sei dem Schutze des Publikums empfohlen, wenn nicht gar unter Denkmalschutz gestellt, welchem die deutsche Sozialdemokratie ihr Parteiarchiv vertraute, als Hannibal schon intra portas war. Und vollends die unsrige, die unverwüstliche komische Alte, die sich den Luxus leisten kann, gegen zwei Faschismen zugleich zu »kämpfen«, prinzipiell entschlossen, die Lebensrettung durch den sogenannten »Beelzebub« abzulehnen; dieser Glückspilz unter den Parteien, der nach jeglichem Unwetter phraseologisch gedeiht, von der Natur mit dem Talent ausgestattet, den Zusammenbruch als Unterpfand des Aufstiegs zu betrachten und noch am Grabe den »Wellenberg« aufzupflanzen, wenn man längst im Neandertal angelangt ist. Nein, sie machen keine Phrase, wenn sie sagen: »Wir bleiben die Alten!«

Welche Entmutigung von diesen ungebrochenen Kampfscharen ausgeht zu einem, dem jetzt die Autorschaft der »Letzten Tage der Menschheit« nachgewiesen wird, und selbst dann ausginge, wenn er in der deutschen Katastrophe nicht die Wirklichkeit und Wirksamkeit erkennte, welche diejenigen nicht Wort haben wollen, die nur Worte haben – nicht einmal das läßt sich zur Sprache bringen. Doch was schiert es draufgängerische Leser, die, solange sie unbetroffen bleiben, mit dem angebornen oder erworbenen Mangel an Vorstellungen für alles polemische Bedürfnis auskommen, indem sie, was geschehen ist, zwar wissen, aber nicht sehen, und was sie nicht erleben, wenigstens lesen möchten. Denn selbst an die Grippe glaubt einer erst, wenn er sie hat – wenigstens seit der Erfindung des Mittels, das ihre Kenntnis verbreitet. Unerschrocken, weil vom papiernen Schrekken nicht berührt, vermissen sie an einer Prolongierung der letzten Tage der Menschheit, die sie ungefähr ahnen, den literarischen Nachtrag, welchen sie, immer auf die Fortsetzung gespannt, bis zum Hindernis des Giftgaskriegs in der Buchhandlung urgieren. »Wann erscheint endlich –?« »Warum erscheint nicht –?« »Warum schweigt er, wo doch gerade jetzt –?« »Er, der doch bekanntlich im Weltkrieg –«. Die einen geben die Hoffnung nicht auf; die andern stutzen und fangen an, ein »Mutproblem« zu erörtern; die sich lange genug der danklosen Mühsal des Verehrertums (mitunter glühend) unterworfen haben, benützen die Chance der Frechheit: Wanzen, die richtig vermuten, daß wegen größerer Gefahr nicht Licht gemacht wird.

Derlei Anfechtungen – denn es sind Kampfnaturen und stechen, wenn sie vom Vorkämpfer im Stich gelassen sind –; derlei bis zur Sicherheit wachsender ethischer Zweifel aus

Regionen, mit denen es noch die Verbindung des Fußtritts gibt; derlei schamloser Versuch, unter Drohung mit Ausschluß aus einer »Gemeinschaft der Kämpfenden« (als ob man je zu so was gehört hätte) eine Gehirnleistung zu erpressen, von der sie doch nichts als Stoff und Meinung kapieren würden – all das vermag nun eine Haltung und Enthaltung, eine Untätigkeit (die nach Art, Maß, Grund und Ziel ihnen entrückt ist, wie nur das Werk selbst es wäre) wohl zu belästigen, keineswegs zu beeinflussen; zu stören, nicht zu hemmen. Ein geistiges Opfer muß nicht besser verstanden werden als eine geistige Tat, welche – wir verraten ein Redaktionsgeheimnis – gar keine wäre; und zu den tragischen Verlusten der Zeit, von denen die »Kämpfer« die allergeringste Ahnung und die Mitschuldigen kein Gran Bewußtsein haben, wäre es hinzunehmen, wenn sich vollends erwiese, was schon in der Friedenswelt den casus belli der Fackel gebildet hat: daß Leser den Ansprüchen, die sie ans Denken stellen, nicht gewachsen sind. Gleichwohl wurde ihr Wert und Beitrag niemals unterschätzt: wenn die vielen, die nicht auf die Kosten der Lektüre kamen, ihr treu blieben, so erkannten sie wohl die mäzenatische Pflicht, sie den wenigen zu sichern, um deren reinlicher Auswahl willen diese Klarstellung (welche ja gerade einem Verlag zusteht) erfolgen soll. Der Erhaltung einer publizistischen Möglichkeit für den Inhalt, auf den es ankommt, wird keine Konzession gemacht werden. Fünfunddreißig Lebensjahre eines Werkes und sechzig seines Autors gestatten vielleicht, die Unerbittlichkeit seiner geistigen Entscheidung bis zu dem Punkt der publizistischen Existenz zu führen, und Mäzenen, die Ansprüche stellen, könnte die Gelegenheit entzogen werden. Denn nun ist der Fall eingetreten, wo sie vermeinen, daß ihre Erwartung Inspiration, wenn nicht gar Auftrag sei, und ihre Enttäuschung hätte sich gewiß schon als Verzicht aufs Lesen geäußert, wenn sie nicht eben darin läge, daß die Zwanglosigkeit des Erscheinens der Fackel ihren höchsten Grad erreicht hat. Dieser suchen sie jedoch mit einem Zwang entgegenzuwirken, dem eine Zensur, die nur auf die Unterdrückung des Veröffentlichten abzielt, kein Pendant zu bieten hat. Ihr Meinungsdruck wirkt herrischer, weil der Inquisition der Freiheit kein analoges Mittel zu Gebote steht, indem es doch nicht einmal möglich ist, den Bezug einer Zeitschrift aufzugeben, die bloß dadurch Unzufriedenheit erregt, daß sie nicht erscheint. Es liegt aber der im Druckwesen gewiß seltene Fall vor, daß Nachfrage ungünstig einwirkt, Ermunterung einschüchtert und es fast den Anschein hat, daß sich da mit Gewalt überhaupt nichts richten lassen wird. Pflichtartikel einrückend zu machen – dieser Machtmöglichkeit hat sich die Freiheit begeben. So bleibt nichts übrig als das Schreiben von Mahnbriefen und im verschärften Fall deren Drucklegung, der publizistische Ausdruck der Beschwerde, der Enttäuschung, der Empörung darüber, daß im Gehirn eines Autors die Gedanken nicht reifen oder aus ihm nicht in Erscheinung treten wollen, die er pflichtgemäß haben müßte und an deren Identität mit den Gedanken der Erwartenden gar nicht zu zweifeln ist. Daß ihm zu Hitler nichts einfällt und gar aus dem Grunde, weil ihnen schon alles eingefallen ist, das fällt ihnen nicht ein, und nicht einmal den Komplizierteren unter ihnen: daß gut Ding Weile braucht und durch Zuspruch aufgehalten wird; daß einer so grandiosen Konzeption zur Erneuerung der Menschheit, die sich selbst auf Jahrtausende bemessen hat, doch zumindest ein satirischer Fünfjahrplan angepaßt wäre. Was sich Leser und Schreiber unter schriftstellerischer Tätigkeit im Allgemeinen und der seinen im Besondern vorstellen, ist dem Autor der Fackel unbekannt. Bis zu seinem Schreibtisch sind sie noch nicht vorgedrungen, und das ist gut, weil sie sich dann vollends nicht auskennen würden. Er ist ja nicht faul gewesen, und es mag da vielleicht mehr versucht worden sein, als je an solchem Platze vollbracht wurde. Aber wie enttäuscht wären sie doch von dem Bild eines Vorkämpfers, der sich in Protagonie gegen die Zeit befindet, und nur noch imstande, sich selbst den bessern Nachruf zu schreiben als die Dummköpfe, die es unternommen haben. Will man ihn trotzdem nicht in

Ruhe lassen? »Welch ein Tosen! Welch ein Wühlen! . . Wildbewegte Wünsche stürzen aus den überdrängten Herzen, wälzen sich zu mir empor.« Freilich zumeist vom Papier her, zuweilen aus einem rührenden Kinderglauben an das »Wort«, der beschämt würde von der simpelsten Vergegenwärtigung des Sachverhalts wie des Verhältnisses der Kräfte, wenn die Phantasie zu ihr noch fähig wäre. Hie Waffe, hie Wort: mit diesem schlichtsatirischen Hihi könnten wir uns eigentlich nach Hause schicken lassen; um, wenn wir fromm sind, zu beten, daß der Herr uns von dem Übel erlöse, und andernfalls, da wir in der Mehrheit wohl Freidenker sind, auf den Ablauf der Natur zu warten.

Doch statt dessen auf Polemik dringen, das könnte einer Gedankenarmut entsprechen, die unter Umständen an eine Roheit streift, die der innersten Beziehung zum Übel nicht entbehrt. Es gibt einen Punkt der Betrachtung, von dem aus nichts mehr links oder rechts, sondern alles nur dumm erscheint. Der Hohlkopf, der sich überhaupt nichts vorstellt, stellt sich doch eine »Wirkung« vor, die etwas »umwirft«, etwas, dem er zufällig, meinungsmäßig, an der Oberfläche gefühlsmäßig widerstrebt, und womit er im tiefsten Grunde geistesverwandt ist. Als wäre es nicht ein Übel, von dem es leichter ist, umgeworfen zu werden! »Wollt ihr Macht? Der Mächt'ge hat sie.« Dem diente das »Wort« als der mitteilende Helfer der Tat und Untat. Doch zu sich gebracht, in den Bereich seiner Natur zurückgeholt, dem Element wiedergegeben, aus dem sich das Sprachbild von Tat und Untat gestaltet – versagt es die zeitige Gegenwirkung, die sein Teil nicht ist und nie gewesen; bewahrt sich, wenn noch so unmittelbar aus dem Tag erworben, als moralisches Erbe, verkümmert jedoch, bei aufgesparter Fülle, am ungemäßen Anspruch. Dies war immer das Problem der vom Aktuellen bezogenen Satire, welche erst in der Entfernung vom Anlaß wirksam, ja verständlich wird. Wie erst, wenn der Stoff als solcher ihre geistige Möglichkeit negiert, wenn der Gegenstand der Satire spottet und in der zeitlichen Konkurrenz, nach Wesen und Maß, über jeden Versuch triumphiert, seiner habhaft zu werden! Über allem Erlebnis der Gewalt, der Lüge, des Irrsinns steht da, einzig gestaltbar, das Erlebnis des Inkommensurablen, der Unmöglichkeit diese Phänomene zu gestalten – mindestens in der Gleichzeitigkeit des Wirkens –; das Gefühl des Hinschwindens aller Gestalt als publizistischer Erscheinung, vermöge des ungemäßen Anspruchs auf Wirkung, des unerfüllbaren auf Bewältigung. »Sie töten den Geist nicht, ihr Brüder!« Trost einer Phraseologie, die andere der Gewalt ausgeliefert hat; Zitat aus einem schlechten Kampfgedicht, das unsereinem umsoweniger sagt, als es dem Hingang einer Zeitung gewidmet war. Nicht weit entfernt von jenem unersetzlichen zerbrochenen Krug, mit dessen Eigenart ja alle Logik dieser Parteiwelten auskommt. Denn erstens töten sie den Geist vorbildlich, wenn er in Verkennung der Umstände sich unmittelbar manifestieren wollte; zweitens töten grade die Brüder den Geist, die ihn für sich reklamieren; drittens ist das, was sie so nennen, kein Geist, sondern bestenfalls Wahn, gemeinhin Betrug; und »letzten Endes« – zu welchem Begriff und Terminus sich die Gegner eben dann vereinigen – überlebt er beide, wenn er sich mit dem Geist, den sie begreifen, und mit der Freiheit, die sie meinen, in ihrer Gegenwart überhaupt nicht abgibt, sondern sich auf sich selbst zurückzieht. Ein letztes polemisches Objekt gewährt ihm die Zeit, die am Ende ist: das Geistgesindel, das dieses Problem nicht versteht, nicht wenigstens fühlt, sein Erleiden nicht ahnt, seiner Möglichkeit mißtraut, und doch von den Brosamen fett wird eines Mahls, bei dem ein Schwelger fastet.

Aber bedarf es denn (wieder einmal und wohl zum letzten Mal): vor dem beispiellosen Aufbruch der Problematik des Wortes; vor der Erledigung der Sprache im Namen der Nation, wogegen es doch keinen andern und wirksamern Protest als ihre Aufrichtung gäbe; vor der Vernichtung der Metapher, der das eigentliche Anschauen der Zeitdinge bestimmt wäre – bedarf es der Klarstellung, daß das Wort in seiner Beziehungsfülle sich dichterisch allem verbindet, nur nicht dem, was die Meinenden gemeint haben? Hausväter-Unrat der Mißdeutung: die Worte wären das Register der Sachen! Wenn sich nun die Sprache geflissentlich jenem Anspruch falscher Funktion entzieht, von dem die Gestaltung aus Farben und Klängen verschont bleibt (wofern sie nicht als Plakat, als Gassenhauer zu wirken hat); wenn sie sich an den außerzeitlichen oder zweckfernen Inhalt vergibt – sich etwa im Sprachspiel Shakespearescher Sonette vergeudend –: so scheinen »ihre Gaben, ihre Töne mädchenhaft« gleich Elporens Anbot, und die Zweckhungrigen, die sich nicht abspeisen lassen, werden ungebärdig, die Zeitstoffel werden rebellisch, die sich vorstellen, daß ein Satz aus nichts als ihrem Antrieb entsteht: das auszudrücken, was in ihnen vorgeht! Sind sie, denen dann der Vorwurf des »Ästhetentums« einfällt, nicht die eigentlichen Ästheten, welchen in ihrer Politisiertheit nichts näher liegt als der Wunsch, daß man das Unwirksame, zur Unwirksamkeit Verdammte, schöner als sie zum Ausdruck bringe? Es tritt der Moment ein, wo man nicht nur im akustischen Umkreis die beifällige Herabsetzung des satirischen Sprachwerks auf Ansicht und Anlaß nicht mehr erträgt – älteste aller Beschwerden! –, nein, wo einem in jeglicher Verbindung die »eigenen Schriften« so unliebsam werden wie die Objekte, die sie zufällig betrafen und die ihnen jeweils den Beifall errungen haben; und wie die Subjekte, die, den Sprachwert verschmähend, nur auf dem eigenen Niveau einem begegnen wollen. Weil es hier nichts Mechanisches und nichts Zufälliges gibt, so deckt sich die Unwegsamkeit des Stoffes ganz und gar mit der Verhinderung durch den Leser. Sein Verlangen beweist nicht, wie sehr, sondern wie wenig er den Stoff erlebt hat. Er ist mit nichts als mit der Nervenspannung beteiligt, die den Kriminalaffären – hier einer von weltgeschichtlichem Format – den publizistischen Erfolg sichert; und wie er sonst nichts spürt, so spürt er vor allem nicht, wie wenig solchem Interesse der Anteil des Autors gemäß ist. In nichts leidet der Leser mit ihm: weit entfernt von der Vorstellung, daß einer, den er sich als publizistischen Sammler gegebener Eindrücke wünscht, dem bestürzenden Erlebnis erliege, welches vielleicht als Antrieb wirken könnte, sein Unmögliches zu gestalten, sicher aber als Hindernis aktueller Gegenwirkung.

Diese Lage, worin schließlich nach einem Bemühen, dessen Riesenmaß kein Tölpel ermißt, eine geistig-sittliche Rechenschaft entscheidet; worin Verantwortung den schmerzlichsten Verzicht auf den literarischen Effekt geringer achtet als das tragische Opfer des ärmsten, anonym verschollenen Menschenlebens – diese Lage, im allgemeinsten Erlebnis besonders durchlebt, sie könnte wahrlich weder durch die Enttäuschung einer törichten Anhängerschaft – auf die aus Offenbach gepfiffen sei! – noch durch die Schadenfreude der Lumperei alteriert werden. Hat diese oder jene Sorte denn eine Ahnung, wie sehr die anonyme Version, Herr Kraus habe »auch sonst Rücksicht zu nehmen«, den Nagel auf den Kopf trifft? Können sie vorstellungsmäßig ermessen, daß wenn der Satan, an dessen Greuelfähigkeit sie doch nicht zweifeln, eben deren Konsequenz betätigt, für polemische Taten, deren Nutzen nicht beweisbar wäre, um des Verdachtes der bloßen Anhängerschaft willen Menschenopfer fallen? Wissen sie, daß man ein Lump sein kann, wenn man durch seine verbotene Meinung, die man über die Grenze schmuggelt und die doch in Wort und Wirkung ein Mist bleibt, Proletarierleben in Gefahr bringt, und daß einer mehr Ehre aufhebt, wenn er einer zufällig nicht verbotenen Produktion den Markt freiwillig sperrt, damit Ahnungslose nicht noch die Opfer ihrer Bitte werden, sie »in geschlossenem Kuvert« zu erhalten? Weiß ein Lump, daß man auch einer sein kann, wenn man die Wahrheit sagt, sofern es sich um die Aussage über eine Pein handelt, die durch die Aussage vermehrt wird; und daß Samariter, sehend und wissend, sich vor dem Unabwendbaren entschlossen haben, zum Werkzeug des erpresserischen Willens zu werden, lieber zu schweigen und die Bitte um Schweigen zu verbreiten, als zu sagen, was ihnen das Herz beklemmt, und in ihren Traum die Vision einer Fortsetzung von Martern, vielleicht eines Verendens zu übernehmen? Sprechen ist Fortsetzung der Gewalt, Schweigen die der Erpressung: diese Notwahl ist ihre Gunst. Wer aber wagt, ohne Deckung durch die Gegenwaffe, die feldherrliche Entscheidung, daß zu größerem Nutzen Schaden zu bewirken sei – außer dem kämpferischen Pfuscher, der von seinem Meister alles, nur nicht das Gewissen stahl und der noch lügt, wenn er die Wahrheit sagt? Ahnt er, daß schon die Unmöglichkeit, solche Gedankengänge fortzusetzen – um den Zufall, der über Freiheit und Leben entscheidet, nicht in Plan zu wandeln –, eben den Inbegriff des Grauens, Problem und Inhalt des Ereignisses bildet? Nun haben sie, in die Umgebung ihrer Prominentenfreuden, glücklich die Sensation der Meldung eingebracht: »Das Schicksal« des besten Vertreters ihrer verlumpten Idee »besiegelt!«, nachdem sie durch Wochen ausposaunt hatten, Moskau (sonst nicht allzu rührig) rüste zu seinem festlichen Empfang und er werde vier Vorträge über Leipzig halten! (Vor einer Gefahr, gegen die Lindberghs es mit Lösegeld versucht hatten.) Zwischen Femina und Gyimes-Revue, wo sich alles Kulturgeschehen und alles Grauen der Menschheit einbettet, rufen sie das »Weltgewissen« auf – sanftestes Ruhekissen, das sich Herr Göring wünschen mag – und buchen die Opfer einer Dummheit, die den Triumph der Erbarmungslosigkeit herausfordert. Was spürt das Geistgesindel, das noch immer nicht weiß, was geschehen ist und wie viel und wie blutig es geschlagen hat, von dem Sinn eines Verhängnisses, dessen Stoff es zur Not registriert und von dem doch kein Ausweg ans Licht führt, keine Hoffnung als die auf die Erschöpfung der Quäler, keine Aussicht als die, die der große Mörder bei Shakespeare mit dem Wunsch bezeichnet, daß »der ganze Schatz der zeugenden Natur zusammentaumle, bis selbst Vernichtung matt wird«. Gewiß, auch wenn das Problem in den simplen Gehirnwindungen derer Platz hätte, die sich vom Erscheinen der Fackel den wirksamen Eingriff versprechen – auch dann wäre es klar, daß der »Aktivist«, der den geformten Ausdruck seiner Erregung begehrt, eben der nichtsnutzige Ästhet ist, als den er den Zeitflüchtling zu demaskieren glaubt. »Wer zu denken versteht, wird das absolute Schweigen, mit dem er dieses Jahr schließt, voll erfassen; denn es ist eine gewaltige Anklage.« Beim Papst verstehen es die einen. »Von diesem Tage an ist er verstummt.« Bei Theodor Wolff würdigen es die andern. »Das Da-Sein des großen Schweigenden« – George – »bedeutete uns eine der stärkenden Gegebenheiten dieser in der Grundfeste schwankenden Epoche«, und »sein zu solcher Stunde so beredtes Schweigen sprach eindringlicher als tausend schwirrende Worte«. Vor allem solche Schwirrer konnten nicht fassen, daß eher vom Dichter des Siebenten Rings Stellung zum Dritten Reich zu erwarten und zu erlangen war – denn er hat sich ja schließlich doch zur »Ahnherrherrschaft« bekannt –, als von dem »Zeitkämpfer«, mit dessen Produktion die Namen Schober und Bekessy registerhaft verbunden sind. Doch sie sollen darum nicht glauben, daß er ein Werk so hoch schätzt wie sie, das so plumpen Mißverstand ermöglicht hat!

Ganz und gar als Vertreter dieses Typus sprechen wir Sie, sehr geehrter Herr, an; des Typus, der seine Beschwerde in törichter Anfrage wie im publizistischen Angriff zum Ausdruck gebracht hat; des Typus, von dem den Herausgeber der Fackel, welcher den Mut hat, vor pseudonymen Fechtern als Feigling dazustehn, geistig dasselbe Blutmeer trennt wie moralisch von dessen Erzeugern. Eben von diesem Typus wünschen wir jenen, leider geringern, Teil der Leserschaft abgesondert, der auf die zehn Zeilen »Man frage nicht« mit Fühlen statt mit Grinsen geantwortet hat. Wir haben – und koste es auch etliche tausend Anhängsel – durchaus den Wunsch, die Grinser dort liegen zu lassen, wo sie liegen: links; – ohne daß uns ein anderer Gedanke als der der erkannten österreichischen Notwendigkeit mit rechts verbände. Wobei wir aber ganz und gar nicht die Gefahr scheuen, in politischen Verruf bei der prinzipiellen Hirnverbranntheit zu kommen, die zur Zeit damit beschäftigt ist, das Einmaleins zu sabotieren, auf das unser aller

Leben durch ihre Schuld herabgesetzt wurde, und einer politischen Sachlichkeit, der sie hoffentlich ihre Lebensrettung verdanken wird, phraseologisch entgegenzuwirken. Denn wir machen natürlich kein Hehl daraus, daß wir die parlamentarische Inbrunst der Sozialdemokratie, nebst »Trutz« (mit dem man auf die Ringstraße geht), für keine respektwürdige Empfindung, sondern für groben Unfug halten; daß wir die tägliche Herabsetzung übermenschlicher Mühsal um leibliche Freiheit durch die Maulfreiheit »unerwünscht« finden, wie nur jenen deutschen Besuch, dem sie zu Hilfe kam, und daß wir seit dem Gruß von Aspern, den die Sozialdiplomatie gerügt hat, im Gehirn des einen kleinen Retters aus großer Gefahr mehr Grütze vermuten, als vierzig Jahre österreichischer Regierung und insbesondere österreichischer Opposition aufzuweisen hatten. Viele Denkprobleme sind einem ja seit einer Wendung, die 1918 nicht abzusehen war, nicht geblieben, und der Kampf um die Bewahrung eines Landes vor der Pest verdient darunter gewiß den Vorrang vor der Debatte, ob drei Pfeile, die nicht mehr treffen, nach oben, nach unten, nach vorn oder nach hinten zu tragen sind. (Das ist beileibe kein Spaß, sondern die Erwägung fiel in eine Zeit, wo das Emblem dem armen deutschen Genossen, einstigen Oberpräsidenten von Schlesien, auf den Hosenboden genäht war und er, bei schwerer Lagerarbeit sich bückend, es belustigten Schindern sichtbar machte.) Was wir selbst jedoch innerhalb der Lebensmöglichkeit, die durch eine Reduktion auf das Problem der Rettung und Fristung hoffentlich gewährt bleibt, noch zu besorgen haben, das ist die Reinigung unserer spezifischen Sphäre von dem geistigen Mist, der trotz jahrelanger Abwehr immer wieder und nun geradezu peremptorisch aus jener Gegend uns angeht, wo die, daß Gott erbarm, intellektuellen Urheber des Debakels sich mausig machen. Der Zudrang erregter und mitteilsamer Dummköpfe, grundsätzlich und einzelweis verscheucht, er datiert von den »Letzten Tagen der Menschheit«, deren stoffliche Beurteilung als das gleiche Übel an den Verehrern wie an den Verdammern erscheint und von denen jene eine Vertraulichkeit hergeleitet haben, die einem noch anklebt, wo das Werk von ihnen längst geplündert und infolgedessen auch als »überholt« bezeichnet ist. An der Quantität des Zeitstoffes, aber ohne Ahnung der geistigen Verschiedenheit, ist dieser Zudrang, den wir durch die Schäbigkeiten der »Linkspresse« abgeleitet glaubten, leider gewachsen, mit allem Gemisch aus Haß und Verehrung, das der Literatensorte eignet und seit der Erfindung der Psychoanalyse seine Norm gefunden hat. Daß »keine Fackel erscheint« – deren Verfasser doch auch etwas von der Problematik erleben dürfte, die solche Leser damit verknüpfen – scheint bereits, wenn nicht in Ordinationen, so doch in Redaktionen, die Rolle eines »Trauma« zu spielen. Und dabei kann der Herausgeber nicht einmal behaupten, daß seine Enttäuschung an den Lesern größer sei als umgekehrt. Wäre er aber nur halb so »eitel«, wie sie vermuten, die Popularität, die er der nicht erscheinenden Fackel verdankt, könnte ihn in einen Rausch versetzen wie einst die Wirkung nach dem gestohlenen Biberpelz. Nur zur Leistung, welche sich doch auf solcher Basis besonders empfehlen würde, wäre er nicht zu bringen; und mag ihm inzwischen auch alles geistige Gut gestohlen sein. Sie glauben, was einem scheinbar am Ruf zur Leidenschaft fehlt, durchs Stichwort ersetzen zu können. Gewissensmahnung nimmt exekutive Formen an, entartet zur Leibespfändung an gedanklicher Habe; wie bei Nestroy packen sie einen, der zum Glück selten ausgeht, »völlig auf der Gassen um Kapitalien an«, und es ist mit Passanten schon passiert, daß die Hoffnung, es werde bei der Bitte um Feuer sein Bewenden haben, durch die Frage nach der Fackel getäuscht wurde. So gebietet denn Notwehr den in Terrorzeiten möglichen Aufschluß: daß eher das, was der Überzeugung entgegen ist, zu erzwingen wäre, als was ihr entspricht; und daß ein Autor, der, seitdem er wirkt und nicht wirkt, Art und Ablauf seiner Produktion selbst bestimmt, sich lieber von Diktaturen etwas verbieten als von Verehrern etwas diktieren ließe. Mit dieser rückhaltlosen

Erklärung glaubt er sich hinreichend weit von Freiheitskämpfern, deren Gesinnung er natürlich irgendwo irgendwie aus innerstem Drang widerstrebend teilt, entfernt zu haben, so weit, daß sie ihn füglich in Ruhe lassen könnten, welche noch immer eine weit größere Unruhe bedeutet, als auf sämtlichen Papierbarrikaden Platz hat. Er weiß, daß der einzige freie Geist der neudeutschen Welt, Frank Wedekind, so wenig durch sie wie durch ihre Antipoden eine Auferstehung zu erwarten hat; mit ihm bejaht er, ganz im Gegensatz zu ihnen und den andern Spießbürgern, jene weibliche Prostitutionsfähigkeit, bis zu deren sozialer Ächtung sie glücklich fortgeschritten sind. Er würde aber um keinen Preis der Welt ihr geistige Reize darbieten, von denen der Genießer früher als er weiß, daß sie zu »haben« sein werden. (Prostitution hier nicht als Begriff der Käuflichkeit, sondern der Verfügbarkeit gefaßt.) Mit etwas, wofür er nicht zu »haben« ist, tritt er auf Wunsch des Kunden nicht in Erscheinung! Er zieht es sogar vor, mit der Abweisung dieses Wunsches einen andern zu betrauen. Er hat eingewilligt, daß uns seine Geduld reiße. Und zwar gegenüber dem Anspruch, der mit der Uhr in der Hand seine Fähigkeit überwacht, Eindrücke aufzunehmen und zu verarbeiten, Einfälle zu haben und zu gestalten, zu schaudern oder zu spotten – Regungen, die doch im Nu ihre Kontrolle einbeziehen. Gegenüber dem Unterfangen, ihm, wenn ihm sein Widerwille, in dessen Tiefe er niemand Einblick schuldet, die Flucht aus der Zeit nahegelegt hat, schlechtgeschriebene Steckbriefe nachzusenden, als wäre die Flucht verdächtig und nicht die Zeit, die – nebst solchen Genossen! – sie verursacht hat. Beruf: Autor der »Letzten Tage der Menschheit«, besonderes Kennzeichen: »Mut«; und nun kann jede literarische Paßkontrolle ihn dingfest machen. »Wer weiß etwas?« fragt im Briefkasten der anonyme Scherzbold, der an der Spitze des Blattes – Titel: »Wie sie uns fürchten« – verkündet, ein namentlich bezeichneter Proletarier sei mit 150 Exemplaren des Drecks über die Grenze gegangen und zu einer Zuchthausstrafe von 5 Jahren verurteilt worden:

Ruhm und Ehre den tapferen Kameraden, die für die Verbreitung der Wahrheit selbstopfernd am Werk sind!

Wer etwas weiß? Der, der Rücksicht zu nehmen hat und, es ahnend, den armen Teufel an der Grenze zurückgehalten hätte, denn er weiß, daß an Prager Schreibtischen Schwachköpfe sitzen, die nicht einmal wissen, daß sie Lumpen sind. Bei aller Tauglichkeit zum Objekt muß man ihnen selbst noch die Illusion nehmen, Stichwortbringer zu sein und die Antwort auf die Frage erzwungen zu haben, warum die Fackel nicht erscheint. Sie mögen die Adresse bilden, aber die Wohltat der Aufklärung verdanken sie doch anderen. Gerade solchen Lesern, denen für kein Briefpapier die Dummheit einfiele, die zu einem Druckpapier taugt. Da sich herausstellt, daß diese Gleichgestimmten zwar das nichtgesprochene Wort verstehen, aber den Zweifel der Phantasiearmut als Faktor mitleidig werten und den Zweifel der Frechheit für abweisungswürdig halten; daß sie vielleicht selbst – benommen von der Schwierigkeit, die zwischen den Neigungen des Gehirns und den Ansprüchen der Zeit eklatiert hat – ohne ausdrücklichen Hinweis auf die Lage aus ihr nicht herausfinden, oder doch meinen, andere, die guten Glaubens sind, würden aus ihr nicht herausfinden; da sich vor allem herausstellt, daß sie, zwischen den Belangen der Geistigkeit und denen der Wirklichkeit zwar unterscheidend, dennoch die unmittelbare Befassung mit Werten scheuen, deren Erlebnis Trost, deren Erkenntnis Protest wäre – so haben wir, der Verlag der Fackel, uns entschlossen, demjenigen das Heft aus der Hand zu nehmen, der sich so lange bedenkt, es herauszugeben, und der nun einmal zu einem Satz so viel Zeit braucht wie andere (und er selbst) zu einem Buch.

Wir sprechen in Vertretung eines Autors, dessen Meinung wir zu kennen glauben und dessen Stil wir uns durch langjährigen Vertrieb der Fackel mindestens so gut angeeignet haben, wie durch deren Lektüre die Polemiker, die heute nicht nur seinen Mut besitzen, sondern auch wegen seiner

Zurückhaltung frech werden. So leicht wie diesen würde es uns natürlich nicht gelingen, die Expedition einer Meinung vorzunehmen, die jener nun einmal nicht äußert. Umso schwerer an seiner Stelle die Begründung für sein »Versagen« (transitiv und intransitiv) zu finden, weil sie ja doch – wie sagen wir's nur – das Sagen einbedingt. Aber hier ist, wenn schon keine geistige Notwendigkeit, so doch eine geistige Möglichkeit gegeben, die gewünschte stoffliche Konfrontierung herbeizuführen. Und zwar mit aller sittlichen Förderung durch eine Selbstzensur, während dem unmittelbaren Sagen doch nur jene Schrankenlosigkeit ziemte, die – solange das Thema lebt und der Polemiker zu leben wünscht, ja vielleicht bei Lebzeiten von Lesern – der gänzlichen »Selbstkonfiskation« zu weichen hat. Großmann, alte Liebe, die nicht rostet, hat es erraten, und weit gebracht der Herausgeber der Fackel, welcher von ihm – der nicht ahnen mag, wie viele anständige Juden seinem Pressewalten zum Opfer fielen – auf einer Regung des Schwachmuts, gleichsam in flagranti der Unterlassung, ertappt werden muß. (Beneidenswert aber jene ingeniöse Erfinderin des »Mausi« – an dem wie an der »Journaille« die Fackel nur das Verdienst der Verbreitung hat –, wenn ihr das ausgewachsenste Exemplar unterkommt und sie es auch bei einem Monolog belauschen kann:

. . und ich murmele zuweilen die Verse des größten deutschen Emigranten vor mich hin:

Denk ich an Deutschland in der Nacht,
Bin ich um meinen Schlaf gebracht.

Zum Glück habe ich den Boden Österreichs nie ganz unter meinen Füßen verloren . . . .

Auch der Boden weiß es sich zu schätzen, denn Großmann ist eigentlich Heimkehrer, während echte Emigranten uns versichern, daß sie die Schlaflosigkeit, die ihnen der Gedanke an Deutschland verursacht, durch Lektüre der Artikel überwinden konnten, die Großmann über ihre Lage veröffentlicht hat.) Der Herausgeber der Fackel, der sich ja alles selbst zuzuschreiben hat, darf sich nicht wundern, daß jetzt vieles, was da sonst vor ihm kreucht oder fleucht, standhaft wird und am Ende noch Haas und Swinegl zu kontrollieren anfangen, wie er ans Ziel kommt.

Die Gestaltung, zu der wir uns da vorwagen – und im Grunde schon das Wesentliche beigetragen haben –, gewinnt dem Hindernis allen Reiz ab und verdankt selbst der Unlust, die das Gebot des Lesers erzeugt, jenen Anstoß, der in Bewegung setzt. Sie erscheint etwa als Motivenbericht zu dem Diktum des Komikers Vallentin, dessen gedankliche Elision immer die Ausfüllung der Zeitlogik bedeutet: »Ich sag gar nix. Das wird man doch noch sagen dürfen«. Hauptsächlich kommt aber der Widerstand als Anreiz zur Geltung, alles zu sagen, was gegen das letzte polemische Objekt zu sagen ist, das die Zeit gewährt: gegen eine Anhängerschaft, die sich lange genug als das aliquid bewährt hat, das semper haeret, aber nun endlich doch erkennen dürfte, daß die Freiheit, die sie meint, nicht so sehr die ihre ist, als die von ihr. Gegen den fordernden und enttäuschten Unverstand, der außerhalb der Wirklichkeit und darum nicht über sie hinaus denkt. Wurde der angebornen Farbe der Entschließung (die man wohl nicht von seinen Kopisten borgen muß) die Blässe des Gedankens angekränkelt, so war es doch einer, den sie bisher noch nicht gestohlen haben: daß die Tat des Wortes ungemäß, weil unwirksam ist, und nicht verlokkend, weil von Zuschauern gewünscht. Blieb sie eher wegen des Wunsches ungeschehen, als daß sie auf Wunsch geschehen könnte – so wird nun das »Versagen« (im Doppelsinn) zum Antrieb und zum Ausdruck. Die Materialverarbeitung ist hier ein Spiel neben dem Zwang, den, täglich wechselnd, das große Panorama brachte; die Erfassung und Verknüpfung der gedanklichen Motive schwieriger und darum reizvoller. Nicht mehr »Stellung zu nehmen« gilt es, sondern Klarstellung: welches Minus an Vorstellung dem Verlangen zugrundeliegt, und wie kongruent vom geistigen Punkt her alle Beschaffenheit papiernen Denkens wird, der sowohl das Übel erwuchs wie der Wunsch, daß das Wort von ihm erlöse.

Als hätte es die Macht, die wir Gott und der Natur zutrauen wollen, oder die jener Gegengewalt, die wir uns nicht vorzustellen wagen und die – unsägliches Dilemma – wissend, daß ihr Heilmittel verderblicher sei als die Krankheit, sich bis zur Selbstvernichtung den Gebrauch versagt.

So sei denn die Forderung, die von kühnen Lesern gestellt wird, zwar nicht mehr mit Schweigen und dem Ausdruck des Schweigens beantwortet, sondern mit der ausdrücklichen Weigerung: Erscheinungen, die durch eine exorbitante Mischung von Blut und Boden, Persönlichkeit und Volkstümlichkeit dem Menschenmaß und menschlichem Urteil entrückt sind, Männern wie Hitler, Göring und Göbbels mit Geist, Mut, beziehungsweise Wahrheitsliebe entgegenzutreten. Wir sind, ganz im Sinne unseres Herausgebers, überzeugt, daß die Entfaltung dieser Eigenschaften, die ihm bisher einigen Ruf und große Unbeliebtheit errungen haben, dem Begriff des Ereignisses nicht gemäß wäre – weder für die Aussicht im sogenannten »Kampf«, den starkmutige, aber schwachsinnige Anhänger fordern, noch zur Selbsterhaltung, deren Notwendigkeit sie vielleicht einsehen: indem ein solcher Versuch der Bewährung, wenn er geistig überhaupt möglich wäre, weder hinreichenden Schutz des Kämpfers ermöglichte, noch, worauf es doch gewiß ankommen soll, Hilfe für die Bedrohten; im Gegenteil eher Vermehrung aller einschlägigen Gefahr. Das Wesentliche der Begebenheit erschöpft sich ja geradezu in dem Zwang, den sie dem Betrachter auferlegt; und eigentlich bleibt kein anderer Weg, ihre akute Wirksamkeit einzudämmen, als der der geistigen Entfernung: um nur ja nicht an den Zufall zu stoßen, der als der wahre Führer im Chaos über Geister und Leiber raubvogelartig plant und richtet. Da hat die Phantasie des Menschenfreundes es mit der des Erpressers aufzunehmen und tatsächlich eine »Rücksicht« zu entwickeln, die etwa uns, als Vertriebsstelle der Fackel, eben alles vermeiden und versagen läßt, was den (ahnungslosen und ausgesetzten) deutschen Leser zum Merkziel der Betrachtung machen könnte. Schon daß hier ein Verlust –

zunächst freiwillig – bewirkt ist, der das Dasein einer Zeitschrift verlagsmäßig gefährdet, stellt sich der Reklamierende nicht vor, und der radikale Lump ahnt nichts von dem radikalen Unterschied zwischen ihm – aus dessen »Kampf« sich die Vorstellung, die er selbst nicht hat: von Geisel und Geißel, zu furchtbarer Fernwirkung verwirklicht – und dem Autor der Letzten Tage der Menschheit, der zwar Mut genug hatte, sich der legitimen Gefahr der Kriegsgewalt zu stellen, aber zu feige ist, den andern, den Unschuldigen, den Unbekannten dem nämlichen Grauen auszuliefern, dessen Gestaltung er ihm vorerst zur Lektüre überläßt. Was ist denn der Greuel größtes: eine Menschheit, die sie begeht; eine, die sie nicht glaubt, weil sie sie nicht sieht; oder eine, die sie nur glaubt, während sie sie meldet, und der Konsequenz ihrer Vermehrung geistig nicht gewachsen ist? Sonst könnte sie dem Blut, das aus Papier aufbrach, nicht mit eben diesem zu imponieren glauben. Sonst würde sie sich mit der nützlichen und unerläßlichen Funktion, Tatsachen zu sammeln, begnügen, nicht aber gegen Tod und Teufel unzulänglich polemisieren und dem, der seinem Vorrang nicht Wert noch Wirkung zuschreibt, nicht mit einer durch keine Katastrophe zu erschütternden Frechheit und Flachheit begegnen. Sonst würde sie verstehen, daß sein Rückzug moralische und gedankliche Motive hat, die nicht hinter, sondern über ihrer dürftigen Front walten; daß der vermeintliche Mitkämpfer, der zwar nicht »beim Heraufziehen des Gewitters Offenbachlibrettos vorgelesen« hat, der Zeit seine tiefere Verachtung bewiese, wenn er mitten drin ihren Stoff im Hohn einer Geniemusik auflöste, als wenn er in diesem gräßlichen Dschungel von Pressalien und Repressalien, an der überwältigenden Unmittelbarkeit des heillosesten Stoffes die Sprache ihre Ohnmacht erleiden läßt. Daß er, dem das Wort entschlief, bis dahin und dann noch im Traum mehr Einfälle zur täglichen Wirklichkeit hatte, als alle Marodeure ihm in dieser Lage stehlen könnten, dürfte doch wohl glaubhaft sein. Aber so hart die Vorenthaltung des Gedruckten sein mag und so unerwünscht der Zwang, zur

Aktualität nur alte Wendungen der Fackel und eben jener Letzten Tage der Menschheit zu gebrauchen, deren pazifistisches Arsenal bald ausgeplündert sein wird – der Entschluß zu schweigen ist unumstößlich: sofern er den Verzicht auf den »Frontalangriff« Schulter an Schulter mit jenen bedeutet, deren Mut in der Unverantwortlichkeit besteht. Er entspricht der Erkenntnis, daß ein Werk unmöglich wäre, das ihrer Forderung genügte, weil es bloß besser sein könnte als alles, was sie selbst leisten und was – Ehre dem Ehre gebührt – um des Minus willen wirksamer ist. Die ermüdende Dummheit eines Postulats, das gleichermaßen von der Unterschätzung des Übels wie von der Überschätzung des Polemikers eingegeben ist, kommt sich besonders zugkräftig vor, wenn sie die »Haltung von heute« zu der Mutentfaltung von dazumal kontrastiert, und fast würde es ihr gelingen, dem Leser, den man leicht so blöd machen kann, wie der Schreiber schon ist, mangels jeder andern Vorstellung zu der Illusion zu verhelfen, daß der Autor der Letzten Tage der Menschheit einen Sturmangriff gegen Armeen unternommen habe, während er in Wahrheit bloß mit Zensoren zu ringen hatte, die nicht nur im Vergleich mit den Geisteswächtern des Dritten Reichs, sondern auch mit den Freiheitlern, die ein Nichterscheinen unterdrücken wollen, Kulturmenschen waren. Sie waren nicht ganz ohne Verständnis für die geistige Muthandlung, für das Verdienst, das darin bestand, daß einer als erster und allein gegen den Feind Vaterland kämpfte – denn erst jetzt führt es den »heiligen Verteidigungskrieg«! – und vor allem gegen eine Armee von Kriegsbarden, die später Revolutionäre wurden und ihn heute in die Front gegen ein Unheil optieren oder pressen möchten, das, jedenfalls als Kampfthema, mit dem damaligen gar nicht zu vergleichen ist; an dessen Einbruch sie mitschuldig sind und das mit dem Wort zu besiegen höchstens der Phantasie des Hohlkopfs gelingen könnte. Der Krieg gegen den Kriegsgeist war ein Kinderspiel, verglichen mit der Aktion gegen ein Wesen, das, wäre es selbst nicht mit solcher Fragwürdigkeit einer Kampfgenossenschaft verbunden, in seiner totalen oder totalitären Einfalt hundertmal abgründiger ist als alles, was zwischen Wahnschaffes und Schwarz-Gelbers sich damals angeknüpft hat, um heute aufzubrechen.

Nichts bleibt von dem Unsäglichen, als es nicht zu sagen und höchstens, wenn es gelänge: dies zu sagen. Das ist viel. Denn nichts gibt es, was im Umkreis des Primitiven – das Leben ist auf die Formel seiner Rettung gebracht – nicht problematisch geworden wäre, und so einfach wie es sich die Gegentröpfe vorstellen, ist nicht einmal ihr Fall selbst. So mag, was sich hier mit gebührendem Respekt vor einem Naturereignis indirekt ausspricht, gleich auch durch die mittelbare Form zu denken geben, deren Wahl zu weltgeschichtlichem Anlaß und für weltanschauliche Dinge die Vorstellung des Kämpfers vorweg ernüchtern soll, der sein notorisches Ich zurückzieht und hinter dem bequemen Wir verbirgt, welches aber nicht die Majestät der öffentlichen Meinung, sondern nur den Verlag der Fackel vorstellt. Denn ihr Herausgeber hat, da ihm die Weltgeschichte zu dumm wurde – wie der Wunsch, sie zu meistern –, es einfach uns überlassen, mit den gesinnungsmäßigen Ansprüchen einer Zeit fertig zu werden, die sich noch immer nicht als Frist erkennen will; mit dem Plunder einer Freiheit, durch deren Gunst das Leben so wohlfeil wurde wie das Denken. Unsere Aufgabe ist umso schwerer, als sie dem Wesen einer Administration widerstrebt, und nur weil diese wegen des Nichterscheinens der Fackel unbeschäftigt ist, konnten wir jene übernehmen. Der Autor will sie besorgt haben, bevor er sich seiner Passion zuwendet, das zu tun, wovon andere durch andere Sorgen abgelenkt sind: im Spiegel der Sprache zu fechten; in ihm die Schuldigen zu erkennen, an der Mißform und dem Verrat der Schöpfung, der sie verrät, in einem Abbild der Untergründe, worin Rechts und Links sich nicht mehr sondern. Denn wenn dem Ereignis überhaupt ein Sinn innewohnt, so ist es, meint er, nicht der der Hoffnung, daß auf der tabula rasa die neue Schrift erstehe. Nur der: Vorwort zum Nichts zu sein, welchem ein Geisteswesen zustrebt, das sich mit unreiner Intelligenz eingelassen hat. Kein unreiner Tor wird es erretten – meint er –, der mit ihren eigensten Mitteln von Technik und Tinte zur Herrschaft kam. Was immer für Ideale den Lebensgeschäften da und dort vorgewandt sein mögen, vom Humanitären bis zum Heroischen, von der Freiheit des Büros der zweiten Internationale bis zu einem Nationsbegriff, mit dem man im Käfig das Hirn des Kanarienvogels füttern könnte – es wird letzten Endes (bis dieses eintritt) darauf ankommen, auf der Flucht aus der Zeit den Steckbrief gegen die Verfolger zu erlassen, den die Sprache selbst diktiert und der ihnen darum unverständlich bleibt. Denn solange die Ultima ratio des Teufels, die Natur zu vergiften, noch abwendbar ist, hat das Denken nicht aufgehört; nur soweit es den Teufel selbst betrifft, meint er. Wenn auf dem Fußbreit Leben, zwischen Phrasen und Gasen, statt des freien Entschlusses zur Selbstverblödung noch etwas satirische Laune Spielraum hat, so möchte sie sich wohl gleichermaßen dem Phänomen hingeben, wie die geschlagene Freiheit den Verlust der Freiheit ertrug, und die sieghafte Nation das Opfer der Sprache. Er weiß nicht, ob dies und das zu den kleinen Themen gehört, die der Fackel ihr Lebtag zum Vorwurf gereicht haben und zu denen die Erwartung kontrastiert, deren Schmeichelgift sie nun widersteht. Was immer aber an diesem Punkte der Entwicklung geleistet werden kann, wird den Ansprüchen gegenüber, die so späte Überschätzung behauptet, als der Entschluß wirken, beim Weltuntergang zu privatisieren. Und doch bleibt es ein Gegenstand, noch späterer Schätzung vorbehalten: der große Vorwurf, der der Zeit zu machen war und den sie sich durch leidenschaftliche Gewöhnung an die Presse wie kraft gänzlicher Unwirksamkeit der Fackel verdient hat.

Das alles verstehen Sie natürlich nicht, und auch nicht, wenn es Ihnen einfach damit erklärt würde, daß Gewalt kein Objekt der Polemik, Irrsinn kein Gegenstand der Satire sei und daß Ihr Zeitkämpfer, den Sie sich ganz anders vorgestellt haben und der nun vor der Beweiskraft der Bombe resigniert, bloß noch gegenüber einem mißvergnügten Anhang Mut gewinnt, indem er Satire gegen Dummheit und Polemik gegen Frechheit aufbietet, und selbst dies nicht von Mann zu Mann. Dies wäre ja schon darum schwierig, weil die Widersacher, die das Mutproblem aufrollen, unter Spitznamen wirken – wobei sie sich vielleicht auf den Sinn eines »nom de guerre« berufen können –, wie zum Beispiel jener »Arnold«, der sichtlich von einem Winkelried zurückgeblieben ist, so daß die Gasse der Freiheit schon etwas Anrüchiges bekam; und der im gerichtlichen Ernstfall sich von einer verantwortlichen Dame vertreten ließ. Was hätte unsereins auf solcher Barrikade, die zur Not als Verkehrshindernis in Betracht kommt, zu suchen? Doch vor allem trägt man ja, zaghaft wie man ist, Bedenken, sich persönlich auf ein Niveau der Debatte zu begeben, auf dem so ein er, sie oder es sich bewegt, ja man verleugnet überhaupt nicht einen gewissen Widerwillen vor der Nötigung einer Rechenschaft in geistigen und zugleich so persönlichen Dingen, vor der Zumutung, das Einmaleins mit einer Zeit- und Raumgenossenschaft abzuhandeln, die man doch lieber noch für die Vergangenheit kündigen als für die Gegenwart beziehen möchte. Der »ehemalige Redakteur der Fackel« kann sich zwar nie hinter ein Pseudonym zurückziehen, wohl aber hinter den Paravent, der ihm seit jeher eine starke satirische Aktivität ermöglicht hat, die er bei solcher Gelegenheit und gegen solchen Partner sonst nicht aufbrächte. Er kommt sich, wenn er so den Geschäftsträger vorschiebt, wie jene »Frau von Schimmerglanz« bei Nestroy vor, die auf die Frage des Holzhackers: »Gehn Euer Gnaden vielleicht um a Holz?« die Antwort erteilen läßt: »Sage er ihm: Nein!«. (»Nein, wir nehmen's vom Greisler«, versetzt der Bediente mit analoger Herablassung, und damit ist die Sache erledigt, nur daß wir es noch ausführlich begründen.) Gewiß, groß ist die Enttäuschung, daß die Sprache, die einer nach alter Überlieferung und Anerkennung durch Analphabeten »beherrscht« (weshalb er geschwind ausdrücken soll, was sie sich denken), kein Bollwerk mehr sei, sondern bloß ein Asyl.

Es stellt sich heraus, daß sie die »Abenteuer der Arbeit« für Zeitvertreib gehalten haben und deren Opfer für einen Journalisten. Doch können wir ihnen (Ihnen) versichern, daß »in sprachzerfallnen Zeiten im sichern Satzbau wohnen« auch keine Zuflucht mehr gewährt, seit eben dort die Schlieferl eingezogen sind und sich als Aftermieter selbständig gemacht haben – davon zu schweigen, daß sie noch dann das »Wort« reklamieren, um es zu verhunzen.

Und man soll ihnen zusammenfassend das sagen, was sie einem inzwischen vorabgeschrieben haben. Daraus wird nichts! Ja bei allem Vorrat zeitgemäßer und zeitgegnerischer Gedanken, mit dem eine Generation von Dieben zu versorgen wäre, reichte die psychische Lust nicht einmal zur Absage – wenn es nicht noch im Untergang Normen und Formen gäbe. Staunen Sie nur über den heitern Hochmut, mit dem einer selbst in dieses Stadium der Entwicklung die Ironie der Distanz einläßt. Hinreichend verdächtig durch den Umstand, daß er dem Scheiterhaufen entgangen ist – wiewohl es gewiß manches für sich hat, nicht mit Tucholsky verbrannt zu werden –, läßt er den Inquisitoren der Freiheit durch den Verlag der Fackel bekennen, daß er auch anders kann, als sie möchten. Das Moment der Stellvertretung – wie immer es zu deuten wäre, das heißt: wer hier wessen Stelle vertritt –, es entspricht ganz dem polemischen Maß, das uns der Herausgeber der Fackel stets auferlegt hat, sooft er es sich aufzuerlegen wünschte und sobald ihm das Objekt die Vorsicht empfahl, sich hinter uns zu verschanzen. Er ist trotz seinem Renommee eines Angreifers weder in der Lage, es mit dem ›Angriff‹ noch mit dem ›Gegenangriff‹ persönlich aufzunehmen. Immer, wenn ihm etwas zu dumm wird, schiebt er uns vor und überläßt uns so den Stolz, auf eine Sammlung von Satiren zurückzublicken, die er neidlos für ungleich wertvoller hält als alles, was er in der Ich-Form geschrieben hat, in der er sich überhaupt nicht so wohl fühlt wie diejenigen vermuten, die auf seine Eitelkeit bauen. Mit weit mehr Recht könnten sie ihn, der so sein Ich versteckt, für feige halten, für gleißnerisch, tückisch oder auch kindisch, weil er zwar selbst in dieser Form von sich spricht, aber per »er«. Dieser ungünstige Eindruck wird jedoch durch unsere beglaubigte Unterschrift ein wenig verwischt, und auch was den Inhalt betrifft übernehmen wir die volle Verantwortung, die er trägt. Indem die Trennung der Ressorts bei der Fackel (welche so lange schon a non lucendo so heißt) ganz anders durchgeführt ist als bei anderen Druckschriften, mögen Sie überzeugt sein, daß wir, die im Besitze jedes Redaktionsgeheimnisses sind – während der Herausgeber noch niemals in unsere Administration Einblick genommen hat –, alles sagen können, was wir über seine Beweggründe wissen. Wir hoffen es so zu sagen, daß Sie am Ende schwören werden, dieses Schreiben sei in Vertretung des Verlags der Fackel von deren Herausgeber verfaßt. War es nicht bisher schon unverständlich genug? Wir können aber auch plaudern, und ausplaudern, daß schon so mancher Zusender an dieser Art der Abweisung Ärgernis genommen hat, ja einmal hat einer sogar gefunden, daß sie seiner geraden Natur widerstrebe, nach der er gewohnt sei, jedem ins Auge zu schauen – gewiß ein Vorzug vor dem Herausgeber der Fackel, der zwar vor tausenden kein Lampenfieber kennt, aber immer noch verzagt wurde, sobald er einem einzigen Shakespeareübersetzer ins Auge schauen sollte. Außerdem wäre zu bedenken, daß es manch ein Inkognito gibt, das selbst nach erfolgter Lüftung ein solches bliebe, während dem Autor der Fackel keine »Tarnung« hilft. Ferner wäre der Vorsprung kaum zu übersehen, den mancher Kämpfer schon vermöge seiner Nase hat, die ihn geradezu zwingt, mit offenem Visier zu kämpfen. Der Herausgeber der Fackel, als Haudegen überwertet, verschmäht solches gerade in Fällen, wo er der üblen Nachrede, ihm fehle es gegenüber der akuten Gefahr an Mut, satirisch entgegenkommen will, indem er darin ein Motiv der künstlerischen Gestaltung erblickt. Denn nichts geht ihm über diese und indem er noch auf der Flucht um sie besorgt ist, ist ihm tatsächlich selbst ein Komma wichtiger als der »Kampf«, ja als die Ehrensache einer Stellung zum »Mutproblem«, dem er keineswegs ausweichen, aber sowohl das Rauhe wie insbesondere das Heikle nehmen möchte, welches doch immer der Diskussion anhaftet, wenn man persönlich darüber aussagen soll, ob man ein Feigling ist oder nicht. Warum sollte da nicht der schon so oft ins geistige Vordertreffen gesandte Verlag der Fackel eingreifen, der den Fall doch kennt; der die Frage: »Wann erscheint –?« unmittelbar empfängt; und dessen Intervention in allen Lagen nun einmal als ein Genre beglaubigt ist, mit dem sich die künftige Literaturforschung, falls es eine geben sollte, wird befassen müssen und worin auch für den Kulturforscher die vorzügliche Hochachtung zum Ausdruck kommen wird, die dem angebrochenen Jahrhundert gebührt hat, mit welchem man sonst nichts anzufangen wüßte. Schließlich, ja letzten Endes wird sich in dieser Abschiedsformel das Bestreben nach äußerster Verfeinerung einer Verkehrsform ausgesprochen haben, die bei der Nation im Schwange war und deren Ausdruck ihr – im Gegensatz zum »Lebt wohl!« (Iphigenie) – als die einzige Willenserklärung ihres größten Dichters vorgeschwebt hat, die übrigens auch nicht direkt, sondern durch eine Mittelsperson bestellt wird. Selbst nun auf die Gefahr hin, daß Sie, sehr geehrter Herr, an solcher Beziehung Anstoß nehmen könnten, welche keineswegs eine persönliche Spitze hat, kann der Satiriker – dem es ja von der Natur noch weit mehr gegeben ist, über die Dummheit zu lachen, als die Schlechtigkeit anzuklagen – doch nicht umhin, auch diesmal, wo es nicht die Kalamität einer ›Literarischen Welt‹, sondern die Katastrophe der Welt betrifft und der Adressat in der Gasse der Freiheit wohnt, zwischen ihn und sich unsere Firma einzuschieben, da es sich ihm in dieser Form leichter konversiert und umsomehr, als er stumm zu bleiben wünscht. Es ist ein Spiel der Einkreisung des Gegners und seiner ganzen Sphäre, das der direkten Aussprache, die immer etwas Brutales hat, vorzuziehen ist und schon von Eduard VII. gegenüber den Mittelmächten angewandt wurde. Es ist – bis man sich wieder mit Kleinigkeiten wie Shakespeare, Einfassung des deutschen Verses in die Offenbach'sche Musik und so

Dingen der Sprache abgeben kann – eine Art, um die Winkelriedforderung (Arnold) herumzukommen und vor den Spießruten der Dummheit zu lustwandeln.

Aber wenn man sonst gern in kleinem Druck beigab – der als solcher schon die Lust nährt, mit der Welt Verstecken zu spielen (es ist noch nicht aller Glossen Abend!) –, so muß doch diesmal, wo Schweigen wieder einer großen Zeit antwortet, auch dem Auge gedient sein. Wir wären ja keineswegs so unbescheiden, den »Kampf« als solchen für den Herausgeber der Fackel zu übernehmen, wiewohl er sich schon durch dieses Wort außer Gefecht gesetzt fühlt. Wir wollen Ihnen nicht einmal die entmutigende Wirkung beschreiben, die jener »Kampf« auf ihn hervorgebracht hat, der seit dem Weltkriegssterben, durch die sogenannte Revolution hindurch, und besonders seit der endgültigen Niederlage, von der freiheitlichen Publizistik geführt wird, indem zwar der Wilde schon an den Mauern tobt, aber der Dumme noch in den Redaktionen. Wir können Ihnen höchstens verraten, daß ihm nicht nur die Vergeudung von Papier, die solcher Zeitvertreib erfordert, sondern insbesondere die Vorstellung dessen, was mangels eben dieser von ihm selbst verlangt wird – denn er soll »vorkämpfen« –, beinahe das schwere Magenleiden zugezogen hätte, das vielfach als Erklärung seiner Passivität angenommen wird, weil man sich das Rätsel ja sonst gar nicht erklären könnte. Diese wohlwollende Deutung – denn daß er vor akustischen Gespenstern davonlief, würde niemand glauben – mußte schließlich oder letzten Endes zu Gerüchten führen, auf Grund deren die Presse in aufopfernder Erfüllung ihrer traurigen Berufspflicht sich entschloß, Personen, die dem Verschollenen nahestehen und bei denen offenbar Details zu haben waren, mit der telephonischen Erforschung seines Ablebens aus dem Schlaf zu wecken, was gewiß nicht geschehen wäre, wenn man bloß plötzlich eingetretene Feigheit als Ursache des Verstummens vermutet hätte. Das begann in einer Nacht von Sonn- auf Montag, »in solcher Nacht«, wo der Chroniqueur auf Ehebrüche, Attentate,

Lustmorde an Mißgeburten, Zwietracht in Staat und Familie lauert und zur Not mit dem Hingang eines stadtbekannten Satirikers vorlieb nähme, der sich ausgeschrieben hat. Der Verstorbene selbst wurde aus Furcht vor einem Lebenszeichen nicht geweckt; bloß sein Hausbesorger, der aber nicht informiert und mit Recht grob war.

Doch selbst wenn der Optimismus der Presse durch den Fall Nahrung fände, für den sie bereit ist, ihr Totschweigen zu brechen, würde der Herausgeber der Fackel uns nicht letztwillig mit seiner Stellung zu Göring belasten, die so lebhaft, und vielleicht gerade von seinen Todfeinden, begehrt wird, und von der wir nur sagen können, daß er sie lieber als Redaktionsgeheimnis mitnähme in das Land, von des Bezirk kein Wandrer wiederkehrt, ehe er einen Leser verleiten wollte, sie dorthin zu bringen, wo es gleichfalls passieren kann. Die Sehnsucht nach dem kräftigeren Ausdruck dessen, was jeder und vermutlich Göring selbst schon weiß, ist auf jenen schmeichelhaften Drang zurückzuführen, der nun einmal der lokalen Menschennatur innewohnt, welche sich nur schwer die Gefahren der Nachbarschaft vorstellt, nicht glaubt, was sie nicht vor Augen hat, und selbst wenn sie's sähe, wahrscheinlich dächte, es werde schon nicht so arg sein. Das ist nun einmal die Spielart, die sich einzelweis für die Ausnahme und vom Zufall protegiert hält; sie will zugleich hören und sich die Ohren zuhalten; in dem Staatsmann, der ausnahmsweise tut, was andere mit dem Maul besorgen, erkennt sie nicht den Lebensretter, sondern den Feind der Redefreiheit, und zum Weltuntergang, wiewohl er in der Fackel sattsam erörtert war, braucht sie halt deren Erscheinen. Es ist ein Interesse, von dem kaum verwunderlich wäre, daß es jene Eitelkeit genährt hätte, die dieselbe Kundschaft noch lieber in Erscheinung treten sieht; das aber in Wahrheit überhaupt nichts nährt als Grausen und die Erkenntnis eben der Phantasiearmut, die dem Verderben die Bahn gebrochen hat und den Zug des Unheils beschleunigt. Wie sollte denn, wenn das Objekt schon den »Kampf« ermöglichte, der Anreiz entstehen, sich als Kämpfer für ein

Milieu zu opfern, das alle Sorge und Sachlichkeit herabsetzt, »Mut«, der im Staatsleben am Platz ist und so sichtbar wird, daß die Maultrommler endlich verstummen müßten, verkleinert und dem Todfeind mit der Erwartung entgegentritt, er werde auf Gallert beißen! Zum großen Thema des Aufbruchs der Hölle versagt mit leidenschaftlicher Feigheit der, dessen Werk vergebens getan war: den Teufel an die Wand zu malen.

So liegt uns denn ob, vom Rande des Themas Neugierigen Einblick zu bieten in das ganze Abenteuer einer Verhinderung, die sich produktiver weiß als alles Schrifttum kraftlosen und vielfach mißwirkenden Protestes. Einblick in den Vorgang einer »Selbstkonfiskation«, die erlebnisreicher war als der ganze Machthaberspott, den eine Kriegszensur gewähren ließ, in die vermeintlichen Hintergründe einer Haltung, die so bereit macht, im Namen geistiger Ehre zu verzichten wie vor dem Unwert Farbe zu bekennen. Warum die Fackel nicht erscheint? Die Antwort, mit der wir ein Heft füllen, könnte schlicht lauten: Weil die Frage gestellt wird! Weil jene vor Lesern erscheinen soll, die nicht den Zoll weit denken können, um sich diese selber zu beantworten und nie mehr zu stellen. Für solche, die gar von der Frage zur Rüge schreiten, weil sie sich nicht bloß durch Mangel an Ahnung, sondern auch an Scham berechtigt glauben, genügte als Antwort der Bescheid, den die selige Großherzogin von Gerolstein (wo sind die Zeiten) als Parole zu einer Staatsaktion erteilt hat: »Schmecks!« Jenen aber, die sich vollends erbötig machen, mit dem Herausgeber der Fackel (der nach reiflicherer Erwägung, als zu einem Weltkrieg erforderlich war, sie nicht herausgibt) über Mut zu »diskutieren«, wäre die noch strengere Fassung »Kusch!« angemessen. Welchem der Typen Sie, sehr geehrter Herr, nun anzugehören wünschen – wir vermuten, daß Ihnen mit keiner dieser Aufklärungen gedient wäre, die einem zeitgeschichtlichen Notstand ja tatsächlich nicht gerecht werden und insbesondere die Gutgläubigkeit unbefriedigt lassen, die sich zu der Beteuerung verstiegen hat: »Ihr Wort wird erwartet wie das des Messias«. Aber die sachliche Antwort: »Weil die Frage gestellt wird« könnte doch als die bündige Absage an ein Bedürfnis des Lesers verstanden werden, als der entschiedene Anspruch primären Autorrechts auf die geistige Entschließung, auf Verfügung über Existenz, Dauer und Umfang künstlerischer Leistung; des Selbstbestimmungsrechtes für Können oder Versagen, für Tauglichkeit oder Untauglichkeit eines Denkapparats, der es sich vor der gesamten Publizistik herausnimmt, kein Schreibapparat zu sein: des Motors, den kein äußerer Antrieb jemals in Betrieb setzte, und wenn die Welt voll Teufel wär', und der, selbst da sie's ist, ihnen lieber mit scheinbarer Untätigkeit als mit offenbarer Unzulänglichkeit begegnet. Was soll denn ein so gearteter Autor machen? Die Leser entscheiden lassen, ob sie ein Werk mehr als ihn befriedigt? Im günstigen Fall würde es doch für ihn nicht besser. Oder vorher ein Synedrium von Literaten einberufen, die beurteilen sollen, ob geschriebene Sätze ihrem Mutanspruch genügen? Hätten sie Kraft, sie verlören sie bei der Probe. Wir sehen ein, solche Enthüllung bietet nach fünfunddreißig Jahrgängen, die doch ihr Vorwort bilden, nicht die Sensation, die sich der Leser erwartet, er hat nichts davon und nur weil Sie, durch die sonstige Publizistik verwöhnt, Details wissen möchten, lassen wir uns auf die Ausführung des Zusammenhanges ein, in dem das Nichterscheinen der Fackel mit dem dringenden Bedürfnis steht. Sie werden so allmählich darauf kommen, daß die Sensation des Erscheinens dieses eher verhindern als herbeiführen konnte. Aber Sie werden vielleicht auch verstehen, daß hier alles zur Fügung kommt und kein Spalt bleibt, worin ein Zweifel Platz hätte. Erfolgt die Abweisung des Anspruchs aus der Selbstherrlichkeit geistigen Wirkens – der einzigen Ehre, die man erstrebt haben wollte –, so war dieses eben von einer Erkenntnis regiert oder gebunden, von einem Denken, das Wirklichkeit und Wörtlichkeit abzustimmen vermag, von der Fähigkeit zu einer Vorstellung, deren Mangel den Anspruch erhebt, deren Besitz ihn aufhebt. Wir können Ihnen versichern, daß

– in der geistigen Sperre, die das Ereignis wesentlich und nicht bloß funktionell bedeutet – selbst der begreifliche Wunsch nach dieser Aufklärung keineswegs produktiv wirken würde, wenn nicht die Möglichkeit, sich hinter uns zu verbergen, den Autor verlockt hätte, ein wenig aus sich herauszugehn.

Er hätte es ja leicht, sich vor jeglicher Anfechtung noch weiter zurückzuziehen, nämlich auf die Umschlagsnotiz der Fackel, welche auch gilt, wenn kein Inhalt erscheint und die ein Lebenszeichen ist, allen intellektuellen Zumutungen gegenüber ein Entschluß zur Selbstbewahrung – ganz im Gegensatz zu der in psychologischen Kreisen verbreiteten Ansicht, seine Aversion gegen die Geschäfte der Intelligenz sei ein Akt verzweiflungsvoller »Selbstzerfleischung des Judentums«. Nichts wäre sie weniger als das, und wir als Verlag der Fackel können Ihnen aus langjähriger Kenntnis der innern Vorgänge des Herausgebers – sowohl der bewußten wie auch jener unbewußten, die den Seelenschlieferln nicht entgehen – die Versicherung erteilen, daß seine Kritik des Judentums auch nicht die Spur jenes »Selbsthasses« aufweist, den jetzt sogar ein Kulturhistoriker konserviert und mit dessen Vorspiegelung sonst und seit jeher sich die abgewiesenen Hausierer der Literatur entschädigt haben. Denn von der Gepflogenheit einer höheren moralischen Kategorie, nämlich der Huren: den ärgsten Makel in der Standesgemeinschaft zu erkennen (welche zum Zweck der Herabsetzung sogar erfunden wird), haben Journalisten und Literaten die Methode übernommen. Das Bedürfnis nach Absonderung wird als Beweis schimpflicher Zugehörigkeit entlarvt, wozu ihnen besonders das Rüstzeug jener Psychoanalyse hilft, die selbst in Zeiten der Arbeitslosigkeit ihren Mann nährt, indem sie hauptsächlich solche, die angewidert sind, als Patienten festzunehmen pflegt. (Als ob nicht eher die Neigung zu dieser Heilkunde und ihrer praktischen Ausübung für ihre Berechtigung spräche.) Die Psychoanalyse, die es an Dauerhaftigkeit mit dem Weichselzopf aufnimmt, soll namentlich auf Amerikaner, die sich für alles interessieren, was sie nicht haben, wie Antiquitäten und Vorgänge des Innenlebens, einen unverminderten Reiz ausüben. Das mit dem Selbsthaß des Judentums nun ist eine ältere Petite, die schon in der magischen Operette »Literatur«, durch welche ein Spiegelmensch in Scherben ging, ihre Würdigung erfahren hat, lebt aber am Herausgeber der Fackel, selbst wenn er darniederliegend geglaubt wird, immer von neuem auf. Die Vorstellung, daß er nachts am Schreibtisch sitzt und ehe er zur Feder greift – denn das tut er wirklich und es ist nicht einmal eine Füllfeder, geschweige denn eine Schreibmaschine – seine Brust mit Fäusten traktiert, mit sich hadert oder sonst irgendwie »ringt«, gehört zu den Allotria, die die Abfallsbereitschaft – o daß sie doch nie zögerte! – ersonnen hat, welche so ganz die Planmäßigkeit und Beherrschtheit verkennt, mit der er daran geht, sich aus ihr einen Vers zu machen. (Sie hat natürlich auch keine Ahnung, daß solches Gedicht wie jedes andere und wie jeglicher Versuch, der Gestalt den Puls der Sprache zu fühlen, nicht in jenem »Rausch« entsteht, der der Vorstellung des Dilettanten entspricht, sondern in der Verzückung der Logik.) Was seine Kritik der minderen jüdischen Typen anlangt, die in der Literatur wie in der Psychologie die grausamen Repressalien an Geist und Natur verüben, so erscheinen ihm eben diese – mit allem Eingriff in Seele und Sprache, den auf dieser Spur arische Schlichtheit längst mitmacht – geistesgeschichtlich nicht weniger gravierend und beträchtlich als jene Exzesse, durch die unmittelbarer das Erbarmen mit menschlichem Leid angesprochen wird und deren Abstellung dort, wo Kriminalistik und Staatskunst versagen, doch dem Ablauf der Natur anvertraut bleibt. Dagegen fühlt er sich zu dem Bekenntnis gedrängt, daß er, wiewohl er das Werk dieser Kritik, die sogenannten »eigenen Schriften«, beiweitem nicht so hoch stellt wie die noch aktiven Verehrer, doch in der freien Verfügung geistigen Hohns, in der Ehrerbietung für das geschändete Leben und die besudelte Sprache die Naturkraft eines unkompromittierbaren Judentums dankbar erkennt und über alles liebt: als etwas, das von Rasse und Kasse, von Klasse, Gasse und Masse, kurz jeglichem Hasse zwischen Troglodyten und Schiebern unbehelligt in sich beruht. Dem Ansinnen jedoch: zu diesem Greuel und Pofel von Händeln und Raufhändeln, zu diesem Fladen von Rotwelsch und Kauderdeutsch, Unlogik und Lüge, zu all dem, was man im Halbschlaf gedanklich unterkriegt, »Stellung zu nehmen«; vor rabiaten Kleinbürgern, denen sich nun einmal die Freiheit prostituiert hat, als Marquis Posa aufzutreten; über dem natürlichen Schauder vor Bluttat, über dem Mitleid mit unschuldigen Opfern, die intellektuelle Urheberschaft an diesem grausigen Einbruch in eine Zivilisation des Grausens zu verkennen und Schulter an Schulter mit der Papiermacht, die noch die Vorstellung dieser Greuel gelähmt hat, zu »kämpfen«; Kampfgenosse der Dummheit zu sein, die gar nicht ahnt, wie sie bis zur letzten Hitler-Anekdote das Ziel verfehlt; mit dem Wort, das in allen Formen von Abscheu und Hohn die Erfüllung vorwegnahm, der Schuld auf die Beine zu helfen und die Unschuld zu gefährden; auf die Apokalypse den »Protest« zu stülpen und auf den Ossa den Pelion, der eine Maus gebiert – solchem Ansinnen ist kurzerhand mit dem Hinweis zu begegnen: »Zusendungen unerwünscht«. Eine Formel, die, sollte sie schon als Lebenszeichen nicht auslangen, doch im Ernstfall, wenn die einen das Leben und die andern die Meinung haben wollen, als letztwillige Verfügung Eindruck hinterließe und wenigstens dann beachtet würde. Warum wir trotzdem, und ausgerechnet mit Ihnen, sehr geehrter Herr, eine Ausnahme machen? Ganz einfach: weil Sie sich für eine solche halten und sich nicht vorstellen können, daß auch alle andern sich für die Ausnahme halten, die von der Abweisung nicht betroffen ist. Auf diese Art hoffen wir auch die andern zu befriedigen und doch bei keinem das bedrükkende Gefühl der Bevorzugung aufkommen zu lassen.

Außerdem verraten wir Ihnen, daß Sie gar nicht vorhanden sind, sondern daß wir Sie uns als Extrakt aus solchen, die gleichfalls nicht vorhanden sind, hergestellt haben, aus den bescheidenen Fragern, kühneren Anzapfern, hauptsächlich aber den Enttäuschten, die sich durch langjährigen falschen Gebrauch einer Lektüre der Fackel berechtigt glauben, den, der nicht Stellung nehmen will, zu stellen. Keineswegs gehören Sie jener achtbaren Minderheit an, die auch Nichtgeschriebenes verstanden oder, wenn es nicht der Fall war, sich mit Takt beholfen, der Weisung »Man frage nicht« keineswegs bedurft hat, und von Losgehern, denen diese nicht genügt, verhöhnt wird. Gewiß, die »mit dem Finger auf dem Mund« ein Schweigen, das sie nicht ergründen, doch als den Willensakt dessen respektieren, der schon wissen wird, was er tut und unterläßt, sie können in Friedenszeiten unbequeme Korybanten sein. Aber die »kleinen unbekannten Soldaten der Freiheit«, die den »großen Generalissimus des Geistes« antreiben, schlagen ihn totsicher in die Flucht. Das ahnt doch gar nicht, was für geistige Schwierigkeiten sich innerhalb der Front begeben würden, in die sie vermöge angeborner und von der Fackel unversehrter Phantasiearmut den Zeitkämpfer eingereiht wünschen. Vor allem scheint eine völlige Unkenntnis des Faktums obzuwalten, daß er von Beruf und Natur überhaupt nicht so sehr der militärischen als der satirischen Passion ergeben ist, die ihn eo ipso eher der Vorstellung geneigt macht, als Generalissimus in Graz spazieren zu gehen als in Prag zu kämpfen, wiewohl er gerade diesem Aufenthalt den Vorzug gegeben hätte, nämlich wegen einiger Tschechen, die Beziehungen zur deutschen Sprache unterhalten. Heute bleibt ihm nichts übrig, als sich dortselbst mit unparteiischer Heiterkeit von »Lanzen« umstarrt zu sehen, ob diese nun »für Karl Kraus« oder gegen ihn offeriert werden. Sollte aber ein Generalissimus nicht immerhin noch die Fähigkeit haben, sich durchzuschlagen, oder die Autorität, beiderlei zu verscheuchen? Überhaupt »Lanzen«! Wenn Kommunisten einem mit so was kommen, versteht man, warum die Gasindustrie gedeiht. Nun, die Kompromittierung des Prager Schmocktums, das eine ehrwürdige Einrichtung war, durch die Emigrantenjournalistik geht einen ja schließlich nichts an. Aber die Debatte der Kämpfer über die Frage, ob der Autor der Letzten Tage der Menschheit würdig sei, in einer Front zu stehen, wo der Schlachtentod Erlösung bedeutet; die Möglichkeit, daß die leibhaftige Banalität, auf nichts als Sach- und Sprachunkenntnis gestützt, die ethische und geistige Prüfung vornimmt; das Phänomen, daß eine Logik, vor der sich dem Schlachtroß die Mähne sträubt, sich auf dieses setzt, und daß sich ein gedanklicher Tonfall, der längst den Bürger anödet, ins Revolutionäre plustert, mit einem Wort: das alte journalistische Übel, daß zu öffentlicher Meinung werden kann, was nie zur privaten taugte, weil in geschlossenem Zirkel der Hinauswurf garantiert wäre – gewiß, auch hier geschieht was längst geschah, doch der Humor davon ist, daß sich das alles, ohne ein Gran von Bewußtheit, um die Person des Satirikers zu tummeln wagt. Aber daß solche Kapazität vor seiner Nase mit der Forderung fuchtelt, er solle »sprechen«, und mit dem Staunen, daß es noch immer nicht geschehen sei, genügt bei weitem nicht. Man hätte geglaubt, daß die plane Antithese: im Weltkrieg hat er gesprochen und jetzt schweigt er, schon das ganze Problem erschöpft habe, über das Kampfnaturen mit Ingrimm, aber schließlich doch zur Tagesordnung des Kampfes übergehen. Nein, man erfährt, daß es verzwickter sei, denn während die meisten am Kontrast festhalten und angesichts gegenwärtiger Schmach wenigstens die ruhmvolle Vergangenheit anerkennen, findet ein Standhafter, der auch im Prozeßweg nicht dazu zu bringen ist, sein Visier zu öffnen: der Herausgeber der Fackel schweigt wie im Weltkrieg, er macht es jetzt, wie er es damals gemacht hat, wo er gleichfalls schwieg und erst beredt wurde, »als der Zusammenbruch der Mittelmächte entschieden war«. Der radikale Lump – der die Möglichkeit nicht gefürchtet hat, daß sich die Lettern vor Scham biegen, aber der verantwortlichen Dame die kriminellen Folgen seiner Wissenschaft auflud – war vermutlich ein Sansculotte, ein Hosenloser, als, von allem Gedruckten und Gesprochenen abgesehen, mitten in der Kriegszeit »Ein Kantianer und Kant« oder das »Lied des

Alldeutschen« verblüfften Auditorien der Zentralstaaten dargeboten wurde. Was verschlägt's, daß einer, der im Krieg wie nur der Moltke schwieg, identisch sein soll mit dem, nach dessen Wort jetzt »Tausende hungern« (und der »sich da erlaubt von einer Sonne zu träumen«, welche darüber lachte)? Da aber dem Pseudonym ein als »Lanze« geformter Gallimathias gereicht wird – von einem wohlmeinenden Linksanwalt –, worin etwas vom Hörensagen über die Kriegshaltung der Fackel enthalten ist, irgendein Schmus über Viktor Adler und eine angebliche »Immunisierung«, die angeblichem Schweigen ein Ende gemacht habe, ruft jener, der nun die Feigheit der Fackel im Weltkrieg vom andern Ende, also durch ihr Reden, bestätigt findet:

Man stelle sich vor, daß vier Kriegsjahre hindurch die ›Fackel‹ legal erschienen ist!

Und dies habe seinen Grund darin gehabt, daß »die Bourgeoisie sich durch Kraus' Wirken nicht gefährdet sah«. In diesen Tinterlhirnen wohnt doch kein Begriff außer »legal« und »illegal«. Dergleichen »stellt sich vor«, daß man im Weltkrieg auch »illegal« erscheinen konnte, ja mußte, statt legal konfisziert zu werden. (Der wohlmeinende Linksanwalt sogar hält es für möglich, daß einer es »abgelehnt« hat, »sich unter österreichische Zensur stellen zu lassen«. Doch wie konnte er und warum sollte er? Im Gegenteil, zwischen Redaktionsdienern wartete er persönlich auf den zensurierten Abzug, um wenn irgendmöglich noch einen Satz freizubekommen, der später von einer freigelassenen Generation gestohlen wurde.) Man wird sich aber auch »vorstellen« müssen, daß ein Schwachsinniger im Weg des Drucks die Enthüllung vornehmen kann, der Autor der Fackel habe im Krieg sprechen dürfen, und daß er sie mit dem letzten Aufgebot von Denkkraft zu der Feststellung fortsetzt:

Und jetzt schweigt er wieder.

Doch an den Beweis, was für ein Wicht einer war, der im Krieg sowohl geschwiegen als gesprochen hat, knüpft sich der Rat, er solle »zu seinem Trost langsam anfangen, Marx zu lesen; und vor allem die Sprache wiederfinden«, da ja doch Tausende nach einem tapfern Wort von demjenigen »hungern«, von dem kein Hund mehr einen Bissen nimmt, den man längst durchschaut hat, und der als Schwindler und »Erweckerkreuzung« aus allem Möglichen entlarvt ist –

mit einem tüchtigen Schuß Jean Jacques Offenbach.

Die Forderung, die Sprache wiederzufinden, ist begreiflich, wenngleich leichter zu stellen als zu erfüllen. Immerhin dürfte ein Anfang gemacht sein, wenn man zunächst mal die Spucke, die einem wegblieb, wiederfindet. Was die Sprache anlangt, so ist doch das Erlebnis niederwerfend, daß sie auch an dem Diktum gewirkt haben soll, mit dem der Kämpfer den Träger der anders gerichteten Lanze abweist:

Aber wir bleiben dabei: wer heute schweigt, hat sich aus der Gemeinschaft der Kämpfenden ausgeschaltet .... Wer das Wort meistert, muß es gebrauchen, wenn er etwas ausdrücken will.

»Man stelle sich vor«, daß man aus einer Gemeinschaft von Kämpfenden sich nicht ausschalten soll, denen solches Bekenntnis Sprache, Wort, Ausdruck bedeutet. Es ist ein sonderbares Gefühl, nachträglich zu erfahren, daß man in so einer Gemeinschaft drin war. Die Überraschung könnte nicht größer sein, wenn einem von Friseuren oder Fleischern plötzlich eröffnet würde, daß man aus ihrer Genossenschaft ausgeschaltet sei, aber man würde doch eher verstehen, daß es sich um eine Angelegenheit des Geistes handelt. Dies, was den Wink betrifft, die Sprache wiederzufinden. Was den Rat anlangt, zu seinem Trost Marx zu lesen, so ist leider zu bekennen, daß wiederholte Versuche zwar nicht die religiöse Erschütterung hervorgebracht haben, die offenbar nötig wäre, um die Kritik an der bürgerlichen Welt, die im Werk der Fackel geleistet ist, als Stümperei zu bereuen; aber doch auch nicht die Überzeugung, daß jener für die ausbündige Intelligenz die Verantwortung trägt, die heute in seinem Namen die Welt verödet und es jedem Antikapitalkalb ermöglicht, mit seiner Fahne einem vor der Nase zu fechten.

Der Autor der Fackel, der es seinen Anhängern durchaus überläßt, die Beziehung zu ihm mit ihren sonstigen, ererbten oder erworbenen Idealen vereinbar zu finden, ist natürlich bereit, sich aus jeder nur möglichen Gemeinschaft, der er nie seinen Eintritt angemeldet, und aus jeder Genossenschaft, der er nie angehört hat, ausgeschaltet zu fühlen, wie überhaupt aus jeder Verbindung, die auf Grund eines Mißverständnisses zustandegekommen wäre, da ihm ja vor allem schon die bloße Zeitgenossenschaft ein Problem ist, das seine gedankliche Arbeit weit mehr behindert, als es so zwischen Podiumerfolgen den Anschein hat. Er hat sich aber nicht aus der Gemeinschaft der Kämpfenden ausgeschaltet, weil er schweigt, sondern er schweigt, weil er sich aus der Gemeinschaft der Kämpfenden ausgeschaltet hat, indem es ihm vor dieser genau so graust wie vor deren Gegnern, im tiefsten geistigen Grunde: als vor der unbesiegbaren Dummheit und unüberwindlichen Frechheit, trotz allem Mitleid, das er noch mit den Schuldigen hat, die zum Opfer einer Gewalt wurden, die planlos und tief unter dem Gedanken ihrer Remedur waltet. Coriolan, der doch um Stimmen wirbt, ist ein Unterwürfling, verglichen mit einem, der nicht kämpft und Spießbürgern der Freiheit Wunden auch dann nicht zeigt, »wenn wir allein sind«. Die an ihre Verehrung Bedingungen knüpfen, können ihn so gern haben, wie es hinterdrein noch möglich ist. Er weiß, daß ihm hienieden nichts zu leisten bleibt als, frei von Marx, bloß mit den Mitteln und im Spiegel der Sprache und der Stimme Formen der Abirrung darzustellen, was ihm vielleicht gelingt, und Formen der Vollendung zu erstreben. Wie hoch oder niedrig man diese Bemühungen einschätzt, berührt ihn so wenig, wie es ihm bis zum letzten Atemzug wichtig sein wird, auf die unverzerrte Herausstellung von Sachverhalten oder Wertbeständen, auf die Anerkennung ihrer Eigenart oder Sonderart zu dringen. Daß die Entschiedenheit solcher

Bestrebung in Jahrzehnten, mitten durch eine Welt von Gleichgültigkeit und Folgewidrigkeit, nicht ohne anziehende Wirkung (mit aller unerwünschten Nebenwirkung der Exzitation) bleiben konnte, dürfte nicht unverständlich sein. Die Neigung, sich eine Gefolgschaft um den Preis geistiger Nachgiebigkeit zu erhalten – besteht nicht! Lieber ließe einer seine sämtlichen Schriften, die die Reaktion als ungefährlich oder unverständlich verschont hat, auf dem Scheiterhaufen der Freiheit verbrennen! Der so gelebt hat, ist weder bereit, etwas gedanklich zu vollbringen, weil die Unterlassung enttäuschend wirken könnte, noch seiner geistigen Natur für eine Zeitgemäßheit, die er nicht einholt und doch überholt, Interessen zu eröffnen, deren Ausschließung er ohneweiters als den Mangel seiner Schöpfung, wiewohl vielleicht als schöpferischen Mangel empfindet. Er hat, wenn es ihm von innen gegeben wurde, Sätze gebaut, deren Vorzug es war, nach ihrem Erscheinen nicht fertig zu sein, und er glaubt – ohne zu glauben, daß es das Verdienst heutigen Schrifttums bedeute –, den Möglichkeiten der Wortgestaltung näher gekommen zu sein als irgendein mitlebender Autor, der Anziehenderes oder unmittelbar Wichtigeres zu sagen hatte, kurz, der das Wort »gebraucht« hat, wenn er »etwas ausdrücken« wollte, was er oder die andern gemeint haben. Er dürfte einer Auslese von Generation, die ihre Neigung für diese Besonderheit dargetan hat und die er das Glück hatte, immer nachwachsen zu sehen, noch viel daraus zu geben und darüber zu sagen haben, was sich einmal als Wert oder Schrulle erweisen mag und wofür zunächst der gleichfalls sich immer erneuernde Abfall des profanum vulgus zeugt. Diese Tendenz, die weit nach links reicht, soll gefördert werden, und eine Jugend, die noch immer glaubt, daß ihre geistige Entwicklung mit dem politischen Leerlauf vereinbar sei, dessen Wirkungen sie erlebt, wird sich entscheiden müssen, ob sie eine Unnachgiebigkeit und Unverbundenheit mit Denkgebieten oder Reizzentren, die ihr selbst erschlossen sind – denn der Empfänger ist reicher als der Geber –, nicht als Belastung empfindet und darum von sich abtun soll, gleich jenen, deren freiheitliche Gesinnung der Disziplin gehorsamt, aber dem Zwang, zu denken, widerstrebt. Denn was sich solche Tölpel immer »vorstellen« mögen: unvorstellbar wäre, daß einem, der sich nun als gemeinschaftswidrig erweist, der Reihe nach das Ultimatum gestellt würde, wie Marx auch Wagner, Nietzsche, Freud, womöglich noch Heine mit den Folgen nachzuholen und überhaupt alle Kinderkrankheiten, denen er, geistig (wie den physischen) durch ein Wunder entgangen ist – offenbar doch, weil er den Schuß »Jean Jacques Offenbach« bekommen hatte.

Gewiß, eine Doktrin kann das Gehirn niet- und nagelfest machen gegen alles, was Natur und Vernunft dawiderhaben. Aber es ist ein Irrtum zu glauben, daß das Brett vorm Kopf hinreichenden Schutz gegen die Satire gewähre. Von allem Risiko abgesehen, das Sozialisten mangels Phantasie nicht ermessen können, wenn sie den Herausgeber der Fackel zu seiner Rede stellen, oder zu einer, die sie mit der ihren identisch wähnten – unterschieden nur durch sprachliche Äußerlichkeiten, auf die es doch nicht ankommt –; von allem Verkennen abgesehen, daß im wahren »Kampf« gegen die bürgerliche Lüge die ihrige inbegriffen ist, besteht der Humor dieser Anfechtung in der Promptheit, mit der sie es der Satire ermöglicht, den Kopf auf den Nagel zu treffen. Da wird einem Sokrates, der die revolutionäre Jugend verdorben hat, ein Schierlingsbecher gereicht, der nicht so sehr tödlich ist wie unappetitlich. Die Anklage lautet:

Er hat die bereits Unzufriedenen der revolutionären Bewegung abgefangen. Er hat den Empörten mit seinen virtuosen Satiren und Bußpredigten die bürgerliche Gedankenwelt wieder schmackhaft gemacht.

Die Bourgeoisie, welche die Fackel im Weltkrieg erscheinen ließ, hat offenbar ihren Dank geerntet, und was deren Autor in Schrift und Rede nach dem Umsturz geleistet hat, war die Erfüllung aller bürgerlichen Herzenswünsche. Dieser Gedankengang entbehrt auch insoferne nicht der Eigenart, als man da förmlich in den Klüngel einbezogen wird, dessen intellektuelles Rotwelsch ja nicht allein dazu dient, den üblen Geruch zu verbreiten, mit dem sie die Bürgerwelt überwinden wollen, nein, noch einander in diesen durch die Verdächtigung zu bringen, jeder stehe mit ihr in Verbindung. Und wie wahr ist es in der Regel! Nur daß hier die Wahrheit nichts für den beweist, der sie sagt. Nach jenem ›Abend‹-Prozeß zu schließen, dessen grausliche Groteske nicht nur die Entehrung des Ideals durch die Lumperei, sondern auch deren königliche Verleugnung durch die Parteilüge umfaßt hat, müßte auch das Freidenkertum einen guten Magen haben. Doch was bedeutet der misch-epochale Dreck, als den sich die Vertretung menschheitlicher Interessen kriminalistisch herausstellt, gegen die ungreifbare Wirksamkeit gemeinschädlichen Denkens? Der eigentliche Schmutz wird nicht durch Korruption verbreitet, sondern durch die intellektuelle Gewinnsucht und das Beharrungsvermögen der Hinaufgelangten. Wer würde sich in diesem System zurechtfinden, einander umzubringen und sich durch Spaltung fortzupflanzen? In diesen Netzen einer Spinnefeindschaft, wo sich ein kahler Intellekt, im Leben kaum zur Advokatur tauglich, bis zur Leidenschaft der Blutrache abzappelt, allen Gegensatz zum gemeinsamen Gegner überbietet und von keiner geistigen Nahrung lebt als vom wechselseitigen Argwohn einer »Konterrevolution«. Es ist, in anderer Branche, der Defektiveffekt, den sich die Poloniusse einer Psychologie herausfetzen, deren dürftige Erkenntnis, von allem sonstigen Gewinn abgesehn, zum Verdacht gewendet wird. Wenn dieser denaturierte Spiritus, der sich Sozialwissenschaft dünkt, nicht schon hinreichend Opfer gefordert hätte – Tonnen Papiers würden die Verlassenheit eines Proletariats bezeugen, dessen Schicksal solchem Ratschluß überantwortet ist und das für die Druckkosten aufzukommen hat, ohne mehr als die Kollektivbeschuldigung gegenseitigen »Verrats« zu entnehmen, da jeder nach seiner Façon die Weltrevolution herbeiführen will. Eine miese Augurenschaft, die selbst vor der erschreckenden Vereinfachung der Dinge, die auf sie reagiert hat, nicht einmal den Takt aufbringt, sich wenigstens zum Teufel zu scheren, bevor er (oder der Beelzebub) sie holt. Der Autor der Fackel, dem die hochmütige, aber ungenügende Beherrschung des Alphabets weit problematischer erscheint als die naturnahe Unkenntnis der Schrift, und der nie ein Hehl daraus gemacht hat, daß er, im Gegensatz zum sozialdemokratischen Hohn, den Zweifel des seligen Bielohlawek an dem Nährwert nationalökonomischer Bibliotheken für Eingebung hält, möchte ihn auf die gesamte »Kampf«-Publizistik ausgedehnt wissen, deren Unfug die Erhaltung der damit Beschäftigten in einen aufreizenden Widerspruch zum Problem der Arbeitslosigkeit bringt. Wenn sich mit dem Wust dieses Gekläres und Gedeutes überhaupt etwas anfangen ließe, so wäre man vor allem für eine statistische Untersuchung empfänglich, ob von dem Vermögen, das da in Papier aufgeht, auch nur ein Nachtmahl für eine Proletarierfamilie resultiert hat. Man versuche sich nur durch den Dünndruck durchzufressen, mit dem Herr Münzenberg von Basel aus den Kontinent umspannt. Es ist die leibhaftige lange Weile, die es mit der Weltrevolution hat. Wer dieses Moskauderwelsch versteht, sieht mit berechtigtem Hochmut auf die übrige Menschheit herab. Die sozialdemokratische und die kommunistische Presse haben natürlich – noch auf dem untersten Niveau beiderseitiger Polemik – durchaus recht mit allem, was sie gegeneinander sagen; aber man hat nicht den Eindruck, daß an diesen Aufschlüssen die Arbeiterschaft anders denn als Leidtragende beteiligt sei. Es mag Sozialwissenschaft sein, aber es liegt doch außerhalb der Natur, wie hier alles, was schließlich zu ihr gehört, »Diskussionsbasis« wird, und eine rein körperliche Reaktion stellt sich ein, wenn man nur die Bezeichnung »Trotzkisten« liest, zunächst falsch betont und dann erst nicht weiß, ob es sich um Schimpf oder Ehre handelt. Aus dem Abgrund bürgerlicher Vereinsmeierei ist der Begriff »Disziplin« geholt, der das Durcheinander regiert und die unaufhörliche Degradierung von »Revolutionären« zu »Konterrevolutionären« ermöglicht. Daß das Werk der Fackel, dessen Benützung sich die Perlen-Fischer einer Partei für jeglichen Ein- und Tonfall gegen die Bürgerwelt vorbehielten, in die Kategorie der »Konterrevolution« fällt, darüber sind sich die Sozialwissenschaftler, mögen sie aneinander auch kein gutes Haar lassen, einig; oder doch die Wissenschaftlhuber, die sich so nach ihr benennen. Der als »Arnold« kämpfende Prager Schmock, den seine Winkelriedin, sich in die Lanzen stürzend, nicht preisgeben wollte, erklärt kühn, »viel richtiger und wertvoller« hätten »alle marxistischen Schriftsteller uns über Wesen und Gefährlichkeit der bürgerlichen Presse aufgeklärt«. Ob sie darunter auch den Brauch verstanden haben, daß sich Angreifer oder Gegenangreifer hinter Rockschößen und gar Unterröcken verbergen, entzieht sich unserer Kenntnis. Jedenfalls ist die Fackel in ihrer Aufklärung über Wesen und Gefährlichkeit der bürgerlichen Presse insofern weiter gegangen, als sie ohne Absonderung die marxistische einbezog, was ihr in Fällen erleichtert wurde, wo deren Angehörige sowieso an der bürgerlichen Presse mitgearbeitet haben, wie etwa jener ausdauernde Korrespondent der Freiheit, der noch knapp bis zur Gleichschaltung ein Hitlerorgan mit musikalischen Eindrücken bediente, nicht ohne in markantem Fall den ehernen Tritt der Arbeiterbataillone, der in Wien zu vernehmen war, für Berlin zu stoppen. Während man für solche Überparteilichkeit Beispiele (und Dokumente, die post festum einer Gerichtsverhandlung kamen) beibringen könnte, wäre der Marxist in Verlegenheit, wenn er Kollegen anführen sollte, die über Wesen und Gefährlichkeit der bürgerlichen Presse »uns« eine Aufklärung verschafft haben, die nicht von der Fackel bezogen war. Lassalle, der wohl nicht als marxistischer Schriftsteller anzusprechen ist, hat es mit einer rhetorischen Wirkung unternommen, die durch die Redigierung der Fackel beträchtlich verstärkt wurde, jedoch insofern ohne jede praktische Wirkung blieb, als ihm die Wiener Sozialdemokratie zwar jenes Monstrum von einem Denkmal errichtet hat, aber ihre Korrupnik-Presse sich nicht im geringsten abhalten ließ, dem Vorbild bürgerlicher Inseratenmoral nachzueifern, wofür sie sich von dem zweifellos bürgerlichen Obersten Gerichtshof ein vollgültiges Ehrenzeugnis ausstellen lassen mußte. Dagegen hat das Zentralorgan der Partei, die unter der Diktatur Bekessys gelitten hat wie nur unter den Maßnahmen eines autoritären Regimes, die Gelegenheit der Befreiung tatsächlich benützt, uns über Wesen und Gefährlichkeit der bürgerlichen Presse aufzuklären. Es ist natürlich wenig dankbar, mit Barrikadenkämpfern, die sich vor Gericht durch eine Gouvernante vertreten lassen, über den Preßkampf der Fackel zu »diskutieren«, da solche Individuen, in deren Brust die marxistische Seele mit der journalistischen wohnt, zwar unbekannten Aufenthalts, jedoch in der Verfügung über Lebenstatsachen durch keine moralische Rücksicht gehemmt sind und man nicht einmal weiß, vor wem man auszuspucken hat. Daß deutsche Arbeiter die Folgen solchen Mannesmutes zu spüren bekommen – und es bedeutet ja den ganzen Inhalt des Unsäglichen –, erscheint offenbar so in die feldherrlich anonyme Verantwortung einbezogen wie das Verfahren, den Nachgebornen die publizistische Kriegswelt als Aufstand einer Parteipresse, die damals Kriegsgedichte druckte, und als Unterwerfung der Fackel vorzustellen. (Folgerichtig würde sich auch deren Falstafftriumph über Bekessy anschließen, gegen den die Marxisten vom ersten Tag an gekämpft haben.) Wenn man das Schandblatt, das so ein Ehrenwürger im Ausland herausgeben kann, während seine inländischen Opfer die Selbstschmähung auf der Brust tragen müssen – wenn man es nur umdreht, gewahrt man die Schmach, die er leichtfertig dem wertvollsten Vertreter der eigenen Sache antut, welchen er unter dem Titel »Dimitroff fordert« sagen läßt:

Ich fordere gleichzeitig, daß van der Lubbe verurteilt wird, da er gegen das Proletariat gearbeitet hat.

Und gesagt hat der Mann, den die Protestierer in die Gefahr gerettet haben:

Van der Lubbe ist als Werkzeug zu bezeichnen, das zum Schaden der Arbeiterklasse verwendet wurde.

Was liegt an der Besudelung menschlichen Wertbestandes, wenn man Druckerschwärze hat und als marxistischer Schriftsteller in der Lage ist, uns über Wesen und Gefährlichkeit der bürgerlichen Presse aufzuklären? Daß die Fakkel dazu nicht ausgereicht hat, darüber sind sich Gelehrte und Plagiatoren einig. Da aber nun doch nicht gut angenommen werden kann, daß die intellektuelle Dummheit (deren Hochmut, so exemplarisch im Fall der Sozialdemokratie, vor diesem kam) der Enthüllung fähig wäre, in der Fackel sei unter dem Vorwand der Satire Propaganda für die bürgerliche Presse getrieben worden, so ist offenbar der Vorwurf beabsichtigt, daß die bürgerliche Gedankenwelt, wie sie sich in den Werken der Shakespeare, Goethe, Gogol, Raimund, Nestroy und Offenbach darstellt, der empörten Jugend schmackhaft gemacht werden sollte. Meint der Dummkopf das, so kann man nur sagen, daß immer etwas dran ist, nicht ohne zu bekennen, daß die bürgerliche Gedankenwelt, selbst dort wo sie tief unter dem Niveau der genannten Schöpfer liegt, Leistungen hervorbrachte, die berghoch über alles ragen, was die sozialistische, in sozusagen deutscher Sprache, bis heute produziert hat (wenn man Brechts eigentlichen Sprachwert rechtens von ihr ablöst, aber dafür die Gehirnschande aller Kampfliteratur und »proletarischen Satire« gründlich berücksichtigt). Wie junge Schwärmer die Verbindung des »Theaters der Dichtung« mit einem Entwicklungsideal für möglich halten, für das Organisches zunächst bloß als Hindernis absehbar ist und das Mittel den Zweck entheiligt, sei ihre Angelegenheit. Wie aber reife Idioten vermeinen, die bürgerliche Gedankenwelt zwischen Shakespeare und Offenbach werde jemals von marxistischem Kunstwollen dahingerafft werden, ist eine Satire, mit der, wenn man noch Lust hätte, die wieder Unzufriedenen der revolutionären Bewegung abzufangen wären.

Man sieht, daß es einem starken Anstoß – oder vielmehr Gegenangriff – wirklich gelingen kann, der Fackel die so lebhaft vermißte Sprache wiederzugewinnen. Wenngleich nicht ganz die begehrte. Was im Denken unserer Freiheitskämpfer, wo es von Papier oder Stroh raschelt, vor allem fehlt, ist das Bewußtsein, daß ihr Eingriff in eine Produktion, die ihren Antrieb von Inhalten und nicht von Forderungen bezieht, an Gewalttätigkeit den des Zensors weit übertrifft, indem es doch gewiß ungebührlicher ist, das was nicht erscheint erzwingen zu wollen, als das was erscheint zu verhindern. Während der Zensor im engen Bezirk des geistigen Objekts amtiert, waltet der Revolutionär freizügig im unbegrenzten Raum seiner Phantasielosigkeit. Solche Beschaffenheit – Teil von jener Unkraft, die das Weltübel der Presse genährt hat, von dem sie wieder dankbar genährt wird – tritt in unsern kleinen Erlebniskreis eines Verlages schon mit der Zumutung ein, jedem einzelnen zu eröffnen, was man und warum man es publizistisch verschlossen hält. Sie verlangen ein Werk, zu dem, wenn nichts anderes, Zeit erforderlich wäre, und nehmen sie für die Aufgabe in Anspruch, mindestens dies ihnen zu schreiben. Nicht einmal die verständlichere materielle Einbuße respektieren sie; denn als Verlag einer Zeitschrift, deren Umschlagsnotizen nicht auf Gewinn berechnet sind, müssen wir es beklagen, daß solche Korrespondenten ihren Anregungen mehr Gewicht beilegen als Porto. Doch diese rein administrative Erwägung war es natürlich nicht, was uns bestimmt hat, den Text der Fackel dem Zweck der Erklärung zu widmen, daß sie kein Organ der öffentlichen Meinung sei, sondern einer Privatlaune, welche ihrem Wesen gemäß in zwanglose Erscheinung tritt – sagen wir: als die Funktion eines Kopfes, den die Parteimenschheit so von unten hinauf als den rätselhaften »Eigenbrötler« bezeichnet, von dessen Brocken ihre Kulis gedeihen, oder gar als den mißdeutbaren »Eingänger«, der aber gar nicht daran denkt, Schulter an Schulter mit der Sozialdemokratie einzugehen. Wir verstehen freilich, daß die Leser – welche wie alle Menschheit, die ihre Phantasie an die Presse verloren hat, die Wirklichkeit nicht sehen – bis zu einem Punkt der Begebenheit aus einem geistigen horror vacui sich's nach einer füllenden Fackel gelüsten lassen konnten. (Zu der unheimlichen Vorstellung, daß sie sie auch in der Straßenbahn zu lesen versucht hätten, mußte es noch nicht reichen, wie auch nicht bei begehrlichen Buchhändlern zu der Erwägung, ob alle, die den Laden »stürmen« würden, Käufer wären.) Bevor es klar sein mußte, daß das Ausbleiben des erwarteten Heftes (888-907) auf einem Grund oder Entschluß beruhe: geistiger und sittlicher Verantwortung, persönlicher Indisposition, erkannter Unzulänglichkeit, mechanischer Verhinderung; oder welchem Motiv immer, das stärker ist als der Wunsch nach Ruhm, Sensation oder sonstigem Literaturgewinn, ja nach einem Erweise geistiger Existenz; bevor deutlich in Erscheinung trat, daß nichts in Erscheinung trat, daß »gerade jetzt«, wo einer »sprechen mußte«, er nicht sprach bevor etwas Nachdenken, etwas Mitfühlen, also etwas Miterleben der Zeit den ganzen Inhalt eines Geschriebenen oder Nichtgeschriebenen und damit die Unmöglichkeit eines Erscheinenden erfassen konnte; bevor der knappe Ausdruck des Schweigens wenigstens jene ansprach, deren geistiges Erlebnis nicht von Stoff und Quantum bestimmt wird – haben wir ja die Mühe nicht gescheut, in würdigen Fällen Aufklärung zu versuchen. Zum Beispiel:

Wien, 29. April 1933

Euer Wohlgeboren!

Nun ist das 34. Jahr der Fackel ohne das versprochene 4. Heft um. Ich maße mir kein Recht an, Sie auf ein »Versehen« aufmerksam zu machen. Ich kenne den Charakter der ›Fackel‹ und auch die für den Leser diesem Werke gegenüber gebotene Distanz. Was mich veranlaßt zu schreiben, ist auch keine »Verehrer«-Vertraulichkeit, vielmehr der Zustand selbst, der die ›Fackel‹ zwangsläufig gebar. War die 4-jährige Winternachtswirklichkeit, die große Zeit der »Extraausgaben beider Berichte«, ein Alpdruck, so gab es gleichwohl einen Kulturraum, wo man über einen »Kantianer«

höhnen, ja, hinwegsehen konnte. Die Strahlen der versunkenen Sonne des 19. Jahrhunderts waren trotzdem noch sichtbar. Jetzt sind wir – horribile dictu!! – im 20. tief drin. Selbst die Möglichkeit, über »Kantianer« Gericht zu halten, ist vorbei, da ja das Objekt ins Jahrhundert allzu weit, unerreichbar fortgeschritten ist. Wie aber die ›Fackel‹ ihre eigene Zeitrechnung losgebunden von der »Aera« hält, so wirkt ihr zeitliches Ausbleiben mit Rücksicht auf die in der Aera Leidenden wie ein Aufhören.

Die ›Fackel‹ fehlt!

Hochachtungsvoll

– –

4. Mai 1933

Sehr geehrter Herr!

Wir danken für Ihre Zuschrift, deren freundlichen Sinn wir freilich besser als ihre Begründung verstehen. Daß das 34. Jahr der ›Fackel‹ »ohne das versprochene 4. Heft um ist«, läßt sich nicht in Abrede stellen, wiewohl dieser keineswegs singuläre Bruch des administrativen Versprechens, das Sie einer Umschlagsnotiz entnehmen, vielleicht dadurch gut zu machen wäre, daß die ›Fackel‹ viermal im Kalenderjahr erscheint. Wie dem jedoch immer sei, und wenn selbst das Kalenderjahr ohne das 4. Heft abgelaufen wäre – was wir heute nicht wissen können –, so dürfte unter allen Gründen, die für das Nichterscheinen eines Heftes denkbar wären, dessen Erscheinen von der Tätigkeit einer Einzelperson abhängt, wohl ein »Versehen« zuallerletzt in Betracht kommen. Ein Zustand, der »die ›Fackel‹ zwangsläufig gebar«, ist uns aber weniger gegenwärtig als einer, der sie zwangsläufig verhindern oder doch verzögern könnte. Wenn Sie zur ermunternden Parallele jene vierjährige Zeit heranziehen, die einen Kulturraum offen gehalten habe, wo die Strahlen der versunkenen Sonne des 19. Jahrhunderts trotz alledem noch sichtbar waren, so haben Sie sich den entmutigenden Schluß, den sie mit einem »horribile dictu!!« für das 20. ziehen, ja nahe genug gelegt. Noch klarer gestellt wäre jedoch die Situation statt durch einen Vergleich der Zeiten durch einen der bloßen Zeitabschnitte. Ohne uns hier auf den Vergleich einlassen zu wollen: welcher Zeitabschnitt der Möglichkkeit eines Erscheinens, im technischen, physischen und geistigen Sinn, und mit einem Rest von moralischem Sinn, fördernder war, möchten wir doch zu bedenken geben, daß der zwischen dem Erscheinen des Heftes Nr. 885-887: Ende

Dezember 1932, und dem Tage Ihrer Mahnung: Ende April 1933 immerhin nicht so groß ist wie der zwischen Nr. 400-403: Anfang Juli 1914 und Nr. 404: Anfang Dezember 1914, und daß insbesondere zwischen dem 1. August 1914 und jenem Wiedererscheinen mehr als vier Monate verflossen waren, seit dem 5. März 1933 aber kaum zwei Monate um sind. (Es gab damals auch eine Pause von Februar bis Oktober 1915.) Ihr freundlicher Hinweis darauf, daß die ›Fackel‹ »ihre eigene Zeitrechnung, losgebunden von der Aera« hatte, scheint mindestens das Abweichen von einer administrativen Regel zu rechtfertigen. Solange ein geistiger Apparat Enttäuschungen ermöglicht, dürfte es vorstellbar sein, daß das Opfer der Leser, deren Erwartung den Autor sicherlich ehrt, kaum so schwer wiege, wie sein eigenes. Dieses wäre nur durch die Vorstellung gemindert, daß es sich um Leser handeln könnte, die nicht so sehr »in der Aera leiden«, als auf den Ausdruck einer Meinung, die sie schon haben, aber teilen möchten, Anspruch erheben und etwa eine Nachdichtung von Shakespeares Sonetten, deren Lektüre ihnen die Wartezeit so gut ausfüllen könnte, wie ihm die Leistung, keineswegs als einen vollwertigen Ersatz und als hinreichende geistige Legitimation gegenüber den Zeitansprüchen um Hitler anerkennen. Der Umstand, daß wir Ihre Mahnung im Gegensatz zu solchen anderer Art einer Antwort für wert erachtet haben, enthebt uns der Notwendigkeit, ausdrücklich zu versichern, daß wir Sie nicht zu jenen Lesern zählen, die sich als der eigentliche Grund für das Nichterscheinen des 4. Heftes herausstellen könnten.

— —

Und in einem Fall, der jener sagenhaften »sozialdemokratischen Vereinigung Karl Kraus« nahesteht, die gewiß das bestgemeinte Oxymoron des Schrifttums bedeutet hat (Finster war's, der Mond schien helle oder auch: Helle war's, die Fackel erschien nicht):

2. September 1933

Der Schäfer und die Nachtigall von Lessing.

Du zürnest, Liebling der Musen, über die laute Menge des parnassischen Geschmeißes? O höre von mir, was einst die Nachtigall hören mußte:

Singe doch, liebe Nachtigall! rief ein Schäfer der schweigenden Sängerin an einem lieblichen Frühlingsabend zu.

Ach!, sagte die Nachtigall, die Frösche machen sich so laut, daß ich alle Lust zum Singen verliere. Hörst du sie nicht?

Ich höre sie freilich, versetzte der Schäfer. Aber nur dein Schweigen ist Schuld, daß ich sie höre.

In einem stillen Alpengasthof rückt uns ein altes Buch diesen Satz vor die Augen und wir müssen wohl kein Wort der Bitte beifügen, diese Abschrift dem verehrten Herausgeber der Fackel zu übermitteln.

— —

6. September 1933

Hochgeehrter Herr!

Wir danken Ihnen für die überaus freundliche Absicht der Mitteilung einer Lessingschen Parabel und müssen zunächst bemerken, daß der Beisatz, es bedürfe wohl keines Wortes der Bitte, die Einsendung dem Herausgeber zu übermitteln, uns leider nicht ganz verständlich ist. Aus eigenem hätten wir es gewiß nicht tun können, da wir uns ja doch an die Umschlagsnotiz halten müssen, welche nicht etwa darum ihre Gültigkeit verloren hat, weil ein Heft, das sie enthält, schon lange nicht erschienen ist oder weil der Inhalt der Einsendung sich eben auf dieses Nichterscheinen bezieht. Freilich würde auch eine ausgesprochene Bitte uns nicht bestimmen, dem Sinn jener Notiz entgegenzuhandeln, die wenigstens für uns verbindlich ist wenn schon nicht für den Einsender, der jeweils Anspruch auf die Ausnahme erhebt. Die Umschlagsnotiz hat den Sinn, der Arbeit an dem Text jede Anregung, die einen Aufenthalt bewirken könnte, fernzuhalten, und die Nützlichkeit solcher Vorkehrung beweist sich doch gerade an dem Inhalt von Einsendungen, deren freundliche Absicht darauf zielt, jene Arbeit zu fördern. Die Ausnahme der Beachtung rechtfertigen dann freilich Fälle, in denen solche Feststellungen notwendig scheinen oder besondere Aufklärungen, durch die einer irrtümlichen Ansicht rechtzeitig begegnet werden kann. Und da müssen wir Ihnen leider mit allem Dank für den Ausdruck so guter Gesinnung die Abwegigkeit der Vermutung darstellen, daß die mitgeteilte Lessingsche Fabel auf die Situation der Fackel in irgendeinem Punkte anwendbar sei. Es mag ja Leser geben, die als Schäfer auch jetzt das Bedürfnis haben, eine Nachtigall singen zu hören, welche ihrerseits wegen des Lärmes der Frösche alle Lust verloren hat. Aber der Vergleich stimmt darum nicht, weil ja das Lied der Nachtigall leider diesen Lärm zum Inhalt haben müßte und die Schäfer wohl nicht angeben könnten, wie das so einfach von ihr zu bewältigen wäre. Ganz abgesehen von der naheliegenden Möglichkeit, daß der Wald brennt, hätte sie es schon darum nicht ganz leicht, weil bekanntermaßen unter den Schäfern sich viele solcher Hörer befinden, die auch dem Lärm der Frösche einen gewissen Reiz abgewinnen und beide Melodien vereinigen zu können glauben. Vielleicht beruht aber diese Deutung des Vergleiches insofern auf einem Irrtum, als ja der Lärm der Frösche immerhin der Natur zugehört, während das, was die österreichische Sozialdemokratie aufführt, so ziemlich das Naturwidrigste ist, was es in dieser Gottesschöpfung geben könnte. Sollten Sie darum unter dem Lärm der Frösche das Toben einer Gewalt meinen, deren Herbeiführung und leider auch vielfache Förderung wir dem Geräusch jener zu verdanken haben, so wäre wohl zu bedenken, ob der Gesang der Nachtigall, wenn das Toben ihn noch hörbar machte, die Kraft hätte, es unhörbar zu machen. Der freundliche Wunsch der Schäfer beweist eine Gesinnung, die von der Nachtigall dankbar anerkannt wird, aber mit einigem Willen zu der Vorstellung akustischer Möglichkeiten werden sie sich noch gedulden müssen.

Empfangen Sie den Ausdruck des Dankes und

unserer vorzüglichen Hochachtung

— —

Unter dem Eindruck der wohlwollenden Mahnung wie ihrer Herkunft hat sich eben in jener Zeit »die Freizügigkeit des Geistes in Traumreden geflüchtet« (wie ein aufgeweckter Prager tadelt). Man war all die Nächte, ohne daß es die Mahner ahnten, an den Schreibtisch gefesselt, das Unmögliche zu versuchen, träumte sich aber dann in einen stillen Alpengasthof, zu Schäfern, und da vollzog sich – »man spricht nur aus dem Schlaf«, und daher wissen wir's – eine Begriffspaarung, die als witziger Unsinn, wie ihn Somnolenz häufig hervorbringt, aufhebenswert erscheint. Dem Gedanken an die schwere Not der Zeit unterschob sich nämlich die Vorstellung, daß es die Lerche war und nicht die Nachtigall, und dem, der so lag (und seine Klinge nicht führte) ging die ganze Ungemäßheit des Seins, Forderns und Vollbringens in einer närrischen Kreuzung von Hexametern auf:

Laudat alauda deum | non vi sed saepe cadendo.

Da kam die Lerche, die den Schöpfer lobt, zu Fall; aber daß der Tropfen den Stein durch Singen höhlen sollte, das schien schon vollends dem »Traumstück« angepaßt:

Gutta cavat lapidem | tirili tirilique canendo.

Es war ein Traum. (Eines »philologischen Flohknackers«).

Als dann später die Melodie des Verzichts hörbar wurde, schied sich die Anhängerschaft in solche, die nunmehr verstanden, oder für den Ausdruck des Schweigens, Wort für Wort, den Inhalt hatten, den sie schon kannten, und solche, die sich links in die Büsche schlugen, um mit der anonymen Forderung nach Mut auszubrechen. Jene waren etwa durch die Gesinnung der Zuschrift vertreten:

Innsbruck, 20. 10.

Gestatten Sie mir, Ihnen zu danken für das letzte Heft der Fackel und Ihnen zu sagen, daß gerade für den, der Ihr Schweigen zu verstehen glaubte, nach so langem, beklommenem Warten dieser Gruß eine Erlösung ist, und ihn zu erwidern ein Herzensbedürfnis.

Die besseren Menschen hatten eben in dieser Zeit bloß ein Lebenszeichen gewünscht und auf Todesmut, dessen Beweis ihnen nicht helfen konnte, geringern Wert gelegt; sie hätten eher alles getan, ihn zu hemmen. Sie erkannten die Forderung als Torheit, wenn nicht als Schlechtigkeit. Die Literaten, denen zehn Zeilen und dazu nichts »als eine kleine Grabrede« auf den großen Widerpart ihres Milieus nicht genügten, wurden so frech, wie sie sind. Die Worte »Man frage nicht« faßten sie vorerst als Erlaubnis des Nachdrucks auf, und da das letzte Glück, ihnen durch Sprache unverständlich zu sein, bekanntlich »noch Interpunktionen bestreiten«, kamen sie dem Hang, hierin Probleme zu erleben, entgegen, und verhunzten das Gedicht. Bei allem Mitgefühl für Berliner Emigranten kann natürlich die Fertigkeit nicht übersehen werden, mit der einer, der geistig unbemittelt herüberkam und dessen deutsches Sprachgefühl vielleicht hinreicht, um sich mit ehrlichen »Komsomolzen« zu verständigen, eine Travestie des Gedichtes liefert, vor der es die gleichgeschaltete Sau graust. Beträchtlich dagegen auch, daß ein Engländer in Kansas so viel Beziehung zu der Sprache und so viel Phantasie für die Dinge der deutschen Welt hat, daß er anstatt »Karl Kraus? Vorbei!« zu kommandieren, vielmehr dessen Gedanken von der polemischen Macht der Natur erfaßt hat und zum neuen Jahr die Wende des Gedichtes also herbeiwünscht:

> – – Herrlicher denn je, durch die Zeiten wacht und wächst das Wort, wenn j e n e W e l t e n t s c h l ä f t. Hoffnung und Trost – so sehr uns auch nach seinem Wort verlangt –: hätten wir die nicht, wie sollten wir nicht schwermütig werden?
>
> . . Gruß und Dank – uns allen aber Geduld und Mut und Glauben!

Ja so gibt es – denn man darf nicht generalisieren – wie schon Nestroy erkannte, »halt allerhand Leut' auf der Welt«. Weiß der Teufel, ob nicht unter den andern solche sind, die, weil Dollfuß (nicht ohne kulturellen Mut und mit Ordnungssinn im Chaos) die Titel der Tagespresse gebändigt hat, Ersatz der Sensation bei der Fackel suchen. Doch daß einem, wenngleich anonymen, Berliner Kommunisten nahegeht, wie Kraus (dieser einst so unduldsame Kritiker!) selbst vom »Abbau der Demokratie in Österreich« unerschüttert bleibt, ist das nicht Sensation genug? Nehmen wir an, der Denker täte recht, ihn auf dem Niveau seiner politischen Erkenntnis zu vermuten; aber hätte er sich nicht auch vorstellen können, daß die Fackel, wenn sie sich seinem Schmerz schrankenlos und mit der bekannten Unduldsamkeit hingäbe, vielleicht schon aus diesem Grund nicht erschiene? Daß ihr Schweigen dann vollends erklärt wäre? Offenbar gibt es jedoch Kenner, die überzeugt sind, daß sie manches sagen darf, was der Parteipublizistik verwehrt ist, und die es deshalb umso unbegreiflicher finden, daß sie sich nicht wenigstens von dem Erlebnis, die Preßfreiheit geschmälert zu sehen, in Harnisch bringen läßt. Sie würden, wiewohl doch in Jahrzehnten eigentlich nichts anderes gesagt war, einem die erzreaktionäre Ansicht einfach nicht glauben, daß: wenn man beizeiten den professionsmäßigen Verhunzern der Werte und Worte Stockschläge verordnet hätte, eine unschuldige Menschheit nicht in Konzentrationslagern mit Stahlruten traktiert würde. Unverständliche Zusammenhänge; immerhin läßt sich der Mangel an Erschütterung beim Abbau der Demokratie leichter, wenn gesprochen wird, erkennen als zu der Zeit, da geschwiegen wurde. Da das Verlangen nach der Fackel auf der Gewißheit fußt, sie werde die linke Gedankenwelt ausbauen und vertiefen – denn man braucht Neues zum Anhalten –, so könnte das Nichterscheinen geradezu auf den humanen Wunsch zurückgeführt werden, Schwärmern die Enttäuschung zu ersparen, und die Illusion, daß man ganz ihrer Meinung sei, ihnen so lange als möglich zu erhalten. Das wäre freilich die schwindelhafte Anmaßung eines geistigen Niveaus; und ehrlicher schon die Eröffnung, daß das Erscheinen der Fackel, wenn wir es denn auf Hiesiges projizieren sollen, eher aus dem Grund problematisch sei, daß hier, wo aus der politischen Fluidität der Heraklit geschöpft haben könnte, und angesichts des Zufalls, daß der Machiavelli kein Landbündler war, nicht einmal die Dummheit der Sozialdemokratie eine solide Grundlage der Betrachtung bildet. Was soll ein Kontrastbild des Grauens, wo das Wesen, das es zu bewahren gilt, sich aufzugeben droht? (Nicht aus Hang, welchen die Demagogie des Mißtrauens fingiert, aber vielleicht aus dem tragischen Zwang, den sie herbeiführt.) Daß da, wenn schon die Sturmflut die Bewältigung ihrer Eindrücke zuließe, täglich der Standort als solcher gefühlsmäßig, meinungsmäßig, von überallher stilistisch alteriert wird – so daß schließlich alles Aktuelle dahinfließt, bis es keines mehr gibt –: das hat in der Vorstellung der Verlangenden so wenig Raum wie das ganze Absurdum. Weder derer, die »es gut meinen«, aber schlecht denken, noch der Lumpen, die zum Abfall taugen und den Weg alles Papieres gehen. Und gerade die Sorte, die in einem Federzug verehrt und verleugnet, tut schließlich, als ob sie ohne die Fackel fürder nicht leben könnte, was ja in einem autorrechtlichen Sinne zutreffen würde, wenn Hirsche nach der Quelle röhren, die sie nicht angeben werden. Alles, was da mit zwei linken Füßen den Fortschritt vertritt, war auf diesen, um wider ein Nichterschenen von etwas Sturm zu laufen, was sie bis dahin von parteiwegen so zu verschmähen hatten, wie sie es für den eigenen Gebrauch goutierten. Sie waren – im Bewußtsein des Versagens aller Intelligenz vor deren grundsätzlicher Negierung; in Pathos und Witz förmlich durch den Chok assimiliert; im Vollgefühl der Gleichschaltung zum reinen Chammer – sie waren einfach um die Beute geprellt und zugleich um die totsichere Erwartung, daß eine Fackel, die gegen Hitler gerichtet ist (und auf diesem Horizont zeichnen sich nur Richtungen ab), die Urheber des Unheils unter ihre Fittiche nehmen werde. Anstatt hüben und drüben immer wieder »Hüben und Drüben« zu lesen. (Denn daß dieser Aufsatz in den Seminaren der sogenannten »Komintern« als Leitfaden sozialdemokratischer Verächtlichkeit tradiert wird, damit ist noch lange nichts getan.) Anstatt sich vorzustellen, daß, wenn schon gegen Hitler »gekämpft« werden soll – wozu doch selbst ein waffenstarrendes Europa sich nicht aufschwingen kann –, wohl auch ein Mauseloch von fünfzig Seiten im Durchmesser reserviert sein könnte, worin sich ein Popanz zu verkriechen hätte, der keinen Spatz mehr schreckt, geschweige denn jenen Polemiker, der nun tauglich sein soll, gegen Kanonen mit dem Wort zu kämpfen.

Manche gutartigen Leser, die, gerade weil sie es aus der Zeitung erfahren haben, noch immer nicht wissen, was geschehen ist, waren geneigt, in diesen lukrativen Titeln der Emigrantenpresse: »Karl Kraus' Abschied?«, »Warum schweigt Karl Kraus?«, »Nachruf auf Karl Kraus«, »Zwei Nachrufe von Karl Kraus«, »Trauriges Ende des Karl

Kraus«, »Aus der Gespensterwelt«, den Einklang ihrer Vorstellung zu vernehmen, da es doch immer wohltut, die eigene Gedankenlosigkeit in einem Druckbild zu erkennen, das man selbst mindestens so gut getroffen hätte. Da war ja alles motivisch beisammen, was noch die nachträgliche Kündigung einer Saalgemeinschaft für »Pandora«, »Wintermärchen«, »Perichole« und eigene Sprachliebhabereien empfehlen könnte – und vollends die Entziehung der Lesefrüchte, die für solche Feinschmecker erst wachsen sollen. Wird viel zurückbleiben, wenn all dies Papier abfällt? Das leidet an jenem intellektuellen Hunger, der durch Nahrung wächst: bis der Schwächezustand eben noch die Halluzination gewährt, daß, sobald nur der Autor der Letzten Tage der Menschheit an deren Ausgang »Es lebe die Freiheit!« ruft, sich der Höllenrachen schließen werde. Die ganze unfaßbare Kontrasthaftigkeit des Weltgeschehens offenbart ihnen der Umstand, daß »in einer Zeit, wo Adolf Hitler das große Wort führt, Karl Kraus schweigt«, der seinerseits darin doch den einzigen Punkt erkennt, wo noch etwas von der Harmonie der Sphären vernehmbar ist, und der nur beklagt, sie durch diese Auseinandersetzung stören zu müssen. Haben sich je in menschlichem Denken – förmlich der Natur des Ereignisses gehorchend – Metapher und Wirklichkeit reiner vermählt? Und das erschrickt nicht vor der eigenen gehirnlichen Möglichkeit, die Antithese zu schaffen, sondern findet sie – staunend, daß sie vorhanden sei – »unerklärlich«. Und von der Presse so verwöhnt, daß man das gedruckte Wort als Fertigware von der Fackel begehrt, wird man an dem »Mut« irre, der, jenen Letzten Tagen gewachsen, knapp vor der Entscheidung, ob sich die Menschheit durch Bakterien oder bloß durch Bomben ausrotten werde, zu keinem andern Ausweg kam, als wenigstens die Sprache, die er nie beherrscht, doch stets behütet hat, in Sicherheit zu bringen. Ein Wohlwollender in Paris glaubt comprendre zu können und also pardonieren zu dürfen, indem er das Zitat aus einer alten Gerichtsrede: »Da erstirbt einem das Wort« heranzieht. Ein Scherflein zur

Apokalypse; aber die andern beurteilen die Wirkungen des Weltuntergangs nach dem Maß der Redefreiheit. Wie das Völkchen den Teufel nie spürt und wenn er sie beim Kragen hätte, weil sie ja trotz und wegen aller Informiertheit sich nicht vorstellen, was sie nicht bereits erleben (und diese Erkenntnis, beileibe nicht »Mut«, bildet den Inhalt der Letzten Tage der Menschheit!), so überschätzen sie das Heil, das von der Fackel ausgehen könnte, und das sie sich mit literarischer Sehnsucht zunächst als einen »um die Erde gehenden Aufruf« vorstellen, also weit über jenen ›Aufruf‹ hinaus, der um den Prager Graben geht. Denn sie ahnen nicht, daß selbst wenn die papierne Wirklichkeit der papiernen Erwartung entspräche, nur das größte Beispiel für ein Inkommensurables gesetzt wäre, solange doch Hitler zwar das große Wort führt, aber auch die große Tat und seine geistigen Machtmittel im Gegensatz zu denen des intellektuellen Denkens eben die Losbindung der tätlichen Möglichkeit gewährleisten. Das Wort, das nicht die Gegentat bewirkt, es wäre freilich der feinere Unfug vor dem groben, den diese ganze Kampfliteratur bedeutet. Dürfte es aber – wenn es könnte – die adäquate und doch so inadäquate Tat: die Abwehr durch Gewalt, durch das vermehrte Unheil entfesseln? Ach, das Wort soll ja nur Literaten »treffen« – das heißt, nicht um sie zum Schweigen zu bringen, sondern um sie anzuregen! (Eine Hoffnung für den Lebensrest, der das Ausgedinge im Bordell vorzuziehen wäre.) Sollte es denn nicht weit unerklärlicher sein, daß in einer Zeit, wo Adolf Hitler das große Wort führt, eine Intellektuellenschaft nicht schweigt, sondern das kleine Wort führt? Ohne Ahnung der Wirklichkeit, obgleich sie doch wissen müßte, daß sie deren Opfer nicht rettet, vielmehr den Umkreis des Verderbens durch provokante Unbegabung erweitert? Denn das Weltbild des Literaten – worin allzu spät die Enttäuschung an der Fackel durchdringt – ist gleichermaßen von der Nichtvorstellung des Wirklichen wie von der Vorstellung des Unmöglichen bestimmt, und wenn's nicht vom Papier käme, wäre es rührend, wie das »letzte Ende«, das die Welt durch das Wort und das Wort durch die Welt korrumpiert zeigt und jegliche Wirksamkeit auf Kosten der Sprache gewonnen, noch Raum hat für den Wunderglauben, das Wort könnte wieder am Anfang sein. Woher haben sie das nur? Von der Presse, und verlangen es von der Fackel! Diese, der es in aller Gegenwart verhängt ist, über dem Satz die Sache zu versäumen – was kann man für seine Schwäche? –, hat solchen Wahn von Wirkung nie genährt; er entspringt dem Hirnriß einer verbalen Ertüchtigung, die doch eben, in politischer Zucht, dies Schrecknis einer Verwirklichung der Phrase heraufbeschwor, das wir nun erleben. Natürlich ließe sich dem Wort, das einer »führt«, wenn er bloß dieses führte, mit dem Wort begegnen; warum denn nicht, wenn man nur angehört würde und wofern man es sich zutraut, selbst ein Auditorium, das vom Schlagwort zur Tat zu entflammen ist, durch das Pathos geistiger Überredung, durch die persönliche Macht einer Kunstsprache, die nicht verstanden, aber geglaubt würde, zu besiegen. Doch das Wort, dem sich das Wort entgegenstellte, hat es nun einmal in sich, daß es – und dies ist ja der Sinn des Ereignisses – alle bisherige Rede der Politik beim Wort, beim Mord genommen hat und mit sich eben nicht »reden« läßt, wer immer es versuchte; daß es den Versuch einer geistigen Gegenwirkung, jede Regung, die den Gewaltsinn anficht, durch sich selbst, durch seine Natur und nicht erst durch seine Wirkung, aufhebt. Man braucht »den Revolver gegen tollwütige Tiere« – erkennt ein etwas wirres Pseudonym –, man wolle ihn »nachtragen«, aber trotzdem auf das »Argument« nicht verzichten. Argument gegen die Tollwut, die sich gegen das Argument richtet, bevor sie noch mit dem Revolver fertig wird! Das Argument dürfte offenbar imstande sein, Sadisten, die Blutsverwandte einander prügeln lassen oder vor denen Gefangene sich als Hund und Katze beißen müssen, die Unzweckmäßigkeit dieser Prozedur zu beweisen und denen, die für eine gefällige »Hindenburgeiche« drei Tage gefastet haben, Entschädigung zu bringen. Wie immer dem sei, während der Revolver bloß ein

Mittel der Wirklichkeit vorstellt, wird dem Argument die Zauberkraft der Metapher zugesprochen, indem es gleichsam ein »Instrument« ist, das aber nicht der Anwalt, sondern der Arzt anzuwenden hat, nämlich um eine »Gehirnmetastase« erfolgreich zu behandeln. Dieses Verfahren besteht in der Methode, die »läppischen Widersprüche teutonischen Wesens zu polemischer Schärfe zuzuspitzen« und »den Kern bloßzulegen«, eine medizinische Behandlung, die das Übel offenbar durch Läppischkeit zu überwinden hofft. Der zu Hilfe Gerufene, der nicht so sehr die Bresthaften heilen als die Neugierigen befriedigen soll, weiß aus langjähriger Praxis, daß es ungleich schwerer ist, Arzt als Literat zu sein, er hat sich zu keinem der Berufe entschließen können und zaudert darum auch vor der zweifachen und großen Gelegenheit, die sich jetzt böte. Der Verehrer, der gewiß zu den bestmeinenden Assistenten, wenn nicht Patienten gehört und schon durch sein französisches nom de guerre sich von den läppischen Widersprüchen teutonischen Wesens abhebt (die übrigens die geringste Ursache zur Unzufriedenheit in den Konzentrationslagern geben sollen) ist sehr besorgt. Er fürchtet, daß »die eindringlichste Stimme Europas« verstummt sei, weil am Ende gar »der Barbarenstiefel auch hieher getreten« und bewirkt habe, »daß die Resignation in ein Herz eingezogen ist, das bisher nicht nur frei davon war, sondern alle Gegengifte der Resignation verbreitet und gezüchtet hat«. An dieser Auffassung, die dem Betroffenen fremd ist, muß die Reminiszenz an jene Letzten Tage der Menschheit beteiligt sein, aus deren »Werkstätte« sich die linke Publizistik »viele Waffen (und zwar die besten) aus nichtrostendem Stahl« geholt habe, insofern nämlich, als hier offenbar vermutet wird, der Autor habe in dem Dialog zwischen dem Nörgler und dem Optimisten sich als diesen vorstellen wollen. Die Angabe, daß im »Rüstzeug«, mit dem heute gekämpft wird, so viel von dort »oder aus der Fackel stammt«, mag als Versuch der Schadensgutmachung anerkannt sein, der Besitzer ist bereit, noch mehr herzuschenken, legt jedoch auf etwas Verständnis Wert und somit auf die Feststellung, daß gerade der frische Mut zu den Gütern gehört, die ihm gestohlen werden können. (Da zum Beispiel der ›Vorwärts‹ damit jetzt in Karlsbad losgeht.) In der Imagination, daß »der Ewigjunge nun doch stehen bleibt, den Kopf senkt und die Hand vor die Augen hält«, scheint eine Verwechslung von Sinneseindrücken obzuwalten. Er ist schon oft stehen geblieben, hat das Auge gesenkt und die Hand an den Kopf gehalten. Daß sich »die Souveränität der Sprache, die Freizügigkeit des Geistes in Traumreden geflüchtet« hat, ist seit jeher geschehen, und da bedarfs keines Aufrufers. Die Vorstellung der ewigen Jugend konnte von rechtswegen immer nur von der Intensität in der Gestaltung des Hoffnungslosen bezogen sein, die eben folgerichtig einmal zum letzten Ende gelangt ist, von der wir aber noch hoffen, daß sie sich am Thema des Mißverstands bewähren wird. Vielleicht handelt es sich auch um eine Verwechslung mit Podiumeindrücken, wie dem Vortrag des Gedichtes »Jugend«, Wirkungen, die einer leidenschaftlichen Bejahung von Kulturwerten bürgerlicher Vergangenheit entstammen und jetzt leider durch die Zeitumstände aufgehalten wurden, aber sicherlich die optimistische Erwartung zulassen, daß der Vortragende, Prager Kampfnaturen zum Trotz, sogar noch einmal den Brief der Metella vortragen wird, den er für trostreicher hält als jeden Aufruf gegen Hitler. Was seinen eigenen »Kampf« anlangt, welchen er in einheitlicher Erfassung mit solchen Gaben (die er keiner artistischen Nebenfähigkeit zuschreibt) zwar durch und durch erlebt, doch auf dem Podium gern vermeidet, so ist er sich in dem Maße seiner Niederlage bewußt, als ihm seine Nachkämpfer die Waffen vorhalten, die sie ihm verdanken. Er streckt sie, er streckt sie vor, und er will sie gar nicht mehr zurückhaben.

Es bedarf aber nicht der Entmutigung, die der Blick auf solche Anhängerschaft gewährt, um unerbittlich klar darüber zu sein, daß in einem Kampf, der sich durch Jahrzehnte auf einem letzten Fußbreit der Entwicklung abspielt – von dem Aufsatz »Apokalypse« bis »Nach dreißig Jahren« –,

Verzweiflung den einzigen Trost bildet, soweit und solange es möglich war, sie in das Glück der Sprache hinüberzuretten. Die Verkürzung achtet der Empfängliche in einem Schweigen, und fühlt dessen Folgerichtigkeit als eben jenen Ausdruck, der dem nicht mehr Einholbaren abschlußhaft gerecht wird. Es ist eine Lage, deren tragischer Inhalt, enthielte er nicht weit mehr, doch so selbstverständlich alles das, was in Lesern und Schreibern vor sich geht, einbezieht, daß das Schweigen doch wirklich auch den umfassenden Wink enthält: Nicht dreinreden! Lanzen hin, Lanzen her – die Knappen, die so viel aus nichtrostendem Diebstahl vorweisen können (was der Ritter zum Glück nicht wiedererkennt), werden einen doch nicht ernstlich lehren wollen, wie man die einem noch gebliebenen Speere zu werfen habe. Woher wissen denn die Pseudonyme, ob man alles das, was sie einem an Greuelmotiven nachempfindend vorhalten, nicht längst erfaßt hat und die irren Schreie des Mädchens, das durch die Straßen Nürnbergs geschleift wird, nicht mit eben der Vorstellungskraft empfing, von der die Literatur etwas abgenommen hat? Könnte sie sich da nicht vorstellen, daß eine Leistung eben darum weniger für den Zweck tauge, weil sie besser ist? Wenn »Hanneles Fieberphantasien vor der Erkenntnis verblassen, daß es in jeder Straße deutscher Städte nunmehr viele Hanneles gibt«, während »der geistige Vater auf einem Schloß sitzt und die goldene Harfe schlägt«, so klingt das ja rein so, als ob der Autor der Fackel, der an dieser Antithese doch nur vom Podium her beteiligt war, sie durch sein publizistisches Schweigen verschuldet hätte. Ihn haben der Empfang des Lippowitz-Rings, »Vor Sonnenuntergang« und allerlei Niederschmetterndes, was vielleicht durch private Bedingtheit, aber noch nicht durch politischen Zwang zu erklären war, längst auf ein Fazit vorbereitet, das trotz allem noch den Abstand erkennen läßt zwischen den Möglichkeiten, daß »Hauptmann schweigt« und daß Großmann redet. Es könnte sogar zweifelhaft sein, ob nicht der Zoll alternden Intellekts an die Natur mit einem Bekenntnis bezahlt wurde, das zwar mit seinem Inhalt, doch nicht mit seiner Ehrlichkeit zu allem Jugendschaffen kontrastiert. Aber wenn unter den Jammergestalten der Welt Gerhart Hauptmanns deren Schöpfer als die einprägsamste zurückbleibt, so möchte man doch nicht dem Webergesellen gleichen, der vor dem Aussichtslosen die Axt ergreift und mit dem Ruf davonstürzt: »Ufgepaßt, jetzt komm ich!« Das wäre so ungefähr die Rolle, die einem zugemutet wird, während man selber »Polemik«, die das Ungeheure mit dem Anspruch auf Wirkung anginge, für »Vermessenheit« im wahren Sinne hält, für ein Beginnen des Größenwahns – innerhalb der nun einmal gültigen Dimensionen –: vielleicht ein Schaustück der Literatur, woran sich diejenigen ergötzen, die vom Grauen noch unberührt sind – doch aller Voraussicht nach Zutat der Pein für eben jene, denen es Trost oder Genugtuung bedeuten sollte. Wenn sich aber Teilnehmer, die von dem Vorgang bewegt sein mögen, einbilden, es bedürfe ihres Stichworts, um einen Kämpfer aufzuputschen, so wäre ihr Typus mit einer andern Gestalt aus den »Webern« vergleichbar: nicht etwa mit der Louise Hilse, sondern mit jener Gans von Fabrikantensfrau, die, während der Aufruhr schon ans Tor dröhnt, die ihr einzig maßgebende Autorität erinnert: »Aber Wilhelm, jetzt solltest du doch ooch mal gründlich dazwischenfahren!« Nicht auszuschöpfende Seichtheit eines Verehrertums, von dem man eher versteht, daß es enttäuscht ist, als wie es zum Verehren kam, produziert die Erwartung, polemischer Witz (Kontraste zuspitzen! – als wären sie nicht eben hier faßbar) werde den elementaren Bann brechen, der Blut zu jeglichem Gebrauche, gemessen wie vergossen, in Wahn und Weihe eingeordnet hat. Die Kunstform der Sprachsatire werde der rasenden Erlaubnis, die mit rückwirkender Rache Gesinnung und Geburt trifft, in den Arm fallen; werde die Wirklichkeit oder doch eine Empfänglichkeit, die keinem Vernunftschluß erreichbar ist, von dem Zauber erlösen, kraft dessen Blut aus Phrasen bricht; von Dunst und Brunst dieser Höllenorgie, dem Angsttraum fleischgewordener Visionen der Breughel und Hieronymus Bosch – von dem Unabwendbaren, das in jedem Augenblick geschieht, wo man daran denkt, oder nicht denkt: das der eigenen Lenkung spottet, und wogegen es doch kein Mittel gibt als die Erschöpfung der Quäler, als den Ablauf der auch hier wirkenden und gegenwirkenden Natur. Und was doch alles noch überboten ist von den Greueln einer Hinterlandsmenschheit, die »es nicht glaubt«, weil es just dort, wo sie noch atmet, nicht in Erscheinung tritt. Welcher Einfall üppiger Phantasiearmut die Vermutung, »Geist« wäre imstande, dem »SA-Geist« – denn so nennt es sich und was sein kann, muß wohl sein – zu imponieren, innerhalb der eigenen Existenzmöglichkeit ihn gar zu überwinden, ja – wäre der Kentaur erledigt – sich aus dem Nessushemd dieses Denkens, aus dem circulus perniciosus von Wahrhaftigkeit und Wehrhaftigkeit, aus dem Labyrinth der Motive, dem Irrsal des sich täglich aufhebenden, in allen Formen scheingeheiligten und eben darum wirksamen Waltens zu stilsicherer Gestaltung zu retten. Welche Verwechslung von Möglichkeit und Notwendigkeit, sie zu versuchen, mit der Unnützheit und Unmöglichkeit, konkurrierend in Erscheinung treten zu lassen, was doch wirken müßte, um nicht lächerlich zu sein! Dies Wagnis, Rückschlag des Hohns, wäre in dem Maße praktisch wertlos, als es artistisch, wie die kleinen Polemiker mit Recht vermuten, ihr totales Vollbringen an eben die Wand drückte, von der hier alle geistige Mühsal abprallt. Wohlverstanden: in der Gleichzeitigkeit mit dem Ausbruch, deren bloße Vorstellung schon das Inkommensurable herstellt zwischen Gewalt und Geist, allen Atem drosselt – gelänge es selbst, ihn zu verströmen – und die stärksten Sätze verpuffen läßt, wie Raketen bei jenem Brillantfeuerwerk, das doch auch nur den festlichen Betrug zum Ungeheuren bildet. Respekt vor dem Unmöglichen! Hut ab beim Begräbnis der Menschheit, wozu kein Protest taugt, nicht Witz mehr noch Pathos, kein Nachruf – außer für den, der zu solchem Anlaß die Literatur enttäuscht!

Wie denn? Wo jener das große Wort führt, Stummheit am

Grab gebietend und dem Leiden die Aussage vom Gegenteil – da wagt sich Literatur hervor, die doch nichts vermag, als Rettung zu verhindern und das Komplott von Zufall und Gefahr zu bestärken? Und auf diesem sittlichen Niveau erhebt sich die Hoffnung auf das »Wort«? Wo man genötigt wäre, auf Schritt und Tritt Zensur zu üben und noch den Dokumenten, die sie drucken, die Anschaulichkeit der Daten zu nehmen, um den Betroffenen (der »den Druck nicht veranlaßt hat« und nun in Todesangst lebt) zu behüten! – »Ist dies das verheißne Ende? Sind's Bilder jenes Grauns?« Das Wort, das es verheißen hat, reicht nicht übers Ende; und hat nicht Anspruch auf Wirkung in so beschaffener Gegenwart. Frevles Verkennen der Dinge, mit den schönen Künsten hineinpfuschen zu wollen, damit die Schlachtenbummler beim Weltuntergang auf ihre Kosten kommen. Nichtsahnend stehen sie vor dem Geschehen und vor der Möglichkeit, daß einen, den sie der Fahnenflucht beschuldigen, blutige Verantwortung der Lust beraubt haben könnte, jemals noch zu solchen Genießern zu sprechen; daß er sich, wär's Pflicht, des Rechts enthoben glaubte, die umfassendste Beschreibung – des Unbeschreiblichen –, die je in einem Halbjahr auf einem Schreibtisch entstanden ist, vor solche Leser zu bringen. Die eindringlichste Stimme Europas weiß besser als ihre Verehrer, daß sie in keinen Hohlraum außer den hundert Herzen, die auch ihr Verstummen hören, einzudringen vermöchte. Der um die Erde gehende Aufruf würde von der nächsten Rotationsmaschine, die Wichtigeres zu verbreiten hat, aufgehalten, wenn nicht vom nächsten Troglodyten »um die Erde« gehauen. Welch falsche Dimensionierung einer publizistischen Wirksamkeit, die niemals erstrebt hat, ihr Wort dem Zweck der Mitteilung dienstbar zu machen! Hätte dieses ganze Verehrertum in den Zeitungen und Zeitschriften, die es in einer zweideutigen Mittelwelt zur Verfügung hatte, anstatt vor abhängigen Verlegern und zitternden Machthabern zu kuschen, immer die Quelle angegeben, aus der es geschöpft hat – selbst dann wäre nicht zu behaupten, es gefiele einem ausländischen Hahn, nach einer Manifestation der Fackel zu krähen. Das ist ja eben das geistesgeschichtliche Unikum, daß die geschickten Linkshänder, die es von ihr haben und behalten, mit berechtigtem Hohn auf den Geltungsumfang der Fackel herabsehen können, das Geschmeiß, das die Autorität erst anerkennt, wenn sie sie beim Verzicht ertappt. Was die Fackel ist, braucht man nur zu bekennen, wenn sie nicht erscheint; bis dahin war sie als bekannt vorausgesetzt. Noch für die entlegenste Situation; wie zum Beispiel in Zürich einer ein deutsches Stimmungsbild entwirft, worin er, vor einem Schaufenster im Ruhrgebiet stehend, zwischen Hitler und der holden Inconnue de la Seine von einem »Zuck« getroffen wird. Er hat nämlich auch ein Büchlein bemerkt, das er jedem Kultusminister für die Schulen empfehlen möchte: »Zum ewigen Frieden«, auf dessen »fast unbekannten Verfasser« er scherzhaft hinweist. Aber daß jeder Zürcher schon wissen wird, von wem das Zitat stammt, mit dem er es hervorhebt: »Nie las ein Blick, von Tränen übermannt, ein Wort wie dieses von Immanuel Kant« – das kann er getrost annehmen. Ein weiland Monograph des Herausgebers der Fackel, der ihn offenbar seither für so berühmt hält, daß man ihn nicht mehr nennen und den Feuilletonredakteur nicht kränken muß. Da der Fall innerhalb der Preßmöglichkeiten winzig ist, so könnte seine Erwähnung den Verdacht wecken, als wollte man eine Reklame reklamieren. Er ist aber bezeichnend für die journalistische Methode, noch im Reden totzuschweigen, ob nun ein Akt individueller Zurückhaltung vorliegt oder redaktioneller Gewaltanwendung gleich jenem Fall, wo von einer verblichenen Berliner Journalistik, heute Märtyrerin der Meinungsfreiheit, aus dem namentlich angeführten, aber ihr mißfälligen Wiener Autor schlechthin »der Wiener« gemacht wurde. Was solcher Nichtswürdigkeit in Form sogenannter Gleichschaltung widerfuhr – deren ethnisch durchaus entsprechende Geistesöde ein Elysium ist, verglichen mit der Quickheit jenes Fälscherkonsortiums –, es stellt sich als der weitaus geringste Eingriff in die Schöpfungsrechte dar, in den Anspruch auf Existenz, in die menschliche Willensfreiheit, der im Umkreis der deutschen Katastrophe zu beklagen ist. Natürlich kann auch nicht oft genug betont werden, daß die vorbildlichen Repressalien der Schwarz-Drucker und Druckschwärzer am Werk der Fackel, bei aller Verfluchtheit, Beharrlichkeit und Typushaftigkeit, als das weitaus geringste der Berufsverbrechen anzusehen sind, die die Presse grundsätzlich an allem Naturhaften und Geistigen begehen muß. Aber das Hindernis für die äußere Wirkung dessen, was hier jemals vollbracht wurde, könnte nur von Schwärmern verkannt werden. Vielleicht wäre die auffallende, selbst im Sinne der Zunft »sensationelle« Kundgebung der französischen Gelehrten (in jedem andern Fall ein Thema für den politischen Leitartikel; gewichtiger als der Nobelpreis, auf den sie abgezielt war und der auch nur durch die Einflüsse der Zunft dem Eiteln vereitelt wurde) imstande gewesen, das Komplott zu durchbrechen, wenn es sich nicht just aus diesem Anlaß zu der Wut eines Schweigens verdichtet hätte, das weit sensationeller war, und eigentlich auch bemerkenswerter, als daß der Herausgeber der Fackel vor dem Höllentor den Ausdruck versagte, den dieselbe Presse von ihm erwartet hat. Überraschender aber als daß sie sich darüber das Maul zerreißt, wäre noch, daß sie es öffnen sollte, um seinen Aufruf um die Erde zu verbreiten. Fiele ihr ja gar nicht ein! Freilich wäre es auch ein trauriger Ehrgeiz, mit ihrem vieillard terrible Shaw oder einem beliebten Widerpart der öffentlichen Meinung wie dem Herrn Mencken konkurrieren zu wollen, und es gehört auch sicherlich zu den wenigen Entschädigungen des Daseins, unbekannten Aufenthalts in Paris zu sein, wenn gerade die Emil Ludwig und Stefan Zweig als Vertreter deutschen Geisteslebens fetiert werden. Da bedarf es nicht einmal des andern »Weber«-Zitats: »Du hast hier deine Parte – ich drieben in jener Welt« (Für was hätt ich denn hier gesessen und Schemel getreten vierzig und mehr Jahr? und hätte ruhig zugesehn, wie der dort drieben in Hoffahrt und Schwelgerei lebt . .?) Es sei bloß der Überschätzung des irdischen Einflusses der Fackel entgegengehalten, die in diesem Belange den krümmsten Federn der Linkspresse weit mehr vertraut. Wir sind der Meinung, und die dürfte ausnahmsweise gelten: daß der Chorus dieser kleinen Losgeher – so unverantwortlich im Einzelfall der Angriff sein mag, weil er Untaten, die er enthüllt, vermehren könnte – mehr Echo hat als aller Donner, den die Fackel schuldig blieb; mehr praktischen Wert und unmittelbare Wirkung als der geistigste Einspruch, indem die Gesamtstimme schließlich doch in der Meinung des Auslands nachklingt, wofern diese noch einen Faktor gegen die Gewalt bildet, also bis zu dem möglichen Erfolg der Hemmung eines Übels, dessen schlimmste Instinkte im Einzelkampf gereizt werden. Ohne Zweifel, dieses Ensemble von Angreifern zeigt – bis zur Verhatschung der Hitler-Witze – einen Tiefstand der polemischen Satire, der der Vermutung angeborener Intelligenz weit wirksamer Hohn spricht als dem Objekt und nur ein Staunen läßt, wie die zurückgebliebene zurückgebliebenste deutsche Publizistik nach solchem Abgang noch durch Talentlosigkeit aufzufallen vermag. Man sollte glauben, das Erlebnis, so vehement es einer Vergeistigung widerstrebt, könnte auf dem Niveau der Tendenzkunst den Betroffenen doch den Antrieb und also den Zuwachs an Kraft unmöglich vorenthalten; aber sie haben sich von dem stofflichen Übermaß durch Blutleere abgehoben, und alle, mit Mann und Mehring, sind gescheitert.

Gleichwohl wäre es in jedem Sinn vermessen, die Wirkung, die das Wort auf diesem Niveau zu erzielen vermag, nicht vorweg über die Möglichkeit der Fackel zu stellen. Hier ist hauptsächlich ein Faktor bestimmend, der alle um die Erde schweifende Hoffnung zunichte macht. Die Chance liegt doch, wenn jemals so hier, in der Übersetzbarkeit; und diese wird umso problematischer, je enger das zu übersetzende Werk mit der Sprache verbunden ist, in der es erscheint. Denn ob man nun die sprachkritische Schrulle des Autors der Fackel teilt oder nicht: daß der Beweis für ein

Sprachwerk dessen Unübersetzbarkeit ist und daß keines, am wenigsten aber ein deutsches, in eine andere Sprache übersetzt, höchstens von einem Dichter der andern Sprache ersetzt werden kann (der die Sprache des Originals gar nicht selbst, sondern nur aus der Übersetzung, der Rohübersetzung kennen muß); ob man also diese Schrulle (üb' Ersetzen!) teilt, die von Goethe abwärts das Wissen aller Dichter war und nur von den Übersetzern oder auf Shakespeare beeideten Gerichtsdolmetschen bestritten wird – daß bei einer Übersetzung ins Englische oder Französische von dem Scherflein (Schärflein) Heinrich Manns gegen Hitler alles bleibt, vom Aufwand der Fackel nichts bliebe als höchstens der Nutzwert einer Meinung, die man ohnehin schon kennt, die man weit reibungsloser und ohne Widerhakenkreuz gegen die Linkswelt empfangen hat: das müßte sogar dieser einleuchten. Vielleicht aber auch, daß ein polemisches Kunstwerk in seinem Reichtum an Satzumschlingung, an Bezügen und Voraussetzungen, denen doch nur der geschulte Leser gewachsen ist, dem oberflächlichen Erfassen, wie es die Übersetzung vermitteln könnte, solchen Widerstand entgegenhält, daß nichts bliebe als Überdruß. Wenn es – wir wollen es »Dritte Walpurgisnacht« nennen – schon in den führenden und durchwaltenden Zitaten den ganzen Prospekt der geistigen Landschaft böte, die den Schauplatz seiner Handlung bildet, wie sollte jene transplantiert werden? Die stilistische Leistung wäre, zu den vielfachen Verbindungen, die das eigene Wort eingeht, hier schon in Fund und Gruppierung enthalten, aller Gehalt an Überzeugung und Beglaubigung wäre darin verwahrt, kurz alles, was den »Aufruf« bestärken soll, um die Erde zu gehen, und was ihn doch eben daran hindert. Es könnte etwas entstehen von der Art, wie es neulich (in Prag) als Übersetzerleistung hinausgestellt wurde. Lichtenberg:

Ist es nicht sonderbar, daß eine wörtliche Übersetzung fast immer eine schlechte ist?

Lichtenberger jedoch:

Tout ce qui passe
N'est que symbole;
L'Imparfait
Ici trouve l'achêvement;
L'Ineffable
Ici devient acte;
L'Eternel-Féminin
Nous entraine en haut.

Da dürfte man entweder »So ist es!« zu bemerken haben – l'Imparfait, hier wird's Ereignis – oder der Meinung sein, daß es nicht so sehr der Schluß des »Faust« als der Anfang der Sanktionen sei, leider gegenüber dem edelsten Besitz, mit dem Deutschland sich vor der Welt ausweisen könnte. Nun fragen wir aber – wenn es im deutschen Sprachgeist lebende Franzosen gibt (es gibt!) und wenn sie bezweifeln, daß die obige fast tadellose Übersetzung etwas mit Goethe zu tun habe –: wie es mit den folgenden Sprachgebilden bestellt wäre und ob sie, wollte man sie propagieren, der Ausschöpfung ihres Beziehungsreichtums nicht weit mehr Hindernisse entgegenstellten, als sie Worte haben. Was würde aus solchem Motto:

Zum Schauderfeste dieser Nacht, wie öfter schon,
Tret' ich einher – –
Wie oft schon wiederholt sich's! – –
Ich wittre Leben. Da geziemen will mir's nicht
Lebendigem zu nahen, dem ich schädlich bin;
Das bringt mir bösen Ruf und frommt mir nicht.
Schon sinkt es nieder. Weich' ich aus mit Wohlbedacht.
– –

Am besten geschäh' dir,
Du legtest dich nieder,
Erholtest im Kühlen
Ermüdete Glieder,
Genössest der immer
Dich meidenden Ruh.
– –

Ich wache ja! O laßt sie walten
Die unvergleichlichen Gestalten,
Wie sie dorthin mein Auge schickt.
So wunderbar bin ich durchdrungen!
Sind's Träume? Sind's Erinnerungen?
Schon einmal warst du so beglückt.

– –

Ein neuer Narr – Zu neuer Pein –
Wo kommt er her – Wie kam er ein –
Der alte fiel – der hat vertan –
Es war ein Faß – Nun ist's ein Span.

Das ist ein Schalk – der's wohl versteht –
Er läßt sich ein – Solang' es geht –
Ich weiß schon – was dahinter steckt –
Und was denn weiter? – Ein Projekt.

– –

Da droben rasselt's, klappert's schon,
Ein wunderbarer falscher Ton.

– –

Wie mich, den Schläfer, frisch ein Geist durchglühte,
So steh' ich, ein Antäus an Gemüte.
Und find' ich hier das Seltsamste beisammen,
Durchforsch' ich ernst dies Labyrinth der Flammen.

– –

Wo bin ich denn? Wo will's hinaus?
Das war ein Pfad, nun ist's ein Graus.

– –

Das Element drang gräßlich auf mich los;
Es war ein Schein, allein der Schein war groß.

– –

Nicht näher! Drohend-mächtige Runde,
Du richtest uns und Land und Meer zugrunde!

– –

Wer schaut hinab von diesem hohen Raum
Ins weite Reich, ihm scheint's ein schwerer Traum.
Wo Mißgestalt in Mißgestalten schaltet,
Das Ungesetz gesetzlich überwaltet,
Und eine Welt des Irrtums sich entfaltet.

– –

Ein widrig Volk! Doch darf's mich nicht verdrießen,
Als neuer Gast anständig sie zu grüßen.

– –

Allein, was ich bisher gesehn,
Hinein da möcht' ich mich nicht wagen.

– –

Warum denn nicht! – Ich sehe was, und staune!
So stolz ich bin, muß ich mir selbst gestehn:
Dergleichen hab' ich nie gesehn,
Die sind ja schlimmer als Alraune . . . .
Wird man die urverworfnen Sünden
Im mindesten noch häßlich finden,
Wenn man dies Dreigetüm erblickt?
Wir litten sie nicht auf den Schwellen
Der grauenvollsten unsrer Höllen. – –
Die Parzen selbst, das Chaos, eure Schwestern,
Ich sah sie gestern – oder ehegestern;
Doch eures Gleichen hab' ich nie erblickt,
Ich schweige nun und fühle mich entzückt.

– –

Wie wunderbar! das Anschaun tut mir Gnüge,
Im Widerwärtigen große tüchtige Züge.

– –

Die Majestät verzeihe, wenn ins Kleine
Das hohe Werk ich zu erniedern scheine.

– –

Und sagt! Wie konnte das geschehn?

– –

Erst gewahrten wir vergnüglich
Wilden Wesens irren Lauf;
Unerwartet, unverzüglich
Trat ein neuer Kaiser auf.
Und auf vorgeschriebenen Bahnen
Zieht die Menge durch die Flur;
Den entrollten Lügenfahnen
Folgen alle. – Schafsnatur!

– –

Haben wirklich Platz genommen,
Wissen nicht, wie es geschah.

Fraget nicht, woher wir kommen,
Denn wir sind nun einmal da!
– –

Sind Briten hier? Sie reisen sonst so viel,
Schlachtfeldern nachzuspüren, Wasserfällen,
Gestürzten Mauern, klassisch dumpfen Stellen,
Das wäre hier für sie ein würdig Ziel.
– –

Ich griff nach holden Maskenzügen
Und faßte Wesen, daß mich's schauerte . . . .
Ich möchte gerne mich betrügen,
Wenn es nur länger dauerte.
– –

Daneben, das Gebild des Wahns,
Verschwindet schon beim Krähn des Hahns.
Dergleichen Märchen seh' ich oft entstehn
Und plötzlich wieder untergehn.
– –

Angestrengtest, nimmer müde,
Kolossal-Karyatide,
Trägt ein furchtbar Steingerüste,
Noch im Boden bis zur Büste;
Weiter aber soll's nicht kommen,
Sphinxe haben Platz genommen.

Wäre in solchem Motto nicht alles enthalten, mit Zögern und Angehen, Schweigen und Sagen dazu? Aber das deutscheste Ereignis – dem der Superlativ ziemt – ist wunderbarer Weise Zug um Zug im deutschesten Gedicht präformiert. Und was würde aus dieser Fülle von Motiven:

Gib nach dem löblichen Verlangen,
Von vorn die Schöpfung anzufangen!
Zu raschem Wirken sei bereit!
Da regst du dich nach ewigen Normen,
Durch tausend abertausend Formen,
Und bis zum Menschen hast du Zeit.

Wenn einer mir ins Auge sieht,
Werd' ich ihm mit der Faust gleich in die Fresse fahren,
Und eine Memme, wenn sie flieht,
Faß ich bei ihren letzten Haaren.

Wer das Gesicht mir zeigt, der kehrt's nicht ab
Als mit zerschlagnen Unter- und Oberbacken;
Wer mir den Rücken kehrt, gleich liegt ihm schlapp
Hals, Kopf und Schopf hinschlotternd graß im Nacken.

Der tüchtige Fuß nimmt Teil an ihrem Glück,
Setzt dem Erschlagnen frisch sich ins Genick.

Am Ende treiben sie's nach ihrer Weise fort,
Als wenn sie nicht erzogen wären.

Im Sieg voran! und alles ist erlaubt.

Diese Unvergleichlichen
Wollen immer weiter,
Sehnsuchtsvolle Hungerleider
Nach dem Unerreichlichen.

Den lieb' ich, der Unmögliches begehrt.

Dort war's in Rom. Er bleibt dir hoch verpflichtet,
Auf deinen Gang in Sorge stets gerichtet.

Dem Klerus hab' ich eine Lust verdorben,
Und ihre Gunst mir freilich nicht erworben.

Sie streiten sich, so heißt's, um Freiheitsrechte,
Genau besehn, sind's Knechte gegen Knechte.

Mit solchem Streit verliert man Zeit und Weile
Und führt doch nur geduldig Volk am Seile.

Wie tobt's in diesen wilden Tagen!
Ein jeder schlägt und wird erschlagen,
Und für's Kommando bleibt man taub. –
Der Mietsoldat wird ungeduldig,
Mit Ungestüm verlangt er seinen Lohn,
Und wären wir ihm nichts mehr schuldig,
Er liefe ganz und gar davon.
Verbiete wer, was Alle wollten,
Der hat ins Wespennest gestört;
Das Reich, das sie beschützen sollten,
Es liegt geplündert und verheert.

Auch, Herr, in deinen weiten Staaten
An wen ist der Besitz geraten?
Wohin man kommt, da hält ein Neuer Haus
Und unabhängig will er leben;
Zusehen muß man, wie er's treibt;
Wir haben so viel Rechte hingegeben,
Daß uns auf nichts ein Recht mehr übrig bleibt.

Wir wollen alle Tage sparen
Und brauchen alle Tage mehr.

Verpfändet ist der Pfühl im Bette,
Und auf den Tisch kommt vorgegessen Brot.

Wo fehlt's nicht irgendwo auf dieser Welt?
Dem dies, dem das, hier aber fehlt das Geld.

Die Goldespforten sind verrammelt,
Ein jeder kratzt und scharrt und sammelt
Und unsre Kassen bleiben leer.

Ein großer Aufwand, schmählich! ist vertan.

Er ahnet nicht, was uns von außen droht,
Laß ihn die Narrentheidung treiben,
Ihm wird kein Raum für seine Possen bleiben;
Gesetz ist mächtig, mächtiger ist die Not.

Wie er es drückt und wie er's ballt,
Bleibt's immer doch nur ungestalt.

Solang' das treue Blut die vollen Adern regt,
Sind wir der Körper, den dein Wille leicht bewegt.

Viele schwören reine Huldigung
Dir, wie manche treue Schar;
Doch Untätigkeits-Entschuldigung,
Innere Gährung, Volksgefahr.

Das sind die saubern Neuigkeiten,
Wo aus der Kehle, von den Saiten
Ein Ton sich um den andern flicht.
Das Trallern ist bei mir verloren,
Es krabbelt wohl mir um die Ohren,
Allein zum Herzen dringt es nicht.

Nötigt sie herabzusteigen!
Sie verbergen in den Zweigen
Ihre garstigen Habichtskrallen,
Euch verderblich anzufallen,
Wenn ihr Euer Ohr verleiht.

Durch Weiberkünste, schwer zu kennen,
Verstehen sie vom Sein den Schein zu trennen,
Und jeder schwört, das sei das Sein.

Das ist ein wunderbarer Gruß,
Die kühnsten Klettrer sind konfus.

Auf meinem Harz der harzige Dunst
Hat was vom Pech und das hat meine Gunst;
Zunächst der Schwefel . . . .

Sind's Menschenstimmen, die mein Ohr vernimmt?
Wie es mir gleich im tiefsten Herzen grimmt!
Gebilde, strebsam, Götter zu erreichen,
Und doch verdammt, sich immer selbst zu gleichen.

Die Ungestalten seh ich an
Als irden-schlechte Töpfe,
Nun stoßen sich die Weisen dran
Und brechen harte Köpfe.

Hier wittert's nach der Hexenküche,
Nach einer längst vergangnen Zeit.

Sonst waren's Ritter, König, Kaiser,
Jetzt sind es nichts als leere Schneckenhäuser.
Gar manch Gespenst hat sich darein geputzt,
Das Mittelalter lebhaft aufgestutzt.

Gespenster hier wie dort vertrackt,
Volk und Poeten abgeschmackt.

Das Tiefe hoch, das Hohe tief,
Das Schiefe grad, das Grade schief,
Das ganz allein macht mich gesund,
So will ich's auf dem Erdenrund.

Hast du, o Thales, je in einer Nacht,
Solch einen Berg aus Schlamm hervorgebracht?

Es liebt sich jetzt ein jedes Kind
Den Harnisch und den Ritterkragen;
Und, allegorisch wie die Lumpen sind,
Sie werden nur um desto mehr behagen.

Auch flattern Fahnenfetzen bei Standarten,
Die frischer Lüftchen ungeduldig harrten.
Bedenkt, hier ist ein altes Volk bereit
Und mischte gern sich auch zum neuen Streit.

Nun ist Verwirrung überall.

Eilet, bequemen
Sitz einzunehmen,
Eilig zum Werke!
Schnell für Stärke.
Noch ist es Friede;
Baut euch die Schmiede,
Harnisch und Waffen
Dem Heer zu schaffen.

Wer wird uns retten!
Wir schaffen's Eisen,
Sie schmieden Ketten.
Uns los zu reißen
Ist noch nicht zeitig,
Drum seid geschmeidig.

Nur sachte drauf! Allzugewohnt ans Naschen,
Wo es auch sei, man sucht was zu erhaschen.

Ganz recht! Sie sind nicht mehr zu zügeln.

Das passet nicht in unsern Kreis:
Zugleich Soldat und Diebsgeschmeiß.

Der raubt sich Herden, der ein Weib,
Kelch, Kreuz und Leuchter vom Altare,
Berühmt sich dessen manche Jahre
Mit heiler Haut, mit unverletztem Leib.

Der darf auf Schand und Frevel pochen,
Der auf Mitschuldigste sich stützt,
Und: Schuldig! hörst du ausgesprochen,
Wo Unschuld nur sich selber schützt.

Ein Richter, der nicht strafen kann,
Gesellt sich endlich zum Verbrecher.

Ich merk', es hat bei diesen Leuten
Verwandtschaft Großes zu bedeuten.

Weh dir, daß du ein Enkel bist!

Das ging so fort, nun sind wir da
Und wissen selbst nicht, wie's geschah.

Jetzt so, mit ungeheurem Streben,
Drang aus dem Abgrund ich herauf,
Und fordre laut, zu neuem Leben,
Mir fröhliche Bewohner auf.

Apollen hält ein froh Verweilen
Dort nun mit seliger Musen Chor.

Die Lamien sind's, lustfeine Dirnen,
Mit Lächelmund und frechen Stirnen,
Wie sie dem Satyrvolk behagen;
Ein Bocksfuß darf dort alles wagen.

Man weiß, das Volk taugt aus dem Grunde nichts;
Geschnürten Leibs, geschminkten Angesichts;
Nichts haben sie Gesundes zu erwiedern,
Wo man sie anfaßt, morsch in allen Gliedern.
Man weiß, man sieht's, man kann es greifen,
Und dennoch tanzt man, wenn die Luder pfeifen.

So sei die Zeit in Fröhlichkeit vertan!
Und ganz erwünscht kommt Aschermittwoch an.
Indessen feiern wir, auf jeden Fall,
Nur lustiger das wilde Carneval.

Indessen wogt, in grimmigem Schwalle,
Des Aufruhrs wachsendes Gewühl.

Man läßt ihr Toben, wütend Hausen,
Schon ist die halbe Welt vertan;
Es sind noch Könige da draußen,
Doch keiner denkt, es ging' ihn irgend an.

Laß du den Generalstab sorgen
Und der Feldmarschall ist geborgen.

Mit diesen hast du dich vereinigt,
Mich hat's die ganze Zeit gepeinigt.
Das Gaukeln schafft kein festes Glück.

Die Sünd' ist groß und schwer, womit ich mich beladen,
Das leidige Zaubervolk bringt mich in harten Schaden.

Mir schaudert vor dem garstigen Kunden
Und seiner Rabentraulichkeit.

Am Ende hängen wir doch ab
Von Kreaturen, die wir machten.

Selbst ist der Mann! Wer Thron und Kron begehrt,
Persönlich sei er solcher Ehren wert.
Sei das Gespenst, das gegen uns erstanden,
Sich Kaiser nennt und Herr von unsern Landen,
Des Heeres Herzog, Lehnsherr unsrer Großen,
Mit eigner Faust ins Totenreich gestoßen!

Dagegen gäbe es in so einem Aufruf eine beziehungsvolle Stelle, die sich wenigstens ins Englische übersetzen läßt, wenngleich nur von Shakespeare:

Das arme Reich
Kennt kaum sich selber mehr. Nicht unsre Mutter
Kann's heißen, sondern unser Grab: wo Nichts
Als was Nichts weiß, man jemals lächeln sieht;
Wo Schrein und Seufzen, das die Luft zerreißt,
Gemacht wird, nicht gemerkt; wo heft'ger Kummer
Alltägliche Erregung scheint. Man fragt
Beim Läuten kaum: für wen? Der Guten Leben
Welkt schneller als der Blumenstrauß am Hut,
Und stirbt noch eh es krank wird.

(»O Bericht, zu herb, doch nur zu wahr!«) Indes maßen wir – Verlag der Fackel – uns den Glauben an, daß die Unübersetzbarkeit einer Prosa, die auf solchem Gedankengrund ihre Sätze baut, hinter der Schwierigkeit der Dichter nicht zurückbleibt und nicht zurückbleiben darf, wenn sie in Ehren bestehen will. Wir wissen, daß wir uns mit dieser stolzen Einschränkung sprachlicher Nutzbarkeit von allem entfernen, was die Menschheit auf Universitäten, durch Bücher und Journale gelernt und insbesondere durch den Gebrauch der Sprache erlitten hat. Wir möchten aber noch weiter gehen und deren Begriff unter einen so exklusiven nationalen Gesichtspunkt stellen, daß vor allem dessen Bekenner ausgeschlossen wären. So wollen wir denn sagen, daß die Not, der ein deutsches Sprachwerk und zumal ein solches ausgeliefert ist, nicht nur die Übersetzung in fremde Sprachen betrifft, sondern hauptsächlich die ins Deutsche. Denn was würde wohl von einem Werk, das in diesem nicht bloß »verfaßt«, sondern aus der deutschen Sprache erschaffen ist, übrigbleiben, wenn es in diejenige übersetzt würde, die heute von deutschen Lesern verstanden wird? Das eben macht ja das besondere Sprachwunder aus, daß hier Bedeutung und Verwendung sich so erschütternd absondern, weil der Weg vom Wert zum Nutzen, vom Gedanken zum abnehmbaren Sinn ein viel weiterer ist als in jeder andern Sprachsphäre. Darum dürfte es der Leser fast so schwer haben wie der Übersetzer, und gerade mit manchem Versuch, den unser Autor unternommen haben könnte, den Sündenfall deutschen Lebens sprachtheologisch zu betrachten. Da dürften radikale Schwachköpfe, welche von dem, der die Sprache »meistert«, nichts weiter als den Ausdruck seiner oder gar ihrer Meinung verlangen, sein Schweigen vielleicht einer Strapaze vorziehen, wie er sie ihnen etwa durch eine Auseinandersetzung mit jenem Denker Gottfried Benn zugemutet hätte, der in einem bemerkenswerten geologisch-feuilletonistischen Wirrwarr den jetzt sich regenden »Typ« (unverwüstliches Berlin!) aus dem »Irrationalen« abgeleitet und zur Deutung nicht mit Unrecht auf das

»Quartär« zurückgegriffen hat, wo es freilich noch kein Radio und kein Feuilleton gab. Der auf Äonen eingestellte Schwärmer hatte wirklich der Ansicht Ausdruck gegeben, daß es sich gar nicht um eine neue Regierungsform handle, sondern »um eine neue Vision von der Geburt des Menschen, vielleicht um die letzte großartige Konzeption der weißen Rasse, wahrscheinlich um eine der großartigsten Realisationen des Weltgeists überhaupt«. Da man aber solches nicht mit Bestimmtheit wissen kann und zunächst das Greifbare zu erwägen ist, so wurde ihm der Vorschlag gemacht, statt der irrationalen Bemühung und des metaphysischen Ausbaus der Konzentrationslager lieber der folgenden Untersuchung näherzutreten:

»Vielleicht würde ein Literat, der sich der Sprache immerhin bis zum Ornament genähert hat, es sogar verstehen und schließlich glauben, daß in der journalistischen und rednerischen Bekundung des neuen Denkens bisher auch nicht ein deutsches Wortgebilde sichtbar oder hörbar geworden ist, nicht eines, das den deutschen Inhalt nicht Lügen strafte. Die Sprache verdankt freilich dem Umsturz, der wohl schon im Grundwort »Nazi« sich als Realisation des Weltgeistes andeutet, manche neuen Bildungen, und solche, die man eben vor dem Aufbruch des neuen Wesens unmöglich hätte erringen oder durchdenken können. Damit sind nicht etwa aparte Formen gemeint, wie man sie auch in der jüdischen Presse antrifft, die prinzipiell jedes Wort, das ihr nur unter die Hände kommt, krumm biegt und schwer beugt; nicht der falsche Dativ, der durchweg als der einzige Kasus anerkannt ist: »belli«, des Kriegsfußes, auf dem alle deutsche Publizistik mit der deutschen Sprache lebt; nicht die Unfähigkeit, den simpelsten gedanklichen Inhalt logisch zu stilisieren und die einfachste Konstruktion durchzuhalten; nicht anderseits die Konsequenz, mit der sich alles Großdeutsche die Einmischung des Auslands »verbietet«. Nicht einmal der Umstand, daß die nationalsozialistische Presse Deutschlands die Mahnung erläßt:

Deutscher, lese nur arische Zeitungen!

Denn:

Vergeß nicht, daß du ein Deutscher bist!

Also die Erinnerung an ein Ideal, dem sie schulbeispielhaft, doch ohne Beispiel der Schule entgegenwirkt. Nicht das Scherflein, mit dem das österreichische Bruderblatt Anschluß findet:

Liest euch die Weisungen genauer durch!

Daß sich wegen solchen Eifers, der sich leider auf kein Lehrbuch der deutschen Grammatik erstreckt, die deutschbewußte Journalistik von den prominentesten Analphabeten der andern verhöhnen lassen muß, ist gewiß beschämend; aber derlei wird als zum täglichen Hand- und Mundwerk gehörig nicht leicht zu vermeiden sein, solange vor allem der Imperativ in Geltung ist:

Hält eure Fäuste bereit!

wiewohl doch einer der Feuersprüche bei der Bücherverbrennung gelautet hat:

Gegen Verhunzung der deutschen Sprache! Für Pflege des kostbarsten Gutes unseres Volkes!

Leicht gesagt, schwerer getan. Hätte ich Mut, würde ich mutmaßen, daß eine Prüfung auf Sprachgefühl und grammatikalisches Wissen der Leute, die durch die Forderungen »Deutschland erwache!« und »Juda verrecke!« zu Macht und Vermögen gekommen sind, schon bei der Frage nach der Konstruktion jener auf Schwierigkeiten stößt (oder stoßt, wie sie grundsätzlich sagen und schreiben). Sie wissen bestimmt nicht, daß da ein Komma hineingehört, weil die jeweils genannte Nation, die doch angeherrscht werden soll, sonst nicht die zweite, sondern nur die dritte Person vorstellt und die verlangte Tätigkeit: erwachen oder verrecken, nicht die Befehlsform, sondern bloß die Wunschform annimmt, die ja namentlich im Fall Juda nicht angebracht wäre. Wenn zum Beispiel das sinnverwandte »Verderben, gehe deinen Gang!« (Schiller) ohne Komma dastünde, so würde nicht das Verderben angerufen, sondern etwa ein Führer, dessen Gang es folgen möge. Das Ausrufezeichen sichert noch nicht den Befehl, sondern könnte eine Verstärkung des Wunsches sein. Freilich muß man in dem Zitat, das Deutschland und Juda betrifft, den Fehler übernehmen, der insofern nicht uneben ist, als so brüske Forderung durch Sorgfalt des Ausdrucks abgeschwächt würde. Schließlich standen die Cäsaren immer über der Grammatik, und besser autarkisch nicht deutsch können, als Fremdwörter gebrauchen, von denen man doch nie wissen kann, was sie bedeuten. (Etwa: »dynamisch« oder »Synthese«.) Gerade ihr Ersatz hat zu einer Bereicherung des deutschen Sprachschatzes geführt, um die uns die Nationen beneiden. Sie verdankt sich aber auch den erweiterten Bedürfnissen des Handelsverkehrs, und diese Entwicklung rechtfertigt – letzten Endes – die treuherzige Übernahme jüdischer Bräuche, die Bewahrung einer Inflation der Schiebersprache, der das Schrifttum der Republiken Raum gewährt hat und die heute das erwachte Urseelentum in allen Varianten »hundertprozentig« beglaubigt, so daß man sagen kann: »geht in Ordnung«. Das Besondere ist aber die Fähigkeit, in eben diesem Geiste schöpferisch fortzusetzen und zu arteigener Neubildung zu gelangen, welche die Sprache dem Bedürfnis einer tiefen Unehrlichkeit anpaßt und dem Hang zur Scheinheiligung, zur Verschleierung schmählicher Sachverhalte gerecht wird. Kaum eines dieser Kommuniqués, das nicht Zuwachs in derlei Hinsicht brächte, wenn Gewalttätigkeit sich in Normen kleidet und etwa der Einbruch in eine Wohnstätte als »Überholung« bezeichnet wird. Oder wenn Mißlingen die Promptheit des Erfolgs darstellt und von einem Prokrustes der Dinge und der Worte ein Kampfbund »auseinandergegliedert« wird. (Auch ich bin dazu genötigt, wenn täglich neue Greuel an Wort und Tat einzubetten sind, wie soeben die »Reichskulturkammer« und die »Gaukartei«, die »Reichsschaft« und die »Fachschaft« mit dem »Reichsfachschaftsleiter«, der »Gaukulturwart«, der »Werberat« und alle Ränge bis hinunter zum »Blockwart«. Nun, ich sage mir – immer mit Goethe –:

Bist du beschränkt, daß neues Wort dich stört?
Willst du nur hören, was du schon gehört?
Dich störe nichts, wie es auch weiter klinge,
Schon längst gewohnt der wunderbarsten Dinge.)

Und gibt es nicht, in diesem großen Bereich halluzinationaler Errungenschaften, vor allem so vieles, das »getarnt« ist, und wenn es nicht ausgerechnet der Verbergung treudeutschen Wesens diente, von eben dessen Bekennern auf einen Tarnopoler Ursprung zurückgeführt würde? Und haben wir nicht dieses überraschende, ja niederschmetternde »schlagartig«, womit sowohl das Einsetzen wie der Abbruch eines Boykotts bezeichnet werden kann, je nachdem? Und – daß wir die Hauptsache nicht vergessen – diese noch trostlosere »Gleichschaltung«, die nicht einmal die Aussicht bietet, daß uns das Prominente abhanden kommt? Wohl hat Göbbels, der gründliche Kenner journalistischer Mundart, in einem Erlaß verboten, über Regierungsfeste in Ausdrücken zu berichten, »die in einer vergangenen Zeit angebracht waren«, also etwa von den »Spitzen der Gesellschaft« zu sprechen, durch welche die soeben Emporgelangten pikiert sein könnten. (Hauptsächlich Göring, der sie eben darum immer wieder gebraucht.) Aber die Gleichschaltung, die sich auf die Reportersprache erstreckt, wird für so etwas, das doch einst deliciae generis humani war, kaum Ersatz gewähren. Gewiß, sie bedeutet für alle Belange des Daseins einen imponierenden Eingriff in die Natur, die das Ungleiche sich gern gesellen läßt, eine schöpferische Vollmacht wie nur jene, die dem Weltkrieg das »Menschenmaterial« zugewiesen hat. Doch ihr Verfahren, das mit diesem noch weit kürzern Prozeß macht, greift schon auf die Syntax über und auf jegliche Stilistik der Gedanken, aus deren Inhalt sich solches Gewaltwesen zusammensetzt. Vor allem natürlich auf die Nomenklatur, die dem Drang, Zeit zu sparen und Raum zu gewinnen, angepaßt wird. Jener Umsturz der Sprache, jene Bereicherung durch Abkürzung, die uns diese Lautphantome wie Hapag und Wipag, Afeb und Gesiba, Kadewe und Gekawe und all die Zauberformeln beschert hat, diktiert von dem Gesetz, nach dem nun Osaf und Gausaf angetreten sind; man weiß schon nicht, was ominöser ist: wenn die Gestapo, die Fepo oder die Uschla eingreift, wenn die NSBO aufbegehrt oder der DHV sich unterwirft; und das Mene Thekel Upharsin, welches jenes letzte Ende verkündet, könnte nur ein Film der Metufa sein. Seitdem es aber SA und SS gibt, bleibt uns nichts übrig als ein SOS bis nach USA. Das sind Formen der Ausschaltung einer Sprache, die, solange sie sich nicht vollends auf Zeichendeutung reduziert, hinreichend Spielraum für Gleichschaltung gewährt. Es ist zuweilen aber so, als ob deutscher Wille noch den Anspruch erhöbe, für den deutschen Sinn annexionistisch den Sprachraum zu erweitern, geradezu die Grenzen des Sprachdenkens zu verrücken. Man kann sich vorstellen, daß dieser Wortimperialismus Formen widerstrebt, die ihm etwas von der Fügsamkeit und Umgänglichkeit der ihm verhaßten »âme latine« zu enthalten scheinen, welche ja seit dem Krieg durch unerbittliche »Eindeutschung« bestraft wurde. Der Monsieur als Titel ist eo ipso auf den Herrn herabgesetzt; aber in rauherer Zeit wurden Gelegenheiten, die auch den Kundgebungen einer âme latrine vorbehalten sind, für »Männer« und »Frauen« bestimmt. (Daß ich hier wie auch sonst die Vorstellung von Nietzsches »Männlein und Weiblein«, die nicht minder deutsch ist, ablehne, ist meine persönliche Idiosynkrasie – wie etwa gegen Hojotoho und Wagalaweia.) Doch wo sie sich öffentlich versammeln, hat man immer noch, gemäß den »Mesdames et Messieurs«, die Ansprache an »Meine Damen und Herren« gepflogen. Diesem »mein« liegt das gelinde Gefühl einer Beziehung zugrunde, keineswegs die Absicht der Besitzergreifung. Sie hat sich erst im Deutschen Reichstag vollzogen, als wir – schlagartig – die nicht durchdenkbare Formel empfingen:

Meine Männer und Frauen!

Da insbesondere meine Frauen, wenigstens im Abendland, sich als Vielheit schwerlich der normaleren Besitz-Vorstellung anpassen, so kann nur die einer Gefolgschaft von Mannen und Männinnen Platz greifen, wie sie dem Begriff des Führertums ja tatsächlich entspricht. Nennen wir es Expansionsdrang oder Wortgewalt – sprachliches Neuland wäre erobert.«

Doch ist derlei Kritik inzwischen auch von Linkshändern ergriffen worden, die ihr schlechtes Deutsch mit weit größerer Routine besorgen, wenngleich ohne jede Verpflichtung, die Sprache einer Nation zu treffen, deren Belange sie nicht zu vertreten haben. Bemerkenswert, daß dem Autor sogar die Wendung abhanden kam über eine Diktatur, »die heute alles beherrscht außer der Sprache«, und in einer Presse auftauchte, von der man es doch schon früher behaupten konnte. Der wahre Umsturz im Sprachbereich blieb aber jenen verborgen, die der Fackel den Mut zu einer Kritik abgewonnen haben, die schon an Selbstverleugnung grenzt, indem ja schließlich beide Teile zugeben müßten, daß ihr tägliches Handwerk darin besteht, »Artikeln« zu schreiben. Was sich nun im tieferen Grunde der Sprache begibt, davon konnte die eigentliche Betrachtung des neuen Wesens ausgehen, zu der gleichfalls der ins Quartär schweifende Benn – nicht Kosmopolit, aber kosmischer Wüstling – angeregt hat:

»Am liebsten bezöge ich sie von einer Vision, die, dank jenem schon eröffnet, zwar nicht die Geburt des Menschen betrifft, jedoch den Untergang der Sprache, als des wahren Seins, welches Macht hat, diejenige zu entlarven, die das Volk heute spricht und die man einst dem Volk verdanken wird. Von welcher Welt Geist sie statt vom Weltgeist herstammt, es ließe sich leichter feststellen, als durchs Rassenamt: »ob noch jüdisches Blut vorhanden ist«. Bis in alle Bastardierung durch den Kommerz und bis in den Betrug der alten Metapher durch eine neue Wirklichkeit. Und welche Enthüllung für den, der der Sprache nahekam, wäre überraschender, welcher Anblick schlagartiger als der der Worthülse, die sich wieder mit dem Blute füllt, das einst ihr Inhalt war? Beglückend, wenn dies Blut nur metaphorisch wäre: das Blut des Gedankens, der die Echtbürtigkeit des Wortes beglaubigt. Gorgonisch, da es der Aufbruch physischen

Blutes ist, das aus der Sprachkruste zu fließen beginnt. (Es ist – im neuen Glauben, doch ohne daß er's noch ahnt – das Wunder der Transsubstantiation.) Wie doch die Erneuerung deutschen Lebens der alten Redensart zu ihrem unseligen Ursprung half – bis sie ihrer Verwendbarkeit im übertragenen Wirkungskreis verlustig wurde! Denn dem wahren philosophischen Sinn des Ereignisses: daß sich hier zum erstenmal, seit es Politik gibt, der Floskel das Wesen entband, und daß nun etwas wie blutiger Tau an der Redeblume haftet – solchem Sinn gehorcht auch die Metapher, die man in ihre Wirklichkeit zurückgenommen sieht. Wenn diese Politiker der Gewalt noch davon sprechen, daß dem Gegner »das Messer an die Kehle zu setzen«, »der Mund zu stopfen« sei, oder »die Faust zu zeigen«; wenn sie überall »mit harter Faust durchgreifen« wollen oder mit »Aktionen auf eigene Faust« drohen: so bleibt nur erstaunlich, daß sie noch Redensarten gebrauchen, die sie nicht mehr machen. Die Regierung, die »mit aller Brutalität jeden niederschlagen will, der sich ihr entgegenstellt« – tut es. »Ausstoßen aus der Deutschen Arbeitsfront« läßt das Brachium erkennen, mit dem deren Machthaber an einer Kehlkopfverletzung beteiligt war; und vollends erfolgt die Absage an das Bildliche in dem Versprechen eines Staatspräsidenten:

> Wir sagen nicht: Auge um Auge, Zahn um Zahn, nein, wer uns ein Auge ausschlägt, dem werden wir den Kopf abschlagen, und wer uns einen Zahn ausschlägt, dem werden wir den Kiefer einschlagen.

Es geschieht aber auch ohne die Vorbedingung. Und diese Revindikation des Phraseninhalts geht durch alle Wendungen, in denen ein ursprünglich blutiger oder handgreiflicher Inhalt sich längst zum Sinn einer geistigen Offensive abgeklärt hat. Keine noch so raffinierte Spielart könnte sich dem Prozeß entziehen – selbst nicht das entsetzliche: »Salz in offene Wunden streuen«. Einmal muß es geschehen sein, aber man hatte es vergessen bis zum Verzicht auf jede Vorstellung eines Tätlichen, bis zur völligen Unmöglichkeit des Bewußtwerdens. Man wandte es an, um die grausame Erinnerung an einen Verlust, die Berührung eines Seelenleids zu bezeichnen: das gibt's immer; die Handlung, von der's bezogen war, blieb ungedacht. Hier ist sie:

Als sich der alte Genosse beim Kartoffelschälen einen tiefen Schnitt in die Hand zufügte, zwang ihn eine hohnlachende Gesellschaft von Nazis, die stark blutende Hand in einen Sack mit Salz hineinzuhalten. Das Jammergeschrei des alten Mannes machte ihnen großen Spaß.

Es bleibt unvorstellbar; doch da es geschah, ist das Wort nicht mehr brauchbar. Oder: »mit einem blauen Auge davonkommen«. Nicht allen ist es jetzt im uneigentlichen Sinne gelungen; manchen im eigentlichen. Es war eine Metapher gewesen. Es ist nur noch dann eine, wenn das andere Auge verloren ging; oder auch dann nicht mehr. Und etwas, was wie die Faust darauf paßt, und was dem Maß der Menschenwelt abhanden kam, ist wieder Erscheinung, denn die Faust hat so oft aufs Auge gepaßt, daß es nichts Ungemäßes mehr bedeutet. Die Floskel belebt sich und stirbt ab. In allen Gebieten sozialer und kultureller Erneuerung gewahren wir diesen Aufbruch der Phrase zur Tat. Sie hat im Widerstreit mit dem technischen Fortschritt einen Weltkrieg durchgehalten, zu dem man das Schwert zog, um mit Gas bis aufs Messer zu kämpfen. Die Verluste dieser Revolution wird sie nicht überstehen.

Darum gibt es nur eines: Kampf bis aufs Messer. Wir können noch weitere Nadelstiche vertragen.

Jener sollte den deutschnationalen Verbündeten gelten und ist als solcher längst keine Metapher mehr. Diese sind noch eine, denn die Prozedur, die wohl auch vorkommen könnte, bleibt dem Peiniger erspart. Die Spießruten jedoch wie insbesondere den Pranger, der seit dem Mittelalter vollends zum Blatt Papier zusammengeschrumpft war, haben sie allerorten in ihre Realität eingesetzt. Sie schreiten über Leichen. Alles ist da, nur was wie ein Bissen Brot fehlt, ist ein Bissen Brot. Sonst kann man sie getrost beim Wort nehmen; sie halten es. Die Lesart freilich, daß »keinem Juden ein Haar gekrümmt wurde«, konnte sich behaupten, weil es nachweislich die einzige Form von Behandlung ist, die nicht geübt ward, während bei manchem die Kopfhaut mitging und mancher geschoren wurde, zwecks Einbrennung des Zeichens, in dem die Idee gesiegt hat. Auch jene staatsmännliche Phantasie, die in dem reichen Vorrat von Greueln, die sie ersonnen hat, ausgerechnet die Möglichkeit negierte, es sei einem

ein Fingernagel abgehackt oder ein Ohrläppchen abgezwickt worden

dürfte kaum mit der Wirklichkeit in Widerspruch geraten. Ja für den Nachweis der Fälle, wo es geschah, konnte getrost »ein Preis ausgesetzt« werden. Er dürfte so wenig zu gewinnen sein, wie der der Olympiade für ein Gedicht auf Freiheit, Liebe, Schönheit und Gott.«

In solcher Perspektive, die sich kaum dem Ausland vermitteln ließe und selbst deutschen Lesern wenig böte, löst sich wohl auch das »Mutproblem« in nichts auf. Was immer in der Fackel stände, es erschiene unter dem Schutz einer toten Sprache: der deutschen. (Getarnt.) Mit der gleichen Nichtwirkung auf Höhlenbewohner wie auf Intellektuelle, die vielleicht noch verstimmt wären, weil sie immerhin das Vermögen spürten, sich über die Plattform ihres Protestes hinwegzusetzen. Ist es aber nicht ein schönes Abenteuer, umso weiter den Belangen einer Nation entrückt zu sein, je näher man ihrer Sprache steht? Dann erst fühlt man, wie ihre Würde, ihre Höhe die Vertraulichkeit entfernt; aber ihre Sprecher und Schreiber gehen mit ihr nur so um, und kaum eine andere Gemeinschaft könnte es geben, die so fanatisch unter ihrer Sprache, so deren Geheimnissen entrückt lebte wie eben diese. Sie hat das Glück, die rätselvollste Sprache zu besitzen, und deren größtes Rätsel ist es, daß man sie sprechen und schreiben kann, ohne eine Beziehung zu ihr zu haben, ja daß der stolzeste Triumph nationalen Bewußtseins über die Sprache selbst errungen werden konnte. Wenn die Todfreunde, die sie in allen Lagern hat, meinen, sie diene einfach zum Gebrauch, sie tauge mitzuteilen, was sie gegeneinander und was man gegen sie alle auf dem Herzen hat, so ahnen sie gar nicht, wie sie sich wehrt und wie schwer es gerade der hat, der ihr zur Anerkennung ihres Eigenlebens verhelfen möchte. Sie läßt sich zwar wie man nur will prostituieren; wenn man sie aber nicht prostituieren will, so ist man ihr rein ausgeliefert. Soll man zum hundertsten Mal coram publico – das gerade solche Pikanterien verschmäht – von einem Hauskreuz reden, das doch nicht einmal die erkennen, die sich Splitter davon als Andenken behalten haben? Wie denn, wenn man ihnen sagte, die Sprache habe sich just vor dem Stoff, der ihnen am Herzen liegt, gesträubt: sie fand sich, nachdem man sprachlos gewesen, aber sie verlor sich wieder in den Abgründen, verschüttet vom Geröll dieser Walpurgisnacht, das täglich wachsend alle errungene Durchsicht sperrt. Wenn man ihnen sagte, es habe im Wettlauf mit einem Stoff so kommen müssen, der jeglichen Anspruch auf zeitige Wirkung zurückschlägt und die letzte Vergeistigung immer wieder versagt. Wenn man ihnen sagte: was zustande kam, würde sie zugleich blenden und enttäuschen, indem es nur besser sei als was sie einem schon genommen haben: ein Nichts vor dem eigenen geistigen Anspruch wie vor dem auf Wirkung, kaum noch Ausdruck der Unmöglichkeit, dem Übel gewachsen zu sein – freilich doch mit der Bestimmung, in dessen Ablauf wieder zu Kräften zu kommen. Was »Polemik« ist und was sie soll, weiß ein Autor, der an sich größere Anforderungen stellt als seine Anhänger, besser als man es in Deutschland je gewußt hat, wo literarhistorische Lüge polemische Muster aufzählt, daß sich Gott der Überwinder erbarme, wie Heines gegen Platen und Nietzsches gegen Strauß. Einer wollte, er könnte alle seine Polemiken immer von neuem schreiben, und wüßte doch, daß sie unzulänglich wären, weil sie aus der Sprache kommen, die nicht so leicht mit sich reden läßt, wie deutsche Autoren und Leser glauben. Schweigen ist schwer, aber Schreiben noch schwerer; und man braucht kein Quentchen von Nietzsches Jahrtausendwahn zu borgen, um dessen polemische Absätze nicht geschenkt zu nehmen (nach deren jedem der Eindruck haftet: Redner holt Atem oder schluckt Wasser). Angsttraum, sich vorzustellen, daß man – abgesehn von der Verantwortlichkeit, euch den Übermenschen gelehrt zu haben – die Flucht Zarathustras aus der Zivilisation in ein Chaos der Metaphern durchgemacht hätte.

Und mancher, der in die Wüste ging und mit Raubtieren Durst litt, wollte nur nicht mit schmutzigen Kameltreibern um die Cisterne sitzen.

Selbst deutsche Literaturbildung, die den Germanimathias nicht gespürt hat, müßte zugeben, daß innerhalb dieser Wüstheit die armen Kameltreiber das einzige, nicht schöpfungswidrige Element sind. (Es erinnert an einen Wiener Tagschreiber, der so viel Geist hat, daß er zuweilen andern etwas spendiert:

Nietzsche sagte einmal, es gäbe Felsenspitzen, auf denen nur ein Einzelner stehen könne, und dieser Einzelne muß sich eben darum immer oben behaupten. Auf der Felsenspitze der tschechoslowakischen Außenpolitik –

Nietzsche oder Jobs? Der Konjunktiv imperfecti ist insofern richtig, als es solche Situationen, schrecklicher als die von der Martinswand, gäbe, wenn es sie gäbe; denn wie lange kann der Proviant reichen?) Und wie neidig steht man vor epochemachenden Wortspielen, wie etwa dem jetzt gern zitierten »Horneo und Borneo« – Werten, die an Saphir und Ehrenstein hinanreichen. Doch ohne Wahl und ohne Billigkeit, wie nur das Glück selbst, verfährt die deutsche Literaturgeschichte, wenn man an unsern Nestroy denkt, den sie für einen Schwankautor hält und der alles hinter sich läßt, was aus der deutschen Sprache jemals satirisch zu schöpfen versucht hat. Aber Daniel Spitzer (abgesehn davon, daß er auf kurzen Strecken der Reiseschilderung die dichterischeste deutsche Prosa mit sich führte) hat, neben Leerläufen, hundertmal bessere Sprachwitze als Nietzsche – obschon wir gestehen, daß uns, betreffs satirischer Einkreisung des Feindes und seiner Sphäre, die Briefe des Verlags der Fackel noch lieber sind. Wir ziehen diese sogar den eigeneren

Schriften des Herausgebers vor – die Sachverhalte der Sprache sind nämlich zwar schwerer, aber sicherer zu beweisen als die der Algebra –, und er selbst muß wieder zugeben, daß er, wiewohl ihm mancher Aphorismus, manches Epigramm von ihm, manche in die französische Musik eingelassene Zeile aus »Vert-Vert«, manche sprachkritische Erkenntnis wichtiger ist als sein Kämpfen in toto, sichs wohl zutraut, Dinge zu unternehmen, die es in der deutschen Polemik noch nicht gegeben hat, zum Beispiel vierhundert Seiten, deren Bau nicht durch Addition von Eindrücken zustandekommt, so im Gleichgewicht zu erhalten, in Motivenfülle und Wortverkettung panoptisch so zu sichern – daß ihn schließlich die Arbeit mehr befriedigt als das Werk. Denn so sehr ist man gewohnt, der Welt wie der Vorstellung, die sie vom Wortwerk hat, zu spotten, daß einem kein Resultat etwas bedeutet. In einem Ozean Wellen formen, ja Tropfen verteilen; mit einer Wachsamkeit, die in den Schlaf reicht, vor einer »Aktualität« ohnegleichen und ohne Ende, das Wechselspiel von Anstoß und Einfall dirigieren; soweit es ein Menschenhirn aushält, der Schmach des Stoffes artistisch widerstehn – es ist gewiß mehr, als sich der Tölpel mit der Uhr in der Hand vorstellt und mit dem Verdacht, daß man sich auf die deutsche Bärenhaut gelegt habe. Und doch kann man dazu gelangen, das Ganze, mit allem Nutz und Witz, wovon eine Frontliteratur leben könnte, ungemäß zu finden, folgerichtig ganz so unmöglich wie das Objekt – weil man eben einer untrüglichen Erkenntnis erliegt, die stärker ist als Literatur und in die freilich das Widerstreben einbezogen sein mag (semper haeret alles zusammen): mit denen, die einander als Gegner gegenüberstehen, die Antipathie zu teilen, ja weit besser als beide zu wissen, wie recht sie haben.

Der Autor, der schon angesichts dieser heillosen Komplikation die Enthaltung vorzieht, hat uns gleichwohl ermächtigt, in dem Jargon, der beiden geläufig ist, einen Ausgleich anzubieten, der sich etwa so formuliert: ihm (»ihm« gesperrt) wird Göbbels erzählen, was die »Journaille« ist, und diese von jenem (mit zwei n)! Man irrt ja auch nicht mit der Vermutung, daß das Bodenständige, soweit es sich kulturkritisch gebärdet, vielfach auf dem Boden der Fackel gewachsen sei, insbesondere die Abneigung gegen die »Intelligenzbestie«, ein Gedanke, der keine arische Großmutter hat, da sein Vater eben der Wunsch der Fackel war: »der Weltbestie Intelligenz den Genickfang zu geben« – freilich von einer ganz anderen Sehnsucht bezogen. Eben darum hat die Journaille (deren Name durch die Fackel wohl Flügel bekam, aber von einem eingeweihten Mitarbeiter der Neuen Freien Presse stammt), darum hat sie keineswegs recht mit dem Verdacht, das Schweigen der Fackel bedeute etwa ein Wohlgefallen an der Verwendung ihrer Erkenntnisse durch den Nationalsozialismus, oder dieser Erfolg sei gar imstande gewesen, dem Abscheu vor der Mißhandlung einer unschuldigen Judenschaft den Ausdruck zu nehmen. Was kann ein Autor dafür, daß seine Verteidigung der Menschheit, seine Parteinahme für Natur und Geist gegen die Zerstörermächte mißratener Intelligenz und unbeherrschter Technik, von einem Ariogermanentum, dessen Belange ihm fernliegen, in einer Art reklamiert wurde, als ob diesen sein Wirken nicht nur diente, sondern ausschließlich gälte? Daß er die Minderwertigkeit einer »Rasse« höchstens für diejenige zugeben könnte, die sich durch solchen Wahn bis zu schöpfungswidrigem Verhalten betören läßt, dürfte in all den Jahren zutage getreten sein. Seine Kompetenz jedoch, ihren Auf- und Ausbruch abzulehnen, erscheint von dem philosophischen Gründer der Bewegung (Lanz von Liebenfels) bestätigt, der die Züchtung des Rassemenschen angebahnt hat und an einer Rundfrage (im ›Brenner‹) mit einer Antwort beteiligt war, deren Zitierung nach zwanzig Jahren nicht so sehr eine Eitelkeit als die Vorliebe für Kontraste befriedigen soll:

K. K.' Bedeutung ist eine allgemeine. Wer in ihm nur den phänomenalen Sprachkünstler, den ätzend scharfen Satiriker und den geistvollen Kritiker sieht, wird diesem Genius nicht gerecht. All diese Vorzüge und Eigenschaften sind bei K. nur Waffen und Werkzeuge seines Wissens. Sein Wesen aber ist sein großes, tief menschlich fühlendes, jedes fremde Unrecht als einen persönlichen, körperlichen Schmerz empfindendes Herz und seine unbestechliche Rechtlichkeit. In K. vereinigt sich ein genialer Intellekt mit einem warmfühlenden Herzen. Er ist der Mann und Märtyrer der publizistischen Überzeugungstreue. Diesem Mann verdanken wir es – ich kann mich hierin als völlig objektiven Beurteiler ausgeben, weil mein Wirkungskreis ein wissenschaftlich-religiöser ist und ich in jeder Hinsicht unabhängig bin –: daß die bisher nur auf dem Papier stehende Preßfreiheit, die im Grunde nur eine Banditenfreiheit für literarische Freibeuter, finanzielle und politische Volksbetrüger war, zur Tat geworden ist. Er hat dem die ganze Welt beherrschenden Journal-Drachen die Zähne ausgeschlagen. – – Was Kaisern, Königen, Fürsten, Parlamenten und Regierungen mit ihren ungeheuren Machtmitteln nicht gelungen ist, das hat dieser Mann allein, ohne jegliche Hilfe lediglich durch die Mittel seiner genialen Begabung vollbracht. Er hat die jüngste und stärkste Großmacht, den Tyrannen unseres modernen Tschandalenzeitalters, die Preßkanaille, gestürzt! Diesem Manne kommt nicht lokal wienerische, nicht österreichische, nicht deutsche Bedeutung allein zu, *dieser Mann hat den Ariogermanen wieder das Recht der öffentlichen Aussprache zurückgegeben, er hat es uns ermöglicht*, daß wir jetzt, wo wir das *überwältigende Schauspiel* erleben, daß sich über dem seiner Lösung sich nähernden Nationalitäten-Problem riesengroß das Rassen Problem erhebt und Europa und seiner Kultur der Untergang in der gelben und schwarzen Flut droht, unsere mahnende und belehrende Stimme erheben können. Er hat *uns die Sprache wieder gegeben* und die bellende »Journaille« mundtot gemacht. Wer daher K. K. schmäht, der degradiert sich selbst, der tritt von selbst in die Reihen des allerdings noch immer nur zu zahlreichen Heerhaufens wissenschaftlicher und literarischer Korruptionisten, Scharlatane und Marodeure.

Man sieht, wie Rechts und Links darin einig sind, eine erdumfassende Wirkung gegen Links und Rechts zu vermuten. Hier aber ist, nebst grundlegenden Irrtümern weltanschaulicher Art, vor allem die überschätzende Fehlansicht geboten, daß es der Fackel schon 1913 gelungen sei, die Presse unschädlich zu machen, die doch gleich darauf den Weltkrieg bewirkte und förderte, aus ihm als einziger Sieger hervorging und es mit unaufhaltsamem Wachstum ihrer Meinungsgewalt – durch politische Provokation wie durch Verwendung ihrer eigensten Mittel – bis zum Triumph des Nationalsozialismus gebracht hat. Man muß natürlich immer verstehen, daß für diese Wertung des eigentlichen journalistischen Wirkens der lächerliche Außenbegriff einer Preßfreiheit mit ihrer Genehmigung oder Einschränkung durch den kulturell ohnmächtigen Staat überhaupt nicht in Betracht kommt; selbst ihre totale Gleich- oder Ausschaltung für den politischen Zweck vermag nichts gegen die Verderblichkeit des in die Maschine diktierten, wie immer gesinnten Wortes, und mögen hundert Staatsanwälte die Presse »knebeln«, so hat sie doch Freiheit, solange sie lebt und kein Kulturanwalt sie eben daran verhindert. Die Ohnmacht einer Gegenwirkung durch das geistige Wort war bereits 1913 dargetan. (Die Vermutung, daß das Wirken der Fackel der gelben und der schwarzen Gefahr entgegentrat, wird schon durch den Umstand berichtigt, daß »Die chinesische Mauer« und »Weiße Frau und schwarzer Mann« vorher erschienen sind.) Wesentlich aber erscheint heute die Annahme, daß der Fackel das Verdienst gebühre, dem Ariogermanentum wieder das Recht der öffentlichen Aussprache zurückgegeben zu haben, was sie, wenn es wirklich der Fall wäre, als große Unüberlegtheit erkennen müßte. Wenn jedoch von so maßgebender Seite behauptet wird, daß es geschehen sei, so darf der Wohltäter als Dank auch für sich das Recht der öffentlichen Aussprache anfordern, natürlich mit Verzicht auf die weitere Anerkennung, er sei ein Märtyrer der publizistischen Überzeugungstreue. Denn wiewohl diese schmeichelhafte Ansicht vor und nach 1913 eine Übertreibung war, indem an ihm ja nur eine gewisse Ausdauer gegen Preßtücken auffallen konnte, gegen die minimale Schmach, die Unwert schweigendem Verdienst erweist, und gegen das bißchen Übermut der Ämter, so böte doch jetzt, wo wir nach sieghafter Erhebung des Rassenproblems faktisch ein »überwältigendes« Schauspiel erleben, die öffentliche Aussprache über das Ariogermanentum erst die rechte

Gelegenheit zur Bewährung. Besonders wenn an dem Autor der Fackel auch heute noch die ätzend scharfe Satire erkennbar wäre, wie auch ein menschlich fühlendes Herz, das jedes fremde Unrecht als einen persönlichen, ja körperlichen Schmerz empfindet. Für alle Fälle schützt ihn freilich die geistige Schranke, die solche Erfüllung seines Ideals errichtet, vor der Gelegenheit, Märtyrer seiner publizistischen Überzeugungstreue zu sein: er unterhält eine heimliche Beziehung zur deutschen Sprache, hinter die ihm die Nation nicht kommen dürfte. Da er aber keinen Ruhm in Anspruch nehmen möchte, ohne eine Kontrastwirkung zu genießen, so muß (schon aus Gründen der unbestechlichen Rechtlichkeit) verzeichnet werden, daß die Aussprache, die er den Ariogermanen ermöglicht hat, danach auch die folgende Fassung zuließ:

Kraus gehört zu einem t e i l w e i s e syphilitisch verseuchten Kreise von jüdischen Literaten, in dem die Schändung von Frauenspersonen an der Tagesordnung ist.

Der Wortlaut dieser Theaterkritik ist leider nicht mehr mit voller Genauigkeit festzustellen, aber die Einschränkung bezüglich der Krankheit, die von normwidrigem Umgang nicht abhielt, war billiger Weise gemacht worden, und jedenfalls hatte der Kritiker in Wahrnehmung berechtigter Interessen gehandelt, für die er denn auch von der Nürnberger Justiz freigesprochen wurde, welche ja später noch schärfere Formen des Prangers für derlei Entartungserscheinungen genehmigt hat. Wie man aber nicht genug vorsichtig mit Hinweisen auf das Privatleben sein kann, zeigt das Vorgehen kommunistischer Provokateure, die bei Anlegung der Biographie nationaler Vorkämpfer aus jener Gegend manch einem auf den bloßen Umstand seiner Lehrtätigkeit hin Kinderschändung nachsagten. Der Theaterkritiker wurde freilich in zweiter Instanz zu einer kleinen Geldstrafe verurteilt, wobei ihm nationale Erregung zugebilligt wurde, hatte es sich doch um das »Traumstück«

gehandelt, das sich den völkischen Kreisen als »die größte Verhöhnung aller für ihr Vaterland gefallenen Frontkämpfer« darstellte, die »jemals auf offener Bühne vor sich gegangen« sei. Damals konnte sich aber in Deutschland auch eine Stimme erheben, die meinte, nichts mache die geistige Situation des Landes deutlicher als der Fall, wo »ein echter und schöner Fanatismus dem Gesicht vom toten, vergessenen und weggeworfenen Soldaten Wahrheit und Kraft gibt«, und am nächsten Tag die Vereinigten Vaterländischen Verbände Bayerns gegen »die gemeinste Verhöhnung der toten Frontsoldaten« aufstehen: wie wenn Proletarier gegen die »Weber« protestierten, »weil sie sich durch die Darstellung ihrer Leiden verhöhnt fühlten«. (Eine Deutung, deren Möglichkeit der Dichter freilich nachgeholt hat.) Nein, als ob die Errichtung eines Grabmals für den unbekannten Soldaten als Blasphemie aufzufassen wäre. Es war aber umso spannender, als dieselben Wortführer dort, wo ihnen das Rassenmerkmal gelegen schien, die analoge Betrachtung des Frontsoldaten für ihre Zwecke verwendet haben, indem sie (wenngleich ohne Erlaubnis) den Hyänendialog aus der »Letzten Nacht« kolportierten, dessen Sprecher den toten Soldaten doch exemplarisch verhöhnen. Wogegen jetzt wieder für ein ähnliches Unternehmen angedeutet wurde, daß der Autor im Grunde mit Freßsack und Naschkatz sympathisiere. Die Schwierigkeit, die sich der nationalen Kulturkritik (wie auch der andern) nicht allein durch die Divergenzen innerhalb des Gesamtwerkes der Fackel ergibt, sondern schon in einer und derselben Partie, macht es nicht unbegreiflich, daß der Autor bei der kulturellen Säuberung übergangen wurde, was ihm vielfach den Verdacht zugezogen hat, daß man ihn rechts liegen ließ. Die Gegner wieder, die dem Niveau, auf dem solcherart Literatur taxiert wird, in voller Chameradschaftlichkeit zuneigen, finden eines ihrer stärksten Argumente im »Gebet an die Sonne von Gibeon«, wo ihnen nur das Bedenken gegen die Strategie Josuas auffällt und nicht die – mit Schopenhauer – im Weltkrieg vorgenommene

Gleichschaltung mit dem Generalstab des andern auserwählten Volkes.

Zur Befriedigung derer, die sich nicht auskennen, war das Mittel einer geistigen Manifestation leider nicht tauglich, und sie müssen schon dem, der darüber zu verfügen hat, die Entscheidung überlassen, ob ihn die Leistung nicht noch mehr enttäuscht hätte, als sie der Verzicht. Denn wenn es eine Privatangelegenheit gibt, in die sich die Außenwelt so wenig einzumischen hat wie in die Liebe, so ist es die geistige Betätigung, an deren Ergebnis sie mit Recht interessiert ist, an deren Unterbleiben ihr aber keine Kritik zusteht, solange diesem kein außergeistiges Motiv, keine schmutzige Erwägung oder Berechnung nachgewiesen wird. Was sie mit Recht vermissen könnte, wäre ein Schritt innerhalb der sozialen Sphäre, in der solcher Verdacht wurzelt: Kundgebung oder Handlung, wo schweigendes Beharren auf einem Würdeposten Mißdeutung zu wecken vermöchte. Aber woher nehmen, und nicht gestohlen haben? Worauf verzichten, wenn man nichts gewesen? Daß man nicht Mitglied der Deutschen Dichterakademie war, kann gewiß nie wieder gutgemacht werden, ist aber nicht Schuld dessen, der nicht ernannt wurde. Unwiderbringlicher Verlust jedoch, die Berufung in den Penklub angelehnt zu haben! Was hätte man nicht in Ragusa leisten können, um eine Debatte abzukürzen und die der Fischweiber wieder zu reiner Wirkung zu bringen; um einem Ehrenpräsidenten von seiner »Plattform« zu helfen:

Ich bin Jude, und ich bin in Deutschland noch nie darnach gefragt worden

– also mit der Aufklärung einzugreifen, daß dies offenbar überflüssig war, aber jedenfalls die Kehrseite der Medaille bedeutet, die dort manch ein honoriger Glaubensgenosse auf der Brust tragen muß. Kinderspiel, ein Bekenntnis zugleich mit einer Stellung abzulegen! (Ohne solche schwer: weil geistige Angelegenheit.) Was aber war denn schon der Herausgeber der Fackel, das er jetzt nicht mehr wäre –

wenn er für das gröbste Verständnis etwas tun und die Stellung zurückgeben wollte, um sie zu »nehmen«. Richtig, Angehöriger von Kürschners Literaturkalender, der (während sich »Knaur« spontan entschlossen hat, ihn durch einen andern Kraus zu ersetzen) die Biographie mit der Bitte um Ergänzung einsandte und demnach gebeten wurde, sie ganz aus der deutschen Literatur zu streichen. Gewiß, man hat da und dort zum Rechten gesehn, ein paar aufklärende Briefe hinausgegeben, etwa an ein ehrwürdiges Staatsoberhaupt, dessen Ansehn mißbraucht werden sollte (mit der überzeugenden und auch wirksamen Darlegung des Unterschiedes zwischen geflüchteten Märtyrern ihrer Gesinnung und heimgefundenen Inseratenagenten, die noch ihr Geschäft mit der Barbarei gemacht hatten und nun es mit der Kultur versuchten). Oder die Antwort auf eine überraschende Einladung des Kölner Rundfunks, von der es in einem kulturkritischen Zusammenhange geheißen hätte, sie sei

»sympathisch schon durch den Umstand, daß der Ort die Geburtsstätte Offenbachs und der Wolter ist, zweier bühnenbeherrschenden Genies, deren jüdische Abkunft – sicher im Fall des großen französischen Musikers, vielleicht auch in dem der großen deutschen Tragödin – dortselbst bekannt sein dürfte. Die Einladung des Kölner Rundfunks bezog sich auf seinen bemerkenswerten Wunsch, die kurz vorher erschienenen Sonette eines Engländers, nachgedichtet von einem Juden, in einer Vortragsreihe »Die Welt im Buch«, welche jetzt etwas eingeengt ist, besprechen zu lassen. Sie traf just in den Tagen ein, da die Berliner Studentenschaft jenen Kampf gegen den undeutschen Geist bahnbrechend eröffnet hatte, der auf eine klare Unterscheidung deutschen Geistesguts von solchem hebräischen Ursprungs abzielt. Dazu nun kam mir, der zwar den Zufall für den wahren Diktator des Weltgeschehens hält, aber von einem Glauben an Zusammenhänge nicht abzubringen ist – dazu kam mir in den Sinn, daß die Nachdichtung der Shakespeareschen Sonette, die, nach vielen »Übersetzungen«, zum erstenmal in deutscher Sprache erfolgt, eigentlich auch das letzte Werk in dieser sei, indem sie doch in den Tagen des Reichstagsbrands in eine aufgewühlte Welt trat und, als die Ordnung hereinbrach, in einem schon völlig nazifizierten Buchhändler-Börsenblatt angezeigt erschien, gleichsam als der letzte und wohl unzeitgemäßeste Ertrag einer Geistesarbeit, für die es keine Verwendung mehr gab. Da also das Buch ohnedies dem Brand des Reichstags zum Opfer fiel, mußte es nicht mehr auf den Scheiterhaufen kommen, der zugegebenermaßen von nationaler Seite angezündet wurde. Vielleicht hätte es jedoch gar nicht der Ablenkung durch die Ereignisse bedurft, damit die deutschen Buchhändler und die deutschen Literaturzeitschriften, Kunden und Leser, kein Interesse für ein Werk ihrer Sprache zeigten, gleich den literarischen Kreisen Österreichs, welche geradezu erbittert waren, weil statt der Fackel Sonette erschienen, und sich durch die Aufklärung, die ich ihnen durch einen Buchhändler erteilte: daß bei Shakespeare schon alles Aktuelle wie auch meine Stellungnahme vorkomme, keineswegs irreführen ließen. Köln aber zeigte das Bestreben, den Sonetten eine Welt im Buch zu eröffnen. Das ließ ich mir, der selbst schon nach einem Lebenszeichen von sich verlangte, nicht zweimal sagen und trug zur Diskussion wenigstens dieses Scherflein bei:

21. April 1933

An den

Westdeutschen Rundfunk, G. m. b. H.

Köln

Auf ihr freundliches Ersuchen, Ihnen zwei Exemplare unseres Verlagswerkes: Karl Kraus, ›Shakespeares Sonette‹ zur Besprechung in Ihrer Vortragsreihe »Die Welt im Buch« zur Verfügung zu stellen, möchten wir mit unserem besten Dank zunächst antworten, daß wir Freiexemplare zu Rezensionszwecken grundsätzlich nicht ausliefern. Abgesehen davon jedoch würden wir uns im gegebenen Falle für verpflichtet halten, Sie vor einem Mißgriff zu bewahren, der Sie in Widerspruch zu den in Deutschland geltenden Richtlinien der kulturkritischen Betrachtung bringen könnte. Wir machen Sie darauf aufmerksam, daß die Nachdichtung der Shakespeareschen Sonette von Karl

Kraus zwar in deutscher Sprache erschienen ist, aber ohne den erforderlichen Hinweis, daß es sich eigentlich um eine Übersetzung aus dem Hebräischen handelt, und Sie müßten wohl, wenn Sie eine unmittelbare Übertragung ins Deutsche vorziehen sollten, mit der von Stefan George vorlieb nehmen, falls Sie es überhaupt für angebracht halten, den englischen Originalautor in Ihrer Vortragsreihe zu berücksichtigen.

Mit vorzüglicher Hochachtung
Der Verlag der Fackel«

»Besser is's schon, wie gar nix«, sagte jener philosophische Komiker, befragt, warum er eine Brille ohne Gläser trage (der es im Übrigen riskiert, gar nix zu sagen). Immerhin, der an unseren Besten bestätigte Verdacht, daß Bekennermut vor dem Büchermarkt Halt mache, dürfte in dem Fall, den wir zu vertreten haben, kaum begründet sein. Bescheidentlich ist man weit eher geneigt, in Verschollenheit als in Respekt die Ursache zu erkennen, wenn einem jeder Anlaß zu einem Fußtritt vorenthalten wird, und man bedauert, weit und breit auch keinen Sami Fischer zu haben, dem man abtrünnig werden könnte. Doch bei dem regen Austausch von Tantieme und Gesinnung, der sich jetzt in der Literatur vollzieht, beneidet man die tapfere Hermynia Zur Mühlen – die ihren Adel verloren, aber nicht eingebüßt und auch nichts von ihm an die Gesellschaft abgegeben hat, die sie genössisch umgibt – um die schöne Möglichkeit, einer verlegerischen Zumutung mit jener Peitsche zu begegnen, die einmal in ihrem Leben eine realere Rolle gespielt hat. Ohne die starke Symbolkraft des Vorgangs wie der Remedur ahnen zu können, verzeichnete sie in dem Buch »Ende und Anfang« (1929, eben bei S. Fischer, dem's jetzt peinlich ist) das folgende Erlebnis:

Die Geschichte mit Swiderski war ein Glanzpunkt in meinem Leben, der mir von den männlichen Mitgliedern der Familie viel Lob eingetragen hat. Swiderski, der neue Verwalter, war ein unausstehlicher brutaler Ostpreuße, der die Arbeiter prügelte und jedem erzählte, daß seine Schwester an einen Baron verheiratet sei. Zwischen uns herrschte eine erbitterte Feindschaft; ich hatte ihn den »Sigasax« getauft, und bald hieß er bei allen Arbeitern so. Eines

Nachmittags, als ich allein zu Hause war, vernahm ich einen Schuß, und gleich darauf kam die Köchin gelaufen. »Um Gotteswillen, der Swiderski ist vollkommen betrunken; er steht in der Küche und schießt mit dem Browning.«

Krach, ein zweiter Schuß, und dann noch ein dritter.

Die Köchin weinte: »Was sollen wir tun, gnädige Frau, um Gotteswillen, was sollen wir tun?«

»Niemand darf in die Küche. Ich geh' zu ihm hinunter.«

»Nein, nein, er schießt die gnädige Frau tot.«

Ich war viel zu zornig auf den Sigasax, um Angst zu empfinden. Im Vorzimmer nahm ich eine Reitpeitsche – was eine Reitpeitsche gegen einen Revolver ausrichten sollte, bedachte ich nicht – und eilte in die Küche. Da stand der Sigasax in der Nähe der Tür, grinste blöd, hob den großen Browning und zielte auf mich.

Jetzt dürfte ich gleich tot sein, dachte ich, dann aber durchzuckte blitzschnell ein rettender Gedanke mein Gehirn: der Kerl ist Preuße, hat gedient, das Militärische steckt ihm in den Knochen, er ist zu betrunken, um zu wissen, wer vor ihm steht. Ich brüllte den Verwalter so militärisch wie möglich an: »Rechtsum! Kehrt! Marsch!«

Er war ein echter wilhelminischer Preuße, ein Ruck ging durch seinen Körper, stramm, als wäre ich ein Feldwebel, marschierte er an mir vorüber, durch die andere Küchentür ins Freie. Ich trieb ihn mit militärischen Kommandoworten über den Hof in sein Zimmer, wo ich ihn einschloß.

Diese Autorin hatte also nicht nur Gelegenheit zu einem individuellen Protest, sondern sie hatte – vielleicht als österreichische Aristokratin – einmal auch das Mittel genereller Bewältigung in der Hand. Die Geschichte mit Swiderski ist wirklich ein Glanzpunkt in ihrem Leben, um den sie die männlichen Mitglieder einer Völkerfamilie beneiden könnten; vielleicht steckt hierin (wie in dem jähen Entschluß Chaplins, sich vom Schnurrbart zu trennen) eine weltfilmische Möglichkeit. Hier hat – Instinkt gegen Instinkt – das Wort gegen die Waffe gewirkt. Was im Einzelfall eine Frau vermocht hat – gelänge solches gegen das Gesamtwesen dem autoritären Entschluß europäischer Staatsmannschaft? Es gibt kein anderes Problem. Das »Wort« – vor welchem der pazifistische Gedanke zu resignieren hat – lautet: »Rechtsum! Kehrt! Marsch!« Die legitimen Inhaber solchen Kommandos, an Ort und Stelle, haben sich um die Möglichkeit gebracht, es zu gebrauchen; dort hat die Zauberformel ihre Kraft eingebüßt und richtet sich gegen jene selbst. Sigasax, der der Menschheit seinen Kulturwillen aufdrängt und aufzwingt, droht seinen Rausch auf Äonen zu prolongieren, welcher nach Benns Deutung ein Quartärrausch ist. Er zielt mit der Waffe auf die Welt. Polemische Satire vermöchte ihn nicht zu bändigen; höchstens auch nicht zu entfesseln, weil er sie nicht verstände, denn er versteht bloß: »Rechtsum! Kehrt! Marsch!«

Diesen Ausgang könnte nur eine Sozialdemokratie aufhalten, die nach einer weltgeschichtlichen Niederlage ohnegleichen aus der Entfernung feldherrlich verfügt; die neben Zeugnissen des Grauens ihr Testament mit den Worten schließt: »Es lebe die Freiheit! Das Büro der Zweiten Internationale!« oder gelegentlich noch mit dem Coupletrefrain aufwartet: »Wir bleiben die Alten!«; und gegen eine Regierung, die ihr das physische Leben retten will, mit dem sogenannten »Trutz« vorgeht. Der Bürovorstand ist ideell unbesiegbar, da er schon gemäß seiner Weltanschauung nicht weiß, wo Gott wohnt, und prinzipiell die Eigenschaft bewährt, mit der Götter vergebens kämpfen. Daß dieses Geisteswesen – dessen sozialnationalistischer Habitus (vermöge vielfacher Verknüpfung mit Sudetischem) hier öfter nachgewiesen wurde – von dem mittleren Intellekt einer Winkelriedadvokatur bedient wird, macht die Erscheinung nicht weniger provokant und läßt die faschistische Erwägung, man könne solchen Führern »Gelegenheit geben, in einem ehrlichen Beruf, frei von Verfolgungen, ein neues Leben zu beginnen«, eher als human erscheinen denn als Grund zur Entrüstung. Insbesondere, wenn man an die journalistische Trotzbüberei denkt, mit der einem ums Leben ringenden Land der Empfang jenes »irredentistischen« Helfers unter die Nase gerieben wurde: an den Tölpelspott, der hier das Gedenken der Lorbeerreiser reklamierte (nachdem er die Behandlung eines unerwünschten Reichsgastes als »undiplomatisch« getadelt hatte); und an die biedermännische Verantwortung, die »nur die politische Pflicht einer verantwortungsbewußten Opposition erfüllt zu haben« glaubte. Man spinne den Faden dieser grundsätzlichen Dummheit fort, so könnte sie das heutige Österreich noch wegen Einlasses des tschechoslowakischen Außenministers in satirischen Verdacht bringen. Aber ließe sich da nicht auch mit humaner Unerbittlichkeit der Gedanke fortsetzen, daß vielleicht die Depossedierung von Politikern und Journalisten dem Unglück der Arbeitslosigkeit ein Ende setzen und neues Leben aus den Ruinen blühen würde? Sollte der Verlust des Schrebergärtleins so vieler Philemon und Baucis, die nichts als ihren Altersfrieden postuliert haben, denn nicht tragischer sein, als wenn man Gottbehüte in die Lage käme, von den Pensionären in gesicherter Opposition nichts mehr hören zu müssen? Was aber hört man da: »Mit uns die Treue und der Trotz«? Vielleicht wird sich die Verbindung nicht halten und nur das Echo der Treue in Ehren bestehen. Denn mit der ausgemachten Büberei wollte sozialistisches Empfinden gewiß nichts zu schaffen haben, die – in den Wochen der Bombenfunde! – eine Rubrik offen hielt, um die Anstrengung von Wachleuten, welche auch eine verbotene Fahne herunterholen mußten, als Fangerlspiel zu begrinsen; – nicht ohne daneben ein Todesopfer proletarisch-dienstlicher Anstrengung zu beklagen. Verantwortungsloseren Hohn auf eine Wachsamkeit, die doch das Leben des Arbeiters behütet, auch wenn sie im Notstand mit betörenden Emblemen ohne Unterschied aufräumt; dümmeren Mißbrauch eines Rests von Preßfreiheit hat es nie gegeben. Und mit solchen moralischen Mitteln, mit dieser Bereitschaft, der Notwehr in den Rücken zu fallen, verheißen sie, den Erzfeind »niederzuringen«. Eine Konsequenz der Entmachtung, die sich bloß in dem freiwilligen Verzicht auf Würde und nicht auch auf Würden betätigt, ist auf die Dauer untragbar.

Anders als mit einer Partei, die instinktverlassen alles, was sie an Wirklichkeit über die Welt verhängt hat, mit Papier überdauern will, steht es mit dem Nationalsozialismus, der ein Vulkan ist und kein Bürokrater, und den keine Macht niederzuringen vermöchte, außer ihm selbst. Mit der Natur im Bunde, ist er auf sie angewiesen und wird von ihr im Stich gelassen werden, wenn die Instinkte, auf die er immerhin berechnet ist, nicht auch jene Nahrung erhalten, ohne die eine Idolatrie zwar lange genug, aber nicht lebenslänglich auskommen kann. Der Zustand ist nebst aller Mache doch auch auf die seelische Unterernährung zurückzuführen, auf die Gleichschalterei vom Intellekt her, welche das Verbrechen einer Freiheit bleibt, die seit dem Kriegsende nichts getan hat, als an den Gütern der alten Welt zu schmarotzen. Die Blind- und Blödheit ihrer Wortführer, auf einer »Legalität« fußend, der ihr eigenes geistiges Dasein Hohn spricht, setzt sich in dem Wahn fort, ihre Proteste, deren Gerassel von der Katastrophe unberührt blieb, würden dieser ein Ende machen. Ganz so in der Forderung an die Satire, eine Wirklichkeit anzugehen, als ob deren Absurdum nicht Folge wäre und nicht eben in ihm ihr ganzes Credo beruhte. Wer wüßte, was dagegen zu tun ist? Nichts, was geredet wird; nichts aus einer Phraseologie der Menschlichkeit, wenn Mord zugleich Religion und Realpolitik geworden ist. Wäre in dem Ratschluß einer Diplomatie, die ganz wie jene demokratische Geistigkeit im papiernen Element lebt, so viel Instinkt wie in dem Entschluß der Kommandeuse, die das sklavische Bedürfnis sadistischen Waltens blitzhell erkannt hat, dann wäre das Werk vollbracht. Aber es vom Polemiker zu verlangen, weil er besser »Kontraste zuspitzen« kann als die Handlanger des Freisinns, ist höchstens ein Antrieb, sie selbst mit ihrem Widerspruch zu Natur und Logik einzubeziehen. Wie könnte sich denn, was immer ihm gegen den gemeinsamen Feind einfiele, an Wirkung etwa mit dem Erfolg vergleichen, dessen sich ein schlichter Lokomotivführer zu rühmen hat:

Der Expreßzug, der infolge der Schneeverwehungen in der Nähe von Zloty steckenblieb, wurde von einem Rudel Wölfe überfallen. Der Zugführer hatte nun den Einfall, den am Ende des Zuges angekoppelten Gepäckwaggon mit den Vorräten des Speisewagens an rohem Fleisch und anderen Leckerbissen zu füllen. Während die Eisenbahner auf dem Dach des Waggons lauerten, wurden die Wölfe durch den Geruch des Fleisches angelockt. Als sich schließlich alle im Waggon befanden, schlugen die Eisenbahner die Seitentür zu. Noch stundenlang konnte man das Toben und Wüten der Wölfe hören. Als der Zug nach fast neunstündiger Verspätung in Kischinew eintraf, wurden die überlebenden achtzehn von den Gendarmen abgeschossen; sechs hatten sich in dem Kampf um die Beute zerfleischt.

Freiheitskämpfer jedoch – sei es, daß sie die Situation der Reisenden und des Personals mitgemacht oder von ihr nur nachträglich erfahren haben – dürften hier Polemik vermissen, den Mut, von den Wölfen Gedankenfreiheit zu verlangen, und vom Autor der Letzten Tage der Menschheit enttäuscht sein, wenn er während der neun Stunden stumm geblieben wäre und nicht einmal »warum« gesagt hätte. Die entsprechende Forderung würden sie auch gegenüber einem Erdbeben, einem Taifun, mindestens einem Wolkenbruch stellen, oder – warum in die Metapher schweifen, wenn das Gute so nahe liegt –: sie stellen sie gegenüber der Drohung von Kopfschuß oder Ammonit. Denn sie denken auch da innerhalb der Metapher, und wie sie den Mut eines Autors im Krieg sich offenbar als den gegen Armeen vorgestellt haben, so glauben sie jetzt, wo Armeen – aus dem letzten Selbsterhaltungstrieb der Menschheit – zögern: daß der Feind mit dem Wort zu bekämpfen sei. Diese Neigung sowohl zum Mut wie zur Herstellung der Wirklichkeit aus dem bildlichen Ausdruck, dieser Hang zur äußersten Verödung des Begriffes »Kampf« hat sich – bei jeglicher Spielart der Freiheit zwischen Demokrat und Kommunist – justament an der Sphäre der Fackel festgesetzt, die in der konsequentesten Abwehr allen Eingriffs in Natur- und Geistesrechte doch nie verhehlt hat, daß sie mit solcher Verflachung des Freiheitsbegriffes nichts zu schaffen hat und gerade deren Zumutung als Gewalttätigkeit empfindet. Hier als eine, die mit der angebornen Unfähigkeit zu Vorstellung und Verantwortung geradezu in die Sphäre der Gewalt verleitet. Keineswegs mit böser Absicht, sondern nur mit der Dummheit, die sich einen Ausgang nicht vergegenwärtigt, der wohl eine überparteiliche Genugtuung hervorriefe, ohne daß sein Echo weiter um die Erde ginge als der »Aufruf«, der ihn herbeiführte. Ja, wenn eine Idiotie des Mutes, der fremdes Opfer für die Sache unentbehrlich scheint, in diesem Fall noch mit »Fanal«-Vorstellungen arbeiten könnte; wenn die Generalstäbler der Freiheit garantieren wollten, daß »Draufgängertum« (im doppelten Sinn) den Erfolg bringt, dann ließe sich mit ihnen – falls es gelänge, ihre Pseudonyme zu lüften – ernstlich über die Frage der Mutbewährung reden. Dann brauchten sich die Dummköpfe gar nicht vorzustellen, welche »Rücksicht« man zu nehmen hat, dann soll ihnen selbst das Schicksal einer Gattin oder Schwester, die draußen zum Geisel bestimmt wäre, gleichgültig sein, denn in solcher Situation hat man keine zu haben oder sie hat sich eben zu opfern. Und vor allem jeder Anhänger und Leser. (Wir im Inland wollen ein Heft.) Aber die Unerbittlichen hätten es schwerer, den Nutzen, als daß es gelänge, ihnen den Schaden zu beweisen. Großmann, der einzige, der die ideale Forderung mit seinem anerkannten Namen vertritt, selbst er täte es nicht, wenn er noch draußen lebte, und würde verstehen, daß man sie unerfüllt läßt, weil die Gerechtsame des Zufalls erfahren könnte, daß man es einst mit ihm gehalten hat. Und wäre es nicht ein sittliches Gebot, sich in einer Betrachtung des Ereignisses für noch wertvollere Freunde einzusetzen, die etwa schon verfolgt sind? Nein, man muß es übertreten, um sie nicht größerer Gefahr auszuliefern! Das ganze Mutproblem, das den Idealisten insofern zu schaffen macht, als sie den Mut nicht für sich und die Sorge nicht für den Nebenmenschen haben, würde sich ja vielleicht auf beruhigende Art lösen, indem die verlangte

Fackel in deutscher Sprache erschiene und darum für Freund und Feind schwerer verständlich wäre als die Manifestationen derer, die sich damit begnügen, in die Schreibmaschine oder gleich in die Setzmaschine zu spukken, und deren Elan nichts zu wünschen übrig ließe, wenn sie dazu noch einen Namen hätten und kein Pseudonym. Wie sagt doch –?

> Auf diesem Weg – sonst hätten sie ihn längst
> zu mir gewagt – erscheint der Haß gehemmt;
> mich schützt die Sprache, die sie nicht verstehn,
> nicht populär genug für solches Ende.

Wir wollen uns der Hoffnung nicht begeben, es werde vollends auch einem Heft, das sich mehr mit der Zumutung als mit dem Unmöglichen befaßt, solche Immunisierung zuteil werden, die wir für den einzigen sittlichen Schutz halten, den Polemik gegen Gewalt für sich in Anspruch nehmen darf. Dieser Gedankengang hat aber keine Aussicht, in den Bereich einer Dummheit zu dringen, die entweder die unentrinnbare körperliche Gefahr zum Kriterium geistigen Verhaltens macht oder – wenn es gelänge, sie von der Tierischkeit zu überzeugen, mit der sich hier die Humanität gebärdet – den rein mechanischen Schutz als unerläßlich zugäbe, ohne zu bedenken, daß sie sich erst damit ihren Helden als Feigling vorstellt. Der Schutz der Sprache kommt für sie nicht in Betracht, denn so lange, bis man »im sicheren Satzbau wohnen« kann, will sie nicht zuwarten, und so viel Aufwand an Arbeit und Zeit für ein Werk, das zwar groß, aber vor allem brauchbar sein soll, erscheint ihr nicht erforderlich. (Die Entschuldigung, daß man nicht so fließend schreiben könne wie sie, läßt sie nicht gelten. Wer das Wort meistert, muß es gebrauchen, wenn er etwas ausdrücken will.) Doch Bewaffnung, Beziehung eines betonierten Unterstands, Flucht oder dergleichen hält sie für eine mögliche Begleiterscheinung polemischer Satire. Was sie eigentlich will und sich denkt, ist zwar ohneweiters als seicht zu erkennen, aber kaum zu ergründen. Sie will, daß die Fackel, die erscheint, tausendmal besser sei als was sie selbst hervorbringt (gewiß kein übertriebener oder unerfüllbarer Anspruch); aber daß sie eben auch tausendmal vehementer sei, damit sie, wenn's schon nichts nützt, doch ihr zur Freude gereiche und dem Feind zum Verdruß, egal, wie dieser in Erscheinung tritt. Sie will, daß man artikulierter, und doch »um die Erde« aufschreit. Wenn man ihr nun sagt, daß solches eben nicht möglich sei, teils aus Mangel an Fähigkeit, teils anderer Umstände halber, antwortet sie, man habe doch die Letzten Tage der Menschheit geschrieben. Wenn man ihr sagt, es gehe aus geistigen Gründen nicht, einem Bombenwerfer mit Pathos und einem Irren mit Witz zu begegnen, so versteht sie das nicht, weil ihr geistige Gründe den Verdacht der Feigheit erwecken, zu welcher man sich natürlich auch ohneweiters bekennt, um ihr die Sache verständlich zu machen. Gesteht man ihr also, es sei schon aus physischen Gründen – deren Kongruenz mit den geistigen sie nicht kapiert – einfach unmöglich, und zwar weil man sich eine spätere, noch schönere Fackel vorbehalten habe (etwa diese da) und weil man überhaupt nicht geneigt sei, sich in seinen künftigen Entschließungen von einem fremden Willen hemmen (so wenig wie animieren) zu lassen; sagt man ihr, daß man gegen die Gewalt nichts Geistiges um den voraussichtlich einzigen Preis unternehmen könne, von dieser an Weiterem verhindert zu werden, möge sie nun vom Plan oder nur vom Zufall gelenkt sein; daß man es noch radikaler ablehne, sich unter die Aufsicht eines S. A.-Mannes, als im Weltkrieg »unter österreichische Zensur stellen zu lassen«; und daß die Selbsterhaltung vielleicht gemeinnütziger sei als die Tat – so läßt die Dummheit doch nicht locker, denn sie ist ja gewalttätiger als die Gewalt und sie braucht die »Gesinnung«, sie braucht sie schwarz auf weiß, und der Schutz, der ein Fortwirken ermöglicht – für die Gesinnung oder auch für Tand wie Shakespeare – wird sich schon ergeben. Nun könnte man ihr noch antworten, es sei vielleicht bereits problematisch, wenngleich im sozialen Sinne noch möglich, daß ein Kopf, der höhere Mathematik treibt und dafür, als jüdischer Kopf, verfolgt wird – der Einsteins –, vorn und hinten von Gewehren umgeben, in amerikanischen Blättern photographiert erscheint. Man könnte sogar einräumen, daß man als Schriftsteller sich von der Polizei oder einer Garde das Leben sichern lassen dürfte, wenn man ein politisches Rezept zur Rettung der Allgemeinheit herausgegeben hätte. Mindestens so klar jedoch wäre wohl, daß eine geistige Muthandlung, die um ihrer selbst willen bedroht würde, nie derartigen Schutz in Anspruch nehmen dürfte, und daß ein Satiriker, der ständig in der Entourage bewaffneter Verehrer erscheint – falls sie zureichte und ihm nicht durch die Gewalt entrissen würde –, als Satire auf die Satire herumginge. Was wäre mithin dargetan? Daß eben das besondere Übel in seiner akuten Wirksamkeit kein taugliches Objekt der Polemik war; ja der Polemiker, der sich unmittelbar nach der Leistung panzern oder unsichtbar machen muß, hätte den Gewalttäter, dessen Zugriff er sich mit Recht entzieht, zu einem Gegner erhoben, dem er nicht steht. Die Ungemäßheit wäre durch die Tat bewiesen und erst recht durch deren Schutz. Ein Davonlaufen – wenn möglich – würden aber die Idioten des Mutes ebenso lebhaft begrinsen wie der Gegner, und wie sie die Unterlassung der Tat begrinsen. Daß man die Dinge, die sie zu hören wünschen, nicht in einen Orkan rufen kann, der nationalere Gesinnungsträger vernichtet hat; daß es auch einen Respekt vor Elementarereignissen gibt, von denen man die Menschheit befreit wünschte, wird ein ziviler, also doch etwas lebendigerer Dummkopf eher verstehen als einer, der mit Papier zu schaffen hat. Und vollends hätte dieser nichts dafür übrig, daß man nebst Gefahr und Schutz auch die Gefahr des Schutzes meiden möchte, indem man auf solchem Niveau der Lebensfrage die Rettung nicht etwa dem kunstvollern Ausdruck eines Meinens verdanken wollte, das weniger Befähigte zu büßen hatten – eine Gunst, die praktischem Erfolg zuliebe gewiß erträglich, ja anzustreben wäre. Die einzige Möglichkeit einer »Bewährung«, die sie verlangen, wäre doch wohl die: daß man wie im Weltkrieg eine legitime Gefahr eingeht. Die ist natürlich nicht zu haben; also wenigstens die: nicht ihnen die »Argumente« zu bieten, die sie längst haben (weil sie sie aus allen geistigen Möglichkeiten der Fackel kompiliert und vorgestohlen haben), sondern dem Feind; etwa im Berliner Sportpalast, vor einem Auditorium, das mit dem größten Widerwillen sich dennoch zum Hören verpflichtet und wenigstens die Märchenprobe gewährt, gemäß der der Waghalsige entweder gewinnt oder vom Ungeheuer gefressen wird. Aber da würden sie füglich antworten, daß die Erlaubnis nicht zu erreichen wäre, da man schon vorher gefressen würde. (Und wenn nicht, so wäre traun nicht anzunehmen, daß Göring, wie der Maurer Mattern unter den Worten des Fremden, erschüttert zusammenbräche und mit den Worten abstürzte: »Ich häng mich uf!«) Solches wissend, erkühnen sie sich, das »Problem« aufzuwerfen, weil Nullen, die noch mit vollem Namen pseudonym blieben, sich phantasielos oder in der sichern Hoffnung hervorwagen, daß sie vor der generellen Gefahr sich schon rechtzeitig in Sicherheit bringen werden, nicht ohne bis dahin mit Rettergebärde die Opfer zu mehren. Die Überschätzung eines legendären Intellekts, der Aufrufe um die Erde verlangt und sich deren Dinge nicht bis zur nächsten Straßenecke vorstellen kann, ist durch diese ganze Aktion dargetan, deren journalistische Wortführer etwa auf den Ehrgeiz hineintölpeln, Greuelberichte, die auf gefährlichsten Schleichwegen ins Ausland dringen und von dorther ohne Quellenangabe bezogen werden, als Berliner Spezialtelegramme »aufzumachen«. Ihr Inhalt, könnte er an einem deutschen Schalter deponiert werden, wäre genau so unwahr, wie dieses ganze Jahr geträumt wäre, wenn die Fackel, wie sie jene sich wünschen, erscheinen und womöglich vom Westbahnhof als Reiselektüre mitgenommen werden könnte.

Die Pleite einer Intelligenz, die sich als Vertretung großstädtischer Flachheit noch immer erhaben über ein flaches Land dünkt (und dazu den peinigenden Ausdruck »Kühdreckstätten« gebraucht), wird vor allem in dem Wagnis offenbar, der Fackel ein Problem anzubieten, das man vor jeder Hörerschaft wenigstens mit einem »Linksum! Kehrt! Marsch!« zur Lösung bringen könnte, wenn einem die eigenen Schriften noch so verlockend wären wie die Großmanns. Es ist bemerkenswert, um wieviel müheloser und natürlicher das Problem vom primitiver veranlagten Gegner (eben dem Bewohner von »Kühdreckstätten«) erfaßt wird, und bezeichnend dafür eine Begebenheit, die sich vor etlichen Jahren an einem oberösterreichischen See abgespielt hat, als eine Anzahl Großstädter von intellektuellem, aber keineswegs aufreizendem Betragen vor einem Wolkenbruch in einen Gasthof geflüchtet war. Man sprach über allerlei und auch über die Letzten Tage der Menschheit, deren Autor um seines »Mutes« willen gerühmt wurde, obschon vielleicht andere geistige Kräfte, die an dem Werk gewirkt haben, der Betrachtung noch würdiger wären. Doch die Gesellschaft hatte sich, wohl nicht in dem platten Sinn eines Widerstands gegen leibliche Gefahr, auf den Mut versteift. Da mischte sich eine Stimme ins Gespräch – von einem unbemerkten Kasmader, der im dunklen Raum an der Wand klebte, aber nun als solcher erkannt wurde: »Wos, Mut hat er, der Fackelkraus? Soll er sich traun, jetzt mit'n Schinakel hinüber zu rudern!« Es raste der Mondsee, und Kasmader hatte ihm ausgerechnet dieses Opfer zugedacht. Heute wäre derlei nur die logische Konsequenz aus der Debatte Intellektueller, die den Mut vermissen und nichts anderes verlangen, als daß man bei Wolkenbruch mit'n Schinakel hinüber rudert, wiewohl kein Uferbewohner etwas davon hätte, und das arteigene Element durch das Wagnis noch gereizt würde. Jener hatte nur innerhalb der Wirklichkeit, die er heranzog, insofern nicht ganz recht, als der Feigling noch in keinem Fall eines Ungewitters, und selbst nach keiner Nachricht von einer Katastrophe, etwa das Fliegen gescheut hat. Damit soll natürlich nicht »Unerschrockenheit« dargetan sein, wiewohl deren Anforderung für den Mondseer Schachtelkasmader beinahe erfüllt wäre, sondern nur die Lust am Gebrauch einer Technik, die Zeit für Arbeit erspart wie dank dem Motorgeräusch die Qual der Gespräche, die jede Eisenbahnfahrt hörbar macht. Und wenn man einen, der geistige Verrichtungen (sofern er deren Notwendigkeit und Möglichkeit erkennt) von körperlichen Umständen unabhängig macht – wenn man ihn ausschließlich nach diesen beurteilen will, so mag ja solcher »Mutbeweis« erheblich durch die Abneigung beeinträchtigt sein, sich vor einen geladenen Revolver oder einen tollwütigen Hund zu stellen. Es besteht nicht die geringste moralische Hemmung, zuzugeben, daß man derlei Situationen nicht gewachsen ist und ihnen darum feige, womöglich durch Flucht, ausweicht. Aber das Wesentliche, das eben die Spezialisten des Bekennermutes nicht verstehen – denen sich der Brauch, Nieren einzuschlagen, in der politischen Formel des »Faschismus« oder der Pranger für Geschlechtsverkehr als »Reaktion« darstellt –, das Wesentliche ist nicht, daß man solchen Möglichkeiten körperlich wehrlos, sondern daß man ihnen geistig wehrlos gegenübersteht; daß sie den, dessen Vorstellungskraft sie für den Nebenmenschen erlebt, entgeistigen und nur leider nicht den, der neben den Greueln, die er meldet, noch mit seinen Phrasen durchzudringen hofft. Man sollte doch glauben, daß schon die Möglichkeit solcher Debatte ihr ein Ende machen müßte, wofern bei Intellektuellen, mangels geistiger Gabe, nur eine Spur von menschlichem Empfinden vorhanden wäre. »Warum schweigt Karl Kraus?« fragt ein Vertreter der Humanität und entrüstet sich darüber, daß der Vertreter des entgegengesetzten Ideals die Antwort dazugekritzelt hat: »Weil ihm sein Leben lieb ist«. Mut zeiget auch der Mameluk, Verstand selbst der Troglodyt. So eng dieser das Problem gefaßt hat, so erweist er sich in logischem und menschlichem Begreifen der Lage doch dem Intellektuellen überlegen. Nicht weil eine solche Antwort gegeben werden kann – wiewohl schon dieser Grund plausibel wäre –, sondern weil die Frage, weil die Debatte möglich ist: darum schweigt Karl Kraus. Die Antwort wäre als Motiv völlig zureichend, wenn der ermeßbare Schaden größer als der Nutzen, wenn kein anderer praktischer Erfolg zu erwarten wäre als Gefährdung eines Lebens, über das man gern selbst verfügen möchte, ganz abgesehn davon, daß man es aus bestimmten Gründen für wichtiger hält als das des Bedrohers, ja selbst das des Verehrers, der um der Lektüre willen die fremde Gefahr in Kauf nimmt. Aber es ist eben aus zwingenden geistigen Gründen nicht möglich, in solche Debatte mit einer Erfüllung des Wunsches, mit der Abweisung der Gewalt einzutreten. Das einzige, was möglich (keineswegs notwendig) scheint, ist die Abweisung der Debatte und die Darstellung der Abscheulichkeit, daß das geistige Leben bis zu diesem Punkt gediehen ist – nicht so sehr, was die Antwort betrifft, in der sich zeitgegebene Konsequenz sogar mit einem gewissen Verständnis für Menschliches paart, als was die Frage betrifft, die nicht nur gestellt werden kann, sondern auch beharrt und der Antwort noch Staunen abgewinnt statt aller Aufklärung, die auf diesem Niveau genügen würde. Denn von sämtlichen Eigenschaften, die man nicht hat, wird die Tapferkeit am meisten bewundert und begehrt, auch wenn man keine Ahnung hat, was darunter jeweils vorzustellen sei, und so erklärt sich die Enttäuschung darüber, daß ein anerkannter Polemiker sich weigert, einen Raum, wo ein Raubmörder waltet, zu betreten, anstatt »es ihm zu geben«. Beinah könnten sie selbst aus »Macbeth« ihm vorhalten: »Du, große Tyrannei, leg deinen Grund nur fest, denn edler Sinn wagt nicht Einhalt zu tun!« Aber wie sollte dieser Vorwurf die Fackel treffen, wenn kein heil'ger Engel an den Hof von England fliegt, daß »schneller Segen diesem unter einer Teufelsfaust ringenden Lande kehren möge«. (Man hat weit weniger unterlassen als Herr Macdonald.) Den simpelsten Grund für das »Schweigen«: daß das Sprechen unzulänglich sei, da dessen Autor es jedenfalls dafür hält, ein hohleres Wort als das des Herrschers; und daß ein gefühltes Mißlingen bei größter Bemühung eher für den Autor spreche als für die Möglichkeit des Werks – derlei können sie nicht fassen, die Verehrer. So soll es wenigstens gelingen, ihnen den Eindruck zu befestigen, daß man nicht so mutig sei wie sie, ja daß sie einen schon durch die Ernennung zum Generalissimus in die Flucht geschlagen haben.

Kann man mehr tun? Höchstens noch Rechenschaft ablegen, was man »in all der Zeit machte«. Zwar könnte man einfach sagen, es gehe sie, Verehrer, Enttäuschte, Abfaller, Angreifer, Gegenangreifer, einen Dreck an – einen größeren noch als den, den sie leisten –; wie es denn überhaupt mehr Sache des Autors als der Leser sein dürfte, ob er sich zu dem Thema, das sie beschäftigt, zu äußern wünscht oder ob er es bloß so erlebt, daß ihm Schweigen als der geistige Ausdruck paßt und daß er an jeden, dem's nicht paßt, nur noch die Bitte hat, sich so schnell als möglich davonzumachen. Doch man kann sich – bis zu der Grenze, wo man nicht Rechenschaft, aber einen Fußtritt gibt – auch darauf einlassen. Der Gegenangreifer – nennen wir ihn also schlechtweg Arnold – weiß es zwar ohnedies: »Nicht mitgemacht hat er«. Was man in der Regel nicht mitmacht, ist entweder der Fasching oder eine Dummheit. In beiden Fällen hat jener recht, der sich nun einmal vorgenommen hat, sein Licht nicht unter den Scheffel seiner Nullität zu stellen, sondern es den freiheitlichen Kreisen von Prag über die Fackel aufzustecken. Ein Anhaltspunkt für die Individualität Arnolds – wer weiß etwas? – war nicht zu gewinnen, umsoweniger, als er sich bald hinter dem Pseudonym »isk« verbarg, um den Herausgeber der Fackel nicht nur bei einer Unterlassung zu ertappen, deren sich dieser bis dahin nicht bewußt war, sondern auch bei einer Tätigkeit, auf deren Enthüllung er nicht gefaßt sein konnte: beim »Kampf ums Komma«. Der Herausgeber der Fackel hatte gehofft, diesen Kampf, den er offensichtlich dem gegen Hitler vorzieht – was ihn selbstverständlich für jede Barrikade disqualifiziert –, ganz im Geheimen auszufechten. Er hatte insbesondere gehofft, daß der ›Gegenangriff‹ die Remedur nicht bemerken werde, die er gegen die Verstümmlung eines unerlaubten Nachdrucks vornahm, wenn er schon diesen selbst unbeanstandet ließ. Weder die Remedur gelang, noch deren Verheimlichung. Jene nicht, weil die Prager Justiz einen originellen Einfall hatte, über den der Fachmann staunt und der Redakteur sich wundert: die Vorschrift, daß berichtigte Tatsachen einen »betreffen« müssen, so zu interpretieren, daß eine Berichtigung sich nur auf ehrenrührige Tatsachen beziehen könne, nämlich auf etwas, wodurch man geradezu betroffen ist (und was, wenn es im Gesetz mit »angehen« bezeichnet wäre, vermutlich als Attacke aufgefaßt würde). Bis die dortige Generalprokuratur zum Rechten gesehen hat, bleibt es nun jeder Prager Zeitung unbenommen, zu behaupten, der Verfasser der Satire »Literatur« sei mit dem des »Spiegelmenschen« identisch oder habe Offenbach gemeinsam mit dem Renato Mordo inszeniert, weil derlei ja, insbesondere in Prag, keine Verbreitung ehrenrühriger Tatsachen wäre. (Ja es könnte sogar mitgeteilt werden, er und nicht etwa Herr Max Brod habe behauptet, daß Shakespeare die »Widerspenstige« in eine »prächtige Komödie« eingebaut hat: in die von »Schluck und Jau«.) Die Frage, wozu es einen Beleidigungsparagraphen gibt, wenn der für Berichtigung schon dessen Funktion erfüllt, ist wohl müßig, da vom Standpunkt dieser Judikatur offenbar noch immer hinreichend Spielraum für »Beleidigung durch die Presse« bleibt, wenn man einem mit einem Exemplar des ›Gegenangriff‹ auf den Schädel haut. Schon dessen Erfolg mit der Normierung einer berichtigbaren Tatsache hätte also eine Verheimlichung des Planes, der so gründlich mißlungen war, verhindert. Dazu kam, daß das ›Prager Tagblatt‹, welches der Fackel manche Pikanterie, die sie nicht gewährt, wohlwollend abgewinnt, die Sache an die große Glocke gehängt hat und, wie als Unikum anerkannt werden muß, in einem sachlich zutreffenden Gerichtssaalbericht, der beim besten Willen keine Berichtigung zuließ, selbst wenn eine solche bei der Eigenart der örtlichen Judikatur möglich wäre. Das ›Prager Tagblatt‹, das sich korrekter Weise um den Nachdruck eines Bekenntnisgedichtes beworben hatte (dessen Übertragung in ein journalistisches Milieu aber eher noch durch Raub als durch Erlaubnis vorstellbar ist), mochte seine Genugtuung an der Prozedur erleben, mit der andere Blätter für die Entstellung der Beute heimgesucht wurden – gewiß nicht ohne ein stilles Behagen an dem Kauz zu empfinden, der in ernster Zeit solche und keine andern Sorgen hat. (Während er tatsächlich auch noch wissen möchte, ob jene sympathische Blondine reichen Messeonkel gefunden hat und die andere junge Dame nur wirklich erstklassigen, großen, feschen Arier für Ausflüge und Geselligkeit. Beiden würde er natürlich den Erfolg durch Vermittlung eines großen, feschen, obschon nicht arischen Blattes gönnen.) Dieses Organ freiheitlicher oder doch gemäßigt präservativer Richtung, das in dem alten Hader zwischen Olla und Primeros Neutralität wahrt und jeglichem Weltgeschehen eine versöhnliche Seite abgewinnt, so daß man sich sowohl an das Dritte Reich gewöhnt, wie das Vorgehen gegen die Massagesalons als »Konzession« betrachtet, zeigt sogar eine gewisse Toleranz gegenüber der Leidenschaft des Herausgebers der Fackel, die Sprache wichtig zu nehmen. Besonders sinnfällig trat ja diese Sucht im Fall des ›Gegenangriffs‹ in Erscheinung. Denn man denke, in dem ganzen Unflat von Wahrheitswidrigkeit – der eine andere, in Prag noch mögliche Remedur zugedacht wurde –: daß er schon im Krieg geschwiegen habe und auch jetzt wieder so feige sei, wurde von ihm zunächst nichts als die Tatsache beanstandet, daß in der fünften Zeile des widerrechtlich abgedruckten Gedichtes zwischen »Wort« und dem Relativpronomen »das« der Beistrich fehlt! (Also ganz wie er ihn zwischen Deutschland und erwache bezw. zwischen Juda und verrecke vermißt hat, wiewohl diese Sätze nicht von ihm sind.) Der in Kämpferkreisen wie im Spalier von Schmunzlern an und für sich aufsehenerregende Umstand solcher Haarspalterei – eine Zuspitzung der Kontraste in Anbetracht des ohnedies sensationellen Schweigens über größere Themen –: der Fall scheint wegen Sperrung des Café Continental das Straßenbild belebt zu haben, so daß eine zufällige Anwesenheit des Täters wohl zu dessen Festnahme geführt hätte. Es war eine förmliche »Praguerie« (Verschwörung gegen Karl VII.). Auch die in

Paris vertretene deutsche Publizistik, deren sprachliches Niveau sich trotz der fremden Umgebung noch nicht gehoben hat, erfuhr mit Entsetzen von dem traurigen Ende eines Kämpfers, von dem bis dahin nicht bekannt gewesen war, daß seine Tätigkeit ihm ein Interesse für Lappalien der Sprache übrig gelassen habe, über die ein Schriftsteller, der auf sich hält, zur Tagesordnung schreitet. In der dortigen (politisch weit klügeren) Emigrantenzeitschrift hatte eine Siegfriedsnatur – unter dem Titel, der sonst der Fackel anstand, als sie noch erschien: »Aus der Gespensterwelt« – kommentarlos, aber vielsagend Bruchstücke aus dem Bericht zitiert, den das ›Prager Tagblatt‹ über das schier Unglaubliche hinausgegeben hatte. Da nun der Autor der Fackel nach seinem traurigen Ende vollends in die Gespensterwelt eingegangen ist, könnte er, gemäß der bekannten Auffassung jener Hamlet-Stelle, bald die Morgenluft wittern, in der taufrische Satiriker atmen, und ihnen dringend raten, die Tagebuchhaltung auf das volkswirtschaftliche Ressort zu beschränken, wo ja Nützliches geleistet wird, und sich in kein geistiges Gedränge einzulassen, weil sonst sprachkritische Besorgnis auch auf das Deutsch, das in Paris geschrieben wird, übergreifen und Lappalien zum Vorschein bringen könnte. Weit ungebärdiger aber tritt »isk« auf den Plan, der tief enttäuscht ist, weil der Herausgeber der Fackel ihm bloß ein Komma nachträgt, statt ihm zu antworten, seine Einmischung in eine geistige Sphäre sei die äußerste Frechheit, zu der professioneller Mißbrauch von Druckerschwärze jemals verleitet hat. Nichtbeschäftigten ist der Eintritt verboten und der Hinauswurf garantiert. Zur Begründung des Kampfes um das Komma ist man sicherlich berechtigt, stumm zu bleiben und auch nicht »warum« zu sagen.

Der Schwachkopf hat den Tatbestand ohnedies mustergültig dargelegt – bis zu der Feststellung: »Ein trauriges Ende fürwahr« –, und es wäre wohl eine Erniedrigung alles dessen, was ein Analphabet, der nicht einmal seinen Namen schreiben kann, dem »philologischen Flohknacker« nachruft und was zur Ehre der Sprache geleistet wurde, wollte man Rechenschaft ablegen, warum man überhaupt ein Komma und warum man just dieses für wichtig hält. Das fehlte noch, daß man dem Dieb begründen wird, was man an der Wertsache schätzt! Die Zunft kann es mit ihrem Rotwelsch halten wie sie will – wenn sie ein Gedicht nimmt und man ohnedies von der Strafanzeige absteht, so wird sie schon nichts dagegen haben dürfen, daß man Unversehrtheit beansprucht. Sprachlehre wird nicht erteilt. Nicht einmal die Gefahr, daß ein durch Lektüre erzogenes Analphabetentum die typische Inversion einer schlechten Gedichtzeile vermuten und »das« für ein Objekt halten könnte (Kein Wort traf das), soll zur Begründung herangezogen sein. Es hat zu genügen, daß sich, in welcher Art immer und zu welcher Zeit immer, die Presse nicht an dem »Wort« zu vergreifen hat, noch dazu an dem eines Autors, von dessen Sprache sie sich Wunderwirkungen verspricht und für dessen Schweigen sie ihn zur Rede stellt. Es hat nichts nachgedruckt zu werden, und wenn es dennoch geschieht, so nicht mit Verachtung der Sorgfalt, die der Autor angewandt hat – Punktum! (nicht Komma). Es ist doch zu dumm, daß die Kerle die Notdurft ihres Hohns an eben dem Kontrast verrichten wollen, als den man planvoll die Reklamierung eines Satzzeichens und nichts als diese in das verhöhnte Schweigen hineingestellt hat. Als hätte man die Satire nicht selbst erdacht; als wäre man beim Berichtigen so erwischt worden wie beim Schweigen. Das Wort, das hier alteriert wurde, sei nicht mit jenem gemessen, das Luther gemeint hat, indem er sagte: »Das Wort sie sollen lassen stan«; aber er könnte doch wohl an dem seinigen einen gewissen Schaden feststellen, wenn ein unfreiwilliger Wiener Satiriker es auf seine Art gruppiert, interpungiert und orthographiert:

Das Wort, sie l a s s e n m ü s s e n s t a h n.

Auf eine Untersuchung des Unterschieds zwischen einem Satz und dem, was die Presse – bei voller Wahrung des »Sinns« – aus ihm macht, sobald sie ihn unter die Hand oder in die Maschine bekommt, wird man sich so wenig einlassen wie auf das Problem der thematischen Wichtigkeit. Die Zunft tut wirklich so, als ob sie das, was man nicht nur bewußt unternimmt, sondern dessen man sich durch Jahrzehnte gerühmt hat, erstmals »enthüllte« und als wäre das Minus nicht der ganze Inhalt einer längst notorischen Eitelkeit. Die Kämpfer, die an so nutzwidrigem Gebrauch des »Worts« zu Satirikern werden, wissen nicht, daß der Vorkämpfer die eigene Schande in den Versen »Nach dreißig Jahren« einbekannt hat:

Ihm ist es Ware nicht, ihm ist es Waffe,
die Waffe nicht allein, vielmehr der Wert,
nicht das womit nur, nein, wofür er kämpft.

Und sooft es dieses galt:

hat er die Händel dieses Tags bewacht
und hat den Schein der Streitsucht nicht gescheut,
um dieses bürgerliche Vollbehagen,
das in so andern Regionen schwelgt,
so lustlos fern der schöpferischen Freiheit,
mit dessen eigener Gesetzlichkeit
zu konfrontieren, durchaus dort und da
das Zweifelhafte zweifellos zu stellen.

Das muß nicht immer gelingen, doch auch gegenüber der linkesten Journalistik versucht sein; auf die Gefahr hin, daß selbst die verantwortliche Dame nicht zu erreichen ist, weshalb jener frische Tagebuchhalter dem gespenstischen Zusammenhang die Stelle entnehmen kann, daß gar schon »die dritte Verhandlung« anberaumt werden mußte. Um solcher Bagatelle willen,

für Werte, die nicht wägbar sind, nicht tragbar,
um Sorgen, die nicht Qual, nicht Glück bedeuten
dem Zeitvertreiber, niemals Schlaf und Stirn
bedrückt ihm haben, nicht den Tag ihm kreuzen
und nicht den Traum, wofern er Träume hat.

Aber hat sich denn ein Don Quichotte eingebildet, daß er in solchen Kreisen mit einem Komma reüssieren werde? Wiewohl ein Druckfehler bestimmt auch Tachles beeinflussen könnte und erwiesenermaßen beeinflußt hat (wenn man etwa bedenkt, daß einst »Vergehen gegen die Postanstalten« bestraft wurden, wiewohl das Strafgesetz eigentlich die Pestanstalten gemeint hatte). Ist einer so verblendet, Folterungen für geringfügig zu halten, weil es auch Mißhandlung der Sprache gibt? Daß ein Massaker das Interesse an Versen beeinträchtigt, ist ihm natürlich bekannt; nur den Blutschmierern nicht: daß Verse vielleicht zur Erkenntnis der Ursachen des Massakers und gar zu seiner Unmöglichkeit beitragen. Dabei kann ihr Autor unfähig sein, sich einen daraus zu machen, oder auch nur einen Hilfeschrei auszustoßen, da sogar die Polizei untätig bleibt, um das Blutbad nicht zu vergrößern. Wenn jeder das täte, was ihm gebührt, und das Ungebührende nicht getan und vom andern nicht verlangt würde; wenn's also Politik und Journalistik nicht gäbe – gäb's vielleicht gar nicht die schlimmen Dinge, die die bessern verhindern. Leben kommt vor Philosophieren, aber doch nur, damit dieses möglich sei und jenem auf die Beine helfe. Vor Helden wie Händlern, die in der Bemessung thematischer Wichtigkeit einig sind und auch sonst die gleiche Sprache sprechen, geht man natürlich irre, da man angesichts des Dritten Reiches um ein Komma prozessiert, selbst wenn man ihnen die Beruhigung Humboldts erteilte: »Reiche vergehen, aber ein guter Vers bleibt«. Zeitweise ist auch Husten wichtiger als eine Symphonie, für deren Schöpfer wie deren Hörer, und Essen kann die Arbeit des Kämpfers unterbrechen, der dieser Tätigkeit sogar mit offenem Visier obliegt. Diesmal scheint das Problem der Fackel in einer Eitelkeit zu liegen, die sich von der Folie der Feigheit abhebt und darum mit noch mehr Grund die Tadler herausfordert,

> die, wär' ich ihresgleichen, staunen sollten,
> wie ich dann ganz und gar nicht eitel wär'.
> Und so bescheiden bin ich, zu bekennen:
> wär' vollends das Talent mir angeboren
> der Männer, deren Meinung hier gedruckt wird,

ich wäre nie damit hervorgetreten,
vielmehr ein Handlungsreisender geworden;
und wollte dann wohl als ein Leser glauben,
was jene öffentlich zu meinen pflegen.

Und dennoch sind sie bescheiden genug, indem sie die kleinen Themen ihm vorwerfen, der diejenigen bekämpft, die zwar die großen Themen haben, aber die kleinen sind. Keine Profession wäre vorstellbar, die so von ihrer Wichtigkeit durchdrungen ist und sobald man ihre eigenen Ansprüche an sie stellt, sich dermaßen bagatellisiert:

. . Immer bleib ich einverleibt
dem Stoff der Zeit, den ich durchdringen konnte,
und dieser spricht, wenn überhaupt er spricht:
Was gilt uns einer, der mit uns sich abgibt?
Wer sind wir schon, und wie ist's möglich denn,
daß Kunst sich von dem Teufelsdreck bedient,
von ihm die Formen bildet und den Sinn
des Lebens einem Widerspiel entnimmt?
Wer sind denn wir, die jener seines Angriffs
für würdig hält? So sprechen sie geduckt,
Vorbilder der Bescheidenheit für den,
des selbstgefällig Tun sie tadeln müssen
und der, von ihrer Weisung unbelehrt,
sich stets der kleinsten Themen hat vermessen.

Und war nicht schon zehn Jahre vorher den Trägern dieses Leitmotivs, den Totschweigern, die nun die Rede vermissen, alle Illusion genommen und alle Aufklärung erteilt? In den Versen »Nach zwanzig Jahren« hieß es vom Geheimnis der Sprache, welches sie mit ihrem Redaktionsgeheimnis verwechseln:

Doch solches sind Allotria, und die Welt
will, daß die Feder sich ihr nützlich mache,
wenn schon nicht angenehm. Was bleibt ihr denn
in ihrer Hand? Vom blutigen Turnier
ein Silbenstechen und ein Haarespalten;
und wer's so bunt durch die Jahrzehnte trieb,
hat ausgespielt für alle Lebenszeit.

War das nicht Prophetie? Und bedarfs des Nachrufs, wenn ihn einer sich selbst gesprochen hat:

Dies, was die Form betrifft; der Inhalt war
noch dürftiger. Beim Licht der Tageszeitung
zerstiebt der Spuk. Versuch's und leg den Geist
auf deine flache Hand: nichts bleibt davon.
Das Element, es läßt sich nicht zitieren,
potz Element, es rinnt dir durch die Hand.
Gedanke war's in aller Konsequenz,
und Meinungen, einander widersprechend,
wies man mir nach, und als die Welt dahin,
ganz wie ich's längst aus kleinlichen Symptomen
erschaut, da riefen Überlebende,
ich hätte, da die Welt zum Teufel ging,
nur die lokalen Tatsachen bemerkt.
Indes war nicht das Augenmaß verfehlt,
doch ich vergriff mich in der Reihenfolge.
Ich sang der Zeit das Grablied, eh' sie starb.

Das war nach dem Weltkrieg gesagt. Und mit solchem Bekenntnis beglaubigt, soll man für die, die nichts gelernt und alles vergessen haben, so daß Hitler kam, zu diesem Stellung nehmen? »Die Gegenwart verführt ins Übertriebne, ich halte mich vor allem ans Geschriebne«; und so findet man nicht nur, was man zur Walpurgisnacht unterließ, sondern – Glück muß man haben – auch in den eigenen Schriften die Vorsatire auf alles, was man tat:

Wort und Wesen –
die einzige Verbindung, die ich je
in dieser nutzbeflißnen Welt erstrebt.
Kein Opfer gab's, an allem, was euch freut,
Besitz und Geltung, Ruh und Nervenglück,
das ich nicht mit Begeisterung dargebracht,
um euch am Geist kein Opfer darzubringen,
im Erdensturz dem Umbruch einer Zeile
noch zugewandt, bis an den jüngsten Tag
erfüllend jene heilige Satzung, wo
es auf das Komma ankommt, mag ich stammelnd
dereinst nicht wissen, was das Thema war.

Kurzum, als hätte man nicht nur den Hohn nicht selbst erdacht, nein, fünfzehn Jahre vorher das Programm des Hohns, mit dem einen die Satiriker fangen, die damals vielleicht noch gar nicht ahnten, was sie heute imstande sind: nicht schreiben zu können. Hätte die Presse bei der Fackel Sprachunterricht genommen und auch sonst etwas von der Bedeutung der kleinen Themen profitiert, so gäbe es die größern Übel nicht, die mit den größten Themen: ihrer Dummheit und Unverantwortlichkeit, zusammenhängen. Daß ein emigriertes Schrifttum jede Äußerung, die nur Tendenz oder Protest ist, dankbar überschätzen mag, ist begreiflich; unerträglich der Abstieg in eine Niederung, wo Schweigen verdächtigt wird und sein Ausdruck als Bagatelle behandelt, der kein Anrecht der Sprache zukommt.

»Kein Wort, das traf«, mit diesem Wort – dem einzigen, das ins Zentrum des gewaltigen Unnaturgeschehens traf – hat der größte Gestalter deutscher Sprache . . die Sinnlosigkeit jeder Wortkunst während des Ereignisses bekundet . . . .

Mit dieser Ansicht eines der Emigrantenblätter, das sich gewiß nicht frei von Überschätzung der Tendenzkunst weiß (und auch der größte Gestalter deutscher Sprache in deren heutigem Bereich zu sein, könnte Überschätzung, müßte noch lange nicht Schätzung bedeuten) – mit dieser Ansicht ist gewiß die publizistische Unterlassung des Versuchs anerkannt, die deutsche Sprache mit dem deutschen Ereignis zu konfrontieren, und jedenfalls auch die Dignität des Satzzeichens in einem gewürdigten Satz, dessen Gedanke zutreffend noch durch die Jean Paul'sche Vorstellung ergänzt wird: »den Frost des Winters mit scharfen Worten zu rügen«. Und dieselbe Emigrantenpresse, die solche Unterlassung tadelt und das scharfe Wort als Heilmittel gegen Pest reklamiert, hat für die Erkenntnis des Eingeweihten Raum, der einem »Evangelium« abtrünnig wurde, »das mit Politik in ihrer eigentlichen Bedeutung nichts zu tun hat«:

es ist die Mobilisierung der niedersten Instinkte der Menschheit, ist eine Fieberseuche, eine Krankheit des Geistes. Und kann durch den Geist weder widerlegt noch wirksam bekämpft werden!

Nun, der Presse gegenüber, die bloß Konzentrationslager des Geistes hat, bleibt, obschon gleichfalls ohne Erfolg, das Mittel des geistigen Einspruchs gewahrt. Ein Wiener Kulturhistoriker hat, wenngleich mit Verwendung jener beklemmenden Psychologie vom »Selbsthaß«, im Gegensatz zu den Kämpfern und Großthematikern, der Fackel die Erkenntnis abgenommen:

Nicht die äußere Macht der Presse ist ihre Gefahr . ., aber ihre innere Macht über das Erlebnis und den Geist, ihre dauernde Verfälschung alles Echten, ihre Zersetzung der Welt zu einem Haufen Lettern und zu einem Bündel Phrasen . . . . Denn tatsächlich darf der Umstand, daß der Blätterwald fortwuchert, darüber nicht täuschen, daß ihn Karl Kraus für Wien entgiftet hat; seine Größe und seine Verderbnis mögen die gleiche sein wie je, aber das Licht der Fackel hat nicht umsonst Jahrzehnte dieser Stadt geleuchtet; niemand braucht heute noch an die Presse zu glauben. Was das Wiener Judentum mit ihr verschuldet hat, hat es durch Karl Kraus gesühnt . . . .

Eine Überschätzung lokalen Erfolges, die ihr Vorbild in dem von Lanz v. Liebenfels ins Ariogermanische erstreckten Meinungsmaß findet. Niemals hat einer an die Presse »zu glauben gebraucht«, aber das Wesentliche ist, daß es ihm heute weniger hilft als je.

> Mein Werk ist der Beweis: die Presse lügt,
> weil Drucken gleichbedeutend ist mit Lügen.

Der Beweis ist gelungen, und dieses Ergebnis kann der Wirkung des Journalismus, die jenseits aller ratio liegt wie eben die eines Evangeliums oder einer Epidemie, so wenig anhaben, wie Geist der Wirkung des Nationalsozialismus. Ja, der faule Zauber, der eben dies Blendwerk erschaffen hat, wird, was immer es den Zauberern antun mag, es überleben.
Der Autor, den diese besondere Anschauung allgemeinem

Mißverständnis aussetzt, hätte es schon ihretwillen schwer, dem Verlangen nach einem Frontalangriff Schulter an Schulter mit Kampfnaturen zu entsprechen, die von ihm dem Chaos gegenüber die Erfüllung ihres Begriffes von »Freiheit« erwarten, während sie ihm der Presse gegenüber höchstens die Abneigung gegen »Korruption« zugestehn. Wenn die Dummköpfe nur eine Ahnung hätten, wie ihr eigener Fall das Problem kompliziert, würden sie vielleicht doch nicht so ungestüm auf die Lösung dringen. Wenn man ihnen sagt, daß einem nichts dazu eingefallen ist, so ist das natürlich eine Hyperbel, man will damit nur sagen, daß man sein Wort für unzulänglich hält, weil einem bloß mehr als ihnen eingefallen ist und weil – so bescheiden ist man wieder – solches noch geringern praktischen Wert hat. Man ist sogar bereit, ihnen Bruchstücke hinzuwerfen, aus denen sie ersehen, daß zwar der Verzicht der Unmöglichkeit entstammt, das Grauen zu bewältigen, doch die besondere Schwierigkeit in dessen erkannter Verbindung liegt mit einer unüberwindlichen Welt, die die Leiden Schuldloser nicht als eigenen Verlust ansprechen darf. Es wird vorübergehen wie eine Marschkolonne; aber die Frage ist, was zurückbleibt. Der Ablauf zeigt sich in dem unverhüllten Selbstwiderspruch einer Geisteserneuerung, die täglich das Äußerste noch darin wagt, daß sie das Umgestürzte umstürzt, wenn's nur gelingt, sich mit der terminologischen Beute zu schmücken. Denn selbst »verdrängte Komplexe«, von denen führende Knoten sprechen, als wären sie nie in jüdischem Besitz gewesen, annektieren sie »zwangsläufig« für die eigene Minderwertigkeit.

Als, angesichts der höchsten Ahnen,
Der Nacht, des Chaos ich mich stark betrug,
Und, in Gesellschaft von Titanen,
Mit Pelion und Ossa als mit Ballen schlug:
Wir tollten fort in jugendlicher Hitze,
Bis überdrüssig, noch zuletzt
Wir dem Parnass, als eine Doppelmütze,
Die beiden Berge frevelnd aufgesetzt.

Und extra noch den Asphalt auf die Scholle, wie die Sprache jenes vorbildlichen Journalisten täglich beweist. Die Errungenschaft eines rassischen Plunders, für den Blut geprüft und vergossen wurde, ist an den untilgbaren Bedingungen einer Betriebswelt zum Scheitern verurteilt. Für den Verlust der Kulturwerte des Kurfürstendamms – der an den eines einzigen Menschenlebens nicht hinanreicht – kann der Umstand, daß in den öden Fensterhöhlen die Gleichschaltung wohnt, auf die Dauer keinen Ersatz gewähren; schon hört man von freier Anbahnung für die Tüchtigen, Arrangements mit Literatur- und Musikjobbern, deren Wohlergehen mit vielem Leid glaubensgenössischer Ehrbarkeit erkauft wurde, und sicherlich ist das Talent der sogenannten »nationaldeutschen Juden« leichter für Teut zu gewinnen als das der deutschen Katholiken. Wie sollte es auch anders verlaufen? Die schwarze Messe jener eigentlichen Wertvernichtung, zu der nun einmal das neudeutsche Leben aufgewacht ist, wird sich austoben. Regie und Prominenz bleiben vom Mummenschanz der Scheiterhaufen, den das Ausland überschätzt, wie vom ganzen Dilettantismus der Rasse unangefochten; und die Barbarei, welche, für Meinung und Unterhaltung, die Zivilisation unmöglich entbehren kann, an die sie gewöhnt war wie ans elektrische Licht, muß allmählich erkennen, daß aus der Verbindung von Blut und Erde höchstens Starrkrampf entsteht, aber kein Betrieb. (Parvenus, die zu den Altvordern hinaufwollen, sind bald erkannt; als Reinhardt auf Leopoldskron seinen amerikanischen Geldgeber mit Fackeln – wirklichen – empfing, fragte dieser, ob denn Kurzschluß eingetreten sei.) Was seit 1900 in die Menschheit, vornehmlich in die Zentraleuropas, gefahren ist und was leider die Kraft der Ansteckung hat (und aus der scheußlichen Perspektive von Gürtelrock und Windjacke die Mode der Vorzeit »verhohnepipelt«), ließe sich ihr durch kein rassisches Bemühen, dessen Tendenz fern von Natur und Sprache waltet, aus dem »Blut« treiben. Solches Experiment bleibt, hoffen wir, Österreich erspart, das es ja leider nicht vermöchte, sich zu seiner kultivierten

Vergangenheit durch das Zwetschkenmus durchzuarbeiten, worunter diese begraben ist, seitdem es die Begriffe Lehar und Kalman gibt. Was sich nun, drüben und hüben, zusammenkrampft, ist sicherlich, nebst aller mentalen Ausbeutung der Kriegsnot, als ein kulturelles Unbehagen an der Mittelwelt erklärbar, jedoch keineswegs imstande, der Verschweinung der Menschheit durch Journalismus und Psychoanalyse ein Ende zu setzen. Wenn das Gelichter es gewagt hat, das Schweigen der Fackel auf die geistige Verbindung mit einer Gewalt zurückzuführen, die die Probleme vielleicht dunkel geahnt, aber klar verpfuscht hat, so sei ihm etwas von dem gesagt, was zu sagen unmöglich war – weil das Übel einer Zone geistig unzugänglicher ist als das Übel der Welt, dem sich die Fackel in allen Formen der Verabscheuung gestellt hat und bis zu ihrem letzten Ende stellen wird:

»Da ich mich nun frage, wie ich das mir noch immer begreifliche, von mir nachgefühlte Widerstreben überwinden konnte, in das weiträumige Abenteuer dieser Walpurgisnacht einzutreten, aus der, nach schmählicher Bewältigung der andern Parole, Deutschland erwachen wird; zu deren Rätseln sein größtes Gedicht vielfachen Aufschluß gewährte; deren Fülle der Gesichte seine besten Seher herbeirief und seine schlechtesten dazu; deren Grausen noch Shakespeares blutigste Vision einschloß – da ich mich frage, wie ich das dunkle Irrsal durchstehen konnte, durch das die eigene Sprache nur dem Schein geheiligten Unwesens gefolgt ist: eine Materie, die an Motiven und Hindernissen das Weltkriegsgetümmel schlägt; ermuntert und gehemmt von Lesern, die mit guter Meinung und schlechter Sicht im Gebirgssturz Stellungnahme verlangen – da ich mich solches frage, so ist es zugleich die Frage nach der moralischen Berechtigung, über ein Elementarereignis abzusprechen, mit dessen Walten sich der Presse meine Tendenz gegen sie verbindet. Die moralische Berechtigung würde sich nicht bloß aus dem Umstand ergeben, daß mein Wunsch, diese Verbindung abzulehnen, brennender ist als der, den mir der Sieg des Nationalsozialismus erfüllt hat. Denn die Vorstellung, daß ich diesen Sieg als den eigenen empfinden könnte, ist so erbärmlich wie das geistige Wesen, dem sie entstammt und dessen Perhorreszierung mich nicht hindert, mit ihm den vermeintlichen Helfer von mir zu weisen. Nur daß ich es mit größerer Verantwortung besorge, und vermöge einer Erkenntnis, die den Zusammenhang beider Übel erfaßt. Denn der Nationalsozialismus hat die Presse nicht vernichtet, sondern die Presse hat den Nationalsozialismus erschaffen. Scheinbar nur als Reaktion, in Wahrheit als Erfüllung. Jenseits aller Frage, mit welchem Humbug sie die Masse nähren – sie sind Journalisten. Leitartikler, die mit Blut schreiben; Schwätzer der Tat. Zwar Troglodyten, haben sie doch die Höhle bezogen, als die das gedruckte Wort die Phantasie der Menschheit hinterlassen hat; und daß sie des Zierats entbehren oder ihn nicht nachstümpern können, ist gewissermaßen ihr kultureller Vorsprung. Die Tat hat sich einmal der Phrase entwunden und daß diese ihr weiter aufgestülpt bleibt, hat nichts mehr zu bedeuten; es ist nur noch grotesk. Dem Geist kann sie nichts mehr antun. Nimmt man aber die »Gleichschaltung« als politischen Eingriff, so bedeutet sie nur die eigene letzte Möglichkeit der Presse, die letzte Stufe, über die sie vermöge ihrer Konstitution nicht gelangen kann, welche von Natur die Prostitution ist. Die angebliche Entehrung der deutschen Presse mag das Problem einer Journalistik sein, deren Meinung auf freiem Fuß lebt, solange politische Gewalt nicht eingreift und strenge Masseusen nicht Terror üben. Wenn aber »Kommissare« in Redaktionen eindringen und »den Revolver auf den Schreibtisch legen«, so ist dies kriminalistisch insofern erheblich, als dann zwei dort liegen. Doch nur auf dem journalistischen Flachland kann die Anschauung gedeihen, daß durch seine Verwüstung die »Kultur« einen Verlust erleidet. Das existentielle Moment, in jedem Einzelfall beklagenswert, ist nach der Gemeinnützigkeit des verlornen Berufs zu werten, und wo schon die Tyrannei der Not Erwerbslose gemacht hat, dürfte das Schicksal ruinierter Ärzte im Vergleich zu dem vazierender Redakteure auch außerkollegialische Teilnahme ansprechen. Aber noch journalistischer ist die Idee, daß die Okkupation des

Druckbildes durch den Sieger meiner Abneigung gegen den Besiegten zusagen könnte; daß dieses durch Greuel errungene Scheuel mir ein positives Empfinden wecke, und mir ein »Wunschtraum« in Erfüllung gehe, da der Geist der Schöpfung nun nicht mehr von der intelligenten Dummheit bedrängt wird, sondern von der andern, die, unvermögend ihr Prinzip rein zu erhalten, ihr nachkommen wird. Als ob die Einsicht in die Verderblichkeit dessen, was täglich erscheint und was doch in jeder Richtung der Sonne zuwiderstrebt, nicht im tiefsten Grund erst ihre Bestätigung erfahren hätte – bis dorthin, wo uns die scheinbaren Gegensätze dieses Meinungswesens ineinanderfließen zu diesem »Panta rhei« des Wortschleims, in den die Tat sich löst und aus dem sie wird. Als ob es der Welt im Innern etwas zu bedeuten hätte, wie die politischen Faktoren sie anschauen, und ihre Meinungsverschiedenheiten wesentlich wären aus einem geistigen Grunde und nicht bloß darum, weil zwischen ihnen eine Menschheit leidet. Das Problem, im Weltkrieg erkannt, ist die Gleichzeitigkeit von Phrase und Waffe, die, über alle staatsmännische Gruppierung hinaus, den Dreibund von Tinte, Technik und Tod zustande bringt. Wäre der Faiseur des Aufbruchs der seiner primitiven Umwelt die terminologische Einrichtung besorgt, rechtzeitig beim Berliner Tageblatt angekommen (dem er nicht nur »zerebral« zugestrebt hat), so wäre uns mehr als dessen Gleichschaltung erspart geblieben. In meinem Werk ist sie zwischen den Gegenwelten vollzogen, weshalb ich, beiden verhaßt, von beiden reklamiert werden kann, mir zu völlig gleichwertigem Verdruß oder gleicher Gleichgültigkeit. Aus den Letzten Tagen der Menschheit holen sich die Nachkommen der Wahnschaffe und Schwarz-Gelber, was sie für ihren Zweck brauchen, der in keinem Fall der meine ist. Wahnschaffes, deren Kinder heute exerzieren und wörtlich den von mir erfundenen Dialog sprechen, sind unmittelbar bedrohlicher. Und wer dürfte verdachtloser gegen sie zeugen als einer, der durch Erkennen und Erleiden zum Widerpart wurde eines naturfeindlichen Intellekts, dem er diese Zeit, im unverhohlenen Drang nach irdischer Habe wie nach Entehrung der Geisteswerte, hingegeben sieht. Wer wüßte besser um die Gewalttätigkeit einer Defektrache, die in den Bereichen der Seele und der Sprache mit den Methoden des illegitimen Handels Entschädigung sucht, überall dort, wo sie nicht schaffen kann, sich zu schaffen macht, um den Zuständigen zu bedrängen und mit der Beute beschmutzter Erkenntnisse nach dem Besitzer zu schmeißen. Es ist wahrlich das Problem einer andern Bodenständigkeit als der volksmäßigen, deren Verfechter in dumpfem Trieb nur die Unzulänglichkeit vergelten, die ihnen die zweifelhaften Gaben eines Intellekts versagt hat, vom Neid nur getrieben gegen die Neidenden. Nichts – wie mit dem Einbruch der intellektuellen Nehmer, deren Verstandeskraft der dürftige und schmutzige Beisatz ihrer Frechheit ist – nichts verbindet mich mit dem Aufbruch der reinen Dummheit, die das Leid ihrer Verkürzung aus dem Blut und mit dem Blut korrigieren möchte und sich körperlicher an der Natur vergreift als jene, die das Martyrium Unschuldiger überleben werden. Wahnschaffes sind spontaner. Nur freilich, wenn ich vor ihnen und ihrem Scheiterhaufen geborgen wäre, weil der Anstoß wegen deutscher Sprache unverständlich bleibt, so besteht doch die Möglichkeit, daß Schwarz-Gelbers für Aufklärung sorgten. »In sprachzerfallnen Zeiten« (die der Tat zuneigen) »im sichern Satzbau wohnen« – was nützt es, wenn jene hineingeschloffen sind? Und ich hätte noch so viel gegen beide zu tun! Meine Stellung zu den Parteien ist insofern schwankend, als mir Marksteine nicht zur Orientierung dienen und ich der Freiheit nicht über die Gasse traue. Daraus erklärt sich, daß es mir gelungen ist, Todfeinde im Mißtrauen gegen mich zu einigen, womit ihre gelegentlichen Anerkennungen so stark kontrastieren wie zueinander. Vergleicht man derlei, so möchte man glauben, daß ich mit den Vertretern sämtlicher politischen Überzeugungen die Schweine gehütet habe, während ich konsequent doch nur mir selbst den Schutz vor eben diesen angedeihen ließ. Ich kann nichts dafür, daß der Nationalsozialismus, den mit der »Journaille« versorgt zu haben sie mir verübelt, seine Verankerung in meinem Boden nicht verschmäht hat.

Und doch hat es kein Autor schwerer, die Sprache ariogermanischen Wesens zu erklären, als derjenige, der sie ihm »wiedergegeben« hat und dem mit der Berechtigung auch der ehrliche Wille zuerkannt sein muß, sie wenigstens zu verstehen, wenn schon nicht zu billigen. Daß ich sie nicht billige, dürfte sich gezeigt haben; daß ich sie aber auch nicht verstehe, muß der Vorwurf bleiben, der mich an die Seite Europas rückt, dessen zivilisatorische Erhaltung bis heute freilich nicht mein Antrieb war und dessen »Untergang in der gelben und schwarzen Flut« mir beiweitem kein so grauses Gemisch vorstellt wie sein Hinfall an die braune. Ich weiß, daß diese Zivilisation auch ohne die Möglichkeit, daß ein blutbesoffener Pöbel mit ihren Gütern schaltet, ihre Schrecken hat; und symptomempfindlich wie ich bin, erschließe ich Krieg und Hunger aus dem Gebrauch, den die Presse von der Sprache macht, aus der Verkehrung von Sinn und Wert, aus der Entleerung und Entehrung alles Begriffs und alles Inhalts. Sicherlich, wenn sie heroischem Erinnern frönt, so ersteht das Projekt als Alpdruck

eines österreichischen Denkmals für

BERNA-Käse

---

den Unbekannten Soldaten . . .

Schmach ihrem Gedenken durch alle Zeit, in der sie leben wird! Wofern nicht die Menschheit, die es bewußtlos erträgt, ihre letzten Tage hinter sich hat: im Begriffe, von jenem Diktator geholt zu werden, der ihre Wortführer zwingt, bei allem, was sie frisch wagen und ganz verlieren, bis zum »letzten Ende« eben dieses zu berufen. »Zwangsläufig« haschen sie nach der Formel, die, wenn alle Phrasen gezündet haben, als letzte Motte dem Brand einer Papierwelt zufliegt. Raum war in ihr für den Handel, den die Presse so mit dem Krieg eingeht und der nun wirklich von jener »Käseausstellung« (1914) über alles, was den Maden anheimfiel, bis zu diesem Denkmal reicht; Raum für jeden Frevel, dessen die Zivilisation an der Schöpfung fähig war. Raum für die wahnschaffne Tat, die solcher Wirklichkeit zuwuchs.«

Und vor eben ihr, unerschrocken, besteht eine Journalistik, mit einem Sinn für Kontraste, um den die mutlose Satire sie beneidet, und durchwirkt die »Bilder jenes Grauns« – vor dem doch kein Gedanke aufkommt als der an Flucht – mit Femina und Gyimes-Revue: Stichworten zu allem, was es in der Welt gibt, sei sie blutig oder nur bunt. Die Wundmale eines alten Rabbiners und daneben die Wonnen eines jungen Großindustriellen; und die Überraschung nach dem Titel:

L e b e n s m ü d e w i l l i n k o g n i t o b l e i b e n

– nämlich daß es ihr nicht gelang, sondern uns, den vollen Namen herauszubringen. Und die Hauptsache: von allem Unheil, das die Menschheit trifft – durch Sturmführer und sonstige Elementarereignisse; mögen Kinder verhungern oder verbrennen; Arbeiter in Gruben ersticken; Züge ineinanderrasen – Prozente für Prominente! Greuelpropaganda? Nicht ein Zehntel hat diese Presse dafür geopfert von den Kolumnen, die sie für das Fortwirken eines Schaffertums erübrigt, dessen Marktwert erhöht wurde, seit Qual und Angst aus deutschen Gefängnissen schreit. Ohne Zweifel, im deutschen Kunstwesen steht man einer Nichtvorhandenheit gegenüber, die in den Annalen auf leeren, mit Blut verklebten Blättern verzeichnet sein wird. Doch das Positivum läßt sich nicht lumpen. Der grundsätzliche Entschluß zur Zerstörung von Lebenswerten hat dem beseitigten Unwert zur Aureole verholfen, zu einer sonst unerlangbaren Geltung vor dem Ausland, welches naturgemäß dazu neigt, jedem Opfer deutscher Proskription Talent oder doch Charakter beizumessen. Was diesen anlangt, hat sich der Irrtum vielfach bald ins Reine gebracht, das eben nicht zum Vorschein kam; selbst aus der Entfernung wurde an Erbötigkeit mehr geleistet, als die Erpressung verlangte, und selten dürfte es eine Zeit gegeben haben, wo die Menschen, zu stolz, sich bemitleiden zu lassen, es so entschieden vorzogen, verächtlich zu sein. Was aber den Ersatz für Betriebsverluste anlangt, so erkennt man besonders im Theatergebiet einen

Aufwand, der aller Orgien der Nachkriegszeit spottet, gegen welche doch der Garderobentratsch des Vormärz ein Beichtgeheimnis war. Sollen wir denn nur von unserm Schweigen reden und nicht auch von dem, was laut werden kann, während Hitler das große Wort führt? Aber zu beschreiben ist es nicht, was sich in so einem journalistischen Haus der Leidenschaften, dem »Ha-de-Le«, wo l. u. und andere Derwische um Theaternullen tanzen, coram publico abspielt. Gewiß, das deutsche Aufräumen offenbart seine totale Trostlosigkeit erst in dem Ergebnis: daß der atemraubende Mist unserer Theatersorgen sich vermehrt hat, daß die Prominenz hochschwillt wie nie zuvor, ja daß kein Dilettant, der noch als solcher gilt, im Interview zu kurz kommt. Der Journalismus, welcher den Raum der Lebenserscheinungen grundsätzlich falsch dimensioniert, vergeht sich täglich gegen sein besseres Wissen: daß die kleinste Privatexistenz als Gewaltopfer dem Geist nähersteht als alles ruinierte Geistgeschäft, vor allem aber die besondere Pleite, die nunmehr bis zur Heroisierung von Theaterhändlern, ja bis zur psychologischen Tiefbohrung an Geldgebern den Horizont unserer Kulturjournalistik einnimmt. Das ringt um die Befreiung Österreichs – aber weiß man denn, was im Herbst unter Beer sein wird? Vor dem Höllenrachen erhebt sich die Frage, ob das Marischka-Gastspiel perfekt wird, und zwischen Folterkammerspielen ragt die Gestalt Robitscheks. Daß Reinhardt, der dauerhafte Fetisch der Aufklärung, stärker denn je blendet und betäubt; daß um den Hokuspokus eines Nichtssagers das Geraune von »Führergenialität« immer noch brünstiger wird, muß auf den Drang zurückzuführen sein nach einem Ersatz für das, was germanisches Glaubensbedürfnis in der Hitler-Regie fand. Daß die Leute zwar nicht wahr haben wollen, was in Deutschland geschieht, aber von der Magie der zehnten Verschandelung der »Schönen Helena« oder eines Pimperltheaters wie »Vor Sonnenuntergang« durchdrungen sind, das ist Komödie und Tragödie in einem. Kein Zweifel, durch die Ausschaltung dieses Reinhardt ist, ohne Ahnung ihrer kulturellen Möglichkeit, Deutschland um manches Spektakel betrogen, vielleicht gerade um die circenses, die mangels panis gebraucht würden, auf die er sich tatsächlich versteht und die nun dem Salzburger Fremdenverkehr zugute kommen. Aber der Greuel größtes ist die Verhüllung der Greuel durch das Aufgehebe mit einer der künstlerisch wie administrativ fragwürdigsten Theaterexistenzen, deren Besonderheit als die eines Phönix erscheint, der, bis in 500 Jahr', aus jeder Pleite, selbst aus der weltgeschichtlich bedingten, erstehen wird. Das geht so von dem Tag an, wo man inmitten der Panik die Geistesgegenwart hatte, festzustellen, der Magier sei »nicht geflohen, sondern per Bahn nach Wien gekommen«, und überhaupt bloß zum Zahnarzt. Die Pariser Presse war nicht ganz so entgegenkommend, und hat für den Humbug der an und für sich lästigen »Fledermaus« größtenteils auf die Betonung verzichtet, daß sie eigentlich französischen, aber doch auch echt wienerischen Ursprungs sei, daß sie den beliebten valse de Danube, der in ihr nicht vorkommt, enthalte, und daß der Manager des Magiers (welcher Händler heißt) un grand ami de la France sei. Da es nun – wiewohl der Pariser Theatergeschmack auf das »Weiße Rößl« gekommen ist – nicht recht glücken wollte, mußte wieder in Wien alles zur Erhaltung einer Erdenspur vorgekehrt werden, von der man sonst zu fürchten hätte, daß sie in Saisonen untergeht. Und da verstieg man sich denn zu dem Tollsten, was diese völlig schamentbundene Presse jemals ausgeheckt hat. Es muß in beiden Lesarten, deren Wechsel es erst anschaulich macht, aufbewahrt sein:

Max Reinhardt der Zugskatastrophe entronnen

Salzburg, 27. Dezember. (Eigenbericht).

Max Reinhardt, der sich längere Zeit beruflich in Paris aufgehalten hat, weilt seit Weihnachten wieder auf seiner Besitzung Schloß Leopoldskron bei Salzburg.

Ein besonderer Glückszufall wollte es, daß Max Reinhardt, der Samstag abends von Paris wegfuhr, nicht einen der beiden

Unglückszüge, deren Zusammenstoß die so entsetzliche Zugskatastrophe von Lagny verursachte, benützt hatte.

Reinhardt hatte sich nämlich für den D-Zug Paris—Straßburg bereits die Karten besorgt und kam knapp vor Abgang des Zuges auf den Bahnhof. Zu seinem Mißvergnügen mußte er feststellen, daß in dem total überfüllten Zug auch nicht ein Plätzchen frei war. Der Künstler wollte die weite Reise unter solchen Umständen nicht antreten und entschloß sich schließlich, den nächsten, fünf Stunden später abgehenden Zug in der Richtung Straßburg zu benützen.

Jener Zug, mit dem Reinhardt zuerst abreisen wollte, war eben jener Unglückstrain, der bei Lagny auf den Expreß Paris—Nancy auffuhr.

Max Reinhardt und die Zugskatastrophe von Lagny

Salzburg, 28. Dezember. (Tel. der Wiener Allg. Ztg.) Gerüchte behaupten, daß Max Reinhardt beinahe ebenfalls ein Opfer der Zugskatastrophe von Lagny geworden wäre. Er habe für seine Fahrt nach Schloß Leopoldskron, wo er die Weihnachtsfeiertage verbringt, den D-Zug über Straßburg benützen sollen und habe ihn durch einen glücklichen Zufall versäumt. Dieser erste Zug, den Reinhardt benützen wollte, sei jener Unglückszug gewesen, in den bei Lagny der Expreß Paris—Nancy hineinfuhr.

> Wie wir auf eine Anfrage aus Schloß Leopoldskron erfahren, beruhen diese Gerüchte in der gemeldeten Form nicht auf Wahrheit.

Tatsache ist jedoch, daß Max Reinhardt am selben Tage von Paris abreisen wollte, an dem sich die Zugskatastrophe ereignete und daß er eben wegen dieser Katastrophe mit einer zwölfstündigen Verspätung in Salzburg ankam. Reinhardt hatte jedoch von vornherein nicht die Absicht, den Zug über Straßburg zu benützen, sondern den Zug über die Schweiz und den Arlberg. Diese beiden Züge benützen eine gewisse Strecke lang dasselbe Geleise, so daß der Zug über den Arlberg infolge der Katastrophe von Lagny eine erhebliche Verspätung erlitt. Max Reinhardt mußte auf der

Gare de l'Est ungefähr vier Stunden warten, ehe die Strecke so weit freigemacht war, daß der Zug abfahren konnte.

Aus dem Umstand, daß Reinhardt am Tage der Katastrophe von Paris abreisen wollte und daß er mit einer so erheblichen Verspätung in Salzburg eintraf, dürften die Gerüchte, daß er auch den Todeszug benützen wollte, entstanden sein.

Der Raum, der den zweihundert Toten gewährt wurde, war etwas größer. Der Propagandaminister, ein tüchtiger Czernowitzer, der gleichfalls die Residenz Leopoldskron bezogen hat, mag an dem ersten Eigenbericht (eines Organs der Freiheit) unschuldig sein; zur Vermeidung des zweiten unterließ er die Bitte, angesichts des Umstands, daß so viele Menschen verunglückt (und noch weit mehr dem Unglück entronnen) waren, die Nennung seines Chefs wenigstens in diesem Zusammenhang zu unterlassen. Denn wie kommt etwa Herr Werner Krauß dazu, von dem doch gleichfalls unaufhörlich Magisches ausgeht, daß er, der sogar fern von Paris war, nicht ebenfalls der Zugskatastrophe entronnen ist? Daß man gegen ein Eisenbahnunglück mit geistigen Mitteln nicht aufkommen kann – es wäre denn mit einem praktischen Vorschlag zu künftiger Verhütung –, dürfte auch Kämpfern klar sein. Es wird aber vermutlich solche geben, die die Verabscheuung der Möglichkeit, die Katastrophe von Lagny zu Reklamezwecken zu verwenden, für das kleinere Thema halten. Zur Belebung dieses Horizonts sei die Ansicht bekundet, daß ein Unglück, das den einzelnen oder eine Vielheit betrifft, von der Presse ausschließlich mit dem Maß der Sensation bemessen wird, und eine böhmische Grubenkatastrophe, bei der zweihundert Arbeiter zugrunde gehen, ihr schon aus dem Grunde weniger interessant erscheint, weil hier nicht die geringste Möglichkeit besteht, die unbestreitbare Rettung eines Lieblings auch nur auf den Umstand zurückzuführen, daß er nicht dabei war. Nein, zu Hitlers Wort bildet das Schweigen der Fackel beiweitem keine so grimmige Antithese wie die Rede dieser Presse, und wie sie das Schweigen der Fackel zu solcher Antithese bilden würde. Und wer von ihrem Herausgeber keine andere Tätigkeit erwartet als die Zuspitzung von Kontrasten, wird sich darein finden müssen, daß er zwischen der Frage, warum er über Hitler schweige, und der Antwort, daß ihm sein Leben lieb sei, keinen so argen Widerspruch zu erblicken vermag; daß er einer Eisenbahnkatastrophe oder der Möglichkeit, daß der Zug von Wölfen belagert wird, gern entrinnt, ohne aber darin ein Verdienst zu erblicken, das des Aufhebens wert wäre. Wogegen er die kaum geringere Gefahr des Flugverkehrs nicht scheut und zwar wegen der Sicherheit, mit weniger Dummköpfen in Berührung zu kommen.

Falls Sie, sehr geehrter Herr, zu diesen nicht gezählt werden möchten, werden Sie uns nicht die Anerkennung verweigern, daß wir die umfängliche Problematik, die gemäß den Zeitumständen das Einfältigste in Anspruch nimmt, von allen Seiten und mit der vollkommensten Offenheit dargelegt haben. Nicht »langatmig«, wie Ihresgleichen öfter meint, aber mit dem langen Atem, der der Polemik ziemt und der »langen Leitung« entspricht, mit der der Berliner eine gewisse Schwerfälligkeit des Denkens zu bezeichnen pflegte, bevor ihm dieses überhaupt untersagt war. Sie werden mit dem Ihnen eigenen Scharfblick jedenfalls erkennen, daß es der längste Brief ist, den der Verlag der Fackel jemals geschrieben hat, während wir glauben, daß uns der knappste Ausdruck dessen gelungen sei, was andere Autoren weitschweifig in ein paar Zeilen sagen. Selbstverständlich hätten wir uns zur Abweisung Ihres Anspruchs dieser oder jener schon abgenützten einfachen Formel bedienen können. Einem Bedürfnis nach Höflichkeit entsprechend haben wir es jedoch – gegen den ursprünglichen Willen des Herausgebers, der ein rauher Außenseiter der Literatur ist – vorgezogen, Farbe zu bekennen, besonders weil es vielleicht der letzte, ergiebigste Anlaß ist: gegenüber allem Mißverständnis und aller anmaßenden Forderung darzutun, daß jene keine Parteifarbe sei. Was die Forderung betrifft, so werden Sie sogar zugeben müssen, daß ihr bis zu einem gewissen Grade entsprochen wurde, indem ja der Herausgeber der

Fackel nicht im Traum, in welchen sich die Freizügigkeit seines Geistes geflüchtet hat, daran denkt, Gefühle und Ansichten zu unterdrücken, sobald ihm für deren Ausdruck eine geistige Möglichkeit eröffnet scheint. Er verdankt sie, wenngleich nicht gern, der Dummheit, die ihm in seine Produktion hineinzureden wagt, welche eben für sich gegen alle Meiner und Mahner das Recht in Anspruch nimmt, auch als Nichtproduktion in Erscheinung zu treten, wenn ihn ein Ergebnis, das jene vielleicht begeistern würde, nach unausdenkbarer Mühsal enttäuscht. Mag die Schuld an der Gestaltung liegen, am Stoffe oder an beiden Faktoren, insofern als ihre zeitliche Konkurrenz eben naturwidrig ist – der Verzicht entstammt einer noch das letzte Komma betreffenden Verantwortlichkeit; und der Parteikuli, dem wir doch neidlos zuerkennen, daß er mit seinen stilistischen Mitteln leichter an die Erscheinung Görings herankommt, und der es wagt, aus seiner kämpferischen Froschmäuseperspektive Forderungen zu stellen und die Unterlassung moralisch zu beanstanden, hat zwar Gesinnung, ist aber ein Lump. Eine Möglichkeit, ihm in das internste aller Gebiete, das der geistigen Arbeit, Einblick zu gewähren, konnte es insofern geben, als ihm durch Abweisung die Gegend bezeichnet wird, wo er nichts zu suchen hat. Das kann bis zu der Aufklärung gehen, daß Partien eines Werkes, deren Gedanke – von allem Anfang an – die Unmöglichkeit der Gestaltung war, zeitlebendig und zitierbar sind, aber jeder weitere Versuch polemischer Befassung und satirischer Abschilderung – gerade weil er sich von der Stümperei unterschiede – als die Unmöglichkeit selbst fühlbar wurde. Natürlich berührt solche künstlerische Erkenntnis eine Tölpelforderung des »Mutes«, die, wenn das »Wort« der adäquate Ausdruck der Tat wäre, an eine Pflicht mahnte, während im andern Fall die Erfüllung keine geringere Tölpelei wäre. Sollte man einmal lesen können, was einmal geschrieben wurde, dann würde man erst erkennen, wie folgerichtig die Unterlassung war, und eine Aktualität, die längst vergangen sein wird, erleben. Von solchem Anfang an, der – schärfen Sie Ihr

Gehör – im Wort schon das Schweigen gibt, begründet und beglaubigt:

»Anfang Mai bis September 1933

Mir fällt zu Hitler nichts ein. Ich bin mir bewußt, daß ich mit diesem Resultat längeren Nachdenkens und vielfacher Versuche, das Ereignis und die bewegende Kraft zu erfassen, beträchtlich hinter den Erwartungen zurückbleibe. Denn sie waren vielleicht höher gespannt als jemals gegenüber dem Zeitpolemiker, von dem ein populäres Mißverständnis die Leistung verlangt, die als Stellungnahme bezeichnet wird, und der ja, sooft ein Übel nur einigermaßen seiner Anregbarkeit entgegenkam, auch das getan hat, was man die Stirn bieten nennt. Aber es gibt Übel, vor denen sie nicht bloß aufhört eine Metapher zu sein, sondern das Gehirn hinter ihr, das doch an solchen Handlungen seinen Anteil hat, sich keines Gedankens mehr fähig dächte. Ich fühle mich wie vor den Kopf geschlagen, und wenn ich, bevor ich es wäre, mich gleichwohl nicht begnügen möchte, so sprachlos zu scheinen, wie ich bin, so gehorche ich dem Zwang, auch über ein Versagen Rechenschaft zu geben, Aufschluß über die Lage, in die mich ein so vollkommener Umsturz im deutschen Sprachbereich versetzt hat, über das persönliche Erschlaffen bei Erweckung einer Nation und Aufrichtung einer Diktatur, die heute alles beherrscht außer der Sprache. Daß der Versuch zu einer geistesgemäßen Verarbeitung der Eindrücke, die das Schauspiel unerschöpflich und erschöpfend bietet, daß diese starke und niederwerfende Problematik auch dem Selbsterhaltungstrieb Raum gewähren könnte, mag durch das Bekenntnis vor unerschrockenen Lesern wettgemacht sein; umsomehr, als er doch offenbar auch einer Erhaltung geistiger Möglichkeiten diente, die vielleicht noch wichtiger wäre, als die unmittelbare Äußerung zum Geschehnis. Denn was bedeutet dieses sonst als eben die Gefahr, alles menschliche Denken dem Menetekel unterworfen zu sehen, dessen Gegenwart ihm keine Wand mehr erspart; als die immer wache Vorstellung einer brevis manus, die auch ausführt, was sie kündet. Das Wort, das ihr stehen wollte, entsteht zwischen der Notwendigkeit und der Vergeblichkeit; schwerer belastet ist es und leichter ausgesetzt als der tägliche Angriff der unverantwortlichen Redakteure, überholt und behindert von den Effekten der beweglichen Kampfnatur; verstrickt in das feindliche Zusammenwirken der Zufallsmächte, in diese Untrennbarkeit des Wirklichen und des Wörtlichen. Denn darin, was die Diurnisten der Geschichte bringen, ist bloß das Grauen enthalten: der Botschaft und des Boten, der sie verantworten soll; sie melden, und wecken das Verlangen nach Sühnung der Tat im Wort. Nun erst werde Unsägliches gesagt; und das gelänge nur bis zu dem Versuch, die Untauglichkeit des geistigen Mittels zu erweisen. Deshalb sollten die, die eine »Stimme« urgieren, sich bewußt sein, daß sie als Schrei noch aus erstickendem Chaos bestimmt ist, Sprache zu sein; und daß ein Gestaltungswille, der von Natur dazu neigt, vom Stoff bewältigt zu werden, nicht Stellung nimmt, sondern Stand sucht im tausendfachen Ansturm eines Übels, das mit ihm leichter fertig würde als er mit dem Übel.

Ist denn, was hier dem Geist geschah, noch Sache des Geistes? Liegt nicht das Ereignishafte, das Erstmalige, in der Stellung, die das Ereignis zum Geist nimmt: anfechtend, wo es unanfechtbar bleibt? Ist nicht, was ihn entwaffnet, mehr das Wesen als die Gefahr? Und gibt es ein Mutproblem vor dem Exzeß der geodynamischen Natur, gewährt er nebst dem Gedanken an das Unglück der Irdischen einen andern als den: Denken in Sicherheit zu bringen? Wenn es das Element nun insbesondere auf die Offenbarung unfreundlichen Denkens abgesehen hätte, ja auf den Anschein des Denkens überhaupt, so wäre der nicht feigherzig, der sich der Mahnung fügte, nicht in den Krater zu spucken, um sich andere Pläne vorzubehalten. Selbst der Dichter der Nation, deren Erweckung solche Vorsicht eingibt, er wäre es nicht mehr, wenn er heute die Anspielung wagte, daß des Tigers Zahn ein Kinderspiel sei gegen den schrecklichsten der Schrecken, den Menschen, der seine Landsmannschaft erlebt, den Heimatschein als Diplom erkennt und keinen Paß mehr hat, nur das besondere Kennzeichen: ein Deutscher zu sein. Da gibt es so viel zu staunen, daß man nicht leicht Worte findet. Um zu sagen, was geschah, kann es die

Sprache nur stammelnd nachsprechen. Denn es ist ein Moment im Völkerleben, der insofern der Größe nicht entbehrt, als bei elektrischem Licht, ja mit allen Behelfen der Radiotechnik an den Urstand angeknüpft wird und ein Umschwung in allen Lebensverhältnissen eintritt, nicht selten durch den Tod. Der Mensch holt vom Himmel seine Rechte, und davor sei Gott behütet; Blut beweist sich durch Blut; knechtischer Befehl bricht in Leben, Freiheit und Besitz, denn ihm sind Gesinnung und Geburt verantwortlich; über Nacht geschah es; und jede weitere Nacht lebst du in Erwartung; »nach überstandener Gewalt versöhnt ein schöner Aufenthalt«. Viele Berufene kamen über wenige Auserwählte, und sind nicht alle befriedigt; doch Ideale nahmen sie dazu, ihr Handwerk zu veredeln; vom Grunde kam es, zu Grunde geht es, von einem mystischen Punkt ist der soziale Ausgleich regiert. Ordnung beginnt zu herrschen; hält man sich die Ohren zu, hört man kein Stöhnen mehr. Es vollzog sich eine Reinigung der Säfte, ein Wandel, der die Handelsinteressen zwar berührt, aber nicht berücksichtigt, unbeschadet eines Aufsehens der Umwelt, worin sich Neid nicht ohne Schadenfreude kundgibt. Diese grundstürzende Veränderung, von der auch der Außenstehende noch benommen ist, da sie doch von gestern auf heute die brauchbarsten Knechte zivilisatorischen Betriebs in Feueranbeter und Bekenner eines Blutmythos verwandelt hat, daß sie schier nicht wiederzuerkennen sind; diese Umwälzung, von Ideen bewirkt, so einfach wie das Ei des Kolumbus, bevor er Amerika entdeckte – wird sie gar von einem Verbrauch an Symbolen, Fahnen und Feuerwerkskörpern gefördert, wie ihn die Entwicklung noch nicht gekannt und nicht geahnt hat, ferner von einer Hypertrophie der geredeten und gedruckten Klischees, der der Äther und die Papierfabriken bis an die Grenze der Leistungsfähigkeit genügen: so geht sie wie eine epidemische Gehirnerschütterung einher, der nichts, was noch Odem hat, widerstehen könnte und vor der sich der Abgewandte taktlos vorkommt wie nur einer, der beim Begräbnis der Menschheit den Hut nicht abnimmt.

Da es sich jedoch um ihre Auferstehung handelt, so bleibt vollends nichts übrig, als Gefühlen gerecht zu werden, die alle messianische Inbrunst symbolgläubiger Vorzeit hinter sich lassen. – – – Wie dem immer sei, vorläufig weckt das Naturereignis, sowohl durch seine Intensität wie insbesondere durch seine Organisation, nebst ehrfürchtigem Staunen jenes Bedenken, das der irdische Selbsterhaltungstrieb allem Gottgewollten entgegenstellt; und legt die Frage nahe, ob der Versuch nicht toller als kühn sei, das Phänomen ins Auge zu fassen, daß das Unmögliche wirklich wurde und wirkender als jemals ein politisches Absurdum. Ob solches Wagnis nicht bloß dann gerechtfertigt und geboten wäre, wenn es die Wirklichkeit zu hemmen vermöchte, anstatt die Ohnmacht geistigen Einspruchs vor dem entfesselten und gereizten Element zu erfahren; und ob nicht Schweigen der Erwartung ziemte, daß die Richterin Natur den Aufstand wider sie rächen wird. Stellung nehmen? Entfernung!

Flüchten wir! Kommt alle, kommt!
Niemand, dem das Wunder frommt!

Gleichwohl hätte keine Räson einer Zurückhaltung, die dem Zwang entgegenkommt, die Macht, noch ihr eigenstes Bekenntnis zu versagen. Gleichwohl wäre der Wille, sich einem Übel zu stellen, dessen Wesen Verhinderung ist, nicht aufhaltbar, wenn dieses Wesen nicht, als eine dem Denken unnahbare Gewalt, auch die innere Verhinderung mit sich brächte, eine gedankliche Lähmung, die sich atmosphärisch auf den Fernstehenden überträgt, nichts gewährend als eben noch ein Bewußtsein des Inkommensurablen, das jede Regung geistigen Widerstands, jeden Versuch, sich zusammenzuraffen, matt setzt. Das ist in Wahrheit des Gedankens Blässe, angekränkelt der angebornen Farbe der Entschließung, und darüber hilft nicht einmal der Zuspruch von Lesern hinweg, deren freundlicher Wunsch nach einem Lebenszeichen nicht zu Ende gedacht scheint, und denen es keineswegs zu verargen wäre, wenn sie das Heft, das sie begehren, nicht zu ergreifen wagten. Und manche unter ihnen sind doch solche Losgeher, daß ich vor ihnen mehr zurückweiche als vor der Gefahr; denn sie stürmen einen Buchladen und lassen mit dem Bedauern die Vermutung zurück, daß man »wohl aus Furcht nicht erscheint«. Insofern erraten, als ein hemmendes Moment auch das Bewußtsein ist, in solcher Zeit vor solchen Anhang zu treten, und gesichert nur die Erkenntnis von der Kongruenz der Gefahren. (Und daß ja alles in der Welt geschah, weil in ihr zu wenig Vorstellung von der Welt war.) Wenn ich den Versuch dennoch unternehme, weil mich der Mut der Leser nicht beschämen soll; und wenn ich solche, die gegen Einwurf der Münze die Abgabe der Meinung erwarten, sogar in das Innere automatischer Vorgänge blicken lasse, so kann das Unternehmen, gemessen an der Größe des Unsäglichen, kaum mehr ergeben als den Ausdruck der Hemmung, den dürftigen, wenngleich nicht unwürdigen Ertrag des Bemühens, an die Sphäre heranzukommen. Wohl könnte solche Rechenschaft des Zögerns geradezu einen Antrieb des Beginnens bilden; und wenn man die Sprache gewinnt, vermöchte selbst das Ereignis Hitlers ihr den Gedanken nicht vorzuenthalten. Doch zu jenem »letzten Ende« zu gelangen, das schon ein Dämon in jedes Zeugnis deutscher Schrift und Rede unfehlbar einwirkt, ist schwer.

Denn was hier geschah, ist wahrlich nach dem Plan geschehen, die Menschheit unter Beibehaltung einer Apparatur, die Schuld an ihrer Entartung trägt, auf den Zustand vor dem Sündenfall zurückzubringen und das Leben des Staats, der Wirtschaft, der kulturellen Übung auf die einfachste Formel: die der Vernichtung; und in das Wunder dieser Simplizität weiß sich der Zweifler einbezogen, der auch einmal ausspannen möchte. Er fühlt, wie mit Unrecht die Gabe solchen Erliegenkönnens nur den Gläubigen und den Bekehrten zuteil wird, für die es sich doch von selbst versteht und welche nicht nur nicht alle werden, sondern täglich noch Zuwachs erhalten: die Beneidenswerten, die – nach dem ›Völkischen Beobachter‹, dem nichts entgeht –

wie wir, aller Differenziertheit des Intellekts entsagen lernten, um einen solchen Führer nicht nur zu verehren, sondern schlechthin zu lieben.

Mögen sie es auch leichter gehabt haben als unsereins – zu solchem Verzicht neigt unwillkürlich auch der, der sich aufraffen will, das Errungene zu prüfen. Das ist eine Viechsarbeit, der Untersucher gerät vor dem Schlichtesten an alle Probleme der Logik und der Moral, daß ihm der Atem vergeht, Hören und Sehn, das Lachen, die Lust, und wenn sich die Sprache findet, vergeht sie sich wieder im Irrgarten tausendfacher Antithetik, wo sich die Motive stoßen und ein Wort das andere gibt: sie erlebt die Schmach, sich zu verlieren, und das Glück, zu sich zu kommen, immer hinter einer Wirklichkeit her, von der sie nichts trennt als das Chaos. Wer sich da einem Führer anvertrauen könnte! Wer sich da alles ersparen könnte, um schlicht zu sein wie jene! Denn

das eben ist ja das große Wunder, daß der Schöpfer des neuen Deutschlands

(welches immerhin im Genitiv biegbar erscheint)

die bezwingende Gewalt besitzt, selbst die kompliziertesten Mitmenschen wieder zur volkhaften Schlichtheit zu formen.

Und ich soll mich in das Problem vertiefen, ob sich die ungeheure Erfüllung des Gebots »Deutschland erwache!« so reibungslos vollzogen hätte, wenn ihm nicht die einfachere Weisung »Juda verrecke!« angeschlossen und unmittelbar befolgt worden wäre! Zwar, als ich einst gebannt jener Ruferin im Streite auf den Mund sah, die sich zwischen den bunten Parolen »Wachsstreichhelza!«, »Bezetammittach!« und »Die ersten duftenden Frühlingsboten!« mit »Fridericus! Der eiserne Besen!« durchrang, und Bahn brach mit der unverdrossenen Frage: »Warum vadient der Jude schnellerundmehr Jeld als der Christ?« – da hatte ich's, da stieß ich an die Wurzel, da konnte ich ahnen, was zu sagen so schwer ist.

Wie vermöchte ich, was einer Welt trotz allem Anlauf nicht gelingen will! Das Unbeschreibliche, das so schlicht getan ist und vor dessen Hekatomben das menschheitliche Gefühl der Welt schaudert und ins Nichtbegreifen flüchtet; woran die Herzensleere einer noch geschützten Sprachgenossenschaft zum Greuel wird; wovor eine Solidarität versagt, die sich einst für den Einzelfall einer Formenjustiz alarmieren konnte: dieses Unbeschreibliche, das die Existenz an die Bedingung knüpft der Annullierung geistigen Vorlebens, des bis ins dritte Glied rückwirkenden Austritts aus der Rasse – es beschreiben wollen wäre das Unzulängliche, das nie Ereignis würde wie die Tat. Ja, es ließe dem polemischen Aufwand mit Recht das Maß praktischer Nichtwirkung widerfahren, mit dem ihn von jeher die Zeitlumperei, unüberwindlich und überwindend, regaliert; sie, die nicht wäre, hätte sie nicht auch die Macht, des Spötters zu spotten. Soll der, der immer nur niederreißen, und doch grade das nicht konnte, an dem gigantischen Fall versagen, wo es wahrhaft gekonnt war? Es waltet ein geheimnisvolles Einverständnis zwischen den Dingen, die sind, und ihrem Leugner: autarkisch stellen sie die Satire her, und der Stoff hat so völlig die Form, die ich ihm einst ersehen mußte, um ihn überlieferbar, glaubhaft, und wieder unglaubhaft zu machen: daß es meiner nicht mehr bedarf und mir zu ihm nichts mehr einfällt. Denn das Gehirn erwacht nicht wie die Nation, es fühlt die Zurücksetzung durch die Natur, und wenn es vollends die Pflanze um die Lebenskraft beneidet, der sie auch im unheiligen Jahr den Frühling nicht versagt hat, so ist es nur des Gedankens fähig an die Mitgebornen, die ihn dank einer Erweckung in Folterkellern verbringen müssen. Es ist nicht möglich, Komplizierteres zu denken, man paßt sich an; ja es gehört zum Verhängnis dieses Wunders, selbst den einfachsten aller Gedanken nicht so zur Sprache zu fördern, daß er den tierischeren Teil der Menschheit zum Mitleid zwänge: die nicht tötet, aber fähig ist, nicht zu glauben, was sie nicht erlebt.

Denn sie können schlafen, wenn die Geister wieder wach werden und es eine Lust ist zu leben. Wohl wäre der Ertrag untätiger Arbeitsnächte, da der andrängendste und unfaßbarste Stoff zum Nichtschlafenkönnen taugt, reich genug, bliebe Schweigen der Ausdruck meines Teils, das ich mir zu diesem letzten Ende gedacht habe. Doch selbst dieser Ausdruck wäre angemaßt. Denn er würde nicht Erkenntnisse bergen, nur den Schrecken des Wiedererkennens: das im Angsttraum einer Kulturverwesung Geschaute, der Alpdruck in Schwarzweißrot, das pressende Phantom aus Papier und Blut, ersteht wieder zu tödlichster Lebendigkeit. Dieses Agnoszieren eines Wahnwesens in dem, was sich Zielsetzung nennt, und sie handgreiflich verwirklicht; der entsetzte Blick in den luftleeren Raum, wo ein Prokrustes Kräfte und Unkräfte des geselligen Daseins bettet; das »Dejavu« jener verfolgenden Unschuld, der Einheit von Schuld und Lüge, wo die Tat zum Alibi wird und der Greuel zur Glorie – »das glaubst du von mir?« fragt der Täter und verfolgt den Zeugen wegen Propaganda –: das ist es, was eine Annäherung des Verstandes an das Problem ohne Hoffnung läßt. Denn wäre er schon nicht dem Wahn preisgegeben, in dem das Objekt haust, so wäre er doch immer wieder versucht, den Fall an den eigenen Wahn zurückzuleiten, der ihm vielleicht den Wechselbalg einer Wirklichkeit vorstellt, die es doch kaum auf dem Hundsstern gäbe, wenn er die Tollwut hätte. Nur in Fieberschauern wächst diese Sachlichkeit aus Dunst, dieser Hang, aus Illusion in Tat zu stürzen, um sie mechanisch wieder aufzulösen, mit Hilfe eines Dissimulators, den sie Wolffbüro nennen. Sie schaffen es, wenngleich sie's wieder schaffen, von einer Feindeswelt, die Ruhe wünscht, eingekreist zu sein. Und es ist wieder bloß der Circulus vitiosus und perniciosus, worin die falsche Kausalität schaltet und waltet, die sich auf sich selbst besinnt, doch niemals auf die Welt. Dies Labyrinth, wo Centauren sich auf Rasse prüfen, gewährt dem Denken, das sich dort verirrte, keinen Ausweg.«

Solche Zurückhaltung war vielfach begründet:

»Welche Lage wäre denn schwieriger als die, in der sich den Zeitumständen gegenüber das Gehirn befindet, und wären sie auch nicht durch landschaftliche Weiterungen verwickelt? Wenn es sich aber vollends um eines handelt, das sich durch eine Angabe von den letzten Tagen der Menschheit – im besten Glauben – terminmäßig festgelegt hat! Immer noch rezeptiver als produktiv, empfängt es mit dem Ungeheuren die

Überraschung der Wiederkehr, die Gefahr der Steigerung, vergebens immer wieder auf die shakespearesche Formel gestützt, die Schmerz und Trost so schön verbindet:

> Gott, wer darf sagen: schlimmer kanns nicht werden?
> S'ist schlimmer nun, als je.
> Und kann noch schlimmer gehn; 's ist nicht das Schlimmste,
> Solang' man sagen kann: dies ist das Schlimmste.

Und doch macht solches Denken die Wehrlosigkeit mit wie nur eines, das nicht einmal diese auszudrücken vermöchte; es erlebt mit dem Verhängnis der Dinge das ihres Wachstums, den Wettlauf der Satire mit dem Stoff, der in triumphaler Ahnungslosigkeit die Form vollendet und ausspielt, deren Nachbildung nicht mehr möglich ist, deren Abbildung nicht mehr geglaubt wird, deren Undenkbarkeit zum Fehler des Bildners wird. Solcher Fluch der Empfänglichkeit versagt ein Erlahmen, gewährt der Vollkraft, täglich hundert Reizungen zu erliegen, und verlängert doch nicht den Tag, der täglich den Syllabus sprachlicher, moralischer und sozialer Missetaten verlangte. Imstande sein, am Auswurf der Welt ihr Übel zu erfassen, von der unscheinbarsten Oberfläche jeweils das letzte Ende tätiger und leidender Menschheit – solches Vermögen erlebt sich als Opfer, solche Fülle als Mangel; solches Gemüt neidet dem Schlichten die Erlösung, deren er nicht bedurft hat. Abhängig von allem Nichts, gebannt von jedem Tropfen der Sündflut – wie sollte es sich den Wunsch verdenken, einmal wie die zu sein, die das Sichtbare nicht sehen, das Unmögliche für unwirklich nehmen, oder doch wie solche, denen gegeben ist, nicht zu sagen, was sie leiden! Wäre ihm denn die Notwehr verwehrt, der Hypertrophie dessen, was es schon geschaut und gezeichnet hat: des wortumlogenen Greuels, der Entehrung der Wahrheit im Heiligenschein der entehrten Sprache, der Prostituierung von Leben und Tod an den Zweck, der täglichen Todsünde wider Geist und Natur, Schranken der Aufnahmsmöglichkeit, Grenzen des Gestaltungswillens zu errichten? Ich habe durch mein ganzes Nichtwirken hindurch mich der Presse, der ich doch allen Beweis gegen ein von ihr korrumpiertes Dasein entnahm, als der enthaltsamste Leser bedient, in Scheu vor jedem Anlaß, ein Leben, genährt im Schoß der impia mater, zu anatomieren – und bewahre hunderttausend Dokumente ihrer mittelbaren oder unmittelbaren Schuld: Nachzügler, so bildfähig für alle Mißgestalt der Zeit wie die zur Glosse gereiften. Wenn's mir aber gelang, noch den Alpdruck von Tat und Bericht dieser letzten Gegenwart durchzustehen, dieser letzt-endlichen Gleichschaltung von Untergang und Aufbruch, des blutlebendigsten Erfolges der Redensart, der jemals weltgeschichtlich wurde – wie wäre ich dem Stoffe gewachsen? Selbst wenn er die Gestaltungslust nicht lähmte, sondern beflügelte – wie vermöchte sie die Formenfülle dieser dritten Walpurgisnacht zu meistern? Daß der Tod, dem Schlagwort entbunden, die erste und letzte Wirklichkeit ist, die das politische Leben gewährt – wie würde dies Erlebnis schöpferisch? Das Staunen vor der Neuerung, die mit der Elementarkraft einer Gehirnpest Grundbegriffe vernichtet, als wären schon die Bakterienbomben des entwickelten Luftkriegs im Schwange – könnte es den Sprachlosen ermuntern, der da gewahrt, wie die Welt aussieht, die sich beim Wort genommen hat? Rings nichts als Stupor, Gebanntsein von dem betörenden Zauber der Idee, keine zu haben. Von der Stoßkraft, die den geraden Weg nahm von keinem Ausgang zu keinem Ziel. Von der Eingebung eines Vierjahrtausendplans, daß das menschliche Paradies gleich hinter der Hölle des Nebenmenschen anfängt und alles Leid dunkler Ordnung, mit Begriffen wie Transfer und Rediskont, sein Ende hat in einem illuminierten Chaos; in dem chiliastischen Traum entfesselter Millennarier: Gleichzeitigkeit von Elektrotechnik und Mythos, Atomzertrümmerung und Scheiterhaufen, von allem, was es schon und nicht mehr gibt! Rings nichts als Staunen vor dem Wunder einer Staatswirklichkeit, die bis zum Paragraphen aus dem Rausch geboren ward, für die Volkswirtschaft versorgt mit dem Judenboykott und darüber hinaus mit den Weisungen der Norne Verdhandi, welche das Seiende regelt. Ich frage mich, wie solche Erhebung nicht deprimieren sollte, was an geistiger Entschlußkraft in einem Gemüt noch vorhanden und von den Strapazen der Kriegs- und Nachkriegsjahre nicht verbraucht war. Beim Weltuntergang will ich privatisieren.«

Und dann ging es doch mitten hinein, und eben das, so ungeheuer es versucht war, ging nicht, und konnte nicht gelingen. Es war zu kunstvoll und so von jedem neuen Tag um seinen Wert und seine Wirkung betrogen. Eben alles das, was die Nachsatiriker (darum auch Vorsatiriker) befriedigt hätte, war in toto unmöglich, hätte vielleicht selbst sie enttäuscht, und statt dessen erschien nichts als das, woran sie zu Satirikern wurden: der Verzicht; und sämtliche Kämpfer zogen vom Leder, aus dem sie sind. Weg damit! Es kann ein größeres Thema sein, zu sagen, daß einer ein Dummkopf ist, der bloß das Thema fordert, daß einer ein Mörder ist; und es besteht vielleicht die geistige Möglichkeit, seinen Wunsch auf solchem Umweg zu erfüllen. Diese Entscheidung steht ausschließlich dem Autor zu, und wenn er zehn Jahre lang nichts dergleichen gesagt hätte, so hätte er zwar gegen eine Notiz auf der ersten Umschlagseite der Fackel verstoßen, die im Vertrauen auf den Bestand der Welt und gemäß deren Vorschriften gesetzt wurde. Aber in Not und Tod bleibt die auf der vierten in Geltung! Ob der Autor sein Werk für publizierbar und aus welchen Gründen er es nicht dafür hält, geht nur ihn an. Daß die Fackel nicht erscheint, ist eine Angelegenheit, die – und da sind wir als Verlag in unserm Element – sie mit der Post wegen des »Debits« auszumachen hat und nicht mit den Lesern, denen, sobald sie an der Reinheit oder Zulänglichkeit eines Ausdrucks oder Nichtausdrucks zweifeln, es unbenommen bleibt, ihr Guthaben, aber nicht die Meinung des Autors zu vindizieren; und zu beklagen, daß er sich auch gegen die Pestanstalten vergangen hat.

Als Stichwortbringer möge sich keiner überschätzen, aber alle zusammen, die da Polemik vermissen, haben es sich verdient, daß nun doch eine Fackel erscheint; sie haben als polemisches Objekt ausgeholfen, ehe man sich mit den Besseren, die mitgeschwiegen haben, bessern Gegenständen zuwendet. Denn das Glück dieser »Auseinandersetzung« besteht in ihrer Buchstäblichkeit. Das mit Links und Rechts ist vorbei, und es wird, zum wirksamsten Protest gegen alles, was mit derlei zusammenhängt und was einem hoffentlich nicht mehr anhängen wird, ein geistiges Leben, das durch Hitler und Sozialdemokratie, durch die Hübener und Drübener jeglicher Couleur unterbrochen, nicht getilgt wurde, fortgesetzt werden. Weder der »Barbarenstiefel«, noch der intellektuelle, der ihn zu erreichen sucht, ist »hieher getreten«, aber die Unmöglichkeit, auf jenen zu treten, mußte respektiert werden, ohne daß sie, einmal dargestellt, weiterhin zulangen wird, die Intelligenz vor der Satire zu bewahren. Da gibt es, bei Garantie »ewiger Jugend«, Möglichkeiten, vor denen tollkühne Kämpfer, die etwa jetzt noch ein Haar finden oder ein Komma verlieren sollten, rechtzeitig gewarnt werden. Vorsicht vor »toten Löwen«! Was so einer noch vermag, wird Passe-temps sein, Vertreib einer miesen Zeit in Form kürzerer Verlagsbriefe. Die Ausschaltung aus der Gemeinschaft der Kämpfenden (Gedeka) wird mit frischem Kampfesmut zur Kenntnis genommen, nicht ohne die fanatische Bereitschaft, für feige zu gelten, solange Pseudonyme tapfer sind. Im Gegenteil, mit dem Hochgefühl schmachvollen Versagens: der Möglichkeit, daß Wehrlose von Bewaffneten überwältigt und entehrt werden, nicht mit dem Wort begegnen zu können, nur mit der Furcht, die Wut des Peinigers zu vermehren. Ja, trotz der Verdächtigkeit der Ansicht, daß Geist nicht Waffe ist, sondern sich ihr nur preisgibt; und mit allem Respekt vor dem Mut aller, die keinen Namen haben, der die Aufmerksamkeit auf sie lenkte, selbst dann nicht, wenn sie ihn unterschrieben. Außerdem – wir fassen alles zusammen – mit dem fortwirkenden Widerstreben, den Schutz der Waffe in Anspruch zu nehmen, oder den weit verläßlicheren der Sprache, den andere Angreifer entbehren müssen. Wir glauben, Ihnen klar gemacht zu haben, daß ein Übel, vor dem der Polemiker genötigt wäre, davonzulaufen, kein polemisches Objekt ist, wenn seine Intervention nicht das Mittel bedeutet, Ihre Sicherheit zu verbürgen, wofür Sie offenbar sein Opfer verlangen. Gleichwohl will er sich zusammennehmen, Ihnen eine Lektüre zu erhalten. Denn während es gegenüber dem Phänomen der Gewalt keine Polemik geben kann und vor dem des Irrsinns keine Satire, bleiben ihm die Frechheit und namentlich die Dummheit (die weit stärker als Hunger und Liebe die Welt betreibt) als Objekte erhalten, und die alte Schwierigkeit, satiram non scribere, trete wieder in ihre Rechte. Daß dabei die politischen Interessen der Menschheit Berücksichtigung finden werden, versteht sich von selbst, aber nur aus dem Begreifen, daß zwar nicht das »Wort« die Macht hat, die ihm Gutgläubige zuschreiben, jedoch der Wortschleim, der heute selbst den Sachverhalt von Handelsverträgen verhüllt; und daß im Staatsleben, wie es sich die Menschheit eingerichtet hat, die Illusion am Ruder bleibt und das von Caligula zum Konsul ernannte Pferd sich auch selbst ernennen kann.

Dies alles mag lebenswichtig sein – an dem Vorrang der kleineren Themen, von denen auf geheimnisvollem Wege der Menschensinn beeinflußt wird, vermöchte es nichts zu ändern. Und vor allem nichts an dem Entschluß, sich jenen »bessern Gegenständen« zuzuwenden, die das Theater der Dichtung und die Sprache betreffen: der Bewahrung von Interessen, die vom Hindernis der Zeit belästigt, nicht angetastet sind. Hier wird sich die gewünschte Sonderung – bei Lesern und Hörern – mit einer Deutlichkeit zu vollziehen haben, die keinen Zweifel über die Zahl jener läßt, die jene selbst als Entscheidung über die allerwesentlichsten Belange wahrer Gemeinsamkeit anerkennen. Es handelt sich um die Teilnahme an dem eigentlichen und einzigen Protest, der der Verwüstung kultureller Werte durch die Zeit entgegenzusetzen ist. Für das Land, dessen Lebenskampf geachtet sei: um die Betonung eines tieferen Zusammenhanges mit geistigen Besitztümern, deren Bewußtsein einem neuen Österreich entrückt ist (etwa bis zu der schmerzhaften Anschaulichkeit, die zwischen den kleinen Porträts wahrer Burgtheatergrößen hervortritt und den Formaten, die es den Mittelmäßigkeiten dieses Jahrhunderts geweiht hat). Für das weitere Sprachgebiet: um den Nachweis, daß die Deutschen, hörig ihrer Nation, abtrünnig ihrer Sprache, alles können, nur nicht Deutsch. Vor allem hier gilt es, sich zu bewähren: man hat mutig zu sein und Sprachlehre zu treiben! Die Rettung der durch nationale Selbstbesinnung bedrohten Werte, als die wahre polemische Tat, nicht nur so zu vollziehen, daß man deutsche Sprache durch den Vortrag ehrt, sondern auch – denn das unterbrochene Werk zur Sprachlehre wäre nur ein Anfang – wenn möglich durch Errichtung eines Sprachseminars, das dem Zweck diente, durch Vorführung von Greueln der Satzbildung den Möglichkeiten und damit den Geheimnissen der abgründigsten und tiefsten Sprache näher zu kommen, deren unzüchtiger Gebrauch zu den Greueln des Bluts geführt hat. Solche Mutprobe könnte mit dem Beispiel einsetzen, daß, wenn von einem toten Löwen und einem Eselsfußtritt die Rede ginge, in diesem Genitiv der seltene Fall einer Objektivbeziehung nachzuweisen wäre. (Abgesehen davon, daß der Esel auch seltener den lebenden Löwen erkannt hat, als dieser den Esel.) Die Belebung, die dergestalt eintritt, käme dem Theater der Dichtung zugute, und die Frage wäre beantwortet, ob das Leben, das die Gewalttäter der Freiheit von einem verlangen – sei es, daß die Rede wider den Feind es kostet, sei es, daß sie selber einen fürs Schweigen umbringen –, nicht schon darum wertvoller ist als das ihre, weil sie doch nur ihre namenlose Dummheit zu bieten haben, während man Shakespeare vorzutragen hat und – bei jedem Gewitter – gerade den zeitfernsten Offenbach, der allen Mißton bewältigt. Man hat sich darin, solange man's mit dem Lärm nicht aufnehmen konnte und gewiß nicht mit dem Gram der Zeit, unterbrechen lassen. Man hat schweigend bekundet, daß etwas geschehen war. Die Kämpfer haben ihre Sprache weitergesprochen, als wäre nichts geschehen. Weg damit! Weg davon!

Wir hoffen, daß es uns gelungen ist, Ihnen solche Notwendigkeit im Auftrag dessen klarzustellen, dem nicht nur das Ereignis, sondern auch dessen Betrachtung die Rede verschlagen hat. Es bleibt ihm, um sie wiederzugewinnen und zur Rettung dessen, worauf es ankommt, nichts übrig als die Flucht vor dem Trottel in jeglicher Gestalt.

Mit vorzüglicher Hochachtung
Der Verlag der Fackel.

Der Satiriker

Und es hängt, ein ehern Gewölbe, der Himmel über uns, es lähmt Fluch die Glieder der Menschen, und die erfreuenden Gaben der Erde sind wie Spreu, es spottet unser mit ihren Geschenken die Mutter und alles ist Schein.

Hölderlin

Wo ein einziger Mann den Staat erhalten kann, ist der Staat in seiner Fäulnis kaum der Erhaltung wert.

Wir nennen Frieden, was doch nur Lethargie vor dem Tode ist, und ich fürchte, wir erwachen nur zu unserm Ende.

Ich kann nicht leugnen, ich habe zuweilen Furcht gehabt; aber die Furcht hat mich nie gehindert, auch mit Gefahr meines Lebens etwas zu tun, was ich mit Gründen wollte. Und dieses errungene Gefühl der bewußten gesammelten Stärke wird endlich zur größeren Festigkeit als die natürliche Furchtlosigkeit.

Wo von innen Sklaverei ist, wird sie von außen bald kommen.

Alles was man in dieser Zeit für seinen Charakter tun kann, ist, zu dokumentieren, daß man nicht zur Zeit gehört.

Seume

Eine Enttäuschung mußte Nestroy allen denen bereiten, die ihn auf eine bestimmte Reformidee verpflichtet glaubten. – – Der Satiriker kann sich, wie jedermann, eine Zeitlang mit einer politischen These oder irgend einer Formulierung des Sittengesetzes identifizieren, aber da es seine besondere Gabe und Mission ist, die menschliche Unzulänglichkeit gegenüber der Idee zu sehen und darzustellen, so wird es ihm unmöglich sein, die opportunistischen Selbsttäuschungen festzuhalten, deren der Pathetiker der politischen oder moralischen Forderung zum Zwecke der Parteibildung oder der Selbsterhaltung nicht entraten kann. Die geistige Freiheit, die der Satiriker Nestroy sich gegenüber der formulierten These jederzeit wahrte, konnte dem gesinnungstüchtigen Vertreter der These kaum anders denn als Wankelmut erscheinen.

Otto Rommel
(Johann Nestroys sämtliche Werke, historisch-kritische Gesamtausgabe, Verlag von Anton Schroll & Co., Wien, 8. Band.)

Es ist freilich traurig, Satiren zu schreiben; aber was soll man anders tun, wenn man kein Kabliau ist? Alles, was man sieht und hört, ist ja Satire. Wenn man Satire fühlt, muß man Satire schreien. Jeder Blick in die Welt gellt Satire.

Man darf die meisten Dinge nur sagen, wie sie sind, um eine treffliche Satire zu machen.

Alles würde in der Welt am besten mit Negativen gehen. Die Wegschaffung des Schlimmen wird schon das Gute bringen.

Die Deutschen haben bei jeder Gelegenheit einen sehr gewöhnlichen Ausdruck: Das kann ich gar nicht leiden. Und doch ist nichts Schlechtes, Vernunftwidriges und Niederträchtiges, was sie seit fünfhundert Jahren und besonders in der letzten Zeit von innen und außen nicht gelitten hätten.

Ich sehe die schöne Palingenesie meiner Nation, wenn nur erst ihre Harpyen tot sind.

Seume

Denn der hat viel gewonnen, der das Leben verstehen kann, ohne zu trauern.

Hölderlin

Vorspruch und Nachruf

(Gesprochen am 19. November vor »Macbeth«.)

Zum Schauderfeste dieser Nacht, wie öfter schon,
Tret' ich einher – – – – – – – – – – – – – –;
Nicht so abscheulich wie die leidigen Dichter mich
Im Übermaß verlästern . . . Endigen sie doch nie
In Lob und Tadel . . . Überbleicht erscheint mir schon
– – – – – – – – – – – – – – – das Tal dahin,
Als Nachgesicht der sorg- und grauenvollsten Nacht.
Wie oft schon wiederholt sich's! Wird sich immerfort
Ins Ewige wiederholen . . . Keiner gönnt das Reich
Dem Andern, dem gönnt's keiner der's mit Kraft erwarb
Und kräftig herrscht. Denn jeder, der sein innres Selbst
Nicht zu regieren weiß, regierte gar zu gern
Des Nachbars Willen, eignem stolzen Sinn gemäß . . .
Hier aber ward ein großes Beispiel durch-
gekämpft:
Wie sich Gewalt Gewaltigerm entgegenstellt
– –.
Wachfeuer glühen, rote Flammen spendende;
Der Boden haucht vergoss'nen Blutes Wiederschein
– –.

Unziemlich wäre es, nach so langer Trennung körperlich vorzutreten ohne Gedenken an solches, unser aller Leben dargebrachtes Opfer. In dem »weiten Raum der Zeit«, welche Rolle immer wir darin gespielt haben mögen, hat das Schicksal uns mit einer großen Tragik begnadet, die, soweit politische Erinnerung reicht, über die Maße von Land und Zeit hinaufführt, und zu der nichts fehlt, als ihrer bewußt und würdig zu bleiben, wenn wir es je gewesen. Satire, die der Ehrfurcht weicht, kann es mit allem Verdacht der Unsauberen und allen Anfechtungen des Flachsinns aufnehmen; denn »gleichgeschaltet« hat sie sich nicht der beredsamen Hinfälligkeit, wohl aber dem Gedanken an ein heldenmütiges Leben, an ein unbeschreibliches, nicht beschriebenes Sterben, und wo sie einmal das wahrhaft Volle und Ganze erkannt und empfunden hat, gewinnt sie an Unerbittlichkeit gegen das Leere und Halbe. Bestrebungen, mich dumm zu machen, also mit einer reichlich vorhandenen Naturgabe zu versehen und dem durchschnittlichen Zustand gleichzuschalten, in dem Politik die Menschheit zurückgelassen hat – solches Bemühen wäre aussichtslos wie der Versuch, mich als Feigling zu zeichnen. Das stolz bekannte Nichts, das mir zu Hitler einfiel, schlägt, denke ich, alles, was den aktiven Freiheitskämpfern nicht eingefallen ist. Sie sollen sich nicht meinen Kopf und nicht mein Herz zerbrechen! Im Angesicht der Gefahr; zum Trotz einer Trotzbüberei, die davor nur in der eignen intellektuellen Widernatur beharrt; doch auch entgegen aller papiernen Pietät – beugen sich Herz und Geist vor dem großen, kleinen, armen Schatten, in welchem wir vor einem fragwürdigen Europa bestehen werden, wenn uns das Verhängnis nicht ins falsche Licht verführt. Die ihn verlassen, werden die Sonne nicht mehr sehen. Hereindringt die »sorg- und grauenvollste Nacht«, der das freundliche Auge eines Erden- und Himmelsfreundes entgegensah, bis es an ihr brach. Wir aber wollen nicht, daß ein Denkmal abgetragen sei, bevor es errichtet; und ich wollte es nicht, bliebe ich allein davor zurück, und wahrte auch das Gedenken der Namenlosen, die dort sterben mußten, wo Wachfeuer glühen. Und bevor ich diesen Abend dem »Macbeth«, Shakespeares und aller Weltdramatik größtem und leider gegenwärtigstem Drama widme, mit betonter Ehre für des edlen Banquo Schatten – will ich dieser Beziehung, diesem Bewußtsein des großen durchgekämpften Beispiels, welches am Eingang der Walpurgisnacht steht, besonders gerecht werden mit dem Gedicht eines namhaften Auslanddeutschen, Gottfried Kellers, das, als Sinnbild des Dämons Presse erdacht, nun, Vers für Vers, eine neue, wenngleich blutsverwandte Prophetie erwirbt – damit man ersehe, welchem Gewaltigern der Glaubensheld künftiger Freiheit erlegen ist: Engelbert Dollfuß.

Ein Ungeziefer ruht
In Staub und trocknem Schlamme
Verborgen, wie die Flamme
In leichter Asche tut.
Ein Regen, Windeshauch
Erweckt das schlimme Leben,
Und aus dem Nichts erheben
Sich Seuchen, Glut und Rauch.

Aus dunkler Höhle fährt
Ein Schächer, um zu schweifen,
Nach Beuteln möcht' er greifen
Und findet bessern Wert:
Er findet einen Streit
Um nichts, ein irres Wissen,
Ein Banner, das zerrissen,
Ein Volk in Blödigkeit.

Er findet, wo er geht,
Die Leere dürft'ger Zeiten,
Da kann er schamlos schreiten,
Nun wird er ein Prophet;
Auf einen Kehricht stellt
Er seine Schelmenfüße
Und zischelt seine Grüße
In die verblüffte Welt.

Gehüllt in Niedertracht
Gleichwie in einer Wolke,
Ein Lügner vor dem Volke,
Ragt bald er groß an Macht
Mit seiner Helfer Zahl,
Die hoch und niedrig stehend,
Gelegenheit erspähend,
Sich bieten seiner Wahl.

Sie teilen aus sein Wort,
Wie einst die Gottesboten
Getan mit den fünf Broten,
Das klecket fort und fort!
Erst log allein er, und
Nun lügen ihrer tausend;
Und wie ein Sturm erbrausend,
So wuchert jetzt sein Pfund.

Hoch schießt empor die Saat,
Verwandelt sind die Lande,
Die Menge lebt in Schande
Und lacht der Schofeltat!
Jetzt hat sich auch erwahrt,
Was erstlich war erfunden:
Die Guten sind verschwunden,
Die Schlechten stehn geschart!

Wenn einstmals diese Not
Lang wie ein Eis gebrochen,
Dann wird davon gesprochen,
Wie von dem schwarzen Tod;
Und einen Strohmann baun
Die Kinder auf der Heide,
Zu brennen Lust aus Leide,
Und Licht aus altem Graun.

Wichtiges von Wichten

(In verständlicher Sprache)

Manche Richtigstellung ist nicht so wichtig wie jene Reklamation des Kommas, über die sich die Trotzbuben aufgeregt haben, und dennoch wichtiger als das Werk, dem sie oblügen. Sollte man es für möglich halten, daß ein anonymer Schmierfink, der sich freilich der Schreibmaschine bedient (und den man beinahe hat), unfrankierte Briefe herumschickt, die vom Hausbesorger übernommen werden, hinten den Absendernamen eines Wiener Richters tragen und nichts enthalten als den Brünner Wisch, dessen sinnlose Herstellung noch immer aus den Mitteln der ahnungslosen Wiener Arbeiterschaft erfolgt? Strafporto ist das Ziel dieser Vendetta; oder doch eines der Mittel, die Weltgeschichte vorwärts zu bringen: Scherflein zu dem »großen Zahltag«, den der Wahn entmachteter Schreiberhirne verheißt; und an dem sie viel schuldig bleiben werden. Aber wenn die heimlichen Trotzbübereien nicht aufhören und auch die öffentliche Anonymität nicht zum Kuschen zu bringen ist, welche behauptet, man sei »in Starhembergs Arme geeilt«, weil man ihn nun einmal, mag er vorher wie immer erschienen oder gewesen sein, für keinen Spiegelberg hält, doch für einen mutigeren, phrasenloseren und volkstümlicheren »Kämpfer« als das halbschlächtige Geschlecht, das dem Hitler die Bahn gebrochen hat – wie man ja auch ehedem einen Schuhmeier einem Otto Bauer vorzog, und weil adelige Geburt just keinen Nachteil gegenüber verfehltem Advokatenberuf bilden muß –; wenn also da nicht endlich Ruhe wird, dann wird sich doch eine fürchterliche Musterung (inklusive Paßrevision) in den Reihen jener als notwendig erweisen, die einem, der kein Karl Moor ist, zum gegönnten Fortkommen in die böhmischen Wälder verholfen haben. Die Bevorzugung Starhembergs vor sozialdemokratischen Führern ist mindestens schon in der Zeit nachweisbar, da er das Wort von »Johannes dem Täuscher« prägte, und sie in dessen stets weit geöffnete Arme eilten (damals, als sie sich von ihm zur Überwindung der »Unüberwindlichen« in der Berliner Volksbühne gebrauchen ließen). Allerdings, die Enttäuschung, erleben zu müssen, daß die ›Fackel‹ nicht für Parlamentarismus und Preßfreiheit entbrennt – selbst dann nicht, wenn sie ihr selbst entzogen würde, was in einer Notzeit vorstellbar wäre –, und daß sie (Widerspruch!) gleichwohl in der Neuen Freien Presse annoncieren läßt: das ist schon etwas Umstürzendes, Intelligenzverwirrendes. Da wird so manches nicht kapiert: etwa, daß man, wäre man anderer oder gar pragerischer Ansicht, es jetzt nicht »sagen« könnte, nicht dürfte, nicht sollte, nicht wollte, nämlich im allgemeinen vitalen Interesse, jenes der hiesigen und auch der auswärtigen Revoluzzer inbegriffen, die sogar das sagen dürfen, was sie nicht glauben, und die im Namen der Freiheit Gewalt anwenden (weil sie sie erleiden, indem sie sagen müssen, was ihnen der Bonze diktiert). Ja daß einem gar nichts einfallen oder zum Ausdruck reifen könnte, woran der allgemeine Todfeind Freude hätte. Was aber berechtigt sie zu dem Verdacht, was man sagt und sagen will, sei das Resultat eines schmierigen Denkprozesses, wie sie selbst ihn gegen die Erkenntnis von Sachverhalten und Notwendigkeiten (»Gegebenheiten«) führen? Was berechtigt sie, dreinzureden, wo gedacht wird, zu »diskutieren«, wo nicht zugehört wird? Was zu dem Einblick, der so der Einsicht entbehrt, in ein geistiges Gebiet, wo Politiker, Journalisten oder ähnlich Beschäftigte von jeher nur passiven Zutritt erhalten?

Hört, »ihr Herren«, ihr Buben, ihr Kämpfer, und laßt euch »sagen«, wenn ihr schon nicht hören wollt, wie viel's geschlagen hat: Auch Widerruf einer Ansicht wäre keine unsittliche Handlung, solange Einsicht, Besinnung, innere Umkehr, ja selbst Reue kein unsittlicher Beweggrund wäre. Wo aber ist ein »Canossa« sichtbar, ein Caudium gar, wo die Spur einer Beugung geistigen Willens bemerklich? Wo also ein Recht vorhanden, derlei selbst zu versuchen, Meinungen zu exequieren, die einer nicht hat und keinem Trottel schuldet? Gedanken zu verbieten, die dem Kaliber und der Kaliberté nicht angepaßt sind? Darf die personifizierte Minderwertigkeit, die durch Fehltat wie Unterlassung die Zeitwende bewirkt hat, »moralischen Verfall« dem nachsagen, der, keiner Seite zugewendet und von keiner eines Vorteils gewärtig und bedürftig, die Entwicklung erkannt hat, ihr Fazit feststellt und lieber dem wahrhaften Feind seines Denkens Konsequenz und Mut gegen die allgemeine Gefahr zuspricht als dem anhänglichen Scheinwesen, das sie heraufbeschwor? Größer als der Schmerz, den Anhang verloren zu haben, ist die Scham, ihn besessen zu haben! Nicht weil sie frecher geworden sind als sie von Natur waren, sondern weil sie durch Schaden dümmer geworden sind, als von linkswegen erlaubt ist. Wäre denn ein Jota – oder Komma! – eines Lebenswerkes umgestoßen, Rechtfertigung vor der Instanz der Dummheit erforderlich, wenn der Autor der »Letzten Tage der Menschheit« sogar eine unhaltbar gewesene Monarchie als Befreiung von einer unhaltbar gewordenen Republik empfände und vor allem – wäre sie's nur! – als Rettung vor dem entsetzlichsten Verhängnis, das jemals über der Menschheit gelastet hat? Daß der Autor des Aufsatzes über »Franz Ferdinand und die Talente« noch zwanzig Jahre später ihn als den gebornen, verlornen Retter erkennen könnte – welche Enttäuschung für die Talente! (Wie steht jener, »Widerspruch« zu einer va banque spielenden Freiheit, nach seinen Briefen als Friedenshetzer da!) Das Problem der »Monarchie« – welche Sorge für alle, die im Schatten Hitlers sich mit Politik beschäftigen. Da würde Ressentiment zur Tugend: schon um dem geschmalzenen Parvenutum seinen Hohn über die abgesetzten Vorgesetzten (und deren herabgesetzte Chance) zu versalzen, müßte man bejahen, was einen weniger interessiert als das Deutsch, um das sich Republikaner bemühen. »Haste moralischer Verfall«, hätte, zur Natur zurückfindend, der an »Widersprüchen« keineswegs arme Altenberg gesagt, wenn er etwa mitgemacht hätte, wie sich über Notverordnungen (die von dortigen Demokraten im eigenen Staat geschluckt werden und hiesigen Heuchlern die Verantwortung erspart haben) einer nicht entrüstet, der unter seinen »Sprüchen« notiert hat, Parlamentarismus (hört! hört!) sei »die Kasernierung der politischen Prostitution«; der, seit er schreiben gelernt hat, das »Écrasez l'infâme« auf die Presse bezieht und noch immer nicht (lest! lest!) nach ihrer weltverderbenden, verlogenen, von ihr selbst vergewaltigten Freiheit bangt. Wie wäre so was in Prag erträglich, wo man für die österreichische Preßfreiheit kämpft und wo »die Erörterung der innerpolitischen Lage« Österreichs noch nicht verboten ist! Welch ein Widerspruch insbesondere: gegen Schober und für Dollfuß gewesen zu sein! Wenn da noch ein anderer Verdacht besteht als der der Intelligenz von Enthüllern – warum war die ›Fackel‹ nicht gleich für Schober? Zu einer Zeit, da sie doch längst gegen die Sozialdemokratie war und Schober – im Verein mit Bekessy – deren Häuptlinge im Sack hatte? Aber sie wäre in der Tat nicht gegen ihn gewesen, hätte er Hitler abzuwehren gehabt (anstatt ihm den

Weg zu bahnen). Wenn man schon »sich gleichschalten ließ« – so doch weiß Gott nicht der Dummheit!

»Sich gleichschalten lassen« – eine Vorstellung, fast noch stupider als der Vorgang, wäre er außen und innen möglich: so ganz aus der Hemisphäre von einem Hirn erschaffen, worin eben noch der Begriff von »Disziplin« Raum hat mit der Anschauung, daß man sich ebenso gut stempeln, aichen, punzieren läßt wie impfen, daß man »hinaufgehn wird und sich's richten«, wie man eine Hundemarke trägt oder ein Vereinsabzeichen. Sie »gehen nicht mehr mit«! Wer sagt ihnen denn, daß das Geleit angenehm war? Weder gesellig, weder eitel, kann man ungeleitet nach Hause gehn; und die Nachkommenden werden vielleicht der Distanz würdiger sein, als jene des Mitgehns. Man hatte vor Arbeitern, für sie in jedem Sinne, gesprochen, und täte es zeitlebens lieber als vor jedem andern Publikum; nicht für Veranstalter: Verunstalter dieser Freude, hätte nicht zwischen Sprecher und Hörern eine Kraft gewirkt, stärker als Unfähigkeit und böser Wille; so waren sie, wie alle Machtverfüger, bloß imstande, solche Wirkung vorweg, mechanisch, zu verhindern. Wer die Macht hat, dem ist der Wert keinen Pfifferling wert; wer sie nicht mehr hat, hat wenigstens den Verdacht, der Wert sei an den andern verkauft. Wäre Rot nur als Farbe der Scham noch in Geltung, die weiland Emporblicker müßten das Auge senken, wenn man diesen Abfall des Abfalls beschreiben wollte; wenn einem das »größere Übel« nicht die Erinnerung hemmte, wie sie eines Tags sich in den eigenen Widerspruch zurückzogen, als man nicht gewillt war, mit ihnen zur Korruption, zur Niedrigkeit emporzublicken, und vollends da man das Unnütze der Spiegelfechterei erkannte, das Schädliche der Papierkämpferei, das Verbrechen von Politikern und Schreibern: der eigenen »Idee« das fremde Opfer zu bringen, Ehrgeiz oder Geschäft der Weltbeglückung dem Glück der Welt voranzustellen. Wohl wahr, daß auf die ›Fackel‹ kein Verlaß ist, einzig auf ihre Undankbarkeit; doch fehlt es an Lust, Anekdoten zu erzählen: etwa, wie sich die Honoratioren von Bodenbach aufführten und ein sozialdemokratisches Familienidyll die Wesenseinheit von Kämpfern und Spießern ergab; wie ein Karlsbader Spießbürgermeister entsandt wurde, die Hintertreibung eines ausposaunten Vortrags erfolglos zu bemänteln (die »Jugend« – anderthalb Jahr lang, während sie heranwuchs, vorbereitet – war just an dem Abend durch einen »Fackelzug«

verhindert!); wie heut noch beamtete Sozialdemokraten, vermutend, man wolle etwas für sich, die Gegner warnen, denen »es ebenso ergehen wird«, und wie sich in solchem Belange doch stracks eine Gemeinschaft etabliert. (»Wir sind ihm so entgegengekommen, und das haben wir davon gehabt!«: Zugeständnis einer Unnahbarkeit, deren Annäherung vermutet und gefürchtet wird. Pfui Teufel! müßte er selbst sagen, und Ibsens Volksfeind stand einer »kompakten Majorität« von Hochmenschen gegenüber.) Nein, auf die ›Fackel‹ ist kein Verlaß. Nur, im Maß des Nievollendbaren, auf die Sprache. Sie hat – trotz dem bekannten Verdacht auf Ästhetisches oder Artistisches – in sich die Bürgschaft für oder gegen die Sache, die freilich »zeitbedingt«, also unbeständig ist. Sie kann, wie immer sie verfahre, so wenig trügen wie die Darstellung auf dem Podium. Die Blutprobe des Wortes spottet der Diagnose von Pfuschern und Lügnern – aber was hilft's: sie haben die Gegenteile in der Hand (fehlt leider nur das geistige Band), und sie haben ja nicht nur gelesen, sondern auch »authentisch gehört«. Was denn über einen, der zwar so eitel ist, sich selbst für authentisch zu halten, über den aber noch nie etwas Authentisches zu hören war? Dennoch allerlei aus der Gegend, deren geistige Akustik auf einem »herich« beruht und deren Gehörtes die Ausdruckformen des ›Prager Tagblatt‹ gewinnt: »Atmen Sie sich schön!« – »In den Abendstunden fanden sich auf dem Wenzelsplatz Kundgebungen statt«, und was man täglich sonst noch hören und lesen kann, wenn man sich nicht lieber für die Rubrik »Unterricht« interessiert. Was also läßt sich – denn da funktionieren die Sender – bis Moskau hören, was sie, die Bewunderer, »schon gar nicht mehr wundert«? (Abgeklärte Trotzbuben haben ja seit dem Choc durch die Fackel das *nil admirari* gelernt oder auch μηδὲν θαυμάζειν, den Grundsatz des Pythagoras, den der Plutarch in der Schrift »Über das Hören« und der Büchmann für das ›Prager Tagblatt‹ überliefert hat, welches die Leser manchmal mit Zitate-Erraten häkelt, deren Quelle der Schalk, später als sie, nachschlägt.) Authentisch ist also herich, daß der Herausgeber der Fackel sich als eine Art Werfel (nach Sanders: »etwas zur Umdrehung Dienendes«), ja in Gemeinschaft mit diesem, erbötig gemacht hat; und die gedruckte Ansicht, die ihnen nun einmal nicht paßt, bestätigt das Gerücht. Eins stützt das andere und Psychologie tut das ihre, indem bekanntlich der Umstand, daß einer rasiert ist, den Hang zum Vollbart beweist. Von solchen Versionen leben sie seit jenem »Feber« (wie sie den Februar nennen) in Prag, Brünn, Karlsbad und wo es sonst noch sprudelt oder mit Stirn und Zunge an die Wirklichkeit anstößt – in der Erinnerung unerträgliche Fremdkörper der Auditorien, weil doch der Vortragende glauben konnte, die Verehrer zischten ihn aus. Die »Dischkuschion« wegen materialeschtescher Gescheschtschauffaschung ist ihnen versagt geblieben, und nun zischen sie deutlich. Was einer – in Moskau W. – nicht bloß authentesch gehört, sondern gelesen hat, zischt ja zum Himmel, in den man gehoben wurde und noch wird, um in Einem als Lump entlarvt zu werden. Kurzum, mit allem Für und Wider, eine Zischkuschion mit sich selbst, von Hascherln, die sich – die Sache will's – in Häscherl verwandelt haben. Die ›Fackel‹ hat sich aber auch wie noch kein Blatt gewendet. Seit jenem verdächtigen Gedicht und dem bestätigenden Juliheft 1934 ein »fascheschtesches Hetschblatt«, brauchte sie sich eigentlich gar nicht mehr anzustrengen, ihre Duldung durch den »Austrofaschismus« zu sichern; sie tat ein Übriges, und der Beweis ist nun handgreiflich. Sie hat sich – man kann es nachlesen – nicht gescheut, einem Mann, der sprechen und schreiben kann, und auf einem Niveau, das drei Jahrzehnte österreichischer und deutscher Stilistik (einschließlich der pragerischen) wettmacht: dem Funktionär des Ständestaates Walter Adam (den der Sänger des Liedes: »Im Kanzlerpalais um Mitternacht« als den »österreichischen Goebbels« durchschaut hat) eine Fähigkeit phrasenloser Formulierung von Sachverhalten zuzuerkennen, wie sie, nach ihrer Erfahrung und Witterung, also nach ihrer bekannten sprachkritischen Laienschaft, keine der Intelligenzen aufbringen könnte, denen nichts übrig blieb, als einander auseinanderzusetzen. Das Motiv der Anerkennung ist klar; vor Moskau mußte Prag dran glauben. Selbst-Behaupter (ohne es beweisen zu können) hoffen zwar vergebens, in der Lüge Zuflucht zu finden, aber nicht umsonst: nebst einem Widerruf, der als erzwungener »Widerspruch« alles in der ›Fackel‹ Dagewesene übertrifft, mußten sie Kosten bezahlen und, was sie freiwillig nie getan hätten, Arbeitslose unterstützen. (Kommunisten und Sozialdemokraten; diese versuchten, das Maß der Hilfe zu vermindern, aber es gelang nicht.) Der »Zahltag« kam. Wenn nun aber einer glaubte, der Fall des Prager Wichts, der nach mehrfacher Abbitte und Bitte um Aufschub rückfällig wurde und sich dann einer radikalen Buße unterzog – sie wird bei abermaligem

Umsturz im Wortlaut kundgetan werden –, wenn einer glaubte, daß solches Beispiel auf einen Moskauer Wischt abschreckend wirken könnte, so wäre er ein Entwicklungsoptimist, wie man ihn selbst in dieser Region nicht leicht findet. Nein, dergleichen meint wirklich, der ahnungslose Satiriker, der seinen moralischen Verfall publik machte, sei »erwischt«; und somit auch sein geistiger Verfall dargetan. Die Geschichte von »dem österreichischen Goebbels (von dessen Wohlwollen das Erscheinen der ›Fackel‹ abhängt)«, die fette Prager Lüge wird ohne Anstoß an dem Absurdum, ohne Bedenken der erfolgten Züchtigung, mit der Gewißheit übernommen, daß der ›Fackel‹ an ihrem »Erscheinen« so viel gelegen sei wie der kämpferischen Dummheit, die es bis zum Juli 1934 reklamiert hat, und fast so viel wie dieser das eigene Erscheinen (als wäre, wenn die ›Fackel‹ nicht erschiene, die Verachtung des Zeitalters, das solche Preßfreiheit ermöglicht, um einen Ausdruck verlegen). Doch es geschieht nicht nur mit dieser Gewißheit, sondern auch mit der Sicherheit, daß unsereins weder in Moskau noch vor dem späteren Revolutionstribunal, welches frühere Besucher von Vorlesungen in petto haben, als Kläger die geringste Aussicht hätte. Jetzt aber blutigen Spaß beiseite: wo soll denn der rabiate Schwachsinn hinaus, der mit dem Kopf durchs Brett will? Glaubt der »Typ« (so sagt man doch) etwa eines Brünner Barrikadenmausi – das im Ernstfall vom Schreibtisch ins Bett schlüpft, und nicht einmal ins eigene (nomina waren schon vorher odiosa) – glaubt so was wirklich, es könnte einem, dem's aus der Hand fraß, nun heroisch und polemisch kommen? Hat er denn jemals an Herz und Hirn eine Vereinsmarke getragen und sich dem stupiden Zwang ergeben, die Dinge der Menschheit nach links oder rechts zu beurteilen? Rechts schaut und links schaut – wenn's ihr Vergnügen macht, soll sie's bis zu jenem letzten Ende fortsetzen; doch Kehrt euch, marsch! ist seine Antwort an die, die ihn links, und die, die ihn rechts zu sehen wünschen oder vermeinen. Denn beide ahnen nicht, daß er besser und weiter rechts und links schaut, als die Banalität verlangt und verträgt, da er doch im Grunde Satiriker ist und nichts als seine Unruh haben will.

Links werde nur ja nicht gewähnt, daß – in Mitteleuropa – der Schritte sowie Tritte ein Ende wäre, wenn fernerhin Einreihung in das Rubrum »Verrat der Geistigen« erfolgen sollte und weitere Beschwerde von Prager Kämpfern, daß ihnen nichts bleibt als ganz von vorn anzufangen, weil die Größten ihrer Epoche

– nämlich Gerhart Hauptmann, Karl Kraus, G. B. Shaw und Knut Hamsun –

ihnen nur traurige Beispiele des moralischen Verfalls hinterlassen.

Denn diese haben »ihren Kotau vor der blutigen Gewalt und schmutzigen Korruption gemacht«, mit einem Wort

der Reihe nach sind sie alle nach Damaskus gegangen, die großen Unbestechlichen, die Richter ihrer Zeit, die Unerbittlichen und allzeit Gerechten.

Nicht etwa bloß nach Canossa; so daß sich der alte Verdacht bestätigt, daß die Sozialdemokratie denjenigen verloren gibt, der sehend wird und dem es insbesondere über sie wie Schuppen von den Augen fällt. Natürlich meint es die Dummheit anders und könnte sogar im allgemeinen recht haben, wenn sie nicht prinzipiell unrecht tun müßte. Der erste also, trotz allem ein Dichter, war schon im Wanken, als er sich, zwanglos, den Lippowitzring über den Finger ziehen ließ, der das Gedicht der drei Engel geschrieben hatte; doch im Alter tyrannischem Druck erliegen ist geringere Schmach als die einer freiheitlichen Journalistik, die – »wir sind jung und das ist schön« – sich die Kritik, ja den Besuch eines Vortrags der »Weber« verbieten läßt. Der zweite hat zwar noch nicht Horst Wessel gefeiert, ist jedoch gewiß tief gesunken, wenn er neben dem dritten zu liegen kommt, dem peinlichen Spitzgreis, der aber diesmal ausgerechnet wegen einer würdigen Gebärde verdächtigt wird, da er nämlich

als neueste Leistung eine Weigerung aufzuweisen hat, die ihm gewährte Gunst der Italiener anzunehmen, vermutlich weil sie das noch bessere englische Geschäft stören könnte!

Mit Rufzeichen! Ist das nicht sozialdemokratisch? Hätte er aber das Umgekehrte getan, welcher Gesinnungslumperei hätte ihn der Parteikuli beschuldigt! Der zweite also, durch solche Verbindung gleichwohl verletzt, möchte sich gern durch den letzten rehabilitiert fühlen, gegen den hier, solange der leiseste Zweifel bestand, daß das Behauptete –

sein Angriff gegen ein wehrloses Opfer deutscher Gewalt – wahr sei (und dann wäre er selbst wohl das Opfer deutscher List), eine besondere Unehrerbietigkeit verübt schien. Einer Preßbande, die die österreichischen Dinge mit denen des Dritten Reiches gleichschaltet, glaubt man nicht einmal mehr die Wahrheit über diese. Leider dürften Berufslügner die umso erschütterndere im Fall Hamsun gesprochen haben, und »nichts bleibt« als der Goethesche Widerspruch: »Ich habe es gesehen, aber ich glaube es nicht!« Doch kann es gewiß nicht schaden, »ganz von vorn anzufangen«, nachdem man allzulange und unbedankt ganz von hinten beschäftigt war. Woher aber nehmen diese Kridatare und Genossen ihrer Schmach nur die Frechheit, ihren Gläubigen und Gläubigern weiszumachen, daß einer, der ihren Verrat an der Sache erkannt hat, darum Verrat an der Sache begeht? Wie können sie nur hoffen, dem unverkürzten Gefühl für den verkürzten Teil der Menschheit Duldung und Schätzung zu erpressen von Kostgängern der Not, Funktionären der Freiheit und gar »materialistischen Dialektikern«, deren Zeitvertreib die Natur anödet, deren Jargon dem Proletariat zwar unverständlich ist, aber verderblich? Prager sind ja weltbürgerlich; wie kommt man jedoch dazu, von einem braven Mann aus Brasilien, der etwas läuten gehört hat, eine besorgte Erkundigung nach dem »Dollfuß-Kompromiß« zu empfangen? Sie verlassen sich nicht mit Unrecht darauf, daß es einen Grad von Geistlosigkeit gibt, dem man polemisch nicht mehr gewachsen ist. Wohl durfte man sich gelegentlich rühmen, daß einem zu jedem Dummkopf etwas einfällt; aber solchem kann es in der Tat gelingen, eine gewisse Ermattung zu erzielen, wenn er das bekannte Bekenntnis, daß einem zu Hitler nichts einfällt, auf die Dauer ernsthaft als Enttäuschung empfindet, als Versagen vor dem »Faschismus« deutet – denn so nennen sie Gehirnpest, Rassenwahn, Religion des Raubes, Heuchelmord –, als eine Resignation, die sich wegen gleichzeitiger Achtung vor Dollfuß zur Hingabe an den weit verpönteren »Klerikofaschismus« pervertiert. Daß einem tatsächlich nichts einzufallen hat, was Menschenfressern Spaß machen könnte, das würde die Dummheit erst begreifen, wenn's ihr persönlich an den Kragen ginge. Dollfuß-Kompromiß? Dollfuß-Dank! Bewunderung des Lebendigen, dessen Tat und Opfer einstweilen das Leben der Verbohrten und Vernagelten gerettet hat wie jener Nichtswürdigen, die ihn noch im Tode zu schmähen wagen! Die ›Fackel‹ wird sich von einem

Gelichter vorschreiben lassen, wem sie leuchten und wen sie verbrennen darf, von ihren Verehrern, wen sie zu verehren hat: weil sie sonst gottbehüte anfangen, sie zu verachten! Schergen der Meinungsfreiheit, deren Vorzensur man sich unterwerfen wird, und mit weit mehr Befangenheit als vor dem Zensor im Weltkrieg, der doch ein Kulturmensch war! Ist bei dieser Vorstellung nicht selbst der Blödheit satirisch zumute? Sicherlich war jenes Juliheft »nicht leicht zu lesen« und gar dem grundsätzlich roten Kopf nur in den Ausdrücken verständlich, die sich von der Oberfläche abfangen ließen; denn weit schwieriger als die »ökonomischen Zusammenhänge«, deren Nichtbeachtung durch die ›Fackel‹ man von jeher begriffen und bemängelt hat, sind ja doch die stilistischen. So kam es, daß die Blödesten den Inhalt bloß als den Aufruhr gekränkter »Eitelkeit«, ja als den Sturm in jenem Glas Wasser erkannten, das dem Vortragenden »auf dem Tisch gefehlt« habe (während er doch eher verstimmt war, sooft sie es ihm hingestellt hatten; und nun wird wohl das Strafporto schuld sein). Dem läßt sich nicht beikommen. Höchstens mit häuslicher Nachhilfe – da wich manches Brett –, für die aber das Leben nicht langt. (Und dem Wunsch, »leicht« zu schreiben, könnte nur der eigene Wunsch entsprechen, sonst aber die faßliche Antwort: Schmecks!) Man sollte, damit es »paßt«, an jedem Kopf erst Maß nehmen? Probiere er's selber und zehnmal, dann wird's schon passen und jeder Zweifel, der sich an Geschriebenes heftet, in eben diesem gelöst sein. Einst war die Dummheit mehr Privatsache und keineswegs für eine aktive Rolle in der Öffentlichkeit tauglich; mit einem Hohlkopf war nicht Staat zu machen, und gewiß nicht Zukunftsstaat. Heute ist gar nicht zu ermessen, wieviel von den ökonomischen Zusammenhängen da Raum hat, deren täglich umgestürzte Lehre, nach dem volksrednerischen Wahrwort, ein Soziolog vom andern abschreibt. Wenn nun so etwas auf einen Happen mehr Termini aus der marxistisch-leninistisch-stalinistischen Sphäre in den Mund nimmt, als es auszuspucken vermöchte, und sich noch beschwert, daß die »Letzten Tage der Menschheit« »nicht realistisch« seien, da die Entwicklungstendenz der kapitalistischen Welt mit der der Menschheit identifiziert »und obendrein auf pazifistisch-utopistische, nihilistische Art ins Apokalyptisch-Phantastische verzerrt wird«, wobei »sogar die empirische Haupteinsicht, die Erkenntnis der spezifisch imperialistischen Beschaffenheit des Weltkriegs, in bloßen Andeutungen stecken bleibt« – so fühlt der Leser, Betrachter des Zungenspiels und Hörer der Moskauderei, die den Berliner Ursprung nicht verleugnet, trotz patschefeschteschechter Einschtellung gewiß (sprich: gewäsch), welcher polemesche Schlag da der zwangsläufigen Lippenstellung letzten Endes angepaßt wäre.

Aber selbst dies würde zur Lösung der sozialen Frage (die auch wir Ästheten wünschen) wenig beitragen, solange das Recht der freien Meinungsäußerung höchstens nach Bedarf vom Chefredakteur angetastet und das Mundwerk Unmündiger nicht von staatswegen stillgelegt wird. (Und nun stelle man sich vollends vor, daß es durch den Äther hindurch, der ohnedies an gewissen Lauten Anstoß nimmt, noch die armen Proletarier aller Länder erregen darf.) Freiheit ist eine Erlaubnis, die auch den gutartigsten Tropf zum Frechling macht, indem es doch keinen größeren Umsturz geben könnte als wenn ein Freidenker plötzlich dahinter kommt, daß man noch freier denken kann. Sie waren der Meinung, daß man der ihrigen sei; da sie zu verstehen beginnen, daß sie nichts verstanden haben, exzedieren sie; denn wenig gibt es, was mehr weh tut, als sich von einem Kopf vors Brett gestoßen zu fühlen. Da wächst, ja entsteht Hysterie, da keimt die Haßliebe, die Empfindung, die das ganze Freigesindel von Bürgersöhnen aller Linkscouleur einigt, die einander sonst mit Argumenten aus dem Hohlraum befehden. (Passetemps, bis man Advokat, Kommerzialrat ist oder den bürgerlichen Beruf des Parteifunktionärs ergreift, der von der Verwirklichung des Ideals im Wege einer Revolution am unliebsamsten berührt wird.) Jeder von ihnen hat seine eigene Façon, die Menschheit selig werden zu lassen, jeder den Drang, sich selbständig zu machen; aber wie schön, es kollektiv nicht verwinden zu können, daß sie den verehrt haben, dessen standhafte Unfähigkeit zur Gegenliebe sich bei zunehmender Häßlichkeit des Objekts deutlicher zu erkennen gibt. Die einen helfen sich, indem sie es für »Verrat« erklären, die andern haben es schon immer gewußt und bloß nicht verraten. Wenn sie wüßten, wie dumm sie sind, wären sie's nicht; aber so verraten sie's eben. Wenn sie wüßten, wie frech sie sind, würden sie frecher. Selbstverständlich muß man sich zu einem Mangel (eigener Organisation) bekennen: der ihren Wahn nähren konnte, man wäre jemals einer von ihnen gewesen, ihr »Kamerad«, ihr »Vorkämpfer«, man habe ihnen Parolen erteilt, ja ihre leichte und doch unsagbare Sprache geredet; doch da man weiß, wie sich das Alphabet schämt, braucht man sich keinen Vorwurf zu machen. Sie verlangen Aufklärung, Rechenschaft gar? Sie soll ihnen werden, bis sie sie nicht mehr verlangen: »in Konsternation und Dilemma zweifelhaft«, wie es bei Shakespeare heißt. Nur schade, daß solche Erfüllung den Weg zur Sprachlehre verlegt, welche sie noch dringender brauchen würden. Man sollte nicht genötigt sein, an Aufklärungen über das Einmaleins Sprache zu wenden; pantomimisch (wenn nicht bloß mit den Händen) müßte es gelingen, ein Literatentum, das den Zwiespalt von Verehrung und Verleumdung druckfertig macht, vor das Problem zu stellen: Woran und um welchen Preis gibt's denn »Verrat?«

Ist es die Einsicht, daß die Tage, da bayrische Legionen die Alpen bedrohten und infolgedessen die Sudeten unsicher wurden, nicht der Zeitpunkt zur Lösung der sozialen Frage waren? Sind es Mitleid und Ehrerbietung, die sich gleichermaßen den heldischen Opfern feiger Schreibtischpolitik zuwenden wie den Märtyrern, die in jenen Tagen einen Grenzschutz mit ihrem Leben bezahlt haben? Gerechtigkeit, die sich auch des Staatswesens erbarmt und es nicht zweifach bedrängt sehen möchte? Ist es das Bedürfnis, die Gesetze der Logik keinem Umsturz preisgegeben zu sehen? Oder Verschmähung wahrer Korruption: mit den Wölfen zu heulen, wenn man ihren Drang nicht spürt? Enttäuschung an den Enttäuschten, an einer Demokratie, die, außen und innen versagend, die Hölle entfesselt hat, an Papierköpfen, die, wenn die Erde vor Angst bebt und in Waffen erstarrt, sich einen »Protagonisten« wünschen, der's mit dem »Wort« schon machen wird? Ist es der Gedanke des »kleineren Übels«, dessen Wahl gewiß auch der zu wünschen hat, der Politisches verabscheut, sie aber vor allem von solchen verlangt, die von Politik leben? Ist es die Ansicht, es sei richtiger, Regierende, die gegen das größere ausdauernd kämpfen, sich gefallen zu lassen und daß sie einem gefallen, als daß man ihnen selbst gefällt oder je etwas zu Gefallen täte? Ja warum sollte denn der Glaube, daß Dollfuß ein Held war, ethisch oder geistig verdächtiger sein als der an den Endsieg der selbstmörderischen Dummheit? Verrat! Nichts ist doch unwahr geworden, was einmal wahr gewesen ist – nicht einmal der Glaube an eine Bewegung, die (hüben, zeitweise) gegen den Weltkrieg gekämpft und diesen Glauben bis zu dem Grade verraten, betrogen, geschändet hat, daß sie heute, wahrlich Öl ins Feuer gießend, ihre

Hoffnung auf den größern Weltkrieg setzt! Warum sollte man sich selbst denn ihres Triumphes schämen müssen, daß man als Friedenskämpfer der Möglichkeit verfiel, ihnen aufzusitzen? Adolf Loos – auch diese Ehre seinem Andenken! – hat rascher erkannt, was für eine Zucht von Fortinbrassen auf den Trümmern eines entehrten Lebens da heraufkommt. Jugend? Mit dem gleichnamigen Gedicht, dem sie zugejubelt hat, nicht zu verwechseln! Literarhysteriker, die sich von ihresgleichen abzuheben wünschen; Freigelassene, die sagen, man habe sie »verdorben«. Es stimmt nicht: im Vertrauen auf Unkraut gesagt, und weil doch angehende Spießer durch keine Leidenschaft vom rechten Wege zu bringen sind. Jugend? Produkt schlechter Erziehung und guter Technik! Wohl wäre es richtig gewesen, den Zutritt zu Vorlesungen schon früher zu erschweren und mit der Abendkassa den von »Jugendlichen« abzuschaffen. Herr Paul Valéry streiche sie samt der »veralteten ›Tugend‹« aus dem Wörterbuch. Wenn die heillose Zeit, die solchen Vorschlag ermöglicht hat, sie entschuldigt – was gibt ihnen »Freiheit« und das Recht zum großen Wort? Weiber ermannen sich und stellen einen zu seiner Rede! Zwischenstufen lehnen sich auf, weil man oben ist!

Wähnt ihr, verborgen sei mir, welch Geschlecht Ihr seid?
Du kriegerzeugte, schlachterzogne junge Brut! . .
Entnervend beide, Kriegers auch und Bürgers Kraft.
Zu Hauf euch sehend, scheint mir ein Cicaden-Schwarm
Herabzustürzen, deckend grünende Feldersaat.
Verzehrerinnen fremden Fleißes! Naschende
Vernichterinnen aufgekeimten Wohlstands ihr!

Der leibhaftige Widerspruch zur Natur findet Widersprüche! Doch wenn Coriolan »euch Wunden zeigen kann, wenn wir allein sind«, ist ein anderer, der nicht um Stimmen wirbt, imstande, ihnen Wunden, Widersprüche in foro zu zeigen. Er bekennt sich zu diesen, zu ihrer Einheit: die Teile hat er nie »in der Hand«, immer aber das geistige Band – und dies ist erst der wahre Widerspruch, erstaunlich wie nur der erstaunlichste aller Kontraste: daß er, technischem Fortschritt abhold, sich seiner bedient und aus Flughöhe das Gekribbel links und rechts samt Welt- und Geldanschauung betrachtet. Widersprüche gibt es, weil sie das gegen Schober zu kapieren vermeinten, aber die Vorkriegsfackel nicht kapiert haben oder nicht gekannt, deren konservativer Autor doch nicht einmal bis zu den Errungenschaften der französischen Revolution vorgedrungen war und der Preßfreiheit keine Lehrkanzel zugedacht hat, sondern die Prügelstrafe, die es heute noch in England gibt, obschon leider nicht für einen Beruf, der ins Trauerhaus der Familie wie der Menschheit einbricht. In dem Abscheu vor solcher, trotz äußerer Fesselung immer mächtigeren Möglichkeit, in der Durchschauung von Ohnmachthabern, die dem Hand- und Schandwerk dienstbar sind, ist kein Widerspruch! Wüßte die Zucht, wie (könnte sie miterleben, warum) Widersprüche entstehen, sie würde sich lieber umbringen, als frech zu sein. Mögen sie weiter suchen und sammeln, ohne auf zehntausend Seiten durch das freie Bekenntnis zum Widerspruch gehemmt zu werden! Oder durch die bodenlose Intelligenz, mit der sie einem, nach dem Februar, als Geburtstagsgabe die Selbsterkenntnis darreichten:

Es ist der kleinliche Trick seiner Feinde, ihm seine Widersprüche vorzuhalten. Es trifft ihn nicht, so wenig wie der andere Vorwurf der Eitelkeit, mit dem sich die Eitelsten an ihm rächen.

Und mit erweislich voller Kenntnis um den »Dollfuß-Kompromiß« wurde das Bekenntnis »Mein Widerspruch« zitiert, das die Verse enthält:

> Wo Freiheit sie für die Phrase nutzten,
> war ich Reaktionär.

Zitiert, als der Märtyrer ihrer eigensten Freiheit noch lebte und wirkte. Wenn ihnen aber die Meinung, daß ein toter Dollfuß mehr für die Sicherheit Europas und ihres eigenen Wirkungsbereichs bedeute als der vifste Genfer Agent, durchaus schon vermessen dünkt: mit welchem Recht – denn Dummheit allein ist noch kein Freibrief – dürfen sie unsaubern Grund zu ihr vermuten oder sich und andern, noch dümmern, vorspiegeln? Verständlich für die Dümmsten gesprochen: Warum soll Bejahung, die der Polemiker über sich bringt, nicht so echtbürtig sein wie Polemik? Der Satire in Zeiten des Elends nicht selbst der Fremdenverkehr hebungswert dünken? Woher bezieht ein Federvolk, das einem Optik und Motive falsch gestohlen hat, den

Anspruch, in der von keinem Plan beeinflußten Wertung von Werten, bloß darum weil sie dem eigenen, sonst nicht geschonten Lande zugehören, Verrat zu erblicken auch nur an einem Jota jener Lebensarbeit, die sie zwar verehrt, aber nicht begriffen haben? Sie konnten Kasmader und Feschak agnoszieren, von deren Lebensformen sich weder ihr Denken in der Materie unterscheidet noch die Roheit ihres Humors. Den Nörgler der »Letzten Tage der Menschheit«, der eben diese kommentiert, den Krieg der Maschinen als Entehrung der Tapferkeit wie jeglicher Natur auslegt, und der die rückläufige, gegen die Zeit revolutionäre Anschauung aller Fackeljahre schnurgrade fortsetzt, den haben sie nicht verstanden: sonst wäre er einer Intelligenz, die die Welt noch mit Gas verpesten möchte, als der ärgste aller gedanklichen Kriegsgreuel erschienen, ganz wie der bürgerlichen Trägheit und dem Konservativismus des Nichtdenkens. Im Krieg, welchen sie besangen oder besungen hätten, als edlere Jugend ihm zur Beute wurde, in und nach dem Krieg hätten sie mißtrauen sollen – in die »Letzten Tage der Menschheit« bleiben sie einbezogen mit jenen, gegen die sie hinterdrein den feigsten Scheinkampf geführt haben und die doch keine Gehirnverbrecher sind! Wie denn aber, sollte es schwerer sein, sich links, als rechts verständlich zu machen? So sei Intelligenz wenigstens der Erklärung gewachsen: daß jedweder Ansicht, die hier jemals von der Welt mit ihrem Haß und ihrer Liebe, von Natur und Kunst enthalten war – nehmt alles nur in allem und den Weltkrieg dazu, dessen geringstes Grauen ein Widerspruch zum Vorher und Nachher wäre – die Ahnungslosigkeit, die nicht das Alphabet davon erfaßt, eben darum näher steht als sie, die Intelligenz!

Sie alle, die sich zwischen Prag und Moskau um den Anspruch auf die garantiert echte, allein unseligmachende materialistische Geschichtsauffassung samt »Dialektik« (und ohne das geringste Talent zu ihr) balgen, mögen sich der Hoffnung überlassen, daß der verstunkene Kohl die von ihnen verachtete »Kulturkritik«, ja die gescheute »Metaphysik« überleben werde sowie eine mit Recht gemiedene Sprachlehre, von der ein radikaler Schwachkopf treffend meint, sie sei »keineswegs geistlos, die ökonomische Problematik aber ganz und gar ignorierend«. Möge der wahre Glaube an den Leib getrost wähnen, daß »Sprachfetischismus« Tand sei gegenüber allem kataphysischen Denken! Bleiben wir aber in den irdischen Maßen von Moral und Vernunft, die durch die Hitler und Stalin zwar verrückt, nicht aufgehoben werden konnten. Berliner Literaten, denen man die Zuflucht gönnt; Prager Journalisten, denen – auf Kosten der beiderseitigen Steuerzahler – die Dörfer jenes Potemkin vorgeführt wurden, der heute in Paris Litwinows Botschaft bestellt und leider den Glauben findet; atonale Meister, dirigierte Dirigenten, die ihn kulturell bestärken und die Zwischenakte einer Welttragödie ausfüllen dürfen – sie alle sollen gute Tage haben und eine Propaganda übers Herz bringen angesichts der Namenlosen und Ungezählten, die weder von falscher noch von echter Illusion satt werden. Sie sollen auch an den Qualen der Flüchtlinge, landsmännischer Freiheitskämpfer, vorbei schmieren und musizieren, unter denen mit dem Hunger bereits die Parole umgeht: »Lieber Gefängnis in Österreich als Freiheit in Rußland!« (Aber »musikalisch ist man sehr aktiv geworden und der Verbrauch an prominenten Dirigenten ist gewaltig«: rühmt einer von der Branche.) Was sich Kunst nennt, finde wo immer und wohin immer sein Fortkommen. Und welcher Schattierung die Intelligenz sei, die nun einmal den Beruf erwählt hat, Blut für rote Tinte auszugeben und diese in Blut zu verwandeln (inklusive »Trotzkisten«, die den Hohn nicht aufnehmen, daß gegen ein Hunderttausendstel Untat an der Menschheit, das der Urheber in der eigenen Familie erleidet, seine Gattin in die bürgerliche Presse protestieren geht) – sie alle, die mit enger Stirn auf weite Sicht denken, handeln vielleicht gemäß der Bestimmung eines todgeweihten Planeten und betäuben sich mit jenen Optimismen, die sie der apokalyptischen Deutung, daß »ein bös Gestirn herrscht«, entgegenstellen. Man soll die konsequenten Hohlköpfe, die dem offenbarsten Humbug noch immer die Heiligung durch den fernen Zweck angedeihen lassen und ihm keine Unsauberkeit schuldig bleiben, für Idealisten halten, denen entgegenzutreten gefährlich ist. Es könnte sich ergeben, daß sie wegen der Widersprüche, die einer in Jahrzehnten zugeben, aber nicht erklären kann, sich statt ihres Kopfes lieber den seinen zerbrechen wollten, um es endlich herauszubekommen. Es könnte sich erweisen, daß mehr Mut dazu gehört hat, gegen die Freiheit aufzutreten als gegen eine Gewalt, durch die man sich eo ipso vor kein geistiges Problem, nur vor die Frage der Leibesrettung gestellt sieht. Wenn nicht, so bleiben diese Phänomene und ihr Unterschied durchdenkbar. Nur eines nicht: Wie bringt eine geistig und sittlich so subalterne Gesellschaft gleich dieser sozialen und linken Demokratie, die Sippe, die vom Nichtvorwärtskommen gelebt und Fortschritt wie Freiheit zur ausgespucktesten Phrase gemacht hat, »politisches Paktiererpack«, Schreiberpack, das sein Geschriebenes nicht verantwortet und dafür sich die verantwortlichen Redakteure hält, die es, ganz wie die bürgerlichen, »nicht gelesen« haben – wie nur bringen enrangierte Kulis, die, vor Gericht gebracht, nicht ein Gran von einem unlautern Motiv, einer Beeinflussung, einer gesellschaftlichen Strebung beweisen könnten (und konnten), die blanke Schamlosigkeit auf, »moralischen Verfall« zu beklagen? Einen Autor, der freier, einsamer und stärker als je gegen die Zeit steht, mit seinem polemischen Werk zu konfrontieren: nachdem sie erlebt haben, daß ihr militärischer Führer, Stratege des unvorstellbarsten Bürgerkriegs, angesichts der vorliegenden Pläne sich vor Gericht als »schwarz-gelb bis in die Knochen« exkulpieren ließ!

Jeden »Widerspruch«, den die Oberflachköpfe wahrzunehmen glauben, hundertfach zugegeben – es wird nicht gelingen, durch Zusendung jenes Brünner Wisches, worin eine Serie hindurch kein Ton gegen Hitler vorkommt (wohl aber, nebst dem ständigen »Klerikofaschismus«, das Leitmotiv vom »Ehrenwortbruch« gegenüber den Dollfußmördern), davon zu überzeugen, daß Österreich ein Höllenpfuhl von Gewalt und Korruption ist: sinnfällig gemacht – in Brünn! – an zwei gerichtlich behandelten Unterschlagungen kleiner Funktionäre und dem Fall eines gewissen Spieß, welcher insofern umgedreht wird, als einst eine große Partei doch kleinlaut war vor einem großen Erpresser. (In Brünn, von wo schon mancher aufgestiegen ist, nachdem er gesessen hatte; wo aber auch – was die andere Freiheit betrifft – einem Hochschullehrer und Freund Masaryks die Ehrung eines siebzigjährigen Pazifisten zensuriert wird, nur alles gestattet, was gegen Österreich geht.) Wir wollen einmal, mit Verachtung metaphysischer Bedürfnisse, uns ganz der materialistischen Dialektik hingeben und Gegebenheiten (wie etwa Genommenheiten) in Rechnung bringen. Also: Wenn die Behelligung mit viel Geschrei und wenig Brünner Wolle fortdauern sollte, mit der Gier, ehrlichen sozialen Staatswillen an der Ohnmacht vor der Zeitnot zu messen, mit einem Lug und Trug, der vielleicht noch dem Herrn Leon Blum, oder gar nur der Feber Party imponieren könnte – wenn der Wisch weiterhin, ohne Porto oder mit Porto, zugesandt wird, der Wisch, worin sich die Tollwut bis zu der Version versteigt, Herr Fey sei wegen seiner Aktion gegen einen Ausbeuter zu Fall gekommen; worin halunkische Rezepte erteilt werden, wie Agitatoren es anstellen müssen, um ungefährdet arme Arbeiter, denen sie es zustecken, zu gefährden – dann wird es sich doch empfehlen, den Herrn Doktor, der nach erledigter Strategik auch nicht mehr Taktik üben kann, aber das Gedeute und Gekläre fortsetzt, was in Österreich geschehen wird (entweder – oder auch nicht), ihn also unter andern Vorgängen (wie an die letzten Tage des menschlich wertvollsten Parteiopfers und dessen eindeutigen letzten Willen) an eine schwache Stunde zu erinnern, in der er – man konnte die Tiktaktik hören – sein Herz öffnen mußte über ökonomische Zusammenhänge und die Gründe, aus denen die Macht zur Ohnmacht vor einer stärkern ›Stunde‹ gezwungen war. (So etwas verzeiht der Machtwahn nie!) Ein Damaskus war es nicht für die, die »ihren Kotau vor schmutziger Korruption« gemacht haben; höchstens für den, der's staunend hörte und nun aus solchem Mund die Beschuldigung des moralischen Verfalls.

Wir ziehen sie zurück. – Die Redaktion.

Nicht ohne auch die Arbeitslosen zu entschädigen. Darum, ihr Herren, – ein bißchen Erpressung hat man ja in jener schweren Zeit sozialdemokratischer Not gelernt – in keiner Form mehr lästig sein! Und namentlich Parteinuchen, die, vor der Vollkraft jedes Wortes der Fackel erbebend, aus ihrem Herzen just nicht die Mördergrube zu machen pflegten, in die schließlich alle Politik mündet, und nie gewagt hätten, einem Verehrten die Meinung zu pfänden und die ihrige aufzuerlegen, seien gewarnt. Es wird keine mehr geteilt. Diskussion samt Basis gibt's nicht mehr. Wozu auch? Wir waren uns ja einig in der Verabscheuung eines Schmarotzertums an Idealen; und sie haben noch – sie dürfen bloß nicht – jenes Juliheft im Innersten verstanden: es wurde darin nicht »dem österreichischen Henker Vorschub geleistet«, niemand der österreichischen Amnestie ausgeliefert, Freiheit und Leibesrettung auch solchen gegönnt, die andere zu Helden und Märtyrern gemacht haben. Aber daß hinterdrein Schreibmaschinengewehre losgehen und Federn frech werden – es würde, wenn's anhält, doch einen Grad von Scham-Freiheit anzeigen, der eben nur in Tagen erreichbar ist: wo, drüben, Mord und Raub an Wehrlosen in das System einer neuen Religion gebracht wird; wo, hüben, menschenähnliche Geschöpfe sich an

Schreck und Schmerz einer Mutter weiden, der sie telephonisch den Tod ihres Kindes mitteilen; und wo, last not least, Schöpfer und Schieber als Büsten in Pester Kinos und auf einer in Nachtlokalen kursierenden Münze gepaart erscheinen.

Und so glaubt denn einer, der nicht zu diskutieren wünscht und darum peinlich vermieden hat, in der Ich-Form zu sprechen – er macht alles, nichtwahr, nur persönlich kann er nicht hervortreten –, so glaubt er denn, einmal in verständlicher Sprache gesprochen zu haben. Auch was den leichten Druck betrifft, den er anwenden mußte. Eine kleine Diktatur; nicht zu vergleichen mit dem Ereignis, durch das Erpressung weltpolitisch wurde und welches die Männer und Buben der Freiheit »Faschismus« nennen, wähnend, daß dem Satiriker zu einem Jaguar so schnell etwas einfällt wie zu einem Trottel.

ANHANG

Mit Ausnahme der Jugendarbeiten und der Dramen aus den zwanziger Jahren sind fast alle Schriften von Karl Kraus in der *Fackel* erschienen – seiner Zeitschrift, deren alleiniger Herausgeber er seit 1899 und deren einziger Autor er seit 1912 gewesen ist.* Selbst das Weltkriegsdrama *Die letzten Tage der Menschheit* ist 1918/19 zunächst in Form von »Sonderheften« der *Fackel* veröffentlicht worden. Schon früh aber hat Karl Kraus die eigenen Beiträge – Aufsätze, Aphorismen, Gedichte – auch in Büchern zu sammeln begonnen. In drei Bänden kamen zwischen 1909 und 1919 seine Aphorismen, in neun Bänden zwischen 1916 und 1930 seine Gedichte heraus. Was jedoch die Aufsätze betrifft, die in der Zeitschrift zusammen mit den »Glossen« den weitaus größten Raum einnehmen, weshalb hier eine strenge Auswahl zu treffen war, so hat Karl Kraus nur einen Teil der geplanten Sammlungen, nicht mehr als fünf, zum Druck befördern können. Geplant war allerlei – schon vor dem Krieg außer einer *Kulturgeschichte in Briefen an die Fackel* (F 368-369, 33; F 389-390, 20) in zwei Bänden die Sammlung *Kultur und Presse*, die sogar in Satz gegangen ist (F 445-453, 143); in den zwanziger Jahren dann ein II. Band von *Literatur und Lüge*, der die einschlägigen Artikel aus Kriegs- und Nachkriegszeit vereinigen sollte (vgl. S 3, 343); zu Beginn der dreißiger Jahre schließlich »die Sammlung der Verlagsbriefe und Schobers Gedanken und Erinnerungen« (F 868-872, 80), dies wohl eine Sammlung der eigenen Schober-Artikel aus den Jahren 1927/1928. Von alledem ist nichts zum Abschluß gelangt. Und von den fertiggestellten Aufsatzbänden ist zu sagen: daß sie – von *Sittlichkeit und Kriminalität* (1908) über *Weltgericht* (1919) bis zu *Literatur und Lüge* (1929) – Schriften allein aus der *Fackel* der Vorkriegs- und der Kriegszeit in thematischer Ordnung enthalten – während den fast ebenso vielen Jahrgängen der Nachkriegszeit nur die Sammlung der sprachkritischen Arbeiten, das posthum (1937) erschienene Buch *Die Sprache*, Rechnung trägt. Offenbar hat Karl Kraus seinen übrigen Aktivitäten in diesen Jahren

---

* Zitate aus der *Fackel* werden in der Form »F 351-353, 77« nachgewiesen. Über Jahr und Jahrgang des Erscheinens kann man sich anhand der Tabelle 2 in Friedrich Jenaczeks *Zeittafeln zur »Fackel«* (München 1965) unterrichten. Abgekürzt zitierte Literatur (»Schick 1965«, »Kerry«) findet sich mit vollständigen Titeln (wenn nicht im Literaturverzeichnis des vorliegenden Bandes) bei Sigurd Scheichl (*Kommentierte Auswahlbibliographie zu Karl Kraus*, München 1975) sowie bei Jens Malte Fischer (*Karl Kraus*, Stuttgart 1974) aufgeführt. Auf andere Bände dieser Ausgabe der *Schriften* von Karl Kraus wird mit der Sigle »S« verwiesen (»S 4, 220«). Die letzte Ziffer bezeichnet immer die Seitenzahl.

– neben der Arbeit für sein »Theater der Dichtung« vor allem den Feldzügen gegen Bekessy, Schober und Kerr und dann den Auseinandersetzungen mit Sozialdemokratie und Nationalsozialismus – allenfalls so viel Zeit abgewinnen können, wie zur Fertigstellung der schon 1923 angezeigten Bände *Literatur und Lüge* und *Die Sprache* vonnöten war. Außerdem dürfte bereits die Planung weiterer Bände ihm dadurch erschwert worden sein, daß einige Schriften der Nachkriegszeit (wie *Der größte Schuft im ganzen Land*... von 1928) mit mehr als zweihundert Seiten schon in der *Fackel* den Umfang eines Buches hatten. Und nach der Katastrophe der »Machtergreifung« mußte dem Satiriker, »dessen Werk vergebens getan war: den Teufel an die Wand zu malen« (F 890-905, 33), wohl dringlicher als selbst die Sammlung seiner Warnungen das Bemühen sein, die für seine »Vorlesungen« hergestellte Neufassung des deutschen Shakespeare (»für Hörer und Leser bearbeitet, teilweise sprachlich erneuert«) in Sicherheit zu bringen – was mit den zwei Bänden von *Shakespeares Dramen* (1934/1935) dann wenigstens zur Hälfte auch gelungen ist.
Wer heute den Schatz an Aufsätzen zu bergen versucht, den fast zwanzig Jahrgänge der *Fackel* enthalten, kann sich dabei nur im allgemeinen auf Kraus' eigene Planungen berufen. Über Auswahl und Anordnung der Bände, die er selbst aus den Schriften der zwanziger und dreißiger Jahre geschaffen hätte, sind allenfalls Vermutungen möglich – und sicher ist nur, daß keine Rekonstruktion ohne jenes Maß an Willkür auskommen kann, das Heinrich Fischers »Sammlung der Verlagsbriefe« (*Mit vorzüglicher Hochachtung*) zum unerquicklichsten Band seiner Ausgabe macht. Darum verzichtet die vorliegende Ausgabe lieber von vornherein auf jeden solchen Rekonstruktionsversuch – um statt dessen (ähnlich wie Dietrich Simons Ausgabe der *Ausgewählten Werke* und Hans Wollschlägers *Karl-Kraus-Lesebuch* nur die wichtigsten Aufsätze in zeitlicher Folge zu sammeln. Wenn dabei nun vorzugsweise solche Artikel aufgenommen werden, die Kraus im Druck der *Fackel* typographisch (durch größeren Schriftgrad) ausgezeichnet hat, ergibt sich eine Gruppierung um bestimmte Themen schon einigermaßen von selbst. Zugleich aber soll die Auswahl möglichst das ganze Spektrum des satirischen und polemischen Wirkens von Karl Kraus repräsentieren – unter Ausschluß nur seiner sprachkritischen Aufsätze, die bereits in das Buch *Die Sprache* (1937/S 7) eingegangen sind, und trotz der weitgehenden Beschränkung auf die Haupt-Artikel auch den Spielraum der Formen sichtbar machen, der von der Rede über den Essay bis zum Briefwechsel reicht. Das reiche Glossen-Werk der *Fackel* wird in anderen Bänden dieser Ausgabe eigens vorgestellt. Bei den Bänden, die Kraus selbst herausgegeben hat, mußte er nicht bloß über Auswahl und Anordnung entscheiden; er hat auch Stück um Stück »auf die Haltbarkeit

vor Stand- und Zeitpunkt« geprüft sowie »vor einem Gewissen, das die künstlerische Form bestimmt und dem Wort immer knapper zumißt« (S 8, 9). Über den Ausgang einer solchen Prüfung sind im Falle der ungedruckt gebliebenen Bücher wiederum nur Vermutungen möglich. Da sich kein von Kraus selbst revidiertes Exemplar seiner Zeitschrift erhalten hat, muß überall dort, wo es bei dem »periodischen Vorabdruck aus Büchern« (F 368-369, 33) geblieben ist, die maßgebliche Fassung eben der *Fackel* entnommen werden. Die seltenen Vorabdrucke (wie bei *»Offenbach-Renaissance«*) und die seltenen Nachauflagen einzelner Hefte (wie von F 777) weisen allenfalls typographische Differenzen auf.

Die auf Entsprechung und Steigerung bedachte Komposition der Aufsatzbände, die Kraus selbst herausgegeben oder wenigstens vorbereitet hat, ersetzt in einigem Maße den Verlust, den jede solche Auswahl dadurch bewirkt, daß sie den einzelnen Aufsatz aus einem ähnlich streng (meist achsensymmetrisch) komponierten Heft der *Fackel* herauslösen muß. Schon in den letzten Vorkriegsjahren hat Karl Kraus ein bald zur Perfektion gebrachtes Verfahren entwickelt, das Gewicht und selbst den Sinn seiner Beiträge faßlich zu machen: eben durch ihre Postierung (und Kontrapostierung) im Ensemble des jeweiligen Hefts. Demselben Zweck gehorcht (schon seit Anbeginn) die Abwechslung zwischen verschiedenen Schriftgraden. Ein Beispiel für viele bildet das *Fackel*-Heft vom Dezember 1932 (F 885-887) mit diesem Inhalt:

Die Sprache
  Goethe-Feier bei den Tschechen
  Vorlesungen
Die Rachel. Von Karl Schurz
  Notizen
  Madame l'Archiduc in Prag
Sakrileg an George oder Sühne an Shakespeare?

Weil die vorliegende Auswahl zwar den Wechsel der Schriftgrade beibehält, die Aufsätze selbst aber nur nach der Abfolge ihres Erscheinens ordnet, muß sie wenigstens anhangsweise über deren fast allemal ›sprechende‹ Plazierung in der *Fackel* Auskunft geben – in diesem Fall also etwa davon, daß dem Grundsatz-Artikel *Die Sprache* am Beginn die Fallstudie über George am Schluß des Heftes entspricht und daß in dessen Zentrum das »sachlich und sprachlich edelste Beispiel deutscher Theaterkritik« als Zeugnis einer verlorenen Kultur gestellt ist (F 885-887, 21).

*

Die für den vorliegenden Band getroffene Auswahl hebt bereits darum, weil sie vorzugsweise die schon von Kraus hervorgehobenen Artikel sammelt, die politischen Stellungnahmen der *Fackel* in den Jahren um 1933 hervor – unter Einschluß des ersten Teils der Erklärung *Warum die Fackel nicht erscheint* mit den eingeschalteten Zitaten aus der *Dritten Walpurgisnacht*, die Kraus als ganze unveröffentlicht gelassen hat. Neben die entsetzte Diagnose des Hitler-Reichs tritt die erbitterte Absage an die politische Linke beider Republiken (*Hüben und Drüben*) und in der Emigration (*Wichtiges von Wichten*). Hinzu kommen außer allerlei Satiren kultur- und pressekritischen Charakters die letzten Streitschriften gegen Alfred Kerr und die programmatischen Ehrenerklärungen für den Kampfgefährten Adolf Loos. Auch das Spektrum der Gattungen, in dem sich die *Fackel* dieser Jahre bewegt, wird so gut wie vollständig präsentiert – unter Ausschluß nur der *Glossen*, die in den Bänden 19 und 20 eigens vorgestellt werden.

Wie in einigen früheren Bänden dieser Ausgabe ist auch hier eine aus dem Nachlaß veröffentlichte Schrift mitzuteilen – und zwar vor allem darum, weil sie 1936 im April-Heft der *Fackel* (das dann nicht mehr erschienen ist) an vermutlich hervorgehobener Stelle erscheinen sollte. Dafür spricht außer der Programmnotiz zur Vorlesung vom 14. Februar 1936 (V 697; *Kraus-Heft* 1, 9): daß sich ein von Kraus korrigierter Fahnenabzug des ein Jahr zuvor dem *Prager Tagblatt* übersandten Schreibens (samt dessen Beantwortung) erhalten hat (WSLB: Jc 163.795, f. 263-269). Das Original des Briefes hat Georg Kranner in der *Neuen Zürcher Zeitung* vom 24./25. Mai 1986 veröffentlicht; hier nun wird der freilich noch unfertige *Fackel*-Artikel aus dem Frühjahr 1936 in der revidierten und ergänzten Version des Fahnenabzugs bekanntgemacht.

29. Januar 1935.

An die Redaktion des

»Prager Tagblatt«

Prag II.
Panska 12

Sehr geehrte Herren!

Sie waren so freundlich, eine berichtigende Zuschrift unseres Anwalts an so auffallender Stelle wie der Ihrer neuen Rubrik »Briefe ans Prager Tagblatt« zu veröffentlichen, und der Herausgeber der Fackel möchte sich als treuer Leser Ihres Blattes gern öfter dieser schon bewährten Einrichtung bedienen, um Sie auf Übelstände Ihrer anderen Rubriken aufmerksam zu machen, da sich ja infolge gesellschaftlicher Zusammenhänge einst die Gelegenheit ergab, daß Ihr Herr Chefredakteur an ihn die Frage stellen konnte, wie nach seiner Ansicht ein Tagblatt zu machen wäre. Die vollkommen negative Beantwortung dieser Frage schließt keineswegs die Möglichkeit aus, einem Tagblatt, das nun einmal bereits gemacht ist, von Fall zu Fall und völlig uneigennützig mit Ratschlägen beizustehen. Wir fühlen uns zu solchem Beistand umso mehr ermutigt, als sogar Ihr vielbeschäftigter Herausgeber den unsern, sooft der Zufall einer Begegnung es ermöglichte – Hotel und Redaktion waren benachbart –, einer offenherzigen Aussprache über die Mängel des Zeitungswesens gewürdigt hat.

Zunächst möchten wir eine Beschwerde darüber vorbringen, daß Ihr Morgenblatt bereits um ½7 Uhr früh in Wien eintrifft, was nebst der Anerkennung eines Wunders der Technik auch Verdruß über die Fülle der Druckfehler hervorruft, die das Verständnis der interessantesten

Beiträge stören, während die Prager Genießer, die die zweite Auflage erhalten, bloß die Stilfehler zu Gesicht bekommen. Schließlich vermag ja doch die Setzmaschine nicht immer einen so guten Witz, der alle Ihre »Anekdoten« übertrifft, herzustellen wie den, daß auf den Saar-Marken der deutschen Reichspost die Mutter Germania das heimkehrende Kind in die Armee schließt. Wir möchten wünschen, daß, falls Sie auch eine reichsdeutsche Auflage produzieren sollten, die schon früh in Berlin eintritt, dieser Druckfehler beseitigt war. Wollen Sie bitte nicht annehmen, daß wir das Bedürfnis haben, mit Ihnen ein Henlein zu pflücken, aber es drängt uns nun einmal, Sie darauf aufmerksam zu machen, daß Ihre sichtbare Tendenz, sich den österreichischen Verhältnissen, die Sie früher vielfach mißverstanden haben, anzupassen, durch Notizen beeinträchtigt wird wie den warmen Nachruf für den kaltgestellten Reichsminister Frank II, den Sie ernsthaft als den Juristen behandeln, der die Aufgabe hatte, die Reform deutschen Rechtes mit Ausschaltung des römischen durchzuführen. In dem curriculum vitae, das Sie veröffentlichten, fehlt leider ein Hinweis darauf, daß es der Mann ist, der nach vollzogener Massakrierung seines einstigen Prozeßgegners (des Münchner Anwalts Dr. Strauß) dessen irdische Reste im verlöteten Sarg den Eltern zustellen ließ, offenbar schon im Zuge der deutschen Justizform; nicht ohne auch pro domo mit einer pietätvollen Handlung hervorgetreten zu sein, indem er als einen der ersten Regierungsakte die Rehabilitierung seines aus der Anwaltsliste nach früherem Recht gestrichenen Vaters angeordnet hat. Vor allem jedoch wurde lebhaft ein Wörtchen darüber vermißt, daß es eben die Persönlichkeit sei, die der verewigte, in der Tschechoslowakei unbedankte (von Ihnen selbst prunklos bestattete) Kanzler Dollfuß auf dem Flugplatz von Aspern mit jenem treffenden Gruß empfangen ließ, der den Rachefeldzug und die Bombenoffensive gegen Österreich eingeleitet und schließlich zu jenem grausigen Märtyrertod geführt hat. (Nach welchem noch die Stupidität revolutionärer Papiergehirne Ihres Landes sich gegen den heroischen Helfer, wenn schon leider vielleicht nicht Retter, Europas erdreisten durfte.)
Was unsere Beschwerde über Ihr zu früh in Wien eintreffendes Morgenblatt anlangt, möchten wir auf einen weltgeschichtlich unerheblicheren Vorfall hinweisen, der uns aber doch große Schwierigkeiten verursacht hat. Ihre Korrektheit, Prager Theaterberichte, die keine Katz in Wien interessieren, auch den Wiener Lesern nicht vorzuenthalten, ist gewiß anerkennenswert. Die wiederholte Ankündigung einer so wichtigen Neuinszenierung jedoch wie der des »Blaubart« hätte unbedingt die Aufnahme der Kritik erfordert, da hier in gewissen Kreisen – deren Vorurteil Sie offenbar berücksichtigen wollten – starke Neugier geweckt

war, wie der Herr Renato Mordo das Prachtwerk, das in Prag einst vorgetragen wurde, zugerichtet und wie der für Offenbach maßgebende Kritiker Ihres Blattes, der schon bei Gelegenheit der »Madame l'Archiduc« alles wußte, nur nicht wo Gott wohnt, sich selbst aufgeführt hat. Bei aller Anerkennung Ihrer Delikatesse fühlten wir uns um das Recht des ständigen Lesers, der auch Unangenehmes erfahren will, verkürzt und wollten ein Exemplar der Prager Ausgabe, die die Kritik doch enthalten mußte, extra käuflich erwerben. Leider wurde uns die wenngleich interessante Auskunft des Zeitungsbureaus zuteil, daß diese Ausgabe in Österreich verboten sei, woraus sich nicht ohne Neid entnehmen ließ, daß die Prager für manche Unwahrheit vor uns bevorzugt werden, und sich die Erwägung ergab, ob eben diese Ausgabe vielleicht in Deutschland zugelassen sei. Nur auf einem Umweg konnten wir uns die Kritik (die uns für die Notiz auf einem Programm unentbehrlich schien) endlich beschaffen. Wir möchten Sie für künftige einschlägige Unternehmungen Renato Mordos ersuchen, ohne jede Rücksicht auf den Behüter Offenbachs ihm die bittere Pille nicht zu ersparen. Anderseits hat gerade er das größte Verständnis für die Bereitwilligkeit, mit der Sie sonst österreichische Empfindlichkeiten schonen. So hat ihm die Promptheit imponiert, mit der Sie die Wiener Masseusen auf dem Altar der ›Reichspost‹ geopfert haben. Nicht minder freilich der kräftige Entschluß, eine Einrichtung ins Leben zu rufen, die sowohl den nach Wien kommenden Pragern wie den Wienern, welche die Annoncen in der eigenen Presse vermissen, äußerst willkommen war. Der kleine Schönheitsfehler, daß Sie, von Ihrem Staatsgesetz auf einen dürftigen Rest von Körperpflege angewiesen, in der freudigen Verwirrung des ersten Wiener Ansturmes in dieser Rubrik auch einen Sprachunterricht placierten, konnte der guten Sache, der Sie leider nur kurze Zeit dienen durften, keinen Eintrag tun. Es ist Ihnen gewiß bekannt, daß wir in Bezug auf Körperpflege wie Sprach- oder Tanzunterricht einen dem Standpunkt der ›Reichspost‹ völlig entgegengesetzten einnehmen, und aus Gründen nicht nur sozialer, sondern auch tieferer Humanität das Bedürfnis, dem durch Ihre so eingeschrumpfte Rubrik gedient wird und in besseren Zeiten auch hierzulande gedient wurde, gelten lassen; daß wir weder die Inserentinnen noch deren Kunden verdammen, ja die betreffende Rubrik immer als die sauberste eines Tagblattes anerkannt und nur Verlagsgeschäfte verächtlich gefunden haben, die an einem Gewinn, den die Heuchelei der bürgerlichen Welt als »Schandlohn« bezeichnet, partizipieren. Nicht zuletzt ist es tief bedauerlich, daß durch die Einschränkung des Annonceteils mehr Raum für den Text gewonnen wird, so daß wir schon aus diesem Grunde das Verschwinden der weiblichen Hilfskräfte der Presse wie der

Menschheit beklagen müssen. Natürlich gehört die Frage, ob Sie sich durch die Drohung der ›Reichspost‹ ins Bockshorn jagen lassen mußten, um das Wiener Geschäft als solches zu sichern, durchaus zu Ihren eigenen Belangen und in diesem Punkt könnte der Herausgeber der Fackel gewiß keinen Rat erteilen, wie ein Blatt zu machen sei. Er kann es nur beklagen, wenn der bessere Teil einer Zeitung, der doch vielfach noch Bedürfnissen gerecht wird, immer mehr entschwindet; als aufmerksamer Leser konnte es ihm nicht entgehen, daß auch das »Geheimnis der Liebeslust« – offenbar haben sich Hamsterer eingedeckt – bereits ausverkauft ist, ja daß sogar die stets auf dem Fuß folgenden Wanzen vertilgt sind, bis auf die des Schrifttums natürlich. Dagegen freut es ihn, daß Olla und Primeros trotz Seidenzartheit ihren Platz in einem Wettkampf behaupten, der von den Schiedsrichtern Ihrer Verwaltung jedesmal so entschieden wird, daß Primeros zwar secundo loco steht, aber den geistigen Vorrang erhält und nicht nur vor Olla warnen, sondern sich auch für den Weihnachtstisch empfehlen und in seltener Klimax von Prima, Extra Primissima zu Silberglanz, ja Luxus entfalten darf, während Olla wortkarg für sich selbst spricht. Mit Spannung harrt Ihr treuer Leser des Ausgangs dieses Zwistes, der seit den Montecchi und Capuletti, die gleichfalls mit Liebeshändeln zu tun hatten, nicht seinesgleichen hat. (Wir hören Sie sagen, daß Sie unsere Sorgen haben möchten, wir jedoch würden wünschen, daß die Prager Intelligenz so aufmerksam und verständnisvoll die Fackel läse wie wir das Prager Tagblatt.)
Was uns hauptsächlich angeregt hat, Ihnen zu schreiben, ist das Beispiel der Jugend, die – soweit sie nicht von Ihren beiden Hauptinserenten im Keime erstickt wird – schon so entwickelt ist, sich der bewährten redaktionellen Rubrik zu bedienen, und zwar, um sich über den Klassenvorstand zu beklagen, der ihr die Strafe des Karzers auferlegte, weil sie einen Lehrer ausgelacht hat, ein Betragen, daß sie selbst mit überlegener Nachsicht als »Büberei« entschuldigt und mit psychologischer Erfahrung als »Reflexbewegung« deutet. So sehr wir nun, wieder entgegen der ›Reichspost‹, für jene Schutzmittel sind, die unter der diskreten Chiffre »Gum..?« die Erfahrung, daß es keine Kinder mehr gibt, zu garantieren scheinen, so dünkt uns doch nichts hoffnungsloser und nichts charakteristischer für das Zeitalter, in dem das Prager Tagblatt erscheint, als die Beschwerde, die Brünner Untergymnasiasten bei der Zeitung über die Schule vorbringen und die offenbar das Zeugnis der Befähigung bildet, demnächst auch an den andern Rubriken mitzuarbeiten. Wir vermuten, daß der Illustrationswitz, den Sie gebracht haben: »Hier stelle ich dir meine Tante vor, sie ist stocktaub und außerdem eine blöde Kuh« bereits einer Feder dieses redaktionellen Nachwuchses entstammt, wobei wir

überzeugt sind, daß auch viele erwachsene Leser dem Bonmot – aus Büberei oder Reflexbewegung – Geschmack abgewonnen haben, ja, daß in mancher Prager Familie, die eine taube Tante hat, die Gelegenheit zu dem Scherz, der sie unmöglich verletzen kann, fortan benützt wird. Wir hätten noch viel auf dem Herzen, was wir Ihnen in Anbetracht des Umstandes, daß Sie Prag als die Metropole der mitteleuropäischen Kultur bezeichnet haben, deren deutsche Belange doch Ihnen anvertraut sind, gern gesagt hätten, wenn wir nicht fürchten müßten, Sie durch eine umfangreiche Nummer der Fackel zu ermüden, die in Prag noch früher als in Wien zu lesen ist. Vor allem hätte es uns Spaß gemacht, Ihnen über die Moskauer Eindrücke Ihres Herrn Max Brod zu berichten, dem dortselbst von eingeweihter Seite versichert wurde, daß es aufwärts geht, just in den Tagen, wo für einen getöteten Gewalthaber hundertzwanzig junge Menschen hingerichtet wurden, was natürlich für Ihren Spezialgegner der Todesstrafe nicht in Betracht kommen kann, da ja in Österreich im Zusammenhang mit zwei Bürgerkriegen dreiundzwanzig Hinrichtungen vollzogen wurden, die Sie zu äußerst strengen Titeln bewogen haben, während wieder Kerkerstrafen Sie zu ironischen Hinweisen auf eine Konnivenz gegen die Nazi stimmten. Immerhin könnten Sie Herrn Brod, der ja schon einmal ein Shakespearesches Lustspiel verwechselt hat, darauf aufmerksam machen, daß das Stück, dessen textgetreue und unverkürzte russische Aufführung er begeistert kontrolliert haben will, »Was ihr wollt« heißt und nicht den für eine angeschaffte Propaganda passenden Titel führt: »Wie es euch gefällt.« Außerdem möchten wir Sie bitten, dem Herrn Kollegen auf die Finger zu schauen, der offenbar aus Pietät für Harden der Setzmaschine, die sich für die Wiener Auflage tummeln muß, Schwierigkeiten à la »Hilfkraft« und »Geburttag« gewohnheitmäßig zumutet. In der Tagespresse, von der man doch, in Prag wie in Wien, jede Schmockerei hinnimmt, müssen eigenbrötlerische Schmonzes solcher Art, mag sie auch auf eine Jean Paul'sche Schrulle zurückgehen, den abgehärtetsten Leser verstimmen. Dieser Brauch, an dem nur eine einzige Hilfkraft Ihres Blattes festzuhalten scheint, zeigt übrigens, wie wenig Einfluß das Wirken der Fackel, deren Herausgeber Ihnen doch sagen sollte, wie man ein Blatt macht, auf dieses zu nehmen vermocht hat, obwohl Sie sogar öffentlich das Gegenteil versichert haben.

Wir möchten aber noch eine letzte Probe auf die Bewährung unseres Könnens anstellen und bringen Ihnen einen Herzenswunsch des Herausgebers der Fackel vor. Was ihn als ständigen Leser Ihres Blattes am meisten stört, ist, wie nicht anders zu erwarten, eine Kleinigkeit. Sie pflegen nämlich, wie alle Ihre Landsleute, den Monat Februar »Feber« zu nennen und da dieser nebst dem Juli der tragisch berufenste Monat des verflossenen Jahres ist, so können Sie sich oft in einer einzigen Notiz nicht enthalten, zehnmal hintereinander »Feber« zu sagen, ja Sie übersetzen jeden Ihnen aus dem deutschen Ausland mitgeteilten Februar eigens in diesen entsetzlichen »Feber«, den es selbst in Frankreich gegeben haben soll und der wie das leibhaftige Produkt nicht der Mundfaulheit, nein geradezu der Mundfäulnis wirkt. Sie glauben gar nicht, wie dieses Mißwort deutschsprechenden Einwohnern Mitteleuropas, dessen Kultur Sie doch vertreten, auf die Nerven fällt. Einfach zum Kotzen. Im letzten Augenblick nun vor Ablauf des Jänner – denn den gibt es für Januar (nicht bloß, weil er als hinweisendes Fürwort gebraucht wird) – bitten wir Sie, Ihren Lesern mit gutem Beispiel vorangehend, dem schlechten zu entsagen und sowohl im Text wie 28 mal unter dem Titel Ihres Blattes fortan nicht »Feber«, sondern den richtiggehenden Februar zu drucken. Wagen Sie es getrost! Raffen Sie sich auf! Was liegt Ihnen schon an ersparten zwei Lettern in nunmehr so reichhaltigem Text? Glauben Sie uns, das Wort ist nicht nur mieß, sondern auch falsch. Wir erbitten die kleine Reform nicht etwa deshalb, weil der Herausgeber der Fackel diesem unseligen Feber den Abfall so vieler Verehrer in Ihrer Stadt verdankt, der Gesinnungsgenossen jener, die eine Heldenschar vom Schreibtisch aus geopfert und sich selbst aus dem Staub gemacht, aber den Dreck mitgenommen haben und in einem Asyl, das ihnen körperlich gegönnt wird, verbreiten dürfen; den Verlust der Tölpel, die nie auch nur eine Letter der Fackel verstanden haben, deren Konsequenz nicht begreifen und die Menschlichkeit, die sich der heroischen Opfer jener Papierlumpen erbarmte, verkennen und schmähen. Das ist eine Angelegenheit, die wir keineswegs Ihnen vorzutragen hätten. Wir bitten Sie, von nun an Februar zu sagen, weil wir wissen, daß »Feber« ein unappetitliches Fehlwort ist und weil wir überzeugt sind, daß Sie dem Herausgeber der Fackel nicht nur die Kenntnis deutscher, sondern auch der Fremdwörter zutrauen, auf die das Deutschtum außerhalb des Dritten Reiches vielfach angewiesen ist. Beweisen Sie ihm, daß Sie ihm noch etwas von dem so oft dargetanen Respekt bewahrt haben. Er verspricht Ihnen dafür, daß er, nachsichtig für journalistische Mängel, von nun an die Freude am Datum wie am Annoncenteil Ihres Blattes den Verdruß an allem, was dazwischen ist, überwiegen lassen wird.

Mit vorzüglicher Hochachtung
Der Verlag der Fackel

Prag II, 1. Februar 1935.

An den

Verlag »Die Fackel«

Wien.

Wir bestätigen den Empfang Ihres Schreibens vom 29. v. M., das wir mit großem Interesse gelesen haben. Eine Veröffentlichung kommt wohl nicht in Betracht, doch danken wir Ihnen jedenfalls für die Hinweise, welche in Ihrem Schreiben enthalten sind.

Indem wir der Ordnung halber noch bemerken, daß alle Ausgaben des »Prager Tagblatt« seit dem 1. April 1933 in Deutschland verboten sind, bitten wir, dem Herausgeber der »Fackel« den Ausdruck unseres unveränderlichen Respekts zu übermitteln.

Hochachtungsvoll

Prager Tagblatt

– –

Das nachfolgende Verzeichnis führt die Erstdrucke der in diesem Band vereinigten Artikel in chronologischer Folge auf. Ergänzend wird auf den engeren oder weiteren Kontext der Publikation (bisweilen unter Mitteilung zugehöriger Stücke) verwiesen.

1929

Im dreissigsten Kriegsjahr F 800-805, 1-45
Am Schluß des Heftes: *Aus Redaktion und Irrenhaus oder Eine Riesenblamage des Karl Kraus.* Man vergleiche die Ansprache *Zweihundert Vorlesungen und das geistige Wien* in Band 16 sowie die Versreden *Nach zwanzig Jahren* und *Nach dreißig Jahren* in Band 9.

Der grösste Feigling im ganzen Land F 806-809, 32-42
In der Mitte des Heftes. – Auf der Rückseite des »Vorabdrucks« vom März 1929 (der zunächst wohl als »Sonderheft« der *Fackel* erscheinen sollte) hat Karl Kraus eine Liste der »Zur Materie Kerr« bisher veröffentlichten Schriften zusammengestellt, die hier nach dem Muster der »Aufstellung« zur Kampagne gegen Bekessy (Band 17, 393 f.) wiedergegeben wird:

1926	April	Kerr in Paris	
	Oktober	Ein Friedmensch	*
1928	Juni	Wer glaubt ihm?	
	September	Der größte Schuft im ganzen Land...	
	Dezember	Der größte Schriftsteller im ganzen Land	

Es folgen:

1929	Mai	Der größte Feigling im ganzen Land	*
1930	Mai	Befriedung	*

Die markierten Artikel sind in der vorliegenden Ausgabe enthalten. Auf dem Programmzettel der Vorlesung vom 17. Februar 1929 (V 484), deren erster Teil Peter Altenberg gewidmet war und an deren Schluß *Der größte Feigling im ganzen Land* erstmals vorgetragen worden ist, die Notiz (F 806-809, 16):

> Zur Vermeidung von Mißverständnissen sei gleich gesagt, daß der Alfred Kerr gemeint ist.

Dazu die »Vorbemerkung« (ebenda):

> Der Umstand, daß man es gewagt hat, auch den Alfred Kerr in Verbindung mit dem Andenken Peter Altenbergs zu bringen, macht das Folgende zugleich zum Akt der Entsühnung.

Dem Vortrag am 27. Mai 1929 in Prag (V 502) war diese »Vorbemerkung« vorangestellt (F 811-819, 43):

> Jetzt liest man oft den Titel: »Eine Enthüllung Alfred Kerrs«. Was ist das für ein interessanter Genitiv? Die in Deutschland mögliche Tatsache, daß der Alfred Kerr enthüllen kann, das Subjekt einer Enthüllung vorstellen kann, veranlaßt mich, die folgende in Wien und München gesprochene Rede auch hier zu sprechen.

Man vergleiche dazu auch die Glosse *Kerrs Enthüllung* (F 811-819, 129-132).

Vom Zörgiebel F 811-819, 1-20

Am Schluß des Heftes: *Demokratisierung und Isolierung*. Beide Artikel führen die im Verlauf der Kampagnen gegen Bekessy und Schober eröffnete Auseinandersetzung mit der Sozialdemokratie fort. Man vergleiche in diesem Band auch *Hüben und Drüben*. In Berlin am 30. Oktober (V 519) und am 1. Dezember 1929 (V 530) gesprochen mit dieser »Vorbemerkung« (F 827-833, 70):

> Aus meiner Rede »Vom Zörgiebel«, gesprochen in Wien am 14. Juni, am Vorabend der 60jahrfeier der Wiener Polizeidirektion, während in den Saal die Marschmusik der in die Kaserne rückkehrenden Polizeitruppen tönte. Sechzig Jahre sind es auch, daß Offenbach seine »Briganten« komponiert hat. Mit der Figur des Bramarbasso Connivente.

Die Hundspeitsche! F 811-819, 49-58

Im Heft spiegelsymmetrisch auf den gleichfalls pressekritischen Artikel *Sprachlehre* bezogen (S 7, 266-270; 384-393; 233-242).

Die Freundlich-Ernsten F 820-826, 108-111

Man vergleiche den Artikel *Genua* vom Juli 1922 in Band 16.

1930

Befriedung F 834-837, 1-11

Am Schluß des Heftes: das Gedicht *Schweres Rätsel, leicht zu lösen* (S 9, 577). Motivisch knüpft das Schlußstück der Kampagne gegen Alfred Kerr an den Artikel *Befriedung durch Lippowitz* vom Oktober 1929 an (F 820-826, 2-14). – In der *Fackel* noch diese »Nachschrift« (11):

> Die Rechnung stimmt. Mit 20.000 Mark hat, wie mir nachträglich einfiel, der Dichter beim Berliner Zivilgericht den Wert des Streitgegenstands angegeben, als er die einstweilige Verfügung erlangte, durch die er dem Abdruck der Kriegsgedichte verbeugen wollte.

Briefwechsel mit der »Literarischen Welt« F 838-844, 13-39

Im Heft ohne sprechendes Gegenstück (*Notizen*). Man vergleiche die Briefwechsel *Eine Berichtigung und ihre Folgen* in Band 16 und *Vorne Sittlichkeit, hinten Kriminalität* in Band 17 sowie zur Sache die späteren Glossen und Notizen *Aus einer freudlosen Gasse* (F 852-856, 85 f.), *Zugegriffen* (F 876-884, 63 f.) und *Die literarische Welt* (F 885-887, 31 f.).

Der Wiener F 838-844, 42-45
Im Heft das Gegenstück zu *Österreichische Revolution*, zugleich ein Vorspiel zu der Glossen-Reihe *Kanonade auf Spatzen* in der Mitte des Heftes.

Mein Vaterland F 838-844, 134-137
Im Heft das Gegenstück zu dem Artikel *Transzendentales bei Lippowitz* (mit Zitaten aus dem *Neuen Wiener Journal*). Man vergleiche die Zitat-Montagen *Die Welt nach dem Krieg* in Band 16 und *Das Land, dem anzugehören man die Ehre hat* in Band 17. Ähnliche Dokumentationen finden sich mehrfach auch schon in den früheren Essay-Büchern (zumal: *Weltgericht*, S 5 und 6).

Zur Situation F 845-846, 1-6
Adolf Loos 21
Timons Mahl 30-36
Die drei Artikel füllen – mit zwei Gruppen von *Notizen* – das ganze Heft. Man vergleiche zu *Zur Situation* die Eröffnungsreden *Ansprache im griechischen Theater* in Band 17 und *Vorspruch und Nachruf* in diesem Band; zu *Adolf Loos* die Rede am Grab (S. 199 f.); zu *Timons Mahl* den Artikel *Timons eigene Schrift* von Anfang 1932 (F 868-872, 101-104).
Das besonders in *Timons Mahl* behandelte Problem der »Eigenen Schriften« hat Karl Kraus mit ähnlicher Intransigenz bereits auf dem Programmzettel der Wiener Vorlesung vom 11. Juni 1930 (V 571), die dem Vortrag von Offenbachs *Madame l'Archiduc* gewidmet war, erörtert (F 838-844, 133):

Betreffend Shakespeare- und andere Vorlesungen

»Wer möchte wegbleiben, der die Wohltat des Zutritts genießen darf?« Mit dem Zuruf eines der drei Edelmänner im »Wintermärchen« an den Pöbel dieser Zeit und insbesondere dieser Stadt ist zugleich die Frage gestellt und der Weg gewiesen, wie künftig denjenigen, die hören können und wollen, das Erlebnis Shakespeares im Theater der Dichtung und damit auch aller anderen Vorträge bewahrt werden könnte. Denn man glaube doch ja nicht, daß der Vortragende gesonnen wäre, einem heruntergekommenen Fassungsvermögen und dem depravierten Geschmack eines Publikums, dem der Fußball in das Hirn getroffen hat, die stoffliche Auswahl in Kunstdingen zu überlassen und etwa dieses Wunder von einem »Wintermärchen« zu opfern, weil eine Glosse über den Concordiaball noch immer mehr interessiert. Eine Dichtung als Perdita auszusetzen und sich dafür vom Troglodyten auffressen zu lassen – das wird nicht geschehen, ohne daß anderes unterlassen wird! Nur die Fortschaffung nach Böhmen und in andere wirtliche Gegenden wird vollzogen werden, wo eine größere Empfänglichkeit, mit allem Hang zu den »eigenen Schriften«, auf die Kunstwerte wartet, die heute nur vom Theater der Dichtung zu empfangen sind. Hier soll einmal gelten, daß, wer das Große nicht ehrt, das Kleinere nicht wert ist. Um der treuen Schar von Wiener Hörern, die in den immer größeren Pausen immer wieder ihr Begehren äußern und die sich nicht über Untreue, nur über den Zwang der Umstände einer geistig verschrumpfenden Landschaft beklagen sollen, die Vorlesungen zu erhalten, werden diese als solche, die aus eigenen Schriften und die Offenbachs, künftig von dem Zuspruch abhängig gemacht werden, den Shakespeare und Goethe finden. Der erste solcher Vorträge wird deshalb im Wege der Subskription veranstaltet werden. Ist deren Ergebnis ein solches, das die Stadt mehr als den zu beschämen hat, der für den höchsten Wert menschlichen Geistes einsteht, so wird, mit allem Bedauern für die wenigen, die den Abscheu vor zeitlichen und örtlichen Dingen teilen, den Schlußpunkt eine Vorlesung von Shakespeares »Timon« bilden, in der verkürzten Fassung, die mit dem Gastmahl endet.

Zu der als Vorlesung aus »Eigenen Schriften« angekündigten Veranstaltung vom 16. November 1930 in Wien, die nach der »Ansprache« *Timons Mahl* dann aber Shakespeares *Timon von Athen* bot, hat Karl Kraus im selben Heft bemerkt (18):

Der Akt einer Saaljustiz vollzog sich mit exaktem Gelingen. Mag der Umstand, daß sich nach der Ansprache auch nicht ein Hörer aus dem übervollen Saal entfernte, dem psychologischen Zwang zuzuschreiben sein, so besteht der Erfolg sicherlich darin, daß es auch in der Pause nach drei Akten »Timon« kein Entrinnen gab. Gleichwohl wurde der Erwägung, daß doch zahlreiche Hörer erschienen waren, die einer Einladung zu Timons Mahl nie gefolgt wären und die ihm weiß Gott so unerwünscht sind wie er ihnen, buchstäblich Rechnung getragen und der Teil des Ertrages, der einer Schätzung zufolge ihnen verdankt wurde – mochten sie sich auch nach dem Vortrag keineswegs verkürzt fühlen, ja vielleicht gar für Shakespeare gewonnen sein –, Unterstützungszwecken zugewendet. Die eigentliche Ehrenrettung Shakespeares wurde am 14. Dezember vor einer Überfülle begeisterter Jugend an eben demselben beglückenden »Wintermärchen« vollzogen, dem ein erwachsenes Wiener Publikum entsagt hatte, wiewohl doch eine einzige Szene daraus und ihre Darstellung wertvoller sind als alles, was die Direktion Wildgans auf Lebenszeit bieten könnte.

Ebenda (19) die »Vorrede« zur Breslauer Vorlesung vom 3. Dezember 1930 (V 474; Offenbach: *Die Schwätzerin von Saragossa*):

Ich habe kürzlich in Wien die Erwartung der sogenannten »Eigenen Schriften« betrogen, indem ich falschen Anhängern das Gastmahl des Timon vorsetzte. Ich will diese Erwartung überall enttäuschen, sei es, daß ich von mir zu Shakespeare übergehe, um die Jammerhaftigkeit der Gegenwart in heroischeren Dimensionen bildhaft zu machen, sei es, daß ich, Autor der »Letzten Tage der Menschheit«, in den erlösenden Geistesrausch Offenbachs flüchte, den Kommisverstand zurücklassend, der das verzauberte Wort als »albern« agnoszieren mag, mich tröstend, daß ich zur Not auch so intelligent sein könnte wie die Vossische Zeitung. Um aber dem Kommisverstand, der ja überall in der Welt vertreten sein dürfte, doch etwas aus Eigenen Schriften zu bieten, zitiere ich aus der Wiener Rede zum »Timon« Sätze, die meinen Widerwillen gegen die Zeit- und Raumnähe des Ungeistes bekunden: – – –

1931

Die nationale Ehre F 857-863, 1-4
Zu der Tragödie Friedrich Austerlitz 129-132

Der Anfangs- und der Schlußartikel des Heftes. – Der Nachruf auf Austerlitz ist Gegenstand einer im folgenden Heft mitgeteilten Korrespondenz (F 864-867, 19 f.):

Wien, 6. August 1931

An den

Verlag der Fackel

Wien

»Zu der Tragödie Friedrich Austerlitz« ist wohl nur für besonders Eingeweihte bestimmt. Für solche Leser, welche nur »ahnen« können, sind die Ausführungen nur halb verständlich.

– –

7. September 1931

Sehr geehrter Herr!

Wir gelangen erst heute dazu, den Empfang Ihres Schreibens vom 6. August zu bestätigen, dessen Absicht uns leider so wenig verständlich ist wie Ihnen die »Ausführungen«, von denen Sie sprechen. Eine eigentliche Antwort wäre uns weder möglich, wenn Ihr Schreiben eine Beschwerde oder einen Tadel, noch wenn es eine Anfrage oder das Ersuchen um einen Kommentar bezwecken sollte. Im ersten Fall wäre der Leser auf sein Recht zu verweisen, einer Lektüre, die ihn nicht befriedigt, künftig zu entsagen. Im zweiten Fall auf die gewiß verständliche prinzipielle Unmöglichkeit, seinen Wunsch erfüllt zu sehen. Wir möchten Sie nur im Allgemeinen dahin aufklären, daß jedes in der Fackel gedruckte Wort ein Verständnis anspricht und befriedigt, das jeweils die Kenntnis einer vorangegangenen zeitgeschichtlichen Darstellung oder Polemik mitbringt; ohne diese Voraussetzung muß jedes in der Fackel gedruckte Wort unverständlich oder mißverständlich bleiben. Wenn wir dies sagen, beschränken wir freilich das Verständnis auf den Anspruch einer rein stofflichen, informatorischen, journalistischen Erfassung des Inhalts, also auf ein Bedürfnis, das den Autor der Fackel sehr wenig angeht. Sollten Sie nun aber meinen, daß die »Ausführungen« auch für den ständigen Leser und Kenner des Zusammenhangs oder für den, der einen Gedanken jenseits des informatorischen Moments zu erfassen vermag, unverständlich seien, so wären Sie im Irrtum. Denn diese Leser haben durchaus die Absicht verstanden (und das Gelingen gewürdigt), solchen Anschauungen, die in einem bestimmten Zeitpunkt eben nicht mit der Deutlichkeit einer Information ausdrückbar sind, den entsprechenden Ausdruck zu geben. Daß etwas, was in der Fackel steht, »nur für besonders Eingeweihte bestimmt« sein könnte, ist eine falsche Meinung. Eingeweiht sind sämtliche Leser der Fackel, die als Zeugen eines jahrelangen Kampfes die schonungsvolle Behandlung eines tragischen Opfers der Parteireligion verstanden hatten und die nun auch verstanden haben, daß der Ausdruck unsäglicher Dinge, auf die vor einer Bahre hingewiesen wird, nicht die Enthüllung sein kann, sondern daß er eben noch dem Unsäglichen gerecht wird. Wenn Sie, solcher Absicht verschlossen, mehr darüber zu erfahren wünschen, so müßten Sie sich vorläufig an die Redaktion der Arbeiter-Zeitung wenden, die es Ihnen aber gleichfalls nicht sagen dürfte.

Wir zeichnen – ohne die Formlosigkeit Ihres Schreibens vergelten zu wollen –

mit vorzüglicher Hochachtung
Der Verlag der Fackel

1932

»An der Schwelle des Goethe-Jahres« F 868-872, 1-5

Am Schluß des Heftes: *Timons eigene Schrift*, wo am Ende wiederum von jener »Gesellschaft« die Rede ist (104),

die mit der ausschließlichen Kenntnis eines einzigen Goetheworts und ohne jede Kenntnis der Worte, mit denen Goethe sein Grauen vor ihr bekundet hat, die Stirn aufbringt, ihn zu feiern!

Auf dem Programmzettel zur Wiener Vorlesung vom 6. Februar 1932 (V 613; F 868-872, 65-67):

Motivenbericht zu dem
(in Berlin am 11. Januar gehaltenen)
Vortrag »An der Schwelle des Goethe-Jahres«

Der Deutsche feiert Goethe

Götz von Berlichingen. Dieses sinnige Thema haben sich die »Argonauten« für ihr Faschingsfest im Goethejahr ausgedacht. Diese Argonauten haben weder einen Ehrenausschuß noch ein Festprogramm aufgestellt, denn sie sind nur von dem einen Ehrgeiz besessen, auch ihre schüchternsten und fremdesten Besucher in Schwung zu bringen. Heuer haben sie sich dazu den Anbahnungs-Automaten ausgedacht, der Damen und Herren, die Anschluß suchen, mit automatischer Sicherheit zusammenführt. Wie? das eröffnet Ihnen der Freitag vor Faschingsdienstag (5. Februar) im Cherubin. Nähere Auskünfte erteilt die Geschäftsstelle der »Argonauten«, Buchhändler Severing, München, Maximilianstraße 2 (Tel. Nr. 21 379). Karten im Vorverkauf bei Severing & Güldner, Hieber, Kaiser, Steinicke, Wallach. Studentenkarten bei dem Universitäts-Asta und an der Technischen Hochschule.

Der Österreicher feiert Goethe

... Auch Ritter Götz von Berlichingen war in Vertretung seines immer gut aufgelegten Blattes in voller Waffenrüstung hoch zu Roß erschienen, ohne sein Zitat zu gebrauchen, der Mistbauer läutete, daß man es gassenweit hörte, und auch der Erfinder der telephonischen »Zeitzählung« bekam in allen Faschingsehren seinen Teil. Der Festzug, der sicher mehr als zweihunderttausend Menschen auf die Beine gebracht hatte, verlief ohne nennenswerten Zwischenfall. Die Rettungsgesellschaft hatte nur in wenigen Fällen leichten Unwohlseins zu intervenieren.

*

An der Schwelle

Eine schwierige Bedingung für die Ausführung des Götz-Zitats.
Originalbericht des »Neuen Wiener Journals«.

Als Frau Johanna M. eines Tages die Stiege ihres Wohnhauses hinabging, kam gerade ihre vielgeliebte Nachbarin Anna W. herauf. »G'scherter Trampl«, grüßte Frau Anna W., »blödes Mensch« und fügte noch das Götz-Zitat in seiner populärsten Fassung hinzu. Frau Johanna verschlug es durchaus nicht die Rede. In ebenso derber, nicht wiederzugebender Art gab sie ihre Bedingung für die Durchführung der Aufforderung der Frau Anna bekannt. Ins Hochdeutsche und Zimmerreine übersetzt, besagte diese Bedingung nicht mehr und nicht weniger, als daß Frau Anna vorher den in Betracht kommenden, durch Goethe zur Literaturfähigkeit gelangten Teil ihrer Persönlichkeit mindestens acht Tage lang in die große Donau halten müßte. – –

*

Der Kontakt

Ein interessantes Regie-
experiment Direktor Röbbelings.

Wie berichtet, plant Direktor Röbbeling, anläßlich der Goethe-Feier des Burgtheaters »Götz von Berlichingen« neueinstudiert herauszubringen. Direktor Röbbeling hat die Absicht geäußert, den »Götz« selbst zu inszenieren. Dabei will er ein interessantes Regieexperiment durchführen, indem er einen Teil der Handlung in den Zuschauerraum zu verlegen gedenkt, um derart den Kontakt zwischen Publikum und Stück inniger zu gestalten.

Hüben und Drüben F 876-884, 1-31

Am Schluß des Heftes, aber in kleinerer Schrift: die grammatische Untersuchung *Subjekt und Prädikat* (S 7, 394-441).

Zum Vortrag des Artikels am 29. September 1932 (V 624; vgl. Abb. 6) ist in der *Fackel* bemerkt (F 885-887, 11):

Auf dem Programm die Glosse aus Nr. 876-884 »Was die Sozialdemokratie auf ihre Fahnen geschrieben hat«. Dazu die Randbemerkung:

Die Plakatierung dieser Glosse wurde von der »Wipag« unter Hinweis auf eine geschäftliche Verbindung mit den genannten Firmen (gegen die sie nicht kämpft) abgelehnt. Dieser Teil des Plakats mußte überklebt werden.

Nachtrag: So war es nicht, sondern die Zensur der Plakatierungsanstalt hat die Stelle sorgfältig herausgeschnitten.

Sakrileg an George oder Sühne an Shakespeare? F 885-887, 45-51

Der Schlußartikel des Heftes; am Beginn: *Die Sprache* (S 7, 371-373). Der Artikel wird hier ohne den (auch typographisch selbständigen) zweiten Teil

wiedergegeben: die »Gegenüberstellung« von Georges und Kraus' Übersetzungen einiger Shakespeare-Sonette (52-64).
Man vergleiche zum Thema die Bemerkungen im *Rechenschaftsbericht* von 1928 (F 795-799, 1-5) und in der Versrede *Nach dreißig Jahren* von 1929 (S 9, 632-634). – Der Buchausgabe von Kraus' »Nachdichtung« der Sonette Shakespeares (erschienen am 1. März 1933) waren dann auf einem Einlageblatt die folgenden Bemerkungen beigefügt (auch: F 909-911, 19):

SHAKESPEARES SONETTE
Nachdichtung von Karl Kraus

Shakespeares Sonette liegen deutschen Lesern in zahllosen Versuchen einer philologischen Verdeutschung vor, die, mit der notdürftigen, durch die Verschiedenheit der Sprachnaturen beeinträchtigten Übernahme des Wortbestands, kaum immer dem äußern Sinn, niemals dem gedanklichen Inhalt und dichterischen Wert nahekam. Fast ebenso häufig sind die Versuche von Nachdichtern, die mit Verzicht auf eine Worttreue, deren Erstrebung allein schon eine Gewähr dichterischer Unzulänglichkeit bedeutet, aber mit deren vollem Einsatz aus eigenen schöpferischen Mitteln, eine Herabsetzung Shakespeareschen Fühlens und Denkens auf das Niveau der Mittelmäßigkeit erreicht haben. Einen Sonderfall aus doppeltem Antrieb bildet das Experiment Stefan Georges: durch eine Vergewaltigung zweier Sprachen, der des Originals und derjenigen, die die Übersetzung erraten läßt, eine Einheit des dichterischen wie des philologischen Mißlingens zu erzielen.
Die nunmehr entstandene Nachdichtung der 154 Sonette erscheint mit dem Anspruch auf das Urteil, daß eine – in ihrer Großartigkeit wie in ihren Schwächen – bisher unerschlossene Partie der Shakespeareschen Schöpfung der deutschen Sprache und der deutschen Dichtung gewonnen ist.

1933

ADOLF LOOS F 888, 1-3

Die Rede – in größerer Schrift und lichterem Druck – füllt zusammen mit dem Gedicht *Man frage nicht* (S 9, 639) das ganze Heft. Es ist das schmalste von allen Heften der *Fackel* und außerdem das einzige ihres XXXV. Jahrgangs.
Die wohl schon im September 1933 erschienene Separat-Ausgabe der Rede enthält ferner die bereits 1930 in *Adolf Loos* (S. 145) zitierte Photographie

sowie den Vermerk: »Der Ertrag ist dem Fonds zur Errichtung eines Grabsteines gewidmet.«
Man vergleiche die Rede am Grab von Georg Jahoda in Band 17 und im vorliegenden Band den Nachruf auf Engelbert Dollfuß (S. 355-358).

1934

Warum die Fackel nicht erscheint F 890-905, 1-169
Der erste Teil des Heftes vom Juli 1934. Es sollte ursprünglich schon im Frühjahr erscheinen und nur diesen Artikel enthalten. Nachdem der Ausbruch des Bürgerkriegs am 12. Februar 1934 die Drucklegung des bereits fertigen Heftes verhindert hatte, ist zunächst eine Stellungnahme zu den Ereignissen der jüngsten Zeit (in Gestalt eines fast ebenso langen Briefs des Herausgebers an den Verlag, 170-313) und schließlich, nach dem ›Röhm-Putsch‹ vom Juni 1934, ein kurzer Epilog (*Ad Spectatores*, 314-315; vgl. S 12, 350f.) hinzugekommen.
Die »Anfang Januar bis 12. Februar 1934« entstandene (und bis zum Juli nur noch geringfügig retouchierte) Schrift erklärt den Verzicht auf die Publikation der *Dritten Walpurgisnacht* – also jenes von »Anfang Mai bis September 1933« abgefaßten und größtenteils bereits in Satz gegangenen *Fackel*-Hefts, das auf 400 Seiten (Nr. 888-907) Aufschluß geben sollte über die Lage des »Zeitpolemikers« gegenüber dem »Umsturz« der Hitlerschen ›Machtergreifung‹ (S 12, 12f.) und aus dem die »Erklärung« vom Frühjahr 1934 nun wenigstens einige »Partien« (S. 338) zitiert. – Das Nähere ist dem Anhang zur Neuausgabe der *Dritten Walpurgisnacht* (S 12, 329-389) zu entnehmen.
Der zweite Teil der *Fackel* vom Juli 1934 (der nur eine weitere Stelle aus der *Dritten Walpurgisnacht* zitiert) beginnt mit diesen Sätzen (170f.):

April bis Anfang Juli 1934

An den Verlag der Fackel

Ich spreche Ihnen für die von mir aufgewandte Mühe meinen Dank aus, und insbesondere für die Knappheit, mit der es Ihnen gelungen ist, den Nichtangriffspakt, den ich mit Hitler abgeschlossen habe, zu enthüllen; ich hatte gefürchtet, daß Ihre Darstellung des Selbstverständlichen einen noch größeren Umfang erfordern würde als die Gestaltung des Unmöglichen, in die ich mich eingelassen hatte. Die Abgabe meines Dankes müßte aber nicht auf publizistischem Wege erfolgen, wenn nicht die Ereignisse, die das Erscheinen Ihrer Darstellung aufgeschoben haben, zugleich den Vorsatz, dem eigenen Wort zu entsagen, aufgehoben und mich gezwungen hätten, es zu ergreifen und wenigstens an Sie zu richten. Die Tragödie, die inzwischen eingetreten ist, erfordert ein Nachwort, das — im Gegensatz zu dem nun seherisch wirkenden Vorwort — sich der mir so gelegenen Kunstform Ihrer Vermittlung leider entzieht. Wenn ich aber noch immer nicht, und nun vollends nicht, imstande bin, zu einer Öffentlichkeit zu sprechen, deren Denken gerade jetzt dem Selbstverständlichen widerstrebt, so muß ich doch vor dieser Öffentlichkeit sprechen, und ich halte es darum für angebracht, ihr in einen Brief an den Verlag der Fackel Einblick zu gewähren, den Sie wohl nicht als unerwünschte Zusendung betrachten werden, aber vielleicht einmal werden beantworten müssen. Das könnte der Fall sein, wenn unser Widerpart, die prinzipielle Dummheit, sich zu Zweifeln an der Echtbürtigkeit, Folgerichtigkeit, Selbstlosigkeit dessen, was hier gesagt wird, vorwagen sollte; wenn sie etwa nicht glauben wollte, daß ich so wenig nach Ehre von staatswegen ziele wie nach Erhaltung des letzten Anhängers um den Preis der Lüge. Für die Meinung als solche, deren Freiheit sie für sich verlangt, mag sie einen ächten oder totschlagen; das würde die Antwort nicht mehr herausfordern. Viele mögen schon nach dem Vorwort wanken, das sie zum Objekt einer Polemik macht, die sie begehrt haben. Nun jedoch spitzt sich das Problem zu, wie sonst nur die Kontraste, die auch nicht alle werden (wie die Verehrer). Wohl, die Form, es anzugehen, wäre die Ihre: die der Ironie; doch sie ist uns in diesem Fall versagt, wie nur jene »Perichole« als ganze, die ihre unvergleichliche Definition enthält, und es wäre höchstens tunlich, festzustellen: »Wenn ich auch nicht weiß, was Mentalität ist, so weiß ich doch, das ist Mentalität«. Ein Männerchor wird mit Fingern auf mich weisen, und ich glaube schier, daß er dem Theater der Dichtung abschwören wird, wenn er zu kapieren beginnt, daß er weder »Hüben und Drüben« noch sonst etwas von mir kapiert hat. Da bliebe nichts übrig, als bis zur Parole »Weg damit!« zurückzugehen (1926). Denn man hält es, vor solchen, die gegen sich selbst gewütet haben, mit der herzhaften Frau in jenem schönern Wintermärchen:

Es ängstet mich, daß ich euch so erregt;
Ich könnt' euch stärker noch erschüttern.

Und mit ihr empfiehlt man, nachdenklich den Ausgang zu wählen, daß jeder frag' und höre,

welche Rolle
Wir in dem weiten Raum der Zeit gespielt.

Der Satiriker F 912-915, 1-3
Vorspruch und Nachruf 69-72

Der Anfangs- und der Schlußartikel des Heftes. Zu der Zitaten-Reihe (die gutenteils auf eine Mitteilung von Werner Kraft zurückgeht) vergleiche man den Artikel *Die Presse* in Band 17. Die Rede der Erichtho aus Goethes *Klassischer Walpurgisnacht*, der die Verse am Beginn des Nachrufs entnommen sind, wird bereits im Motto der *Dritten Walpurgisnacht* zitiert (S 12, 9; im vorliegenden Band: S. 269); das Keller-Gedicht am Schluß steht mit zwei anderen unter dem Titel *Zeitgemäßes von Gottfried Keller* schon 1926 am Schluß eines *Fackel*-Hefts (F 735-742, 157-160).

Vorspruch und Nachruf wird auf dem Programmzettel und in der Programmnotiz (F 909-911, 3) zur *Macbeth*-Vorlesung vom 19. November 1934 (V 672), der ersten Wiener Vorlesung nach anderthalb Jahren, unter dem Titel *Vorspruch* geführt. (Ebenda der Vermerk: »Abdruck in einem späteren Heft«.) Auf diese Vorlesung bezieht sich die folgende *Erklärung* (F 916, 7-10) – veröffentlicht im Hinblick auf »die letzte öffentliche Vorlesung« am 11. November 1935 (V 689; Offenbach: *Die Kreolin*):

Erklärung

Nicht leicht trägt man an der Zeitgenossenschaft mit den führenden Geistern des kulturellen und politischen Lebens und mit deren Gläubigen. Ganz so schwer wie sie dem Autor der Fackel wird, fällt dem Vortragenden, der längst nicht die Gestaltung dieses Widerstrebens, wohl aber die Gabe des Theaters der Dichtung bietet, die Raumgenossenschaft mit Individuen, die ihre geistige Bedürftigkeit, welche sie durch politische Verderbnis kaum mehr empfinden, in Schnödigkeit gegen denjenigen umgesetzt haben, der sie entschädigen wollte und niemals den Erfolg ihres Dankes begehrt hat. Sie haben von jenem Juli 1934-Heft, durch das sie sich vors Brett gestoßen fühlten – denn sie dachten sich den Autor der Fackel als Kämpfer für Parlamentarismus und Preßfreiheit –, so wenig ein Jota verstanden wie von allem vorher Gelesenen, und am wenigsten die so deutlich ausgesprochene Meinung, daß »eine Saaltür der Ausweg aus dem Dilemma« sei.

Wenn nun nebst fernerer Verehrung der Besuch von Trotzbuben für unerwünscht erklärt und jedem Mißverständnis noch durch die Art der Veranstaltung des ersten Wiederauftretens – November 1934 – vorgebeugt wurde: wie konnte sich Trotzbüberei besser bewähren als durch die Lust, mit der treugebliebenen Halbscheit halbschlächtigen Wesens

sich den geschätzten Sprecher Shakespeares anzuhören? Daß in ihm sich die Trennung der Sphäre Macbeths von der der »eigenen Schriften« keineswegs vollzogen habe, ja daß er unter dem Titel »Vorspruch« ihnen mit etwas von dem kommen würde, was sie einst gewünscht hatten und nun verwünschten, darauf konnten sie doch nicht gefaßt sein! Durften sie, an »Widersprüche« gewöhnt, denn nicht erwarten, der Autor des Heftes, das sie trotz »Hüben und Drüben«, trotz einer zehnjährigen Betrachtung des Absurdums ihrer Partei überrascht und verwirrt hatte, werde nach dem ungeheuren Zwischenerlebnis wiederauftreten und, ohne daran zu rühren, ihnen etwas vorlesen? Keinesfalls doch, daß er es über sich brächte, das erste Wort dem Andenken des Märtyrers zu widmen, der für das Leben solcher gefallen ist, deren papiernes Denken Menschenopfer unerhört gefordert hatte. Welche Gesinnungslosigkeit von einem, der die intelligente Dummheit mit Widersprüchen verwöhnt hat, dem Toten etwas von der Ehre zu bieten, die er eben erst auf hundert Seiten dem Lebenden erwies? Er hatte es als schön empfunden, »eines Abends zu erwachen und sich unberühmt zu finden«; schön, mit den Hörern befreit zu sein »von solchen, in deren Brust zwei Parteien wohnen«. Verstanden sie es denn? Auch nur eine Letter von der Ablehnung »einer Gemeinschaft des Lesens und des Hörens« mit solchen, »die die Welt außerhalb des Geistes nicht in ihrer Sprengkörperlichkeit erkennen; die sich, was sie lesen oder schreiben, erst vorstellen, wenn sie es erleben; und die erwartet haben, daß ich dem Nothelfer eines Staates entgegentreten werde, in dessen Gebiet einem Invaliden beim Öffnen eines Pakets die Hände weggerissen wurden«! Nun, da der Helfer selbst von diesem Grauen hingerafft war, täuschte ich die Erwartung, daß ich von seinem Leben und Sterben schweigen würde.
Die Hörerschaft erhob sich, den Vortragenden, den sie fast zwei Jahre dieser Höllenzeit nicht gesehen hatte, zu begrüßen. Es war ihm erwünscht: in der Minute angstvoller Vorstellung, solche, die sich trotz allem nicht davongejagt fühlten, könnten es sich leisten, das Gedenkwort, welches thematisch zur Macbeth-Handlung überleitete, aber doch eben der Pietät für Banquos Geist galt, als Vortragsstück sitzend über sich ergehen zu lassen. »Ich bitte Sie, stehen zu bleiben«, rief ich dem Publikum zu, das sich nach der Begrüßung niederließ, »Ihre Ehrerbietung gelte keinem noch Lebenden!«
Hält es der Rest einer gesitteten Menschheit für möglich, daß sich hier ein Gefühl des »Zwanges« regen konnte, welches sich nebst der Empörung über das Gehörte nachträglich mit anonymem Unflat entlud? Einer der Schurken – man ist ihm, ernsthafter als in »Perichole«, auf der Spur, und er wird dem Pranger, mag dieser auch durch deutsches Brauchtum

kompromittiert sein, nicht entgehen – hat in einem fast kunstvollen Gewebe aus Schamlosigkeit und Stupidität zum Ausdruck gebracht, daß der Vortragende sich die Huldigung wie den »Beifall« bestellt habe, als den jener die natürliche Stille im Ohr hatte, mit der das Auditorium die Totenehrung begleitet hat.

Diesem Abend verdankt der Vortragende die Erfüllung des Wunsches, den die Trotzbuben nicht verstanden oder nicht verstehen wollten, als sie ihn schwarz auf weiß hatten. Die nächsten Veranstaltungen gingen bei steigendem Verlust dieser Kundschaft vonstatten; im Verlaufe der Offenbach-Abende, schon als uns »das geniale Spottbild einer conspirazione permanente« erfreute, glaubten wir uns befreit von solchen, in deren Brust zwei Parteien wohnen. Es war insofern eine Täuschung, als sich immer wieder Meinungsexekutoren einfanden, die zwar nichts erlangen konnten, aber doch nachträglich ihr Mißgefühl anbrachten, weil etwas von dem Abscheu gegen flüchtige Führer aus der eigenen Schrift in die Zeitstrophen eingeflossen war. Eine Gegnerschaft, die an Ort und Stelle in ihre Atome zerstöbe, machte sich hinterdrein durch schlechtes Benehmen Luft.

Der Darsteller des Theaters der Dichtung, der bei der Bewältigung eines Ensembles hinlänglich durch die oft beklagten Widerstände gestört ist, die sich in einem Auditorium durch Zufall oder Mangel an akustischer Rücksicht, auf ihn wie auf den Mithörer, ergeben, ist nicht gewillt, eine Geistesgegenwart, die durch die Gegenwart von Körpern beeinträchtigt wird – schon in der Vorstellung des Dummkopfs, der nichts von ihr ahnt –, auch noch der Gehässigkeit preiszugeben, welche, durch Neugierde oder den Eindruck selbst gefesselt, sich auf ihre Art zu befreien wünscht. Er will nicht mehr angesichts solcher produzieren, die imstande sind, hinterrücks die Freiheit zu verlangen und sich zu nehmen, die sie meinen. Er weiß, daß in keiner Hörerschaft der Welt so viel geistiges Interesse und seelische Hingabe vorhanden ist wie in der seinen. Diesen Kräften, denen er nicht weniger zu danken hat als sie ihm, will er, solange die Umstände der Welt und seine physische Natur es ihm erlauben, das Theater der Dichtung nicht entziehen. Aber die, die wert sind, es zu haben, müssen das Mittel finden oder mit dem Mittel zufrieden sein, wie man sie von jenen sondert und befreit, um es ihnen zu erhalten. Darum wird dieser Vortrag, an den viel sprachliche Arbeit gewendet wurde, um ein Stück Zauberwelt zu retten, darum wird er – mindestens im gewohnten Rahmen der eigenen Veranstaltung, die den Einlaß von Fremdkörpern nicht erträgt – die letzte öffentliche Vorlesung sein. Die letzte überhaupt, wenn die Anzahl solcher, die sich um die Erhaltung von Kunstwerken bemühen werden und deren Menschenwert diese

Erhaltung wünschen läßt, nicht zureichen sollte, ihre materielle Grundlage zu sichern. Der Verzicht des einen und der wenigen wäre schmerzlich, und gleichwohl nicht das größte Opfer, das eine Zeit verlangte, die im Töten gelogen hat.

WICHTIGES VON WICHTEN F 917-922, 94-112

Der Schlußartikel im letzten Heft der *Fackel*. Am Beginn: die gegen Max Reinhardt gerichtete Personalsatire *Der ganz große Humbug*.

Wichtiges von Wichten wird am Schluß der vorangehenden mehrteiligen Notiz *Druckfehler und Wichtigeres* wie folgt annonciert (93):

> Höchst unwichtig dafür wieder, und nicht zuzusenden: Belege des Faktums, daß Prager oder Moskauer Schmöcke im Haß verharren oder zur Liebe zurückfinden (oder daß sich beides zugleich begibt). Hat man es einmal angeschaut, wird selbst solches leider wichtig. Die noch immer meinen, man habe jemals mit ihnen die Meinung geteilt, sollen – noch bevor sie als Phönixeln aus dem Weltbrand aufsteigen – ihr Teil zurückbekommen, und so, daß ihnen Hören, Sehen, Polemik und Satire gegen den vergehen wird, von dem sie das alles so miserabel gelernt haben. (Ein Vorschuß folgt sogleich.) »Ick dementiere mir!« hat, sagt man, einst ein Totgesagter gesagt. Ich tue desgleichen und füge noch hinzu: Ick widerspreche mir! Auch wenn's die Trotzbuben, die es einst als Element, Motiv und großes Thema der Fackel – scheinbar – genossen haben, nicht mehr erlauben wollen. Nur darin habe ich mir nie widersprochen: daß alle Vergangenheit, aus jedem Zeitpunkt betrachtet, besser war als die Widerwart; und daß es keine Auskunft gibt.

Mehr als die Hälfte der in diesem Band vereinigten Artikel hat Karl Kraus, alle schon vor ihrer Publikation in der *Fackel* und teils zu wiederholten Malen, in seinen Vorlesungen zu Gehör gebracht. Das nachfolgende Verzeichnis führt die vorgetragenen Artikel in der Reihenfolge ihres jeweils ersten Vortrags auf und weist für jeden außerdem die Nummern der entsprechenden Vorlesungen nach. Die Zählung folgt dem Verzeichnis in *Kraus-Heft* 35/36.

Im dreißigsten Kriegsjahr	475[1]
Der größte Feigling im ganzen Land	484 487 502 504 519[2] 530[2] 604[3]
Vom Zörgiebel	514[4] 519[5] 530
Briefwechsel mit der »Literarischen Welt«	537[6]
Befriedung	537 544 551[7]
Zur Situation	565
Timons Mahl	571 574[2]
»An der Schwelle des Goethejahres«	608 613
Hüben und Drüben	624[8]
Sakrileg an George oder Sühne für Shakespeare?	629 632 634 638
Vorspruch und Nachruf	672[9]

1 »300. Wiener Vorlesung«.

2 Im Auszug.

3 »Von Kerr (Friedensgedicht und Gegengedicht)«.

4 »Vom Zörgiebel oder: Der gute Geschmack«.

5 Im Auszug (S. 60-68).

6 Wohl: S. 103-109.

7 Mit der »Nachschrift« (S. 393).

8 »Hüben und drüben«.

9 »Vorspruch«.

ABBILDUNGEN ZUR DOKUMENTATION

Vorabdruck aus Nr. 806

DIE FACKEL

HERAUSGEBER

KARL KRAUS

INHALT:

Der größte Feigling im ganzen Land

NACHDRUCK VERBOTEN

Preis dieses Heftes:

~~30 Pfennig~~

S -.40

VERLAG ‚DIE FACKEL', WIEN

III., Hintere Zollamtsstraße 3 Telephon Nr. U 12255

ERSCHEINT VIERTELJÄHRLICH MINDESTENS EINMAL

DIE FACKEL

Sonderheft **MÄRZ 1929** **XXX. JAHR**

Der größte Feigling im ganzen Land

Am 28. September 1928 ist im Börsenblatt für den deutschen Buchhandel (Nr. 227) die folgende eine Viertelseite große Annonce erschienen:

KERR CONTRA KRAUS

ANTWORT UND ABFUHR

ALFRED KERR
LITERATENPARADIES
Die faden Fehden um den Weltkrieg

Erscheint in 8 Tagen

Alle Sortimenter, die das gegen Kerr gerichtete Heft der Fackel verkauften, werden diese scharfe Antwort- und Streitschrift leicht und in großer Anzahl absetzen.

Leicht kartoniert 2 Mk. Ⓩ

Sonderrabatt für Bestellungen vor Erscheinen:
Einzelexemplare 40 Prozent
ab 5 Exemplare 45 Prozent
ab 10 Exemplare 50 Prozent

J. M. SPAETH VERLAG-BERLIN

Abbildung 1/2
Umschlagtitel und erste Seite des »Vorabdrucks« von *Der größte Feigling im ganzen Land*. Die Preisangabe des zunächst für den Vertrieb in Deutschland vorgesehenen Exemplars (»30 Pfennig«) ist von Hand getilgt und (für Österreich) durch »S –.40« ersetzt.

Zwischen Zörgiebel und Schober

Also sprach Zörgiebel:

Eine besondere Technik des Straßen- oder Barrikadenkampfes gibt es nicht und die Taktik, Barrikaden zu bekämpfen, ist die denkbar einfachste. Wir haben zuerst versucht, unter Anwendung ungefährlicher Mittel die Demonstranten zu zerstreuen und es gelang tatsächlich zum großen Teil. Wasser wirkt ja bekanntlich auf Tobende stets beruhigend, und unsre fahrbaren Spritzgeräte, die an jeden Hydranten anzuschließen sind, verfehlen ihre Wirkung nicht. Wenn wir zum Gummiknüppel und schließlich zur Waffe greifen mußten, so lag dies an der Hartnäckigkeit der Demonstranten.

Die Barrikaden dachten wir in der Hauptsache mit Panzerwagen zu durchbrechen, doch erwies sich dies als langwierig. Es gelang auch stets den Sturmangriffen unsrer Beamten, die in Schützenlinie ausschwärmten, die Barrikaden auseinander zu reißen und die Kommunistentrupps auseinander zu jagen. — — Natürlich hatten wir mit derartigen Kämpfen nicht gerechnet und uns lediglich auf Abwehrmaßnahmen zur Vertreibung von Demonstrationszügen eingerichtet. Aber unsere Schutzpolizei war auf dem Posten.

— — Ich gebe der Hoffnung Ausdruck, daß sich durch das energische Durchgreifen der Polizei am 1. Mai in Zukunft ernste Zusammenstöße vermeiden lassen. Besonderen Dank muß ich meinen opfermütigen Schutzpolizeibeamten aussprechen, von denen Offiziere und Mannschaften unter Einsatz ihres Lebens in gleicher Weise zu der Unterdrückung der Maifeierdemonstration ihr ~~Teil~~ beitrugen.

Man würde ja selbst im Weltfasching ~~dieser~~ Freiheit nicht auf die Vermutung kommen, daß dieser Zörgiebel, dieser pflichterfüllende und gegen jeden Umsturz, Aufruhr, Hohn und dergleichen gepanzerte Schober, der so fachmännisch über das Handwerk des Erschießens zu einem Korrespondenten des Neuen Wiener Tagblatts spricht, ein Sozialdemokrat ist. Die erste ~~Versicherung~~, daß es eine besondere Technik des Straßen- oder Barrikadenkampfes nicht gebe, sieht noch einem Sozialisten ähnlich, aber schon die Fortsetzung zeigt, daß der Pflichterfüller nicht den Kampf vor der Barrikade, sondern den gegen die Barrikade meint. Also der brave Sozialdemokrat, der zur Feier des 1. Mai sich auf die Vertreibung von Demonstrationszüge eingerichtet hat und auf das energische Durchgreifen der Polizei am ~~1. Mai~~ stolz ist, der Fachmann, der seinen Offizieren und Mannschaften für die Unterdrückung der Maifeier-

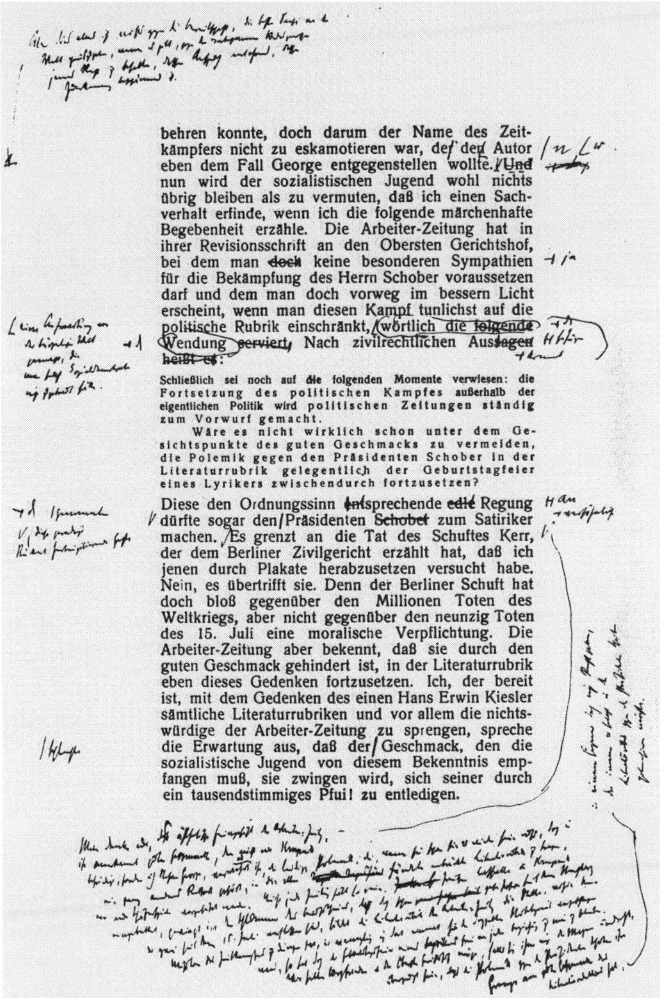

behren konnte, doch darum der Name des Zeitkämpfers nicht zu eskamotieren war, der den Autor eben dem Fall George entgegenstellen wollte. Und nun wird der sozialistischen Jugend wohl nichts übrig bleiben als zu vermuten, daß ich einen Sachverhalt erfinde, wenn ich die folgende märchenhafte Begebenheit erzähle. Die Arbeiter-Zeitung hat in ihrer Revisionsschrift an den Obersten Gerichtshof, bei dem man doch keine besonderen Sympathien für die Bekämpfung des Herrn Schober voraussetzen darf und dem man doch vorweg im bessern Licht erscheint, wenn man diesen Kampf tunlichst auf die politische Rubrik einschränkt, wörtlich die folgende Wendung serviert. Nach zivilrechtlichen Aussagen heißt es:

Schließlich sei noch auf die folgenden Momente verwiesen: die Fortsetzung des politischen Kampfes außerhalb der eigentlichen Politik wird politischen Zeitungen ständig zum Vorwurf gemacht.

Wäre es nicht wirklich schon unter dem Gesichtspunkte des guten Geschmacks zu vermeiden, die Polemik gegen den Präsidenten Schober in der Literaturrubrik gelegentlich der Geburtstagfeier eines Lyrikers zwischendurch fortzusetzen?

Diese den Ordnungssinn entsprechende edle Regung dürfte sogar den Präsidenten Schober zum Satiriker machen. Es grenzt an die Tat des Schuftes Kerr, der dem Berliner Zivilgericht erzählt hat, daß ich jenen durch Plakate herabzusetzen versucht habe. Nein, es übertrifft sie. Denn der Berliner Schuft hat doch bloß gegenüber den Millionen Toten des Weltkriegs, aber nicht gegenüber den neunzig Toten des 15. Juli eine moralische Verpflichtung. Die Arbeiter-Zeitung aber bekennt, daß sie durch den guten Geschmack gehindert ist, in der Literaturrubrik eben dieses Gedenken fortzusetzen. Ich, der bereit ist, mit dem Gedenken des einen Hans Erwin Kiesler sämtliche Literaturrubriken und vor allem die nichtswürdige der Arbeiter-Zeitung zu sprengen, spreche die Erwartung aus, daß der Geschmack, den die sozialistische Jugend von diesem Bekenntnis empfangen muß, sie zwingen wird, sich seiner durch ein tausendstimmiges Pfui! zu entledigen.

Abbildung 3/4

Anfang und Schluß des Artikels *Vom Zörgiebel* im ersten Fahnensatz mit Änderungen und Ergänzungen von Karl Kraus. Bis zur Imprimierung sind noch etwa zehn Korrekturgänge erfolgt.

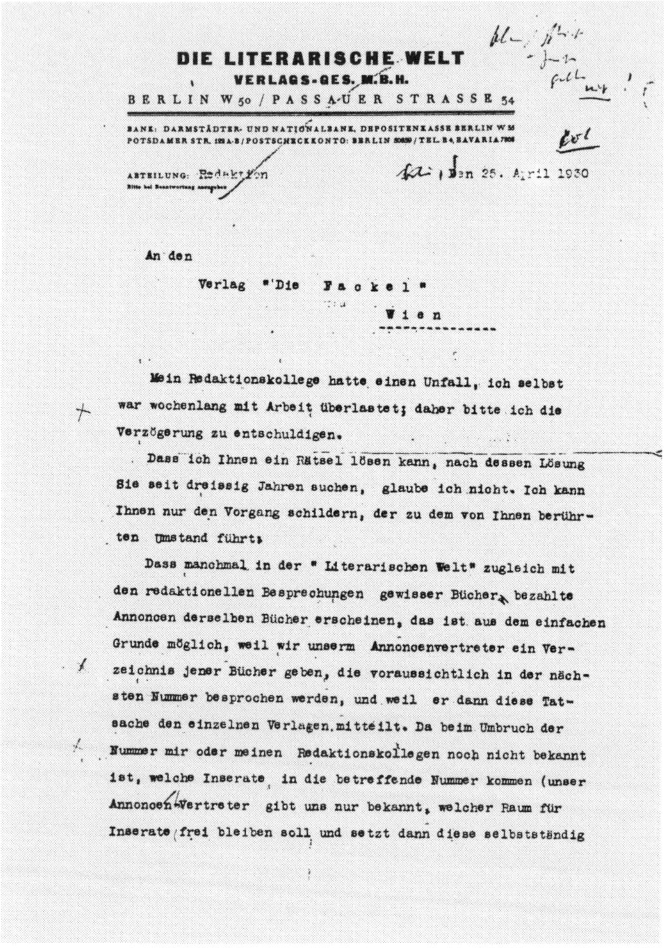

DIE LITERARISCHE WELT
VERLAGS-GES. M.B.H.
BERLIN W 50 / PASSAUER STRASSE 54

BANK: DARMSTÄDTER- UND NATIONALBANK, DEPOSITENKASSE BERLIN W 35
POTSDAMER STR. 129 A-B / POSTSCHECKKONTO: BERLIN [illegible] / TEL. B 4, BAVARIA [illegible]

ABTEILUNG: Redaktion
Bitte bei Beantwortung angeben

den 25. April 1930

An den

Verlag "Die Fackel"

Wien

Mein Redaktionskollege hatte einen Unfall, ich selbst war wochenlang mit Arbeit überlastet; daher bitte ich die Verzögerung zu entschuldigen.

Dass ich Ihnen ein Rätsel lösen kann, nach dessen Lösung Sie seit dreissig Jahren suchen, glaube ich nicht. Ich kann Ihnen nur den Vorgang schildern, der zu dem von Ihnen berührten Umstand führt:

Dass manchmal in der "Literarischen Welt" zugleich mit den redaktionellen Besprechungen gewisser Bücher, bezahlte Annoncen derselben Bücher erscheinen, das ist aus dem einfachen Grunde möglich, weil wir unserm Annoncenvertreter ein Verzeichnis jener Bücher geben, die voraussichtlich in der nächsten Nummer besprochen werden, und weil er dann diese Tatsache den einzelnen Verlagen mitteilt. Da beim Umbruch der Nummer mir oder meinen Redaktionskollegen noch nicht bekannt ist, welche Inserate in die betreffende Nummer kommen (unser Annoncen-Vertreter gibt uns nur bekannt, welcher Raum für Inserate frei bleiben soll und setzt dann diese selbstständig

Abbildung 5
Die erste Seite eines Briefs der *Literarischen Welt* an den Verlag der *Fackel*. Vgl. S. 110. Von Karl Kraus als Satzvorlage eingerichtet. Oben rechts die Notiz: »Bleistiftstriche und Zeichen gelten *nicht*!«

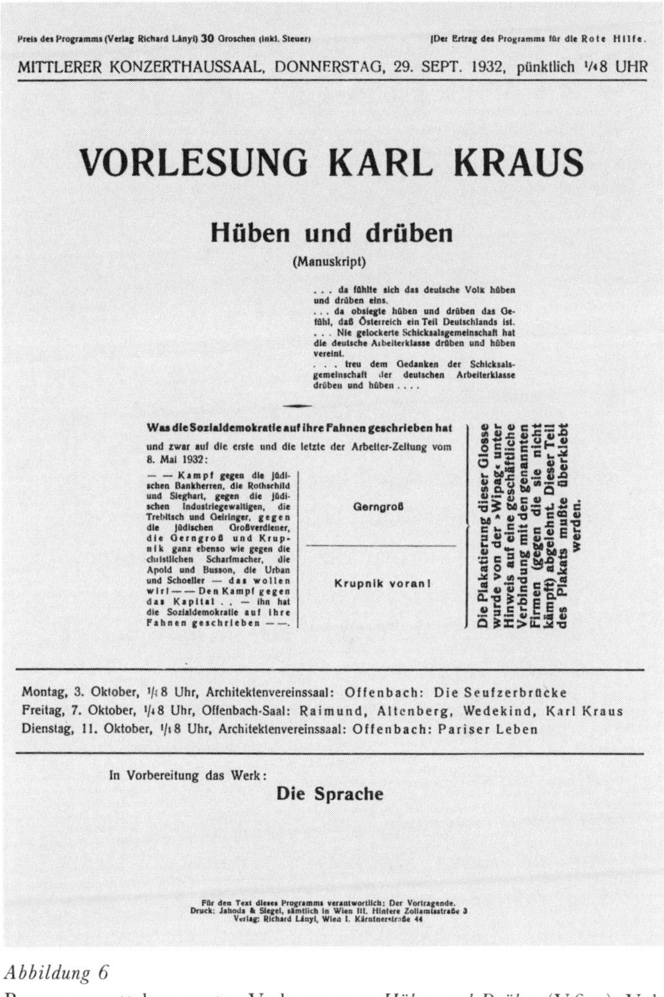
Preis des Programms (Verlag Richard Lányi) 30 Groschen (inkl. Steuer) [Der Ertrag des Programms für die Rote Hilfe.

MITTLERER KONZERTHAUSSAAL, DONNERSTAG, 29. SEPT. 1932, pünktlich 1/4 8 UHR

VORLESUNG KARL KRAUS

Hüben und drüben

(Manuskript)

. . . da fühlte sich das deutsche Volk hüben und drüben eins.
. . . da obsiegte hüben und drüben das Gefühl, daß Österreich ein Teil Deutschlands ist.
. . . Nie gelockerte Schicksalsgemeinschaft hat die deutsche Arbeiterklasse drüben und hüben vereint.
. . . treu dem Gedanken der Schicksalsgemeinschaft der deutschen Arbeiterklasse drüben und hüben . . . .

Was die Sozialdemokratie auf ihre Fahnen geschrieben hat

und zwar auf die erste und die letzte der Arbeiter-Zeitung vom 8. Mai 1932:

— — Kampf gegen die jüdischen Bankherren, die Rothschild und Sieghart, gegen die jüdischen Industriegewaltigen, die Trebitsch und Geiringer, gegen die jüdischen Großverdiener, die Gerngroß und Krupnik ganz ebenso wie gegen die christlichen Scharfmacher, die Apold und Busson, die Urban und Schoeller — das wollen wir! — — Den Kampf gegen das Kapital . . — ihn hat die Sozialdemokratie auf ihre Fahnen geschrieben — —.

Gerngroß

Krupnik voran!

Die Plakatierung dieser Glosse wurde von der »Wipag« unter Hinweis auf eine geschäftliche Verbindung mit den genannten Firmen (gegen die sie nicht kämpft) abgelehnt. Dieser Teil des Plakats mußte überklebt werden.

Montag, 3. Oktober, 1/4 8 Uhr, Architektenvereinssaal: Offenbach: Die Seufzerbrücke
Freitag, 7. Oktober, 1/4 8 Uhr, Offenbach-Saal: Raimund, Altenberg, Wedekind, Karl Kraus
Dienstag, 11. Oktober, 1/4 8 Uhr, Architektenvereinssaal: Offenbach: Pariser Leben

In Vorbereitung das Werk:
Die Sprache

Für den Text dieses Programms verantwortlich: Der Vortragende.
Druck: Jahoda & Siegel, sämtlich in Wien III. Hintere Zollamtsstraße 3
Verlag: Richard Lányi, Wien I. Kärntnerstraße 44

Abbildung 6
Programmzettel zur ersten Vorlesung von *Hüben und Drüben* (V 624). Vgl. S. 399. Oben rechts: »[Der Ertrag des Programms für die Rote Hilfe.]«

DIE FACKEL

Nr. 888 OKTOBER 1933 XXXV. JAHR

Adolf Loos

Rede am Grab, 25. August 1933

Wir nehmen, Wenige, Dir Zugehörende, Abschied von Dir, Adolf Loos. Wir handeln damit nicht in Deinem Sinn, welcher dem Leben der Öffentlichkeit zugetan war, als einer Gegenwart, in die Dein erwartungsheißes Herz schon die Erfüllung ausgeströmt hat, die sie nicht begriff und nicht verdiente. So aber weihen wir Dich, von allen ihren Gesinnungen Verkannten, weil alle Überragenden, Dich ungeduldigen Bereiter edlerer Wohlfahrt, zur wahren öffentlichen Bestimmung, welcher Dein Denken zugedacht war mit jeder Tat Deiner Gedanken. Denn dem Zukünftigen warst Du unsterblich verbunden, ihm hast Du das Leben vorbereitet, gereinigt und wohnbar gemacht. Baumeister

Abbildung 7
Die erste Seite des *Fackel*-Hefts vom Oktober 1933 mit der nur hier verwendeten (und besonders großen) Schrift.

— 83 —

Denker Gottfried Benn zugemutet hätte, der in einem bemerkenswerten geologisch-feuilletonistischen Wirrwarr den jetzt sich regenden »Typ« (unverwüstliches Berlin!) aus dem »Irrationalen« abgeleitet und zur Deutung nicht mit Unrecht auf das »Quartär« zurückgegriffen hat, wo es freilich noch kein Radio und kein Feuilleton gab. Der auf Äonen eingestellte Schwärmer hatte wirklich der Ansicht Ausdruck gegeben, daß es sich gar nicht um eine neue Regierungsform handle, sondern »um eine neue Vision von der Geburt des Menschen, vielleicht um die letzte großartige Konzeption der weißen Rasse, wahrscheinlich um eine der großartigsten Realisationen des Weltgeists überhaupt«. Da man aber solches nicht mit Bestimmtheit wissen kann und zunächst das Greifbare zu erwägen ist, so wurde ihm der Vorschlag gemacht, statt der irrationalen Bemühung und des metaphysischen Ausbaus der Konzentrationslager lieber der folgenden Untersuchung näherzutreten:

„Vielleicht würde ein Literat, der sich der Sprache immerhin bis zum Ornament genähert hat, es sogar verstehen und schließlich glauben, daß in der journalistischen und rednerischen Bekundung des neuen Denkens bisher auch nicht ein deutsches Wortgebilde sichtbar oder hörbar geworden ist, nicht eines, das den deutschen Inhalt nicht Lügen strafte. Die Sprache verdankt freilich dem Umsturz, der wohl schon im Grundwort »Nazi« sich als Realisation des Weltgeistes andeutet, manche neuen Bildungen, und solche, die man eben vor dem Aufbruch des neuen Wesens unmöglich hätte erringen oder durchdenken können. Damit sind nicht etwa aparte Formen gemeint, wie man sie auch in der jüdischen Presse antrifft, die prinzipiell jedes Wort, das ihr nur unter die Hände kommt, krumm biegt und schwer beugt; nicht der falsche Dativ, der durchweg als der einzige Kasus anerkannt ist:

Abbildung 8

Eine Seite aus dem *Fackel*-Heft vom Juli 1934 (F 890-905) mit dem Beginn einer aus dem Stehsatz der *Dritten Walpurgisnacht* übernommenen und dabei leicht abgewandelten Partie. Vgl. S 12, 122 f. und in diesem Band S. 280.

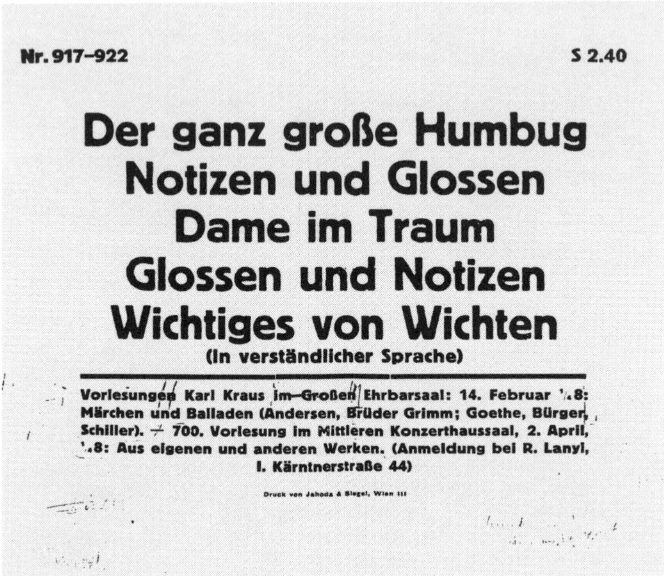

Nr. 917–922 S 2.40

Der ganz große Humbug
Notizen und Glossen
Dame im Traum
Glossen und Notizen
Wichtiges von Wichten
(In verständlicher Sprache)

Vorlesungen Karl Kraus ~~im Großen~~ Ehrbarsaal: 14. Februar ½8: Märchen und Balladen (Andersen, Brüder Grimm; Goethe, Bürger, Schiller). — 700. Vorlesung im Mittleren Konzerthaussaal, 2. April, ½8: Aus eigenen und anderen Werken. (Anmeldung bei R. Lanyi, I. Kärntnerstraße 44)

Druck von Jahoda & Siegel, Wien III

Abbildung 9
Entwurf des Plakats zur Ankündigung des letzten *Fackel*-Hefts sowie zweier Vorlesungen im Februar und April 1936 (V 697, V 700). Das hier stark verkleinerte Original mit Korrekturen und Imprimatur von Karl Kraus.

LITERATURVERZEICHNIS

Ausgaben

Unsterblicher Witz. [Aufsätze 1908-1936.] Zusammengestellt und herausgegeben von Heinrich Fischer. München: Kösel-Verlag 1961. 312 S. (= Neunter Band der Werke von Karl Kraus.)

Mit vorzüglicher Hochachtung. Briefe des Verlags der Fackel. [1912-1935.] Ausgewählt und herausgegeben von Heinrich Fischer. München: Kösel-Verlag 1962. 435 S. (= Zehnter Band der Werke von Karl Kraus.)

Vor der Walpurgisnacht. [Aufsätze und Glossen 1925-1933.] Unter Mitarbeit von Kurt Krolop und Roland Links herausgegeben von Dietrich Simon. Berlin: Verlag Volk und Welt und München: Langen-Müller 1971. 692 S. (= Ausgewählte Werke Band 3.)

Dritte Walpurgisnacht. Herausgegeben von Christian Wagenknecht. Frankfurt a. M.: Suhrkamp 1989. 390 S. (= Schriften Band 12.)

Abhandlungen

Wilhelm Alff: Karl Kraus und die Zeitgeschichte (1927-1934). In: Karl Kraus: Die dritte Walpurgisnacht. Hrsg. von Heinrich Fischer. München 1967. 317-365.

Helmut Arntzen: Karl Kraus oder Satire aus Sprache. In: Ders.: Literatur im Zeitalter der Information. Frankfurt a. M. 1971. 203-216.

Helmut Arntzen: Die Funktion der Polemik bei Karl Kraus. In: Sigurd Paul Scheichl und Edward Timms (Hrsg.): Karl Kraus in neuer Sicht. Londoner Kraus-Symposium/Karl Kraus in a New Perspective. London Kraus-Symposium. München 1986. (Kraus-Hefte Sonderband.) 46-75.

Rudolf Bähr: Grundlagen für Karl Kraus' Kritik an der Sprache im nationalsozialistischen Deutschland. Köln 1977.

Volker Bohn: Satire und Kritik. Über Karl Kraus. Frankfurt a. M. 1974.

J. W. Brügel: Karl Kraus und der Prager »Sozialdemokrat«. In: Kraus-Heft 1 (1977). 11-13.

J. W. Brügel: Einige Bemerkungen zur »Fackel« 890-905. In: Kraus-Heft 14 (1980). 7-13.

Paolo Chiarini: Le due apocalissi de Karl Kraus. Dalla Grande guerra al Nazismo. In: Ders.: Romanticismo e realismo nella letteratura tedesca. Padova 1961. 175-191.

Andreas Disch: Das gestaltete Wort. Die Idee der Dichtung im Werk von Karl Kraus. Zürich 1969.

Gunild Feigenwinter-Schimmel: Karl Kraus. Methode der Polemik. Diss. Basel 1970 (Druck 1972).
Jens Malte Fischer: Karl Kraus. Studien zum »Theater der Dichtung« und zum Kulturkonservatismus. Kronberg/Ts. 1973.
Norbert Frei: Karl Kraus und das Jahr 1934. In: Klaus Amann, Albert Berger: Österreichische Literatur der dreißiger Jahre. Wien/Köln/Graz 1985. 303-319.
Eckart Früh: Der »Brünner Wisch«. In: Kraus-Heft 17 (1981). 1-3.
Eckart Früh: Dritte Walpurgisnacht und Arbeiter-Zeitung. In: Noch mehr. Hrsg. von Kurt Faecher. Wien April 1983.
Eckart Früh: Karl Kraus im Gegen-Angriff. Ebd. Wien Dezember 1983.
Lucien Goldmann: Un grand polémiste: Karl Kraus. In: Ders.: Recherches dialectiques. 4. Auflage. Paris 1959. (= Bibliothèque des idées.) 229-238.
Christel Heidemann: Satirische und polemische Formen in der Publizistik von Karl Kraus. Diss. FU Berlin 1958.
»Hüben und Drüben«. Ein Leitartikel der Arbeiter-Zeitung. In: Kraus-Heft 18 (1981). 1-3.
Friedrich Jenaczek: Zeittafel zur »Fackel«. Themen – Ziele – Probleme. Gräfelfing 1965. (= Adalbert Stifter Verein e. V. München. Veröffentlichungen der Wissenschaftlichen Abteilung 11.)
Werner Kraft: Karl Kraus. Beiträge zum Verständnis seines Werkes. Salzburg 1956.
Werner Kraft: Das Ja des Neinsagers. Karl Kraus und seine geistige Welt. München 1974.
Georg Kranner: Die Nachdichtung der Sonette Shakespeares von Karl Kraus. Ein Kommentar zu ihrer Entstehung. In: Kraus-Heft 40 (1986). 1-4.
Kurt Krolop: Dichtung und Satire bei Karl Kraus. In: Karl Kraus: Ausgewählte Werke. Hrsg. von Dietrich Simon. Band 3. München 1971. 651-691.
Kurt Krolop: Präformation als Konfrontation. »Drittes Reich« und *Dritte Walpurgisnacht*. In: Ders.: Sprachsatire als Zeitsatire bei Karl Kraus. Berlin, DDR 1987. 210-230.
Kurt Krolop: »Die Berufung auf Schiller wird zur Gänze abgewiesen.« Schiller-Bezüge der *Dritten Walpurgisnacht* im Lichte der *Fackel*. Ebd. 231-251.
Kurt Krolop: Bertolt Brecht und Karl Kraus. Ebd. 252-303.
Franz Leschnitzer: Der Fall Karl Kraus (1934/64). In: Ders.: Von Börne zu Leonhard oder Erbübel – Erbgut? Aufsätze aus dreißig Jahren zur Literaturgeschichte. Rudolstadt, DDR 1966. 88-131.
Karl Menges: Karl Kraus und der Austrofaschismus. Bestimmungsversuch anhand der ›Fackel‹ Nr. 890-905. In: Colloquia Germanica 14 (1981). 313-331.

Reinhard Merkel: Karl Kraus. In: Jochen Jung (Hrsg.): Österreichische Porträts. Band 2. Salzburg 1985. 158-191.
Michael Naumann: Der Abbau einer verkehrten Welt. Satire und politische Wirklichkeit im Werk von Karl Kraus. München 1969. (= Schriftenreihe zur Politik und Geschichte.)
Alfred Pfabigan: Karl Kraus und der Sozialismus. Eine politische Biographie. Wien 1976.
Alfred Pfabigan: Karl Kraus als Kritiker des Austromarxismus. In: Sigurd Paul Scheichl und Edward Timms (Hrsg.): Karl Kraus in neuer Sicht. Londoner Kraus-Symposium/Karl Kraus in a New Perspective. London Kraus-Symposium. München 1986. (Kraus-Hefte Sonderband.) 235-254.
Eckhart Pohl: Zur Typographie der letzten ›Fackel‹-Hefte. In: Kraus-Heft 17 (1981). 4-6.
Michael Pollak: Une sociologie en acte des intellectuels. Les combats de Karl Kraus. In: Actes de la recherche en sciences sociales. Heft 36/37 (1981). 87-193.
Michael Scharang: Kritik und Praxis im Angesicht der Barbarei. Zur Dritten Walpurgisnacht von Karl Kraus. In: Protokolle. 1969. 237-248, 253-260.
Sigurd Paul Scheichl: Politik und Ursprung. Über Karl Kraus' Verhältnis zur Politik. In: Wort und Wahrheit 27 (1972). Heft 1. 43-51.
Sigurd Paul Scheichl: Die politischen Polemiken von Karl Kraus. Am Beispiel »Hüben und Drüben«. In: Friedbert Aspetsberger (Hrsg.): Staat und Gesellschaft in der modernen österreichischen Literatur. Wien 1977. 45-63.
Sigurd Paul Scheichl: Zu »Wichtiges von Wichten«. In: Kraus-Heft 1 (1977). 16-17.
Sigurd Paul Scheichl: Anspielungen auf Personen in »Warum die ›Fackel‹ nicht erscheint«. Ein vorläufiges Register. In: Kraus-Heft 39 (1986). 7-8.
Dietrich Simon: Karl Kraus. Stimme gegen die Zeit. In: Kurt Krolop und ders.: Kommentare zu Karl Kraus. Beiheft zur dreibändigen Karl-Kraus-Auswahl. Berlin 1971. 3-88.
Jochen Stremmel: »Dritte Walpurgisnacht«. Über einen Text von Karl Kraus. Bonn 1982. (= Literatur und Wirklichkeit 23.)
Ulrich Teusch: Sprache und Faschismus. Karl Kraus' »Dritte Walpurgisnacht«. In: Zeitgeschichte 12 (1984/85). 351-389.
Edward Timms: Archetypical Patterns in the Satire of Karl Kraus. In: Karl Kraus in neuer Sicht. Londoner Kraus-Symposium/Karl Kraus in a New Perspective. London Kraus-Symposium. München 1986. (Kraus-Hefte Sonderband.) 92-108.

Hans Wollschläger: Die Instanz K. K. oder Unternehmungen gegen die Ewigkeit des Wiederkehrenden Gleichen. In: Heinz Ludwig Arnold (Hrsg.): Karl Kraus. München 1975. (= Sonderband text + kritik.) 5-20.

*

Kraus-Hefte 18 (1981), 20 (1981), 32 (1984), 52 (1989).

Aus den bereits angegebenen Gründen (S. 383) sind die hier zusammengestellten Aufsätze durchweg nach den Erstdrucken in der *Fackel* wiedergegeben. Die Unterschiedlichkeit der Schriftgrade und Schriftarten ist beibehalten – mit Ausnahme nur der *Rede am Grab* von Adolf Loos, über deren typographische Gestalt aber Abbildung 7 unterrichtet. Außer den wenigen Druckfehlern, die Kraus selbst angezeigt hat, war kaum etwas zu korrigieren. Die Titel erscheinen statt in halbfetter Schrift in Versalien mit Kapitälchen; ‚deutsche' Anführungszeichen sind durch ›französische‹ ersetzt. Der wohlbedachte Umbruch der *Fackel* konnte unter den Bedingungen des Computersatzes nicht nachgebildet werden – weshalb etwa Worttrennung am Zeilende und selbst am Seitenende weitaus öfter als im Original erfolgt und anders als dort durchaus nicht immer an der füglichsten Stelle. Man vergleiche auch unter diesem Gesichtspunkt die Abbildungen 7 und 8.

Die Anordnung entspricht den Daten der Erstdrucke, bei gleichzeitigem Erscheinen der Abfolge im jeweiligen *Fackel*-Heft. Gemäß einem von Kraus selber geübten Verfahren ist jedem Aufsatz das Datum seines ersten Erscheinens (nach U 1) vorangestellt – das mit dem seiner Entstehung (zumal im Falle der Reden) nicht immer identisch ist. Aber auch die nachweislich oder vermutlich früher entstandenen Artikel haben ihre definitive Gestalt in aller Regel erst mit der Imprimierung erhalten.

Göttingen, 1. September 1990 Christian Wagenknecht

INHALT

HÜBEN UND DRÜBEN / AUFSÄTZE 1929-1936

ANHANG

Karl Kraus
Schriften
Herausgegeben von
Christian Wagenknecht
Erste Abteilung: 12 Bände

Band 1: Sittlichkeit und Kriminalität
Band 2: Die chinesische Mauer
Band 3: Literatur und Lüge
Band 4: Untergang der Welt durch schwarze Magie
Band 5: Weltgericht I
Band 6: Weltgericht II
Band 7: Die Sprache
Band 8: Aphorismen
Band 9: Gedichte
Band 10: Die letzten Tage der Menschheit
Band 11: Dramen
Band 12: Dritte Walpurgisnacht

Zweite Abteilung: 8 Bände

Band 13: Jacques Offenbach
Band 14: Johann Nestroy. Zeitstrophen
Band 15: William Shakespeare
Band 16: Brot und Lüge
Band 17: Die Stunde des Gerichts
Band 18: Hüben und Drüben
Band 19: Die Katastrophe der Phrasen
Band 20: Kanonade auf Spatzen

Karl Kraus
im Suhrkamp Verlag

Schriften. Erste Abteilung: 12 Bände in Kassette. Herausgegeben von Christian Wagenknecht. st 1311-1322

Band 1: Sittlichkeit und Kriminalität. st 1311
Band 2: Die chinesische Mauer. st 1312
Band 3: Literatur und Lüge. st 1313
Band 4: Untergang der Welt durch schwarze Magie. st 1314
Band 5/6: Weltgericht I / Weltgericht II. st 1315/1316
Band 7: Die Sprache. st 1317
Band 8: Aphorismen. Sprüche und Widersprüche. Pro domo et mundo. Nachts. st 1318
Band 9: Gedichte. st 1319
Band 10: Die letzten Tage der Menschheit. Tragödie in fünf Akten mit Vorspiel und Epilog. st 1320
Band 11: Dramen. Literatur. Traumstück. Wolkenkuckucksheim. Traumtheater. Die Unüberwindlichen. st 1321
Band 12: Dritte Walpurgisnacht. st 1322

Schriften. Zweite Abteilung: 8 Bände in Kassette. Herausgegeben von Christian Wagenknecht. st 1323-1330

Band 13: Jacques Offenbach. st 1323
Band 14: Nestroy. Zeitstrophen. st 1324
Band 15: William Shakespeare. st 1325
Band 16: Brot und Lüge. st 1326
Band 17: Die Stunde des Gerichts. st 1327
Band 18: Hüben und Drüben. st 1328
Band 19: Die Katastrophe der Phrasen. st 1329
Band 20: Kanonade auf Spatzen. st 1330

Einzelausgaben

Briefe an Sidonie Nádherný von Borutin. 1913-1936. 2 Bde. Herausgegeben von Heinrich Fischer und Michael Lazarus. Redaktion: Walter Methlagl und Friedrich Pfäfflin. (Aus dem Kösel-Verlag übernommen.) Leinen

Frühe Schriften. Band I: 1892-1896. Band II: 1897-1900. Band III: Erläuterungen. 3 Bände in Kassette. Herausgegeben von Johannes J. Braakenburg. Leinen und kartoniert

Frühe Schriften. Band III: Erläuterungen. Herausgegeben von Johannes J. Braakenburg. Kartoniert

Karl-Kraus-Lesebuch. Herausgegeben von Hans Wollschläger. st 1435

60/1/5.91

Karl Kraus
im Suhrkamp Verlag

Die letzten Tage der Menschheit. Tragödie in fünf Akten mit einem Vorspiel und Epilog. Herausgegeben von Christian Wagenknecht. Leinen

Die letzten Tage der Menschheit. Bühnenfassung des Autors. Herausgegeben von Eckart Früh. BS 1091

Magie der Sprache. Ein Lesebuch. Herausgegeben und mit einem Nachwort von Heinrich Fischer. st 204

Nestroy und die Nachwelt. Mit einem Nachwort von Hans Mayer. BS 387

Pro domo et mundo. BS 1062

Shakespeares Dramen. 2 Bde. Bearbeitet von Karl Kraus. Herausgegeben von Heinrich Fischer. (Aus dem Kösel-Verlag übernommen.) Leinen

Shakespeares Sonette. Nachdichtung von Karl Kraus. (Aus dem Kösel-Verlag übernommen.) Leinen

Sprüche und Widersprüche. BS 141

Über die Sprache. Glossen, Aphorismen und Gedichte. Auswahl und Nachwort von Heinrich Fischer. BS 571

Hans Wollschläger liest Karl Kraus. Text und Kassette. st 1454

Zu Karl Kraus

Essays über Karl Kraus. Herausgegeben von Sigurd Paul Scheichl. st 1819

Friedrich Jenaczek: Zeittafel zur »Fackel«. Themen, Ziele, Probleme. Mit einer einführenden Schrift über Karl Kraus von Emil Schönauer. (Aus dem Kösel-Verlag übernommen.) Kartoniert

Otto Kerry: Karl-Kraus- Bibliographie. Mit einem Register der Aphorismen, Gedichten, Glossen und Satiren. (Aus dem Kösel-Verlag übernommen.) Leinen

Franz Ögg: Personenregister zur Fackel von Karl Kraus. Supplementband zum Reprint der Fackel. (Aus dem Kösel-Verlag übernommen.) Leinen und kartoniert

Nike Wagner: Geist und Geschlecht. Karl Kraus und die Erotik der Wiener Moderne. Leinen und es 1446

60/2/5.91

Deutschsprachige Literatur in den suhrkamp taschenbüchern: Essays, Reden, Briefe, Tagebücher

Andreas-Friedrich, Ruth: Der Schattenmann. Tagebuchaufzeichnungen 1938-1945. Mit einem Nachwort von Jörg Drews. st 1267
– Schauplatz Berlin. Tagebuchaufzeichnungen 1945-1948. st 1294
Arendt, Hannah: Die verborgene Tradition. Acht Essays. Den Essay »Der Zionismus aus heutiger Sicht« übersetzte Friedrich Griese ins Deutsche. st 303
Ball, Hugo: Der Künstler und die Zeitkrankheit. Ausgewählte Schriften. Herausgegeben und mit einem Nachwort versehen von Hans Burkhard Schlichting. st 1522
Ball-Hennings, Emmy: Briefe an Hermann Hesse. Herausgegeben und eingeleitet von Annemarie Schütt-Hennings. st 1142
Benjamin, Walter: Angelus Novus. Ausgewählte Schriften 2. st 1512
– Deutsche Menschen. Eine Folge von Briefen. Auswahl und Einleitungen von Walter Benjamin. Mit einem Nachwort von Theodor W. Adorno. st 970
– Illuminationen. Ausgewählte Schriften. Herausgegeben von Siegfried Unseld. st 345
– Über Haschisch. Novellistisches. Berichte. Materialien. Herausgegeben von Tillman Rexroth. Einleitung von Hermann Schweppenhäuser. st 21
Benjamin, Walter / Gershom Scholem: Briefwechsel 1933-1940. Herausgegeben von Gershom Scholem. st 1211
Bernhard, Thomas: Interviews. Erstausgabe. st 1844
Böni, Franz: Die Fronfastenkinder. Aufsätze 1966-1985. Mit einem Nachwort von Ulrich Horn. st 1219
Brecht, Bertolt: Schriften zur Politik und Gesellschaft 1919-1956. st 199
Broch, Hermann: Schriften zur Literatur 1. Kritik. st 246
– Schriften zur Literatur 2. Theorie. st 247
– Philosophische Schriften. 2 Bde. st 375
– Politische Schriften. st 445
– Massenwahntheorie. Beiträge zu einer Psychologie der Politik. st 502
– Briefe 1 (1913-1938). Dokumente und Kommentare zu Leben und Werk. st 710
– Briefe 2 (1938-1945). Dokumente und Kommentare zu Leben und Werk. st 711
– Briefe 3 (1945-1951). Dokumente und Kommentare zu Leben und Werk. st 712

256/1/4.92

Deutschsprachige Literatur in den suhrkamp taschenbüchern: Essays, Reden, Briefe, Tagebücher

Broch, Hermann / Volkmar von Zühlsdorff: Briefe über Deutschland. Die Korrespondenz mit Volkmar von Zühlsdorff. Herausgegeben und eingeleitet von Paul Michael Lützeler. st 1369

Camartin, Iso: Nichts als Worte? Ein Plädoyer für Kleinsprachen. st 1974

Endres, Ria: Werde, was du bist. Dreizehn literarische Frauenportraits. st 1942

Enzensberger, Hans Magnus: Ach Europa! Wahrnehmungen aus sieben Ländern. Mit einem Epilog aus dem Jahre 2006. st 1690
- Der Fliegende Robert. Gedichte, Szenen, Essays. st 1962
- Mittelmaß und Wahn. Gesammelte Zerstreuungen. st 1800
- Politik und Verbrechen. Neun Beiträge. st 442
- Politische Brosamen. st 1132

Franke, Herbert W.: Leonardo 2000. Kunst im Zeitalter des Computers. st 1351

Frisch, Max: Forderungen des Tages. Porträts, Skizzen, Reden 1943-1982. Herausgegeben von Walter Schmitz. st 957
- Tagebuch 1946-1949. st 1148
- Tagebuch 1966-1971. st 256

Mein Goethe. Günter Kunert, Siegfried Lenz, Peter Rühmkorf, Wolfdietrich Schnurre, Martin Walser, Gabriele Wohmann. st 781

Handke, Peter: Als das Wünschen noch geholfen hat. Fotos von Peter Handke. st 208
- Das Ende des Flanierens. st 679
- Ich bin ein Bewohner des Elfenbeinturms. st 56

Hasselblatt, Dieter: Marija und das Tier. Science-fiction-Texte. PhB 209. st 1511

Hesse, Hermann: Ausgewählte Briefe. Erweiterte Ausgabe. Zusammengestellt von Hermann Hesse und Ninon Hesse. st 211
- Briefe an Freunde. Rundbriefe 1946-1962. Zusammengestellt von Volker Michels. st 380
- Kindheit und Jugend vor Neunzehnhundert. Hermann Hesse in Briefen und Lebenszeugnissen. 1. Band: 1877-1895. Ausgewählt und herausgegeben von Ninon Hesse. st 1002
- Kindheit und Jugend vor Neunzehnhundert. Hermann Hesse in Briefen und Lebenszeugnissen. 2. Band: 1895-1900. Herausgegeben von Ninon Hesse. Fortgesetzt und erweitert von Gerhard Kirchhoff. st 1150
- Eine Literaturgeschichte in Rezensionen und Aufsätzen. Herausgegeben von Volker Michels. st 252

256/2/4.92

Deutschsprachige Literatur in den suhrkamp taschenbüchern: Essays, Reden, Briefe, Tagebücher

Hesse, Hermann: Politik des Gewissens. Die politischen Schriften. 1. Band: 1914-1932. 2. Band: 1933-1962. Vorwort von Robert Jungk. Herausgegeben von Volker Michels. st 656

– Die Welt der Bücher. Betrachtungen und Aufsätze zur Literatur. Zusammengestellt von Volker Michels. st 415

Hildesheimer, Wolfgang: Das Ende der Fiktionen. Reden aus fünfundzwanzig Jahren. st 1539

Johnson, Uwe: Berliner Sachen. Aufsätze. st 249

Kaminski, André: Schalom allerseits. Tagebuch einer Deutschlandreise. st 1637

Koeppen, Wolfgang: Die elenden Skribenten. Aufsätze. Herausgegeben von Marcel Reich-Ranicki. st 1008

Kracauer, Siegfried: Kino. Essays, Studien, Glossen zum Film. Herausgegeben von Karsten Witte. st 126

– Das Ornament der Masse. Essays. Mit einem Nachwort von Karsten Witte. st 371

Kraus, Karl: Sittlichkeit und Kriminalität. st 1311

– Die chinesische Mauer. st 1312

– Literatur und Lüge. st 1313

– Untergang der Welt durch schwarze Magie. st 1314

– Die Sprache. st 1317

– Dritte Walpurgisnacht. st 1322

– Die Stunde des Gerichts. Aufsätze 1925-1928. Herausgegeben von Christian Wagenknecht. st 1327

– Hüben und Drüben. Aufsätze 1929-1936. Herausgegeben von Christian Wagenknecht. st 1328

– Magie der Sprache. Ein Lesebuch. Herausgegeben und mit einem Nachwort von Heinrich Fischer. st 204

Krolow, Karl: Ein Gedicht entsteht. Selbstdeutungen, Interpretationen, Aufsätze. st 95

Kühn, Dieter: Auf der Zeitachse. Biographische Skizzen, kritische Konzepte. st 1619

Lenk, Hans: Kritik der kleinen Vernunft. Einführung in die jokologische Philosophie. st 1771

Loerke, Oskar: Tagebücher 1903-1939. Herausgegeben von Hermann Kasack. st 1242

Mayer, Hans: Das unglückliche Bewußtsein. Zur deutschen Literaturgeschichte von Lessing bis Heine. st 1634

Muschg, Adolf: Empörung durch Landschaften. Vernünftige Drohreden. st 1482

256/3/4.92

Deutschsprachige Literatur in den suhrkamp taschenbüchern: Essays, Reden, Briefe, Tagebücher

Muschg, Adolf: Goethe als Emigrant. Auf der Suche nach dem Grünen bei einem alten Dichter. st 1287

Penzoldt, Ernst: Die Kunst, das Leben zu lieben und andere Betrachtungen. Ausgewählt von Volker Michels. Mit einem Nachwort von Peter Suhrkamp. st 267

Platschek, Hans: Von Dada zur Smart-Art. Aufsätze zum Kunstgeschehen. Mit Abbildungen. st 1657

Schneider, Reinhold: Dem lebendigen Geist. st 1419

– Schwert und Friede. Essays. Auswahl und Nachwort des Bandes von Rita Meile. st 1421

– Portugal. Mit einem Nachwort von Peter Berglar. st 1073

Scholem, Gershom: Walter Benjamin und sein Engel. Vierzehn Aufsätze und kleine Beiträge. Herausgegeben von Rolf Tiedemann. st 1967

Walser, Martin: Auskunft. 23 Gespräche aus 26 Jahren. Herausgegeben von Klaus Siblewski. Erstausgabe. st 1871

– Beschreibung einer Form. Versuch über Kafka. st 1891

– Heilige Brocken. Aufsätze, Prosa, Gedichte. st 1528

– Liebeserklärungen. st 1259

Walser, Robert: Briefe. Herausgegeben von Jörg Schäfer unter Mitarbeit von Robert Mächler. st 488

Weiß, Ernst: Die Kunst des Erzählens. Essays, Aufsätze, Schriften zur Literatur. Zusammengestellt von Volker Michels. st 799

Winkels, Hubert: Einschnitte. Zur Literatur der 80er Jahre. st 1804

256/4/4.92